ULLSTEIN

Das Buch

Frank Pollard wacht mitten in der Nacht zwischen Müllcontainern auf – an seinen Händen klebt Blut. Er kann sich an nichts erinnern, aber er spürt, daß er verfolgt wird. Fenster und Reifen explodieren, als er in ein Auto steigt, um zu fliehen. Er weiß weder, wie alt er ist, noch womit er seinen Lebensunterhalt verdient. Und woher kommt das viele Geld, das er bei sich hat? Eines jedoch weiß er sicher: daß er kein Killer ist. Voller Verzweiflung bittet Pollard das junge Detektiv-Ehepaar Bobby und Julie Dakota, ihn zu observieren. Als die Dakotas beobachten, wohin sich ihr Klient begibt, wenn er eigentlich im Bett liegen und schlafen sollte, werden sie in immer düsterere Geschehnisse hineingezogen ...
»Koontz erzählt in seinem Roman vom uralten Kampf des Guten gegen das Böse und beschwört mit seiner mal nüchternen, mal bildreichen Sprache wahre Horrorgefühle beim Leser hervor. Am besten unter der Bettdecke zu lesen, sonst gerät man noch in panische Angst, wenn es irgendwo im Haus unerklärliche Geräusche gibt.« *(NDR)*

Der Autor

Dean Koontz, geb. 1946 in Pennsylvania, gewann bereits mit 20 Jahren den ersten Literaturpreis und hat seither eine steile Karriere als Autor von Spannungsromanen gemacht. Seine in alle Weltsprachen übersetzten Bücher haben weltweit eine Gesamtauflage von über 200 Millionen Exemplaren erreicht.

In unserem Hause sind von Dean Koontz bereits erschienen:
Brandzeichen
Das Haus der Angst
Der Schutzengel

Dean Koontz

Ort des Grauens

Roman

Aus dem Amerikanischen
von Monika Seeger

Ullstein

Ullstein Taschenbuchverlag 2002
Der Ullstein Taschenbuchverlag ist ein Unternehmen der Econ Ullstein List Verlag GmbH & Co. KG, München

Lizenzausgabe mit Genehmigung des Paul Zsolnay Verlag, Wien – München
Titel der amerikanischen Originalausgabe: The Bad Place (G. P. Putnam's Sons, New York)
Übersetzung: Monika Seeger
Umschlaggestaltung: Jarzina Kommunikationsdesign, Köln
Titelabbildung: zefa, Düsseldorf
Druck und Bindearbeiten: Ebner & Spiegel, Ulm
Printed in Germany
ISBN 3-548-25470-5

Lehrer beeinflussen unser Leben häufig stärker, als ihnen bewußt ist. Von meiner Zeit in der höheren Schule bis heute habe ich Lehrer gehabt, in deren Schuld ich immer stehen werde, und zwar nicht nur wegen der Dinge, die sie mich lehrten, sondern vor allem deshalb, weil sie unschätzbare Beispiele für Hingabe, Freundlichkeit und Großzügigkeit des Charakters sind und mir ein unerschütterliches Vertrauen in die elementare Güte der menschlichen Spezies vermittelt haben.

Dieses Buch ist gewidmet:

David O'Brien
Thomas Doyle
Richard Forsythe
John Bodnar
Carl Campbell
Steve und Jean Hernishin

Every eye sees its own special vision;
every ear hears a most different song.
In each man's troubled heart, an incision
would reveal a unique, shameful wrong.

Stranger fiends hide here in human guise
than reside in the valleys of Hell.
But goodness, kindness and love arise
in the heart of the poor beast, as well.

The Book of Counted Sorrows

1

Die Nacht war ruhig und merkwürdig still, als wäre diese düstere Gasse ein verlassener Strand, an dem sich kein Lüftchen rührte. Ein Strand im Zentrum eines Wirbelsturms. Ein schwacher Rauchgeruch hing in der Luft, obwohl kein Rauch zu sehen war.

Frank Pollard lag mit dem Gesicht nach unten auf dem kalten Pflaster. Er bewegte sich nicht, nachdem er das Bewußtsein wiedererlangt hatte. Er wartete ab und hoffte, seine Verwirrung würde sich legen. Er blinzelte, versuchte, klar zu sehen. In seinen Augen schienen Schleier zu schweben. Immer wieder atmete er tief die kühle Luft ein und schmeckte den unsichtbaren Rauch. Infolge seiner beißenden Schärfe verzog er das Gesicht.

Schatten, die an eine Versammlung in Roben gehüllter Gestalten erinnerten, erhoben sich drohend und kreisten ihn ein. Allmählich klärte sich seine Sicht. Trotzdem konnte er kaum etwas in dem schwachen gelblichen Licht erkennen. Es schimmerte irgendwo von weit hinten zu ihm her. Ein großer Müllcontainer, etwa zwei bis zweieinhalb Meter von ihm entfernt, zeichnete sich so undeutlich ab, daß er ihm für einen Moment unsagbar eigentümlich erschien – als sei er ein Artefakt aus einer außerirdischen Zivilisation. Frank starrte ihn eine Weile an, bis ihm schließlich klar wurde, um was es sich handelte.

Er wußte nicht, wo er war oder wie er hierher gelangt war. Er konnte nicht länger als ein paar Sekunden bewußtlos gewesen sein, denn sein Herz hämmerte, als wäre er erst vor kurzem um sein Leben gerannt.

Glühwürmchen in einem Wirbelsturm ...

Dieser Begriff schoß ihm durch den Kopf, aber er hatte keine Ahnung, was er bedeutete. Als er versuchte, sich darauf zu konzentrieren und seinen Sinn zu verstehen, spürte er, wie über seinem rechten Auge ein dumpfes Kopfweh begann.

Glühwürmchen in einem Wirbelsturm ...

Er stöhnte leise.

Zwischen ihm und dem Container bewegte sich rasch und geschmeidig ein Schatten unter Schatten. Kleine, aber strahlende, grüne Augen betrachteten ihn mit eiskaltem Interesse. Ängstlich rappelte sich Frank auf die Knie hoch. Unwillkürlich entrang sich ihm ein dünner Schrei. Er klang alles andere als menschlich, eher wie das stumme Jammern eines Rohrblattinstruments. Der grünäugige Beobachter schlich davon. Eine Katze. Nur eine gewöhnliche schwarze Katze.

Frank stand auf, schwankte benommen und wäre fast über einen Gegenstand gestolpert, der neben ihm auf dem Asphalt lag. Behutsam bückte er sich und hob ihn auf: eine Reisetasche aus weichem Leder, vollgepackt und erstaunlich schwer. Er nahm an, es sei seine. Er konnte sich nicht erinnern. Mit der Tasche in der Hand wankte er zu dem Container hinüber und lehnte sich gegen eine der rostigen Seitenwände.

Er schaute sich um und bemerkte, daß er zwischen einigen Häuserzeilen stand, bei denen es sich um zweistökkige stuckverzierte Wohngebäude zu handeln schien. Alle Fenster waren dunkel. Auf beiden Seiten standen die Autos der Bewohner – mit den Schnauzen nach vorn – in überdachten Parkboxen. Das merkwürdige gelbe Glühen, herb und schwefelig, dem Produkt einer Gasflamme fast ähnlicher als dem Leuchten einer weißglühenden elektrischen Birne, stammte von einer Straßenlampe am Ende des Blocks, zu weit entfernt, um in der schmalen Gasse, in der er stand, Einzelheiten erkennen zu lassen. Als sich sein heftiges Atmen ein wenig gelegt hatte und sein Herz nicht mehr so stark klopfte und hämmerte, wurde ihm jäh bewußt, daß er keine Ahnung hatte, wer er war. Er kannte seinen Namen – Frank Pollard –, aber das war auch schon alles. Er wußte nicht, wie alt er war, womit er seinen Lebensunterhalt verdiente, woher er gekommen war, wohin er ging, oder warum. Er war so verblüfft von dieser Erkenntnis, daß ihm für einen Moment der Atem stockte. Dann schnellte sein Herzschlag wieder in die Höhe, und er stieß rasselnd die Luft aus.

Glühwürmchen in einem Wirbelsturm ...

Was, zum Teufel, hatte das zu bedeuten?

Der Kopfschmerz, den er bislang nur über dem rechten Auge gespürt hatte, verteilte sich jetzt über die ganze Stirn.

Unruhig blickte er nach links und rechts, suchte nach einem Gegenstand oder einem Aspekt der Szene, den er möglicherweise wiedererkannte, suchte irgend etwas, einen Anker in einer Welt, die ihm plötzlich so fremd war. Nachdem die Nacht ihm nichts zu bieten hatte, was ihm Sicherheit versprach, forschte er in sich selbst, suchte nach etwas Vertrautem in sich, doch sein eigenes Gedächtnis war noch dunkler als seine Umgebung.

Allmählich wurde ihm bewußt, daß der Rauchgeruch geschwunden und von den schwachen, ekelerregenden Dünsten des faulenden Mülls in dem Container ersetzt worden war. Der Gestank des Zerfalls und der Verwesung erfüllte ihn mit Gedanken an den Tod, die eine undeutliche Erinnerung in ihm auszulösen schienen: Er lief vor jemandem – oder vor etwas – davon, der oder das ihn töten wollte. Als er versuchte, sich ins Gedächtnis zu rufen, warum er floh und vor wem, konnte er diesen Erinnerungsfetzen allerdings nicht weiter erhellen. Denn es schien sich eher um ein Bewußtsein zu handeln, das auf Instinkt beruhte, denn um eine echte Erinnerung.

Ein leichter Windstoß wirbelte Staub auf. Dann kehrte wieder Ruhe ein, als hätte die Stille der Nacht versucht, zum Leben zu erwachen, es aber nur auf einen einzigen bebenden Atemzug gebracht. Die Bö hatte auch ein einzelnes zusammengerolltes Stückchen Papier hochgeweht. Es rollte und flatterte über das Pflaster und kam mit einem leisen Scharren direkt vor seinem rechten Schuh zum Stillstand.

Dann, ein weiterer Windhauch.

Das Papier flog davon.

Wieder war die Nacht völlig windstill.

Da passierte irgend etwas. Frank hatte das Gefühl, diese kurzlebigen Windböen hätten irgendeine gemeinsame Quelle und eine bösartige, unheilvolle Bedeutung. Es mochte irrational sein, doch er war sicher, gleich von einem großen Gewicht zerquetscht zu werden. Er blickte zu dem klaren Himmel hinauf, in die trübe und leere Schwärze des Raums, und sah die heimtückische Brillanz der Sterne, die so weit entfernt waren. Wenn irgend etwas über ihn hereinbrechen sollte, so konnte Frank es zumindest nicht sehen.

Einmal mehr atmete die Nacht aus. Diesmal kräftiger. Ihr Atem war schneidend und unangenehm feucht.

Er trug Laufschuhe, weiße Sportsocken, Jeans und ein langärmliges Hemd mit blauen Karos. Er hatte keine Jacke. Aber er hätte eine gebrauchen können. Die Luft war nicht frostig, nur ziemlich frisch. Doch die Kühle, die Kälte, war auch in ihm, eine eisige Angst, und er zitterte unkontrolliert infolge der kühlen Liebkosung der Nacht und dieses innerlichen Fröstelns.

Der Wind hatte sich wieder gelegt.

Die Stille hatte die Nacht zurückgewonnen.

Überzeugt, er müsse weg von hier – und zwar schnell – stieß er sich von dem Müllcontainer ab. Er torkelte in die Gasse, entfernte sich vom Ende des Blocks, an dem die Straßenlampe glühte, lief in dunklere Bereiche, ohne ein Ziel im Sinn zu haben, nur von dem Gefühl getrieben, daß dieser Ort gefährlich war; und daß er Sicherheit, wenn es für ihn denn überhaupt Sicherheit gab, irgendwo anders finden würde.

Der Wind kam wieder auf, und diesmal begleitete ihn ein gruseliges Pfeifen, das kaum hörbar war, so wie die entfernte Musik einer Flöte, die aus irgendwelchen seltsamen Knochen geschnitzt war.

Nach ein paar Schritten hatte Frank – er war jetzt sicherer auf den Beinen, und seine Augen hatten sich an die dunstige Nacht gewöhnt – eine Stelle erreicht, an der sich etliche Durchgänge kreuzten. Links und rechts sah er schmiedeeiserne Pforten in fahlen stuckverzierten Bögen.

Er versuchte das Tor zur Linken. Es war nicht verschlossen, nur mit einem einfachen Schnappschloß gesichert. Die Scharniere quietschten. Frank zuckte zusammen. Er konnte nur hoffen, daß sein Verfolger das Geräusch nicht gehört hatte.

Denn obwohl kein Gegner in Sicht war, hatte Frank inzwischen keine Zweifel mehr, daß er das Objekt einer Verfolgungsjagd war. Er wußte das so sicher, wie ein Hase weiß, daß ein Fuchs im Feld ist.

Wieder schnaufte der Wind in seinem Rücken, und die flötenähnliche Musik erhob sich. Obwohl kaum hörbar, und obwohl sie keine erkennbare Melodie hatte, peinigte ihn ihr Klang. Sie durchbohrte ihn geradezu. Das verstärkte seine Furcht.

Hinter der schwarzen Eisenpforte, flankiert von federigen Farnen und Büschen, führte ein Gehweg zwischen zwei zweistöckigen Wohngebäuden hindurch. Frank folgte ihm in einen rechtwinkligen Hof, der an zwei Seiten von schwachen Sicherheitslampen spärlich erleuchtet war. Vor den Wohnungen im ersten Stock waren Laubengänge. Die Türen der Apartments im zweiten Stock lagen im Schatten des Ziegeldachs eines Balkons mit eisernem Gitter. Dunkle Fenster gingen auf eine gemähte Rasenfläche hinaus, Beete mit Azaleen und Sukkulenten und auf ein paar Palmen.

Wie ein Zierstreifen fielen die Schatten stacheliger Palmwedel auf eine schwach beleuchtete Wand. So bewegungslos, als handele es sich um ein in Stein gemeißeltes Säulengebälk. Dann tirilierte die mysteriöse Flöte erneut. Der Wind, der wieder aufgefrischt hatte, blies jetzt härter, und die Schatten tanzten, tanzten. Franks eigene verzerrte, dunkle Reflexion wirbelte kurz über den Stuck, zwischen den tänzerischen Silhouetten hindurch, während er über den Hof hastete. Er traf auf einen weiteren Gehweg, ein weiteres Tor, und endlich gelangte er zu der Straße, auf die der Wohnkomplex hinausging.

Es war eine Seitenstraße ohne Laternenpfähle. Hier war die Herrschaft der Nacht nicht zu leugnen.

Der stürmische Wind hielt diesmal länger an als vorher, peitschte härter. Als die Bö abrupt endete, hörte auch die unmelodische Flötenmusik abrupt auf. Die Nacht schien in einem Vakuum zurückgeblieben. Es war, als hätten die vergangenen Turbulenzen jeden Hauch von Atemluft mitgenommen. Dann knallte es in Franks

Ohren, als habe er gerade einen großen Höhenunterschied hinter sich gebracht. Während er über die ausgestorbene Straße eilte, auf die Autos zu, die auf der anderen Straßenseite geparkt waren, war die Luft plötzlich wieder da.

Er versuchte, vier Autos zu öffnen, bevor er eines fand, das nicht verschlossen war – ein Ford. Als er sich hinters Steuer setzte, ließ er die Tür offen, um wenigstens etwas Licht zu haben.

Er blickte zurück zu dem Weg, den er gekommen war.

Der Apartmentkomplex war so still, wie man es mitten in der Nacht erwarten konnte. In Dunkelheit getaucht. Ein ganz normales Gebäude, aber unerklärlicherweise bedrohend.

Niemand war in Sicht.

Dennoch wußte Frank, daß ihm jemand dicht auf den Fersen war.

Er faßte unter das Armaturenbrett, zog ein Knäuel von Drähten heraus und schloß hastig den Motor kurz, als ihm bewußt wurde, daß ein solches Talent auf ein Leben außerhalb der Schranken des Gesetzes schließen ließ. Trotzdem hatte er nicht das Gefühl, ein Dieb zu sein. Er hatte keinerlei Schuldgefühle und keine Antipathie gegen die Polizei – oder Angst vor ihr. Im Augenblick hätte er sogar nur zu gern einen Polizisten gesehen, der ihm hätte helfen können, mit wem-auch-immer oder was-auch-immer fertigzuwerden, der oder das da hinter ihm her war. Er fühlte sich nicht wie ein Krimineller, sondern wie ein Mensch, der schon seit ermüdend langer Zeit auf der Flucht war, auf der Flucht vor einem unversöhnlichen und unbarmherzigen Feind.

Als er nach dem Handgriff der offenen Tür faßte, überflutete ihn das kurze Pulsieren eines hellblauen Lichtes, und das Fenster auf der Fahrerseite des Ford explodierte. Gehärtetes Glas prasselte auf den Rücksitz, krümlig und in kleinste Fragmente zersprungen. Da die Fahrertür nicht geschlossen war, ergoß sich das Glas nicht über ihn, sondern fiel zum größten Teil aus dem Rahmen direkt auf das Pflaster.

Mit einem heftigen Ruck zog er die Tür zu, spähte durch den Spalt, in dem kurz vorher noch Glas gewesen war, hinüber zu dem in Finsternis gehüllten Wohnblock, sah aber niemanden.

Frank warf den Gang ein und trat dann kräftig aufs Gaspedal. Beim Ausscheren aus der Parklücke schrammte er die hintere Stoßstange des vor ihm parkenden Wagens. Ein kurzes Dröhnen von gequältem Metall zerriß die Stille der Nacht.

Doch er hatte die Attacke noch nicht hinter sich: Ein funkelndes blaues Licht, das höchstens eine Sekunde andauerte, tauchte den Wagen in gleißende Helle. Die Frontscheibe zersprang in ihrer ganzen Breite in Tausende von unregelmäßig gezackten Linien, obwohl sie von nichts getroffen worden war, was er hätte sehen können. Frank wandte rasch das Gesicht ab und kniff die Augen gerade noch rechtzeitig genug zu, um sie vor den herumfliegenden Bruchstücken zu schützen. Einen Moment lang konnte er nicht sehen, wohin er fuhr, trotzdem hielt er den Fuß fest aufs Gaspedal gepreßt. Gefährlicher als eine Kollision erschien es ihm zu bremsen und seinem unsichtbaren Feind damit die Gelegenheit zu geben, ihn zu erwischen. Glassplitter regneten auf ihn nieder, prasselten über seinen tief gebeugten Kopf hinweg. Glücklicherweise war es Sicherheitsglas, und keiner der Splitter verletzte ihn.

Er öffnete die Augen, blinzelte in den Sturm, der durch den nun leeren Rahmen der Frontscheibe hereinpeitschte. Er sah, daß er ungefähr einen halben Block weit gefahren war und eine Kreuzung erreicht hatte. Er riß das Steuer nach rechts, tippte dabei nur leicht aufs Gas und bog in eine heller erleuchtete Durchgangsstraße ein.

Wie ein Elmsfeuer spiegelte sich ein saphirblaues Licht auf dem Chrom, und als der Ford die Kurve halb geschafft hatte, explodierte einer der Hinterreifen. Er hatte keinen Schuß gehört. Sekundenbruchteile später explodierte der zweite Hinterreifen.

Der Wagen bockte, ruckte nach links und begann abzubremsen.

Frank umklammerte das Steuer.

Beide Vorderreifen zerplatzten gleichzeitig.

Wieder bockte der Wagen. Er schleuderte zur Seite, doch das plötzliche Zerplatzen der Vorderreifen glich den Linksdrall des Hecks aus und gab Frank die Chance, das sich wie wild drehende Steuerrad in den Griff zu bekommen, so daß ihm das Auto wieder gehorchte.

Wieder hatte er keinen Schuß gehört. Er hatte keine Ahnung, warum dies geschah – und doch wußte er es.

Das war ja das wahrhaft Furchteinflößende: Auf irgendeiner tiefen Ebene seines Unterbewußtseins *wußte* er, was da vorging, wußte, welche fremde Macht das Auto so schnell zerstörte, und er wußte auch, daß er kaum eine Chance hatte zu entkommen.

Ein düsteres blaues Flackern ...

Das Heckfenster implodierte. Stücke von Glas, die jedoch spitz und scharf waren, flogen an ihm vorbei. Einige knallten gegen seinen Hinterkopf, blieben in seinen Haaren hängen.

Frank schaffte es, die Kurve zu umsteuern und holperte auf vier platten Reifen weiter. Das Knallen der klatschenden Gummiteile, die bereits völlig zerfetzt waren, und das knirschende, schleifende Geräusch, das die

Felgen der Räder verursachten, hörte er sogar trotz des Pfeifens und Gejohles des Windes, der ihm scharf ins Gesicht blies.

Er blickte in den Rückspiegel. Die Nacht hinter ihm war wie ein großer schwarzer Ozean, nur von den weit auseinanderstehenden Straßenlampen etwas erhellt. Allerdings schrumpften sie in der Düsternis zusammen wie die Lichter eines parallel gestaffelten Schiffskonvois.

Nach dem Tachometer fuhr er fünfzig, nachdem er aus der Kurve kam. Trotz der kaputten Reifen versuchte er, die Geschwindigkeit auf siebzig zu erhöhen, doch unter der Haube klirrte und rasselte es. Es war ein lauter metallischer Klang. Es klapperte, rasselte und wimmerte, und der Motor gab ein heiseres Husten von sich. Es gelang ihm nicht, ihn auf Touren zu bringen und mehr aus ihm herauszuholen.

Auf halbem Wege zur nächsten Kreuzung zersprangen die Scheinwerfer. Vielleicht waren sie auch nur ausgegangen. Frank konnte es nicht sagen. Obwohl die Straßenlampen sehr weit auseinanderstanden, konnte er dennoch gut genug sehen, um weiterfahren zu können.

Der Motor hustete. Dann noch einmal. Und der Ford verlor an Geschwindigkeit. Frank bremste nicht vor dem Stopschild an der Kreuzung, sondern trat noch stärker aufs Gaspedal.

Aber ohne Erfolg.

Schließlich fiel auch die Lenkung aus. Das Steuerrad drehte sich nutzlos in seinen verschwitzten Händen.

Offenbar waren die Reifen völlig zerfetzt. Der Kontakt der Stahlfelgen mit dem Asphalt ließ goldene und türkise Funken sprühen.

Glühwürmchen in einem Wirbelsturm . . .

Er wußte noch immer nicht, was das bedeutete.

Das Auto, das jetzt nur noch dreißig fuhr, steuerte

direkt auf eine Rechtskurve zu. Frank trat mit voller Wucht auf die Bremse, doch sie funktionierte nicht mehr.

Der Wagen knallte gegen den Kantstein, rutschte weiter und schrammte an einem Laternenpfahl entlang. Es hörte sich an, als küsse Blech Metall. Dann prallte er gegen den Stamm einer großen Dattelpalme, die vor einem weißen Bungalow stand. Die Lichter in dem Haus gingen bereits an, als das Echo des letzten Aufpralls noch in der kalten Nachtluft widerhallte.

Frank riß die Tür auf, griff nach der ledernen Reisetasche auf dem Beifahrersitz und sprang aus dem Auto. Spitze Scherben von Sicherheitsglas flogen durch die Luft.

Obwohl es gar nicht so kalt war, fühlte sich sein Gesicht eisig an. Schweiß rann ihm von der Stirn. Er schmeckte Salz, als er über seine Lippen leckte.

Ein Mann hatte die Haustür des Bungalows geöffnet und trat gerade auf die Veranda. Im Nachbarhaus gingen ebenfalls die Lichter an.

Frank wandte den Kopf und blickte zurück auf den Weg, den er gekommen war. Eine leichte Wolke leuchtenden Saphirstaubes schien durch die Straße zu wehen. Als seien sie von einer ungeheuren Woge erfaßt worden, zersprangen die Glühlampen in den Straßenlaternen der beiden Blocks, die er hinter sich gebracht hatte, und Glasscherben, glitzernd wie Eis, prasselten auf das Pflaster. In der nun einsetzenden Dunkelheit glaubte er mehr als einen Block entfernt eine große, schattenhafte Gestalt zu sehen. Sie schien hinter ihm her zu sein, doch sicher war er nicht.

Links von Frank eilte der Mann aus dem Bungalow den Weg entlang zu der Palme hinunter, gegen die der Ford geprallt und stehengeblieben war. Er sagte etwas, aber Frank hörte ihm nicht zu.

Er packte die Ledertasche fester, drehte sich um und hastete davon. Er wußte nicht, wovor er weglief, oder warum er solche Angst hatte, oder wo er möglicherweise hoffen konnte, einen Zufluchtsort zu finden, aber er rannte trotzdem, weil er wußte, daß er getötet werden würde, wenn er auch nur ein paar Sekunden länger stehenblieb.

2

Der fensterlose Gepäckraum des Dodge-Kleinbusses war von den winzigen roten, blauen, grünen, weißen und bernsteinfarbenen Anzeigeleuchten elektronischer Überwachungsinstrumente spärlich erhellt, doch in erster Linie waren es die beiden grünlich glühenden Computerbildschirme, die den Verschlag, der so eng war, daß man Platzangst bekommen konnte, aussehen ließen wie die Zentrale eines U- Boots.

Robert Dakota saß auf einem Drehstuhl direkt vor den beiden Video-Aufzeichnungs- und Wiedergabegeräten. Er trug Rockport- Straßenschuhe, eine beigefarbene Cordhose und einen kastanienbraunen Pullover. Seine Füße wippten im Takt, und mit der rechten Hand dirigierte er ein unsichtbares Orchester.

Bobby hatte ein Paar Stereokopfhörer über seine Ohren gestülpt, und etwa zweieinhalb Zentimeter von seinem Mund entfernt schwebte ein kleines, an dem Kopfhörer befestigtes Mikrophon. Im Augenblick hörte er Benny Goodmans »One O'Clock Jump«, die Diskantversion von Count Basies klassischer Swingkomposition. Sechseinhalb Minuten reinsten Vergnügens. Als Jess Stacy einen weiteren Klavierrefrain aufgriff und Harry James mit dem brillanten Trompetensolo einsetzte, das zum berühmtesten Rideout in der Swinggeschichte wurde, war Bobby ganz in die Musik versunken.

Trotzdem war er sich der Aktivitäten auf den Bildschirmen ständig völlig bewußt. Der rechte war mit dem Computersystem der Decodyne- Corporation verbunden, vor der sein Kleinbus geparkt war. Er zeigte ihm, was Tom Rasmussen an diesem Donnerstagmorgen um 1.10 Uhr in deren Büros vorhatte: nichts Gutes.

Tom Rasmussen überprüfte und kopierte eine der Dateien des Software-Computerprogramms nach der anderen, das das Entwicklungsteam erst vor kurzem fertiggestellt hatte. Es war Decodynes neues, revolutionäres Textverarbeitungssystem »Whizard«. Die Whizard-Dateien waren mit sorgfältig ausgeklügelten Sperrinstruktionen versehen – elektronischen Zugbrücken, Burggräben und Festungswällen.

Tom Rasmussen war allerdings ein Experte für Computersicherheit, und es gab keine Festung, die er nicht hätte erobern können, wenn man ihm genügend Zeit ließ. Wäre Whizard nicht mit einem firmeninternen Computersystem entwickelt worden, das keinerlei Verbindung zur Außenwelt hatte, wäre Rasmussen wohl schon längst an die Decodyne- Dateien gelangt, ohne irgendwelche Mauern übersteigen zu müssen. Er hätte es auch mit einem Modem und einer Telefonleitung geschafft.

So aber hatte er – welche Ironie – fünf Wochen lang als Sicherheitsmann in der Nachtschicht von Decodyne gearbeitet. Eingestellt worden war er aufgrund hervorragender – und fast überzeugender – falscher Papiere. Heute nacht hatte er die letzten Verteidigungswälle von Whizard durchbrochen. Es konnte nicht mehr lange dauern, bis er Decodyne mit einem Paket Disketten verließ, für die die Konkurrenten der Computerfirma ein Vermögen bezahlen würden.

»One O'Clock Jump« klang aus.

»Musik aus«, sagte Bobby ins Mikrophon.

Dieses gesprochene Kommando war für sein computergesteuertes Compact-Disc-System das Stichwort, sich auszuschalten. Damit war der Kopfhörer frei für die Kommunikation mit Julie, seiner Frau und Geschäftspartnerin.

»Bist du da, Baby?«

Aus ihrem Beobachtungsposten am äußersten Ende des Parkplatzes hinter dem Decodyne- Gebäude hatte sie durch ihre eigenen Kopfhörer derselben Musik gelauscht. Sie seufzte und sagte: »Hat Vernon Brown jemals besser Posaune gespielt als in dieser Nacht des Carnegie- Konzerts?«

»Was ist mit Krupa am Schlagzeug?«

»Ein Ohrenschmaus. Und ein Aphrodisiakum. Wenn ich diese Musik höre, möchte ich mit dir ins Bett gehen.«

»Kann nicht. Bin nicht müde. Nebenbei – wir sind Privatdetektive, weißt du's etwa nicht mehr?«

»Ich finde es schöner, ein Liebespaar zu sein.«

»Mit Liebemachen verdienen wir aber nicht unser täglich Brot.«

»Ich würde dich bezahlen«, sagte sie.

»Tatsächlich? Wieviel?«

»Oh wenn's ums tägliche Brot geht – ein halbes.«

»Ich bin ein ganzes wert.«

Julie erwiderte: »Wenn's darum geht, bist du ein ganzes Brot, zwei Croissants und ein Muffin wert.«

Sie hatte eine angenehme, kehlige und insgesamt sexy Stimme. Er liebte es, ihr zuzuhören. Ganz besonders durch Kopfhörer. Denn da hatte er immer das Gefühl, ein Engel flüstere ihm etwas ins Ohr. Sie wäre eine phantastische Big-Band-Sängerin gewesen, wenn es sie in den Dreißigern und Vierzigern schon gegeben hätte – *und* wenn sie in der Lage gewesen wäre, einen Ton zu halten. Sie war eine großartige Swing-Tänzerin, aber singen konnte sie nicht für fünf Pfennig. Wenn sie in Stimmung war und bei den alten Aufnahmen von Margaret Whiting, den Andrews Sisters, Rosemary Clooney oder Marion Hutton mitsang, mußte Bobby aus Respekt vor der Musik jedesmal das Zimmer verlassen.

»Was macht Rasmussen?« fragte sie.

Bobby schaute auf den zweiten Bildschirm zu seiner Linken, der mit den internen Sicherheitskameras bei Decodyne verbunden war. Rasmussen glaubte, er hätte die Kameras ausgetrickst und fühlte sich unbeobachtet. Doch sie hatten ihn während der letzten Wochen Nacht für Nacht beobachtet und jede seiner verbrecherischen Handlungen auf Videoband aufgezeichnet.

»Der alte Tom ist immer noch am Terminal in George Ackroyds Büro.«

Ackroyd war der Projektleiter für Whizard. Bobby schaute auf den anderen Bildschirm, der ihm zeigte, was Rasmussen auf Ackroyds Computerschirm sehen konnte. »Er hat eben die letzte Whizard- Datei auf Diskette kopiert.«

Rasmussen schaltete das Terminal in Ackroyds Büro aus.

Der daran angeschlossene Monitor vor Bobby wurde im selben Augenblick schwarz.

»Er ist fertig. Jetzt hat er alle«, erklärte Bobby.

»Der erbärmliche Wurm. Er muß sich sehr clever vorkommen«, erwiderte Julie.

Bobby wandte sich wieder dem linken Bildschirm zu und beobachtete das Schwarzweißbild von Rasmussen an Ackroyds Terminal. »Ich glaube, er grinst.«

»Wir werden schon dafür sorgen, daß ihm das Grinsen vergeht.«

»Mal sehen, was er jetzt macht. Wie wär's mit 'ner Wette? Wird er drinbleiben, bis seine Schicht vorbei ist und morgens normal gehen – oder gleich abhauen?«

»Gleich«, sagte Julie wie aus der Pistole geschossen. »Oder zumindest bald. Er wird's nicht riskieren, mit den Disketten geschnappt zu werden. Er wird gehen, solange niemand sonst da ist.«

»Keine Wette. Ich denke, du hast recht.«

Das Bild auf dem Monitor flimmerte, rollte, aber Rasmussen rührte sich nicht weg aus Ackroyds Stuhl. Im Gegenteil – er ließ sich zurückfallen, als sei er völlig erschöpft. Er gähnte und rieb sich die Augen mit den Handballen.

»Er scheint sich auszuruhen und neue Energie zu tanken«, sagte Bobby.

»Wir sollten uns noch ein Lied reinziehen, bis sich was tut.«

»Gute Idee.« Er gab dem CD-Player das Startsignal – »Musik Anfang« – und wurde mit Glenn Millers »In the Mood« belohnt.

Auf dem Monitor konnte er sehen, wie Tom Rasmussen aus dem Stuhl in Ackroyds schwach erleuchtetem Büro aufstand. Wieder gähnte er, streckte sich, durchquerte dann den Raum und schlenderte zu den großen Fenstern, die auf den Michaelson Drive hinausgingen. Das war die Straße, in der Bobby parkte.

Wenn Bobby aus dem Gepäckraum des Kleinbusses in die Fahrerkabine vorgerutscht wäre, hätte er Rasmussens Silhouette möglicherweise dort oben an dem Fenster im zweiten Stock gesehen und im Licht von Ackroyds Schreibtischlampe erkennen können, wie er in die Nacht hinausstarrte. Er blieb jedoch, wo er war, und gab sich mit dem Bild auf dem Monitor zufrieden.

Millers Band spielte das berühmte »In the

Mood«-Motiv wieder und wieder. Es verklang allmählich, war fast völlig verklungen, aber *dann* kehrte es mit voller Wucht zurück, der gesamte Zyklus wiederholte sich noch einmal.

Rasmussen, in Ackroyds Büro, wandte sich endlich vom Fenster ab und schaute hinauf zu der Überwachungskamera, die ziemlich weit oben an der Wand befestigt war. Er schien direkt in Bobbys Augen zu starren, als wisse er, daß er beobachtet wurde. Er ging ein paar Schritte näher auf die Kamera zu und lächelte.

»Musik Ende«, sagte Bobby. Die Miller-Band schwieg augenblicklich. Zu Julie sagte er: »Da geht irgend etwas Seltsames . . .«

»Ärger?«

Rasmussen blieb direkt unter der Überwachungskamera stehen und grinste immer noch zu ihr hinauf. Dann nahm er aus der Tasche seines Uniformhemdes ein gefaltetes Stück Schreibmaschinenpapier, das er entfaltete und vor die Linse hielt. Eine Nachricht war in schwarzen Blockbuchstaben darauf geschrieben worden: AUF WIEDERSEHEN, ARSCHLOCH!

»Mit Sicherheit gibt's Ärger«, entgegnete Bobby.

»Wie schlimm?«

»Weiß nicht.«

Einen Moment später wußte er es: Maschinenpistolenfeuer erschütterte die Nacht – trotz der Kopfhörer konnte er ihr Rattern hören –, und Kugeln durchlöcherten die Wände des Kleinbusses.

Julie hatte die Schüsse offenbar durch die Kopfhörer ebenfalls gehört. »Bobby, nein!«

»Raus da, Baby! Renn! Hau ab!«

Noch beim Sprechen riß sich Bobby die Kopfhörer herunter, rutschte vom Stuhl und warf sich auf den Boden.

3

Frank Pollard spurtete von Straße zu Straße, von Gasse zu Gasse, manchmal auch quer über die Rasenflächen der dunklen Häuser. In einem Hinterhof bellte ein großer schwarzer Hund mit gelben Augen. Er schnappte die ganze Zeit nach ihm, während er an dem Begrenzungszaun entlanghastete. Er erwischte sogar einmal kurz eines seiner Hosenbeine, als er über den Zaun kletterte.

Sein Herz hämmerte schmerzhaft, und seine Kehle war heiß und wund, weil er die kühle, trockene Nachtluft in großen Zügen durch den offenen Mund einsog. Seine Beine taten weh. Die Reisetasche hing so schwer an seinem rechten Arm, als sei sie aus Eisen. Und bei jedem seiner weitausholenden Schritte spürte er pochende Schmerzen im Hand- und Schultergelenk. Aber er blieb nicht stehen, und er schaute sich auch nicht um, weil er das Gefühl hatte, etwas Monströses, etwas Widernatürliches sei ihm auf den Fersen, eine Kreatur, die niemals Ruhe brauchte und ihn nur mit ihren Blikken in Stein verwandeln würde, würde er wagen, sie anzusehen.

Nach einer Weile überquerte er eine Straße, auf der zu dieser späten Stunde kein Verkehr war, und hastete auf die Zufahrt zu einem anderen Apartmentkomplex zu. Durch eine Pforte gelangte er in einen weiteren Hof. In seinem Mittelpunkt lag ein leerer Swimmingpool, dessen schräg abfallende Umrandung rissig war.

Auf dem ganzen Platz war kein Licht, doch Franks Augen hatten sich an das Dunkel der Nacht gewöhnt, so daß er genug sehen konnte, um nicht in den leeren Pool zu fallen. Er suchte nach irgendeinem Zufluchtsort. Vielleicht gab es ja einen Gemeinschafts-Waschraum, dessen Schloß er aufbrechen und wo er sich verstecken konnte.

Während er vor seinem unsichtbaren Verfolger davonlief, hatte er noch etwas anderes über sich selbst herausgefunden: Er hatte dreißig, wenn nicht gar vierzig Pfund Übergewicht und war nicht in Form. Er mußte dringend Atem schöpfen – und nachdenken.

Als er an den Türen der Wohneinheiten im Erdgeschoß vorbeihastete, merkte er, daß einige von ihnen offenstanden und schief in den Angeln hingen. Dann sah er, daß etliche Fenster mit einem Netz aus Sprüngen und Rissen überzogen, ein paar voller Löcher und in anderen gar keine Scheiben mehr waren. Auch das Gras war tot, so spröde wie vergilbtes Papier, und die Büsche waren verwelkt. Eine verdorrte Palme lehnte schief an einer Hauswand. Der Apartmentkomplex war verlassen und nur noch Objekt für eine Abbruchfirma.

An der Nordseite des Hofes fand er eine bröckelige Zementtreppe. Er schaute sich um. Wer auch immer – was auch immer ihm folgte, war noch nicht in Sicht.

Keuchend stieg er zu dem Laubengang im zweiten Stock hinauf und eilte von einem Apartment zum nächsten, bis er eine offene Tür fand. Sie war verzogen. Die Scharniere waren festgerostet. Trotzdem ließ sich die Tür ohne allzu großen Lärm bewegen. Er schlüpfte hinein und drückte die Tür hinter sich zu.

Die Wohnung war ein Hort der Schatten, nachtschwarz und unüberschaubar. Die Fensterhöhlen waren von schwachem aschgrauem Licht erfüllt, konnten den Raum jedoch nicht erhellen.

Er horchte aufmerksam in die Dunkelheit.

Die Stille und die Finsternis waren gleichermaßen tief.

Ganz vorsichtig und Zentimeter für Zentimeter schob sich Frank auf das nächstgelegene Fenster zu, das auf den Laufgang und den Hof hinausging. Im Rahmen waren nur noch einige Scherben und Splitter, aber unter seinen Füßen knirschten und klirrten unzählige Bruchstücke. Er tat behutsam einen Schritt nach dem anderen, weil er Angst hatte, zuviel Lärm zu verursachen oder sich die Laufschuhe aufzuschneiden.

Am Fenster hielt er inne, lauschte wieder.

Stille.

So, als wäre er das eisige Ektoplasma eines schwerfälligen Geistes, schwappte ein träge fließender kalter Luftzug herein und schlüpfte an den paar ausgezackten Glassplittern vorbei, die noch nicht aus dem Rahmen gefallen waren.

Vor Franks Gesicht dampfte sein eigener Atem – bleiche Nebelbänder in der Finsternis.

Die Stille blieb ungebrochen. Zehn Sekunden, zwanzig, dreißig, eine volle Minute.

Vielleicht hatte er seinen Verfolger abgeschüttelt.

Er wollte sich gerade vom Fenster abwenden, als er draußen Schritte hörte. Am anderen Ende des Hofes. Auf dem Gehweg, der von der Straße hereinführte. Das harte, scharfe Dröhnen von Schuhsohlen erklang auf dem Zement. Und jeder Schritt hallte hohl von den Stuckwänden der den Hof umgebenden Gebäude zurück.

Frank stand bewegungslos da und atmete durch den Mund, da er davon ausging, daß sein Verfolger Ohren wie ein Luchs hatte.

Nachdem er den Hof betreten hatte, blieb der Verfolger stehen. Es dauerte lange, bis er weiterging. Obwohl die einander überlagernden Echos täuschen konnten, schien er sich nach Norden zu bewegen, an der Umrandung des Pools entlang, auf dieselbe Treppe zu, über die auch Frank in den zweiten Stock des Gebäudes gelangt war.

Jeder der bedächtigen, regelmäßigen Schritte erinnerte Frank an die Uhr des Henkers auf der Brüstung der Guillotine, die Sekunde für Sekunde dem Augenblick entgegentickt, in dem das Fallbeil fällt.

4

Der Dodge-Kleinbus schien bei jeder Kugel, die durch seine Blechkarosserie fetzte, aufzuschreien wie ein lebendiges Wesen. Und die Wunden wurden ihm nicht eine nach der anderen beigebracht, sondern in Salven, und mit so rücksichtsloser Heftigkeit, daß die Attacke zumindest aus zwei Maschinenpistolen kommen mußte.

Während Bobby Dakota flach auf dem Boden lag und versuchte, mit inbrüstigen himmelwärts gerichteten Gebeten Gottes Aufmerksamkeit auf sich zu lenken, regneten Bruchstücke von Metall auf ihn nieder. Einer der Computer-Bildschirme implodierte, dann auch das andere Terminal, und alle Anzeigeleuchten erloschen. Trotzdem war das Innere des Kleinbusses nicht ganz dunkel. Bernsteinfarbene, grüne, blutrote und silberne Funken stoben von den kaputten elektronischen Gerätschaften hoch, während eine Salve von Stahlmantelgeschossen nach der anderen die Gehäuse der Geräte durchlöcherte und ihre Schaltbretter zerschmetterte. Glas rieselte auf ihn nieder und Plastiksplitter, Holzspäne, Papierfetzen. Der Raum war buchstäblich von einem Blizzard von Trümmern und Schutt erfüllt.

Doch der Lärm war das schlimmste. Vor seinem geistigen Auge sah er sich eingeschlossen in eine große Eisentrommel, auf die eine Motorradgang, high von PCP, mit

Eisenketten einhämmerte. Es waren wirklich riesenhafte Motorradrowdys, mit wahren Muskelbergen bepackt, mit Stiernacken und derben, verfilzten Bärten, die an das Fell von Raubtieren erinnerten, mit farbenprächtigen Totenkopf-Tätowierungen auf den Armen – ach, zur Hölle, Tätowierungen auf den *Gesichtern* –, Kerle, so riesig wie Thor, der Wikingergott, aber mit glühenden, teuflisch-irren Augen.

Bobby hatte eine lebhafte Phantasie. Er hatte sie immer für eines seiner größten Talente gehalten, eine seiner Stärken. Einen Weg aus diesem Schlamassel konnte er sich aber nicht vorstellen.

Mit jeder Sekunde, die verging, während Kugeln den Kleinbus durchlöcherten wie ein Sieb, wunderte er sich mehr, daß er noch nicht getroffen worden war. Er hatte sich flach wie ein Teppich auf den Boden gelegt und versuchte, sich vorzustellen, sein Körper sei höchstens einen halben Zentimeter hoch, ein unglaublich niedriges Ziel also, erwartete aber trotzdem nicht, mit heiler Haut davonzukommen.

Er hatte nicht damit gerechnet, daß er eine Waffe brauchen würde. Es war einfach kein Fall für so was gewesen. Zumindest hatte es so ausgesehen, als wäre es nicht diese Art von Fall. Ein 38er Revolver lag im Handschuhfach des Kleinbusses. Da gelangte er nicht ran. Das bereitete allerdings kein Kopfzerbrechen, weil er mit einer einzelnen Handfeuerwaffe gegen ein paar Maschinenpistolen ohnehin nichts hätte ausrichten können.

Die Schüsse stoppten.

Nach der nervtötenden Abfolge von Lauten der Zerstörung war die Stille so intensiv, daß Bobby das Gefühl hatte, plötzlich taub zu sein.

Die Luft war erfüllt vom Gestank glühenden Metalls, heißgelaufener elektronischer Bausteine, versengten Isoliermaterials – und Benzins. Offenbar war auch der Tank des Kleinbusses durchlöchert. Der Motor tuckerte noch, und aus den zertrümmerten Geräten in Bobbys Nähe stoben nach wie vor Funken hoch. Seine Chancen, eine Explosion zu überleben, waren zur Zeit weit schlechter als die, fünfzig Millionen Mäuse in der Lotterie zu gewinnen.

Er wollte, verdammt noch mal, raus. Doch wenn er jetzt rausstürmte, würden sie vermutlich schon mit ihren Maschinenpistolen auf ihn warten, um ihn fertigzumachen. Wenn er jedoch andererseits hier liegenblieb und darauf vertraute, daß sie ihn für tot hielten – ohne das freilich nachzuprüfen –, konnte der Dodge wie ein Grillfeuer in Flammen aufgehen, das man mit Spiritus getränkt hat. Und er würde so knusprig geröstet werden wie ein Marshmallow.

Er hatte keine Schwierigkeiten, sich vorzustellen, wie er aus dem Kleinbus treten und augenblicklich von einer Kugelgarbe getroffen werden würde. Er würde zucken und sich in einem krampfartigen Todestanz ruckartig über den Asphalt bewegen wie eine zerbrochene Marionette, die an verwirrten Fäden zappelt. Noch leichter fand er es allerdings, sich vorzustellen, wie sich seine Haut in dem Feuer ablösen, sein Fleisch Blasen werfen, brodeln und rauchen, sein Haar wie eine Fackel hochzischen, seine Augen schmelzen, die Zähne schwarz wie Kohlen werden würden, während die Flammen seine Zunge wegsengen und seinem Atem durch die Kehle hinunter in die Lungen folgen würden.

Manchmal war eine lebhafte Phantasie mit Sicherheit ein Fluch.

Plötzlich wurden die Benzindämpfe so stark, daß er Mühe hatte, Luft zu bekommen. Deshalb rappelte er sich hoch.

Draußen begann eine Hupe zu plärren. Er hörte Motorengeräusch, das sich schnell näherte.

Jemand rief etwas, und eine der Maschinenpistolen eröffnete erneut das Feuer.

Bobby ließ sich wieder zu Boden fallen. Er fragte sich, was, zum Teufel, da vorging. Doch als sich das Auto mit der lärmenden Hupe immer weiter näherte, war ihm klar, was da vorging: Julie. Es war Julie. Manchmal war sie wie eine Naturgewalt, wie ein Sturm, wie ein Blitz, der jäh von einem dunklen Himmel niederzuckt. Er hatte ihr gesagt, sie solle abhauen und ihre Haut retten, aber sie hatte ihm nicht zugehört. Er hätte ihr gern in den Hintern getreten wegen ihrer Starrköpfigkeit, aber er liebte sie auch dafür.

5

Als sich Frank vom Fenster wegstahl, versuchte er, seine Schritte auf die des Mannes unten im Hof abzustimmen. Er hoffte, daß so die Geräusche, die er verursachte – wenn er beispielsweise auf Glassplitter trat –, von denen seines unsichtbaren Feindes überdeckt würden. Das Zimmer, in dem er sich befand, war wohl einmal das Wohnzimmer gewesen. Es war ziemlich leer, abgesehen von irgendwelchem Sperrmüll oder Schutt, den wohl die letzten Mieter zurückgelassen hatten oder der durch die fehlenden Fensterscheiben hereingeweht worden war. Er schaffte es tatsächlich, den Raum zu durchqueren und in die Halle zu gelangen, ohne gegen irgend etwas zu stoßen.

Hastig tastete er sich durch die Diele, die so schwarz war wie die Höhle eines Raubtieres. Es roch nach Moder und Schimmel und Urin. Er kam an einer Zimmertür vorbei, ging weiter und dann nach rechts durch die nächste Türöffnung und huschte zu einem Fenster. Die Scheibe war ebenfalls kaputt, allerdings waren hier keine Splitter mehr im Rahmen. Außerdem ging dieses Fenster nicht zum Hof, sondern auf eine beleuchtete, aber völlig verlassene Straße.

Hinter ihm raschelte es.

Er drehte sich um, blinzelte blind in die Finsternis und hätte fast laut aufgeschrien.

Doch das Geräusch konnte nur eine Ratte verursacht haben, die an der Wand entlang über trockene Blätter und Papierfetzen gehuscht war. Nur eine Ratte.

Frank lauschte angestrengt. Keine Schritte. Wenn ihm sein Verfolger noch auf den Fersen war, wurde das hohle Klappern seiner Schritte völlig von den Wänden gedämpft, die jetzt zwischen ihm und Frank lagen.

Er schaute wieder aus dem Fenster. Unter sich sah er den ausgetrockneten Rasen, so trocken wie Sand und doppelt so braun. Er versprach keine weiche Landung. Frank ließ die lederne Reisetasche nach unten fallen. Sie landete mit einem lauten Plumps. Da ihn die Aussicht, springen zu müssen, mit Angst erfüllte, kletterte er zunächst auf den Sims, hockte sich in die leere Fensterhöhle, hielt sich am Rahmen fest und zögerte einen Moment.

Eine Windbö zerzauste sein Haar. Kühle Luft streichelte sein Gesicht. Es war ein ganz normaler Luftzug, er hatte nichts mit dem übernatürlichen Blasen von vorhin zu tun, das von der überirdischen und unmelodischen Musik der fernen Flöte begleitet worden war.

Plötzlich zuckte hinter Frank ein blauer Blitz. Er kam aus dem Wohnzimmer, schoß durch die Halle und durch die Tür. Der seltsamen Lichtflut folgten eine Explosion und eine Erschütterungswelle. Die Wänden erzitterten. Die Eingangstür wurde aufgesprengt. Holzteile flogen durch die Luft.

Jetzt sprang Frank aus dem Fenster und landete auf den Füßen. Dann versagten seine Knie, und er fiel auf den toten Rasen.

Im selben Moment bog ein großer Lastwagen um die Ecke. Seine Ladefläche hatte eine Heckklappe aus Holz. Der Fahrer schaltete in einen höheren Gang und fuhr an dem Wohnhaus vorbei. Frank hatte er offenbar nicht bemerkt.

Der rappelte sich hoch, schnappte sich die Tasche und stürmte auf die Straße. Da der Laster gerade erst um die Kurve gebogen war, fuhr er nicht schnell, und Frank gelang es, mit einer Hand die Heckklappe zu packen und sich hochzuziehen, bis er auf der hinteren Stoßstange stand.

Als der Fahrer Gas gab, blickte Frank zu dem verfallenen Apartmentkomplex zurück. An keinem der Fenster glimmerte ein geheimnisvolles blaues Licht. Sie waren so schwarz und leer wie die Augen- und Zahnhöhlen eines Totenschädels.

Erschöpft hielt sich Frank an der Heckklappe fest. Er hätte gewiß sicherer gestanden, hätte er die Reisetasche fallen lassen. Doch das wollte er nicht, weil er vermutete, daß ihr Inhalt ihm helfen könnte herauszufinden, wer er war, woher er gekommen war und wovor er davonlief.

6

Hau ab! Bobby glaubte wohl, sie würde Reißaus nehmen, sobald es Ärger gab – »*Mach, daß du wegkommst, Baby! Hau ab!*« –, würde Reißaus nehmen, nur weil er ihr sagte, sie solle es tun, so als wäre sie ein braves kleines Frauchen, keine echte Partnerin der Agentur, keine verdammt gute Privatdetektivin, die selbst denken kann, sondern nur eine Alibi-Hilfskraft, die den Kopf nicht hinhalten mochte, wenn's mal Ärger gab. Nun, egal.

Vor ihrem geistigen Auge konnte sie sein liebes Gesicht sehen – fröhliche blaue Augen, Boxernase, Sommersprossen, voller Mund – umrahmt von dickem honiggelbem Haar, das zerwühlt war (was meist der Fall war) wie bei einem kleinem, Jungen, der gerade seinen Mittagsschlaf hinter sich hat. Sie hätte ihm gern eins auf die Boxernase gegeben – gerade hart genug, daß es ihm weh tat, damit er endlich kapierte, wie sehr sie sich über den Vorschlag, Reißaus zu nehmen, geärgert hatte.

Sie war auf ihrem Beobachtungsposten hinter dem Decodyne-Gebäude gewesen und hatte im tiefen Schatten unter einem Lorbeerbaum auf dem Parkplatz gestanden. In dem Moment, in dem Bobby Ärger signalisierte, hatte sie den Motor des Toyota gestartet. Als sie über den Kopfhörer Schüsse hörte, hatte sie den Gang eingelegt, die Handbremse gelöst und das Gaspedal durchgetreten.

Zunächst hatte sie die Kopfhörer noch aufbehalten, Bobbys Namen gerufen, versucht, eine Antwort von ihm zu erhalten, aber am anderen Ende war nur scheußlicher Krawall zu hören gewesen. Dann war gar nichts mehr aus den Kopfhörern gedrungen, sie konnte überhaupt nichts mehr hören, deshalb nahm sie sie ab und warf sie auf den Rücksitz.

Hau ab! Der Teufel sollte ihn holen!

Als sie das Ende der letzten Parkreihe erreichte, nahm sie den rechten Fuß vom Gaspedal, trat gleichzeitig mit dem linken die Bremse durch und brachte den kleinen Wagen so geschickt ins Schlittern, daß er wie von selbst auf die Zubringerstraße rutschte, die um das große Gebäude herumführte. Sie packte das Steuerrad fester und gab wieder Gas, bevor das Heck noch aufgehört hatte zu schleudern und zu rutschen. Die Reifen quietschten, der Motor heulte auf, und mit dem scharfen Kreischen, Rattern und Röcheln von gequältem Metall raste der Wagen vorwärts.

Sie schossen auf Bobby, und Bobby war vermutlich nicht in der Lage zurückzuschießen, weil er's nicht für nötig hielt, zu jedem Job eine Waffe mitzuschleppen. Er nahm nur dann eine Waffe mit, wenn es so aussah, als könne der jeweilige Fall gefährlich sein. Der Auftrag von Decodyne war ihm ausgesprochen friedlich erschienen. Manchmal konnte sich Industriespionage zwar auch als ziemlich bösartig entpuppen, doch in diesem Fall war Tom Rasmussen der böse Bube, ein Computerfreak und ein habgieriger Hurensohn, mit einem Strafregister, in dem sich Diebstahl an Diebstahl reihte. Aber Blut klebte nicht an seinen Händen. Er war das Hightech-Gegenstück zu einem speichelleckenden Bankbeamten, der Kundengelder veruntreut – so hatte er jedenfalls gewirkt.

Julie aber war bei *jedem* Job bewaffnet. Bobby war

Optimist, sie war Pessimistin. Bobby ging davon aus, daß alle Menschen schon im eigenen Interesse vernünftig wären. Doch Julie erwartete immer, daß jeder augenscheinlich normale Mensch heimlich ein irrer Psychopath war. An der Rückwand des Handschuhfachs war ein 357er Magnum mit einem Bügel befestigt, und eine Uzi – mit zwei Ersatzmagazinen mit je dreißig Schuß – lag auf dem Beifahrersitz. Nach dem, was sie aus dem Kopfhörer gehört hatte, bevor er verstummt war, würde sie die Uzi brauchen.

Der Toyota *flog* nahezu an der Seitenfront von Decodyne vorbei. Sie riß das Steuer hart nach links und bog in den Michaelson Drive ein. Der Wagen fuhr fast nur auf zwei Rädern, beinahe hätte sie die Kontrolle verloren, aber eben nicht ganz. Vor ihr, an der Ecke vor dem Gebäude, parkte der Dodge, und ein weiterer Kleinbus – ein dunkelblauer Ford – stand mit weit offenen Türen auf der Straße.

Zwei Männer, die offensichtlich in dem Ford gewesen waren, standen ungefähr vier, fünf Meter von dem Ford entfernt und feuerten wie wild mit ihren Maschinenpistolen auf den Wagen. Sie ballerten mit solcher Vehemenz, daß man hätte meinen können, sie seien nicht hinter dem Mann im Wageninneren her, sondern hegten irgendeinen heimlichen Groll gegen den Dodge selbst. In dem Moment, in dem sie aus der Zubringerstraße in den Michaelson Drive einbog, hörten sie auf zu schießen, drehten sich zu ihr um und schoben eiligst neue Magazine in ihre Waffen.

Das beste wäre es, schleunigst die hundert Meter hinter sich zu bringen, die sie von den Männern trennten, den Toyota abzustellen, herauszuschlüpfen, das Auto als Deckung zu benutzen, die Reifen des Ford zu zerschießen und die beiden dann festzuhalten, bis die Polizei erschien. Doch dafür hatte sie keine Zeit. Die beiden waren bereits dabei, die Mündungen ihrer Waffen zu heben.

Die Tatsache, daß diese Straße im Herzen des großstädtischen Orange County zu dieser Stunde der Nacht so verlassen wirkte – keine Menschen, kein Verkehr und nur in das gelbliche Licht der Natriumdampf-Straßenlampen gehüllt –, ließ sie nicht die Nerven verlieren. Sie waren in einem Bezirk, in dem es nur Banken und Bürogebäude gab. Die Wohnhäuser, Restaurants oder Bars waren einige Blocks entfernt. Dies hier hätte genausogut eine Stadt auf dem Mond sein können oder eine Vision der Welt, nachdem sie von einer geheimnisvollen Krankheit heimgesucht worden war, die nur eine Handvoll Menschen überlebt hatten.

Sie hatte keine Zeit, die bewaffneten Männer nach allen Regeln der Kunst außer Gefecht zu setzen, und sie konnte auch mit keinerlei Hilfe rechnen, also würde sie das tun, was die beiden am wenigsten erwarteten: die Kamikaze-Fahrerin spielen, ihr *Auto* als Waffe benutzen.

In dem Augenblick, in dem sie den Wagen voll unter Kontrolle hatte, trat sie das Gaspedal ganz durch und schoß geradewegs auf die beiden Mistkerle zu. Sie eröffneten das Feuer, doch sie war bereits vom Sitz gerutscht und hatte sich zur Seite geworfen. Sie versuchte – den Kopf unterhalb des Armaturenbretts – das Steuer aber dennoch relativ fest zu halten.

Kugeln prallten vom Wagen ab und pfiffen an ihm vorbei. Die Frontscheibe zerbarst. Eine Sekunde später erwischte Julie einen der Schützen so heftig, daß die Wucht des Aufpralls ihren Kopf nach vorn schnellen ließ. Er donnerte gegen das Steuerrad. Von ihrer Stirn tropfte Blut, ihre Zähne knallten so kräftig aufeinander, daß ihr Kiefer schmerzte. Und als sie quälende Nadelstiche in ihrem Gesicht spürte, hörte sie, wie der Körper des Mannes hochgeschleudert wurde und auf der Motorhaube aufschlug.

Blut rann von ihrer Stirn und tropfte über ihre rechte Augenbraue hinunter, doch Julie tippte unbeirrt auf die Bremse und setzte sich gleichzeitig auf. Vor sich sah sie die Leiche eines Mannes, die sich im Rahmen der Windschutzscheibe verfangen hatte. Sie blickte in weitaufgerissene Augen. Sein Gesicht war direkt über dem Steuer – abgebrochene Zähne, aufgeplatzte Lippen, ein zerschmettertes Kinn, eine zerfetzte Wangenpartie – und eins seiner gebrochenen Beine war ins Innere des Wagens geschleudert worden und zwischen Armaturenbrett und Sitz eingeklemmt.

Julie trat das Bremspedal kräftig durch. Durch die jähe Verringerung des Tempos wurde der Mann zurückgeschleudert. Sein lebloser Körper rollte über die Motorhaube zurück, und als das Auto schlitternd stoppte, fiel er hinunter und verschwand aus ihrem Blickfeld.

Julies Herz raste, und sie mußte angestrengt blinzeln, damit das beißende Blut ihr nicht die Sicht nahm. Sie griff sich die Uzi vom Beifahrersitz, drückte die Tür auf und rollte sich hinaus. Sie bewegte sich schnell und achtete auf Deckung.

Der andere Gangster saß bereits in dem blauen Ford-Kleinbus. Er gab Gas, bevor ihm einfiel, daß er zunächst den Gang einlegen mußte. Die Reifen quietschten und qualmten. Julie verschoß zwei Garben der Uzi. Beide Reifen auf ihrer Seite des Kleinbusses waren platt.

Den Kerl konnte das allerdings nicht stoppen. Er brachte es schließlich fertig, den Gang einzulegen und versuchte, auf den beiden platten Reifen an ihr vorbeizufahren.

Der Bastard hatte möglicherweise Bobby getötet, und

jetzt haute er ab. Er würde vermutlich nie gefunden werden, wenn Julie ihn nicht aufhielt. Widerstrebend schwang sie die Uzi hoch und leerte das gesamte Magazin ins Seitenfenster des Kleinbusses. Der Ford beschleunigte, wurde dann plötzlich langsamer, rutschte mit immer weniger Geschwindigkeit in einem großen Bogen nach rechts und prallte gegen die Bordsteinkante, wo er mit einem Ruck hielt.

Niemand stieg aus.

Julie behielt den Ford im Auge, beugte sich in ihren Wagen, griff sich ein Reservemagazin vom Sitz und lud die Uzi neu. Dann ging sie vorsichtig auf den im Leerlauf tuckernden Ford zu und riß die Tür auf. Doch ihre Vorsicht erwies sich als unnötig, weil der Mann hinter dem Steuer tot war. Ihr wurde ein wenig übel, trotzdem faßte sie hinein und schaltete den Motor ab.

Als sie sich von dem Ford abwandte und auf den von Kugeln durchsiebten Dodge zueilte, waren die einzigen Geräusche, die sie wahrnahm, das Rauschen einer leichten Brise in den üppigen Büschen, die die Firmengebäude flankierten, und das sanfte Rascheln und Knistern der Palmwedel. Dann konnte sie auch den im Leerlauf brummenden Motor des Dodge hören. Im selben Moment nahm sie den Benzingeruch wahr und schrie: »Bobby!«

Bevor sie den weißen Kleinbus noch erreicht hatte, wurden die Hecktüren krachend aufgestoßen, und Bobby sprang heraus. Kleine und kleinste Metall- und Plastikteilchen, Glas- und Holzstückchen und Papierfetzen flogen um ihn herum. Er keuchte und rang nach Luft. Wegen der Benzindämpfe hatte es im Gepäckraum offensichtlich kaum noch Atemluft gegeben.

In der Ferne erklangen Sirenen.

Zusammen ließen sie den Dodge rasch hinter sich. Sie

waren gerade ein paar Schritte weit gelangt, als orangefarbene Lichter aufglühten und Flammen zischend von den Benzinpfützen aufstiegen, die sich auf dem Pflaster gebildet hatten. Das Fahrzeug wurde in ein gleißendes Feuermeer verwandelt. Sie hasteten aus dem Strahlenkranz der intensivsten Hitze heraus, die den Dodge umgab, und blieben einen Moment lang stehen, schauten erst das Wrack an, dann einander.

Die Sirenen rückten näher.

»Du blutest«, sagte er.

»Hab' mir nur die Stirn ein wenig angeschrammt.«

»Bist du sicher?«

»Es ist nichts. Was ist mit dir?«

Er atmete einmal tief durch. »Ich bin okay.«

»Wirklich?«

»Ja, klar.«

»Du bist nicht verletzt?«

»Ganz heil. Es ist wie ein Wunder.«

»Bobby?«

»Was?«

»Ich hätte es nicht ertragen, wenn ich dich da drinnen tot vorgefunden hätte.«

»Ich bin nicht tot. Mir geht's gut.«

»Gott sei Dank«, sagte sie.

Dann gab sie ihm einen Tritt vors rechte Schienbein.

»Au! Was, zum Teufel ...«

Sie trat ihn vors linke Schienbein.

»Julie, verdammt noch mal!«

»Sag mir nie wieder, ich soll abhauen.«

»Was?«

»Ich bin eine echte Partnerin in der Firma – in *jeder* Beziehung.«

»Aber ...«

»Ich bin so clever wie du, so schnell wie du ...«

Er schaute zu dem toten Mann auf der Straße hinüber und dann zu dem anderen in dem Ford, der durch die offene Tür sichtbar war, und sagte:

»Ganz bestimmt, Baby.«

». . . so hart wie du . . .«

»Ich weiß, ich weiß. Aber hör auf, mich zu treten.«

»Was ist mit Rasmussen?« fragte sie.

Bobby schaute an dem Decodyne-Gebäude hoch. »Glaubst du, daß er immer noch drin ist?«

»Die einzigen Ausgänge zu den Parkplätzen gehen zum Michaelson Drive, und wenn er da nicht rausgekommen ist, muß er noch drinnen sein – es sei denn, er ist zu Fuß abgehauen. Wir müssen ihn uns schnappen, bevor er mit den Disketten aus der Falle entwischt.«

»Auf den Disketten ist sowieso nichts Wichtiges«, erwiderte Bobby.

Decodyne hatte von Anfang an über Rasmussen Bescheid gewußt, weil die Agentur Dakota & Dakota – vertraglich verpflichtet, die Sicherheitsüberprüfungen vorzunehmen – die äußerst clevere falsche Identität des Hackers gelüftet hatte. Das Management von Decodyne war willens, Rasmussens falsches Spiel so lange mitzuspielen, bis man feststellen konnte, an wen er die Whizard-Dateien weitergeben würde, sobald er sie hatte. Die Manager hatten vor, den Geldgeber, der Rasmussen angeheuert hatte, gerichtlich zu belangen. Denn es war wohl zweifellos einer der Hauptkonkurrenten von Decodyne, der den Hacker bezahlte.

Sie hatten Tom Rasmussen in dem Glauben gewiegt, er hätte die Sicherheitskameras ausgetrickst, obwohl er natürlich ständig unter Beobachtung stand. Sie hatten auch ruhig zugesehen, als er die Codes entschlüsselte und damit Zugang zu den Informationen hatte, die er wollte. Was er freilich nicht wußte, war, daß die Dateien

Geheiminstruktionen enthielten, die sicherstellten, daß später auf den Disketten praktisch nur wertloses und verstümmeltes Material sein würde.

Das Feuer krachte und knisterte donnernd und verschlang den Kleinbus. Julie beobachtete Trugbilder aus reflektierten Flammen, die vor den Glaswänden und den großen schwarzen Fenstern von Decodyne Luftsprünge zu vollführen schienen, als suchten sie das Dach zu erreichen und dort miteinander zu verschmelzen wie die grotesk häßlichen Tänzer beim Veitstanz.

Um sich gegen das Krachen des Feuers und den Lärm der heranjaulenden Sirenen zu behaupten, hob Julie leicht die Stimme. »Nun, wir haben geglaubt, er dächte, er hätte die Videokameras ausgetrickst«, sagte sie, »aber er hat offenbar gewußt, daß wir hinter ihm her sind.«

»Sicher.«

»Da liegt's doch auf der Hand, daß er auch clever genug war, nach den Befehlen zu suchen, die die Kopier-Sperre wieder aufheben.«

Bobby runzelte die Stirn. »Du hast recht.«

»Also hat er Whizard vermutlich dechiffriert auf diesen Disketten.«

»Verdammt. Ich will da nicht reingehen. Auf mich ist heute nacht schon genug geschossen worden.«

Ein Streifenwagen bog zwei Blocks entfernt in die Straße ein und fuhr mit heulenden Sirenen und Blaulicht auf sie zu.

»Da kreuzen die Profis auf«, sagte Julie. »Warum lassen wir die das nicht erledigen?«

»Für den Job hat man uns engagiert. Wir haben eine Verpflichtung. Die Privatdetektiv-Ehre ist mir heilig, das weißt du doch. Was würde Sam Spade dazu sagen?«

»Sam Spade kann mich an die Füße fassen ...

»Was würde Philip Marlowe dazu sagen?«

»Philip Marlowe kann mich auch an die Füße fassen . . .«

»Was würde unser Klient dazu sagen?«

»Unser *Klient* kann mich erst recht an die . . .«

»Liebling, *an die Füße fassen* ist nicht der populäre Ausdruck.«

»Ich weiß, aber ich bin eine Dame.«

»Das bist du sicher.«

Als der schwarzweiße Streifenwagen vor ihnen bremste, bog ein weiteres Polizeifahrzeug um die Ecke. Sirenen heulten. Und aus der anderen Richtung erschien ein drittes.

Julie legte die Uzi aufs Pflaster und hob die Hände, um Mißverständnisse auszuschließen. »Ich bin *wirklich* froh, daß du am Leben bist, Bobby.«

»Willst du mich noch einmal treten?«

»Im Augenblick nicht.«

7

Frank Pollard ließ die Heckklappe nicht los und fuhr neun, zehn Blocks auf der hinteren Stoßstange des Lasters mit, ohne daß der Fahrer ihn bemerkt hätte.

Unterwegs sah er ein Schild, das ihn in der Stadt Anaheim willkommen hieß, was bedeutete, daß er in Südkalifornien war, obwohl er immer noch nicht wußte, ob er da lebte oder ob er von außerhalb war. Da die Nachtluft so kühl war, mußte Winter sein. Es war nicht wirklich kalt, aber so frostig, wie es in dieser Klimazone werden kann.

Daß er weder das genaue Datum noch den Monat wußte, stimmte ihn nervös. Er zitterte vor Kälte und sprang von dem Lastwagen, als der langsamer wurde und in eine Nebenstraße einbog, die zu einem Industriegebiet gehören mußte.

Große Wellblechhallen – einige frisch gestrichen und andere mit Roststreifen, einige von Sicherheitslampen schwach erleuchtet, andere dunkel – zeichneten sich gegen den sternenhellen Himmel ab.

Er schulterte die Reisetasche und entfernte sich von den Lagerhäusern. Die Straßen in diesem Distrikt waren von schäbigen Bungalows gesäumt. Die Büsche und Bäume waren größtenteils ungepflegt: die toten Wedel der Palmen waren nicht abgeschnitten. Hibiskusbüsche mit halbgeschlossenen Blüten schimmerten sanft in der Finsternis. Die Hecken waren so alt, daß man mehr Holz als Blätter sah. Bougainvillearanken hatten sich über Dächer und Zäune ausgebreitet. Die weichen Sohlen seiner Schuhe verursachten kein Geräusch, und seinen Schatten sah er entweder vor oder hinter sich, während er einen Laternenpfahl nach dem anderen hinter sich ließ.

An Kantsteinen und in Auffahrten parkten Autos. Es waren meist ältere Modelle, einige verrostet und verbeult. Möglicherweise hingen in etlichen von ihnen sogar die Zündschlüssel, und er hätte sich eines aussuchen können. Doch ihm war aufgefallen, daß die Mauern aus Schlackenstein, die die Grundstücke trennten – genauso wie die Wände eines baufälligen und verlassenen Hauses –, mit den Graffity-Sprüchen lateinamerikanischer Straßengangs besprüht waren.

Und er hatte keine Lust, an einem fahrbaren Untersatz herumzupfuschen, der vielleicht einem ihrer Mitglieder gehörte. Diese Jungs hielten sich nicht damit auf, zur nächsten Telefonzelle zu rennen und die Polizei zu rufen, wenn sie jemanden erwischten, der ihr Auto klauen wollte. Die schossen gleich oder jagten einem ein Messer in den Rücken. Da Frank bereits genug Ärger hatte, ging er weiter.

Zwölf Blocks später, in einer Gegend mit gepflegten Häusern und besseren Autos, begann er sich nach einem geeigneten Wagen umzusehen, den man leicht stehlen konnte. Der zehnte Wagen, bei dem er es probierte, war ein etwa ein Jahr alter grüner Chevy. Er war unverschlossen und stand in der Nähe einer Straßenlampe. Die Zündschlüssel lagen unter dem Fahrersitz.

Weil er vorhatte, den Apartmentkomplex, bei dem er seinen unbekannten Verfolger zuletzt getroffen hatte, möglichst weit hinter sich zu lassen, fuhr er von Anaheim nach Santa Ana und dann auf der Bristol Avenue nach Süden in Richtung Costa Mesa. Überrascht stellte er fest, wie vertraut ihm die Straßen waren. Er schien die Gegend gut zu kennen. Er erkannte Gebäude, Einkaufszentren, Parks und Wohnanlagen, an denen er vorbeifuhr, obwohl ihr Anblick trotzdem nicht dazu beitrug, sein Gedächtnis aufzufrischen, aus dem sämtliche Erinnerungen wie ausgeätzt zu sein schienen. Er konnte sich noch immer nicht erinnern, wer er war, wo er wohnte, womit er seinen Lebensunterhalt verdiente, wovor er davonlief oder warum er mitten in der Nacht in einer düsteren Gasse aufgewacht war.

Selbst zu dieser späten Stunde – die Uhr am Armaturenbrett zeigte an, daß es 2.48 Uhr war – war das Risiko, einem Streifenwagen zu begegnen, auf einem Freeway wohl größer. Deshalb fuhr er auf Nebenstraßen durch Costa Mesa und das östliche und südliche Newport Beach. In Corona Del Mar ging er auf den Pacific Coast Highway, auf dem er bis Laguna Beach blieb. Ein leichter Nebel hatte sich gebildet, der nach Süden hin allmählich dichter wurde.

Laguna, malerischer Erholungsort und Künstlerkolonie, erstreckte sich über eine Reihe sanft ansteigender Hügel und Felswände und senkte sich zum Ozean hin ab. Die meisten Häuser waren in dicken Nebel gehüllt. Nur gelegentlich überholte ihn mal ein Auto, und der Dunst, der vom Pazifik aufstieg, wurde bald so dick, daß er gezwungen war, die Geschwindigkeit zu drosseln.

Gähnend bog er in eine Seitenstraße östlich des Highway ein und parkte vor einem zweistöckigen Giebelhaus im Cape-Cod-Stil, das so gar nicht in diese Landschaft paßte. Er wollte sich ein Motelzimmer nehmen, doch vorher mußte er wissen, ob er Geld oder irgendwelche Kreditkarten hatte. Zum erstenmal in dieser

Nacht hatte er die Chance, auch etwas über seine Identität herauszufinden. Er durchsuchte die Taschen seiner Jeans, fand aber nichts.

Er schaltete das Innenraumlicht ein, zog die Reisetasche auf seinen Schoß und öffnete sie. Die Tasche war bis an den Rand mit Banknoten gefüllt. Lauter Zwanzig- und Hundertdollarscheine, sorgfältig gebündelt.

8

Die dünne Suppe des grauen Dunstes entwickelte sich langsam zu einem dicken Eintopf. Ein paar Meilen näher am Ozean war es bestimmt so neblig, daß sich Klumpen bildeten.

Ohne Mantel, nur mit einem Pullover bekleidet, lehnte sich Bobby gegen einen der Streifenwagen, die vor Decodyne parkten. Die Tatsache, daß er dem sicheren Tod mit knapper Not entronnen war, ließ ihn die Kälte vergessen. Er beobachtete Julie, die unruhig hin und her lief, die Hände in den Taschen ihrer braunen Lederjacke. Er wurde niemals müde, sie anzuschauen.

Sie waren seit sieben Jahren verheiratet, und in dieser Zeit hatten sie tagtäglich buchstäblich 24 Stunden miteinander gelebt, gearbeitet und die Freizeit verbracht, und das sieben Tage in der Woche. Bobby hatte nie zu den Männern gehört, die gern mit ihren Kumpels in Bars herumhingen oder mit ihnen auf den Fußballplatz gingen. Teilweise lag das daran, daß es schwer war, andere Männer von Mitte Dreißig zu finden, die sich für das interessierten, was ihm wichtig war: Big-Band- Musik, die Kunst- und Kulturszene der Dreißiger und Vierziger und klassische Comics von Walt Disney.

Und Julie war nicht der Typ, der gern mit den Mädels essen ging, weil es auch nicht viele dreißigjährige Frauen gab, die wild waren auf die Big-Band-Ära, Cartoons von Warner Brothers, asiatische Kampfsportarten oder Waffentraining für Fortgeschrittene.

Obwohl sie so viel Zeit miteinander verbrachten, wurden sie einander doch nie überdrüssig, und sie war für ihn immer noch die interessanteste und anziehendste Frau, die er jemals getroffen hatte.

»Warum brauchen die so lange?« fragte sie und schaute hinauf zu den jetzt hell erleuchteten Fenstern von Decodyne, strahlende, wenn auch verschwommene Rechtecke im Dunst.

»Du mußt Geduld haben mit ihnen, Liebling«, sagte Bobby. »Sie sind nicht so dynamisch wie Dakota & Dakota. Sie gehören nur zu einer simplen Einsatztruppe.«

Der Michaelson Drive war abgeriegelt. Acht Polizeifahrzeuge – Personen- und Mannschaftswagen – waren über die Fahrbahn verteilt. In der stillen Nachtluft hörte man das Knistern atmosphärischer Störungen und das Knattern metallischer Stimmen im Polizeifunk. Ein Polizeibeamter saß hinter dem Steuer eines der Streifenwagen, und an beiden Enden des Blocks waren Uniformierte postiert. Vor der Eingangstür des Decodyne-Gebäudes sah man zwei weitere. Der Rest war drinnen und suchte nach Rasmussen.

Die Männer vom Polizeilabor und vom Büro des Untersuchungsrichters fotografierten derweil, stellten Messungen an und entfernten die Leichen der beiden schießwütigen Kerle.

»Was, wenn er es schafft, mit den Disketten abzuhauen?« fragte Julie.

»Das wird er nicht.«

Sie nickte. »Klar, ich weiß, was du denkst – Whizard wurde auf einem innerbetrieblichen Computersystem entwickelt. Aber in der Firma gibt es noch ein zweites

System mit Modems und allem, mit dem man Daten per Telefonleitung übertragen kann, nicht wahr? Was passiert, wenn er die Disketten mit zu einem *dieser* Terminals genommen und sie telefonisch übermittelt hat?«

»Kann er nicht. Das zweite System, das mit dem anderen nicht in Verbindung steht, ist völlig anders als das, mit dem Whizard entwickelt wurde. Die beiden sind nicht kompatibel.«

»Rasmussen ist schlau.«

»Da gibt es außerdem eine Nachtsperre, das heißt, man kann es nachts gar nicht benutzen.«

»Rasmussen ist schlau«, wiederholte sie.

Wieder ging sie vor ihm auf und ab.

Die Schürfwunde auf ihrer Stirn, die sie sich zugezogen hatte, als sie mit dem Kopf auf das Steuer aufgeschlagen war, nachdem sie gebremst hatte, blutete nicht mehr, schien aber wund zu sein und zu nässen. Sie hatte das Gesicht zwar mit Papiertüchern abgewischt, dennoch waren unter ihrem rechten Auge und auf den Wangen Streifen verschmierten Bluts zurückgeblieben, die fast wie verschorfte Schnittwunden aussahen. Jedesmal, wenn Bobby einen Blick auf die oberflächliche Wunde warf, spürte er ein nagendes Angstgefühl beim Gedanken an das, was ihr hätte widerfahren können – was ihnen beiden hätte widerfahren können.

Es überraschte ihn nicht, daß die Verletzung und das Blut auf ihrem Gesicht ihre Schönheit nur betonten, sie noch zerbrechlicher und damit noch kostbarer erscheinen ließen. Julie *war* schön, obwohl Bobby bewußt war, daß sie das in seinen Augen wohl mehr war als in den von anderen. Das war in Ordnung, denn schließlich waren seine Augen die einzigen, mit denen er sie sehen konnte.

Ihr haselnußfarbenes Haar, das jetzt in der feuchtkalten Nachtluft ein wenig zusammengefallen wirkte, war gewöhnlich voll und glänzend. Sie hatte weit auseinanderliegende Augen, die so dunkel waren wie Halbbitterschokolade, Haut so weich und so natürlich braun wie Toffee-Eis und einen wohlgeformten Mund, der ihm immer süß erschien.

Jedesmal, wenn er sie betrachtete, ohne daß sie sich der Intensität seines Interesses voll bewußt war, oder wenn er von ihr getrennt war und versuchte, ihr Bild vor seinem geistigen Auge heraufzubeschwören, gingen seine Gedanken um sie immer um Eßbares: Haselnüsse, Schokolade, Toffee, Sahne, Zucker, Butter. Das fand er amüsant, war ihm doch der tiefere Sinn dieser Vergleiche klar: Sie erinnerte ihn an Nahrungsmittel, weil sie ihn – *mehr* als alle Nahrungsmittel – am Leben erhielt.

Vor dem Eingang von Decodyne am Ende des von Palmen gesäumten Gehwegs, ungefähr zwanzig Meter entfernt, tat sich etwas. Julie bemerkte es vor Bobby. Einer der Untersuchungsbeamten war unten erschienen, um die Wachen zu informieren, die an der Tür postiert waren. Einen Moment später winkte einer der Polizisten Julie und Bobby heran.

»Sie haben diesen Rasmussen gefunden«, sagte er, als sie bei ihm waren. »Wollen Sie ihn sehen, damit Sie sicher sein können, daß er die richtigen Disketten hat?«

»Klar«, erwiderte Bobby.

»Aber ganz bestimmt«, entgegnete Julie, und ihre kehlige Stimme klang nun gar nicht mehr sexy, nur hart.

9

Immer auf der Hut vor den Polizisten von Laguna Beach, die möglicherweise in der zweiten Nachtschicht Streife fuhren, holte Frank Pollard die Banknotenbündel aus der Reisetasche und sortierte sie auf dem Beifahrersitz. Er zählte fünfzehn Bündel Zwanzig-Dollar-Scheine und elf mit Hundertern. Er schätzte, daß in jedem der Bündel etwa hundert Scheine waren, und als er dann alles im Kopf zusammenrechnete, kam er auf 140000 Dollar. Er hatte keine Ahnung, woher das Geld stammte und ob es ihm gehörte.

Das erste der beiden Reißverschlußfächer der Ledertasche brachte eine weitere Überraschung – eine Brieftasche, die weder Bargeld noch Kreditkarten enthielt, dafür aber zwei wichtige Ausweispapiere: eine Sozialversicherungskarte und einen kalifornischen Führerschein. Neben der Brieftasche lag noch ein US- Reisepaß.

Die Fotos im Paß und im Führerschein zeigten denselben Mann: um die dreißig, braunes Haar, rundes Gesicht, abstehende Ohren, braune Augen, freundliches Lächeln und Sommersprossen. Als ihm bewußt wurde, daß er sogar vergessen hatte, wie er aussah, drehte er den Innenspiegel zu sich herum. Er konnte genug sehen, um festzustellen, daß sein Gesicht dem in den Ausweispapieren glich. Das Problem war nur – der Führerschein und der Reisepaß lauteten auf den Namen James Roman, nicht auf Frank Pollard.

Er zog den Reißverschluß des zweiten Fachs auf und fand eine weitere Sozialversicherungskarte, einen weiteren Reisepaß und einen weiteren kalifornischen Führerschein. Alle diese Papiere waren auf den Namen George Farris ausgestellt, die Fotos aber zeigten Frank.

James Roman sagte ihm nichts.

Auch George Farris ließ bei ihm keine Glocke anklingen.

Und Frank Pollard, der Mann, der er zu sein glaubte, war nur ein Name, ein Mann ohne Vergangenheit, denn er konnte sich an überhaupt nichts erinnern.

»In was, zum Teufel, bin ich da nur verstrickt?« fragte er sich laut. Er hatte jetzt seine eigene Stimme hören müssen, um sich selbst davon zu überzeugen, daß er nicht nur ein Geist war, der zögerte, diese Welt zu verlassen, um in die einzugehen, auf die er durch seinen Tod Anspruch hatte.

Als der Nebel sein Auto ganz eingehüllt und damit die Nacht größtenteils ausgeschlossen hatte, spürte er eine schreckliche Einsamkeit. Er vermochte sich an niemanden zu erinnern, an den er sich wenden könnte, an keinen Ort, an den er sich zurückziehen könnte, an keinen Ort, an dem er sicher wäre. Er war ein Mann ohne Vergangenheit und ohne Zukunft.

10

Als Bobby und Julie im dritten Stock in Begleitung eines Polizeibeamten namens McGrath aus dem Aufzug stiegen, sah Julie Tom Rasmussen auf den glänzenden Kunstoff-Fliesen sitzen. Mit dem Rücken lehnte er an der Wand des Korridors. Seine Hände steckten in Handschellen und waren über eine Kette mit Fußfesseln verbunden.

Er schmollte. Er hatte versucht, Software im Wert von zehn Millionen von Dollars zu stehlen, wenn nicht gar im Wert von Hunderten von Millionen. Und er hatte von Ackroyds Fenster aus kaltblütig das Signal zum Mord an Bobby gegeben, doch hier saß er nun und zog einen Flunsch wie ein Kind. Sein heimtückisches Gesicht war verkniffen, die Unterlippe vorgeschoben, und seine gelbbraunen Augen wirkten feucht, als würde er augenblicklich in Tränen ausbrechen, wenn irgend jemand ein böses Wort sagte.

Allein sein Anblick versetzte Julie in Wut. Sie hätte ihm am liebsten die Zähne eingeschlagen.

Die Polizisten hatten ihn in einem Lagerraum gefunden. Er hatte hinter Kartons gehockt, die er vor sich aufgebaut hatte. Ein offensichtliches Versteck. Als er an Ackroyds Fenster stand, um sich das Feuerwerk anzusehen, das die beiden Gangster anrichteten, hatte ihn

Julies Auftauchen in dem Toyota völlig überrascht.

Julie hatte den Toyota schon sehr früh auf den Parkplatz von Decodyne gefahren und sich die ganze Zeit im Hintergrund gehalten. Sie hatte im Schatten unter den Ästen des Lorbeerbaumes geparkt, wo niemand sie entdecken konnte. Statt in dem Augenblick zu fliehen, in dem der erste der Schießer überfahren worden war, hatte Rasmussen gezögert. Er hatte sich zweifellos gefragt, wer *sonst* noch da draußen war.

Dann hatte er auch schon die Sirenen gehört, und nun war seine einzige Chance die, sich zu verstecken und darauf zu vertrauen, daß das Gebäude nur nachlässig durchsucht werden würde, weil sie annehmen mußten, er sei längst geflohen. Wenn es um Computer ging, war er ein Genie, doch wenn er unter Druck eine kühle Entscheidung treffen sollte, war Rasmussen nicht halb so schlau, wie er glaubte.

Zwei schwerbewaffnete Polizisten bewachten ihn. Da er jedoch zusammengekauert dasaß, zitterte und am Rande eines Nervenzusammenbruchs zu sein schien, wirkten sie ein wenig lächerlich in ihren kugelsicheren Westen, mit den Maschinenpistolen im Arm. Sie blinzelten ins grelle Licht der Leuchtstoffröhren und schauten grimmig drein.

Julie kannte einen der Beamten. Sampson Garfeuss hatte sie kennengelernt, als sie im Sheriffsbüro arbeitete. Auch Sampson war dort gewesen, bevor er zur Polizei von Irvine gegangen war. Entweder hatten seine Eltern Voraussicht bewiesen, oder er hatte sich mächtig angestrengt, um seinem Namen Ehre zu machen, denn er war groß und außerordentlich kräftig.

Er hielt Julie einen Karton ohne Deckel entgegen, in dem vier kleine Disketten lagen. »Ist es das, wohinter er her war?« fragte er sie.

»Könnte sein«, erwiderte sie, nahm ihm den Karton ab und gab ihn an Bobby weiter.

»Ich muß einen Stock tiefer in Ackroyds Büro gehen, den Computer anwerfen, die Disketten einschieben und sehen, was drauf ist«, erklärte Bobby dem Polizisten.

»Dann tun Sie's«, sagte Sampson.

»Sie müssen mich aber begleiten«, sagte Bobby zu McGrath, dem Beamten, der sie im Aufzug heraufgebracht hatte. »Sie müssen sich davon überzeugen, daß ich die Dinger nicht frisiere.«

Er zeigte auf Tom Rasmussen. »Wir wollen schließlich nicht, daß dieser Schleimer später behauptet, das wären Leerdisketten gewesen, und ich hätte ihn reingelegt, den Kram, den er wollte, selber drauf kopiert.«

Nachdem Bobby und McGrath im Aufzug verschwunden waren, um in den zweiten Stock zu fahren, ging Julie vor Rasmussen in die Hocke. »Wissen Sie, wer ich bin?«

Rasmussen schaute sie an, sagte aber nichts.

»Ich bin Bobby Dakotas Frau. Bobby war in dem Kleinbus, den Ihre angeheuerten Killer zusammengeschossen haben. Es war mein Bobby, den Sie töten wollten.«

Er senkte den Blick auf seine gefesselten Hände.

»Wissen Sie, was ich mit Ihnen machen möchte?« fragte sie, hob eine Hand und fuchtelte drohend mit ihren manikürten Fingernägeln vor seinem Gesicht herum. »Zunächst einmal möchte ich Sie bei der Gurgel packen, Ihren Kopf gegen die Wand knallen und zwei dieser hübschen, scharfen Fingernägel direkt in Ihre Augen bohren, ganz tief, wirklich tief, bis hinein in Ihr fieberhaft arbeitendes, kleines Gehirn und sie dann herumdrehen. Möglicherweise kann ich ja so herausfinden, was da drinnen schiefgelaufen ist.«

»Du lieber Himmel«, sagte Sampsons Partner. Sein Name war Burdock. Hätte er neben jemand anderem als Sampson gestanden, hätte man ihn für einen großen Mann gehalten.

»Nun«, erwiderte sie, »seine Gehirngänge sind einfach zu gewunden, als daß ihm ein Gefängnis-Psychiater helfen könnte.«

»Mach keine Dummheiten, Julie«, warnte Sampson.

Rasmussen schaute sie an, begegnete ihrem Blick nur für eine einzige Sekunde, doch das war lange genug für ihn, um zu begreifen, wie sauer und verärgert sie war – und um Angst zu bekommen. Sein schmollendes Gesicht zeigte jetzt einen Hauch von kindischer Verlegenheit und Zorn. Und er wurde ganz blaß.

»Halten Sie mir dieses verrückte Miststück vom Leib«, sagte er zu Sampson. Seine Stimme war zu schrill und zittrig, um so fordernd zu klingen, wie er beabsichtigt hatte.

»Sie ist nicht wirklich verrückt«, entgegnete Sampson. »Zumindest nicht im klinischen Sinn. Ich fürchte, heutzutage ist es ziemlich schwierig, jemanden für verrückt erklären zu lassen. Die machen sich zu viele Gedanken um die Bürgerrechte, wissen Sie? Nein, ich glaube nicht, daß sie verrückt ist.«

»*Vielen* Dank, Sam«, sagte Julie, ohne den Blick von Rasmussen zu wenden.

»Dir wird aufgefallen sein, daß ich zu der anderen Hälfte seiner Anschuldigung nichts gesagt habe«, erwiderte Sampson gutmütig.

»Ja, hab' schon verstanden.«

Auch während sie mit Sampson redete, beobachtete sie Rasmussen aufmerksam.

Jeder Mensch hatte seine speziellen Ängste, seine ganz persönlichen Schreckgespenster, und Julie wußte genau, was Tom Rasmussen mehr als alles andere auf der Welt fürchtete. Er fürchtete keine Höhen, litt nicht unter Platzangst, hatte nichts gegen große Menschenansammlungen, Katzen, Insekten, Hunde oder Dunkelheit. Dakota & Dakota hatte in den letzten Woche eine dicke Akte über ihn angelegt und war auch auf die Tatsache gestoßen, daß er unter der Phobie litt, plötzlich zu erblinden.

Im Gefängnis hatte er mit der Regelmäßigkeit eines wahrhaft Besessenen jeden Monat auf einer Augenuntersuchung bestanden, hatte behauptet, seine Sehfähigkeit hätte sich verschlechtert, und er hatte eine Eingabe nach der anderen gemacht, um in regelmäßigen Abständen auf Syphilis, Diabetes und andere Leiden untersucht zu werden, die zur Erblindung führen konnten, falls man sie nicht behandelte. Wenn er nicht im Gefängnis war – und er hatte zweimal gesessen –, hatte er einmal im Monat einen Termin bei einem Augenarzt in Costa Mesa.

Jetzt packte Julie Rasmussens Kinn. Er zuckte zurück. Sie drehte sein Gesicht so, daß er sie ansehen mußte, und zerkratzte mit zwei Fingern der anderen Hand seine Wange.

Das ließ zwei rote Striemen zurück. Sie waren allerdings nicht tief genug, um zu bluten.

Er schrie auf und versuchte, sie mit seinen gefesselten Händen abzuwehren. Doch seine Furcht und die Kette, die seine Handgelenke an die Fußgelenke fesselte, standen ihm im Wege. »Was, zum Teufel, fällt Ihnen eigentlich ein?«

Sie spreizte die beiden Finger, mit denen sie ihn gekratzt hatte, ließ sie in Richtung seiner Augen vorschnellen und stoppte sie nur fünf Zentimeter von ihnen entfernt. Er jaulte auf, gab ein quäkendes Geräusch von sich und versuchte, sich von ihr zu lösen, aber sie hielt sein Kinn mit fester Hand und zwang ihn, sie anzusehen.

»Ich und Bobby sind seit acht Jahren zusammen, seit mehr als sieben verheiratet, und das sind die besten Jahre meines Lebens gewesen, aber dann kamen Sie daher und glaubten, ihn so zerquetschen zu können, wie man ein lästiges Insekt zerquetscht.«

Ganz langsam näherten sich ihre Fingerspitzen seinen Augen. 2,5 Zentimeter. Ein Zentimeter.

Rasmussen versuchte, weiter zurückweichen. Sein Kopf lag schon an der Wand. Es gab keinen Ausweg.

Die scharfen Spitzen ihrer manikürten Nägel waren weniger als einen Zentimeter von seinen Augen entfernt.

»Das ist Polizei-Brutalität«, sagte Rasmussen.

»Ich bin kein Bulle«, widersprach Julie.

»*Sie* sind welche«, entgegnete er und rollte die Augen in Richtung Sampson und Burdock. »Haltet mir dieses Miststück vom Leib, sonst verklage ich euch, daß ihr keinen Fuß mehr auf die Erde kriegt.«

Julie ließ ihre Fingerspitzen leicht gegen seine Wimpern schnippen.

Augenblicklich wandte er seine Aufmerksamkeit wieder ihr zu. Er atmete schnell, und plötzlich schwitzte er auch.

Wieder tippte sie ganz sanft gegen seine Wimpern und lächelte.

Die Pupillen seiner gelbbraunen Augen waren angstgeweitet.

»Ihr Mistkerle tätet gut daran, mir zuzuhören. Ich schwöre, ich werde euch verklagen, und sie werden euch feuern . . .«

Noch einmal ließ sie die Fingerspitzen gegen seine Wimpern schnippen.

Er schloß die Augen. » . . . sie werden euch eure verdammten Uniformen und Rangabzeichen abnehmen, sie werden *euch* ins Kittchen werfen, und ihr wißt doch, was die im Gefängnis mit Ex-Bullen anstellen ... Sie werden verprügelt, fertiggemacht, gekillt, *vergewaltigt!*« Seine Stimme überschlug sich, schnappte beim letzten Wort ganz über wie die Stimme eines Jungen im Stimmbruch.

Sie warf Sampson einen kurzen Blick zu, um festzustellen, ob sie sein stillschweigendes Einverständnis voraussetzen konnte, dieses Spiel noch ein wenig weiter zu treiben. Und sie schaute auch Burdock fragend an. Er schien zwar nicht so ganz einverstanden zu sein, würde sich aber wohl gewiß noch ein Weilchen heraushalten. Daraufhin preßte sie ihre Fingernägel gegen Rasmussens Augenlider.

Er versuchte, die Augen noch fester zusammenzukneifen.

Sie drückte härter zu. »Du hast versucht, mir Bobby wegzunehmen, also werde ich dir dein Augenlicht nehmen.«

»Sie *spinnen* ja!«

Sie drückte noch fester zu.

»Haltet sie auf!« verlangte Rasmussen von den beiden Polizisten.

»Wenn du nicht wolltest, daß ich Bobby ansehen kann, warum sollte ich dann wollen, daß du dir jemals wieder etwas ansehen kannst?«

»Was wollen Sie von mir?« Schweißperlen standen auf Rasmussens Stirn. Er sah aus wie eine Kerze im Feuer, die schnell dahinschmilzt.

»Wer hat dir die Erlaubnis gegeben, Bobby zu erschießen?«

»Erlaubnis? Was meinen Sie damit? Ich brauche keine ...«

»Du hättest nie gewagt, ihn anzurühren, wenn dein Auftraggeber dir nicht gesagt hätte, du solltest das tun.«

»Ich wußte, daß er hinter mir her war«, erklärte Rasmussen hektisch, und da sie den Druck auf seine Lider weiter verstärkte, liefen ihm jetzt Tränen über die Wangen. »Ich wußte, daß er da draußen ist, bin vor fünf, sechs Tagen über ihn gestolpert, obwohl er verschiedene Kleinbusse, Lieferwagen, Laster und sogar den orangefarbenen Kleinbus mit dem Amtssiegel von Orange County benutzte. Dagegen mußte ich doch was tun, nicht wahr? Ich konnte den Job schließlich nicht sausen lassen, dazu stand zuviel Geld auf dem Spiel. Ich konnte mich auch nicht von ihm schnappen lassen, wenn ich Whizard endlich hatte, also mußte ich was tun. Zum Teufel, das ist doch ganz simpel.«

»Du bist ein Computerfreak, ein bezahlter Hacker – unmoralisch, schmierig, aber kein hartgesottener Gangster. Du bist weich, matschig-weich. Allein würdest du keinen Mord planen. Das hat dir dein Boß gesagt.«

»Ich habe keinen Boß. Ich arbeite auf eigene Rechnung.«

»Trotzdem bezahlt dich jemand.«

Sie drückte noch fester zu, nicht mit den Spitzen, sondern mit den Fingernägeln selbst, obwohl Rasmussen vor Angst so weggetreten war, daß er gewiß überzeugt war zu spüren, wie sich die spitzen Kanten der Nägel tiefer und tiefer in die dünne Haut seiner Lider bohrten. Er mußte jetzt eigentlich Sterne sehen, irre Farbenwirbel und Spiralen, und vielleicht fühlte er auch Schmerzen. Er zitterte. Die Ketten klirrten und rasselten. Immer mehr Tränen strömten unter seinen Lidern hervor.

»Delafield!« Das Wort entfuhr ihm, als hätte er gleichzeitig versucht, es mit aller Macht zurückzuhalten und nicht herauszuschreien. »Kevin Delafield.«

»Wer ist das?« fragte Julie, die sein Kinn immer noch mit eiserner Hand festhielt und die Fingernägel erbarmungslos gegen seine Augäpfel drückte.

»Microcrest Corporation.«

»Der hat dich angeheuert?«

Er war ganz steif vor Furcht, hatte Angst, sich auch nur den Bruchteil eines Millimeters zu bewegen, war überzeugt, beim kleinsten Positionswechsel würden sich ihre Fingernägel in seine Augäpfel bohren.

»Ja, Delafield. Ein Spinner. Ein Verräter. Bei Microcrest haben sie keine Ahnung davon. Sie wissen nur, daß er ihnen Resultate bringt. Wenn das rauskommt, werden sie dort völlig überrascht sein. Lassen Sie mich doch endlich los. Was wollen Sie denn noch?«

Sie ließ ihn los.

Sofort öffnete er die Augen, blinzelte, testete seine Sehfähigkeit. Dann brach er zusammen und schluchzte vor Erleichterung.

Gerade als Julie aufstand, öffneten sich die Fahrstuhltüren. Bobby kehrte mit dem Beamten zurück, der ihn nach unten in Ackroyds Büro begleitet hatte. Er warf einen Blick auf Rasmussen, schaute Julie herausfordernd an und schnalzte mit der Zunge.

»Du bist unartig gewesen, nicht wahr, Schatz? Man kann dich wirklich nirgendwohin mitnehmen.«

»Ich hatte nur eine kleine Unterhaltung mit Mister Rasmussen. Das ist alles.«

»Er scheint sie anregend gefunden zu haben«, meinte Bobby.

Rasmussen saß zusammengesunken da, die gefesselten Hände vors Gesicht geschlagen, und schluchzte unkontrolliert.

»Wir hatten eine kleine Meinungsverschiedenheit«, entgegnete Julie.

»Über Filme, Bücher?«

»Musik.«

»Ja.«

»Du bist ein Teufelsweib, Julie«, sagte Sampson Garfeuss leise.

»Er hat versucht, Bobby töten zu lassen«, war alles, was sie erwiderte.

Sampson nickte. »Ich habe nicht gesagt, daß ich solche Wildheit nicht manchmal bewundere – ein wenig. Aber du schuldest mir mit Sicherheit was.«

»Das tu ich«, stimmte sie ihm zu.

»Mir schulden Sie noch ein bißchen mehr«, sagte Burdock. »Der Kerl wird mit Sicherheit gegen uns klagen. Darauf würde ich meinen Arsch verwetten.«

»Weshalb könnte er Sie verklagen?« fragte Julie. »Ihm wurde doch kein Härchen gekrümmt.«

Die dünnen Striemen auf Rasmussens fahlen Wangen waren bereits verblaßt. Schweiß, Tränen und schlotternde Knie waren die einzigen verbliebenen Zeichen seines Martyriums.

»Hören Sie«, wandte sich Julie an Burdock, »er ist weich geworden, weil ich seinen schwachen Punkt zufällig genau kannte und wußte, wie man ihn anzapfen kann. Es hat funktioniert, weil Abschaum wie er nun einmal glaubt, alle anderen seien ebenfalls Abschaum, denkt, *wir* könnten tun, was er in derselben Situation tun würde. Ich hätte ihm niemals die Augen ausgekratzt, aber er hätte meine – wäre die Situation umgekehrt gewesen – wahrscheinlich zerstört. Also meinte er, ich würde ihm das antun, was er mir gewiß angetan hätte. Alles, was ich getan habe, war, seine kaputten Ansichten gegen ihn zu benutzen. Psychologie. Gegen die Anwendung von ein wenig Psychologie kann niemand eine Klage erwirken.« Dann drehte sie sich zu Bobby um. »Was war denn nun auf diesen Disketten?« fragte sie.

»Whizard. Kein unbrauchbares Zeug. Alles. Das sind die kopierten Dateien. Er hat nur einen Satz angefertigt, während ich ihn beobachtete, und nachdem die Schießerei begann, hatte er keine Zeit, Zweitkopien zu ziehen.«

Die Klingel am Aufzug läutete, und ihr Stockwerk leuchtete auf. Als sich die Türen öffneten, trat ein Polizist in Zivil in den Korridor. Sie kannten ihn. Es war Gil Dainer.

Julie nahm die Disketten von Bobby entgegen und hielt sie Dainer hin.

»Das ist Beweismaterial. Der ganze Fall könnte davon abhängen. Glauben Sie, daß Sie damit klarkommen?«

Dainer grinste: »Mann, Madam, ich werd's versuchen.«

11

Frank Pollard – alias James Roman, alias George Farris – durchsuchte den Kofferraum des gestohlenen Chevy und fand einen kleinen Filzbeutel mit Werkzeug, der im Radkasten versteckt war. Er benutzte einen der Schraubenzieher, um die Nummernschilder abzuschrauben.

Eine halbe Stunde später, nachdem er durch einige der höher gelegenen und sogar noch stilleren Bezirke des in Nebel gehüllten Laguna gefahren war, parkte er auf einer dunklen Seitenstraße und tauschte die Nummernschilder des Chevy gegen die eines Oldsmobile aus. Wenn er Glück hatte, würde der Besitzer des Olds die neuen Schilder erst nach ein paar Tagen entdecken. Vielleicht dauerte es sogar eine Woche oder noch länger. Bis er wegen des Tausches Anzeige erstattete, würde der Chevy keinem der Wagen auf der Liste der gestohlenen Fahrzeuge entsprechen, die der Polizei vorlag, und er würde ihn gefahrlos fahren können.

Frank hatte aber in jedem Fall vor, das Auto morgen nacht irgendwo stehenzulassen und entweder einen anderen Wagen zu klauen oder einen Teil des Bargeldes aus der Reisetasche zu benutzen, um legal einen fahrbaren Untersatz zu kaufen.

Obwohl er erschöpft war, hielt er es nicht für klug, in ein Motel zu gehen. 4.30 Uhr am Morgen war eine verdammt seltsame Stunde für irgend jemanden, sich ein Zimmer zu nehmen. Außerdem war er unrasiert, sein dichtes Haar war fettig und verdreckt, und sowohl seine Jeans als auch sein blaukariertes Flanellhemd waren nach den Abenteuern, die er hinter sich hatte, schmutzig und zerknittert. Das letzte, was er wollte, war es, Aufmerksamkeit auf sich zu ziehen, also beschloß er, sich im Auto ein paar Stunden aufs Ohr zu legen.

Er fuhr weiter nach Süden, nach Laguna Niguel. Dort parkte er unter den riesigen Wedeln einer Dattelpalme in einer stillen Straße in einer Wohngegend. Er streckte sich auf dem Rücksitz aus und machte es sich so bequem, wie es unter den Umständen möglich war. Er wußte zwar nicht, wohin mit seinen Beinen, und er hätte auch gern ein Kissen gehabt, doch er schloß die Augen.

Im Augenblick hatte er keine Angst vor seinem unbekannten Verfolger, weil er das Gefühl hatte, der Mann sei nicht mehr in seiner Nähe. Jedenfalls vorübergehend hatte er seinen Feind abgeschüttelt. Es war unnötig, wach zu bleiben aus Angst, es könne plötzlich ein feindseliges Gesicht am Fenster erscheinen. Es gelang ihm auch, alle Fragen bezüglich seiner Identität und des Geldes in der Reisetasche aus seinem Gedächtnis zu verdrängen. Er war so müde – und seine Denkprozesse waren so gestört –, daß jeder Versuch fruchtlos sein würde, nach Lösungen für diese Rätsel zu suchen.

Was ihn freilich wach hielt, war die Erinnerung daran, wie *eigenartig* die Erlebnisse in Anaheim gewesen waren, die erst ein paar Stunden zurücklagen. Diese Windböen, die ihm wie Vorboten des Bösen erschienen waren. Die gespenstische Flötenmusik. Implodierende Fenster, explodierende Reifen, versagende Bremsen, das Versagen der Steuerung . . .

Wer hatte die Wohnung betreten, nachdem dieses

blaue Licht aufgeblitzt war? War »wer« überhaupt das richtige Wort – oder würde es richtiger sein, sich zu fragen, *was* da nach ihm gesucht hatte?

Während seiner übereilten Flucht von Anaheim nach Laguna hatte er keine Zeit gehabt, über diese bizarren Ereignisse nachzudenken, aber jetzt kamen seine Gedanken nicht davon los. Er hatte das Gefühl, eine Begegnung mit etwas Übernatürlichem überlebt zu haben. Schlimmer noch, er hatte das Gefühl, daß er wußte, was es war – und daß seine Amnesie nur von seinem eigenen Verlangen herrührte zu vergessen.

Nach einer Weile waren nicht einmal mehr die Erinnerungen an diese unnatürlichen Erlebnisse in der Lage, ihn wach zu halten. Der letzte Gedanke, den er an der Schwelle zwischen Wachen und Schlafen hatte, waren diese vier Wörter, die ihm in den Sinn gekommen waren, nachdem er in der verlassenen Gasse aufgewacht war: *Glühwürmchen in einem Wirbelsturm.*

12

Nachdem sie der Polizei alles Wissenswerte erklärt, wegen ihrer unbrauchbaren Autos Vorkehrungen getroffen und drei eilig herbeigerufene leitende Angestellte von Decodyne informiert hatten, war es schon früher Morgen. Bobby und Julie konnten endlich nach Hause. Ein Streifenwagen der Polizei setzte sie vor der Tür ab, und Bobby war froh, das Haus zu sehen.

Sie lebten in einem Einfamilienhaus mit drei Schlafzimmern in einer Neubausiedlung mit Häusern im spanischen Stil im Osten von Orange County. Sie hatten es vor zwei Jahren hauptsächlich als Investition gekauft. Sogar nachts fiel auf, daß die Gegend erst seit relativ kurzer Zeit bewohnt war. Keiner der Bäume kam in der Höhe auch nur annähernd an die Regenrinnen der Häuser heran. Die Büsche waren ebenfalls noch ziemlich mickrig.

Bobby schloß die Tür auf. Julie trat ein, und er folgte ihr. Das Geräusch ihrer Schritte auf dem Parkettboden der Diele schallte hohl von den nackten Wänden des sich anschließenden und ebenfalls völlig leeren Wohnzimmers zurück. Ein Beweis dafür, daß sie nicht vorhatten, ewig dort zu leben. Um das Geld für die Erfüllung »des Traums« zu sparen, hatten sie Wohn- und Eßzimmer und zwei der Schlafzimmer gar nicht erst möbliert. Sie hatten billige Teppichböden erstanden und noch billigere Vorhänge. An sonstigen Zierat hatten sie keinen einzigen Pfennig verschwendet. Dies war lediglich eine Zwischenstation auf dem Weg zu »dem Traum«, also gab es keinen Grund, dafür das Geld zum Fenster rauszuwerfen.

»Der Traum«. Genauso sahen sie ihn – eingerahmt von Anführungszeichen. Um »den Traum« zu realisieren, hielten sie ihre Ausgaben so niedrig wie möglich. Sie gaben nicht viel für Kleidung oder Urlaub aus, und sie kauften keine Luxusschlitten. Mit harter Arbeit und eiserner Entschlossenheit bauten sie Dakota & Dakota Investigations zu einer großen Firma aus, die man mit großem Gewinn würde verkaufen können. Deshalb steckten sie einen Großteil der Einnahmen wieder ins Geschäft, um es noch größer zu machen. Für »den Traum«.

Die Küche und ein kleines Wohnzimmer waren – wie das kleine Frühstückszimmer, das sie trennte – möbliert. Diese Räume und das große Schlafzimmer im Obergeschoß waren der Teil des Hauses, den sie bewohnten, wenn sie zu Hause waren.

Die Küche hatte einen Boden aus spanischen Fliesen, beigefarbene Ablageflächen und Wandschränkchen aus dunkler Eiche. Für dekorativen Schnickschnack hatten sie kein Geld ausgegeben, trotzdem wirkte der Raum behaglich, weil alle notwendigen Küchenutensilien vorhanden waren: ein Netz mit einem halben Dutzend Zwiebeln, Kupfertöpfe hingen an Haken von der Decke, überall standen Geräte und Flaschen mit Gewürzen. Auf der Fensterbank lagen drei grüne Tomaten, die noch reifen mußten.

Julie lehnte sich gegen die Frühstückstheke, als könne sie kaum noch stehen, und Bobby fragte: »Möchtest du einen Drink?«

»Alkohol bei Sonnenaufgang?«

»Ich hatte eher an Milch oder einen Saft gedacht.«

»Nein, danke.«

»Hungrig?«

Sie schüttelte den Kopf. »Ich möchte nur ins Bett, ich bin völlig kaputt.«

Er nahm sie in die Arme, zog sie an sich. Wange an Wange standen sie da. Er verbarg sein Gesicht in ihrem Haar. Ihre Arme schlossen sich fester um ihn.

Eine Weile blieben sie so stehen, sagten nichts, warteten, daß sich die noch verbliebene Furcht in der Wärme verflüchtigte, die ihre gegenseitige Nähe erzeugte. Furcht und Liebe waren untrennbar miteinander verbunden. Wenn man sich erlaubte, sich um jemanden zu sorgen, ihn zu lieben, war man verletzlich, und Verletzlichkeit führte zu Furcht. Sein Leben war nur durch die Beziehung zu ihr von Bedeutung, und wenn sie starb, hätte sein Leben seinen Sinn verloren.

Bobby, Julie immer noch im Arm, lehnte sich zurück und schaute in ihr Gesicht. Die trockenen Blutflecken hatte sie weggewischt. Über der aufgeschürften Stelle auf ihrer Stirn hatte sich bereits ein dünnes gelbes Häutchen gebildet. Die hinter ihr liegende Nervenprobe hatte jedoch mehr Spuren hinterlassen als die Schürfwunde auf der Stirn. Selbst in Momenten wirklich tiefer Angst hätte man niemals sagen können, daß Julie – mit ihrem ständig gebräunten Teint – blaß wirkte. Jetzt aber bemerkte er einen grauen Schimmer, und ihre Haut, die normalerweise an Zimt und Sahne erinnerte, erinnerte nun eher an einen Marmor- Grabstein.

»Es ist vorbei«, versicherte er ihr, »und wir sind in Ordnung.«

»In meinen Träumen ist es nicht vorbei. Das wird Wochen dauern.«

»So etwas wie heute nacht wird nur zu der Legende von Dakota & Dakota beitragen.«

»Ich will keine Legende sein. Legenden sind tot.«

»Wir werden *lebende* Legenden sein, und das wird das Geschäft ankurbeln. Je mehr Aufträge wir erhalten, desto schneller können wir verkaufen und ›den Traum‹ verwirklichen.« Er küßte sie zärtlich auf beide Mundwinkel. »Ich muß in der Firma anrufen, eine lange Nachricht auf dem Anrufbeantworter hinterlassen, damit Clint weiß, was er alles erledigen muß.«

»Klar. Ich möchte auch nicht, daß das Telefon anfängt zu klingeln, wenn ich eben erst ins Bett gegangen bin.«

Er küßte sie noch einmal und ging zu dem Wandtelefon neben dem Kühlschrank. Als er die Büronummer wählte, hörte er, wie Julie ins Badezimmer ging. Sie schloß die Tür in dem Moment, in dem das Band des Anrufbeantworters startete: »Danke für Ihren Anruf. Dakota & Dakota ist leider derzeit nicht besetzt . . .«

Clint Karaghiosis – dessen griechisch-amerikanische Eltern von seinem ersten Auftritt in der Fernsehshow »Rawhide« an Fans von Clint Eastwood gewesen waren – war Bobbys und Julies rechte Hand im Büro. Er wurde mit jedem Problem fertig. Bobby hinterließ ihm einen langen Bericht, faßte die Ereignisse bei Decodyne zusammen und ordnete bestimmte Schritte an, die unternommen werden mußten, um den Fall abzuschließen.

Nachdem er aufgehängt hatte, ging er hinunter in das kleine Frühstückszimmer, schaltete den CD-Player ein und schob eine Benny- Goodman-Disc ein. Die ersten Noten von »King Porter Stomp« brachten Leben in den toten Raum.

Wieder in der Küche, nahm er einen Ein-Liter- Karton Eiergrog aus dem Kühlschrank. Sie hatten ihn vor zwei

Wochen für ihre stille Silvesterfeier zu Hause gekauft, ihn aber dann nicht geöffnet. Jetzt riß er ihn auf und füllte zwei Wassergläser zur Hälfte.

Aus dem Bad hörte er Laute der Qual. Sie übergab sich nun doch. Es war ein trockenes Würgen, weil sie seit acht oder zehn Stunden nichts gegessen hatten, aber es klang furchterregend. Während der ganzen Nacht hatte er erwartet, daß sie ihrer Übelkeit schließlich würde nachgeben müssen, und er war überrascht, daß sie sich solange unter Kontrolle gehabt hatte.

Er holte eine Flasche Rum aus dem Barschrank im Frühstückszimmer und schüttete jeweils einen Doppelten in die beiden Gläser mit dem Eiergrog. Er war gerade dabei, den Rum in den Drinks mit einem Löffel unterzurühren, als Julie zurückkam. Sie wirkte jetzt noch grauer als zuvor.

»Ich brauch' das nicht«, sagte sie, nachdem sie gesehen hatte, was er tat.

»Ich weiß, was du brauchst. Ich bin medial veranlagt. Ich wußte, daß du dich würdest übergeben müssen, nach allem, was heute nacht passiert ist. Jetzt weiß ich, daß du *das* brauchst.« Er ging zum Ausguß hinüber und spülte den Löffel ab.

»Nein, Bobby, wirklich, ich kann das nicht trinken.« Selbst die Musik von Goodman schien sie nicht aufheitern zu können.

»Es wird deinen Magen beruhigen. Und wenn du's nicht trinkst, wirst du nicht schlafen können.« Er nahm ihren Arm, führte sie an der Küchentheke vorbei und brachte sie hinunter ins kleine Wohnzimmer. »Du wirst die ganze Zeit wachliegen, dich um mich sorgen, um Thomas«, Thomas war ihr Bruder, »um die Welt und jeden, der in ihr lebt.«

Sie setzten sich auf das Sofa, und er knipste keine der

Lampen an. Das einzige Licht, das sie erreichte, war das aus der Küche.

Sie zog die Beine hoch und wandte sich ihm zu, um ihn ansehen zu können. In ihren Augen konnte er die Reflexion einer Lampe sehen, während sie an dem Eiergrog nippte.

Der Raum war erfüllt von den Klängen von »One Sweet Letter From You«, einer von Goodmans besten thematischen Darstellungen, gesungen von Louise Tobin.

Sie saßen da und hörten ein Weilchen zu.

»Ich bin hart, Bobby, ich bin's wirklich«, sagte Julie dann.

»Ich weiß, das bist du.«

»Ich möchte nicht, daß du mich für schwach hältst.«

»Niemals.«

»Es war nicht die Schießerei, wegen der mir übel wurde, es war auch nicht die Tatsache, daß ich den Kerl mit dem Toyota überfahren habe, es war nicht einmal der Gedanke, daß ich dich fast verloren hätte . . .«

»Ich weiß. Es war das, was du Rasmussen antun mußtest.«

»Er ist ein schmieriger kleiner Bastard mit einem Wieselgesicht, aber nicht mal einer wie er verdient es, so fertiggemacht zu werden. Was ich getan habe, stinkt zum Himmel.«

»Es war die einzige Möglichkeit, den Fall zu lösen, weil er auch nicht annähernd gelöst war, bevor wir rausfanden, wer ihn angeheuert hat.«

Sie trank noch einen Schluck Eiergrog, schaute auf den milchigen Inhalt ihres Glases hinunter und runzelte die Stirn, als könne sie im Glas die Antwort auf ein Geheimnis finden.

Louise Tobins Stimme folgte ein starkes Trompetensolo von Ziggy Elman, danach setzte Goodmans Klarinette ein. Die liebliche Melodie ließ das kistenartige Haus zum romantischsten Ort der Welt werden.

»Was ich getan habe – ich habe es für ›den Traum‹ getan. Daß wir Decodyne Rasmussens Geldgeber liefern konnten, wird sie zufriedenstellen. Doch ihn fertigzumachen war irgendwie – schlimmer, als einen Mann bei einer fairen Schießerei zu töten.«

Bobby legte eine Hand auf ihr Knie. Es war ein hübsches Knie. Noch nach all diesen Jahren war er manchmal überrascht, wie schlank sie war, und wie zart ihr Knochenbau war. Denn wenn er an sie dachte, dachte er immer, sie sei stark für ihre Größe, kräftig, nicht unterzukriegen. »Wenn du dir Rasmussen nicht geschnappt und ihn nicht ausgequetscht hättest, hätte ich es getan.«

»Nein, das hättest du nicht. Du bist rauflustig, Bobby, und du bist clever, und du bist hart, aber es gibt bestimmte Dinge, die du niemals tun kannst. Das war eins davon. Erzähl mir keine Märchen, nur damit ich mich besser fühle.«

»Du hast recht«, erwiderte er. »Ich hätte es nicht tun können. Aber ich bin froh, daß du's getan hast. Decodyne, das ist das *ganz* große Geld, und hätten wir den Job vermasselt, dann hätte uns das um Jahre zurückgeworfen.«

»Gibt es irgend etwas, was wir für ›den Traum‹ nicht tun würden?«

»Sicher. Wir würden niemals kleine Kinder mit glühendheißen Messern quälen, und wir würden keine unschuldigen alten Damen die Treppe hinunterstoßen«, entgegnete er. »Und wir würden keinen Wurf neugeborener Welpen mit Eisenstangen zu Tode knüppeln – zumindest nicht ohne guten Grund.«

Ihr Lachen klang nicht besonders fröhlich.

»Hör zu«, sagte er, »du bist ein guter Mensch. Du hast ein gutes Herz, und nichts von dem, was du Rasmussen angetan hast, kann daran etwas ändern.«

»Ich hoffe, du hast recht. Manchmal ist die Welt ziemlich schlecht.«

»Der nächste Drink wird sie ein wenig besser machen.«

»Weißt du, wie viele Kalorien die haben? Ich werde fett werden wie ein Flußpferd.«

»Flußpferde sind niedlich«, sagte er, nahm ihr Glas und ging in die Küche, um ihr nachzuschenken. »Ich liebe Flußpferde.«

»Aber du würdest bestimmt keine Liebe machen wollen mit einem Flußpferd.«

»Aber sicher. Mehr zum Anfassen, mehr zum Lieben.«

»Du würdest zerquetscht werden.«

»Nun, ich würde natürlich immer darauf bestehen, oben zu liegen.«

13

Candy wollte töten. Er stand in einem fremden Haus in einem dunklen Wohnzimmer, von Verlangen geschüttelt. Blut. Er brauchte Blut.

Candy würde töten, und es gab nichts, womit er sich selbst davon hätte abhalten können. Nicht einmal der Gedanke an seine Mutter erfüllte ihn mit solcher Scham, daß er sein Verlangen hätte zügeln können.

Sein Taufname war James, aber seine Mutter – eine selbstlose Person, außerordentlich freundlich, überschäumend vor Liebe, eine Heilige – hatte ihn immer »mein kleiner Candy-Boy« genannt. Niemals James. Niemals Jim oder Jimmy. Sie hatte gesagt, er sei süßer als irgend etwas sonst auf Erden, und aus dem »kleinen Candy-Boy« war irgendwann »Candy-Boy« geworden, und seit seinem sechsten Geburtstag war der Spitzname endgültig zu Candy verkürzt worden. Heute, mit 29 Jahren, war Candy der einzige Name, auf den er hörte.

Viele Menschen hielten Mord für eine Sünde. Er wußte es besser.

Einigen wurde eine Vorliebe für Blut in die Wiege gelegt. Gott hatte sie so geschaffen, wie sie waren, und Er erwartete von ihnen, daß sie auserwählte Opfer töteten. Das gehörte alles zu Seinem geheimnisvollen Plan.

Die einzige Sünde war es, dann zu töten, wenn Gott –

und die eigene Mutter – nicht mit dem Opfer einverstanden waren. Und das war genau das, was er zu tun vorhatte. Er schämte sich deshalb. Aber er brauchte es auch.

Er horchte in das Haus hinein. Stille.

Die unwirklichen Schatten der Wohnzimmermöbel drängten sich um ihn wie überirdische, düstere Bestien.

Er atmete heftig und zitternd und bewegte sich vom Wohn- ins Eßzimmer, von dort in die Küche und die Abstellkammer, dann langsam durch die Halle, die zur Vorderseite des Hauses führte. Er verursachte kein Geräusch, das irgend jemanden hätte aufwecken können, der oben schlief. Er schien eher zu gleiten denn zu gehen, so als sei er ein Phantom und kein richtiger Mensch.

Am Fuß der Treppe hielt er inne und unternahm einen letzten schwachen Versuch, seinen Zwang, morden zu müssen, zu besiegen. Nachdem der mißlungen war, schüttelte er sich und stieß einen unterdrückten Seufzer aus. Er begann, in den zweiten Stock hochzusteigen, wo die Familie vermutlich schlief

Seine Mutter würde ihn schon verstehen und ihm verzeihen.

Sie hatte ihn gelehrt, daß Töten gut und moralisch war – allerdings nur, wenn es nötig war und der Familie nützte. Bei den Gelegenheiten, bei denen er dem puren Drang zu töten nachgegeben und keinen guten Grund gehabt hatte, war sie außerordentlich ärgerlich auf ihn gewesen. Sie hatte ihn, wenn er denn auf Abwege geraten war, nicht körperlich züchtigen müssen, weil die Tatsache, ihr Mißfallen erregt zu haben, ihm mehr Qual bereitete als jede Art von Strafe, die sie ihm hätte auferlegen können. Jedesmal hatte sie sich tagelang geweigert, mit ihm zu sprechen, und infolge dieses strafenden Schweigens war ihm fast das Herz gebrochen. Es schien manchmal so, als krampfe es sich zusammen und weigere sich, weiter zu schlagen. Außerdem schien sie direkt durch ihn hindurchzusehen, so als existiere er gar nicht mehr.

Wenn die anderen Kinder von ihm sprachen, sagte sie: »Oh, ihr meint euren verstorbenen Bruder Candy, euren armen toten Bruder. Nun, wenn ihr wollt, könnt ihr euch an ihn erinnern und von ihm sprechen, aber nur unter euch – nicht in meiner Gegenwart, niemals in meiner Gegenwart, weil ich mich nicht an ihn erinnern will, nicht an diese böse Saat. Er war ein Nichtsnutz, an ihm war überhaupt nichts Gutes. Er wollte nicht auf seine Mutter hören, nein, er glaubte immer, er wisse alles besser. Allein bei der Nennung seines Namens wird mir übel, sein Name erfüllt mich mit *Abscheu,* also erwähnt ihn lieber nicht vor mir.«

Jedesmal wenn Candy zeitweilig ins Land der Toten verbannt war, weil er sich schlecht betragen hatte, wurde der Tisch für ihn nicht gedeckt, und er mußte in der Ecke stehen, den anderen beim Essen zusehen, so als sei er ein Geist auf Besuch. Sie gönnte ihm dann kein Lächeln, nicht mal ein Stirnrunzeln. Und sie strich ihm auch nicht mit ihren warmen, weichen Händen übers Haar, streichelte niemals sein Gesicht. Sie ließ nicht zu, daß er sich an sie schmiegte oder seinen müden Kopf an ihre Brust lehnte. Und nachts hatte er allein in einen schlechten Schlaf finden müssen. Da bedachte sie ihn weder mit ihren Gutenacht-Geschichten noch mit ihren süßen Schlafliedern. In den Zeiten dieses totalen Banns lernte er mehr über die Hölle, als er jemals hatte wissen wollen.

Doch sie würde verstehen, warum er sich heute nacht nicht kontrollieren konnte, und sie würde ihm vergeben. Früher oder später verzieh sie ihm immer, weil die Liebe, die sie ihm entgegenbrachte, wie die Liebe war, die Gott für alle Seine Kinder empfand: perfekt, voller Nachsicht und Gnade. Wenn sie der Meinung war, Candy habe genug gelitten, hatte sie ihn immer wieder angesehen, ihn angelächelt, die Arme weit für ihn ausgebreitet. Hatte sie ihn wieder neu angenommen, hatte er so viel über den Himmel erfahren, wie er wissen mußte.

Jetzt war sie selbst im Himmel. Seit sieben langen Jahren! Gott, wie er sie vermißte. Aber sie beobachtete ihn sogar in diesem Augenblick. Sie würde wissen, daß er heute die Kontrolle verloren hatte, und sie würde von ihm enttäuscht sein.

Er stieg die Treppe hinauf, nahm zwei Stufen auf einmal und blieb nahe an der Wand, wo die Stufen erfahrungsgemäß weniger quietschten. Er war ein großer Mann, aber voller Grazie und sehr leichtfüßig. Und wenn auch einige der Trittflächen locker oder altersschwach sein mochten, unter ihm knarrten sie nicht.

In der Diele im Obergeschoß blieb er stehen, lauschte. Nichts.

Am Rauchwarngerät an der Decke leuchtete ein schwaches Nachtlicht. Es war gerade hell genug, daß Candy rechts und links je zwei Türen und eine Tür am anderen Ende des Flurs erkennen konnte.

Er schlich zur ersten auf der rechten Seite, öffnete sie und schlüpfte in den Raum. Dann schloß er die Tür wieder und lehnte sich mit dem Rücken dagegen.

Obwohl sein Verlangen groß war, zwang er sich zu warten, bis sich seine Augen an die Düsternis gewöhnt hatten. Das aschfahle Licht einer Straßenlampe, die mindestens einen halben Block entfernt stand, schimmerte schwach in den beiden Fenstern. Zuerst bemerkte er den Spiegel, ein eisgraues Rechteck, in dem das dürftige Strahlen trübe reflektiert wurde. Dann begann er die Umrisse der Kommode wahrzunehmen, die unter ihm stand. Einen Augenblick später war er in der Lage, das

Bett und schwach auch die Gestalt zu erkennen, die unter einer hellen Decke lag, die vage phosphoreszierte.

Behutsam trat Candy an das Bett, packte Decke und Überschlaglaken, zögerte und lauschte den sanften, rhythmischen Atemzügen des Schläfers. Er nahm die Spur eines Parfümgeruchs wahr, der sich mit dem angenehmen Duft warmer Haut und frischgewaschenen Haares vermischte.

Eine Frau.

Er konnte den Geruch von Frauen immer von dem von Männern unterscheiden. Er spürte auch, daß diese Frau jung war, vielleicht ein Teenager. Wäre sein Verlangen nicht so intensiv gewesen, hätte er viel länger gezaudert als jetzt. Denn die Momente, die einem Mord vorausgingen, waren erregend, fast erregender als die Tat selbst.

Mit einer dramatischen Armbewegung, vergleichbar der Geste eines Zauberers, der das Tuch wegzieht, das einen leeren Käfig bedeckt hatte, um eine gefangene Taube zu enthüllen, zog er der Schläferin die Decke weg. Er ließ sich auf sie fallen und drückte sie mit seinem Körper in die Matratze.

Sie erwachte augenblicklich und versuchte zu schreien, obwohl er ihr mit absoluter Gewißheit den Atem geraubt hatte. Glücklicherweise hatte er ungewöhnlich große und kräftige Hände, und er hatte ihr Gesicht gerade in dem Moment gefunden, in dem sie begonnen hatte, die Stimme zu heben, so daß er in der Lage war, seinen Handrücken unter ihr Kinn zu pressen, seine Finger in ihre Wangen zu krallen und ihr den Mund zuzuhalten.

»Sei still, sonst bring ich dich um«, flüsterte er, und seine Lippen berührten leicht ihre weiche Haut.

Sie gab dumpfe Laute von sich, die Panik verrieten,

und wand sich unter ihm. Erfolglos. Sie fühlte sich wie ein Mädchen an, nicht wie eine Frau, vielleicht nicht jünger als zwölf, gewiß nicht älter als fünfzehn. Auf jeden Fall war sie noch nicht erwachsen.

»Ich will dir nicht weh tun. Ich *will* dich nur, und wenn ich mit dir fertig bin, werde ich gehen.«

Das war eine Lüge, denn er hatte nicht das geringste Verlangen, sie zu vergewaltigen. Sex interessierte ihn nicht. Tatsächlich war es so, daß Sex ihn anekelte. Zum Sex gehörten Flüssigkeiten, deren Namen man nicht aussprechen durfte, Sex war mit dem schamlosen Gebrauch desselben Organs verbunden, das mit dem Urinieren assoziiert war, Sex war ein unbeschreiblich abstoßender, widerwärtiger Akt. Die Faszination, die Sex auf andere Menschen ausübte, bewies Candy lediglich, daß Männer und Frauen einer gefallenen Spezies angehörten und die Welt ein Pfuhl von Sünde und Wahnsinn war.

Entweder glaubte sie seinem Versprechen, sie nicht zu töten, oder sie war vor Angst halbgelähmt – jedenfalls hörte sie auf, sich ihm zu widersetzen. Möglicherweise brauchte sie auch ihre gesamte Energie, um Luft zu bekommen. Candys ganzes Gewicht – zweihundertzwanzig Pfund – drückte auf ihre Brust und preßte ihre Lungen zusammen. An seiner Hand, mit der er ihr noch immer den Mund zuhielt, konnte er die kühle Luft spüren, wenn sie einatmete, und die kurzen heißen Atemzüge, wenn sie ausatmete.

Seine Augen hatten sich inzwischen noch besser an das schlechte Licht gewöhnt. Obwohl er ihre Gesichtszüge nach wie vor nicht genau zu erkennen vermochte, konnte er doch sehen, wie ihre Augen in der Finsternis vor Furcht glitzerten. Er konnte auch sehen, daß sie eine Blondine war. Ihr helles Haar spiegelte sogar das trübe Grau wider, das von den Fenstern herüberkam.

Mit seiner freien Hand schob er sanft das Haar an der rechten Seite ihres Halses zurück, änderte leicht seine Position und rutschte ein kleines Stück tiefer, bis seine Lippen ihren Hals erreichten. Er küßte das zarte Fleisch, spürte das starke Pochen ihres Pulses an seinen Lippen, biß dann tief hinein und fand das Blut.

Sie bäumte sich auf unter ihm und zappelte, doch er hielt sie fest, und es gelang ihr nicht, seinen gierigen Mund von der Wunde abzuwehren, die er gerissen hatte. Er schluckte hastig, konnte die dicke, süße Flüssigkeit aber nicht so schnell zu sich nehmen, wie sie ihm entgegensprudelte. Bald jedoch wurde der Blutfluß schwächer. Die Zuckungen des Mädchens waren nun ebenfalls weniger heftig und hörten dann ganz auf, bis sie so still unter ihm lag, als wäre sie nichts anderes als ein wirrer Haufen von Bettüchern.

Er stand auf und knipste die Nachttischlampe gerade so lange an, daß er ihr Gesicht sehen konnte. Er wollte ihre Gesichter nach den Opferungen immer sehen, wenn nicht schon vorher. Er schaute immer gern in ihre Augen, die nicht blind, sondern mit der Vision eines fernen Ortes begnadet zu sein schienen, zu dem ihre Seelen sich erhoben hatten. Er verstand seine Neugier selbst nicht ganz. Immerhin fragte er sich ja auch nicht, wenn er ein Steak gegessen hatte, wie die Kuh wohl ausgesehen hatte. Dieses Mädchen – und jedes der anderen, an deren Blut er sich gelabt hatte – sollte eigentlich für ihn nichts anderes sein als ein Stück Vieh.

Einmal, in einem Traum, in dem er gerade damit fertig gewesen war, aus einer geplünderten Kehle zu trinken, hatte sein Opfer, obwohl tot, zu ihm gesprochen, hatte ihn gefragt, warum er es ansehen wollte, so leblos, wie es war. Als er ihm sagte, er wisse darauf keine Antwort, meinte es, daß er vielleicht bei diesen Gelegenheiten, bei denen er im Dunkel getötet habe, die Gesichter seiner Opfer später sehen müsse, weil er in irgendeiner dunklen Ecke seines Herzens erwarte, sein eigenes Gesicht zu sehen, das da – totenbleich und mit leeren Augen – zu ihm aufblickt.

»Tief in deinem Inneren«, hatte das Traum-Opfer gesagt, »weißt du, daß du selbst bereits tot bist, innerlich ausgebrannt. Dir ist klar, daß du mit deinen Opfern weit mehr gemein hast, nachdem du sie getötet hast, als vorher.«

Diese Worte, obwohl sie nur in einem Traum ausgesprochen und der reinste Unsinn waren, hatten ihn damals aus dem Schlaf geschreckt. Er hatte laut geschrien. Er lebte, war nicht tot. Er war kräftig und vital, ein Mann mit einem Appetit, der so stark war, wie er ungewöhnlich war. Auch nach Jahren hatte er die Worte seines Traum-Opfers nicht vergessen, und wenn sie bei Gelegenheiten wie dieser in seiner Erinnerung widerhallten, jagten sie ihm Angst ein.

Jetzt widersetzte er sich ihnen – wie jedesmal. Statt dessen wandte er dem Mädchen auf dem Bett seine ganze Aufmerksamkeit zu.

Es schien etwa vierzehn zu sein, recht hübsch. Der makellose Teint zog ihn in seinen Bann, und er fragte sich, ob sich die Haut wohl so perfekt anfühlte, wie sie aussah, so glatt wie Porzellan, wenn er es wagte, sie mit den Fingerspitzen zu berühren. Die Lippen waren leicht geöffnet, als seien sie von der Seele sanft auseinandergeschoben worden, als diese den Körper verließ. Die wundervoll blauen, klaren Augen schienen riesig zu sein, zu groß für das Gesicht – und so weit wie ein Winterhimmel.

Er hätte das Mädchen stundenlang anschauen können.

Nach einem Seufzer des Bedauerns knipste er die Lampe wieder aus.

Er blieb noch ein Weilchen im Dunkeln stehen, eingehüllt vom beißenden Geruch des Blutes.

Nachdem sich seine Augen wieder an die Finsternis gewöhnt hatten, kehrte er in den Flur zurück, ohne sich damit aufzuhalten, die Tür zum Zimmer des Mädchens zu schließen. Er betrat den Raum, der ihrem gegenüberlag und fand ihn unbewohnt.

Aber im Zimmer daneben roch Candy schalen Schweiß und hörte Schnarchen. Hier schlief ein Junge, siebzehn oder achtzehn, nicht gerade groß, aber auch nicht klein, und er kämpfte verbissener als seine Schwester. Er schlief allerdings auf dem Bauch, und nachdem Candy die Decke weggezogen und sich auf ihn hatte fallen lassen, wurde das Gesicht des Jungen so kräftig in das Kissen und die Matratze gedrückt, daß er keine Luft mehr bekam und keine Warnung mehr herausschreien konnte. Der Kampf war hitzig, aber kurz. Aufgrund des Sauerstoffmangels wurde der Junge ohnmächtig, und Candy rollte ihn herum. Während er sich auf die nun vor ihm liegende Kehle stürzte, stieß Candy einen tiefen und ungeduldigen Schrei aus, der lauter war als jedes Geräusch, das der Junge verursacht hatte.

Später, als er die Tür zu dem vierten Schlafzimmer öffnete, drang bereits das zinnerne Licht des hereinbrechenden Tages durch die Fenster. In den Ecken lauerten noch immer Schatten, doch die tiefe Dunkelheit war bereits verjagt. Das frühe Licht hatte zu wenig Kraft, ihn die Farben der Gegenstände erkennen zu lassen, daher schien alles im Raum in den verschiedensten Grau-Schattierungen gehalten zu sein.

Eine attraktive Blondine von Ende Dreißig schlief auf der einen Seite des großen französischen Betts. Das

Überschlaglaken und die Decke auf der anderen Seite wirkten so gut wie unberührt, daher nahm Candy an, der Ehemann der Frau sei entweder ausgezogen oder geschäftlich unterwegs. Er bemerkte ein halbvolles Wasserglas und eine Plastikflasche mit verschreibungspflichtigen Tabletten auf dem Nachtschrank. Er nahm die Medizindose hoch und sah, daß sie zu zwei Dritteln mit kleinen Pillen gefüllt war: dem Etikett nach handelte es sich um ein Sedativum. Auch ihr Name stand auf der Dose: Roseanne Lofton.

Candy blieb eine Weile so stehen, starrte in ihr Gesicht, und ein altes Verlangen nach mütterlichem Trost regte sich ihm. Auch seine Begierde trieb ihn nach wie vor, aber er wollte ihr keine Gewalt antun, wollte sie nicht aufreißen und in ein paar Minuten leeren. Er wollte, daß es andauerte, er wollte genießen.

Er hatte das Verlangen, an dieser Frau so zu saugen, wie er das Blut seiner Mutter gesaugt hatte, wenn sie ihm diese Gnade einmal erwies. Gelegentlich, wenn er in ihrer Gunst stand, hatte sich seine Mutter einen flachen Schnitt in die Handfläche beigebracht, oder sie hatte sich mit einer Nadel in einen ihrer Finger gestochen und ihm dann erlaubt, sich an sie zu schmiegen und sich eine Stunde oder länger an ihrem Blut gütlich zu tun.

Während dieser Zeit hatte er immer ein großes Gefühl des Friedens gehabt, eine so tiefe Glückseligkeit, daß die Welt und all der Schmerz, den sie bereitete, aufhörten zu existieren. Denn das Blut seiner Mutter war mit keinem anderen zu vergleichen, es war so rein und pur wie die Tränen eines Heiligen.

Durch so kleine Wunden konnte er natürlich kaum mehr als ein paar Tropfen von ihr trinken, doch das leichte Tröpfeln erschien ihm ungleich kostbarer und labender als die Liter über Liter, die er möglicherweise aus einer Reihe anderer Menschen herausholte.

Die Frau da vor ihm würde kein solches Ambrosia in ihren Adern haben, wenn er aber die Augen schloß, während er an ihr saugte, und wenn er vor seinem geistigen Auge die wunderschönen Erinnerungen aus den Zeiten vor dem Tod seiner Mutter heraufbeschwor, konnte er vielleicht wenigstens etwas von der heiteren Gemütsruhe wieder einfangen, die er damals gekannt hatte – und einen schwachen Widerhall der alten Faszination erleben.

Ohne die Decke beiseite zu schlagen, legte er sich schließlich vorsichtig auf das Bett, streckte sich neben der Frau aus und beobachtete, wie ihre Augenlider flatterten und sich die Augen dann öffneten. Sie blinzelte, als er sich neben ihr bequem rekelte, und für einen Augenblick schien sie zu glauben, sie träume noch immer, denn ihr Gesichtsausdruck blieb starr.

»Alles, was ich will, ist dein Blut«, sagte er leise.

Doch da blitzte Panik in ihren Augen auf. Jetzt war sie frei von der betäubenden Wirkung des Sedativums.

Bevor sie die Schönheit dieses Moments dadurch schmälerte, daß sie schrie oder sich ihm widersetzte und ihm damit die Illusion nahm, seine Mutter zu sein, die ihm ihr Blut freiwillig gab, schlug er mit der Faust hart auf ihren Hals. Dann schlug er noch einmal zu. Dann hämmerte er zweimal auf ihre Wangen ein. Bewußtlos fiel sie auf das Kissen zurück.

Er schlüpfte unter die Decke, um ihr näher zu sein, nahm ihre Hand und schlug die Zähne in ihre Handfläche. Er legte den Kopf auf das Kissen, konnte nun ihr Gesicht sehen und hielt ihre Hand, während er das langsame Tröpfeln genoß, das er aus ihrer Handfläche saugte. Nach einer Weile schloß er die Augen und versuchte sich vorzustellen, sie sei seine Mutter. Und endlich erfüllte ihn eine befriedigende Ruhe. Obwohl er in diesem Augenblick seit langer Zeit wieder einmal glücklich war, empfand er kein wirklich tiefes Glück, sondern nur die Tünche einer Freude, die zwar die Oberfläche seines Herzens wärmte, das Innere aber kalt und dunkel ließ.

14

Nach nur ein paar Stunden Schlaf wachte Frank Pollard auf dem Rücksitz des gestohlenen Chevy auf. Die Morgensonne, die durch die Fenster einfiel, war so grell, daß er zurückzuckte.

Er war steif, die Knochen taten ihm weh, und er fühlte sich alles andere als ausgeruht. Seine Kehle war trocken, und seine Augen brannten, als hätte er seit Tagen nicht geschlafen.

Stöhnend schwang Frank die Beine vom Sitz, setzte sich auf und räusperte sich. Er merkte, daß seine beiden Hände ganz taub waren. Sie fühlten sich kalt und tot an, und er sah, daß er sie zur Faust geballt hatte. Offenbar hatte er eine Weile in dieser Position geschlafen, denn er konnte die Fäuste zunächst nicht öffnen. Mit ziemlicher Mühe gelang es ihm, die rechte Faust zu lockern – und etwas Schwarzes und Körniges rieselte durch seine Finger.

Perplex starrte er auf die feinen Körner, die auf seine Hosenbeine und auf seinen rechten Schuh gefallen waren. Er hob die Hand zu den Augen, um einen besseren Blick auf die Reste zu haben, die an seiner Handfläche klebten. Das sah aus wie Sand, und es roch auch wie Sand.

Schwarzer Sand? Wo hatte er den her?

Verwirrt schaute er durch das Seitenfenster zu den Wohnhäusern. Er sah grüne Rasenflächen, bei denen dunkler Mutterboden durchschien, wo das Gras spärlicher wuchs, Beete voller Torf und Rotholzspäne, die um einige Büsche gehäuft waren. Aber er sah nichts, was dem ähnelte, was er in seinen festgeschlossenen Fäusten hielt.

Er war in Laguna Niguel, also nahe dem Pazifik. Und der war von breiten Stränden gesäumt. Aber diese Strände waren weiß, nicht schwarz.

Nachdem die Blutzirkulation in seine verkrampften Finger zurückgekehrt war, lehnte er sich in dem Sitz zurück, hob die Hände vors Gesicht und starrte auf die schwarzen Körnchen, die an seiner schweißnassen Haut klebten. Sand, sogar schwarzer, war eine simple und unschuldige Substanz, doch die Überreste auf seiner Haut ängstigten ihn so tief, als handele es sich um frisches Blut.

»Wer, verdammt nochmal, bin ich, was passiert mit mir?« fragte er sich laut.

Er wußte, daß er Hilfe brauchte. Aber er wußte nicht, an wen er sich wenden konnte.

15

Bobby erwachte vom Rauschen des Santa-Ana-Windes in den Bäumen vor dem Haus. Er pfiff im Dachgesims und um die Zedernholzschindeln herum und entlockte den Dachsparren ein Knarren und Quietschen.

Er blinzelte mit vom Schlaf verklebten Augen und spähte an die Decke. Es war 12.07 Uhr. Weil sie manchmal zu den eigenartigsten Stunden arbeiteten und tagsüber schliefen, hatten sie vor den Fenstern Sicherheitsrolläden anbringen lassen, die den Raum in tiefstes Schwarz tauchten. Nur die blaßgrünen Ziffern der Projektionsuhr leuchteten an der Decke wie eine unheilvolle Botschaft aus dem Jenseits.

Weil er erst kurz vor Sonnenaufgang zu Bett gegangen und augenblicklich eingeschlafen war, wußte er, die Zahlen an der Decke konnten nur bedeuten, daß es kurz nach zwölf Uhr mittags war, nicht Mitternacht. Er hatte vielleicht sechs Stunden geschlafen.

Einen Moment lag er unbeweglich da und fragte sich, ob Julie wohl wach war.

»Ich bin's«, sagte sie.

»Du mußt das zweite Gesicht haben«, erwiderte er. »Du hast gewußt, was ich denke.«

»Das ist nicht das zweite Gesicht«, widersprach sie. »Das ist Verheiratetsein.«

Er faßte nach ihr, und sie rollte sich in seine Arme.

Eine Weile lagen sie nur engumschlungen da, genossen das Gefühl, einander nahe zu sein. Doch dann begannen sie, aus einem gemeinsamen, nicht laut geäußerten Bedürfnis heraus, sich zu lieben.

Die grün schimmernden Ziffern der Projektionsuhr waren zu schwach, um die absolute Dunkelheit auch nur ein wenig zu erhellen, so daß Bobby Julie nicht sehen konnte, während sie sich aneinanderklammerten. Er »sah« sie jedoch mit seinen Händen. Während er in der Glätte und Wärme ihrer Haut versunken war, in die eleganten Kurven ihrer Brüste, in die Entdeckung, da Ecken zu finden, wo Eckigkeit wünschenswert war, in die Straffheit ihrer Muskeln und das Fließende ihrer Bewegungen, hätte er genausogut ein Blinder sein können, der die Hände benutzt, um seine innere Vision von idealer Schönheit zu beschreiben.

Die Welt draußen wurde vom Wind im Einklang mit den Höhepunkten geschüttelt, die Julies Körper erschütterten. Und als Bobby sich nicht länger zurückhalten konnte, als er aufschrie und sich in sie ergoß, schrie auch der pfeifende Wind auf, und ein Vogel, der im Dachgesims Zuflucht gesucht hatte, wurde von ihm von seinem Balken gescheucht und verschwand flügelraschelnd mit einem ebenso schrillen Schrei.

Lange lagen sie nebeneinander in der undurchsichtigen Dunkelheit. Ihr Atem vermischte sich miteinander, und sie berührten einander fast ehrfürchtig.

Die Aluminiumlamellen der Rolläden vibrierten leicht im böigen Wind.

Ganz allmählich wichen die angenehmen Erinnerungen an den Sex einem merkwürdigen Unbehagen, dessen Ursache Bobby unerklärlich war. Er begann die Dunkelheit, die ihn einhüllte, als bedrückend zu empfinden, als trüge das völlige Fehlen von Licht dazu bei, die Luft immer dicker werden zu lassen, bis sie schließlich so zäh und unbrauchbar wie Sirup sein würde.

Obwohl er sie gerade erst geliebt hatte, befiel ihn die merkwürdige Vorstellung, Julie läge gar nicht wirklich neben ihm, er hätte sich mit einem Traum gepaart oder mit der Dunkelheit selbst, die plötzlich Gestalt angenommen hatte, und sie sei ihm in der Nacht gestohlen worden, weggenommen von einer fremden Macht, die er sich nicht erklären konnte, und er bekäme sie nun niemals wieder zurück.

Er hielt sich zwar für töricht wegen dieser kindischen Furcht, stützte sich dann aber auf einen Ellenbogen und knipste eine der beiden Wandlampen neben dem Bett an.

Als er Julie sah, die da lächelnd neben ihm lag, ein Kissen unter dem Kopf zusammengeknüllt, fiel die unerklärliche Furcht jäh von ihm ab. Er atmete tief aus und stellte überrascht fest, daß er tatsächlich kurz den Atem angehalten hatte. Trotzdem blieb eine eigentümliche Spannung zurück, und der Anblick von Julie, sicher und unversehrt, wenn man von der Schramme auf ihrer Stirn absah, reichte nicht aus, sich völlig entspannt zu fühlen.

»Was ist los?« fragte sie, so scharfsichtig wie immer.

»Nichts«, log er.

»Ein wenig Kopfweh nach all dem Rum im Eiergrog?«

Was ihm Sorgen bereitete, war kein Kater, sondern das merkwürdige, unerschütterliche Gefühl, daß er Julie verlieren würde, daß etwas aus der feindseligen Welt da draußen erscheinen und sie ihm wegnehmen würde. Als der Optimist in der Familie neigte er gewöhnlich nicht zu bösen Vorahnungen. Daher verstörte ihn dieses eigentümliche Frösteln, diese Angst vor etwas Unbekanntem mehr als jemanden, der regelmäßig Opfer solcher Vorahnungen ist.

»Bobby?« fragte sie und runzelte die Stirn.

»Kopfweh«, versicherte er ihr.

Er beugte sich nieder und küßte sie zart auf die Augen, dann noch einmal. Damit zwang er sie, die Augen zu schließen, so daß sie sein Gesicht nicht sehen und die Angst auf ihm lesen konnte, die er nicht zu verbergen vermochte.

Später, nach dem Duschen und Anziehen, nahmen sie, an der Küchentheke stehend, ein schnelles Frühstück ein: Muffins mit Himbeermarmelade, je eine halbe Banane und schwarzen Kaffee. Sie waren sich einig, heute nicht ins Büro zu gehen. Ein kurzer Anruf bei Clint Karaghiosis bestätigte, daß der Decodyne-Fall kurz vor dem Abschluß stand und es auch sonst nichts Dringendes gab, das ihre persönliche Anwesenheit erfordert hätte.

Ihr Suzuki Samurai wartete in der Garage, und bei seinem Anblick hob sich Bobbys Laune. Der Samurai war ein kleiner sportlicher Jeep mit Vierradantrieb. Seine Anschaffung hatte er vor Julie mit seiner Doppelfunktion gerechtfertigt, den Nützlichkeits- und Freizeitaspekt ausgespielt und besonders den verhältnismäßig vernünftigen Preis betont, aber in Wahrheit hatte er ihn gewollt, weil es ihm Spaß bereitete, ihn zu fahren. Sie hatte sich von seinen Argumenten nicht täuschen lassen, hatte aber zugestimmt, weil auch sie der Meinung war, es bereite Spaß, ihn zu fahren. Diesmal war sie bereit, ihn das Steuer übernehmen zu lassen, als er vorschlug, sie solle fahren.

»Ich bin letzte Nacht genug gefahren«, sagte sie, während sie den Sicherheitsgurt anlegte.

Tote Blätter, Zweige, ein paar Papierfetzen und Abfälle, die nicht so leicht zu identifizieren waren, wirbelten über die windgepeitschten Straßen. Staubwolken wehten aus Osten heran, als sich die Santa-Ana-Winde – so genannt nach den Bergen, aus denen sie kamen – über die Felsklippen und die dürren, stoppelig bewachsenen Hügel ergossen, die die eifrigen Stadtplaner von Orange County noch nicht abgetragen und planiert und mit Tausenden von annähernd identischen Holz- und Stuck-Kisten des kalifornischen Traums bedeckt hatten. Die Bäume beugten sich den wogenden Ozeanen aus Luft, die sich wie eine mächtige und ziellose Flut auf die wirkliche See im Westen zubewegten. Die Nebel der vorangegangenen Nacht waren verflogen, und der Tag war so klar, daß man von den Hügeln aus Catalina Island sehen konnte, die Insel, die etwa vierzig Kilometer vor der Pazifikküste liegt.

Julie schob eine Artie-Shaw-CD in das Abspielgerät, und die sanfte Melodie und die weichen, schwungvollen Rhythmen von »Begin the Beguine« erfüllten den Wagen. Die schmelzenden Saxophone von Les Robinson, Hank Freeman, Tony Pastor und Ronnie Perry bildeten einen eigenartigen Kontrapunkt zum Chaos und zu den Mißklängen der Fallwinde.

Von Orange fuhr Bobby erst nach Süden, dann nach Westen auf die Strandstädte zu – Newport, Corona Del Mar, Laguna, Dana Point. Soweit ihm das möglich war, benutzte er die wenigen urbanisierten Asphaltstraßen, die man immer noch Nebenstraßen nennen konnte. Sie fuhren sogar an einigen der Orangenhaine vorbei, mit denen das County früher einmal »gepflastert« gewesen war, die aber der erbarmungslosen Ausbreitung der Wohnsiedlungen und Einkaufspassagen zum Opfer gefallen waren.

Julie wurde redseliger und temperamentvoller, während der Tachometer Kilometer um Kilometer anzeigte, doch Bobby wußte, daß die koboldhafte Laune nicht echt war. Jedesmal, wenn sie aufbrachen, um ihren Bruder Thomas zu besuchen, gab sie sich große Mühe, ihre Stimmung anzuheizen. Obwohl sie Thomas liebte, brach ihr Herz jedesmal aufs neue, wenn sie bei ihm war, also mußte sie sich mit aufgesetzter guter Laune im vorhinein selbst dagegen wappnen.

»Nicht ein Wölkchen am Himmel«, sagte sie, als sie an der alten Abpackanlage für Orangen der Irvine-Ranch vorbeifuhren. »Ist das nicht ein wundervoller Tag, Bobby?«

»Ein wundervoller Tag«, stimmte er zu.

»Der Wind muß alle Wolken bis nach Japan geblasen und sie über Tokio aufgehäuft haben.«

»Klar. Just in diesem Moment fällt kalifornischer Dreck auf die Ginza.«

Hunderte von Bougainvillea-Blüten, vom Sturm von ihren Ranken gerissen, wurden über die Straße geweht, und einen Augenblick sah es so aus, als sei der Samurai in einem blutroten Schneesturm gefangen. Möglicherweise lag es ja nur daran, daß sie eben über Japan gesprochen hatten, doch an diesem Wirbel der Blütenblätter war etwas Fernöstliches. Er wäre nicht überrascht gewesen, am Straßenrand eine Frau im Kimono zu sehen, in Sonnenschein und Schatten getaucht.

»Selbst ein Sturm ist hier wunderschön«, bemerkte Julie. »Haben wir nicht Glück, Bobby, hier zu leben?«

Shaws »Frenesi« erklang. Swing mit vielen Streichinstrumenten. Jedesmal, wenn er diesen Song hörte, stellte Bobby sich vor, einen Film aus den Dreißigern oder Vierzigern mitzuerleben, glaubte fast, hinter der nächsten Ecke würde er seinen alten Freund Jimmy Stewart treffen oder möglicherweise Bing Crosby, und sie würden sich gemeinsam aufmachen, um mit Cary Grant, Jean Arthur und Katherine Hepburn zu Mittag zu essen, und die verrücktesten Sachen würden passieren.

»In welchem Film bist du gerade?« fragte Julie. Sie kannte ihn zu gut.

»Bin mir noch nicht ganz sicher. Vielleicht *The Philadelphia Story.*«

Zu dem Zeitpunkt, da sie auf den Parkplatz des Cielo-Vista-Pflegeheims einbogen, hatte sich Julie in ein Stadium allerbester Laune gesteigert. Sie stieg aus dem Samurai, wandte sich nach Westen und lächelte den Horizont an, der die Ehe von Meer und Himmel besiegelte, als hätte sie noch nie etwas Vergleichbares gesehen. Es war wirklich ein faszinierendes Panorama, weil Cielo Vista, anderthalb Kilometer vom Ozean entfernt, auf einer Klippe lag, von der man einen langen Streifen der Goldküste Südkaliforniens überblicken konnte. Auch Bobby bewunderte die Aussicht. Wegen des kühlen, böigen Windes stand er mit etwas hochgezogenen Schultern und gesenktem Kopf da.

Als Julie soweit war, nahm sie Bobbys Hand, drückte sie fest, und sie gingen hinein.

Das Cielo-Vista-Pflegeheim war eine private Institution, die ohne staatliche Unterstützung auskam, was schon seine Architektur bewies, die nicht die geringste Ähnlichkeit mit den üblichen öffentlichen Einrichtungen hatte. Die zweistöckige spanische Stuckfassade in ihrem blaß pfirsichfarbenen Ton wurde von Eckpfeilern, Türrahmen und Fensterstürzen aus weißem Marmor betont. Die weiß gestrichenen Terrassenfenster und -türen lagen zurückgesetzt unter graziösen Bögen. Die Spazierwege wurden von Laubengängen beschattet, deren Gitterwerk mit einer Mischung von purpurfarbenen und gelbblühenden Bougainvillea bewachsen war. In diesen Gängen verursachte der Wind ein drängendes Flüstern. Die Flure im Inneren waren mit grauen Kunststoff- Fliesen ausgelegt, die pfirsichfarben und türkis gesprenkelt waren, und die Wände waren pfirsichfarben, nur unten und an der Decke weiß abgesetzt, was das Haus warm und luftig erscheinen ließ.

In der Halle, gleich hinter der Eingangstür, blieben sie kurz stehen, und Julie holte einen Kamm aus der Handtasche, um ihr windzerzaustes Haar zu ordnen. Nach einem kurzen Aufenthalt am Empfang in der gemütlichen Besucher-Lobby gingen sie in den Nordflügel, wo Thomas' Zimmer im ersten Stock lag.

Seines war das zweite der beiden Betten, jenes, das näher am Fenster stand, doch er war weder da noch in seinem Sessel. Als sie in der offenen Tür stehenblieben, saß er an dem Arbeitstisch, der sowohl ihm als auch Derek, seinem Zimmergenossen, zur Verfügung stand. Er benutzte eine Schere und schnitt eine Fotografie aus einer Zeitschrift. So über den Tisch gebeugt, wirkte Thomas eigenartigerweise gleichzeitig ungeschlacht und zerbrechlich, untersetzt und zart. Körperlich kräftig, war er mental und emotional schwach, und diese innere Schwäche schien durch, strafte das äußere Bild der Stärke Lügen.

Der massige Hals, die kräftige runde Schulterpartie, der breite Rücken, die proportional zu kurzen Arme und stämmigen Beine gaben dem Äußeren von Thomas etwas Gnomenhaftes, doch als er sich ihrer Anwesenheit bewußt wurde und den Kopf drehte, um zu sehen, wer da war, zeigte sein Gesicht so gar nichts von den süßen und trügerischen Zügen eines Wesens aus der Märchenwelt – es war im Gegenteil ein Gesicht, geprägt von grausamer genetischer Bestimmung und einer biologischen Tragödie.

»Jules!« sagte er und ließ Schere und Zeitschrift fallen.

In seinem Eifer aufzustehen, wäre er fast über den Stuhl gestolpert. Er trug weite, schlabbernde Jeans und ein grünkariertes Flanellhemd. Er wirkte zehn Jahre jünger, als er in Wirklichkeit war. Jules, Jules!«

Julie ließ Bobbys Hand los, ging ins Zimmer und breitete die Arme ganz weit aus für ihren Bruder. »Hi, Süßer!«

Thomas hastete in dem für ihn typischen schleppenden Gang auf sie zu. Es sah so aus, als seien seine Schuhe mit Eisen besohlt, um zu verhindern, daß er die Füße heben konnte. Obwohl er schon zwanzig war, zehn Jahre jünger als Julie, war er zehn Zentimeter kleiner als sie, kaum 1,50 Meter groß.

Er litt unter dem *Down Syndrom,* eine Diagnose, die selbst ein Laie in seinem Gesicht lesen konnte: Seine niedrige Stirn trat wulstig vor, die schräge Stellung gab seinen Augen ein orientalisches Aussehen, die breite Nasenwurzel war flach, und die kleinen, mangelhaft modellierten Ohren saßen tief an einem Kopf, der im Vergleich zu seinem Körper zu klein war.

Sonst hatten seine Züge die weichen Konturen, die man meist mit geistiger Zurückgebliebenheit verbindet. Der Tatsache zum Trotz, daß seine Miene eher für den Ausdruck von Traurigkeit und Einsamkeit geschaffen war, zeigten seine üblicherweise deprimierten Züge nun ein wunderbar warmes Lächeln, ein Grinsen reinster Freude.

Julie hatte immer schon diese Wirkung auf Thomas gehabt.

Verdammt, diese Wirkung hat sie auf *mich,* dachte Bobby.

Julie bückte sich nur wenig, als sie ihren Bruder in die Arme nahm, nachdem er sie endlich erreicht hatte. Und so blieben sie eine ganze Weile stehen.

»Wie geht es dir?« fragte sie.

»Gut«, erwiderte Thomas, »mir geht's gut.« Seine Stimme klang dumpf, doch es war nicht schwer, ihn zu verstehen, weil seine Zunge nicht so stark deformiert war wie die vieler DS- Opfer. Sie war ein wenig größer, als sie hätte sein sollen, war aber weder grob und gefurcht noch wesentlich zu lang. »Mir geht es richtig gut.«

»Wo ist Derek?«

»Macht einen Besuch. Unten am Flur. Er wird zurückkommen. Mir geht es richtig gut. Geht's dir gut?«

»Mir geht's prima, Schatz. Einfach großartig.«

»Mir geht's auch einfach großartig. Ich liebe dich, Jules«, sagte Thomas ganz glücklich, denn bei Julie verlor er die Schüchternheit, die seine Beziehungen zu jedermann sonst trübte. »Ich liebe dich so sehr.«

»Ich liebe dich auch, Thomas.«

»Ich hatte Angst – hätte ja sein können, daß du nicht kommst.«

»Ich komme doch immer, oder?«

»Immer«, erwiderte er. Jetzt endlich lockerte er die Umarmung und spähte an seiner Schwester vorbei. »Hi, Bobby!«

»Hi, Thomas! Du siehst gut aus.«

»Tatsächlich?«

»Wenn ich lüge, will ich tot umfallen.«

Thomas lachte. »Er ist lustig«, sagte er zu Julie.

»Werde ich auch mal umarmt?« erkundigte sich Bobby. »Oder muß ich hier mit ausgebreiteten Armen stehen, bis mich jemand mit einem Hutständer verwechselt?«

Widerstrebend löste sich Thomas von seiner Schwester. Er und Bobby umarmten sich. Selbst nach all diesen Jahren fühlte sich Thomas in Bobbys Gegenwart noch nicht hundertprozentig wohl, was nicht daran lag, daß es zwischen ihnen nicht stimmte oder es da irgendwelche Haßgefühle gegeben hätte, sondern daran, daß Thomas Veränderungen nicht besonders mochte und sich ihnen sehr langsam anpaßte. Sogar nach mehr als sieben Jahren war die Tatsache, daß seine Schwester verheiratet war, für ihn eine Veränderung, etwas, das für ihn noch immer neu war.

Aber er mag mich, dachte Bobby, möglicherweise sogar so sehr wie ich ihn.

DS-Opfer zu mögen, war nicht schwer, sobald man das Mitleid überwunden hatte, das einen zunächst von ihnen entfernte, weil die meisten von ihnen über eine Unschuld und Arglosigkeit verfügten, die liebenswert und erfrischend war. Zumeist waren sie direkter und aufrichtiger als andere – es sei denn, ihre Schüchternheit oder ihre Verlegenheit standen ihnen im Wege, die sie wegen der Unterschiede zu anderen Menschen empfanden. Daher waren sie auch unfähig, die kleinlichen gesellschaftlichen Spielchen und Intrigen auszuüben, die so viele Beziehungen unter »normalen« Menschen beeinträchtigten.

Im letzten Sommer hatte die Mutter eines der anderen Patienten beim Picknick, das das Cielo- Vista-Heim am 4. Juli traditionell veranstaltete, zu Bobby gesagt: »Wenn ich sie so beobachte, denke ich manchmal, da ist etwas an ihnen – eine Zärtlichkeit, eine besondere Freundlichkeit –, das sie Gott näher sein läßt als uns.«

Bobby fühlte den Wahrheitsgehalt dieser Beobachtung in diesem Augenblick bestätigt, als er Thomas umarmte und in sein süßes, massiges Gesicht hinunterschaute.

»Haben wir dich bei einem Gedicht unterbrochen?« fragte Julie.

Thomas ließ Bobby los und eilte zu dem Arbeitstisch,

wo Julie sich die Zeitschrift ansah, aus der er ein Bild ausgeschnitten hatte, als sie hereingekommen waren. Er öffnete sein derzeitiges Album – vierzehn andere waren bereits mit seinen Kreationen gefüllt und standen ordentlich in einem Eckregal in der Nähe seines Bettes – und deutete auf eine Doppelseite, auf die ausgeschnittene Bilder in einer Anordnung eingeklebt waren, die an die Verse und Vierzeiler echter Lyrik erinnerten.

»Das hab' ich gestern gemacht. Gestern zu Ende gemacht«, erklärte Thomas. »Hat mich eine laaange Zeit gekostet, und es war sehr schwer, aber jetzt war es ... *ist* es ... richtig.«

Vor vier, fünf Jahren hatte Thomas beschlossen, ein Dichter zu werden – wie jemand, den er im Fernsehen gesehen und bewundert hatte. Der Grad der geistigen Behinderung unter den Opfern des *Down Syndroms* variierte sehr und reichte von leicht bis sehr stark. Thomas lag irgendwo in der Mitte des Spektrums, verfügte allerdings nicht über die intellektuelle Kapazität, mehr als seinen Namen schreiben zu lernen. Das konnte ihn aber nicht abhalten. Er hatte um Papier, Leim, ein Album und Stapel alter Magazine gebeten. Da er kaum einmal um etwas bat und Julie Berge versetzt hätte, um ihm alles zu geben, was er wollte, war er bald im Besitz der Gegenstände auf seiner Liste.

»Alle Arten von Zeitschriften«, hatte er gefordert, »mit verschiedenen hübschen Bildern ... aber mit häßlichen auch ... alle Arten von Bildern.« Aus *Time, Newsweek, Life, Hot Rod, Omni, Seventeen* und einem Dutzend anderer Publikationen schnitt er komplette Bilder und Teile von Bildern aus und arrangierte die Einzelteile nebeneinander, als wären sie Wörter, machte so Statements, die ihm wichtig waren. Einige seiner »Gedichte« waren nur fünf Bilder lang, und andere umfaßten Hunderte von Ausschnitten, zusammengestellt zu ordentlichen Strophen oder, was häufiger geschah, in locker strukturierten Gedichtzeilen, die eher dem freien Versmaß entsprachen.

Julie nahm ihm das Album weg und ging zu dem Sessel neben dem Fenster, wo sie sich auf seine neueste Kreation besser konzentrieren konnte. Thomas blieb am Arbeitstisch und beobachtete sie gespannt.

Seine Bildergedichte erzählten weder Geschichten, noch handelte es sich um erkennbare thematische Schilderungen, aber es waren auch nicht nur willkürliche Zusammenstellungen von Ausschnitten. Eine Kirchturmspitze, eine Maus, eine schöne Frau in einem smaragdgrünen Ballkleid, eine Wiese voller Gänseblümchen, eine Dose *Dole*-Ananasringe, ein Halbmond, ein Stapel Pfannkuchen, von denen der Sirup tropfte, glitzernde Rubine auf einem Ausstellungstuch aus schwarzem Samt, ein Fisch mit weit offenem Maul, ein lachendes Kind, eine betende Nonne, eine Frau, die in irgendeinem gottverlassenen Kriegsgebiet die von Kugeln durchsiebte Leiche eines geliebten Menschen beweint, eine Packung Kaugummi, ein Welpe mit Schlappohren, schwarzgekleidete Nonnen mit schneeweißen gestärkten Hauben – aus diesen und Tausenden von anderen Bildern, die er in seinen wie Schatzkästchen gehüteten Kartons aufbewahrte, suchte Thomas die Elemente seiner Kompositionen heraus.

Bobby war bei vielen dieser Gedichte von Anfang an eine fast unheimliche Treffsicherheit aufgefallen, eine Symmetrie, die zu fundamental war, als daß er sie hätte beschreiben können, Nebeneinanderstellungen, die sowohl naiv als auch profund waren, Rhythmen, die so real wie nicht faßbar waren, eine persönliche Vision, die man klar erkannte, die aber zu geheimnisvoll und mysteriös war, als daß man auch nur einen Bruchteil ihrer Bedeutung hätte verstehen können. Im Lauf der Jahre hatte Bobby bemerkt, wie die Gedichte besser, befriedigender wurden, obwohl er sie so wenig verstand, daß er nicht hätte erklären können, worin die Verbesserung lag. Er wußte nur, daß sie da war.

Julie schaute von der Doppelseite in dem Album auf. »Das ist wundervoll, Thomas«, lobte sie. »Es vermittelt mir das Gefühl . . . Ich würde am liebsten nach draußen rennen, ins Gras . . . und einfach unter dem Himmelszelt dastehen und möglicherweise sogar tanzen, einfach den Kopf in den Nacken werfen und lachen. Es gibt mir ein Glücksgefühl – ich freue mich, am Leben zu sein.«

»Ja!« sagte Thomas. Er sprach undeutlich und klatschte in die Hände.

Sie gab das Buch an Bobby weiter, und er setzte sich auf die Bettkante, um es zu lesen.

Das aufregendste an Thomas' Gedichten war die emotionale Reaktion, die sie unweigerlich hatten. Keines ließ den Leser unberührt, wie es eine Phalanx willkürlich zusammengestellter Bilder möglicherweise getan hätte. Bobby mußte manchmal laut heraus lachen, wenn er sich Thomas' Arbeiten ansah. Und manchmal war er so bewegt, daß er die Tränen zurückhalten mußte, und manchmal spürte er Furcht oder Traurigkeit, Bedauern oder Bewunderung. Ihm war nicht einmal klar, warum er auf irgendeine besondere Zusammenstellung so reagierte, wie er es tat. Die Wirkung entzog sich immer jeder Analyse. Thomas' Kompositionen wirkten auf irgendeiner Urebene, riefen Reaktionen aus einem Bereich der Seele hervor, der weit tiefer lag als das Unbewußte.

Das letzte Gedicht war keine Ausnahme. Bobby fühlte, was Julie gefühlt hatte, daß das Leben schön war, daß die Welt gut war, er spürte nur aufgrund seiner bloßen Existenz eine Hochstimmung.

Er blickte von dem Album auf und sah, daß Thomas so begierig auf seine Reaktion wartete, wie er auf Julies gewartet hatte. Vielleicht war das ja ein Anzeichen dafür, daß seine Meinung ihm so wichtig war wie die seiner Schwester, obwohl er nach wie vor keine so lange und innige Umarmung wert war wie Julie.

»Mann«, sagte er leise. »Thomas, das vermittelt mir ein so warmes, ein so krabbelndes Gefühl, daß ... Ich bin ganz hin.«

Thomas grinste.

Manchmal schaute Thomas seinen Schwager an, und Bobby war überzeugt, es gebe zwei Thomase, die sich diese bedauerlicherweise deformierte Hirnschale teilten. Der Thomas Nummer eins war der Schwachsinnige, nett, aber geistesschwach. Thomas Nummer zwei war dagegen genauso klug wie jedermann, allerdings gehörte ihm nur ein kleiner Teil des geschädigten Gehirns, das er sich mit Thomas Nummer eins teilte, eine Partie im Zentrum, von dem aus er nicht auf direktem Wege mit der Außenwelt kommunizieren konnte. Jeder der Gedanken von Thomas Nummer zwei mußte deshalb durch den Teil des Gehirns gefiltert werden, der Thomas Nummer eins gehörte, so daß er sich schließlich in nichts von denen von Thomas Nummer eins unterschied. Deshalb würde die Welt niemals erfahren, daß Thomas Nummer zwei überhaupt da war, daß er dachte und fühlte und ganz *lebendig* war – abgesehen von dem Beweis, den seine Bildergedichte lieferten, deren Essenz sogar noch erkennbar war, wenn sie durch Thomas Nummer eins gefiltert war.

»Du bist so talentiert«, sagte Bobby, und er meinte es – beneidete ihn beinahe.

Thomas errötete und senkte den Blick. Er stand auf und ging mit schleppenden Schritten zum Kühlschrank, der neben der Tür zum Badezimmer stand. Die Mahlzeiten wurden zwar im Gemeinschaftsspeisesaal serviert, in dem man Snacks und Getränke bestellen konnte, doch Patienten, deren mentale Fähigkeiten ausreichten, ihre Räume sauber und ordentlich zu halten, durften ihre eigenen Kühlschränke haben, die sie mit ihren Lieblingsspeisen und Getränken füllen konnten, was sie zu größerer Selbständigkeit erzog. Er nahm drei Dosen Coca-Cola heraus. Eine gab er Bobby, eine Julie. Mit der dritten kehrte er zu dem Stuhl am Arbeitstisch zurück.

»Habt ihr ein paar böse Jungs geschnappt?« fragte er, nachdem er sich gesetzt hatte.

»Klar, wir sorgen dafür, daß die Gefängnisse voll sind«, erwiderte Bobby.

»Erzählt's mir.«

Julie beugte sich in ihrem Sessel vor, und Thomas rückte mit seinem Stuhl näher heran, bis ihre Knie sich berührten. Dann gab sie die Höhepunkte der Geschehnisse bei Decodyne in der vergangenen Nacht wieder. Sie stellte Bobby heldenhafter dar, als er gewesen war, und ihre eigene Rolle spielte sie ein wenig herunter. Das tat sie nicht nur aus Bescheidenheit, sondern vor allem, um Thomas nicht mit einem zu realen Bild der Gefahr zu ängstigen, in die sie sich selbst gebracht hatte.

Auf seine eigene Art war Thomas hart im Nehmen. Wäre er das nicht gewesen, hätte er sich schon vor langer Zeit auf seinem Bett zusammengerollt, mit dem Gesicht zur Wand, und wäre niemals wieder aufgestanden. Er war aber nicht hart genug, um Julies Verlust zu ertragen. Er wäre schon am Boden zerstört, müßte er sich nur vorstellen, daß Julie verletzt werden könnte.

Also erzählte sie die Geschichte so, daß sich ihre tollkühne Fahrerei und die Schießerei komisch anhörten, aufregend, aber nicht wirklich gefährlich. Ihre bereinigte Version der Ereignisse amüsierte Bobby fast so sehr wie Thomas.

Nach einer Weile war Thomas – wie meist – ganz überwältigt von dem, was Julie ihm erzählte, und die Geschichte verwirrte ihn mehr, als sie ihn erfreute. »Ich bin bis obenhin voll«, sagte er, was bedeutete, daß er zwar nach wie vor versuchte, alles aufzunehmen, was man ihm erzählte, aber im Augenblick absolut keinen Platz mehr hatte für neue Informationen. Er war fasziniert von der Welt außerhalb von Cielo Vista, und oft wünschte er sich auch, ein Teil davon zu sein. Gleichzeitig aber fand er sie zu laut und zu grell und zu farbenprächtig, um mehr als kleine Dosen davon ertragen zu können.

Bobby holte sich eins der alten Alben aus dem Bücherregal und setzte sich aufs Bett, um Bildergedichte zu lesen.

Thomas und Julie blieben sitzen, wo sie waren. Sie hatten die Cola-Dosen beiseite gestellt, saßen Knie an Knie, hatten sich vorgebeugt und hielten sich an den Händen. Manchmal schauten sie einander an, manchmal nicht, waren einfach zusammen, waren einander nah. Julie brauchte das genauso sehr wie Thomas.

Julies Mutter war gestorben, als sie zwölf war. Ihr Vater war ihr zwölf Jahre später gefolgt, zwei Jahre, bevor Bobby und Julie geheiratet hatten. Sie war damals erst zwanzig gewesen und arbeitete als Kellnerin, um das College und ihren Anteil an der Miete eines kleinen Apartments bezahlen zu können, das sie mit einer anderen Studentin teilte. Ihre Eltern waren nie reich gewesen. Obwohl sie Thomas zu Hause umsorgten, hatten die Kosten für seine Beaufsichtigung ihre geringen Ersparnisse völlig aufgezehrt. Nach dem Tod ihres Vaters war Julie nicht in der Lage gewesen, sich eine Wohnung für sich und Thomas zu leisten. Von der Zeit, die sie hätte aufbringen müssen, um Thomas in einer solchen Umgebung zu versorgen, ganz abgesehen. Deshalb war sie gezwungen gewesen, ihn in einem staatlichen Heim für geistig behinderte Kinder unterzubringen. Obwohl Thomas ihr das nie vorgeworfen hatte, sah sie selbst ihre Handlungsweise als Verrat an ihm an.

Sie hatte vorgehabt, in Kriminologie zu promovieren, doch nun verließ sie die Schule im dritten Studienjahr und meldete sich an der Sheriff- Akademie an. Zu dem Zeitpunkt, da Bobby sie kennengelernt und geheiratet hatte, hatte sie vierzehn Monate lang als Hilfssheriff gearbeitet. Zum Leben hatte sie nur eine lächerliche Summe aufgewendet, ihr Lebensstil war kaum besser gewesen als der einer Stadtstreicherin. Den größten Teil ihres Gehalts hatte sie in der Hoffnung auf die hohe Kante gelegt, später von den Spargroschen ein kleines Haus kaufen und Thomas zu sich nehmen zu können.

Kurz nach ihrer Heirat, als aus Dakota Investigations Dakota & Dakota geworden war, hatten sie Thomas zu sich geholt. Aber ihre Arbeitszeiten waren unregelmäßig gewesen, und Thomas brauchte jemanden, der ständig bei ihm war, obwohl einige *DS*-Opfer durchaus in der Lage sind, bis zu einem gewissen Grade allein zu bleiben. Die Kosten, die qualifizierte Kräfte, die zudem noch in drei Schichten arbeiten mußten, verursachten, waren sogar noch höher als die, die in einem hochrangigen Pflegeheim wie Cielo Vista entstanden.

Dennoch – sie hätten sie getragen, hätten sie überhaupt genügend verläßliche Hilfskräfte gefunden. Als es ihnen unmöglich wurde, den Geschäftsbetrieb aufrechtzuerhalten, ihr eigenes Leben zu führen und sich um

Thomas zu kümmern, brachten sie ihn nach Cielo Vista. Es war eines der besten Pflegeheime, die existierten, trotzdem sah Julie seine Unterbringung dort als zweiten Verrat an ihrem Bruder an. Die Tatsache, daß er in Cielo Vista glücklich war, dort sogar aufblühte, vermochte nicht, ihr Schuldgefühl zu mindern.

Ein Teil »des Traums«, ein wichtiger Teil, war es, die Zeit und die finanziellen Möglichkeiten zu haben, um Thomas wieder nach Hause zu holen.

Bobby schaute in dem Augenblick von dem Album auf, als Julie fragte: »Thomas, hast du Lust, für ein Weilchen mit uns spazierenzugehen?«

Thomas und Julie hielten sich noch immer bei den Händen, und Bobby sah, wie der Griff seines Schwagers fester wurde beim Vorschlag, einen Ausflug zu unternehmen.

»Wir könnten auch nur ein wenig mit dem Auto fahren«, schlug Julie vor. »Zum Meer hinunter. Am Strand entlanglaufen. Ein Eis kaufen. Was hältst du davon?«

Thomas blickte nervös zum Fenster, in dem ein Teil des blauen Himmels zu sehen war. Weiße Möwen sausten daran vorbei, vollführten Luftsprünge. »Es ist schlecht draußen.«

»Nur ein bißchen windig, Schatz.«

»Ich meine nicht den Wind.«

»Wir werden Spaß haben.«

»Es ist schlecht draußen«, wiederholte er. Er kaute auf seiner Unterlippe herum.

Manchmal war er begierig darauf, die Welt da draußen zu erkunden, doch bei anderen Gelegenheiten zuckte er allein bei der bloßen Aussicht zurück, als sei die Luft außerhalb von Cielo Vista das reinste Gift. Mit Thomas konnte man niemals streiten, wenn er in dieser agoraphobischen Stimmung war, man konnte ihn auch nicht beschwatzen. Julie wußte das genau. Sie ließ das Thema fallen.

»Vielleicht beim nächsten Mal«, sagte sie.

»Vielleicht«, erwiderte Thomas und sah zu Boden. »Aber heute ist es *wirklich* schlecht. Ich ... kann es irgendwie fühlen ... das Schlechte ... es überläuft mich eiskalt.«

Eine ganze Weile probierten Bobby und Julie es mit den verschiedensten Themen, aber Thomas hatte nichts mehr zu sagen. Er sprach kein Wort, schaute ihnen nicht in die Augen, und nichts ließ ahnen, ob er sie überhaupt hörte.

Schweigend saßen sie beieinander. Nach ein paar Minuten rang sich Thomas dann schließlich durch. »Geht noch nicht«, sagte er.

»Wir gehen nicht«, versicherte Bobby.

»Kann einfach nicht reden – heißt aber nicht, daß ich will, daß ihr geht.«

»Das wissen wir doch, Kleiner«, entgegnete Julie.

»Ich – brauche dich.«

»Ich brauche dich auch«, sagte Julie. Sie hob eine der Hände ihres Bruders an die Lippen und küßte die Knöchel seiner dicklichen Finger.

16

Nachdem er in einem Drugstore einen Elektrorasierer gekauft hatte, rasierte und wusch sich Frank Pollard im Waschraum einer Tankstelle, so gut er konnte. Dann hielt er bei einem Einkaufszentrum und kaufte einen Koffer, Unterwäsche, Strümpfe, einige Hemden, ein zweites Paar Jeans und ein paar Kleinigkeiten. Auf dem Parkplatz des Einkaufszentrums packte er seine neuen Errungenschaften in den Koffer. Der gestohlene Chevy schaukelte leicht im böigen Wind. Danach fuhr er zu einem Motel in Irvine, wo er die Ausweispapiere benutzte, die er besaß, und unter dem Namen George Farris eincheckte. Die Vorauszahlung leistete er bar, weil er keinerlei Kreditkarten besaß. Bargeld hatte er dagegen in Hülle und Fülle.

Er hätte zwar in der Gegend von Laguna bleiben können, war aber der Meinung, er solle sich nicht zu lange an einem Ort aufhalten. Möglicherweise beruhte seine Vorsicht ja auf schlechten Erfahrungen. Oder vielleicht war er schon so lange auf der Flucht, daß er zum Vagabunden geworden war, der sich niemals wirklich wohl fühlen konnte an einem Ort.

Das Motelzimmer war groß, sauber und geschmackvoll eingerichtet. Der Designer war offenbar dem südwestlichen Lebensgefühl verfallen: weißgestrichenes

Holz, Rattansessel mit pfirsichfarben und hellblau gemusterten Kissen, Vorhänge so grün wie die Gischt. Nur der braune, gesprenkelte Teppichboden paßte nicht ins Bild. Er war vermutlich ausgesucht worden, weil Flecken auf ihm nicht so leicht auffielen und man nicht so rasch merkte, wenn er abgetreten war. Dieser Kontrast führte dazu, daß die in Lichttönen gehaltenen Möbel nicht auf dem dunklen Teppich zu stehen, sondern zu schweben schienen, was eine räumliche Illusion hervorrief, die einen aus der Fassung bringen konnte, die sogar etwas unheimlich war.

Den größten Teil des Nachmittags saß Frank auf dem Bett, wobei er einen Stoß Kissen als Rückenstütze benutzte. Der Fernseher lief, aber er schaute nicht hin. Statt dessen stocherte er in dem dunklen Loch herum, das seine Vergangenheit für ihn war. Sosehr er sich auch bemühte, konnte er sich doch an überhaupt nichts erinnern, was in seinem Leben vorgegangen war, bevor er in der letzten Nacht in der düsteren Gasse aufgewacht war. Irgendeine sonderbare und ihm außerordentlich feindlich gesinnte Gestalt tauchte allerdings schemenhaft an den Grenzen seines Erinnerungsvermögens auf, und deshalb fragte er sich, ob Vergessen nicht vielleicht doch eine Gnade sei.

Er brauchte Hilfe. Angesichts des vielen Geldes in der Reisetasche und des zweifachen Satzes an Ausweispapieren meinte er, davon ausgehen zu müssen, daß es wohl nicht besonders klug sei, sich an die Behörden zu wenden. Er nahm das Branchenadreßbuch von einem der Nachttische und studierte die Liste der Privatdetektive. Der Gedanke an eine Detektei rief ihm freilich alte Humphrey-Bogart-Filme ins Gedächtnis und erschien ihm reichlich anachronistisch in der heutigen Zeit. Wie sollte ihm ein Kerl in einem Trenchcoat und mit einem Schlapphut helfen, seine Erinnerung wiederzufinden?

Schließlich – der Wind sang Klagelieder vor seinem Fenster – streckte sich Frank auf dem Bett aus, um etwas von dem Schlaf nachzuholen, auf den er in der vergangenen Nacht hatte verzichten müssen.

Ein paar Stunden später, nur eine Stunde vor Sonnenuntergang, wachte er plötzlich wimmernd und nach Atem ringend auf. Sein Herz hämmerte wie wild.

Als er sich aufsetzte und die Beine über die Bettkante schwang, sah er, daß seine Hände naß und scharlachrot waren. Sein Hemd und seine Jeans waren blutverschmiert. Zum Teil war es wohl sein Blut, denn auf seinen Händen bemerkte er tiefe Kratzer, aus denen noch jetzt Blut sickerte – aber es konnte nicht alles sein Blut sein. Sein Gesicht brannte, und der Spiegel im Bad zeigte ihm zwei lange Kratzer auf der rechten Wange, einen auf der linken und einen weiteren am Kinn.

Er konnte sich beim besten Willen nicht vorstellen, wie ihm das im Schlaf hatte widerfahren können. Wenn er sie sich in der Raserei irgendeines bizarren Alptraums selbst beigebracht hatte – und er konnte sich nicht an einen solchen Traum erinnern – oder wenn irgend jemand anderer ihn angefallen hatte, während er schlief, wäre er augenblicklich aufgewacht. Was bedeutete, daß es passiert sein mußte, als er wach war, daß er sich danach wieder auf dem Bett ausgestreckt und weitergeschlafen haben mußte – und den Vorfall vergessen hatte, genauso wie er sein ganzes Leben vergessen hatte, alles, was vor dieser Gasse in der letzten Nacht gewesen war.

In Panik kehrte er ins Schlafzimmer zurück und schaute zunächst die andere Seite des Bettes an und dann in den Schrank. Er war nicht sicher, was er suchte. Möglicherweise eine Leiche. Er fand nichts.

Allein beim Gedanken, jemanden zu töten, wurde ihm übel. Er wußte, er war nicht fähig, jemanden umzubringen – es sei denn in Notwehr. Wer also hatte sein Gesicht und seine Hände zerkratzt? Wessen Blut hatte ihn besudelt?

Wieder im Bad, zog er die blutverschmierten Kleidungsstücke aus und rollte sie zu einem kleinen Bündel zusammen. Neben dem Rasierzeug hatte er auch einen Alaunstift gekauft und benutzte ihn jetzt, um die Blutung in seinem Gesicht zu stoppen.

Als er im Spiegel seinem Blick begegnete, war der so gehetzt, daß er wegschauen mußte.

Frank zog sich neue Sachen an und nahm den Autoschlüssel von der Kommode. Er hatte Angst vor dem, was ihn in dem Chevy möglicherweise erwartete.

An der Tür, er löste gerade den Sicherheitsriegel, sah er, daß weder der Rahmen noch die Tür selbst mit Blut verschmiert waren. Wäre er im Laufe des Nachmittags weggefahren und mit blutenden Händen zurückgekehrt, hätte er gewiß nicht die Geistesgegenwart aufgebracht, die Tür zu säubern, bevor er zu Bett ging. Außerdem hatte er weder blutige Waschlappen noch Papiertücher gesehen, mit denen er das Blut hätte abgewischt haben können.

Der Himmel draußen war klar, die untergehende Sonne grell. Die Palmen des Motels schwankten in einer kühlen Brise, die ihnen ein unaufhörliches Flüstern und Säuseln entlockte, unterbrochen nur von einer gelegentlichen Serie harten Rasselns und Klapperns, wenn die dicken Rippen der Wedel aufeinanderprallten wie hölzerne Zähne.

Der Beton des Gehwegs vor seinem Zimmer war nicht mit Blut befleckt. Auch im Innern des Wagens fand er keinen einzigen Blutstropfen. Kein einziges Tröpfchen war auf die schmutzige Gummimatte im Kofferraum gefallen.

Er stand vor der offenen Kofferraumklappe und blickte sich gegen die Sonne blinzelnd um, sah das in helles Licht getauchte Motel und den Parkplatz. Drei Türen weiter luden ein Mann und eine Frau, beide um die Zwanzig, das Gepäck aus ihrem schwarzen Pontiac. Ein anderes Paar eilte mit seiner Tochter im Grundschulalter den überdachten Gehweg entlang. Offenbar wollten die drei ins Restaurant. Frank wurde bewußt, daß er unmöglich das Motel verlassen, einen Mord begangen haben und blutbesudelt im hellen Tageslicht zurückgekehrt sein konnte, ohne gesehen zu werden.

Zurück in seinem Zimmer, ging er zum Bett und betrachtete die wirren Laken. Sie waren blutbefleckt, doch nicht so stark, daß er sich vorstellen konnte, der Angriff – um was es auch immer gegangen war – sei hier passiert. Wenn es sich nur um sein eigenes Blut handelte, wäre der Großteil wohl auf der Vorderseite seines Hemdes und seiner Jeans gelandet. Doch er konnte immer noch nicht glauben, daß er sich im Schlaf selbst gekratzt haben sollte – eine Hand, die die andere verletzte, und dann beide, die sein Gesicht zerkratzten –, ohne daß er aufgewacht wäre.

Abgesehen davon mußte ihn jemand gekratzt haben, der lange, scharfe Fingernägel hatte. Seine eigenen Nägel aber waren stumpf und bis zum Fleisch abgekaut.

17

Südlich des Cielo-Vista-Pflegeheims, zwischen Corona Del Mar und Laguna, stellte Bobby den Samurai auf dem Parkplatz des öffentlichen Strandes ab. Er und Julie gingen hinunter zum Strand.

Die See war blau und grün marmoriert, mit ein paar Adern von Grau. In den Wellentälern war das Wasser dunkel, heller und farbenprächtiger da, wo die Wellen sich erhoben und da, wo sich die Strahlen der tiefstehenden Sonne in ihnen brachen. Die Brecher rollten in dichtgeschlossenen Reihen auf den Strand zu, hoch, aber nicht riesig, trugen sie Schaumkronen, die der eisige Wind gleich wieder fortfegte.

Surfer in schwarzen Kälteschutzanzügen paddelten auf ihren Brettern zu der Stelle hinaus, wo sich die Dünung hob. Sie wollten sich noch einmal ans Ufer tragen lassen, bevor die Dämmerung einsetzte. Andere, ebenfalls in Surfanzügen, saßen um einige große Kühltaschen herum, tranken heißen Kaffee oder Tee aus Thermoskannen oder Bier aus der Dose. Zum Sonnenbaden war der Tag zu kalt, und wenn man von den Surfern absah, war der Strand menschenleer.

Bobby und Julie wanderten nach Süden, bis sie einen kleinen Hügel, weit genug vom Wasser entfernt, fanden, um die Gischt nicht fürchten zu müssen. Sie setzten sich auf das harte Gras, das büschelweise auf dem sandigen, vom Salzwasser getränkten Boden wuchs.

»Ein Ort wie dieser, mit einem Blick wie diesem«, mit diesen Worten brach Julie endlich das Schweigen. »Es muß ja nicht groß sein.«

»Das muß es nicht. Ein Wohnzimmer, ein Schlafzimmer für uns und eins für Thomas, vielleicht noch ein gemütliches Arbeitszimmer mit vielen Bücherregalen.«

»Wir brauchen nicht einmal ein Eßzimmer, aber ich hätte gern eine große Küche.«

»Klar. Eine Küche, in der man richtig wohnen kann.«

Sie seufzte. »Musik, Bücher und selbstgekochte Mahlzeiten statt Junk-Food, das man sich im Vorbeigehen schnappt, viel Zeit, um auf der Veranda zu sitzen und den Ausblick zu genießen – und wir drei zusammen.«

Das war der Rest »des Traums«: ein Haus an der See und – bei einem genügsamen Lebensstil – die ausreichende finanzielle Sicherheit, um sich zwanzig Jahre früher zur Ruhe zu setzen.

Zu den Dingen, die Bobby zu Julie hingezogen hatten – und Julie zu Bobby –, gehörte die Tatsache, daß sie sich beide gleichermaßen bewußt waren, wie kurz das Leben ist. Natürlich wußte jedermann, daß das Leben zu kurz ist. Doch die meisten Menschen verdrängten diesen Gedanken und lebten, als hätten sie noch eine endlose Zahl von Sonnenaufgängen vor sich. Wären diese Menschen nicht fähig, sich selbst etwas vorzugaukeln, was den Tod betraf, würden sie sich wahrscheinlich nicht so leidenschaftlich für den Ausgang eines Ballspieles interessieren, für die Handlung einer Seifenoper, das Gequatsche der Politiker oder tausend andere Dinge, die im Grunde bedeutungslos waren, wenn man in Betracht zog, was jedem einzelnen unausweichlich bevorstand, wenn für ihn die endlose Nacht anbrach.

Sie würden es nicht länger ertragen, auch nur eine Minute damit zu verschwenden, an der Kasse eines Supermarkts zu stehen, und würden nicht länger stundenlang in der Gesellschaft von Langweilern und Dummköpfen leiden. Möglicherweise lag ja eine andere Welt hinter dieser, möglicherweise sogar der Himmel, aber darauf konnte man sich nicht verlassen – rechnen mußte man mit ewiger Dunkelheit. Selbstbetrug war in diesem Fall eine Gnade.

Weder Bobby noch Julie waren Miesepeter. Sie wußte genausogut wie jedermann, wie man das Leben genießt, und bei ihm war es ebenso, auch wenn keiner von ihnen sich der Illusion von der Unsterblichkeit hingab, die den meisten Menschen als Schutz vor dem Undenkbaren diente. Dieses Bewußtsein äußerte sich nicht in Angst oder Depressionen, sondern in dem festen Entschluß, ihr Leben nicht mit einem Wirrwarr bedeutungsloser Aktivitäten anzufüllen, sondern einen Weg zu finden, um möglichst viel Zeit gemeinsam in ihrem eigenen kleinen Gezeitenpool finanzieren zu können.

Während ihr kastanienbraunes Haar vom Wind zerzaust wurde, spähte Julie zum fernen Horizont hinüber, der von honiggelbem Licht erfüllt wurde, während die tiefstehende Sonne langsam versank. »Was Thomas die meiste Angst vor einem Leben draußen in der Welt macht, sind die Menschen, zu viele Menschen. Doch in einem kleinen Haus an der See würde er glücklich sein. Ein einsames Stückchen Strand, wenige Menschen, das würde ihm gefallen.«

»Es wird dazu kommen«, versicherte Bobby.

»Wenn die Agentur so gut läuft, daß wir verkaufen können, wird die Südküste zu teuer sein. Aber nördlich von Santa Barbara ist's auch schön.«

»Die Küste ist lang«, sagte Bobby und legte ihr einen

Arm um die Schulter. »Wir werden bestimmt noch ein Fleckchen im Süden finden. Und wir werden die Zeit haben, es zu genießen. Wir werden nicht ewig leben, aber wir sind noch jung. Unser Stündlein wird noch lange nicht schlagen.«

Doch dann erinnerte er sich an die böse Vorahnung, die ihn morgens im Bett gepackt hatte, nachdem sie sich geliebt hatten, an das Gefühl, daß etwas da draußen in der vom Wind gepeitschten Welt sei, das ihm nicht wohlgesonnen war und erscheinen würde, um ihm Julie wegzunehmen.

Die Sonne hatte den Horizont erreicht und begann, mit ihm zu verschmelzen. Das goldene Licht vertiefte sich rasch, wurde erst orangerot, dann blutrot. Das Gras und das Unkraut hinter ihnen raschelten im Wind, und Bobby schaute über die Schulter, beobachtete die Spiralen durch die Luft fliegenden Sandes, die über die Düne wirbelten, die den Strand und den Parkplatz trennte. Sie sahen aus wie bleiche Geister, die bei Einbruch der Dämmerung dem Friedhof entflohen. Von Osten senkte sich eine Mauer der Nacht über die Welt. Die Luft war ausgesprochen kalt geworden.

18

Candy schlief den ganzen Tag im Schlafzimmer an der Vorderseite des Hauses, das einst seiner Mutter gehört hatte, und atmete ihren ganz besonderen Duft. Zwei-, dreimal pro Woche schüttete er behutsam ein paar Tropfen ihres Lieblingsparfüms – Chanel No. 5 – auf ein weißes Taschentuch mit Spitzenborte, das er immer auf die Kommode neben ihre silberne Bürste und den silbernen Kamm legte. So erinnerte ihn jeder Atemzug, den er in diesem Raum tat, an sie. Ein paarmal war er aus dem Schlummer aufgewacht, um die Kissen zu richten oder die Decke enger um sich zu ziehen, und der Duft des Parfüms hatte ihn immer wieder eingelullt, als wäre er ein Tranquilizer; und jedesmal war er glücklich wieder in den Schlaf gefallen.

Er schlief in einer Trainingshose und einem T- Shirt, weil es schwierig war, Pyjamas in seiner Größe zu finden, und weil sein Schamgefühl es ihm verbot, nackt oder auch nur in seiner Unterwäsche zu schlafen. Nicht angezogen zu sein, brachte Candy in Verlegenheit, sogar dann, wenn niemand da war, der ihn hätte sehen können.

Den ganzen Donnerstagnachmittag lang erfüllte die harte Wintersonne die Welt da draußen, doch durch die Rouleaus mit dem Blumenmuster, die die beiden Fenster verdeckten, drangen nur ein paar Strahlen. Bei den wenigen Gelegenheiten, bei denen er aufgewacht war, hatte Candy nur den perlgrauen Schimmer des Toilettespiegels und das Glitzern der silbergerahmten Fotografien auf dem Nachttisch wahrgenommen. Schlaftrunken und benebelt vom eben erst aufgetragenen Parfüm, konnte er sich leicht vorstellen, daß seine geliebte Mutter in ihrem Schaukelstuhl saß und über ihn wachte, und er fühlte sich sicher.

Kurz vor Sonnenuntergang wurde er richtig wach, blieb mit im Nacken verschränkten Händen noch eine Weile liegen und starrte zu dem Baldachin des Himmelbetts hinauf. Er konnte ihn zwar nicht sehen, wußte aber, daß er da war, und es gelang ihm, vor seinem geistigen Auge ein deutliches Bild des Rosenknospenmusters des Stoffs heraufzubeschwören. Eine Weile dachte er an seine Mutter, an die beste Zeit seines Lebens, an alles, was nun längst vorbei war, und dann dachte er an das Mädchen, den Jungen und die Frau, die er in der vergangenen Nacht getötet hatte. Er versuchte, sich den Geschmack ihres Blutes ins Gedächtnis zu rufen, doch diese Erinnerung war nicht so intensiv wie die an seine Mutter.

Nach einiger Zeit knipste er die Nachttischlampe an und schaute sich in dem Raum um, der ihm so wunderbar vertraut war: Rosenknospen-Tapete; Rosenknospen-Tagesdecke; Rosenknospen-Rouleaus; rosenfarbene Vorhänge und Teppiche; Bett, Toilettentisch und Kommode mit Aufsatz in dunklem Mahagoni. Zwei kleine Afghan-Teppiche – einer grün wie Rosenblätter, der andere im Ton der Blütenblätter – lagen auf den Armlehnen des Schaukelstuhls.

Er ging ins anschließende Bad, verschloß die Tür und probierte noch einmal, ob sie auch wirklich zu war. Das einzige Licht hier kam von den phosphoreszierenden Paneelen in der Laibung über dem Waschbecken, denn das schmale Fenster, oben in der Wand, hatte er schon vor langer Zeit schwarz angemalt.

Einen Moment lang schaute er sich sein Gesicht genau im Spiegel an, denn er mochte, wie er aussah. In seinem Gesicht konnte er seine Mutter sehen. Er hatte ihr blondes Haar, so hell, daß es fast weiß war, und er hatte ihre meerblauen Augen. In seinem Gesicht gab es nur gerade Flächen und strenge Linien. Da war nichts von ihrer Schönheit und Freundlichkeit, obwohl seine Lippen so voll waren, wie ihre es gewesen waren.

Während er sich auszog, vermied er es, an sich hinunterzuschauen. Auf seine kräftigen Schultern und Arme war er stolz, auch auf seinen breiten Brustkorb und die muskulösen Beine, doch selbst ein kurzer Blick auf dieses Sexding vermittelte ihm das Gefühl, schmutzig zu sein und erregte in ihm leichte Übelkeit. Zum Wasserlassen setzte er sich immer auf die Toilette, damit er sich »dort« nicht berühren mußte. Und wenn er duschte, zog er einen Handschuh über, den er sich aus zwei Waschlappen selbst genäht hatte, bevor er seinen Schritt einseifte, damit das Fleisch seiner Hände nicht mit dem verderbten Fleisch da unten in Berührung geriet.

Nachdem er sich abgetrocknet und angezogen hatte – Sportsocken, Laufschuhe, dunkelgraue Cordhose, schwarzes Hemd – verließ er widerstrebend den einzigen wahren Zufluchtsort, den er kannte: das Zimmer, das seine Mutter früher bewohnt hatte. Die Nacht war angebrochen, und der obere Flur wurde nur notdürftig erhellt von zwei schwachen Glühbirnen in einer Deckenlampe, die von grauem Staub bedeckt war und der bereits die Hälfte ihrer Kristallanhänger fehlten. Zu seiner Linken war der Treppenabsatz, zu seiner Rechten lagen die Zimmer seiner Schwestern, sein altes Zimmer und das zweite Bad, deren Türen allesamt offenstanden; nirgends war Licht zu sehen. Die Eichendielen knarrten, und der fadenscheinige Läufer vermochte nicht, seine Schritte zu dämpfen.

Manchmal war er der Meinung, er sollte den Rest des Hauses gründlich reinigen, vielleicht sogar etwas Geld für neue Teppiche und frische Farbe springen lassen. Obwohl er das Zimmer seiner Mutter rein und makellos sauber hielt, war er jedoch nicht motiviert, Zeit und Geld auf den Rest des Hauses zu verschwenden, und seine Schwestern hatten kaum Interesse an der – oder Talent für die – Haushaltsführung.

Ein Hagel sanfter Tritte wies ihn darauf hin, daß die Katzen heraufhuschten, und aus Angst, auf eine ihrer Pfoten oder einen der Schwänze zu treten, blieb er kurz vor der Treppe stehen, während sie sich in den oberen Flur ergossen. Nur Augenblicke später hatten sie die oberste Stufe erreicht und umschwärmten ihn: sechsundzwanzig, wenn seine letzte Zählung nicht bereits überholt war. Elf waren schwarz, einige schokoladen- oder tabakbraun oder grau wie ausgebrannte Holzkohle, zwei waren von einem tiefen Goldton, und nur eine war weiß. Violet und Verbina, seine Schwestern, bevorzugten dunkle Katzen, je dunkler, desto besser.

Die Tiere kreisten ihn ein, strichen über seine Schuhe, rieben sich an seinen Beinen, ringelten die Schwänze um seine Fußgelenke. Unter ihnen waren zwei Angorakatzen, ein Abessinier, eine schwanzlose Manx, eine Malteser- und eine Schildpattkatze, doch die meisten waren normale Hauskatzen ohne erkennbaren Stammbaum. Einige hatten grüne Augen, einige gelbe, andere silbergraue, wieder andere blaue, und sie alle betrachteten ihn mit großem Interesse. Nicht eine von ihnen schnurrte oder miaute. Die Inspektion wurde in absoluter Stille durchgeführt.

Candy mochte Katzen nicht besonders, tolerierte diese aber nicht nur deshalb, weil sie seinen Schwestern gehörten, sondern weil sie im wahrsten Sinn des Wortes ein Anhängsel von Violet und Verbina waren. Sie zu verletzen, sie mit harten Worten zu verjagen, wäre das gleiche, als würde er seine Schwestern schlagen, etwas, das er niemals tun würde, weil ihn seine Mutter auf ihrem Totenbett gemahnt hatte, für die Mädchen zu sorgen und sie zu beschützen.

Es dauerte nicht mal eine Minute, bis die Katzen ihre Mission erfüllt hatten und sich von ihm abwandten. Sie ließen die Schwänze schwirren, die Muskeln spielen, was ihr Fell in wellenartige Bewegungen versetzte, und stolzierten – als wären sie ein einziges Tier – zum Treppenabsatz und dann hinunter.

Zu dem Zeitpunkt, da er die erste Stufe erreichte, waren sie in der unteren Halle angelangt, drehten sich noch einmal um und entschwanden aus seinem Blickfeld. Er ging in die Diele hinunter, und die Katzen waren weg. Er durchquerte den unbeleuchteten und moderig riechenden Salon. Aus dem Arbeitszimmer drang ein schimmeliger Gestank. Die Regale dort waren voll von den Liebesromanen, die seine Mutter so gern gelesen hatte und die inzwischen ganz stockfleckig und zerfallen waren. Als er durch das schwach beleuchtete Eßzimmer ging, knirschten Krümel unter den Sohlen seiner Schuhe.

Violet und Verbina waren in der Küche. Sie waren eineiige Zwillinge. Beide gleichermaßen blond, hatten sie die gleiche helle, makellose Haut, die gleichen kobaltblauen Augen, die gleiche glatte, hohe Stirnpartie, hohe Wangenknochen, gerade Nasen mit zart modellierten Nasenflügeln, Lippen, die auch ohne Lippenstift natürlich rot waren, und kleine ebenmäßige Zähne, so strahlend weiß wie die ihrer Katzen.

Candy hatte versucht, seine Schwestern zu mögen und war gescheitert. Wegen seiner Mutter konnte er sie nicht *nicht* mögen, also blieb er neutral und teilte das Haus mit ihnen, aber eben nicht so, als wären sie eine richtige Familie. Seiner Meinung nach waren sie zu dünn, wirkten zart, fast zerbrechlich. Und sie waren zu blaß – wie Kreaturen, die nur selten in die Sonne gingen. Sie wärmte sie tatsächlich kaum einmal, weil sie das Haus nur hin und wieder kurz verließen.

Ihre schlanken Hände waren gut manikürt, denn sie pflegten sie so penibel, als wären auch sie Katzen. Candy erschienen ihre Finger allerdings übertrieben lang, unnatürlich biegsam und geschickt. Ihre Mutter war robust gewesen, hatte energische Züge und immer eine gute Farbe gehabt, und Candy fragte sich oft, wie eine so vitale Frau dieses blasse, farblose Pärchen hatte hervorbringen können.

Die Zwillinge hatten in einer Ecke der großen Küche sechs Baumwolldecken aufeinandergestapelt, um ein Plätzchen zu schaffen, wo die Katzen es sich gemütlich machen konnten, obwohl die Polsterung eigentlich für Violet und Verbina selbst gedacht war, damit sie stundenlang mit ihren Katzen da sitzen konnten. Als Candy die Küche betrat, saßen sie tatsächlich da und hatten die Katzen um sich geschart, einige saßen auch auf ihrem Schoß. Violet feilte Verbinas Fingernägel mit einer Papierfeile.

Keine seiner Schwestern schaute auf, denn ihrer Meinung nach hatten sie ihn ja bereits begrüßt – durch die Katzen, die ihm entgegengeeilt waren. Verbina hatte niemals ein Wort gesprochen, solange Candy in Hörweite war, nicht ein einziges Mal in ihren ganzen fünfundzwanzig Lebensjahren – die Zwillinge waren vier Jahre jünger als er –, aber er wußte nicht, ob sie nicht sprechen konnte, einfach nicht sprechen wollte oder nur in seiner Gegenwart zu schüchtern war, den Mund aufzutun. Violet war nahezu so schweigsam wie ihre Schwester, doch wenn sie es für nötig hielt, sagte sie etwas. Offenbar gab es also im Augenblick nichts, was gesagt werden mußte.

Er stand neben dem Kühlschrank, beobachtete sie, wie sie über Verbinas bleiche Hand gebeugt dasaßen, sich verschönerten, und er glaubte, sein Urteil über sie sei vielleicht unfair. Andere Männer fanden sie möglicherweise auf ihre Art attraktiv. Obwohl ihre Körperglieder für seinen Geschmack zu dünn waren, fanden andere Männer sie vielleicht geschmeidig und erotisch wie die Beine von Tänzerinnen und die Arme von Akrobatinnen. Ihre Haut war so weiß wie Milch, und ihre Brüste waren voll. Da er – Gott sei Dank – keinerlei Interesse an Sex hatte, fehlte ihm die Qualifikation, über ihre Ausstrahlung zu urteilen.

Gewöhnlich trugen sie so wenig wie möglich, so wenig er eben ertragen konnte, bevor er ihnen befehlen mußte, sich mehr anzuziehen. Im Winter hielten sie das Haus unangemessen warm. Deshalb zogen sie sich meist – wie jetzt – nur T-Shirts und Shorts oder einfach Höschen an und liefen barfuß und ohne Strümpfe herum. Nur das Zimmer seiner Mutter, das jetzt seines war, wurde kühler gehalten, weil er die Heizung dort oben abgestellt hatte. Wäre er nicht dagewesen – was sie zwang, einen gewissen Grad der Schicklichkeit einzuhalten –, wären sie wahrscheinlich zu Hause ganz nackt herumgelaufen.

Langsam, sehr langsam und träge feilte Violet Verbinas Daumennagel, auf den sie beide so gebannt starrten, als könne man aus der Krümmung seines Halbmondes oder dem Bogen des Nagels selbst die ganze Bedeutung des Lebens herauslesen.

Candy plünderte den Kühlschrank, nahm sich ein dikkes Stück Dosenschinken heraus, eine Packung Schweizer Käse, Senf, Gurken und einen Liter Milch. Er holte sich Brot aus dem Schrank und setzte sich auf den Küchenstuhl neben dem ehemals weißen, inzwischen vergilbten Tisch.

Der Tisch, die Stühle, die Wandschränke und die Holzteile waren einst strahlend weiß gewesen, waren aber vor dem Tod seiner Mutter zum letzten Male gestrichen worden. Jetzt waren sie gelbweiß, grauweiß an den Kanten und in den Ecken, ganz zerkratzt und abgestoßen. Die Tapete mit dem Gänseblümchenmuster war bespritzt, beschmutzt und wölbte sich an einigen Stellen an den Rändern auf, und die Chintzvorhänge, die voller Fettspritzer und Staub waren, hingen schlaff herunter.

Candy bereitete sich zwei dicke Schinken-und- Käse-Sandwiches und aß sie auf. Die Milch trank er direkt aus dem Karton.

Plötzlich sprangen alle sechsundzwanzig Katzen, die bislang träge um die Zwillinge herumgelegen hatten, gleichzeitig auf, stolzierten zu der Katzenklappe in der Tür, die ins Freie führte, und verschwanden nach draußen. Offenbar Zeit für ihr Geschäft. Violet und Verbina wollten nicht, daß das ganze Haus nach Katzenstreu roch.

Candy schloß die Augen und nahm einen großen Schluck Milch. Ihm wäre es lieber gewesen, sie hätte Zimmertemperatur gehabt oder wäre sogar lauwarm gewesen. Sie schmeckte ein wenig nach Blut, wenn auch nicht so angenehm beißend. Sie wäre dem Blut gewiß ähnlicher, wenn sie nicht so kalt gewesen wäre.

Innerhalb von ein paar Minuten kehrten die Katzen

zurück. Verbina lag jetzt auf dem Rücken, unter dem Kopf ein paar Kissen, die Augen geschlossen. Sie bewegte die Lippen, als spräche sie mit sich selbst, doch es war kein Laut zu hören. Sie streckte die andere schlanke Hand aus, damit ihre Schwester deren Nägel ebenso akribisch feilen konnte.

Die langen Beine hatte sie gespreizt, und Candy konnte zwischen ihre weichen Schenkel blicken. Sie trug nur ein T-Shirt und ein dünnes, pfirsichfarbenes Höschen, das die Spalte, die sie als Frau auswies, eher betonte denn verhüllte. Die schweigsamen Katzen machten es sich auf ihr bequem, offenbar mehr besorgt um Schicklichkeit und Anstand als sie. Und sie schauten Candy vorwurfsvoll und anklagend an, als wüßten sie, wo er hingesehen hatte.

Er senkte den Blick und betrachtete die Brotkrumen auf dem Tisch.

»Frankie war da«, sagte Violet.

Zunächst überraschte ihn die Tatsache, daß sie etwas gesagt hatte, mehr als das, was sie gesagt hatte. Dann aber hallte die Bedeutung ihrer Worte in ihm wider, als wäre ein Messinggong mit einem gewaltigen Schlegel angeschlagen worden. Er stand so abrupt auf, daß er beinahe seinen Stuhl umgestoßen hätte. »Er war hier? Im Haus?«

Weder Verbina noch die Katzen zuckten zusammen, als der Stuhl krachend zurückfiel. Auch die Schärfe seiner Stimme entlockte ihnen keine Regung. Sie lagen da – schläfrig, indifferent.

»Draußen«, erwiderte Violet, die immer noch neben ihrer liegenden Schwester auf dem Boden saß und an den Fingernägeln des anderen Zwillings arbeitete. Sie hatte eine tiefe, leise, fast flüsternde Stimme. »Hat das Haus von der Kirschmyrtenhecke aus beobachtet.«

Candy starrte durch das Fenster in die Nacht. »Wann?«

»Gegen vier Uhr.«

»Warum hast du mich nicht geweckt?«

»Er war nicht lange da. Er ist niemals lange da. Ein, zwei Minuten, dann geht er. Er hat Angst.«

»Du hast ihn gesehen?«

»Ich wußte, daß er da war.«

»Du hast nicht versucht, ihn aufzuhalten?«

»Wie könnte ich?« Sie wirkte jetzt gereizt, aber ihre Stimme war so verführerisch wie eh und je. »Die Katzen sind ihm aber gefolgt.«

»Haben sie ihn verletzt?«

»Ein wenig. Nicht schlimm. Doch er hat Samantha getötet.«

»Wen?«

»Unser armes kleines Miezekätzchen. Samantha.«

Candy kannte die Katzen nicht beim Namen. Ihm waren sie immer nicht nur wie ein ganzes Rudel erschienen, sondern wie eine einzige Kreatur, weil sie sich meist wie eine einzige Katze bewegten und augenscheinlich wie eine einzige dachten.

»Er hat Samantha umgebracht. Hat ihren Kopf gegen einen der steinernen Stützpfeiler am Ende des Weges geknallt.« Jetzt endlich schaute Violet von der Hand ihrer Schwester auf. Das Blau ihrer Augen schien nun blasser, fast eisig. »Ich will, daß du ihm weh tust, Candy. Ich will, daß du ihm wirklich schlimme Schmerzen bereitest, so wie er unserer Katze wehgetan hat. Es ist mir ganz egal, daß er unser Bruder ist . . .«

»Er ist nicht mehr unser Bruder, nicht nach dem, was er getan hat«, unterbrach Candy sie zornig.

»Ich will, daß du ihm das antust, was er unserer armen Samantha angetan hat, Candy. Ich will, daß du seinen Kopf zerschmetterst, seine Hirnschale zertrümmerst, bis sein Hirn herausspritzt.«

Sie fuhr leise fort, doch er war gefesselt von ihren Worten. Manchmal, wie jetzt auch, wenn ihre Stimme sogar noch sinnlicher war als üblich, schien sie nicht nur lauter zu werden in seinen Ohren, sondern geradezu in seinen Kopf hineinzukriechen, sich sanft wie ein Dunstschleier, ein Nebel auf sein Hirn zu legen. »Ich möchte, daß du ihn erschlägst, ihn zermalmst, auf ihn einhämmerst, ihn in Stücke reißt, bis nur noch ein Häufchen von zersplitterten Knochen und zerfetzten Eingeweiden übrigbleibt. Und ich will, daß du ihm die Augen herausreißt. Ich will, daß ihm leid tut, daß er Samantha umgebracht hat.«

Candy schüttelte sich. »Wenn ich ihn erwische, bringe ich ihn um, klar, aber nicht wegen eurer Katze. Sondern wegen unserer *Mutter.* Erinnerst du dich denn nicht, was er *ihr* angetan hat? Wie kannst du daran denken, eine Katze zu rächen, nachdem er immer noch nicht für das bezahlt hat, was er unserer Mutter vor sieben langen Jahren angetan hat?«

Sie wirkte betroffen, wandte das Gesicht ab und schwieg.

Die Katzen strebten von der liegenden Verbina fort.

Violet legte sich halb auf ihre Schwester, lag halb neben ihr. Ihr Kopf ruhte auf Verbinas Brüsten. Ihre nackten Beine waren mit den Beinen der Schwester verschlungen.

Verbina schien ein wenig aus ihrem tranceähnlichen Zustand zu erwachen und streichelte das seidige Haar ihrer Schwester.

Die Katzen kehrten zurück und kuschelten sich an die Zwillinge, wo immer sie ein warmes Fleckchen finden konnten.

»Frank war hier«, sagte Candy laut, aber mehr zu sich selbst, und seine Hände ballten sich zu Fäusten.

In ihm wuchs Wut, eine gewaltige Wut. Es war, als wüchse sich ein kleines Sturmtief, weit draußen auf der See, zu einem großen Hurrikan aus. Wut war jedoch eine Emotion, der er sich nicht hingeben durfte; er mußte sich unter Kontrolle halten. Ein Sturm der Wut würde die Saat dieses dunklen Bedürfnisses, das ihn trieb, aufgehen lassen. Seine Mutter würde damit einverstanden sein, daß er Frank tötete, denn Frank hatte die Familie verraten. Sein Tod würde der Familie *nutzen*. Doch wenn Candy seine Wut auf seinen Bruder zur Rage anwachsen ließ und dann nicht in der Lage war, Frank zu finden, würde er jemand anderen töten müssen, weil sein Verlangen zu groß sein würde, um dagegen ankämpfen zu können. Seine Mutter im Himmel würde sich seiner schämen, und sie würde sich für eine Weile von ihm abwenden, verleugnen, daß sie ihn jemals geboren hatte.

Er blickte hinauf zur Decke, hinauf zum Himmel und dem Platz an Gottes Seite, an dem seine Mutter weilte. »Ich schaffe es«, sagte er. »Ich werde die Kontrolle nicht verlieren. Ich werd's nicht.«

Dann kehrte er seinen Schwestern und den Katzen den Rücken und ging nach draußen, um zu sehen, ob er in der Nähe der Kirschmyrtenhecke noch irgendeine Spur von Frank fand. An dem Stützpfeiler etwa, an dem er Samantha zerschmettert hatte.

19

Bobby und Julie aßen in Orange bei Ozzie's zu Abend und gingen dann in die sich anschließende Bar hinüber. Für die Musik sorgte Eddie Day, der eine sanfte, weiche und geschmeidige Stimme hatte; er spielte modernen Kram, aber auch Melodien aus den Fünzigern und frühen Sechzigern. Es war kein Big-Band-Sound, doch einige der frühen Rock-and-Roll-Stücke hatten Swing-Qualitäten. Zu Nummern wie »Dream Lover« konnten sie swingen, zu »La Bamba« Rumba tanzen und zu jedem Disco- Liedchen, das sich in Eddies Repertoire verirrt hatte, Chahaha. Deshalb amüsierten sie sich köstlich.

Wann immer es möglich war, wollte Julie tanzen gehen, nachdem sie Thomas in Cielo Vista besucht hatten. Im Bann der Musik, unter dem Zwang, den Takt halten, sich auf die Tanzschritte konzentrieren zu müssen, war sie in der Lage, alles andere zu verdrängen – sogar Schuldgefühle, sogar Trauer. Nichts anderes vermochte sie so völlig zu befreien. Auch Bobby tanzte gern, besonders Swing. Heranziehen, wegstoßen, herumwirbeln, kurz wippen, wieder heranziehen, wegdrehen, Positionswechsel, wobei man sich an beiden Händen hält, zurück in die Grundstellung . . . Musik beruhigte, aber der Tanz hatte die Macht, das Herz mit Freude zu erfüllen und jene Teile zu betäuben, die angeknackst waren.

Während der Tanzpause nippten Bobby und Julie an einem Tisch nahe der Parkettfläche an ihrem Bier. Sie sprachen über alles, nur nicht über Thomas, und schließlich kamen sie auf »den Traum« zurück – ganz besonders, wie sie den Bungalow am Meer möblieren würden, wenn sie ihn denn jemals kauften. Obwohl sie nicht vorhatten, ein Vermögen ins Mobiliar zu investieren, waren sie sich doch einig, daß sie sich zwei Teile aus der Swing-Ära leisten könnten: vielleicht eine Art-Deco-Vitrine aus Bronze und Marmor von Emile-Jacques Ruhlmann und *ganz bestimmt* eine Jukebox von Wurlitzer.

»Das Modell neunhundertfünfzig«, sagte Julie. »Es war prachtvoll. Glasröhren. Springende Gazellen auf der Frontverkleidung.«

»Davon wurden nicht einmal tausend hergestellt. Hitlers Fehler. Wurlitzer stellte seine Produktion auf Kriegsgüter um. Das Modell fünfhundert ist auch ganz hübsch – oder das Siebenhunderter.«

»Hübsch, aber sie sind eben nicht das Neunhundertfünfziger.«

»Auch nicht so *teuer* wie das Neunhundertfünfziger.«

»Du schaust auf den Groschen, wenn wir über elementare Schönheit reden?«

»Die Wurlitzer neunhundertfünfzig ist das, was du unter elementarer Schönheit verstehst?« fragte er.

»Richtig. Was sonst?«

»Für mich bist du die elementare Schönheit.«

»Süß«, entgegnete sie. »Aber ich möchte trotzdem die Neunhundertfünfziger.«

»Verkörpere denn nicht *ich* für dich die elementare Schönheit?« Er klimperte mit den Wimpern.

»Für mich bist du nur ein schwieriger Mann, der mir

meine Wurlitzer neunhundertfünfzig nicht gönnt«, erwiderte Julie. Sie genoß das Spiel.

»Wie wär's mit einer Seeburg? Einer Packard Pla-nor? Okay. Einer Rockola?«

»Rockola hat ein paar wunderschöne Boxen gebaut«, stimmte sie zu. »Wir werden eine davon kaufen und die Wurlitzer neunhundertfünfzig.«

»Du schmeißt unser Geld zum Fenster raus wie ein besoffener Seemann.«

»Ich bin geboren, um reich zu sein. Der Storch hat sich nur geirrt. Hat mich nicht bei den Rockefellers abgeliefert.«

»Würdest du dem Storch nicht heute gern den Hals umdrehen?«

»Hab' ich schon vor Jahren getan. Hab' ihn gekocht und zu Weihnachten gegessen. Er war köstlich, aber trotzdem wäre ich immer noch gern eine Rockefeller.«

»Glücklich?« fragte Bobby.

»Irre glücklich. Und es ist nicht nur das Bier. Ich weiß nicht, warum, aber heute abend fühle ich mich so gut wie lange nicht mehr. Ich denke, wir werden erreichen, was wir uns wünschen, Bobby. Ich glaube, wir werden uns früh zur Ruhe setzen und an der See ein langes, glückliches Leben führen.«

Sein Lächeln schwand, während sie sprach. Jetzt runzelte er die Stirn.

»Was ist los mit dir, Sauertopf?« erkundigte sie sich.

»Nichts.«

»Nimm mich nicht auf den Arm. Du bist schon den ganzen Tag ein bißchen merkwürdig gewesen. Irgend etwas bedrückt dich doch.«

Er nippte an seinem Bier. »Nun, du hast das gute Gefühl, daß alles gut geht, aber ich habe ein mieses Gefühl.«

»Du? Mister Rosarote Brille?«

Seine Stirn war immer noch gerunzelt. »Möglicherweise solltest du dich ein Weilchen auf die Büroarbeit beschränken und aus der Schußlinie bleiben.«

»Warum?«

»Mein mieses Gefühl.«

»Das dir was sagt?«

»Daß ich dich verlieren werde.«

»Versuch's nur.«

20

Der Wind dirigierte mit seinem unsichtbaren Taktstock in der Hecke einen Chor flüsternder, wispernder Stimmen. Die dichten Kirschmyrtenbüsche bildeten eine zwei Meter hohe Mauer um drei Seiten des achttausend Quadratmeter großen Grundstücks. Sie wären gewiß noch höher als das Haus selbst, wenn Candy nicht ein paarmal im Jahr eine elektrische Heckenschere benutzt hätte, um die Spitzen abzuschneiden.

Er öffnete das schmiedeeiserne Tor zwischen den beiden steinernen Stützpfeilern, das ihm bis zum Gürtel reichte, und trat hinaus auf die Schottersteine des Banketts der Bezirksstraße. Zu seiner Linken wand sich die zweispurige Straße noch ein paar Kilometer den Hügel hinauf. Zu seiner Rechten senkte sie sich in Richtung auf die ferne Küste ab, an Häusern vorbei, deren Grundstücke immer mickriger wurden, je näher sie an der Küste lagen. In der Stadt waren sie dann nur noch ein Zehntel so groß wie das Pollard-Anwesen. Da das Land in Richtung Westen abfiel, ballten sich die Lichter in sogar noch größerer Konzentration – dann, ein paar Meilen entfernt, gab es abrupt gar keine Lichter mehr, als sei da eine schwarze Wand. Diese Wand war der Nachthimmel und die unbeleuchtete Weite der tiefen, kalten See.

Candy ging an der hohen Hecke entlang, bis er

meinte, die Stelle erreicht zu haben, an der Frank gestanden hatte. Er hielt seine riesigen Pranken hoch, bis die im Wind flatternden Blätter seine Handflächen berührten, hielt sie daran, als könne ihm das Laub eine parapsychische Spur vermitteln, die sein Bruder bei seinem kurzen Besuch hinterlassen hatte. Nichts.

Er teilte die Zweige mit den Händen und spähte durch den Spalt zum Haus hinüber, das nachts größer wirkte, als es in Wirklichkeit war, so als hätte es achtzehn oder zwanzig Zimmer statt nur zehn. Die Fenster an der Vorderseite waren dunkel. An der Seite, zur Rückseite hin, wurde das Licht von schmutzigen Chintzvorhängen gefiltert, ein Küchenfenster war von einem gelben Schimmer erfüllt. Doch von diesem einen Licht abgesehen, hätte man das Haus genausogut für verlassen halten können.

Einige der überladenen viktorianischen Verzierungen hatten sich verzogen und waren vom Dachsims gebrochen. Das Verandadach war durchgesackt, und einige Teile der Balustrade waren kaputt, und die Treppe, die zur Eingangstür führte, war krumm und schief. Sogar im schwachen Licht des tief stehenden Halbmondes konnte er sehen, daß das Haus einen Anstrich brauchte. An vielen Stellen schien das nackte Holz durch – es war, als würden da dunkle Knochen sichtbar –, und die verbliebene Farbe blätterte entweder ab oder war so durchsichtig wie die Haut eines Albinos.

Candy versuchte, sich in Frank hineinzuversetzen, sich vorzustellen, warum Frank immer wieder zurückkam. Frank hatte Angst vor Candy, und er hatte jeden Grund dazu. Er hatte auch Angst vor seinen Schwestern und vor allen Erinnerungen, die sich für ihn mit dem Haus verbanden, also hätte er lieber wegbleiben sollen. Aber er kam mit schöner Regelmäßigkeit zurückgekrochen, auf der Suche nach irgend etwas – vielleicht nach etwas, was selbst er nicht ganz verstand.

Frustriert ließ Candy die Zweige zurückschnellen, marschierte an der Hecke entlang zurück, blieb an dem ersten Torpfosten stehen und ging dann zu dem anderen hinüber. Er suchte nach der Stelle, an der Frank die Katzen abgewehrt und Samanthas Schädel zerschmettert hatte. Obwohl er inzwischen viel milder geworden war, hatte der Wind das Blut trotzdem bereits getrocknet, das gegen die Steine gespritzt war, und die Dunkelheit verhinderte, daß er die Überreste erkennen konnte.

Candy war immer noch sicher, er könne den Platz finden, an dem die Katze den Tod gefunden hatte. Behutsam und äußerst vorsichtig tastete er den Stützpfeiler von oben nach unten ab, an allen vier Seiten, als erwarte er, ein Stückchen zu finden, so heiß, daß es seine Finger versengen würde. Aber obwohl er die gesamte Oberfläche des rauhen Steins und die Mörtelränder geduldig mit den Fingerspitzen betastete, fand er nichts. Es war schon zuviel Zeit vergangen. Sogar seine außergewöhnlichen Talente konnten den Steinen nichts entlocken, was von der Aura seines Bruders hätte zurückgeblieben sein können.

Er eilte über den rissigen, an einigen Stellen geborstenen, abschüssigen Gartenweg zurück, ließ die Kälte der Nacht hinter sich, ging wieder in das erstickend heiße Haus und in die Küche, in der seine Schwestern in der Katzenecke auf den Decken saßen. Verbina hockte hinter Violet, einen Kamm in der einen, eine Bürste in der anderen Hand, und striegelte das flachsfarbene Haar ihrer Schwester.

»Wo ist Samantha?« fragte Candy.

Sie neigte den Kopf und schaute ihn ganz perplex an. »Das hab ich dir doch gesagt. Tot.«

»Wo ist der *Kadaver?*«

»Hier«, sagte Violet und vollführte mit beiden Händen eine ausladende Geste, die die bewegungslosen Katzen einschloß, die zusammengerollt oder ausgestreckt neben ihr und um sie herum lagen.

»Welche?« erkundigte sich Candy. Die Hälfte der Tiere lag so still, daß jedes von ihnen das tote hätte sein können.

»Alle«, erklärte Violet. »Sie alle sind jetzt Samantha.«

Das hatte Candy befürchtet. Jedesmal, wenn eine der Katzen starb, versammelten die Zwillinge die anderen um sich, legten den Kadaver in die Mitte und befahlen den lebenden, die tote aufzuessen – und das ohne ein Wort.

»Verdammt«, sagte Candy.

»Samantha lebt noch, sie ist immer noch ein Teil von uns«, sagte Violet. Ihre Stimme war so tief und flüsternd wie zuvor, klang jedoch träumerischer als gewöhnlich. »Keins unserer Miezekätzchen verläßt uns jemals wirklich. Ein Teil von ihm – oder ihr – bleibt in jeder von uns zurück – und wir alle sind stärker deswegen, stärker und reiner. Und immer zusammen, für immer und ewig.«

Candy fragte nicht, ob seine Schwestern sich an dem Festschmaus beteiligt hatten, denn er kannte die Antwort bereits. Violet leckte sich die Mundwinkel, als wolle sie sich den Geschmack ins Gedächtnis rufen, und ihre feuchten Lippen glänzten. Einen Moment später glitt auch Verbinas Zunge über die Lippen.

Manchmal hatte Candy das Gefühl, die Zwillinge gehörten einer völlig anderen Spezies an als er, denn er konnte sich ihre Ansichten und ihr Verhalten nur ganz selten erklären. Und wenn sie ihn anschauten – Verbina in immerwährendem Schweigen –, verrieten ihm ihre Gesichter und Augen nichts über ihre Gedanken und Gefühle. Für ihn waren sie ebenso unergründlich wie ihre Katzen.

Das, was die Zwillinge mit den Katzen verband, konnte er nur vage begreifen. Da es das Geschenk seiner seligen Mutter an sie war, genauso wie seine vielen Talente das großzügige Vermächtnis seiner Mutter an ihn waren, hinterfragte er weder Richtigkeit noch Normalität dieses Verhaltens.

Trotzdem hätte er Violet am liebsten verprügelt, weil sie den Kadaver nicht für ihn aufgehoben hatte. Sie hatte gewußt, Frank hatte ihn berührt und daß er deshalb für Candy wichtig war, aber sie hatte ihn nicht aufbewahrt, bis er erwachte, war nicht erschienen, um ihn zu wecken. Er hätte sie gern zerschmettert, doch sie war seine Schwester, und seinen Schwestern konnte er nicht weh tun, er mußte für sie sorgen, sie beschützen. Seine Mutter beobachtete ihn.

»Was ist mit den Teilen, die nicht eßbar waren?« erkundigte er sich.

Violet deutete in Richtung Küchentür.

Er schaltete die Außenbeleuchtung ein und trat auf die rückwärtige Veranda hinaus. Kleine Knochen und Teile des Rückgrats lagen wie ein paar seltsam geformte Würfel auf den ungestrichenen Dielen. Die Veranda war nur nach zwei Seiten hin offen, um ihre beiden anderen Flanken winkelte sich das Haus, und in der Nische, in der sich die Hauswände trafen, fand Candy ein Stückchen von Samanthas Schwanz und Fetzen ihres Pelzes, die der Nachtwind dorthin geweht hatte. Die halb zerquetschte Hirnschale lag auf der obersten Stufe. Er hob sie auf und ging hinunter zu dem ungemähten Rasen.

Der Wind, der sich seit dem Spätnachmittag etwas gelegt hatte, hörte plötzlich ganz auf. Die kühle Nachtluft hätte gewiß auch die leisesten Geräusche weit getragen, doch die Nacht war zur Ruhe gekommen.

Gewöhnlich genügte es für Candy, einen Gegenstand zu berühren, um zu sehen, wer ihn zuletzt in der Hand gehabt hatte. Manchmal konnte er sogar sehen, wo dieser Mensch hingegangen war, nachdem er den Gegenstand weggelegt hatte, und wenn er loszog, um nach ihm zu suchen, konnte er ihn immer da finden, wohin seine Hellsichtigkeit ihn geleitet hatte. Frank hatte die Katze getötet, und Candy hoffte, der Kontakt mit ihren Überresten würde bei ihm eine innere Vision auslösen, die ihn wieder auf die Fährte seines Bruders leiten würde.

Jedes Fetzchen Fleisch war von Samanthas zerschmettertem Schädel abgenagt worden, und sein Inhalt war ebenfalls verschwunden. Abgenagt, sauber abgeleckt, vom Wind getrocknet, hätte der Schädel genauso gut zu einem Fossil aus ferner Vorzeit gehören können. Candy sah kein Bild von Frank, sondern nur Bilder der anderen Katzen und Bilder von Violet und Verbina, und schließlich warf er die zerschmetterte Hirnschale angeekelt weg.

Seine Enttäuschung verstärkte seinen Ärger noch. Er spürte, wie das Verlangen in ihm wuchs. Er konnte nicht zulassen, daß seine Begierde sich weiterentwickelte ... Doch ihr zu widerstehen war ungleich schwerer, als den Verlockungen der Weiber und anderen Sünden zu widerstehen.

Er *haßte* Frank. Er haßte ihn so sehr, so tief, hatte ihn seit sieben Jahren so ohne Unterlaß gehaßt, daß er den Gedanken nicht ertragen konnte, bei einer Gelegenheit geschlafen zu haben, bei der er ihn hätte zerstören können.

Verlangen – Begierde ...

Er ließ sich auf die Knie fallen, kniete zwischen dem

Unkraut. Er ballte die Hände zu Fäusten, straffte die Schultern und biß die Zähne zusammen. Er versuchte, sich in einen Felsen zu verwandeln, in eine Masse, die durch nichts zu erschüttern war, die sich selbst von dem drängendsten Verlangen, der größten Begierde nicht um eine Haaresbreite von der Stelle rühren würde, die auch die entsetzlichste, die gräßlichste Notwendigkeit, der größte Heißhunger, das leidenschaftlichste Sehnen nicht ins Wanken würde bringen können.

Er betete zu seiner Mutter, bat sie, ihm Kraft zu geben.

Der Wind hatte sich wieder erhoben, und er war überzeugt, es sei ein Teufelswind, der ihn auf die Versuchung zublasen würde, also ließ er sich nach vorn auf den Boden fallen und grub seine Finger ins nachgiebige Erdreich und wiederholte den Namen seiner Mutter – Roselle –, flüsterte ihren Namen wild und heftig in das Gras und den Schmutz, wieder und wieder, versuchte verzweifelt, das Keimen seines Verlangens zu ersticken. Dann weinte er. Dann stand er auf. Und ging jagen.

21

Frank ging in ein Kino und saß dort einen Film ab, denn er war unfähig, sich auf die Story zu konzentrieren. Das Abendessen nahm er im El Torito ein, genoß das Essen aber nicht wirklich. Er zwang die Enchiladas und den Reis hinunter, wie man einen Ofen mit Brennstoff füttert. Ein paar Stunden lang fuhr er ziellos durch die mittleren und südlichen Bereiche von Orange County, immer hin und her. Er tat es nur deshalb, weil er sich im Augenblick sicherer fühlte, solange er in Bewegung war. Schließlich kehrte er aber dennoch ins Motel zurück.

Er versuchte immer wieder, die dunkle Wand in seinem Bewußtsein zu durchdringen, hinter der sein ganzes Leben verschwunden war. Gewissenhaft suchte er nach der kleinsten Ritze, durch die er möglicherweise ein Erinnerungsfetzchen erhaschte. Wenn er einen einzigen Spalt finden würde, da war er sicher, würde die gesamte Fassade seiner Amnesie zusammenbrechen. Doch die Barriere war glatt und fehlerlos.

Als er die Lichter löschte, konnte er nicht schlafen.

Die Fallwinde hatten sich gelegt. Er konnte seine Schlaflosigkeit also nicht auf ihre Lautstärke schieben.

Obwohl die Menge des Blutes auf dem Bettlaken minimal gewesen und es getrocknet war, seit er am Nachmittag von seinem Nickerchen erwacht war, war er überzeugt, daß allein der Gedanke, auf einem blutbesudelten Bett zu liegen, ihn am Einschlafen hinderte. Er knipste eine Lampe an, zog das Bett ab, drehte die Heizung höher, streckte sich wieder im Dunkeln aus und versuchte, ohne Bettzeug zu schlafen. Ging nicht.

Er sagte sich, seine Amnesie und die aus ihr resultierende Einsamkeit sowie das Gefühl völliger Isolation hielten ihn wohl wach. Obwohl in diesem Gedanken gewiß ein Körnchen Wahrheit lag, wußte er, daß er sich da etwas vorgaukelte.

Der wirkliche Grund, aus dem er nicht schlafen konnte, war Angst. Angst davor, wo er wohl hinging, während er schlafwandelte. Angst vor dem, was er möglicherweise tat. Angst vor dem, was er vielleicht in seinen Händen vorfand, wenn er wieder aufwachte.

22

Derek schlief. In dem anderen Bett. Er schnarchte leise.

Thomas konnte nicht schlafen. Er war aufgestanden, stand am Fenster und schaute hinaus. Der Mond war weg. Die Dunkelheit war sehr groß.

Er mochte die Nacht nicht. Sie jagte ihm Angst ein. Er liebte den Sonnenschein und Blumen, hell und leuchtend, und Gras, das grün aussah, und einen Himmel, der ganz und gar blau war, so daß man das Gefühl haben konnte, über die Welt sei ein Deckel gestülpt, der alles hier unten auf dem Boden und an Ort und Stelle hielt. Nachts waren alle Farben verschwunden, und die Welt war leer, als hätte jemand den Deckel abgenommen und ein großes Nichts, eine große Leere hereingelassen. Und dann sah man hinauf zu diesem Nichts, in diese Leere, und hatte das Gefühl, man könne möglicherweise wegschweben wie die Farben, hinauf- und wegschweben und aus der Welt hinaus, und wäre dann am Morgen, wenn sie den Deckel wieder überstülpten, nicht mehr da, dann wäre man irgendwo da draußen und könnte niemals wieder zurückkehren. Niemals.

Er legte die Fingerspitzen an die Fensterscheibe. Das Glas war kühl.

Er wünschte, er könnte die Nacht verschlafen. Gewöhnlich schlief er ganz gut. Nicht heute.

Er machte sich Sorgen um Julie. Er sorgte sich immer ein wenig ihretwegen. Von einem Bruder konnte man erwarten, daß er sich sorgte. Doch diesmal machte er sich nicht ein wenig Sorgen. Diesmal war er in großer Sorge.

Es hatte erst an diesem Vormittag begonnen. Ein komisches Gefühl. Nicht komisch, ha-ha. Eigenartig komisch. Gruselig komisch. Julie wird etwas wirklich Schlimmes passieren, sagte das Gefühl. Das hatte Thomas so aufgeregt, daß er versuchte, sie zu warnen. Er hatte ihr eine Warnung tevaut. Sie sagten, die Bilder, die Stimmen und die Musik im TeVau – dem Fernsehgerät – würden durch die Luft geschickt, was er zunächst für eine Lüge gehalten hatte. Zunächst hatte er geglaubt, sie machten sich über ihn lustig, weil er nun mal dumm war.

Sie erwarteten, daß er *alles* glaubte, doch dann hatte Julie gesagt, es stimme. Deshalb versuchte er manchmal, seine Gedanken zu ihr zu tevauen, denn wenn man Bilder und Musik und Stimmen durch die Luft schicken konnte, sollte es doch leicht sein, Gedanken zu übermitteln. *Sei vorsichtig, Julie, tevaute er. Paß auf, sei vorsichtig, etwas Schlimmes wird passieren.*

Wenn er Ahnungen über jemanden hatte, war dieser Jemand gewöhnlich Julie. Er wußte, wann sie glücklich war. Oder traurig. Wenn sie krank war, rollte er sich manchmal auf seinem Bett zusammen und preßte die Hände auf seinen eigenen Bauch. Er wußte immer, wann sie zu Besuch kommen würde.

Er hatte auch Ahnungen, was Bobby betraf. Nicht am Anfang. Als Julie Bobby das erste Mal mitgebracht hatte, hatte Thomas nichts gespürt. Doch langsam hatte er mehr gespürt. Und jetzt, jetzt fühlte er fast genausoviel für Bobby wie für Julie.

Er hatte auch Ahnungen, was einige andere Leute anging. Derek beispielsweise. Gina beispielsweise, ein junges Mädchen im Heim, das ebenfalls an DS litt. Und ein paar der Pfleger beispielsweise, eine der Schwestern beispielsweise. Bei ihnen aber spürte er halb soviel wie bei Bobby und Julie. Er war überzeugt, das liege möglicherweise daran, daß er mehr fühlte, mehr spürte, je mehr er jemanden liebte – mehr Dinge über ihn *wußte*.

Manchmal, wenn Julie sich seinetwegen Sorgen machte, wollte Thomas ihr unbedingt sagen, er wisse, was sie fühle und daß er okay sei. Denn sie würde sich schon glücklicher fühlen, wenn sie nur wüßte, daß er sie verstand. Aber ihm fehlten die Worte. Er konnte nicht erklären, wie und warum er manchmal die Gefühle anderer Menschen ebenfalls fühlte. Und er wollte nicht versuchen, ihnen das erklären zu wollen, weil er Angst hatte, dann dumm auszusehen.

Er *war* dumm. Er wußte das. Er war nicht so dumm wie Derek, der sehr nett war, mit dem man gut zusammenwohnen konnte, der aber wirklich schwerfällig, wirklich begriffsstutzig war. Manchmal sagten sie »schwerfällig«, statt »dumm«, wenn sie sich unterhielten, während man dabei war. Julie tat das niemals. Bobby tat das niemals. Doch einige Leute sagten »schwerfällig« und dachten, man bekäme es nicht mit. Er kriegte es mit. Sie hatten auch noch schwerere Wörter, und die verstand er nicht wirklich, aber »schwerfällig« verstand er gewiß.

Er wollte nicht dumm sein, er hatte keine Wahl, und manchmal tevaute er eine Botschaft an Gott, bat Gott, ihn nicht länger dumm bleiben zu lassen, doch entweder wollte Gott, daß er für immer und ewig dumm bliebe – aber warum? –, oder Gott hatte seine Botschaften einfach nicht empfangen.

Auch Julie empfing seine Botschaften nicht. Thomas

wußte immer, wann er mit einem tevauten Gedanken zu jemandem durchkam. Zu Julie kam er niemals durch.

Aber er kam manchmal zu Bobby durch, was komisch war. Nicht ha-ha-komisch. Seltsam- komisch. Interessant-komisch. Wenn Thomas einen Gedanken an Julie tevaute, erreichte er statt dessen manchmal Bobby. Wie heute morgen. Als er eine Warnung an Julie tevaut hatte . . .

Etwas Schlimmes wird geschehen, Julie, etwas wirklich Schlimmes kommt – Bobby hatte die Warnung aufgefangen. Vielleicht, weil sowohl Thomas als auch Bobby Julie liebten. Thomas wußte es nicht. Er konnte es sich nicht erklären. Aber es war passiert. Bobby hatte sich eingeschaltet.

Jetzt stand Thomas im Pyjama am Fenster und blickte hinaus in die gruselige Nacht. Und er fühlte das Böse Ding da draußen, fühlte es wie ein Auf und Ab in seinem Blut, wie ein Kribbeln in seinen Knochen.

Das Böse Ding war weit weg, nicht irgendwo in Julies Nähe, aber es rückte näher.

Heute, während Julies Besuch, hatte Thomas ihr von dem Bösen Ding erzählen wollen, das da kam. Aber er hatte keinen Weg finden können, es so zu sagen, daß es Hand und Fuß hatte, und er hatte Angst gehabt, es würde dumm klingen.

Julie und Bobby wußten, daß er dumm war, aber er haßte es, vor ihnen etwas Dummes zu sagen, sie daran zu *erinnern,* wie dumm er war. Jedesmal, wenn er fast drauf und dran war, ihr von dem Bösen Ding zu erzählen, hatte er einfach vergessen, wie man mit Worten umgeht. Er hatte die Wörter in seinem Kopf gehabt, alle richtig aneinandergereiht, doch dann waren sie plötzlich durcheinander, und er brachte es nicht fertig, sie wieder in die richtige Reihenfolge zu bringen.

Also konnte er die Worte nicht sagen, weil sie einfach nur Wörter ohne jegliche Bedeutung waren und er wirklich, wirklich dumm ausgesehen hätte.

Außerdem hatte er nicht gewußt, wie er ihr erklären sollte, was das Böse Ding war. Er dachte, es könne ein Mensch sein, ein wirklich schrecklicher Mensch da draußen, ein Mensch, der Julie etwas antun könnte, aber es fühlte sich nicht wirklich wie ein Mensch an. Zum Teil ein menschliches Wesen, doch noch etwas anderes. Etwas, das dazu führte, daß Thomas kalt wurde, nicht nur außen, sondern auch in seinem Inneren.

Es war, als stünde er in einem Schneesturm und äße gleichzeitig Eis. Er zitterte.

Er wollte sie nicht, diese gräßlichen Gefühle wegen irgend etwas, das da draußen war, aber er konnte auch einfach nicht zurück ins Bett gehen und sie ausschalten. Denn je mehr er über dieses weit entfernte Böse Ding erfuhr, desto besser würde er Julie und Bobby warnen können, wenn es nicht mehr so weit weg war.

Hinter ihm murmelte Derek in seinem Traum etwas vor sich hin.

Das Heim war wirklich ruhig. All die dummen Menschen schliefen tief. Alle, außer Thomas. Manchmal war er gern wach, wenn alle anderen es nicht waren. Manchmal gab ihm das das Gefühl, klüger zu sein als alle anderen zusammen, Dinge zu sehen, die sie nicht sehen konnten und Dinge zu wissen, die sie nicht wissen konnten, weil sie schliefen und er nicht.

Er starrte in die Leere der Nacht.

Er lehnte die Stirn gegen das Glas.

Julie zuliebe wagte er sich hinaus. Ins Nichts, in die Leere. Zu dem Weitentfernten.

Er öffnete sich. Den Gefühlen. Dem Auf und Ab, dem Kribbeln.

Etwas Großes, etwas Garstig-Gemeines schlug ihn. Wie eine Welle. Es tauchte aus der Nacht auf und schlug ihn, und er stolperte zurück von dem Fenster und fiel neben seinem Bett auf den Po, und dann konnte er das Böse Ding überhaupt nicht mehr fühlen, es war weg. Aber das, was er gefühlt hatte, war so groß und so garstig gewesen, daß sein Herz hämmerte und er kaum atmen konnte. Und augenblicklich tevaute er an Bobby:

Renn, geh, hau ab, rette Julie, das Böse Ding kommt, das Böse Ding, renn, renn!

23

Der Traum war erfüllt von der Musik von Glenn Millers »Moonlight Serenade«, obwohl der Song – wie alles in Träumen – auf unbestimmte Art anders war als die wirkliche Melodie. Bobby war in einem Haus, das ihm gleichzeitig vertraut und doch völlig fremd war, und irgendwie wußte er, daß es der Bungalow am Meer war, in dem er und Julie sich in jungen Jahren zur Ruhe setzen würden. Er trieb durch das Wohnzimmer, über einen dunklen Perserteppich, vorbei an bequem aussehenden Polstersesseln, einem riesigen alten Sofa mit abgerundeter Rückenlehne und dicken Kissen, einer Ruhlmann-Vitrine mit bronzefarbenen Paneelen, einer Art-Deco-Lampe und überquellenden Bücherregalen.

Die Musik erklang von draußen, also ging er hinaus. Er genoß die Leichtigkeit der Ortswechsel in diesem Traum, ging er doch durch eine Tür, ohne sie zu öffnen, überquerte eine breite Terrasse und ging Holzstufen hinunter, fast ohne jemals einen Fuß heben zu müssen. Die See dröhnte auf der einen Seite, und der phosphoreszierende Schaum der Sturzwellen schimmerte sanft in der Nacht. Unter einer Palme stand eine Wurlitzer 950 mit funkelnden goldenen und roten Lichtern, gefiltert durch Glasröhren, mit unablässig springenden Gazellen, Panfiguren, die ohne Unterlaß flöteten, mit einem Plattenwechsler-Mechanismus, der glänzte wie echtes Silber, und einer großen schwarzen Platte, die sich auf dem Plattenteller drehte. Muschelschalen lagen verstreut im Sand um die Wurlitzer herum.

Bobby hatte das Gefühl, die »Moonlight Serenade« liefe ewig, was ihm durchaus recht war, weil er sich niemals abgeklärter, friedvoller gefühlt hatte. Und er spürte, daß Julie aus dem Haus hinter ihm gekommen war, daß sie auf dem feuchten Sand nahe am Meer auf ihn wartete, und daß sie mit ihm tanzen wollte, also drehte er sich um, und da war sie, bizarr erhellt vom Licht der Wurlitzer, und er ging einen Schritt auf sie zu ...

Renn, geh, hau ab, rette Julie, das Böse Ding kommt, das Böse Ding, das Böse, renn, renn!

Der indigofarbene Ozean brauste plötzlich auf, wie von einem Sturm aufgepeitscht, und Gischt sprühte in die Nachtluft.

Ein Wirbelsturm schüttelte die Palmen.

Das Böse Ding, das Böse Ding! Renn! Renn!

Die Welt kippte weg. Bobby stolperte auf Julie zu. Um sie herum brandete die See auf. Sie wollte sie, sie würde sie packen. Das war Wasser mit einem eigenen Willen, ein denkendes Meer, ein feindseliges Meer, dunkel schimmernd in seinen Untiefen.

Das Böse Ding!

Die Glenn-Miller-Melodie wurde schneller, die Platte wirbelte mit doppelter Geschwindigkeit herum.

Das Böse Ding!

Das sanfte, romantische Licht der Wurlitzer leuchtete greller, blendete seine Augen, doch es vermochte nicht, die Nacht zu vertreiben. Die Strahlen trafen ihn mit solcher Wucht, daß man meinen konnte, die Pforten der Hölle hätten sich geöffnet, doch die Dunkelheit um sie herum wurde dadurch nur intensiviert, gab diesem übernatürlichen Glühen nichts, aber auch gar nichts, preis. *DAS BÖSE DING! DAS BÖSE DING!*

Die Erde kippte erneut. Sie hob und senkte sich.

Bobby stolperte über den schlingernden Strand, auf Julie zu, die unfähig schien, sich zu bewegen. Sie wurde von der aufgewühlten, nachtschwarzen See verschlungen.

DAS BÖSE DING DAS BÖSE DING DAS BOSE DING DAS BÖSE DING!

Mit dem harten Krachen berstenden Steins öffnete sich der Himmel über ihnen, doch kein Blitz schoß herunter aus dem zerbröckelnden Himmelsgebäude.

Geysire aus Sand brachen um Bobby herum auf. Pechschwarzes Wasser schoß aus Löchern, die plötzlich im Strand klafften.

Er schaute sich um. Der Bungalow war verschwunden. Die See brandete auf. Der Strand löste sich auf unter seinen Füßen.

BÖSESDINGBÖSESDINGBÖSESDINGBÖSESDING!

Eine dreißig Meter hohe Welle tauchte drohend vor Bobby auf.

Sie stürzte nieder. Er wurde weggeschwemmt. Er versuchte zu schwimmen. Das Fleisch an seinen Armen und Händen wallte auf und warf Blasen und begann, sich abzuschälen, gab den Blick frei auf Knochen, weiß wie Eis. Das mitternächtliche Seewasser war eine Säure. Sein Kopf tauchte unter. Er keuchte, stieß wieder an die Oberfläche, doch die ätzende See hatte seine Lippen bereits weggeküßt, und er spürte, wie sein Zahnfleisch die Zähne freilegte, und seine Zunge verwandelte sich in einen widerlichen Brei im salzigen Brausen der beißenden Lake, die er – wohl oder übel – hatte schlucken müssen. Selbst die von Gischt erfüllte Luft war ätzend, zerfraß seine Lungen in Sekundenschnelle, so daß er, als er versuchte zu atmen, nicht mehr atmen konnte.

Er ging unter, bemühte sich, sich mit wild fuchtelnden Armen und Händen, von denen nur die Knochen übrig waren, der Wellen zu erwehren, wurde von einem Sog erfaßt, in die Tiefe gezogen, in ewige Dunkelheit, Auflösung, ins Vergessen.

BÖSESDING!

Bobby fuhr im Bett hoch.

Er schrie, doch kein Laut verließ seine Kehle. Als ihm bewußt wurde, daß er geträumt hatte, versuchte er, mit dem Schreien aufzuhören, und schließlich entfuhr ihm ein Ton, der ganz erschöpft und jämmerlich klang.

Er hatte die Laken abgeworfen. Er saß auf der Bettkante, die Füße auf dem Boden, beide Hände in die Matratze verkrampft, stützte sich ab, als wäre er noch immer an diesem sich hebenden und senkenden Strand oder bemühe sich verzweifelt, in diesen aufgewühlten Wellen zu schwimmen.

Die grünen Ziffern der Projektionsuhr glühten schwach an der Decke: 2.43 Uhr.

Eine ganze Weile erfüllte ihn das Hämmern seines Herzens, so laut wie Trommelwirbel, von innen her mit Lärm, und er war taub gegen die Außenwelt. Doch nach ein paar Sekunden hörte er Julies regelmäßige, rhythmische Atemzüge, und er war überrascht, daß er sie nicht aufgeweckt hatte. Offensichtlich hatte er im Schlaf nicht um sich geschlagen.

Die Panik, die seinen Traum erfüllt hatte, war noch nicht ganz geschwunden.

Seine Furcht begann wieder aufzusteigen, was zum Teil wohl daran lag, daß das Schlafzimmer so lichtlos war wie die alles verschlingende See. Aus Angst, Julie aufzuwecken, knipste er die Nachttischlampe nicht an.

Kaum war er imstande, sich auf den Beinen zu halten, stand er auf und ging in völliger Dunkelheit um das Bett herum. Das Bad war auf ihrer Seite des Bettes, doch sie sorgte immer dafür, daß nichts seinen Weg versperrte. Und so erreichte er das Badezimmer wie bei vielen anderen Gelegenheiten vorher ohne Schwierigkeiten. Instinkt und Erfahrung halfen ihm dabei.

Leise schloß er die Tür hinter sich und knipste die Lichter an.

Einen Moment lang hielt ihn das phosphoreszierende Strahlen davon ab, in die grelle Oberfläche des Spiegels über den Doppelwaschbecken zu blicken. Als er schließlich sein Spiegelbild erkannte, sah er, daß sein Fleisch keineswegs weggefressen oder weggeätzt worden war.

Der Traum war erschreckend lebensecht gewesen, völlig anders als jeder, den er vorher gehabt hatte. Auf eine eigenartige Art war er sogar realer gewesen als das wirkliche Leben, mit seinen intensiven Farben und Geräuschen, die mit dem blendenden Aufblitzen der Glühfäden einer Glühbirne durch seinen schlummernden Geist pulsiert waren. Obwohl er sich bewußt war, daß es nur ein Traum gewesen war, hatte er halb befürchtet, der Alptraumozean habe tatsächlich seine ätzenden Spuren hinterlassen.

Schaudernd lehnte er sich gegen das Waschbecken, drehte den Kaltwasserhahn auf, beugte sich vor und bespritzte sein Gesicht. Dann schaute er sein wassertriefendes Ebenbild erneut an und blickte sich in die Augen. »Was, zum Teufel, war *das*?« flüsterte er.

24

Candy ging auf Raubzug.

Die Ostseite des fast neuntausend Quadratmeter großen Gründstücks der Pollards fiel in ein tief eingeschnittenes steilwandiges Tal ab. Die Wand bestand zum größten Teil aus bröckelndem Erdreich, das an einigen Stellen von rosafarbenem und grauem Schiefergestein durchzogen war. Nur die ausgedehnten Wurzelsysteme robuster Wüstenpflanzen – Macchien, Büschelgras, Pampasgras, vereinzelte Mesquitbäume – verhinderten, daß das Erdreich von den manchmal heftigen Regenfällen weggeschwemmt wurde. Ein paar Eukalyptus- und Lorbeerbäume und Myrtenheide wuchsen an den Wänden des engen Tals, und wo die Sohle breit genug war, senkten Myrtenheide und kalifornische Alpenrosen ihre Wurzeln tief in die Erde neben dem Abflußtunnel. Dieser Tunnel war jetzt nur ein trockenes Flußbett, trat aber während der heftigen Regenschauer über die Ufer.

Trotz seiner Größe gelang es Candy, flink und geräuschlos durch das Tal zu eilen. Er ging ostwärts und bewegte sich bergauf bis zu einer Gabelung, in die eine Felsspalte einmündete, die zu schmal war, als daß man sie hätte Tal nennen können. Auf beiden Seiten erhoben sich glatte, nackte Wände, an einigen Stellen war der Durchgang fast völlig versperrt und verengte sich auf knapp einen Meter. Abgestorbene und schneidend scharfe Knäuel eines Wüstenunkrauts, vom Wind in die Ritzen geweht, bildeten an einigen dieser Engstellen Hindernisse, und Candy zog sich eine Reihe von Kratzern zu, als er sich durch diese Spalten zwängte.

Nicht mal ein Fetzchen vom Mond war zu sehen, und hier unten in der Felsspalte war die Nacht ungewöhnlich dunkel, doch er stolperte selten und zauderte niemals. Übermenschlich gute Nachtsicht gehörte zwar nicht zu seinen besonderen Begabungen – er konnte im Dunkeln ebensowenig sehen wie andere. Trotzdem erahnte er auch in der finstersten Nacht die Konturen des Landes so gut, daß er mit nachtwandlerischer Sicherheit vorwärtsstürmen konnte.

Er wußte nicht, welchem Zweck dieser sechste Sinn diente, und er tat nichts Besonderes, wenn er ihn brauchte und einsetzen wollte. Da war einfach diese unheimliche Vertrautheit mit seiner Umgebung, er wußte immer genau, wo er war, so ähnlich wie die besten Drahtseilartisten, die trotz verbundener Augen und der zu ihnen aufblickenden Zirkuszuschauer selbstsicher auf dem straffgespannten Seil vorwärtsgingen.

Dies war ein weiteres Geschenk seiner Mutter.

All ihre Kinder waren begabt. Doch Candys Talente übertrafen die von Violet, Verbina und Frank.

Der schmale Durchgang öffnete sich nun zu einem weiteren Tal. Candy wandte sich wieder nach Osten und hastete jetzt, da sein Verlangen wuchs, an einem felsigen Abflußgraben entlang. Obwohl nun weiter auseinanderliegend, thronten hoch oben auf der Felsklippe immer noch Häuser. Ihre hellen Fenster waren zu weit entfernt, um den Boden vor ihm zu beleuchten, doch hin und wieder schaute er verlangend zu den Häusern hinauf, weil dort das Blut war, das er brauchte.

Gott hatte Candy einen Blutdurst mitgegeben, ihn zu einem räuberischen Lebewesen geformt, und deshalb war Gott auch für alles verantwortlich, was Candy tat. Seine Mutter hatte ihm das schon vor langer Zeit erklärt. Gott wollte allerdings, daß er beim Töten wählerisch war. Doch wenn Candy nicht in der Lage war, sich zurückzuhalten, lag die Schuld daran letztlich bei Gott, denn er hatte Candy den Blutdurst schließlich eingeflößt, ihm aber nicht die Stärke verliehen, ihn zu kontrollieren.

Wie die aller Räuber war Candys Mission die, die Kranken und Schwachen der Herde auszulöschen. In seinem Fall waren die vorgesehenen Opfer, die zukünftige Beute, die moralisch entarteten Mitglieder der menschlichen Herde: die Diebe, Lügner, Betrüger, Ehebrecher. Unglücklicherweise erkannte er die Sünder nicht immer, wenn er sie traf. Als seine Mutter noch lebte, war die Erfüllung seiner Mission viel leichter gewesen, denn sie hatte keine Schwierigkeiten gehabt, die schädlichen und verdorbenen Seelen für ihn herauszufiltern.

Heute nacht würde er sich bemühen, das Töten so weit wie möglich auf das Wild aus den Bergen zu beschränken. Menschen umzubringen – besonders so nahe beim Haus – war riskant. Es konnte die Polizei auf ihn aufmerksam machen. Orstansässige zu töten, konnte er sich nur dann leisten, wenn sie der Familie in irgendeiner Art in die Quere geraten waren und man ihnen das einfach nicht durchgehen lassen durfte.

Wenn er nicht in der Lage war, sein Verlangen mit Tierblut zu stillen, würde er irgendwo anders hingehen, irgendwohin, und Menschen töten. Seine Mutter dort oben im Himmel würde ärgerlich sein auf ihn und enttäuscht, weil es ihm an der nötigen Kontrolle fehlte, doch Gott würde ihm nicht die Schuld zuschieben können. Immerhin war er nur der, zu dem Gott ihn geschaffen hatte.

Nachdem die Lichter des letzten Hauses hinter ihm lagen, blieb er in einem Hain voller Myrtenheide stehen. Der Sturm des vergangenen Tages hatte sich hier oben völlig gelegt und war durch die Täler hinaus aufs Meer ausgewichen. Gegenwärtig war es windstill. Von den Zweigen der Myrtenheide hingen die Ranken und Triebe schlaff nach unten, und die messerscharfen Blätter waren völlig bewegungslos.

Seine Augen hatten sich an die Dunkelheit gewöhnt. Die Bäume schimmerten silbern im schwachen Sternenlicht, und ihre kaskadenartigen Ranken trugen zu der Illusion bei, er stünde neben einem Wasserfall oder sei eingeschlossen in den Flockenwirbel eines Briefbeschwerers. Er konnte sogar die in Fetzen herabhängenden Rindenstreifen erkennen, die sich von den Stämmen und Zweigen in dem ständigen Schälprozeß abrollten, der diesen Bäumen eine so einzigartige Schönheit verlieh.

Er konnte keine Beute sehen.

Er konnte in den Büschen auch nicht die verstohlenste Bewegung irgendeines Wildtieres erkennen.

Trotzdem – er wußte, daß sich eine Unzahl kleiner, mit warmem Blut angefüllter Tiere ganz in seiner Nähe in Erdlöchern, Höhlen, geheimen Nestern, in den Verwehungen abgefallener Blätter und in geschätzten Felsspalten verbarg. Der bloße Gedanke daran ließ ihn halb verrückt werden vor Hunger.

Er streckte die Arme aus, hob die Hände, die Handflächen von sich abgewandt, die Finger gespreizt. Blaues Licht im Ton eines blassen Saphirs, schwach wie das Glühen des Viertelmondes, das vielleicht eine Sekunde andauerte, entströmte seinen Händen. Die Blätter zitterten, und das dürre Büschelgras erbebte. Dann, als die

Dunkelheit wieder ihr Recht forderte, kehrte auch die Stille ins Tal zurück.

Und noch einmal strömte das blaue Licht von seinen Handflächen aus, als seien sie Windlichter, von denen jemand kurz den Zylinder entfernt hat. Dieses Mal war das Licht doppelt so hell wie zuvor, war von einem dunkleren Blau, und es hielt vielleicht zwei Sekunden lang an. Die Blätter raschelten, und einige der schlaff herabhängenden Ranken schaukelten, und das Gras erzitterte noch neun bis zehn Meter von ihm entfernt.

Von diesen eigenartigen Vibrationen aufgeschreckt, stob etwas auf Candy zu, versuchte an ihm vorbeizuhuschen. Mit diesem ganz besonderen Sinn für seine Umgebung, der sich nicht auf das stützte, was er sah, hörte oder roch, faßte er nach links und griff nach der blitzschnell davonschießenden Kreatur, die er nicht sehen konnte. Seine Reflexe waren so unheimlich wie alles andere an ihm, und er fing sein Opfer, hatte Beute gemacht. Eine Feldmaus.

Für Sekunden war sie wie gelähmt vor Angst. Dann zappelte sie in seinem Griff, aber er hielt sie ganz fest.

Seine besonderen Kräfte übten keine Wirkung aus auf Lebewesen. Er konnte seine Opfer nicht mit der telekinetischen Energie lähmen oder betäuben, die von seinen offenen Handflächen ausging. Er konnte sie nicht magnetisch anziehen, sondern sie nur aufschrecken, so daß sie ihre Verstecke verließen. Er hätte einen der Bäume zerschmettern oder Geysire aus Staub und Steinen aufsteigen lassen können, aber – egal, wie sehr er sich auch bemühte – der Maus in seinen Händen hätte er mit seinen geistigen Kräften nicht ein Härchen krümmen können.

Er wußte nicht, warum ihm diese Beschränkung auferlegt war. Violet und Verbina, deren Talente sonst nicht halb so beeindruckend waren wie seine, schienen *nur*

Macht über Lebewesen zu haben, über kleinere Tiere wie die Katzen. Pflanzen beugten sich natürlich Candys Willen und manchmal auch Insekten, aber nichts, was Empfindungen hatte, nicht einmal etwas, das so wenig Verstand hatte wie diese Maus.

Unter den silbrigen Bäumen kniend, war er in eine so tiefe Finsternis gehüllt, daß er von der Maus nichts sehen konnte außer ihren schwach schimmernden Augen. Er hob die Faust, die das Tierchen umklammerte, an seine Lippen.

Es gab einen dünnen Laut des Erschreckens von sich. Es war mehr ein Piepsen denn ein Schrei.

Er biß der Maus den Kopf ab, spuckte ihn aus und preßte die Lippen auf den aufgerissenen Hals. Das Blut war süß, doch es reichte nicht aus für ihn.

Er warf das tote Nagetier beiseite und hob erneut die Arme, Handflächen abgewandt, Finger gespreizt. Diesmal war der Farbfleck des Spektrallichts von einem intensiven, elektrisierenden Saphirblau. Obwohl die Strahlung nicht länger anhielt als vorher, war seine Wirkung von verblüffender Stärke. Ein halbes Dutzend Vibrationswellen, jede nur einen Sekundenbruchteil nach der vorherigen einsetzend, traf den abschüssigen Boden des schmalen Tales.

Die hohen Bäume wackelten und erzitterten, und Hunderte von schlaff herabhängenden Ranken peitschten die Luft auf. Die Blätter schlugen mit einem Geräusch gegeneinander, das an einen ausschwärmenden Bienenschwarm erinnerte. Kiesel und kleinere Steine wurden vom Boden hochgewirbelt, und lose Felssteine prallten krachend aufeinander. Die einzelnen Halme des Büschelgrases hatten sich straff und gerade aufgerichtet wie die Haare im Nacken eines von Angst geschüttelten Menschen, und ein paar Brocken Erde hatten sich gelöst und wehten wie die trockenen Blätter in die Nacht, als hätte ein Windstoß sie erfaßt. Doch es rührte sich kein Lüftchen – da waren nur das kurze Aufleuchten des saphirblauen Lichts und die mächtigen Vibrationen, die es begleiteten.

Wildlebende Tiere stürmten aus ihren Verstecken, und einige rasten direkt auf ihn zu, liefen aus dem Tal heraus. Er hatte schon vor langer Zeit festgestellt, daß sie seinen Geruch niemals als den eines menschlichen Wesens erkannten. Sie flohen mit ebenso großer Wahrscheinlichkeit auf ihn zu wie vor ihm. Entweder war sein Geruch für sie gar nicht erkennbar – oder sie nahmen etwas Wildes an ihm wahr, etwas, das mehr ihrem eigenen Geruch glich als dem eines menschlichen Wesens. Und in ihrer Panik merkten sie nicht, daß er ein räuberisches Lebewesen war.

Was er sehen konnte, waren bestenfalls formlose dunkle Umrisse, die an ihm vorbeihuschten, wie Schatten, die eine kreisende Lampe verursacht. Aber er spürte sie mit seiner psychischen Begabung.

Kojoten schossen vorbei, und ein Waschbär streifte in panischer Flucht sein Bein. Er griff nicht nach ihnen, weil er vermeiden wollte, sich böse Kratzer zuzuziehen oder gebissen zu werden. Wenigstens vierzig Mäuse sausten in Reichweite vorbei, doch er wollte etwas, das mehr Leben in sich hatte, mehr Blut.

Er griff nach etwas, von dem er glaubte, es müsse ein Eichhörnchen sein, verfehlte es, doch einen Moment später hatte er einen Hasen an den Hinterläufen erwischt. Er kreischte. Er zappelte mit den weniger gefährlichen Vorderläufen, aber Candy gelang es, auch die zu packen, was das Tier nicht nur bewegungsunfähig werden ließ, sondern es auch mit so viel Furcht erfüllte, daß es wie gelähmt war.

Candy hob es hoch zu seinem Gesicht.

Sein Fell roch staubig und moderig.

Seine roten Augen glitzerten in Todesangst.

Er biß in seine Kehle. Das Fell, die Haut und die Muskeln widersetzten sich seinen Zähnen, aber das Blut floß.

Der Hase zuckte. Es war nicht, als wolle er versuchen zu entfliehen, sondern eher, als wolle er zeigen, daß er sich in sein Schicksal ergab. Es waren langsame Zukkungen, eigenartig sinnlich, als hieße er den Tod beinahe willkommen. Im Lauf der Jahre hatte Candy dieses Verhalten bei vielen kleineren Tieren beobachtet, besonders bei Hasen, und er war davon immer wie elektrisiert gewesen, denn es gab ihm ein berauschendes Machtgefühl, gab ihm das Gefühl, zu sein wie Fuchs und Wolf.

Die Zuckungen ließen nach, und der Hase wurde schlaff in Candys Hand. Obwohl er immer noch am Leben war, hatte er den bevorstehenden Tod akzeptiert und war in ein tranceähnliches Stadium eingetreten, in dem er augenscheinlich keinen Schmerz empfand. Das schien eine Gnade zu sein, die Gott den kleinen Beutestücken gewährte.

Candy biß noch einmal in die Hasenkehle, diesmal fester, tiefer, dann noch einmal, und der Lebenssaft des Hasen strömte und schoß in seinen gierigen Mund.

Weit entfernt, in einem anderen Tal, heulte ein Kojote. Der Ruf wurde von anderen Tieren des Rudels erwidert. Ein Chor gespenstischer Stimmen erhob sich, verstummte, erhob sich erneut, als wären sich die Kojoten bewußt, nicht die einzigen Jäger der Nacht zu sein, als witterten sie den Mord.

Nachdem er sich gelabt hatte, warf Candy den ausgebluteten Kadaver weg.

Sein Verlangen war immer noch groß. Er würde die

Blutreservoirs von noch mehr Hasen oder Eichhörnchen aufbrechen müssen, bis sein Durst gelöscht war.

Er stand auf und beschloß, weiter in das Tal hineinzugehen, wo die Tiere noch nicht aufgeschreckt waren davon, daß er seine Kräfte eingesetzt hatte, wo Kreaturen der verschiedensten Arten in ihren Erdlöchern und Verstecken darauf warteten, von ihm benutzt zu werden. Die Nacht war tief und freigebig.

25

Möglicherweise war es nur der Montagmorgen-Blues. Möglicherweise war es der sich verdunkelnde Himmel, der auf Regen schließen ließ, der ihre Stimmung trübte. Es war aber auch möglich, daß sie wegen der gefährlichen Ereignisse bei Decodyne, die erst vier Tage zurücklagen und deshalb noch zu frisch in ihrem Gedächtnis hafteten, angespannt und sauer waren. Doch aus irgendeinem Grund wollte Julie den Fall dieses Frank Pollard nicht übernehmen. Wenn sie es genau bedachte, eigentlich überhaupt keinen neuen Fall.

Sie hatten ein paar laufende Sicherheitsaufträge von Firmen, für die sie seit Jahren arbeiteten, und sie wollte bei diesen bequemen und vertrauten Aufgaben bleiben. Ein Großteil der Arbeiten, die sie übernahmen, war ungefähr so gefährlich, wie einen Liter Milch aus dem Supermarkt zu holen. Dennoch war Gefahr ein Teil ihres Jobs, und der Grad der Gefahr bei einem neuen Fall war nicht vorhersehbar.

Wäre also eine zerbrechliche alte Dame an diesem Montagmorgen bei ihnen erschienen und hätte wegen einer entlaufenen Katze um Hilfe ersucht, hätte Julie auch sie als drohende Gefahr betrachtet – sie auf eine Stufe gestellt mit einem die Axt schwingenden Psychopathen. Sie war nervös, gereizt. Immerhin könnte Bobby schon *seit vier Tagen tot sein,* wäre das Glück in der letzten Woche nicht auf ihrer Seite gewesen.

Sie lehnte sich vor in ihrem Stuhl, beugte sich über ihren stabilen Schreibtisch und betrachtete, die Arme über der grünen Kladde gekreuzt, diesen Frank Pollard. Er konnte ihr nicht in die Augen sehen, und dieses Ausweichen erregte trotz seines harmlosen – sogar ansprechenden – Äußeren ihr Mißtrauen.

Er sah so aus, daß man ihm ohne weiteres abgenommen hätte, wenn er sich als Komiker aus Las Vegas vorgestellt hätte – als irgendein Shecky, Buddy, irgendwas in der Art. Er war ungefähr dreißig, 1,75 Meter groß, vielleicht 180 Pfund schwer, was für ihn allerdings gut fünfundzwanzig Pfund zu viel waren. Doch es war sein Gesicht, das ihm wohl am besten eine Komiker-Karriere ermöglicht hätte.

Von einigen eigenartigen Kratzern abgesehen, die größtenteils abgeheilt waren, war es eine freundliche »Fresse«: offen, nett, rund und heiter, mit tiefen Grübchen. Seine Wangen waren ständig rot gefärbt, gut durchblutet, als hätte er die meiste Zeit seines Lebens in einem arktischen Schneesturm verbracht. Auch seine Nase war gerötet, offensichtlich aber nicht deshalb, weil er dem Alkohol zu sehr zugeneigt gewesen wäre, sondern weil sie viele Male gebrochen war. Sie war so verbeult, daß sie schon wieder ergötzlich war, aber nicht so zerquetscht, daß man ihn für einen Schläger hätte halten müssen.

Mit hängenden Schultern saß er in dem einen der beiden Leder-und-Chrom-Stühle vor Julies Schreibtisch. Seine Stimme war sanft und angenehm, beinahe melodisch. »Ich brauche Hilfe. Ich weiß nicht, an wen ich mich sonst wenden könnte.«

Trotz seines komikerhaften Aussehens gab er sich eher

düster. Obwohl seine Stimme einschmeichelnd war, klang sie doch dumpf vor Verzweiflung und Müdigkeit. In regelmäßigen Abständen wischte er sich mit einer Hand das Gesicht ab, als wolle er Spinnweben entfernen, und starrte dann anschließend jedesmal fragend auf die Hand, wenn er sie leer vorfand.

Auch auf seinen Handrücken bemerkte sie verschorfte Kratzer, von denen einige etwas angeschwollen und entzündet waren.

»Ganz ehrlich«, sagte er, »bei Privatdetektiven Hilfe zu suchen, mag lächerlich erscheinen, so als befände man sich gar nicht im richtigen Leben, sondern in einer Fernsehshow.«

»Ich habe Sodbrennen, also ist es wohl das richtige Leben«, warf Bobby ein. Er stand an einem der großen Fenster, von dem aus man auf die von einem Dunstschleier überzogene See blicken konnte und auch hinunter zu den nahegelegenen Gebäuden von Fashion Island, dem Einkaufszentrum von Newport Beach. Im sechsten Stock des sich daran anschließenden Bürohochhauses hatte Dakota & Dakota sieben Räume gemietet. Bobby kehrte jetzt der Aussicht den Rücken, lehnte sich gegen die Fensterbank und zog eine Rolle Drops aus der Jakkentasche. »Fernseh-Detektive haben niemals Sodbrennen oder Schuppen, und sie leiden auch niemals unter Psoriasis.«

»Mister Pollard«, sagte Julie, »ich bin sicher, Mister Karaghiosis hat Ihnen erklärt, daß wir, genaugenommen, keine Privatdetektive sind.«

»Ja.«

»Wir sind Sicherheitsberater. Wir arbeiten in erster Linie mit Firmen, Gesellschaften und privaten Institutionen zusammen. Wir beschäftigen sieben Angestellte, die große Erfahrung und Jahre hinter sich haben, in denen sie Sicherheitsfragen gelöst haben. Das ist etwas ganz anderes als das, was die Ein-Mann-Privatdetektiv-Phantasien im TV uns vorgaukeln wollen. Wir beschatten nicht die Frauen irgendwelcher Männer, um festzustellen, ob sie ihnen untreu sind. Wir übernehmen keine Scheidungsfälle, und wir erledigen auch keine der anderen Sachen, wegen denen die Leute gewöhnlich Privatdetektive aufsuchen.«

»Mister Karaghiosis hat mir das erklärt«, erwiderte Pollard und sah auf seine Hände hinunter, die er auf den Schenkeln zu Fäusten geballt hatte.

Vom Sofa, links vom Schreibtisch, erklang die Stimme von Clint Karaghiosis. »Frank hat mir seine Geschichte erzählt, und ich glaube wirklich, Sie sollten sich anhören, warum er uns braucht.«

Julie fiel auf, daß Clint den Möchtegern-Klienten beim Vornamen genannt hatte – etwas, das er in den sechs Jahren, die er nun bei Dakota & Dakota war, noch niemals getan hatte. Clint war kräftig gebaut – 1,70 Meter groß, 150 Pfund schwer. Er sah aus, als sei er einmal eine leblose Ansammlung von Granitbrocken und Marmorplatten gewesen, von Feuer- und Feldsteinen, Schiefer und Eisen und Magneteisenstein, die ein Alchimist in Fleisch und Blut umgewandelt hatte. Sein breites Gesicht, mehr als ansehnlich, wirkte ebenfalls, als sei es aus Stein gemeißelt. Suchte man in seinem Gesicht nach irgendwelchen Schwächen, konnte man bestenfalls sagen, daß einige Züge, obwohl energisch und markant, nicht ganz so energisch und markant waren wie andere. Auch seine Persönlichkeit war wie ein Fels: beständig, verläßlich, durch nichts zu erschüttern.

Es gab nur wenige Menschen, die Clint beeindruckten, und noch weniger, denen es gelang, seine Reserve zu durchbrechen und ihm mehr als eine höfliche, geschäftsmäßige Reaktion zu entlocken. Daß er den Klienten mit dem Vornamen angesprochen hatte, schien ein subtiler Ausdruck von Sympathie für Pollard zu sein und ein Vertrauensvotum für ihn und den Wahrheitsgehalt der Geschichte, die der Mann zu erzählen hatte.

»Wenn Clint der Meinung ist, dies sei etwas für uns, dann reicht mir das aus«, sagte Bobby. »Welches Problem haben Sie, Frank?«

Es beeindruckte Julie keineswegs, daß Bobby den Klienten so prompt – und so beiläufig – beim Vornamen nannte. Bobby mochte jeden, den er kennenlernte, zumindest bis er nachdrücklich vom Gegenteil überzeugt wurde, bis er feststellte, daß jemand seine Sympathie partout nicht verdiente. Tatsächlich mußte ihm schon jemand wiederholt einen Dolch in den Rücken stoßen und buchstäblich platzen vor Heimtücke, bis er endlich voller Bedauern in Erwägung zog, daß er ihn möglicherweise *nicht* hätte mögen sollen. Manchmal glaubte sie, sie hätte einen zu groß geratenen jungen Hund geheiratet, der vorgab, ein Mensch zu sein.

Bevor Pollard anfangen konnte, sagte Julie: »Eine Sache müssen wir vorher klären. Falls wir uns entschließen sollten, Ihren Fall zu übernehmen – und ich betone *falls* – wir sind nicht billig.«

»Das ist kein Problem«, entgegnete Pollard. Er hob die eine der Reisetaschen aus Leder hoch, die neben ihm am Boden gestanden hatten. Er stellte sie auf seinen Schoß, zog den Reißverschluß auf, nahm ein paar Banknotenbündel heraus und legte sie auf den Tisch. Es waren Zwanziger und Hunderter.

Als Julie das Geld nahm, um es zu inspizieren, stieß Bobby sich vom Fensterbrett ab und ging zu Pollard hinüber. Er schaute in die Reisetasche.

»Sie ist bis obenhin voll«, sagte er.

»Einhundertvierzigtausend Dollar«, erklärte Pollard.

Nachdem sie sich das Geld auf dem Tisch kurz angeschaut hatte, stellte Julie fest, daß es wohl nicht gefälscht war. Sie schob es beiseite. »Mister Pollard, tragen Sie eigentlich immer so viel Bargeld mit sich herum?« fragte sie.

»Ich weiß es nicht«, entgegnete Pollard.

»Sie wissen es nicht?«

»Ich weiß es nicht«, wiederholte er kläglich.

»Er weiß es im wahrsten Sinn des Wortes nicht«, erklärte Clint. »Hören Sie sich an, was er zu sagen hat.«

Pollards Stimme klang gedämpft und sorgenvoll, als er fortfuhr: »Sie müssen mir helfen herauszufinden, wohin ich nachts gehe. Was, um Himmels willen, tue ich, wenn ich eigentlich schlafen sollte?«

»He, das hört sich interessant an«, meinte Bobby und setzte sich auf eine Ecke von Julies Schreibtisch.

Bobbys jungenhafte Begeisterung stimmte Julie nervös. Er war imstande, Pollards Fall anzunehmen, bevor sie genug wußten, um sicher zu sein, ob das auch klug war. Außerdem konnte sie es nicht ausstehen, wenn er sich auf ihren Schreibtisch setzte. Es wirkte einfach nicht geschäftsmäßig, nicht solide. Sie hatte das Gefühl, daß es dem voraussichtlichen Klienten den Eindruck vermittelte, sie seien Amateure.

»Soll ich das Bandgerät einschalten?« erkundigte sich Clint vom Sofa aus.

»Klar«, antwortete Bobby.

Clint hielt einen kompakten, batteriebetriebenen Kassettenrecorder in der Hand. Er betätigte den Schalter und stellte das Gerät auf den Couchtisch vor dem Sofa. Das eingebaute Mikrophon zeigte in Richtung Pollard, Julie und Bobby.

Der pausbäckige Mann mit dem runden Gesicht

schaute zu ihnen auf. Die bläulichen Ringe um seine Augen, die wäßrige Röte der Augen selbst und seine blassen Lippen straften den Eindruck robuster Gesundheit Lügen, den sein rotbäckiges Gesicht hätte vermitteln können. Ein zögerndes Lächeln spielte um seinen Mund.

Er sah Julie kaum eine Sekunde in die Augen, wandte dann den Blick ab und schaute wieder auf seine Hände. Er schien verängstigt zu sein, völlig erledigt und war irgendwie bemitleidenswert. Gegen ihren Willen flackerte so etwas wie Sympathie für ihn in ihr auf. Als Pollard zu sprechen begann, seufzte Julie und ließ sich in ihren Stuhl zurücksinken. Zwei Minuten später beugte sie sich wieder vor und lauschte Pollards Stimme ganz konzentriert. Sie war fasziniert, obwohl sie sich dagegen gewehrt hatte. Sogar der phlegmatische Clint Karaghiosis, der die Geschichte immerhin zum zweiten Male hörte, war augenscheinlich von ihr gefesselt.

Wenn Pollard kein Lügner war und kein delirierender Irrer – aber mit größter Wahrscheinlichkeit war er eben beides – dann war er in beinahe übernatürliche Ereignisse verstrickt. Julie glaubte nicht an das Übernatürliche. Sie versuchte, skeptisch zu bleiben, doch Pollards Auftreten und seine klare Schilderung überzeugten sie gegen ihren Willen.

Bobby begann, »Heiliger Strohsack, Jesus-Mann-Mensch, das ist ja ein tolles Ding« vor sich hin zu murmeln und jedesmal vor Überraschung auf den Schreibtisch zu schlagen, wenn die Geschichte eine neue Wendung nahm. Als der Klient ... Nein, Pollard, nicht »der Klient«. Er war noch nicht ihr Klient ... Als Pollard also erzählte, wie er am Donnerstagnachmittag mit Blut an seinen Händen in einem Motelzimmer aufgewacht war, platzte Bobby heraus: »Wir übernehmen den Fall!«

»Bobby, warte«, bremste ihn Julie. »Wir haben noch

nicht alles gehört, was Mister Pollard uns erzählen wollte. Wir sollten nicht . . .«

»Na gut, Frank«, sagte Bobby, »was, zum Teufel, ist dann passiert . . .?«

»Was ich meinte«, unterbrach ihn Julie, »war, daß wir die ganze Geschichte hören müssen, bevor wir entscheiden, ob wir ihm helfen können oder nicht.«

»Oh, klar können wir ihm helfen«, wandte Bobby ein. »Wir . . . «

»Bobby«, sagte sie entschieden, »kann ich dich wohl für einen Augenblick allein sprechen?« Sie stand auf, durchquerte das Büro, öffnete die Tür zum dazugehörigen Waschraum und knipste dort das Licht an.

»Wir sind gleich wieder da, Frank«, sagte Bobby. Er folgte Julie ins Bad und schloß hinter sich die Tür.

Sie schaltete den Abluftventilator an der Decke ein, dessen Lärm ihre Stimmen dämpfen sollte, und sprach im Flüsterton. »Was ist bloß mit dir los?«

»Nun, ich habe Plattfüße und dieses häßliche Muttermal mitten auf dem Rücken.«

»Du bist unmöglich.«

»Plattfüße und ein Muttermal – das sind Fehler, die du nicht in Kauf nehmen willst? Du bist eine harte Frau.«

Der Raum war klein. Sie standen zwischen dem Waschbecken und der Toilettenschüssel, standen fast Nase an Nase. Er küßte sie auf die Stirn.

»Bobby, um Himmels willen. Du hast Pollard eben gesagt, wir würden seinen Fall übernehmen. Möglicherweise tun wir's gar nicht.«

»Warum sollten wir nicht? Er ist *faszinierend.*«

»Erstens hört er sich an wie ein Irrer.«

»Nein, das tut er nicht.«

»Er behauptet, irgendeine fremde Macht hätte dafür gesorgt, daß dieses Auto sich in seine Bestandteile auflöst, habe die Straßenlampen ausgepustet. Komische Flötenmusik, geheimnisvolle blaue Lichter ... Dieser Kerl hat den *National Enquirer* zu lange gelesen.«

»Aber genau das ist es doch. Ein wahrhaft Irrer hätte längst eine Erklärung für das, was ihm da passiert ist. Er würde behaupten, er sei Gott begegnet oder Marsmenschen. Dieser Kerl ist verwirrt, sucht nach Antworten. Das ist für mich eine ganz gesunde Reaktion.«

»Und zweitens haben wir eine Firma, ein Geschäft, Bobby. Ein Geschäft. Wir arbeiten nicht zum Spaß. Wir arbeiten für Geld. Wir sind keine verdammten Freizeit-Detektive.«

»Er hat Geld. Du hast es selbst gesehen.«

»Was, wenn es heißes Geld ist?«

»Frank ist kein Dieb.«

»Du kennst ihn kaum eine Stunde und bist sicher, daß er kein Dieb ist? Du bist zu vertrauensselig, Bobby.«

»Danke.«

»Das war kein Kompliment. Wie kann man nur die Art von Arbeit tun, die wir tun, und so vertrauensselig sein?«

Er grinste. »Ich habe dir vertraut, und das hat sich als richtig erwiesen.«

Sie ließ sich nicht von seinem Charme erweichen. »Er sagt, er weiß nicht, woher er das Geld hat, dann laß uns mal annehmen, wir nähmen ihm diesen Teil seiner Geschichte ab. Und laß uns ruhig auch annehmen, daß du recht hast und er kein Dieb ist. Dann ist er möglicherweise ein Drogendealer. Oder sonst was. Es gibt tausend Möglichkeiten, daß das Geld heiß sein könnte, ohne daß es gestohlen ist. Und wenn wir herausfinden, daß es heiß ist, können wir nicht behalten, was er uns bezahlt hat. Wir müssen es den Bullen übergeben. Und dann werden wir unsere Zeit und Energie vergeudet haben. Abgesehen davon – es wird eine schmutzige Sache werden, eine unangenehme.«

»Warum sagst du das?« fragte er.

»Warum ich das sage? Er hat dir eben erzählt, er sei mit blutbesudelten Händen in einem Hotelzimmer aufgewacht!«

»Sprich nicht so laut. Du könntest seine Gefühle verletzen.«

»Möge der Himmel uns davor bewahren!«

»Erinnere dich, da war keine Leiche. Es muß sein eigenes Blut gewesen sein.«

»Woher wissen wir, daß da keine Leiche war?« fragte sie scharf. »Weil er gesagt hat, da sei keine gewesen? Er könnte ein so verdammter Spinner sein, daß er eine Leiche nicht mal dann bemerkt, wenn er in ihre dampfenden Eingeweide tritt und über den abgeschlagenen Kopf stolpert.«

»Welch lebhafte Phantasie!«

»Bobby, er sagt, er hätte sich möglicherweise selbst gekratzt, aber das ist – verdammt noch mal – wenig wahrscheinlich. Vermutlich wurde irgendeine arme Frau, irgendein unschuldiges Mädchen, vielleicht sogar ein Kind, ein hilfloses Schulmädchen, von diesem Mann angefallen, in ein Auto gezerrt, vergewaltigt und verprügelt und wieder vergewaltigt, gezwungen, sich jedem demütigenden Akt zu unterziehen, den sich ein Perverser nur ausdenken kann, dann in irgendein verlassenes Wüstental gefahren, möglicherweise mit Nadeln und Messern gefoltert oder wer-weiß-was, dann zu Tode geprügelt und splitterfasernackt in ein ausgetrocknetes Flußbett geworfen, wo die Kojoten noch jetzt auf ihren Weichteilen herumkauen und Fliegen in ihrem offenen Mund herumkriechen.«

»Julie, du vergißt etwas.«

»Was?«

»*Ich* bin derjenige von uns, dessen Phantasie überaktiv ist.«

Sie lachte. Sie konnte nichts dagegen tun. Sie hätte gern seinen Kopf gegen die Wand geknallt, um ihm etwas Verstand einzuhämmern, doch sie lachte statt dessen und schüttelte den Kopf.

Er küßte ihre Wange, griff dann nach dem Türknauf.

Sie legte ihre Hand auf die seine. »Versprich mir, daß wir den Fall nicht übernehmen, bevor wir nicht seine ganze Geschichte gehört haben und Zeit hatten, darüber nachzudenken.«

»In Ordnung.«

Sie kehrten ins Büro zurück.

Der Himmel hinter den Fenstern ähnelte einer Blechplatte, die an einigen Stellen verschmort war und ein paar senfgelbe Rostflecken aufwies. Der Regen hatte noch nicht begonnen, doch die Luft schien angespannt vor Erwartung.

Das einzige Licht im Raum kam von den beiden Messinglampen, die auf den Tischen standen, die das Sofa flankierten und von der Messingbodenlampe mit dem Seidenschirm, die in eine Ecke gerückt war. Die Leuchtstoffröhren an der Decke waren nicht eingeschaltet, weil Bobby ihr grelles Licht haßte. Er war ohnehin der Meinung, ein Büro solle aussehen wie ein Wohnzimmer, so daß man sich wirklich heimisch fühlen könne.

Julie dagegen meinte, ein Büro solle aussehen wie ein Büro und einen geschäftsmäßigen Eindruck vermitteln. Aber sie ließ Bobby seinen Willen und verzichtete meist darauf, die Leuchtstoffröhren einzuschalten. Jetzt, da der aufkommende Sturm den Tag verdüsterte, hätte sie die Deckenbeleuchtung gerne angeknipst, um die Schatten zu vertreiben, die in den

Ecken nicht vom bernsteingelben Licht der Lampen erreicht wurden.

Frank Pollard saß immer noch in dem Stuhl und starrte die gerahmten Poster von Donald Duck, Mickey Mouse und Onkel Dagobert an, die die Wände zierten. Sie waren eine weitere Bürde, die Julie tragen mußte. Sie war ein Fan der Warner- Brothers-Cartoons, weil die pfiffiger waren, und sie besaß eine ganze Sammlung von Videobändern, plus ein paar Zeichentrickfilme von Daffy Duck, doch sie bewahrte alles zu Hause auf.

Bobby hatte die Disney-Cartoons ins Büro gebracht, weil sie ihn (sagte er) entspannten, seine Laune hoben und ihm beim Denken halfen. Kein einziger Klient hatte ihre fachliche Qualifikation jemals allein wegen der unkonventionellen Grafiken in Frage gestellt, doch sie machte sich immer noch Sorgen darüber, was die Klienten sich dabei denken könnten.

Sie setzte sich wieder hinter ihren Schreibtisch, und Bobby hockte sich wieder auf die Ecke.

Nachdem er Julie kurz zugezwinkert hatte, sagte Bobby: »Frank, ich war voreilig, als ich den Fall akzeptierte. Wir können wirklich keine Entscheidung treffen, ehe wir Ihre ganze Geschichte gehört haben.«

»Sicher«, sagte Frank, warf erst Bobby einen kurzen Blick zu, dann Julie und schaute dann wieder hinunter auf seine zerkratzten Hände, die nun die offene Reisetasche umklammerten. »Das finde ich ganz verständlich.«

»Natürlich ist es das«, sagte Julie.

Clint schaltete den Kassettenrecorder wieder ein.

Pollard tauschte die Reisetasche auf seinem Schoß gegen die am Boden stehende aus und sagte: »Ich sollte Ihnen dies hier geben.« Er öffnete die zweite Tasche und zog einen Plastikbeutel heraus, der ein wenig von dem Sand enthielt, den er in seinen Fäusten gehalten hatte, als er am Donnerstagmorgen im Auto von seinem Kurzschlaf erwacht war. Außerdem holte er das blutige Hemd heraus, das er getragen hatte, als er am selben Tag nach dem sogar noch kürzeren Nickerchen aufgestanden war. »Ich habe das aufbewahrt, weil ... Nun, es schienen mir so etwas wie Beweise zu sein. Hinweise. Möglicherweise helfen sie Ihnen, herauszufinden, was ich getan habe.«

Bobby nahm das Hemd und den Sand, untersuchte beides kurz und legte es dann neben sich auf den Schreibtisch.

Julie bemerkte, daß das Hemd tatsächlich blutgetränkt war und es sich nicht einfach nur um ein paar Spritzer handelte. Die inzwischen eingetrockneten bräunlichen Flecken versteiften das Material.

»Also, Sie waren am Donnerstagnachmittag im Hotel?« wollte Bobby wissen.

Pollard nickte. »In der Nacht ist nicht besonders viel passiert. Ich bin in ein Kino gegangen, der Film hat mich aber nicht besonders interessiert. Danach bin ich eine Weile durch die Gegend gefahren. Ich war müde, wirklich müde, trotz des Nickerchens, aber ich konnte überhaupt nicht schlafen. Am nächsten Tag bin ich in ein anderes Motel übergesiedelt.«

»Wann haben Sie dann schließlich wieder geschlafen?« fragte Julie.

»Am nächsten Abend.«

»Das war am Freitag?«

»Ja. Ich versuchte wachzubleiben, trank ganz viel Kaffee. Saß an der Theke des kleinen Restaurants, das zum Motel gehört, und trank Kaffee, bis ich anfing, vom Barhocker zu schweben. Mein Magen war voller Säure, ich mußte aufhören. Ging zurück in mein Zimmer. Jedesmal, wenn ich begann einzunicken, bin ich aufgestanden und spazierengegangen. Doch das war sinnlos. Ich konnte nicht ewig wachbleiben. Ich war dabei, aus den Fugen zu geraten. Brauchte etwas Ruhe. Also ging ich an diesem Abend um kurz nach acht ins Bett, schlief augenblicklich ein und bin erst um halb fünf Uhr am nächsten Morgen aufgewacht.«

»Samstagmorgen.«

»Ja.«

»Und alles war in Ordnung?« erkundigte sich Bobby.

»Zumindest war da kein Blut. Aber etwas anderes.«

Sie warteten.

Pollard leckte sich die Lippen, nickte, als müsse er sich seine Bereitwilligkeit weiterzusprechen, selbst bestätigen. »Sehen Sie, ich bin in meinen Boxershorts zu Bett gegangen ... Aber als ich aufwachte, war ich komplett angezogen.«

»Also sind Sie schlafgewandelt und haben sich im Schlaf angezogen«, warf Julie ein.

»Aber ich hatte die Kleidung, die ich trug, nie vorher gesehen.«

Julie schaute verblüfft drein. »Wie bitte?«

»Es waren nicht die Klamotten, die ich anhatte, als ich vor zwei Nächten diese Gasse verließ, und es waren auch nicht die, die ich am Donnerstagmorgen im Einkaufszentrum gekauft hatte.«

»Wem gehörten sie?« fragte Bobby.

»Oh, es müssen meine sein«, erklärte Pollard, »weil sie mir einfach zu gut paßten, als daß sie irgend jemand anderem hätten gehören können. Sie paßten hervorragend. Sogar die Schuhe paßten genau. Ich kann mir nicht vorstellen, daß ich jemandem sonst etwas zum Anziehen hätte klauen können, was mir so großartig paßt.«

Bobby rutschte vom Tisch und begann, hin und her zu marschieren. »Was wollen Sie damit sagen? Daß Sie das

Hotel in Ihrer Unterwäsche verlassen haben, in irgendeinen Laden gegangen sind, Klamotten gekauft haben, und daß niemand wegen Ihres unsittlichen Aufzugs protestiert oder Ihnen deshalb wenigstens Fragen gestellt hat?«

Pollard schüttelte den Kopf. »Ich weiß nicht«, sagte er.

»Er könnte sich in seinem Zimmer angezogen haben, während er schlafwandelte«, meinte Clint Karaghlosis, »dann ausgegangen sein, andere Sachen gekauft und die anbehalten haben.«

»Aber warum sollte er so etwas tun?« fragte Julie.

Clint zuckte mit den Schultern. »Ich dachte nur, das sei eine plausible Erklärung.«

»Mister Pollard«, sagte Bobby, »warum hätten Sie so etwas tun sollen?«

»Ich weiß nicht.« Pollard hatte diese drei Worte so oft benutzt, daß sie abgenutzt klangen. Jedesmal, wenn er sie wiederholte, klangen sie sanfter und benommener als vorher. »Ich glaube nicht, daß ich das getan habe. Es hört sich nicht plausibel an – als Erklärung meine ich. Außerdem war es nach acht, als ich in dem Motel einschlief. Ich hätte es wohl kaum geschafft, wieder aufzustehen, auszugehen und die Sachen noch vor Ladenschluß zu kaufen.«

»Manche Läden sind bis zehn Uhr geöffnet«, widersprach Clint.

»Gelegenheit macht Diebe«, meinte Bobby.

»Ich glaube nicht, daß ich nach Ladenschluß in einem Geschäft eingebrochen bin«, sagte Pollard. »Oder die Sachen gestohlen habe. Ich glaube nicht, daß ich ein Dieb bin.«

»Wir wissen, daß Sie kein Dieb sind«, sagte Bobby.

»Das wissen wir keineswegs«, widersprach Julie in scharfem Ton.

Bobby und Clint sahen sie an, aber Pollard starrte nach wie vor auf seine Hände, zu schüchtern oder zu verwirrt, um sich zu verteidigen.

Sie fühlte sich wie ein Trampeltier, seine Ehrlichkeit angezweifelt zu haben. Was Quatsch war. Sie wußten nichts über ihn. Verdammt, wenn er die Wahrheit sagte, wußte er selbst nichts über sich.

»Hört zu«, fuhr Julie fort, »hier geht es nicht darum, ob er die Sachen gekauft oder gestohlen hat. Ich kann mir beides nicht erklären. Zumindest nicht nach allem, was wir bislang wissen. Es ist einfach zu verrückt – der Mann geht in seiner Unterwäsche in ein Einkaufszentrum, einen Billigladen oder sonstwohin, kleidet sich neu ein, während er schlafwandelt. Könnte er all das tun, ohne aufzuwachen – oder ohne anderen Menschen wach zu erscheinen? Ich glaube das nicht. Ich habe keine Ahnung vom Schlafwandeln, aber wenn wir da Recherchen einholen, werden wir – da bin ich ganz sicher – herausfinden, daß so etwas schlicht unmöglich ist.«

»Natürlich geht es nicht nur um die Anziehsachen«, sagte Clint.

»Nein, nicht nur die Anziehsachen«, stimmte Pollard zu. »Als ich aufwachte, stand da eine große Papiertüte neben meinem Bett. Eine von den Tüten, die man im Supermarkt erhält, wenn man keine aus Plastik will. Ich habe hineingesehen, und sie war voller – Geld. Noch mehr Banknoten.«

»Wieviel?« fragte Bobby.

»Ich weiß nicht. Eine Menge.«

»Sie haben's nicht gezählt?«

»Ich habe es in dem Motel gelassen, in dem ich jetzt wohne, dem neuen. Ich bin immer unterwegs. Aber egal, Sie können es später zählen, wenn Sie mögen, denn ich kann nicht mal mehr die simpelsten Rechenaufgaben ausführen. Sicher, das hört sich verrückt an, aber so ist's nun mal. Ich konnte es nicht zusammenzählen. Ich versuch's immer wieder, aber – Zahlen bedeuten mir einfach nicht mehr viel, ich kapier' sie nicht mehr.« Er senkte den Kopf und verbarg das Gesicht in den Händen.

»Zuerst habe ich mein Gedächtnis verloren. Jetzt verliere ich wichtige Fähigkeiten wie Rechnen. Ich habe das Gefühl, als ob . . . als ob ich auseinanderfiele, mich auflöste, bis gar nichts mehr von mir übrig ist, nur noch ein Körper, kein Gedächtnis, kein Verstand – alles weg.«

»Dazu wird es nicht kommen, Frank«, tröstete Bobby. »Wir werden das nicht zulassen. Wir werden herausfinden, wer Sie sind und was das alles bedeutet.«

»Bobby«, sagte Julie warnend.

»Hmm?« Er lächelte verlegen.

Sie stand von ihrem Schreibtisch auf und ging zum Waschraum.

»Ach, verdammt.« Bobby folgte ihr, schloß die Tür und schaltete den Abluftventilator ein. Julie, wir *müssen* dem armen Kerl helfen.«

»Der Mann leidet offensichtlich unter dem, was man Verlassen der gewohnten Umgebung im Dämmerzustand nennt. Er tut all diese Dinge, wenn er einen Blackout hat. Ja, er steht mitten in der Nacht auf, aber er ist kein Schlafwandler. Er ist wach, munter, aber in einem Dämmerzustand, ist sich nicht bewußt, was er tut. Er könnte stehlen, morden – und sich an überhaupt nichts erinnern.«

»Julie, ich wette mit dir, daß das Blut an seinen Händen sein eigenes war. Möglicherweise hat er Blackouts, wie immer du es auch nennen willst, aber er ist kein Mörder. Um wieviel willst du wetten?«

»Und du behauptest immer noch, daß er kein Dieb ist? Er wacht regelmäßig neben Taschen voller Geld auf, weiß nicht, wo er es her hat, aber er ist kein Dieb? Vielleicht glaubst du ja, daß er das Geld während seiner Amnesiephasen fälscht? Nein, ich bin sicher, du hältst ihn für zu nett, um ein Geldfälscher zu sein.«

»Hör zu«, suchte er sie zu beruhigen, »manchmal müssen wir uns auf unseren Instinkt verlassen, und mein Instinkt sagt mir, daß Frank ein guter Kerl ist. Sogar Clint ist dieser Meinung.«

»Griechen sind bekanntermaßen gesellig. Sie mögen jedermann.«

»Willst du damit sagen, daß Clint ein typischer griechischer Gesellschaftslöwe ist? Sprechen wir von demselben Clint? Nachname – Karaghiosis? Dem Kerl, der aussieht, als sei er aus Beton, und der ungefähr so oft lächelt wie die Indianerstatuen vor einem Tabakladen?«

Das Licht im Waschraum war zu grell. Es knallte ihnen aus dem Spiegel, dem weißen Waschbecken, den weißen Wänden und den weißen Keramikfliesen entgegen. Dank des blendenden Lichts und Bobbys gutmütiger, aber dennoch eiserner Entschlossenheit, Pollard zu helfen, bekam Julie Kopfweh.

Sie schloß die Augen. »Pollard ist mitleiderregend«, gab sie zu.

»Möchtest du jetzt wieder reingehen und hören, was er noch zu sagen hat?«

»Okay. Aber sag ihm verdammt noch mal nicht, daß wir ihm helfen werden, bis wir alles gehört haben. Versprich es.«

Sie gingen ins Büro zurück.

Der Himmel sah jetzt nicht mehr aus wie kaltes, verschmortes Metall. Er war dunkler als vorher und aufgewühlt, milchig. Obwohl sich am Boden nur ein ganz leichtes Lüftchen regte, waren in größeren Höhen augenscheinlich stärkere Winde am Werk, denn von der See her wurden dichte, schwarze Gewitterwolken mit gewaltiger Geschwindigkeit ins Inland geweht.

Wie Metallspäne, die von Magneten angezogen werden, hatten sich in einigen Ecken Schatten aufgehäuft. Julie griff nach dem Schalter, um die Leuchtstoffröhren an der Decke einzuschalten. Dann sah sie, daß Bobby mit offensichtlichem Vergnügen die sanft strahlenden, blanken Messingoberflächen der Lampen ansah und bewunderte, wie die Beistelltische aus poliertem Eichenholz und der Couchtisch in dem warmen schmeichelnden Licht glänzten, und sie knipste den Schalter nicht an.

Sie saß wieder hinter ihrem Schreibtisch. Bobby hockte sich auf die Ecke, ließ die Beine baumeln.

Clint schaltete den Kassettenrecorder wieder ein, und Julie sagte: »Frank . . . Mister Pollard, bevor Sie mit Ihrer Geschichte fortfahren, möchte ich, daß Sie einige Fragen beantworten, die mir wichtig sind. Trotz des Bluts an Ihren Händen und der Kratzer glauben Sie, Sie seien unfähig, jemandem etwas anzutun?«

»Ja, außer vielleicht in Notwehr.«

»Und Sie glauben auch nicht, daß Sie ein Dieb sind?«

»Nein. Kann ich nicht . . . Ich kann mir nicht vorstellen, daß ich ein Dieb bin, nein.«

»Warum haben Sie dann nicht die Polizei um Hilfe gebeten?«

Er schwieg. Er umklammerte die offene Reisetasche auf seinem Schoß und starrte hinein, als hätte Julie mit ihm über deren Inhalt gesprochen.

»Denn wenn Sie *wirklich* sicher sind, in jeder Beziehung ein unbescholtener Bürger zu sein, ist die Polizei am besten ausgerüstet, Ihnen zu helfen«, fuhr sie fort, »herauszufinden, wer Sie sind und wer Sie verfolgt. Wissen Sie, was ich glaube? Ich glaube, Sie sind sich Ihrer Unschuld keineswegs so sicher, wie Sie vorgeben. Sie wissen, wie man ein Auto kurzschließt, und obwohl jeder, der ein bißchen mehr von Autos versteht, das tun könnte, ist es zumindest ein Hinweis auf kriminelle Erfahrung. Und dann ist da das Geld, all das Geld, taschenweise. Sie können sich nicht erinnern, irgendwelche Verbrechen begangen zu haben, doch in Ihrem tiefsten Inneren sind Sie überzeugt, Sie hätten genau das getan, deshalb haben Sie Angst, zur Polizei zu gehen.«

»Das ist zum Teil richtig«, gab er zu.

»Sie verstehen hoffentlich, daß wir, wenn wir Ihren Fall übernehmen und Beweise dafür finden, daß Sie ein Verbrechen begangen haben, diese Informationen an die Polizei weitergeben müssen«, erklärte sie.

»Natürlich. Aber ich habe mir gesagt, daß die Bullen, wenn ich zuerst zu ihnen gehe, nicht mal nach der Wahrheit suchen werden. Sie würden mich wegen irgend etwas für schuldig befinden, noch bevor ich meine Geschichte zu Ende erzählt hätte.«

»Und das würden *wir* natürlich nicht tun«, sagte Bobby, drehte sich um und warf Julie einen bedeutungsvollen Blick zu.

»Statt mir zu helfen, würden sie nur nach ein paar ungelösten Fällen aus der letzten Zeit suchen und sie mir anhängen«, verteidigte sich Pollard.

»So arbeitet die Polizei nicht«, versicherte ihm Julie.

»Natürlich tut sie das«, sagte Bobby boshaft. Er rutschte vom Schreibtisch und begann, wieder auf und ab zu gehen – immer von dem Onkel-Dagobert- Poster zu dem von Mickey Mouse. »Haben wir im Fernsehen nicht Tausende von Malen gesehen, daß sie genau das tun? Haben wir nicht alle Hammett und Chandler gelesen ... ?«

»Mister Pollard«, unterbrach Julie, »ich war selbst einmal Polizeibeamtin ...«

»Ausnahmen bestätigen die Regel«, warf Bobby ein. »Frank, wären Sie zur Polizei gegangen, dann wären Ihre Personalien aufgenommen und Sie wären vor Gericht gestellt, für schuldig erklärt und inzwischen bestimmt längst zu tausend Jahren verurteilt worden.«

»Es gibt da einen noch wichtigeren Grund, warum ich nicht zur Polizei gehen kann. Da könnte ich mich genauso gut gleich an die Öffentlichkeit wenden. Die Presse würde möglicherweise Wind erhalten und ganz wild darauf sein, eine Geschichte über diesen armen Kerl zu bringen, der Amnesie und Taschen voller Bargeld hat. Dann würde er wissen, wo er mich finden kann. Das Risiko kann ich nicht eingehen.«

»Wer ist ›er‹, Frank?« fragte Bobby.

»Der Mann, der mich in dieser Nacht gejagt hat.«

»So, wie Sie es sagten, glaubte ich, Sie hätten sich an seinen Namen erinnert, hätten einen bestimmten Kerl im Sinn.«

»Nein, ich weiß nicht, wer er ist. Ich bin nicht einmal völlig sicher, *was* er ist. Aber ich weiß, er wird wieder hinter mir her sein, wenn er erfährt, wo ich bin. Also kann ich mich nicht so weit herauswagen.«

Vom Sofa erklang Clints Stimme: »Ich sollte wohl jetzt das Band umdrehen.«

Sie warteten, während er die Kassette aus dem Recorder holte.

Obwohl es erst drei Uhr war, war der Tag voll im Griff einer falschen Abenddämmerung, die man kaum von der echten unterschieden konnte. Die Brise am Boden bemühte sich, mit dem Wind zu konkurrieren, der die Wolken in größerer Höhe vorantrieb. Von Westen wälzte sich eine dünne Nebelwand heran, die nichts von der Trägheit an sich hatte, mit der Nebel sich gewöhnlich vorwärtsbewegten. Der Dunstschleier wirbelte und schäumte auf und brachte die milchige Masse in Fluß, die im Begriff schien, die Erde mit den Gewitterwolken da oben zu verschmelzen.

Nachdem Clint den Recorder wieder in Gang gesetzt hatte, fragte Julie: »Frank, ist das das Ende Ihrer Geschichte? Als Sie am Samstagmorgen aufwachten, die neuen Sachen trugen und die Papiertasche mit dem Geld neben Ihrem Bett fanden?«

»Nein. Es war nicht das Ende.« Er hob den Kopf, schaute sie aber nicht an. Er starrte an ihr vorbei, in den trüben Tag hinaus, der hinter den Fenstern lag. Nein, eigentlich schien er etwas zu betrachten, das viel weiter weg war als Newport Beach. »Möglicherweise hört es ja niemals auf.«

Dann holte er aus der zweiten Reisetasche, aus der er bereits das blutbesudelte Hemd und den Beutel mit dem schwarzen Sand gezogen hatte, ein Halbliter-Einmachglas, eines von der Art, in dem man Obst und Gemüse konserviert. Es hatte einen robusten Metallbügel, mit dem der Glasdeckel auf dem Gummi festgehalten wurde. Das Glas war mit offenbar rohen, ungeschliffenen, trüb strahlenden Edelsteinen gefüllt. Einige schienen mehr zu glänzen als andere, sie sprühten und funkelten.

Frank öffnete den Deckel, kippte das Glas und goß einen Teil seines Inhalts auf die Preßholzplatte des Schreibtischs, die ein helles Holz vortäuschen sollte.

Julie beugte sich vor.

Bobby trat näher, um sich die Steine etwas genauer anzusehen.

Die weniger ungleichmäßigen Steine waren rund, oval, tropfen- oder rautenförmig, einige der Flächen waren leicht gekrümmt, sanft gewölbt, und manche waren natürlich facettiert, hatten viele scharfe Kanten. Dann gab es richtige Klumpen, ungleichmäßig, ausgezackt, mit vielen Einschüssen. Manche waren so groß wie dicke Weintrauben, andere erbsenklein. Alle waren rot, obwohl es sich um verschiedene Abstufungen handelte. Das Licht brach sich in ihnen. Es sah aus, als glitzere ein scharlachroter Teich auf der hellen Oberfläche des Schreibtischs. Die Prismen der Steine zerlegten das diffuse Licht der Lampen und warfen funkelnde, blutrote Speere an die Decke und an eine Wand, ließen die Akustik- und Steinplatten aussehen, als seien sie von leuchtend strahlenden Wunden übersät.

»Rubine?« erkundigte sich Bobby.

»Sie sehen nicht aus wie Rubine«, meinte Julie. »Was für Steine sind es, Frank?«

»Ich weiß nicht. Möglicherweise sind sie nicht mal etwas wert.«

»Woher haben Sie die Steine?«

»Samstagnacht konnte ich nicht richtig schlafen. Immer nur ein paar Minuten. Ich habe mich hin und her geworfen, bin wieder aufgeschreckt, kaum war ich einmal eingedämmert. Angst zu schlafen. Und auch am Sonntagnachmittag habe ich kein Nickerchen gemacht. Aber gestern abend war ich dann so erschöpft, daß ich die Augen nicht mehr aufhalten konnte. Ich schlief angezogen ein, und als ich heute morgen aufwachte, waren meine Hosentaschen voll mit diesen Dingern.«

Julie pickte sich einen der glänzenderen Steine aus dem Häufchen heraus, hielt ihn vor ihr rechtes Auge und betrachtete ihn im Licht der Tischlampe. Obwohl ungeschliffen, waren Farbe und Reinheit außergewöhnlich. Möglicherweise waren es, wie Frank angedeutet hatte, nur Halbedelsteine, doch sie vermutete, daß es sich um Steine von erheblichem Wert handelte.

»Warum bewahren Sie sie in einem Einmachglas auf?« fragte Bobby.

»Weil ich ohnehin eins kaufen mußte – für *dies* hier«, erwiderte Frank.

Dabei holte er aus der Reisetasche ein zweites Einmachglas. Es war größer und faßte wohl einen Liter. Er stellte es auf den Schreibtisch.

»Julie beugte sich vor, um es anzusehen und war so verblüfft, daß sie den Edelstein fallen ließ, den sie gerade untersucht hatte. Ein Insekt, fast so groß wie ihre Hand, lag in dem Glasbehälter. Obwohl es einen Rückenpanzer wie ein Käfer hatte – pechschwarz mit einer blutroten Musterung am ganzen Außenrand entlang –, ähnelte das Ding innerhalb des Rückenschildes mehr einer Spinne als einem Käfer. Es hatte die acht robusten, haarigen Beine einer Tarantel.

»Was, verflixt noch mal, ist das?« Bobby zog eine Grimasse. Er litt unter einer leichten Entomophobie, hatte Angst vor Insekten. Wann immer er ein Insekt sah, das größer war als eine Hausfliege, rief er nach Julie. Sie mußte es fangen oder erschlagen, während er ihr aus sicherer Entfernung zuschaute.

»Lebt es?« erkundigte sich Julie.

»Nicht mehr«, erklärte Frank.

Unter dem Schild des Dings traten zu beiden Seiten des Kopfes zwei Beine wie Mini-Hummerscheren heraus. Sie unterschieden sich jedoch von denen der Krustentiere dadurch, daß ihre Kneifzangen weit gelenkiger und stärker ausgeprägt waren. Julie erinnerten sie irgendwie an Hände mit vier gekrümmten Chitinsegmenten, die an der Basis mit Gelenken versehen waren. Die Kanten waren bösartig ausgezackt wie bei einer Säge.

»Wenn dieses Ding Ihren Finger erwischt hätte«, sagte Bobby, »hätte es ihn gewiß mit Leichtigkeit abzwicken können. Sie sagten, es sei am Leben gewesen, Frank?

»Als ich heute morgen aufwachte, krabbelte es über meine Brust.«

»Du lieber Himmel!« Bobby erbleichte sichtlich.

»Es kroch nur schleppend, sehr träge.«

»Tatsächlich? Nun, es sieht aus, als sei es so flink wie eine verdammte Küchenschabe.«

»Ich denke, es starb bereits«, sagte Frank. »Ich schrie, schnippte es weg. Es lag einfach auf dem Boden, lag auf dem Rücken, bewegte die Beine nur noch ganz schwach, lediglich ein paar Sekunden lang, dann war es still. Ich zog eines der Kopfkissen ab, schubste das Ding in den Bezug und knotete ihn so fest zu, daß es nicht hätte rauskrabbeln können, wenn es doch am Leben sein sollte. Dann entdeckte ich die Edelsteine in meinen Taschen, also kaufte ich zwei Einmachgläser – eins für den Käfer. Und er hat sich nicht bewegt, seit ich ihn da reinbugsiert habe, also nehme ich an, er ist tot. Haben Sie schon mal so etwas gesehen?«

»Nein«, sagte Julie.

»Gott sei Dank, nicht«, bestätigte Bobby. Er beugte sich nicht über das Glas, um sich das Ding näher anzusehen. Das überließ er Julie. Er selbst trat ein paar Schritte von dem Schreibtisch zurück, als hielte er es für möglich, daß sich das Kriechtier in Sekundenschnelle durch das Glas hindurchfressen könnte.

Julie nahm das Glas in die Hand und drehte es so, daß sie dem Käfer ins Gesicht sehen konnte. Sein satinschwarzer Kopf war fast so groß wie eine Pflaume und halb unter dem Rückenpanzer verborgen. Die trübgelben Facettenaugen saßen hoch an den Seiten des Gesichts, und neben ihnen gab es jeweils zwei Erhöhungen, die ebenfalls Augen zu sein schienen. Sie waren wohl um ein Drittel kleiner als die über ihnen liegenden und von einem rötlichen Blau. Seltsame Muster aus kleinen Löchern, ein halbes Dutzend dornenähnliche Auswüchse und drei Büschel seidigglänzender Haare markierten die sonst glatte, schimmernde Oberfläche des scheußlichen Antlitzes.

Der kleine Mund, jetzt geöffnet, war nur eine kreisrunde Öffnung, in der sie mehrere Ringe winziger, aber scharfer Zähne erkennen konnte.

»In was auch immer ich da verstrickt bin«, sagte Frank, der wie hypnotisiert den Inhalt des Glases anstarrte, »es ist eine schlimme Sache. Es ist ein wirklich böses Ding, und ich habe Angst.«

Bobby zuckte zusammen. »Böses Ding . . .«, wiederholte er nachdenklich. Er sprach mehr zu sich selbst als zu den anderen.

Julie stellte das Glas ab. »Frank, wir übernehmen Ihren Fall«, verkündete sie.

»Okay«, sagte Clint und schaltete den Recorder aus.

Bobby drehte sich abrupt um, ging in Richtung Waschraum und sagte: Julie, ich muß dich einen Moment allein sprechen.«

Zum drittenmal betraten sie gemeinsam den Waschraum, schlossen die Tür hinter sich und schalteten den Ventilator ein.

Bobbys Gesicht war grau und erinnerte an eine stark schraffierte Bleistiftzeichnung, sogar seine Sommersprossen hatten ihre Farbe verloren. Seine gewöhnlich lustigen blauen Augen waren jetzt überhaupt nicht mehr lustig.

»Bist du verrückt geworden?« fragte er. »Du hast ihm gesagt, wir übernähmen seinen Fall.« Julie schaute ihn verblüfft an. »Aber das wolltest du doch.«

»Nein.«

»Ach! Dann habe ich mich wohl verhört. Muß zuviel Wachs in meinen Ohren haben. Hart wie Zement.«

»Er ist vermutlich ein Irrer, gefährlich.«

»Ich sollte wohl lieber zum Arzt gehen, mir die Ohren einmal richtig durchblasen lassen.«

»Diese wilde Geschichte, die er sich da ausgedacht hat, nur um ...«

Sie hob warnend eine Hand und unterbrach seinen Redefluß. »Nun mal halblang, Bobby. Diesen Käfer hat er sich nicht ausgedacht. Was ist das für ein Ding? Ich habe niemals auch nur ein Foto von irgendwas gesehen, das ihm ähnelt.«

»Was ist mit dem Geld? Er muß es gestohlen haben.«

»Frank ist kein Dieb.«

»Was ... Hast du diese Weisheit vom lieben Gott? Denn es gibt niemanden sonst, der das wissen könnte. Du kennst Pollard erst knapp eine Stunde.«

»Du hast recht«, erwiderte sie. »Der liebe Gott hat's mir geflüstert. Und Gott höre ich immer zu, denn wenn man Ihm nicht zuhört, wird Er uns mit größter Wahrscheinlichkeit eine Heuschreckenplage schicken oder unser Haar mit einem Blitzschlag entflammen. Hör zu, Frank ist so einsam, so entwurzelt. Er tut mir leid. Okay?«

Er starrte sie an und kaute einen Moment lang auf seiner blutleeren Unterlippe.

»Wir arbeiten so gut zusammen, weil wir einander ergänzen«, erwiderte er schließlich.

»Du hast Stärken, wo ich Schwächen habe, und ich habe Stärken, wo du Schwächen hast. Es gibt viele Gebiete, auf denen wir nicht die geringste Ähnlichkeit haben, doch wir gehören zusammen, weil wir zusammenpassen wie die einzelnen Teile eines Puzzles.«

»Komm zur Sache.«

»Ein Gebiet, auf dem wir uns unterscheiden, uns aber ergänzen, ist unsere Motivation. Das paßt mir in den

Kram, weil es mir einen Riesenspaß bereitet, Menschen zu helfen, die ohne eigene Schuld in Schwierigkeiten geraten sind. Ich mag es, wenn das Gute siegt. Hört sich nach dem Helden in einem Comic an, aber ich empfinde nun mal so. Du dagegen beziehst deine Motivation in erster Linie daraus, den bösen Buben den Garaus zu machen. Ja, sicher, ich finde es auch richtig, wenn die bösen Buben am Boden liegen und winseln. Aber für mich ist das nicht so wichtig wie für dich. Und natürlich bist du auch froh, wenn du unschuldigen Menschen helfen kannst, doch bei dir steht das erst an zweiter Stelle. Vermutlich weil du immer noch dabei bist, mit der Wut wegen des Mordes an deiner Mutter fertigzuwerden.«

»Bobby, wenn ich eine Psychoanalyse will, gehe ich in einen Raum, in dem das Haupteinrichtungsstück eine Couch ist – keine Toilette.«

Ihre Mutter war bei einem Banküberfall als Geisel genommen worden, als Julie zwölf war. Die beiden Täter waren voll von Amphetaminen gewesen, doch an gesundem Menschenverstand und Mitgefühl hatte es ihnen total gemangelt. Bevor alles vorbei war, waren fünf der sechs Geiseln tot, und Julies Mutter war nicht die glückliche gewesen.

Bobby wandte sich zum Spiegel und schaute ihr Spiegelbild an, als sei es ihm unangenehm, ihr direkt in die Augen zu sehen. »Ich will damit sagen – du verhältst dich plötzlich so wie ich mich normalerweise, und das ist nicht gut, das zerstört das Gleichgewicht, die Harmonie unserer Geschäftsbeziehung, denn es war diese Harmonie, die uns am Leben gehalten hat, die unseren Erfolg bedingte und uns am Leben hielt. Du willst diesen Fall übernehmen, weil du fasziniert bist, weil er deine Phantasie anregt und weil du Frank helfen möchtest, er ist ja *so* bemitleidenswert. Wo bleibt deine übliche Wut, deine

Empörung? Ich sag' dir, wo sie ist. Du empfindest sie nicht, weil es – im Augenblick jedenfalls – keinen bösen Buben gibt, der sie auslösen könnte. Okay, da ist der Bursche, von dem er behauptet, er hätte ihn in jener Nacht gejagt, aber wir wissen nicht mal, ob es ihn wirklich gibt, oder ob er nur Franks Phantasie entsprungen ist. Da es ganz offensichtlich keinen bösen Buben gibt, auf den du deine Wut konzentrieren kannst, müßte ich eigentlich derjenige sein, der dich Schritt für Schritt in diesen Fall hineinzuziehen sucht. Und das habe ich auch bislang getan, doch jetzt bist du plötzlich diejenige, die diesen Part übernommen hat, und das beunruhigt mich. So sollte es nicht sein.«

Sie ließ ihn weitermeckern, während sie sich beide im Spiegel in die Augen sahen, und als er schließlich fertig war, sagte sie: »Nein, das ist nicht das, worum es dir geht.«

»Wie meinst du das?«

»Ich meine, daß alles, was du gesagt hast, nur Rauch ist. Was bedrückt dich wirklich, Robert?«

Mit festem Blick schaute er ihrem Spiegelbild in die Augen, als könne er sie so zum Schweigen bringen.

Sie lächelte. »Nun mal los. Erzähl's mir. Wir hatten niemals Geheimnisse voreinander.«

Der Bobby-im-Spiegel sah aus wie eine schlechte Imitation des echten Bobby Dakota. Der wirkliche Bobby, ihr Bobby, war voller Lebensfreude und Energie. Der Bobby-im-Spiegel hatte graue Haut, einen fast verbissenen Gesichtsausdruck. Seine Vitalität war von Sorgen weggeschwemmt worden.

»Robert?« half sie ihm energisch auf die Sprünge.

»Erinnerst du dich an den letzten Donnerstag? Als wir aufwachten?« fragte er. »Die Santa Anas wehten. Wir liebten uns.«

»Ich erinnere mich.«

»Und unmittelbar, nachdem wir uns geliebt hatten ... Da hatte ich dieses eigenartige, dieses entsetzliche Gefühl, daß ich dich verlieren würde, daß da draußen im Sturm irgend etwas sei ... etwas, das dich von mir wegholen würde.«

»Das hast du mir später erzählt, bei Ozzie's, als wir uns über Musicboxen unterhielten. Doch der Sturm ist vorüber, und nichts und niemand hat mich geholt. Ich bin hier.«

»In derselben Nacht, Donnerstagnacht also, hatte ich einen Alptraum, er war so verdammt lebensecht, wie du ihn dir nur vorstellen kannst.« Er erzählte ihr von dem kleinen Haus am Strand, von der Jukebox, die im Sand stand, der donnernden inneren Stimme – DAS BÖSE DING KOMMT, DAS BÖSE DING, DAS BÖSE DING! – und von der ätzenden See, die sie beide verschlungen, ihr Fleisch zerfressen und die blanken Knochen in dunkle Tiefen hinuntergezogen hatte.

»Das hat mich erschüttert. Du kannst dir nicht vorstellen, wie *lebensecht* es war. Hört sich verrückt an, aber ... Dieser Traum war fast realer als das wirkliche Leben. Als ich aufwachte, war ich so verängstigt wie noch nie in meinem Leben. Du hast geschlafen, und ich habe dich nicht geweckt. Ich habe dir auch später nichts davon erzählt, weil ich keinen Grund sah, dich zu beunruhigen und weil ... Nun, weil ich's kindisch finde, einem Traum so viel Gewicht beizumessen. Der Alptraum hat sich nicht wiederholt. Aber seit damals – Freitag, Samstag, gestern – gab es Momente, in denen mich eine seltsame Furcht schüttelte, und dann denke ich jedesmal, daß da irgendein böses Ding, irgendeine schlimme Sache passieren wird, die dich wegholt. Und gerade eben, draußen im Büro, sagte Frank, er sei in eine schlimme Sache verstrickt, ein wirklich böses Ding, so hat er sich ausgedrückt, und für mich ergab sich da prompt die Verbindung. Julie, möglicherweise ist dieser Fall ja die schlimme Sache, von der ich geträumt habe. Vielleicht sollten wir ihn lieber nicht übernehmen.«

Sie starrte den Bobby-im-Spiegel einen Moment an und fragte sich, wie sie ihn wohl beruhigen könne. Schließlich entschloß sie sich, mit ihm so umzugehen, wie Bobby im umgekehrten Fall mit ihr umgehen würde. Da sie die Rollen nun mal getauscht hatten, war das nur recht und billig. Bobby würde nicht versuchen, sie mit Logik und Vernunft zu ködern – das waren ihre Waffen –, sondern mit Charme und Humor versuchen, ihr die Angst zu nehmen.

Statt direkt auf seine Sorgen einzugehen, sagte sie: »Da wir nun mal dabei sind, uns alles von der Seele zu reden – weißt du eigentlich, was mich stört? Die Art, in der du manchmal, wenn wir mit zukünftigen Klienten verhandeln, auf meinem Schreibtisch hockst. Bei einigen Klienten könnte es durchaus sinnvoll sein, wenn *ich* auf dem Schreibtisch säße, einen kurzen Rock trüge und etwas Bein zeigte, denn ich habe schöne Beine, auch wenn ich das selbst sagen muß. Doch du trägst niemals Röcke, weder kurz noch sonstwie, und außerdem sind deine Beine nicht gerade wohlgeformt.«

»Wer spricht hier über Schreibtische?«

»Ich«, entgegnete sie, wandte sich von dem Spiegel ab und schaute ihn direkt an. »Wir haben sieben Zimmer gemietet statt acht, um Geld zu sparen, und nachdem wir alle Angestellten beisammen hatten, blieb für uns beide nur noch ein einziges Büro, was ja auch in Ordnung ist. In dem Raum gäbe es genug Platz für zwei Schreibtische, doch du sagst, du willst keinen. Schreibtische findest du zu steif, zu förmlich. Alles, was du brauchst, so sagst du, ist eine Couch, auf der du beim Telefonieren liegen kannst, doch wenn uns Klienten besuchen, sitzt du immer auf meinem Schreibtisch.«

»Julie . . .«

»Preßholz ist hart, die Oberfläche ist fast unempfindlich, aber früher oder später wird sie einen Abdruck deines Hinterns tragen, wenn du weiterhin soviel Zeit auf meinem Schreibtisch verbringst.«

Weil sie nicht länger in den Spiegel schaute, hatte er sich ebenfalls von ihm abwenden müssen, um sie anzusehen. »Hast du eigentlich nicht zugehört, als ich dir von meinem Traum erzählte?«

»Versteh mich nicht falsch. Du hast einen niedlichen Po, Bobby, aber ich möchte seinen Abdruck trotzdem nicht auf meinem Schreibtisch. Die Stifte würden ja ständig in die Mulde rollen. Der Staub könnte sich darin sammeln.«

»Was ist hier eigentlich los?«

»Ich wollte dich nur warnen, daß ich überlege, ob ich die Platte nicht verkabeln lassen sollte, so daß ich den Schreibtisch durch ein einziges Umlegen des Schalters unter Strom setzen kann. Wenn du dann auf ihm sitzt, wirst du erfahren, wie einer Fliege zumute ist, wenn sie sich auf einem dieser elektrischen Fliegenfänger niederläßt.«

»Du spielst die Schwierige, Julie. Warum tust du das?«

»Frustration. Es gab letztlich keine bösen Buben, die ich schnappen und fertigmachen mußte. Da bin ich gereizt.«

»He, warte mal. Du spielst gar nicht die Schwierige.«

»Natürlich nicht.«

»Du spielst *mich*!«

»Genau.« Sie küßte ihn auf die rechte Wange und gab

ihm einen Klaps auf die linke. »Laß uns jetzt wieder rausgehen und den Fall übernehmen.«

Sie öffnete die Tür und verließ den Waschraum.

»Ich freß' einen Besen«, sagte Bobby amüsiert und folgte ihr ins Büro.

Frank Pollard sprach leise mit Clint, schwieg aber augenblicklich und schaute hoffnungsvoll auf, als sie eintraten.

In den Ecken türmten sich Schatten wie Mönche in einem Kloster, und der bernsteinfarbene Schein der drei Lampen erinnerte sie irgendwie an das funkelnde und geheimnisvolle Licht einer Reihe von geweihten Kerzen in einer Kirche.

Das Häufchen aus scharlachroten Edelsteinen glänzte immer noch auf dem Schreibtisch.

Der Käfer, im Tod zusammengekrümmt, war immer noch in dem Einmachglas.

»Hat Clint Ihnen unsere Preisstaffelung erklärt?« fragte sie Pollard.

»Ja.«

»Okay. Zusätzlich werden wir für notwendige Auslagen zehntausend Dollar Vorschuß brauchen.«

Draußen verunstalteten Blitze die Bäuche der Wolken. Der trübe Himmel barst, und kalte Regentropfen knallten gegen die Fensterscheiben.

26

Violet war seit mehr als einer Stunde wach, und fast in dieser ganzen Zeit war sie ein Falke gewesen, war weit oben durch die Luft gesaust und dann und wann niedergestoßen, um Beute zu machen. Das weite Himmelszelt war ihr fast ebenso vertraut wie dem Raubvogel, in dessen Körper sie sich häuslich niedergelassen hatte. Sie nutzte die Thermik, um zu gleiten, die Luft leistete den schnittigen Außenkanten ihrer Flügel kaum Widerstand. Über ihr waren nur die sich senkenden grauen Wolken, und unter ihr kauerte sich – spielzeugklein – die Erde zusammen.

Sie war sich jedoch auch des schattigen Schlafzimmers bewußt, in dem ihr Körper und ein Teil ihres Geistes zurückgeblieben waren. Violet und Verbina schliefen gewöhnlich tagsüber, denn die Nacht zu verschlafen, würde bedeuten, den besten Teil des Tages zu vergeuden. Sie teilten sich in einem der Räume im zweiten Stock ein Doppelbett. Und sie lagen nie mehr als eine Armlänge voneinander entfernt, wenn sie nicht – wie meist – ineinander verschlungen waren.

An diesem Montagnachmittag schlief Verbina noch, nackt, auf dem Bauch liegend, den Kopf von ihrer Schwester abgewandt. Gelegentlich murmelte sie etwas in ihr Kopfkissen. Es waren keine Wörter. Ihre warme

Flanke preßte sich gegen Violet. Selbst dann, wenn Violet in dem Falken war, war sie sich der Körperwärme, der glatten Haut, des rhythmischen Atmens, schläfrigen Murmelns und charakteristischen Geruchs ihrer Zwillingsschwester bewußt. Sie nahm auch den Staub in dem Raum wahr und den muffigen, schlechten Geruch der Bettwäsche, die lange nicht mehr gewaschen worden war – und den der Katzen natürlich.

Sie roch die Katzen nicht nur, die sich auf dem Bett und dem Fußboden davor niedergelassen hatten, die schliefen oder sich träge leckten, sie lebte auch in jeder von ihnen. Während ein Teil ihres Bewußtseins in ihrem eigenen hellen Fleisch blieb und ein Teil mit dem gefiederten Räuber hoch oben in der Luft dahinschwebte, wohnten andere Aspekte ihres Seins in jeder einzelnen der Katzen. Fünfundzwanzig waren es jetzt, da die arme Samantha dahingegangen war. Violet erlebte die Welt gleichzeitig durch ihre eigenen Sinne, durch die des Falken und durch die fünfzig Augen und fünfundzwanzig Nasen, die fünfzig Ohren und hundert Pfoten und durch die fünfundzwanzig Zungen des Rudels.

Ihren eigenen Körpergeruch konnte sie nicht nur durch ihre eigene Nase wahrnehmen, sondern auch durch die Nasen all der Katzen: den schwachen Überrest der Seife vom Bad gestern abend; der angenehme, ihr noch immer anhängende Duft des Shampoos mit dem Zitronen-Aroma; den schalen Mundgeruch, den man beim Aufwachen immer hatte, verstärkt durch den üblen, deftigen Dunst der rohen Eier und Zwiebeln und der rohen Leber, die sie morgens bei Sonnenaufgang vor dem Zubettgehen gegessen hatte.

Jedes einzelne Mitglied der Meute hatte einen besseren Geruchssinn als sie, und jedes einzelne nahm ihren Duft anders wahr als sie. Sie fanden ihren natürlichen Geruch eigenartig, aber beruhigend, faszinierend und doch vertraut.

Sie konnte sich selbst auch durch die Sinne ihrer Schwester sehen, hören und fühlen, denn mit Verbina war sie jederzeit unentwirrbar verbunden. Mit bloßer Willenskraft konnte sie in die Empfindungen anderer Lebensformen eindringen oder sich aus ihnen lösen, Verbina aber war der einzige andere *Mensch*, mit dem sie die Existenz teilen konnte. Es war ein permanentes Band, das sie seit ihrer Geburt unauflöslich aneinander fesselte. Violet konnte sich aus dem Falken oder den Katzen lösen, wann immer sie wollte, von ihrer Zwillingsschwester jedoch konnte sie sich niemals lösen.

Außerdem war es ihr möglich, die Empfindungen von Tieren zu kontrollieren und sie sich anzueignen, aber sie war nicht in der Lage, ihre Schwester zu kontrollieren. Ihre Verbindung entsprach nicht der eines Puppenspielers mit seiner Marionette, sondern sie war etwas Besonderes und Geheiligtes.

Ihr ganzes Leben hatte Violet an einem Zusammenfluß vieler verschiedener Gefühls- und Empfindungsströme verbracht, in schäumenden Fluten von Geräuschen, Düften, Bildern, Geschmäckern und Berührungen gebadet, die Welt nicht nur durch ihre eigenen Sinne, sondern zusätzlich durch die zahlloser Stellvertreter erlebt.

Teile ihrer Kindheit war sie kontaktunfähig gewesen, vom Input sinnlicher Wahrnehmungen so überwältigt, daß sie sie nicht hatte ordnen können. Sie hatte sich nach innen gekehrt, hatte in der geheimen Welt reichhaltiger, vielfältiger und profunder Erfahrungen gelebt, bis sie gelernt hatte, die hereinstürzende Flut zu kanalisieren, sie auszunutzen, statt sich von ihr überrollen zu lassen. Erst danach hatte sie sich entschlossen, mit den Menschen zu kommunizieren, die um sie herum waren, hatte sich entschieden, ihren Autismus abzulegen.

Sie war schon sechs, als sie endlich sprechen gelernt hatte. Aus den tiefen, schnellen Fluten der außergewöhnlichen Empfindungen hatte sie sich freilich nie gelöst, um sich auf diese verhältnismäßig trockene Bank zu begeben, auf der andere Menschen existierten, doch zumindest hatte sie gelernt, bis zu einem gewissen Grad mit ihrer Mutter, Candy und anderen zu interagieren.

Verbina war niemals auch nur halb so gut zurechtgekommen wie Violet und würde es wohl auch niemals. Das war augenscheinlich. Nachdem sie ein Leben gewählt hatte, das fast exklusiv von Empfindungen bestimmt war, zeigte sie wenig – wenn überhaupt – Interesse daran, auch ihren Intellekt zu üben und zu entwickeln. Sie hatte niemals sprechen gelernt, hatte an anderen – abgesehen von ihrer Schwester – kaum Interesse und warf sich mit freudiger Hingabe in den Ozean sinnlicher Reize, der um sie herum wogte.

Als Eichhörnchen herumzuhüpfen, wie ein Falke oder eine Möwe zu fliegen, wie eine Katze läufig zu sein, wie ein Kojote zu springen und zu töten, durch die Schnauze eines Waschbären oder einer Feldmaus kühles Flußwasser zu trinken, in die Sinne einer läufigen Hündin einzudringen, die von Rüden besprungen wird, gleichzeitig die Todesangst des Hasen zu teilen, der in die Enge getrieben wird, und die wilde, ungestüme Erregung des räuberischen Fuchses – auf diese Art genoß Verbina die ganze Größe eines Lebens, von dem niemand sonst wußte – außer Violet.

Und sie zog die unablässige Faszination des Versunkenseins in die Wildheit der Welt der simplen irdischen Existenz anderer Menschen vor.

Obwohl Verbina immer noch schlief, war ein Teil von

ihr doch mit Violet in dem schwebenden Falken. Denn selbst der Schlaf machte eine völlige Lösung ihrer Verbindung zum Geist der anderen nicht nötig. Der unablässige Input von Sinneswahrnehmungen niedrigerer Lebewesen war nicht nur die Grundsubstanz ihrer Leben, sondern auch der Stoff, aus dem ihre Träume waren.

Unter Sturmwolken, die von Minute zu Minute dunkler wurden, schwebte der Falke hoch über den Tälern hinter dem Pollard-Anwesen. Er jagte.

Weit unten, zwischen vertrockneten und zerbrochenen Teilen abgestorbener Unkräuter, zwischen stacheligen Büscheln von Stechginster, verließ eine fette Maus ihr Versteck. Sie huschte über die Talsohle, auf der Hut vor Feinden, die am Boden lauern konnten, aber blind gegen den gefiederten Tod, der sie von weit oben beobachtete.

Der Falke, der sich instinktiv bewußt war, daß die Maus das Schlagen seiner Flügel selbst aus größter Entfernung würde hören und beim geringsten Geräusch im nächsten Schlupfloch würde verschwinden können, legte die Schwingen leise zurück, faltete sie halb gegen seinen Körper und schoß in einem steilen Winkel nach unten, direkt auf das Nagetier zu.

Violet hielt den Atem an, während sie gut 350 Meter hinunterstürzten. Obwohl sie dieses Erlebnis schon unzählige Male geteilt hatte, spürte sie den Fall auf die Erdoberfläche zu und noch tiefer hinunter, in die Felsspalte hinein. Und obwohl sie in Wirklichkeit auf dem Rücken im Bett lag, in Sicherheit war, schien sich ihr Magen umzudrehen, und in ihrer Brust fühlte sie eine Urangst, als sie einen Schrei freudiger Erregung ausstieß.

Verbina, auf dem Bett neben Violet, schrie ebenfalls.

Die Maus auf dem Boden des Tals erstarrte. Sie spürte das heranstürmende Verderben, war aber nicht sicher, aus welcher Richtung es nahte.

Erst im letzten Augenblick entfaltete der Falke seine Schwingen. Jäh wurde die wahre Beschaffenheit der Luft offenbar und erwies sich als willkommene Bremse. Er ließ sein Hinterteil vorschnellen, streckte die Beine, öffnete die Klauen und packte die Maus, die erst jetzt imstande war, auf das plötzliche Spreizen der Flügel zu reagieren, indem sie zu fliehen versuchte.

Obwohl sie in dem Falken blieb, trat Violet auch in das Empfinden der Maus ein, Sekunden bevor der Räuber sie gepackt hatte. Sie spürte die eisige Befriedigung des Jägers und die heiße Furcht des Opfers. Aus der Perspektive des Falken fühlte sie, wie die Haut der plumpen Maus unter dem scharfen und kräftigen Angriff der Krallen durchbohrt und aufgeschlitzt wurde, und aus der Perspektive der Maus wurde sie von einem stechenden Schmerz erfüllt und war sich des fürchterlichen inneren Zerberstens bewußt.

Der Vogel spähte auf das quiekende Nagetier hinunter, das er fest in seinem Griff hielt, und erzitterte in einem wilden Gefühl der Überlegenheit und der Macht und dem Bewußtsein, daß sein Hunger wieder einmal gestillt werden würde. Er ließ ein triumphierendes Krächzen hören, das in dem engen Tal laut widerhallte.

Die Maus schaute auf in die stählernen, erbarmungslosen Augen und hörte auf, sich wehren zu wollen, wurde ganz schlaff. Im Griff ihres geflügelten Angreifers fühlte sie sich klein und hilflos. Sie befand sich im Bann einer quälenden Furcht, die so intensiv war, daß sie den außergewöhnlichsten sinnlichen Freuden auf eine sonderbare Art ähnelte. Sie sah, wie der grimmige Schnabel niederstieß, war sich bewußt, entzweigerissen zu werden, spürte aber keinen Schmerz mehr, nur noch starre Resignation, dann einen kurzen Moment einer Glückseligkeit, dann nichts mehr, nichts.

Der Falke legte seinen Kopf zurück und ließ blutige Streifen und warme Klümpchen Fleisch in seinen Schlund fallen.

Violet drehte sich auf dem Bett auf die Seite, um ihre Schwester anzuschauen. Durch die Wucht des Erlebnisses mit dem Falken aus dem Schlaf aufgeschreckt, kuschelte sich Verbina in Violets Arme. Nackt, Becken an Becken, Bauch an Bauch, Brust an Brust hielten die Zwillinge einander umschlungen und zitterten unkontrolliert. Violet keuchte an Verbinas zartem Hals. Und dank ihrer Verbindung mit Verbinas Wahrnehmungsvermögen spürte sie den heißen Strom ihres eigenen Atems auf der Haut ihrer Schwester.

Sie gaben unverständliche Laute von sich und klammerten sich aneinander. Ihr hektisches Atmen legte sich erst, als der Falke den letzten roten Streifen von nahrhaftem Fleisch von der Maus gerissen und sich mit wildem Flügelschlagen wieder in die Lüfte erhoben hatte.

Unten lag das Anwesen der Pollards: die Kirschmyrtenhecke; das verwitterte Giebelhaus mit dem Schieferdach; der zwanzig Jahre alte Buick, der ihrer Mutter gehört hatte und den Candy manchmal fuhr; ein schmales und ungepflegtes Blumenbeet, das über die ganze Länge der verfallenen rückwärtigen Veranda reichte; Primelnbüschel mit roten, gelben und purpurfarbenen Blüten wuchsen darauf. Violet sah auch Candy da unten, an der nordöstlichen Ecke des ausgedehnten Anwesens.

Sie hielt ihre Schwester immer noch fest umschlungen, bedeckte Verbinas Hals, ihre Wangen und Schläfen mit einem Schauer zarter Küsse und wies den Falken gleichzeitig an, über ihrem Bruder zu kreisen. Durch den Vogel beobachtete sie ihn, wie er da mit hängendem Kopf am Grab ihrer Mutter stand und um sie trauerte, so wie er jeden Tag um sie getrauert hatte, seit ihrem Tod vor vielen Jahren.

Violet trauerte nicht.

Ihre Mutter war ihr genauso fremd gewesen wie jeder andere Mensch auf dieser Welt, und sie hatte beim Hinscheiden der Frau nichts Besonderes gefühlt. Tatsächlich fühlte sie sich Candy, da er ebenfalls über außergewöhnliche Gaben verfügte, noch eher verbunden als ihrer Mutter, was freilich nicht viel zu bedeuten hatte, denn sie kannte ihn nicht wirklich, und sie machte sich auch nicht so sehr viel aus ihm. Wie konnte sie jemandem nahestehen, wenn sie nicht in dessen Geist, dessen Gedanken eindringen und mit ihm – durch ihn – leben konnte?

Diese unglaubliche Intimität war es, die sie mit Verbina zusammenschweißte, und sie kennzeichnete auch die Unzahl von Beziehungen, die sie mit dem Federvieh und der Fauna unterhielt, die die Natur bevölkerten.

Sie wußte einfach nicht, wie sie mit jemandem umgehen sollte, wenn es diese intensive, diese innerste Verbindung nicht gab, und wenn sie nicht liebte, konnte sie auch nicht trauern.

Weit unter dem kreisenden Falken ließ sich Candy neben dem Grab auf die Knie fallen.

27

Montagnachmittag. Thomas saß an seinem Arbeitstisch. Er fertigte ein Bildergedicht an.

Derek half. Oder er glaubte zu helfen. Er sortierte einen Kasten mit aus Zeitschriften ausgeschnittenen Fotos. Er wählte Bilder aus und gab sie Thomas. Wenn das Bild richtig war, schnitt Thomas es zurecht und klebte es ein. Meist war es jedoch nicht richtig, also legte er es beiseite und bat um ein anderes und noch ein anderes, bis Derek ihm eines gab, das er benutzen konnte.

Er sagte Derek nicht die schreckliche Wahrheit. Die schreckliche Wahrheit war, daß er das Gedicht allein erschaffen wollte. Doch er konnte Dereks Gefühle nicht verletzen. Derek war verletzt genug. Zu sehr. Dumm zu sein, tat wirklich weh, und Derek war dümmer als Thomas. Derek sah auch dümmer aus, was noch mehr weh tat. Seine Stirn war wulstiger als die von Thomas. Seine Nase war flacher, und sein Kopf erinnerte an einen Kürbis. Das war die schreckliche Wahrheit.

Später, müde vom Kleben des Bildergedichts, gingen Thomas und Derek in den Aufenthaltsraum, und da passierte es dann. Derek wurde weh getan. Ihm wurde so weh getan, daß er weinte. Ein Mädchen tat es. Mary. Im Aufenthaltsraum.

Einige Patienten spielten in einer Ecke Murmeln. Einige sahen fern. Thomas und Derek saßen auf einer Couch in der Nähe eines der Fenster. Um freundlich, gesellig zu sein, wenn irgend jemand vorbeiging. Die Schwestern und Pfleger wollten immer, daß die Leute im Heim gesellig waren. Wenn gerade niemand da war, wegen dem sie hätten gesellig sein müssen, beobachteten Thomas und Derek die Kolibris, auch Summvögel genannt, in dem Futterhäuschen, das vor dem Fenster hing. Die Summvögel summten gar nicht richtig, sondern sie schwirrten herum, und es bereitete viel Spaß, ihnen dabei zuzusehen. Mary, die neu im Heim war, schwirrte nicht herum, und es bereitete auch keinen Spaß, ihr zuzusehen, doch sie summte viel. Nein, sie surrte. Surr, surr, surr – die ganze Zeit.

Mary wußte etwas von Ei-Kuhs. Sie sagte, sie seien wirklich wichtig, diese Ei-Kuhs. Und vielleicht war es so, obwohl Thomas niemals von ihnen gehört hatte und nicht verstand, was sie waren. Andererseits waren eine Menge Dinge wichtig, die er nicht verstand. Natürlich wußte er, was ein Ei war. Er wußte, was eine Kuh war. Sie gab Milch, aber keine Eier. Und wenn man nicht nur von *einer* Kuh sprach, sagte man Kühe, nicht »Kuhs«. Eier kamen von den Hühnern. Er sagte sich, daß es doch eine ziemlich schlimme Sache war, wenn Kühe plötzlich Eier legten. Aber diese Mary sagte, Ei-Kuhs wären gut, und sie hätte einen hohen für eine Down-Patientin.

»Ich bin eine Debile leichteren Grades«, sagte sie. Sie war wirklich froh darüber, das konnte man sehen.

Thomas wußte nicht, was ein Debiler war, aber bei Mary konnte er nirgends etwas entdecken, was leichteren Grades sein könnte. Sie war fett und fast überall wabbelig.

»Du bist vermutlich auch ein Debiler, Thomas, aber du bist es nicht in einem so leichten Grad wie ich. Ich bin fast normal, und du bist dem Normalen nicht so nahe wie ich.«

All dies verwirrte Thomas nur.

Derek verwirrte es sogar noch mehr, das konnte man sehen, und dann sagte Derek mit seiner dumpfen, heiseren, manchmal schwer zu verstehenden Stimme: »Ich? Kein Debiler.« Er schüttelte den Kopf. »Cowboy.« Er lächelte. »Cowboy.«

Mary lachte ihn aus. »Du bist kein Cowboy, und du wirst niemals einer sein. Du bist ein Imbeziler, ein Schwachsinniger mittleren Grades.«

Sie mußten sie bitten, es noch ein paarmal zu sagen, bis sie es kapierten, obwohl sie es auch dann nicht richtig begriffen. Sie konnten es sagen, wußten aber genauso wenig, was es war, wie sie wußten, wie diese Ei-Kuhs aussahen.

»Es gibt normale Menschen«, sagte Mary, »dann unter ihnen die Debilen, dann die Imbezilen, die dümmer sind als die Debilen, und dann sind da die Idioten, die sogar noch dümmer sind als die Imbezilen. Ich bin eine Debile leichteren Grades, und ich werde nicht für immer hier sein. Ich werde ein gutes Mädchen sein, mich benehmen, hart arbeiten, um normal zu sein, und eines Tages werde ich wieder zurückgehen in die Zwischenstation, in das Rehabilitationszentrum.«

»Zwischenstation – wohin?« fragte Derek. Und Thomas fragte sich das ebenso.

Mary lachte ihn aus. »Zwischenstation auf dem Weg zum Normalsein, was mehr ist, als du jemals sein wirst, du armer verdammter Imbeziler.«

Diesmal merkte Derek, daß sie auf ihn hinuntersah, sich über ihn lustig machte, und er versuchte, nicht zu weinen, aber er tat's.

Er wurde ganz rot im Gesicht und heulte, und Mary

grinste irgendwie böse. Sie war ganz aufgeblasen, stolzgeschwellt, aufgeregt, so als hätte sie eben einen großen Preis gewonnen. Sie hatte ein schlimmes, ein böses Wort gebraucht – verdammt –, und sie sollte sich schämen.

Aber sie schämte sich nicht, das konnte man sehen. Sie sagte das andere Wort noch einmal, das Wort, von dem Thomas jetzt wußte, daß es auch ein schlimmes, ein böses Wort war: »Imbeziler«, und sie sagte es wieder und wieder, bis der arme Derek aufstand und wegrannte, und dann schrie sie es ihm sogar noch nach.

Thomas ging zurück in das Zimmer, das er mit Derek teilte, und suchte nach Derek. Derek war in dem Wandschrank, hielt die Tür von innen zu und flennte. Einige der Schwestern und Pfleger erschienen, und sie redeten wirklich nett auf Derek ein, aber er wollte nicht aus dem Wandschrank heraus. Sie mußten lange auf ihn einreden, bis er endlich einverstanden war, den Schrank zu verlassen, aber auch dann konnte er nicht mit dem Weinen aufhören.

Deshalb mußten sie ihm nach einer Weile »etwas geben«. Hin und wieder, wenn man krank war, wie beispielsweise, wenn man die Grippe hatte, mußte man »etwas nehmen«, was bedeutete, eine Pille, rund oder lang, weiß oder rot oder blau, groß oder klein. Wenn sie einem jedoch »etwas geben mußten«, bedeutete das immer eine Nadel, eine Spritze, und das war immer schlecht. Thomas hatten sie niemals »etwas geben müssen«, denn er war immer ein guter Junge.

Derek aber, so nett er auch war, fühlte sich manchmal so unwohl in seiner Haut, daß er gar nicht aufhören konnte zu weinen, und manchmal schlug er auch selbst auf sich ein, schlug sich ins Gesicht, bis die Haut aufplatzte und er ganz blutig war, und selbst dann konnte er nicht aufhören. Derek schlug niemals irgend jemand anderen, er war nett, doch »zu seinem eigenen Besten« mußte man ihm manchmal etwas geben, das ihn entspannte oder ihn manchmal sogar zum Schlafen brachte. Das war das, was an diesem Tag passiert war, weil Mary, die Debile leichteren Grades, ihn einen Imbezilen genannt hatte.

Nachdem sie Derek zum Einschlafen gebracht hatten, setzte sich eine der Helferinnen neben Thomas an den Arbeitstisch. Es war Cathy. Thomas mochte Cathy. Sie war älter, aber nicht so alt, daß sie irgend jemandes Mutter hätte sein können. Sie war hüsch. Nicht so hübsch wie Julie, aber hübsch. Sie hatte eine nette Stimme und Augen, bei denen man keine Angst haben mußte, wenn man hineinsah. Sie nahm eine von Thomas' Händen in ihre beiden und fragte ihn, ob er okay sei. Er sagte, das sei er, doch das war er nicht wirklich, und sie wußte es. Sie unterhielten sich ein Weilchen. Das half. Freundlich sein, gesellig sein.

Sie erzählte ihm von Mary, damit er sie besser verstehen konnte. Und auch das half. »Sie ist so enttäuscht, Thomas. Sie war eine Weile da draußen in der Welt, in einem Rehabilitationszentrum, einer Zwischenstation, und sie hatte sogar einen Halbtagsjob, verdiente ein wenig eigenes Geld. Sie hat sich viel Mühe gegeben, doch es hat nicht gereicht. Sie hatte zu viele Probleme, deshalb mußte sie wieder in eine Anstalt eingewiesen werden. Ich glaube, sie bereut, was sie Derek angetan hat. Sie ist einfach so enttäuscht, daß sie jemanden brauchte, dem sie sich überlegen fühlen konnte.«

»Ich bin ... *war* ... war auch einmal da draußen in der Welt«, sagte Thomas.

»Ich weiß das, Schatz.«

»Mit meinem Dad. Dann mit meiner Schwester. Und Bobby.«

»Hat es dir da draußen gefallen?«

»Manches da . . . hat mir Angst eingejagt. Doch als ich mit Julie und Bobby zusammen war . . . Diesen Teil mochte ich.«

Derek, auf seinem Bett, schnarchte jetzt.

Der Nachmittag war schon zur Hälfte vorbei. Der Himmel begann häßlich-stürmisch auszusehen. Im Raum sammelten sich überall Schatten. Nur die Tischlampe brannte. Cathys Gesicht sah hübsch aus im Lampenlicht. Ihre Haut sah aus wie pfirsichfarbener Satin. Er wußte, wie Satin aussah. Julie hatte einmal ein Satinkleid gehabt.

Ein Weilchen schwiegen er und Cathy.

»Manchmal ist es hart«, sagte er dann.

Sie legte eine Hand auf seinen Kopf. Streichelte sein Haar. »Ja, ich weiß, Thomas. Ich weiß.«

Sie war so nett. Er wußte nicht, warum er anfing zu weinen, da sie doch so nett war, aber er tat's. Möglicherweise lag es ja daran, *daß* sie so nett war.

Cathy rückte ihren Stuhl näher an seinen. Er lehnte sich an sie. Sie nahm ihn in die Arme. Er weinte und weinte. Es war nicht das harte, schreckliche Schluchzen, das er von Derek kannte. Es war weich. Aber er konnte nicht aufhören. Und er wollte. Er versuchte immer, nicht zu weinen, weil er sich dumm fühlte, wenn er weinte, und er haßte es, sich dumm zu fühlen.

Unter Tränen sagte er: »Ich *hasse* es, mich dumm zu fühlen.«

»Du bist nicht dumm, Schatz.«

»Doch, das bin ich. Ich hasse es. Aber ich kann nichts anderes sein. Ich versuche, nicht darüber nachzudenken, daß ich dumm bin, aber man kann nicht nicht darüber nachdenken, wenn es das ist, was man ist und wenn andere Leute es nicht sind und wenn sie jeden Tag in die

Welt hinausgehen und wenn sie leben. Und wenn du nicht in die Welt hinausgehst und es nicht einmal willst, aber ... O doch, du *willst* es, selbst wenn du sagst, daß du es nicht willst.«

Das, was er da gesagt hatte, war für ihn eine ganze Menge, und er war überrascht, daß er es gesagt hatte, überrascht, aber auch enttäuscht, weil er ihr unbedingt hatte sagen wollen, wie man sich fühlte, wenn man dumm war, Angst hatte, in die Welt hinauszugehen, und er hatte es nicht geschafft, hatte nicht die richtigen Worte gefunden, so daß dieses Gefühl immer noch in ihm drin war.

»Zeit. Es gibt viel Zeit, sehen Sie, wenn du dumm bist und nicht in die Welt hinausgehen kannst, viel Zeit, die du mit irgendwas anfüllen mußt, aber dann gibt es eigentlich gar nicht *genug* Zeit, nicht genug Zeit, um zu lernen, was du tun mußt, um keine Angst vor den Dingen zu haben, und ich muß lernen, was man tun muß, um keine Angst zu haben, so daß ich zurückgehen und bei Julie und Bobby bleiben kann, was ich wirklich schrecklich gern tun möchte, bevor die ganze Zeit abgelaufen ist. Es gibt riesige Mengen von Zeit und doch nicht genug, und das hört sich dumm an, nicht wahr?«

»Nein, Thomas, das hört sich überhaupt nicht dumm an.«

Er befreite sich nicht aus ihrer Umarmung. Er wollte umarmt werden.

»Weißt du, manchmal ist das Leben hart für jedermann«, sagte Cathy.

»Sogar für kluge Leute. Sogar für die klügsten.«

Mit einer Hand wischte er seine feuchten Augen ab. »Ist es das? Ist es manchmal auch schwer für Sie?«

»Manchmal. Aber ich glaube, daß es einen Gott gibt, Thomas, und daß er uns aus irgendeinem Grund hierhergeschickt hat und daß jede Härte, mit der wir fertigwerden müssen, nur ein Test ist und daß es uns besser macht, wenn wir sie ertragen haben.«

Er hob den Kopf, um sie anzusehen. So schöne Augen. Gute Augen. Es waren Augen, die einen liebten. Wie Julies Augen. Oder Bobbys.

»Gott hat mich dumm geschaffen, um mich zu testen?« fragte Thomas.

»Du bist nicht dumm, Thomas. In vielerlei Beziehung nicht. Ich mag es nicht, wenn du dich selbst dumm nennst. Du bist nicht so klug wie manche andere Menschen, aber das ist nicht dein Fehler. Du bist anders, das ist alles. Anders zu sein, das ist deine Härte, und du wirst gut damit fertig.«

»Werde ich das?«

»Wunderbar. Sieh dich nur an. Du bist nicht verbittert. Du schmollst nicht. Du reichst den Menschen die Hand.«

»Ich bin gesellig, freundlich.«

Sie lächelte, zog ein Tuch aus der Kleenex- Schachtel auf dem Arbeitstisch und wischte ihm die Tränen aus dem Gesicht. »Von all den klugen Leuten auf der Welt wird keiner mit seiner Härte besser fertig als du, Thomas, und die meisten nicht mal so gut wie du.«

Er wußte, sie meinte, was sie sagte, und ihre Worte stimmten ihn glücklich, auch wenn er nicht so recht glauben konnte, daß das Leben für kluge Leute jemals hart sein konnte.

Sie blieb noch eine Weile. Vergewisserte sich, daß er okay war. Dann ging sie.

Derek schnarchte immer noch.

Thomas saß am Arbeitstisch. Er versuchte ein weiteres Gedicht.

Nach einiger Zeit ging er ans Fenster. Es regnete jetzt.

Der Regen kullerte die Scheibe hinunter. Der Nachmittag war fast vorbei. Zum Regen würde obendrein noch die Nacht kommen.

Er legte die Hände an die Scheibe. Er fühlte in den Regen hinaus, in den grauen Tag, in die Leere der Nacht, die langsam über die Erde hereinbrach.

Das Böse Ding war immer noch da draußen. Er konnte es fühlen. Ein Mann, aber doch kein Mann. Etwas, das mehr war als ein Mann. Sehr schlimm, sehr böse. Scheußlich-häßlich. Er spürte es seit Tagen, aber seit der Warnung in der letzten Woche hatte er keine weitere an Bobby tevaut, weil das Böse Ding nicht nähergerückt war. Es war weit weg, im Augenblick war Julie sicher, und wenn er zu viele Warnungen an Bobby tevaute, würde Bobby aufhören, sie zu beachten, und wenn das Böse Ding dann schließlich kam, würde Bobby nicht mehr daran glauben, und dann würde es Julie kriegen können, weil Bobby ihm keine Beachtung mehr schenkte.

Was Thomas am meisten fürchtete, war, daß das Böse Ding Julie zu dem Ort des Grauens bringen würde.

Ihre Mutter war zu dem Ort des Grauens gegangen, als Thomas zwei Jahre alt war, so daß er sie nicht mal richtig gekannt hatte. Dann, später, war ihr Vater zu dem Ort des Grauens gegangen und hatte Thomas allein mit Julie zurückgelassen.

Er meinte nicht die Hölle. Er wußte Bescheid über Himmel und Hölle. Der Himmel gehörte Gott. Der Teufel war der Besitzer der Hölle. Wenn es einen Himmel gab, dann war er sicher, daß seine Mami und sein Dad dorthin gegangen waren. Jeder wollte in den Himmel hinaufgehen, wenn er konnte. Dort war es besser. In der Hölle war das Aufsichtspersonal nicht nett.

Für Thomas aber war der Ort des Grauens nicht einfach die Hölle. Es war der Tod. Die Hölle war *ein* Ort des Grauens, der Tod jedoch war *der* Ort des Grauens. Tod, das war ein Wort, von dem man sich kein Bild machen konnte. Tod bedeutete, daß alles aufhörte, weg war, daß alle Zeit, die man hatte, abgelaufen war, aus, vorbei, kaputt. Wie sollte man sich das vorstellen, wie ein Bild davon gewinnen? Nichts, von dem man sich kein Bild vorstellen konnte, war wirklich. Er konnte den Tod nicht *sehen,* empfing kein Bild davon in seinem Kopf, nicht, wenn er so darüber nachdachte, wie andere Menschen darüber nachzudenken schienen.

Er war einfach zu dumm, deshalb mußte er ihn sich in seinem Kopf als einen *Ort* vorstellen. Sie sagten, der Tod käme, um einen zu holen, und er war eines Nachts erschienen, um seinen Vater zu holen, sein Herz hatte ihn »attackiert«, doch wenn er kam, um einen zu holen, dann mußte er einen irgendwohin bringen, an irgendeinen *Ort.*

Und das war der Ort des Grauens.

Das war der Ort, zu dem man gebracht wurde und den man nie wieder verlassen, von dem man nie wieder zurückkehren durfte. Thomas wußte nicht, was dort mit den Menschen passierte. Möglicherweise nichts Häßliches. Außer, daß einem nicht erlaubt war, wieder zurückzukehren und die Menschen zu sehen, die man liebte. Das war scheußlich genug – auch wenn das Essen dort gut sein sollte. Möglicherweise gelangten manche Menschen in den Himmel, andere in die Hölle, aber von beiden konnte man nicht zurückkehren.

Also waren die beiden Teile des Orts des Grauens nur andere Zimmer. Und er war nicht sicher, ob es Himmel und Hölle wirklich gab, also war möglicherweise alles, was es am Ort des Grauens gab, Dunkelheit und Kälte und so viel leerer Raum, daß man, wenn man da hinüberging, nicht mal die Menschen finden konnte, die vor einem gegangen waren.

Das ängstigte ihn am meisten.

Nicht nur, Julie an den Ort des Grauens zu verlieren, sondern nicht mal imstande zu sein, sie wiederzufinden, wenn er selbst hinüberging.

Angst vor der Nacht hatte er ohnehin schon. Diese riesige Leere. Der Deckel war abgenommen von der Welt. Wenn also die Nacht in sich selbst schon so furchterregend war, würde der Ort des Grauens gewiß noch viel, viel gräßlicher sein. Er war bestimmt noch riesiger, gewaltiger als die Nacht, und das Licht des Tages erreichte den Ort des Grauens nie.

Draußen wurde der Himmel dunkler.

Der Wind peitschte die Palmen.

Regentropfen rannen die Scheibe hinunter.

Das Böse Ding war weit weg.

Aber es würde näherkommen. Bald.

28

Candy erlebte einen dieser Tage, an denen er nicht akzeptieren konnte, daß seine Mutter tot war. Jedesmal wenn er über eine Schwelle trat oder um eine Ecke bog, erwartete er, sie zu sehen. Er glaubte, er höre das Schaukeln des Schaukelstuhls aus dem Salon, hörte sie leise vor sich hinsummen, während sie ein neues Zierdeckchen strickte, doch als er hineinging, um nachzusehen, war der Schaukelstuhl von einem Staubfilm bedeckt und von Spinnennetzen überzogen.

Einmal hastete er in die Küche und erwartete, sie dort in einem ihrer geblümten Hauskleider vorzufinden, eine weiße Rüschenschürze darüber gebunden, erwartete, sie würde einen Löffel Plätzchenteig auf ein Backblech setzen oder vielleicht Kuchenteig kneten, doch – natürlich – war sie nicht da.

In einem Moment akuter Gefühlsverwirrung eilte Candy die Treppe hinauf, war sich sicher, seine Mutter in ihrem Bett zu finden, doch als er in ihr Zimmer stürmte, fiel ihm ein, daß das jetzt *sein* Zimmer war und daß sie gestorben war.

Um sich aus dieser eigenartigen und besorgniserregenden Stimmung zu lösen, ging er schließlich in den Hinterhof und stellte sich neben ihr einsames Grab in der nordöstlichen Ecke des großen Grundstücks. Da hatte er sie damals vor sieben Jahren unter einem düsteren Winterhimmel begraben, der dem geähnelt hatte, der eben jetzt die Sonne verbarg. Und wie damals kreiste auch jetzt ein Falke über ihm. Er hatte ihr Grab ausgehoben, sie in Tücher gehüllt, die er mit Chanel No. 5 parfümiert hatte, und sie heimlich hineingelegt, weil Bestattungen auf privatem Grund und Boden, der nicht als Grabstätte ausgewiesen war, gegen das Gesetz waren. Hätte er zugelassen, daß sie irgendwo anders begraben wurde, hätte er mitgehen müssen, um dort bei ihr zu leben, denn er hätte es nicht ertragen können, für längere Zeit von ihren sterblichen Überresten getrennt zu sein.

Candy ließ sich auf die Knie fallen.

Der Grabhügel hatte sich im Lauf der Jahre gesenkt, bis die Stelle nur noch als flache Mulde zu erkennen war. Das Gras wuchs hier spärlicher, die Halme waren grob, spröde, unterschieden sich vom Rasen, der das Grab umgab. Er hatte keine Ahnung, warum das so war. Auch in den Monaten, die ihrer Beerdigung gefolgt waren, hatte sich das Gras nicht erholt. Es gab keinen Grabstein, der an ihr Hinscheiden erinnerte. Obwohl der Hof von der hohen Hecke vor neugierigen Blicken geschützt war, konnte er nicht riskieren, daß irgend jemand auf ihre gesetzwidrige letzte Ruhestätte aufmerksam wurde.

Während er auf den Boden starrte, fragte sich Candy, ob ihm ein Grabstein wohl helfen würde, ihren Tod zu akzeptieren.

Wenn er jeden Tag ihren Namen und das Datum ihres Todes tief in einen Marmorblock eingemeißelt sähe, könnte dieser Anblick langsam, aber dauerhaft den Verlust in sein Herz eingravieren und ihm Tage wie diesen ersparen, an denen ihn schiere Vergeßlichkeit und eine Hoffnung, die sich nicht erfüllen konnte, aus der Bahn warfen.

Er streckte sich auf dem Grab aus, ein Ohr auf den Boden gelegt, als erwarte er, sie würde von ihrem unterirdischen Bett aus mit ihm sprechen. In seinem Verlangen, die Vitalität zu spüren, die sie einst ausgestrahlt hatte, die einzigartige Energie, die aus ihr herausströmte wie Hitze aus einer offenen Ofentür, preßte er seinen Körper ganz fest an das unnachgiebige Erdreich. Aber er spürte nichts.

Obwohl seine Mutter eine außergewöhnliche Frau gewesen war, wußte Candy, daß es absurd war, davon auszugehen, daß ihre Leiche nach sieben langen Jahren auch nur ein Fünkchen der Liebe ausstrahlen könnte, die sie ihm so verschwenderisch geschenkt hatte, als sie noch am Leben war. Trotzdem war er bitter enttäuscht, daß nicht einmal die schwächste Aura von ihren geheiligten Knochen durch den Dreck zu ihm aufstieg.

Heiße Tränen brannten in seinen Augen, und er versuchte, sie zurückzuhalten. Doch dann ertönte ein leichtes Donnergrollen, und ein paar dicke Regentropfen begannen zu fallen, und weder der Sturm noch seine Tränen ließen sich eindämmen.

Sie lag nur 1,50 oder 1,80 Meter unter ihm, und er wurde überwältigt von dem Gefühl, sie mit bloßen Händen wieder ausgraben zu müssen. Ihm war bewußt, daß ihr Fleisch inzwischen verwest sein mußte, daß er nur Knochen finden würde, die von einem abscheulichen, ekelhaften Zeug umgeben sein würden, über das er nicht nachzudenken wagte, doch er wollte sie in den Armen halten und umarmt werden, selbst wenn er die Arme ihres Skeletts selbst würde um sich legen müssen.

Er fing tatsächlich an, das Gras auszurupfen und mit den Händen ein paar Handvoll Erde wegzuschaufeln. Bald jedoch wurde er von einem schrecklichen Schluchzen gepeinigt, das ihn völlig erschöpfte. Er war zu schwach, noch länger gegen die Realität anzukämpfen.

Sie war tot.

Gegangen.

Für immer.

Der kalte Regen, der jetzt mit größerer Wucht vom Himmel niederstürzte, prasselte heftig auf Candys Rükken. Er schien die heiße Trauer aus ihm herauszusaugen und erfüllte ihn statt dessen mit eisigem Haß. Frank hatte ihre Mutter getötet. Für dieses Verbrechen *mußte* er mit seinem eigenen Leben zahlen. Wenn er auf dem moderigen Grab liegenblieb und wie ein Kind weinte, würde ihn das der Rache keinen Schritt näherbringen. Deshalb rappelte sich Candy schließlich hoch, blieb mit zu Fäusten geballten Händen neben dem Grab stehen und überließ es dem Regen und dem Sturm, etwas von dem Schmutz von ihm abzuwaschen und die Trauer wegzublasen.

Er versprach seiner Mutter, den Killer noch erbarmungsloser und gewissenhafter zu jagen. Das nächste Mal, wenn er Franks Fährte fand, würde er ihn nicht wieder entkommen lassen.

»Ich werde Frankie finden, ihn töten, ihn zermalmen«, sagte er und schaute zu dem wolkenverhangenen Himmel auf, der seine Schleusen geöffnet hatte. Er war sicher, daß seine Mutter zu ihm niederschaute und jedes Wort hörte. »Ich schwöre es. Ich werde seinen Schädel zerschmettern, sein Gehirn in Streifen zerschneiden und es in der Toilette wegspülen.«

Der Regen schien ihn nun geradezu zu durchbohren. Er spürte die Kälte bis tief ins Mark, und er fröstelte.

»Ich werde jeden aufspüren, der für ihn einen Finger gekrümmt hat, und ich werde jedem einzelnen die Hände abhacken. Und jedem, der Frank mit Sympathie angesehen hat, werde ich die Augen herausreißen. Ich schwöre, das werde ich. Und den Mistkerlen, die ihm freundliche Worte gönnten, werde ich die Zungen abschneiden.«

Der Regen fiel plötzlich mit größerer Macht als zuvor, walzte das Gras platt, prasselte durch die Blätter der Eiche, neben der er stand, und in der Kirschmyrtenhecke erhob sich ein flüsternder Chor. Er knallte mit solcher Wucht auf Candys ungeschütztes Gesicht, daß er blinzeln mußte, doch er blickte unbeirrt zum Himmel auf.

»Falls er jemanden gefunden hat, der sich um ihn sorgt, irgend jemanden, werde ich ihm den – die – wegnehmen, so wie er dich mir weggenommen hat. Ich werde sie in Stücke reißen, ihnen das Blut aussaugen und sie dann wegwerfen wie Müll.«

Diese Versprechen hatte er im Lauf der vergangenen sieben Jahre wieder und wieder und wieder abgegeben, und jetzt erfüllte ihn eine ebenso große Leidenschaft.

»Wie Müll«, wiederholte er durch zusammengebissene Zähne.

Sein Rachedurst war jetzt nicht weniger stark als an dem Tag ihrer Ermordung vor sieben Jahren. Sein Haß auf Frank war, wenn er sich denn überhaupt verändert hatte, nur noch schlimmer und stärker geworden.

»Wie Müll!«

Ein Blitzstrahl spaltete den Himmel. Ganz kurz klaffte eine gezackte Rißwunde in den dunklen Wolken, die ihm für einen kurzen Augenblick wie der pulsierende Körper eines gottähnlichen Wesens erschienen, und durch das vom Blitz wie von einer Axt gespaltene Fleisch meinte er kurz das strahlende Geheimnis dahinter zu erblicken.

29

Clint hasste die Regenzeit in Südkalifornien. Die meiste Zeit des Jahres war es trocken, und während der immer wieder unterbrochenen Dürreperioden der letzten zehn Jahre hatte es in manchen Wintern nur einige Stürme gegeben. Wenn der Regen schließlich fiel, schienen die Ortsansässigen völlig vergessen zu haben, wie man dabei Auto fährt. Während die Gullys überflossen, staute sich der Verkehr in den Straßen. Die Freeways waren noch schlimmer. Sie sahen aus wie unendlich lange Autowaschanlagen, bei denen die Transportbänder kaputt gegangen waren.

Das graue Licht dieses Montagnachmittags war bereits im Schwinden, als er zu den Palomar- Laboratorien in Costa Mesa fuhr. Sie waren in einem riesigen, flachen Betonklotz untergebracht, einem Block westlich der Bristol Avenue. Die medizinische Abteilung analysierte unter anderem Blutproben, Pap-Abstriche und Biopsien, doch es wurden auch industrielle und geologische Analysen aller Art vorgenommen.

Seinen Chevy parkte er auf dem dazugehörigen Parkplatz. Mit einer Plastiktüte in der Hand stapfte er durch die tiefen Pfützen, den Kopf gesenkt, um sich vor dem niederprasselnden Regen zu schützen. Vor Nässe triefend, betrat er die kleine Eingangshalle.

Eine attraktive junge Blondine saß auf einem Stuhl hinter dem Empfangspult. Sie trug eine weiße Uniform und darüber eine purpurfarbene Strickjacke. »Sie hätten einen Schirm mitnehmen sollen«, sagte sie.

Clint nickte, stellte die Supermarkttüte auf die Theke und begann die Knoten in den Bändern zu lösen, um sie zu öffnen.

»Zumindest einen Regenmantel«, fuhr sie fort.

Aus der Innentasche seines Jacketts zog er eine Dakota & Dakota-Geschäftskarte und schob sie zu ihr hinüber.

»Ist das die Adresse, an die die Rechnung gehen soll?« erkundigte sie sich.

»Klar.«

»Haben Sie unsere Dienste schon früher in Anspruch genommen?«

»Sicher.«

»Sie haben ein Kundenkonto?«

»Klar.«

»Ich hab' Sie hier noch nie gesehen.«

»Nein.«

»Mein Name ist Lisa. Ich bin erst seit einer Woche hier. Ich habe noch niemals einen Privatdetektiv hier gesehen.«

Aus dem großen weißen Sack zog er drei kleinere durchsichtige Plastiktüten, die er ordentlich vor sich aufreihte.

»Haben Sie auch einen Namen?« fragte sie, legte den Kopf schief und lächelte ihn strahlend an.

»Clint.«

»Wenn Sie bei diesem Wetter ohne Schirm und Regenmantel herumlaufen, Clint, werden Sie sich den Tod holen, und wenn Sie noch so robust wirken.«

»Zuerst das Hemd«, sagte Clint und schob ihr den Beutel zu. »Wir brauchen eine Analyse der Blutspuren.

Nicht nur eine Typisierung. Wir wollen das ganze Spektrum. Eine komplette Analyse der genetischen Seite. Nehmen Sie Proben von vier verschiedenen Stellen des Hemdes, weil es möglich ist, daß das Blut auf dem Hemd nicht nur von einer einzigen Person stammt. Sollte das zutreffen, brauchen wir auch da eine komplette Aufschlüsselung. «

Lisa schaute erst Clint und dann das Hemd stirnrunzelnd an. Zögernd begann sie einen Analyse-Auftrag auszufüllen.

»Dasselbe Programm hierfür«, sagte er und schob ihr die zweite Tüte hin. Sie enthielt ein zusammengefaltetes Blatt des Dakota & Dakota-Geschäftspapiers, das mit etlichen Blutspritzern besprenkelt war. Julie hatte im Büro eine Stecknadel über einer Feuerzeugflamme sterilisiert, sie in Frank Pollards Daumen gestochen und dann die scharlachroten Proben auf das Papier gepreßt. »Wir wollen wissen, ob Teile des Blutes auf dem Hemd zu diesem hier passen.«

Der dritte Beutel enthielt den schwarzen Sand.

»Ist dies eine biologische, eine physiologische Substanz?« fragte Lisa.

»Keine Ahnung. Sieht wie Sand aus.«

»Denn wenn es eine physiologische Substanz ist, sollte es an unsere medizinische Abteilung gehen, ist es keine physiologische, sollte es in die industrielle gehen.«

»Schicken Sie beiden ein bißchen. Und zwar auf dem schnellsten Wege, es eilt.«

»Kostet mehr.«

»Wenn schon.«

Während sie das dritte Formular ausfüllte, sagte sie: »Auf Hawaii gibt es ein paar Strände mit schwarzem Sand. Sind Sie jemals dagewesen?«

»Nein.«

»Kaimu. Das ist der Name von einem dieser schwarzen Strände. Kommt von einem Vulkan irgendwie. Der Sand, meine ich. Mögen Sie Strände?«

»Ja, klar.«

Sie schaute auf, der Stift schwebte über dem Formular. Sie warf ihm ein strahlendes Lächeln zu. Sie hatte volle Lippen. Ihre Zähne waren zahnpastaweiß. »Ich *liebe* den Strand. Es gibt nichts Schöneres, als einen Bikini anzuziehen und ein bißchen Sonne zu tanken, nein, sich *rösten* zu lassen von der Sonne, und mir ist es schnurzegal, daß man behauptet, Sonne sei nicht gut für den Teint. Das Leben ist eh kurz, was soll's also? Ist doch schöner, gut auszusehen, solange wir hier sind. Abgesehen davon, in der Sonne zu liegen, macht mich . . ., gibt mir das Gefühl . . . oh, nicht unbedingt träge . . . Nein, es raubt mir keineswegs die Energie. Ganz im Gegenteil, ich fühle mehr Energie denn je, aber es ist eine träge Energie, so ein bißchen wie die im Gang einer Löwin – verstehen Sie? Man spürt ihre Stärke, aber man sieht, es bereitet ihr keine Mühe. In der Sonne fühle ich mich wie eine Löwin.«

Er reagierte nicht.

»Die Sonne ist erotisch«, fuhr sie fort. »Ich glaube, das ist es, was ich sagen wollte. Wenn man lange genug an einem hübschen Strand in der Sonne liegt, schmelzen alle Hemmungen geradezu dahin.«

Er starrte sie nur an.

Nachdem sie die Analyse-Formulare zu Ende ausgefüllt hatte, gab sie ihm die Kopien und befestigte die Originale an den Proben. »Hören Sie mal, Clint«, fragte Lisa, »wir leben doch in einer modernen Welt?«

Er wußte nicht, auf was sie hinauswollte.

»Wir sind doch alle emanzipiert«, fuhr sie fort, »wenn ein Mädchen einen Mann also attraktiv findet, dann muß sie heutzutage nicht mehr warten, bis er den ersten Schritt tut.«

Oh, dachte Clint.

Sie lehnte sich auf ihrem Stuhl zurück, wohl damit er sehen konnte, wie ihre vollen Brüste die Uniformbluse ausfüllten, und lächelte. »Wie wär's mit einem Abendessen, Kino?«

»Nein.«

Ihr Lächeln gefror.

»Tut mir leid«, sagte er.

Er faltete die Kopien der Auftragsformulare und steckte sie in dieselbe Innentasche seines Jacketts, aus der er vorher die Geschäftskarte gezogen hatte.

Sie starrte ihn wortlos an, und ihm wurde bewußt, daß er ihre Gefühle verletzt hatte.

Er suchte nach irgend etwas, womit er sie trösten konnte, und alles, was ihm einfiel, war: »Ich bin schwul.«

Sie blickte ihn ungläubig an und schüttelte den Kopf, als müsse sie sich von einem niederschmetternden Schlag erholen. So wie die Sonne durch die Wolken brach, erhellte dann ein Lächeln ihre düstere Miene. »Ich nehme an, ich bin auf die Verpackung reingefallen.«

»Tut mir leid.«

»He, das ist nicht Ihr Fehler. Wir sind, was wir sind.«

Er ging wieder in den Regen hinaus. Es wurde kälter. Der Himmel erinnerte an die ausgebrannten Ruinen eines Gebäudes, zu dem die Feuerwehr zu spät gekommen war: nasse Asche, triefendes verkohltes Balkenwerk.

30

Als die Nacht anbrach an diesem regnerischen Montag, stand Bobby Dakota am Fenster des Krankenhauses. »Kein toller Ausblick, Frank«, sagte er, »es sei denn, man ist wild auf Parkplätze.« Er drehte sich um und inspizierte das kleine, weiß eingerichtete Zimmer. In Krankenhäusern bekam er immer eine Gänsehaut, doch Frank wollte er das lieber nicht wissen lassen. »Die Inneneinrichtung wird gewiß nicht groß rausgebracht in einer der nächsten Ausgaben des *Architectural Digest,* doch das Zimmer ist recht behaglich. Sie haben Fernsehen, Zeitschriften, und man serviert Ihnen täglich drei Mahlzeiten im Bett. Außerdem ist mir aufgefallen, daß einige der Schwestern, die hier herumhuschen, einfach klasse aussehen. Aber versuchen Sie bitte, die Hände von den Nonnen zu lassen, okay?«

Frank war blasser als zuvor. Die dunklen Ringe um seine Augen hatten sich ausgebreitet wie frische Tintenkleckse auf einem Löschblatt. Er sah nicht nur aus, als gehöre er in ein Krankenhaus, sondern als hätte er schon seit Wochen in einem gelegen. Er betätigte den Schalter, um das Kopfende seines Bettes hochzustellen. »Sind diese vielen Tests wirklich nötig?«

»Ihre Amnesie könnte eine körperliche Ursache haben«, erklärte Julie. »Sie haben doch gehört, was Doktor

Freeborn gesagt hat. Sie suchen nach zerebralen Abszessen, Neoplasmen, Zysten, Blutgerinnseln, allen möglichen Dingen.«

»Ich bin mir wegen dieses Freeborn nicht sicher«, sagte Frank. Es klang besorgt.

Sanford Freeborn war Bobbys und Julies Freund und ihr Arzt. Vor ein paar Jahren hatten sie ihm geholfen, seinen Bruder aus einem ziemlichen Schlamassel herauszuholen.

»Warum? Was ist mit Sandy?«

»Ich kenne ihn nicht«, erwiderte Frank.

»Sie kennen niemanden«, entgegnete Bobby. »Das ist Ihr Problem. Erinnern Sie sich? Sie leiden unter Amnesie.«

Nachdem sie Frank als Klienten angenommen hatten, hatten sie ihn wegen einer Voruntersuchung direkt zu Sandy Freeborn gebracht. Alles, was Sandy wußte, war, daß Frank sich an nichts als seinen Namen erinnern konnte. Von den Taschen voller Geld, dem schwarzen Sand, den roten Edelsteinen, dem unheimlichen Insekt oder den sonstigen Rätseln hatten sie ihm nichts erzählt. Sandy hatte nicht gefragt, warum sich Frank an sie gewandt hatte, statt zur Polizei zu gehen, oder warum sie einen Fall angenommen hatten, der so weit entfernt war von ihrem üblichen Tätigkeitsfeld. Einer der Gründe, warum er ein so guter Freund war, war seine verläßliche Diskretion.

Frank zupfte nervös die Laken zurecht. »Meinen Sie wirklich, daß ein Privatzimmer notwendig ist?« fragte er.

Julie nickte. »Sie wollen doch, daß wir herausfinden, was Sie nachts tun, wohin Sie gehen – und das bedeutet, daß wir Sie unter ständiger Beobachtung haben müssen, bedeutet strengste Sicherheitsvorkehrungen.«

»Privatzimmer sind teuer«, sorgte sich Frank.

»Sie können sich die beste Pflege leisten«, sagte Bobby.

»Möglich, daß das Geld in diesen Taschen gar nicht mir gehört.«

Bobby zuckte mit den Schultern. »Dann werden Sie die Krankenhausrechnung eben abarbeiten müssen – ein paar hundert Betten beziehen, ein paar tausend Bettpfannen leeren, eine Gehirnoperation kostenlos durchführen. Sie könnten ein Gehirnchirurg sein. Wer weiß? Bei Amnesie ist es genausogut möglich, daß Sie vergessen haben, ein Chirurg zu sein, wie Sie ebenso vergessen haben können, daß Sie Gebrauchtwagen verkaufen. Es ist einen Versuch wert. Nehmen Sie eine Knochensäge, sägen Sie den Kopf irgendeines Kerls auf, werfen Sie einen Blick hinein und sehen Sie, ob Ihnen irgendwas vertraut erscheint.«

Julie lehnte sich gegen das Bettgitter. »Wenn Sie nicht gerade in der Röntgen- oder in einer anderen Abteilung sind und sich irgendwelchen Tests unterziehen, wird immer einer unserer Männer bei Ihnen sein und auf Sie aufpassen. Heute nacht ist es Hal.«

Hal Yamataka hatte bereits Posten bezogen, und zwar in einem unbequem wirkenden Polsterstuhl, der für Besucher gedacht war. Er saß neben dem Bett, zwischen Frank und der Tür, so daß er sowohl Frank im Auge behalten als auch fernsehen konnte, falls Frank in der Stimmung war.

Hal sah aus wie eine japanische Version von Clint Karaghiosis: ungefähr 1,68 bis 1,70 Meter groß, breite Schultern, breite Brust, so stabil, als hätte ihn ein Maurer zusammengesetzt, der wußte, wie man Steine zusammensetzen muß, ohne daß der Mörtel sichtbar wird.

Für den Fall, daß es nichts Ordentliches im Fernsehen gab und sich herausstellte, daß sein Schützling ein lausiger Gesprächspartner war, hatte er sich einen Roman von John D. MacDonald mitgebracht.

»Ich schätze, ich habe einfach – Angst«, sagte Frank nach einem Blick zu dem regennassen Fenster.

»Kein Grund, Angst zu haben«, meinte Bobby. »Hal ist nicht so gefährlich, wie er aussieht. Er hat noch nie jemanden umgebracht, den er mochte.«

»Bis auf einmal«, warf Hal ein.

»Sie haben einmal jemanden umgebracht, den Sie mochten?« fragte Bobby. »Um was ging's?«

»Er wollte sich meinen Kamm ausleihen.«

»Da haben Sie's, Frank. Versuchen Sie nicht, sich seinen Kamm auszuleihen, und Sie sind vor ihm sicher.«

Frank war nicht in der Stimmung für dumme Scherze. »Ich kann nicht aufhören, darüber nachzudenken, wie ich da mit Blut an den Händen aufgewacht bin. Ich habe Angst, daß ich vielleicht bereits jemandem etwas angetan habe. Ich will aber niemandem etwas tun.«

»Oh, Hal können Sie nichts antun«, erklärte Bobby. »Er ist ein unempfänglicher Orientale.«

»Unerforschlich«, wandte Hal ein. »Ich bin ein *unerforschlicher* Orientale.«

»Ich wollte nichts von Ihren Sexproblemen hören, Hal. Aber egal, wenn Sie nicht soviel Sushi essen würden, würde Ihr Atem nicht ständig nach rohem Fisch riechen, und dann würden Sie bestimmt so häufig erforscht werden wie jedermann sonst.«

Julie faßte über das Gitter und nahm Franks Hände.

Er lächelte schwach. »Ist Ihr Mann immer so, Missis Dakota?«

»Nennen Sie mich Julie. Meinen Sie, benimmt er sich immer wie ein Scherzkeks oder ein Kind? Nicht immer, aber leider meistens.«

»Haben Sie das gehört, Hal?« fragte Bobby.

»Frauen und Amnesie-Patienten . . . Sie haben keinen Sinn für Humor.«

Zu Frank gewandt, sagte Julie: »Mein Mann meint, alles im Leben sollte Spaß bereiten, sogar Autounfälle, sogar Beerdigungen.. . .«

»Sogar Zähneputzen«, unterbrach Bobby.

» . . . und vermutlich würde er mitten in einem Nuklearkrieg noch Witze über den Fallout erzählen. So ist er nun mal. Ihm ist einfach nicht zu helfen . . .«

»Sie hat's versucht«, erklärte Bobby.

»Hat mich in ein Fröhlichkeits- Entziehungszentrum geschickt. Sie hatten ihr versprochen, mir dort etwas Ernst einzubleuen. Es ging schief.«

»Hier sind Sie in Sicherheit«, sagte Julie und drückte Franks Hand, bevor sie sie losließ. »Hal wird auf Sie aufpassen.«

31

Das Haus des Entomologen lag im Turtle-Rock-Sanierungsgebiet von Irvine, nicht weit von der Universität entfernt, was der Bequemlichkeit des Bewohners diente. Niedrige schwarze pilzförmige Malibu-Lampen warfen ihr Licht auf die Pfützen des Weges, der zu den sanft schimmernden Eichentüren führte.

Clint, eine von Frank Pollards Ledertaschen in der Hand, betrat die kleine geschützte Veranda und läutete.

Aus der Gegensprechanlage direkt unter der Klingel ertönte die Stimme eines Mannes: »Wer ist da?«

»Doktor Dyson Manfred? Ich bin Clint Karaghiosis von Dakota & Dakota.«

Eine halbe Minute später öffnete Manfred die Tür. Er war mindestens 1,95 Meter groß und sehr dünn. Er trug eine schwarze Freizeithose, ein weißes Hemd und ein grünes Halstuch. Der oberste Knopf seines Hemdes war offen, und die Krawatte hatte er gelöst.

»Guter Gott, Mann, Sie sind ja patschnaß.«

»Nur ein bißchen klamm.«

Manfred trat einen Schritt zurück, öffnete die Tür weit, und Clint betrat die geflieste Halle.

Nachdem er die Tür geschlossen hatte, sagte Manfred: »In einer Nacht wie dieser sollte man einen Regenmantel oder einen Regenschirm mitnehmen.«

»Es muntert auf.«

»Was?«

»Schlechtes Wetter«, erklärte Clint.

Manfred schaute ihn an, als hielte er ihn für ziemlich sonderbar, doch aus Clints Sicht war es Manfred selbst, der etwas eigenartig war. Der Mann war zu dünn, nur Haut und Knochen. Er füllte seine Klamotten nicht aus, die Hose hing formlos auf den knochigen Hüften, und seine Schultern stießen durch den Stoff des Hemdes, als lägen darunter nur nackte, scharfe Knochen.

Eckig und unelegant sah er aus, als sei er von einem Gott in der Ausbildung aus einem Häufchen trockener Stöcke zusammengesetzt worden. Sein Gesicht war lang und schmal, die Wangen hohl, und die wohlgebräunte, ledrige Haut spannte sich so straff über seine Wangenknochen, daß man fürchten mußte, sie würde zerreißen. Er hatte seltsame bernsteinfarbene Augen, die Clint mit jenem Ausdruck kühler Neugier musterten, den er sonst zweifellos den Tausenden von Insekten widmete, die er auf Objekttische gepinnt hatte.

Manfreds Blick wanderte an Clint hinunter zum Boden, wo sich um die Schuhe herum kleine Pfützen gebildet hatten.

»Tut mir leid«, entschuldigte sich Clint.

»Das trocknet wieder. Ich war in meinem Arbeitszimmer. Kommen Sie mit.«

Bei einem Blick in das Wohnzimmer zu seiner Rechten bemerkte Clint eine Tapete im Schwertlilienmuster, antike englische Möbel, weinrote Velourvorhänge und Tische voller Nippes, die im Lampenlicht glitzerten. Es war ein sehr viktorianisches Zimmer und paßte so gar nicht zu den schlichten kalifornischen Linien und dem sonstigen Ambiente des Hauses.

Er folgte dem Entomologen am Wohnzimmer vorbei

durch einen kurzen Flur ins Arbeitszimmer. Manfred ging nicht, er stelzte. So groß und dürr, wie er war, wirkte er mit den hängenden Schultern und dem leicht gesenkten Kopf so wenig entwickelt und so prähistorisch wie eine Gottesanbeterin.

Clint hatte erwartet, das Arbeitszimmer eines Universitätsprofessors quelle von Büchern über, doch in dem Regal links vom Schreibtisch standen nur etwa vierzig oder fünfzig Bände. Sonst gab es Schränke über Schränke mit breiten, flachen Schubladen, die vermutlich mit ekligen Kriechtieren gefüllt waren, und an den Wänden hingen aufgespießte Insekten – gerahmt und unter Glas.

Als er sah, daß Clint eines der Bilder ganz besonders anstarrte, erklärte Manfred: »Kakerlaken. Wunderschöne Tiere.«

Clint nahm das schweigend hin.

»Die Schlichtheit von Form und Funktion, meine ich. Natürlich gibt es nur wenige Menschen, die ihr Äußeres schön finden.«

Clint fiel es schwer, das Gefühl abzuschütteln, daß die Viecher leben könnten.

»Was halten Sie denn von dem großen Kerl da in der Ecke?« erkundigte sich Manfred.

»Er ist wirklich groß, Sir.«

»Eine Zischschabe aus Madagaskar. Der wissenschaftliche Name ist *Gromphadorrhina portentosa.* Diese da ist über achteinhalb Zentimeter lang, das sind mehr als dreieinhalb Inches. Absolut wunderbar, nicht wahr?«

Clint sagte nichts.

Manfred setzte sich auf den Stuhl hinter seinem Schreibtisch. Es sah aus, als hätte er seine Arme und Beine zusammenfalten müssen, um Platz zu finden, so wie sich eine große Spinne zu einem kleinen Ball zusammenrollt.

»Der Dekan der Universität hat mich angerufen«, sagte der Professor. »Er bat mich, Ihren Mister Dakota in jeder Form zu unterstützen.«

Die UCI – die Universität von Kalifornien in Irvine – bemühte sich seit langem, eine der führenden Universitäten des Landes zu werden. Der derzeitige Dekan suchte – wie der vor ihm – den Status zu steigern, indem er den Weltklasse-Professoren und Forschern an anderen Instituten enorme Gehälter und erhebliche zusätzliche Leistungen bot. Bevor er die materiellen Pfründe in Form eines gut gepolsterten Jobangebots jemandem ans Herz legte, erforschten freilich Dakota & Dakota im Auftrag der Universität den jeweiligen Hintergrund der voraussichtlichen Fakultätsmitglieder. Denn auch ein brillanter Physiker oder Biologe konnte einen zu großen Durst auf Whisky oder eine Nase für Kokain haben. Oder sich unglücklicherweise für minderjährige Mädchen interessieren. UCI aber wollte Geisteskraft kaufen, Respektabilität und akademischen Ruhm und keine Skandale. Dakota & Dakota tat da gute Dienste.

Manfred stützte die Ellenbogen auf die Armlehnen seines Schreibtischstuhls und blickte auf seine Finger, die so lang waren, daß man den Eindruck hatte, jeder einzelne müsse wenigstens noch ein Glied mehr haben als üblich. »Wo liegt das Problem?« fragte er.

Clint öffnete die Reisetasche und holte das Ein- Liter-Einmachglas heraus. Er stellte es auf den Schreibtisch des Entomologen.

Das Insekt in dem Glas war mindestens doppelt so groß wie die Madagaskar-Zischschabe an der Wand.

Einen Moment lang sah es so aus, als sei Dr. Dyson Manfred schockgefroren. Er bewegte keinen Finger, seine Augen waren starr. Wie gebannt starrte er auf die Kreatur in dem Glasgefäß.

»Was ist das – ein übler Scherz?« fragte er schließlich.

»Es ist echt.«

Manfred lehnte sich vor, beugte sich über den Tisch und senkte den Kopf, bis seine Nase fast das dicke Glas berührte, hinter dem das Insekt kauerte. »Es lebt?«

»Tot.«

»Wo haben Sie es gefunden – nicht hier in Südkalifornien?«

»Doch.«

»Unmöglich.«

»Was ist es?« fragte Clint.

Manfred sah ihn grollend an. »Ich habe noch nie etwas in der Art gesehen. Und wenn ich noch nie so etwas gesehen habe, hat auch niemand sonst so etwas gesehen. Es gehört zum Stamm der *Arthropoda,* der Gliederfüßer, denke ich, zu denen Spinnen und Skorpione gehören, doch ich kann nicht sagen, ob man es als Insekt klassifizieren kann, solange ich es nicht genau untersucht habe. Falls es ein Insekt ist, gehört es zu einer neuen Spezies. Wo genau haben Sie es gefunden, und warum, in Teufelsnamen, interessieren sich Privatdetektive dafür?«

»Tut mit leid, Sir, aber ich kann Ihnen über den Fall gar nichts sagen. Ich muß die Privatsphäre unseres Klienten schützen.«

Manfred drehte das Glas behutsam in seinen Händen und inspizierte seinen Insassen von allen Seiten. »Einfach unglaublich. Ich muß es haben.« Er schaute auf, und seine bernsteinfarbenen Augen waren gar nicht mehr kühl und abschätzend, sondern glänzten vor Erregung. »Ich muß dieses Exemplar haben.«

»Nun, ich wollte es Ihnen zur Untersuchung überlassen«, sagte Clint. »Aber, ob Sie es behalten können . . .«

»Ja, ich will es.«

»Das hängt von meinem Chef und dem Klienten ab. Zunächst möchten wir wissen, was es ist, woher es stammt, alles, was Sie uns dazu sagen können.«

Mit übertriebener Sorgfalt, so als handele es sich um feinstes Kristall und nicht um ein ordinäres Einmachglas, stellte Manfred das Gefäß auf die Schreibunterlage. »Ich besorge eine komplette fotografische Zusammenstellung und eine Videoaufzeichnung – fotografiere das Objekt von allen Seiten und fertige extreme Nahaufnahmen an. Dann wird es nötig sein, es zu sezieren und zu präparieren, was natürlich mit äußerster Sorgfalt geschehen wird. Das versichere ich Ihnen.«

»Was auch immer.«

»Mister Karaghiosis, das scheint Sie alles ziemlich kalt zu lassen. Haben Sie eigentlich verstanden, was ich da gesagt habe? Daß es aussieht, als handele es sich hier um eine völlig neue Spezies, was etwas ganz Außergewöhnliches wäre. Denn es ist einfach nicht vorstellbar, daß man eine Spezies, die Einzeltiere von einer solchen Größe hervorbringt, so lange übersehen kann. Dies wird in der Welt der Entomologie für eine große Neuigkeit sorgen, Mister Karaghiosis, eine sehr große Neuigkeit.«

Clint schaute sich das Insekt in dem Glas an.

»Ja, das hab' ich mir gedacht.«

32

Vom Krankenhaus aus fuhren Bobby und Julie mit einem Firmen-Toyota nach Garden Grove. Dort suchten sie nach 884 Serape Way. Das war die Adresse auf dem Führerschein, den Frank besaß – auf den Namen George Farris ausgestellt.

Julie spähte durch die von Regentropfen benetzten Seitenscheiben und versuchte, vorn zwischen den heftig hin und her schlagenden Scheibenwischern durchzulugen, um die Hausnummern erkennen zu können.

Die Straße war von grellen Natriumdampflampen und etwa dreißig Jahre alten Bungalows gesäumt. Es waren zwei kastenförmige Grundmodelle gebaut worden, doch eine Vielfalt an Zierelementen gaukelte Individualität vor. Da war eines in Stuck mit Ziegelsteinschmuck, dann eines in Stuck mit Paneelen aus Zedernziegeln, wieder ein anderes mit Felssteinen, Wüstenborke oder Vulkangestein.

Kalifornien – das war nicht nur Beverly Hills, Bel Air und Newport Beach, das waren nicht nur herrschaftliche Wohnhäuser und Villen mit Seeblick, wie es einem das Fernsehen so gerne vorgaukeln wollte. Sparmaßnahmen beim Häuserbau hatten den kalifornischen Traum auch den Massen von Einwanderern ermöglicht, die während der letzten Jahrzehnte aus dem Osten und jetzt von noch ferneren Gestaden – wie die Aufkleber in vietnamesischer und koreanischer Sprache an einigen Autos bewiesen – hereingeströmt waren.

»Im nächsten Block«, sagte Julie. »Auf meiner Seite.«

Manche Leute sagten, solche Siedlungen verschandelten die Landschaft, für Bobby aber waren sie der Grundstoff der Demokratie. Er war an einer Straße wie dem Serape Way aufgewachsen – im Norden Anaheims statt im Westen von Garden Grove, und sie war ihm niemals häßlich erschienen.

Er erinnerte sich, wie er an langen Sommerabenden mit den Kindern aus der Nachbarschaft gespielt hatte, während die Sonne mit orangefarbenen und scharlachroten Strahlen unterging und sich die fedrigen Silhouetten der von hinten beleuchteten Palmen schwarz wie Tintenzeichnungen gegen den Himmel abhoben. In der Abenddämmerung roch die Luft manchmal nach Jasmin und hallte vom Geschrei der Seemöwen wider, die weit, weit im Westen kreisten. Er erinnerte sich, was es bedeutete, in Kalifornien ein Kind mit einem Fahrrad zu sein – die unendlichen Möglichkeiten für Erkundungsfahrten, für Abenteuer. Jede der Straßen mit kleinen Stuckhäuschen – zum erstenmal und vom Sattel eines Fahrrades aus gesehen – war ihm exotisch erschienen.

Zwei Korallenbäume beherrschten den Hof des Hauses 884 Serape. Die weißen Blüten der Azaleenbüsche leuchteten sogar in der düsteren Nacht.

Vom Licht der Natriumdampflampen verfärbt, wirkte der fallende Regen wie geschmolzenes Gold. Doch als Bobby hinter Julie über den schmalen Gartenweg eilte, war der Regen, der Gesicht und Hände peitschte, fast so kalt wie ein Graupelschauer. Er trug zwar einen warm gefütterten Nylonanorak mit Kapuze, fröstelte aber trotzdem.

Julie läutete an der Türglocke. Das Licht auf der Veranda ging an, und Bobby spürte, wie jemand sie durch den Spion in der Eingangstür betrachtete. Er schob die Kapuze zurück und lächelte.

Die Tür öffnete sich, soweit es die Sicherheitskette zuließ, und ein Asiate spähte heraus. Er war um die Vierzig, klein, schlank, hatte schwarzes Haar, das an den Schläfen grau wurde. »Ja?«

Julie zeigte ihm ihre Privatdetektiv-Lizenz und erklärte, sie suchten nach einem Mann namens George Farris.

»Polizei?« Der Mann runzelte die Stirn. »Alles okay, Polizei nicht nötig.«

»Nein, sehen Sie, wir sind Privatdetektive«, erklärte Bobby.

Die Pupillen des Mannes verengten sich. Er sah aus, als würde er ihnen jede Sekunde die Tür vor der Nase zuknallen. Doch dann hellte sich seine Miene jäh auf, er lächelte. »Oh, Sie sind Privatdetektive! Wie im TV.« Er löste die Kette und ließ sie herein.

Nein, eigentlich ließ er sie nicht herein, er hieß sie willkommen wie Ehrengäste. Nach genau drei Minuten wußten sie, daß sein Name Tuong Tran Phan war (die Reihenfolge seiner Namen hatte er geändert, um sie der westlichen Gewohnheit anzupassen, den Nachnamen nach hinten zu stellen), daß er und seine Frau Chinh zu den Boat People gehört hatten, die Vietnam zwei Jahre nach dem Fall von Saigon verlassen hatten, daß sie in Wäschereien und Reinigungen gearbeitet und schließlich selbst zwei Reinigungen eröffnet hatten. Tuong bestand darauf, ihnen die Mäntel abzunehmen. Chinh – eine zierliche Frau mit zarten Zügen, in weite schwarze Hosen und eine gelbe Seidenbluse gekleidet – sagte, sie würde für ein paar Erfrischungen sorgen, obwohl Bobby erklärt hatte, ihre Nachforschungen würden nur einige Minuten beanspruchen.

Bobby wußte, daß Vietnam-Amerikaner der ersten Generation der Polizei gegenüber manchmal mehr als mißtrauisch waren. Das konnte sogar so weit gehen, daß sie die Polizei nicht mal dann riefen, wenn sie Opfer eines Verbrechens geworden waren. Die südvietnamesische Polizei war korrupt gewesen, und die unumschränkten Herrscher aus Nordvietnam, die den Süden nach dem Abzug der Amerikaner übernommen hatten, waren eine wahre Mörderbande gewesen. Selbst Vietnamesen, die fünfzehn Jahre oder noch länger in den Staaten lebten, blieben jeglicher Art von Autorität gegenüber zumindest etwas mißtrauisch.

Im Fall von Tuong und Chinh Phan bezog dieses Mißtrauen Privatdetektive jedoch nicht mit ein. Offensichtlich hatten sie so viele heroische Fernseh- Revolverhelden gesehen, daß sie glaubten, alle Privatermittler seien Streiter für die Underdogs, Ritter, die statt der Lanzen glänzende 38er benutzten.

In ihren Rollen als Befreier der Unterdrückten wurden Bobby und Julie feierlich zu dem Sofa geleitet, das das neueste und schönste Möbelstück im Wohnzimmer war.

Die Phans ließen ihre recht gut aussehenden Kinder im Wohnzimmer der Reihe nach aufmarschieren, um sie den Gästen vorzustellen: den dreizehnjährigen Rocky, den zehnjährigen Sylvester, die zwölfjährige Sissy und die sechsjährige Meryl. Sie waren augenscheinlich in Amerika geboren und aufgewachsen, unterschieden sich aber von vielen ihrer Altersgenossen dadurch, daß sie erfrischend liebenswürdiger und besser erzogen waren. Nach der Vorstellung verschwanden die Kinder wieder in der Küche, wo sie an ihren Hausaufgaben gesessen hatten.

Trotz ihrer höflichen Proteste wurde Bobby und Julie rasch Kaffee mit einem Schuß Dosenmilch serviert. Dazu gab es ausgezeichnete kleine vietnamesische Pasteten. Die Phans tranken ebenfalls Kaffee.

Tuong und Chinh saßen in verschlissenen Lehnstühlen, die sichtbar unbequemer waren als das Sofa. Der größte Teil des Mobiliars war simpel, modern und in neutralen Farben gehalten. In einer Ecke stand ein kleiner Buddha-Schrein, frisches Obst lag auf dem roten Altar, und etliche Räucherstäbchen prangten in Keramikhaltern. Nur ein Stäbchen war angezündet worden, und ein blaßblaues Fädchen seines aromatischen Rauchs kräuselte sich Richtung Decke. Die einzigen anderen asiatischen Elemente waren schwarze Lacktische.

»Wir suchen nach einem Mann, der vielleicht einmal unter dieser Adresse gelebt hat«, sagte Julie, während sie sich eines der Pastetchen aussuchte, die Mrs. Phan ihnen auf einem Tablett serviert hatte. »Sein Name ist George Farris.«

»Ja. Er lebte hier«, erwiderte Tuong, und seine Frau nickte.

Bobby war überrascht. Er war überzeugt gewesen, daß ein Dokumentenfälscher den Namen und die Adresse willkürlich gemixt und Frank niemals hier gelebt hatte. Frank war gleichermaßen sicher gewesen, daß sein wirklicher Name Pollard, *nicht* Farris war.

»Sie haben dieses Haus von George Farris gekauft?« fragte Julie weiter.

»Nein, er war tot«, erklärte Tuong.

»Tot?« fragte Bobby.

»Vor fünf oder sechs Jahren«, sagte Tuong. »Schrecklicher Krebs.«

Dann war Frank Pollard nicht Farris und hatte niemals hier gelebt. Die Identität war eine Fälschung.

»Wir kauften Haus nur vor paar Monate von Witwe«, sagte Tuong. Sein Englisch war gut, obwohl er gelegentlich die Artikel vor den Hauptwörtern vergaß. »Nein, was ich sagen wollte – aus Nachlaß von Witwe.«

»Also ist auch Missis Farris tot«, sagte Julie.

Tuong drehte sich zu seiner Frau um, und die beiden wechselten einen bedeutungsvollen Blick. »Es ist sehr traurig«, fuhr er fort. »Wo kommen solche Menschen nur her?«

»Wovon sprechen Sie, Mister Phan?« erkundigte sich Julie.

»Von dem, der Missis Farris tötete, ihren Bruder, zwei Töchter.«

In Bobbys Magen schien etwas herumzuschlingern, sich aufzuwickeln. Er hatte Frank Pollard instinktiv gemocht und war sich seiner Unschuld sicher gewesen, doch plötzlich bohrte ein Wurm des Zweifels im fein polierten Apfel seiner Überzeugung herum. War es möglich, daß es nur ein Zufall war, daß Frank die Identität eines Mannes angenommen hatte, dessen Familie abgeschlachtet worden war – oder war Frank dafür verantwortlich? Er kaute auf einem cremegefüllten Pastetchen herum, hatte aber Schwierigkeiten, es zu schlucken, obwohl es ausgesprochen gut schmeckte.

»Es war Ende Juli«, erzählte Chinh, »in der Hitzewelle, an die Sie sich vielleicht erinnern.« Sie pustete in ihren Kaffee, um ihn zu kühlen. Bobby fiel auf, daß Chinh die meiste Zeit ein hervorragendes Englisch sprach, und er vermutete, daß die gelegentlich mißlungenen Ausdrücke bewußte Fehler von ihr waren, damit niemand auf die Idee verfiele, sie spräche besser als ihr Mann – eine subtile und durch und durch asiatische Höflichkeitsbezeugung. »Wir kaufen Haus letzten Oktober.«

»Den Killer sie niemals gefaßt haben«, sagte Tuong Phan.

»Haben sie eine Beschreibung von ihm?« erkundigte sich Julie.

Widerstrebend sah Bobby Julie an. Sie schien ebenso erschüttert zu sein wie er, denn sie bedachte ihn nicht mit einem Ich-hab's-dir-doch-gesagt- Blick.

»Wie wurden sie ermordet?« fragte sie. »Erschossen? Erwürgt?«

»Messer, denke ich. Kommen Sie. Ich zeige Ihnen, wo die Leichen gefunden wurden.«

Das Haus hatte drei Schlafzimmer und zwei Bäder, doch eines der Badezimmer wurde gerade völlig renoviert. Die Fliesen waren von den Wänden, dem Boden und dem Waschtisch abgemeißelt worden. Die Wandschränke wurden aus Qualitätseiche neu angefertigt.

Julie folgte Tuong ins Badezimmer, und Bobby blieb mit Mrs. Phan im Flur.

Das Zischen und Prasseln des Regens hallte durch den Deckenventilator.

»Leiche von jüngster Farris-Tochter war hier. Auf dem Boden. Sie dreizehn. Schreckliche Sache. Viel Blut. Fugen zwischen Fliesen dauerhaft gefleckt, alles müssen rausgerissen werden.«

Dann führte er sie in das Schlafzimmer, das sich seine Töchter teilten. Doppelbetten, Nachttische und zwei kleine Tische drängten sich in dem kleinen Raum zusammen. Doch Sissy und Meryl hatten es geschafft, noch eine Menge Bücher unterzubringen.

»Missis Farris' Bruder, eine Woche bei ihr zu Besuch, wurde hier getötet. In seinem Bett. Blut war an Wänden, an Teppich«, erzählte Tuong Phan.

»Wir haben das Haus gesehen, bevor sich die Maklerfirma einschaltete, bevor der Teppich erneuert und die

Wände neu gestrichen wurden«, warf Chinh Phan ein. »Dieser Raum war der schlimmste. Ich hatte eine Weile schlechte Träume deswegen.«

Sie gingen weiter in das sparsam möblierte Elternschlafzimmer: ein kleines Doppelbett, Nachttische, zwei rötlichbraune Glaslampen, aber weder eine Spiegelkommode noch eine mit Schubladen. Die Kleidungsstücke, die nicht in den Wandschrank paßten, waren in Kartons mit durchsichtigen Plastikdeckeln untergebracht und ordentlich an einer Wand entlang aufgereiht.

Die Einfachheit des Raumes erinnerte Bobby an die ihres eigenen Schlafzimmers. Vielleicht hatten ja auch die Phans einen Traum, für den sie arbeiteten und sparten.

»Missis Farris wurde in diesem Raum gefunden, in ihrem Bett«, erklärte Tuong. »Schreckliche Dinge man ihr angetan. Sie wurde gebissen, aber darüber haben Zeitungen niemals geschrieben.«

»Gebissen?« fragte Julie. »Von was?«

»Vermutlich von Killer. In Gesicht, Hals – andere Stellen.«

»Wenn darüber nichts in den Zeitungen stand«, wandte Bobby ein, »woher wissen Sie dann von den Bissen?«

»Nachbarin, die Leichen fand, wohnt immer noch dort. Sie sagt, ältere Tochter und Missis Farris wurden gebissen.«

»Sie gehört nicht zu denen, die sich so etwas ausdenken«, fügte Mrs. Phan erklärend hinzu.

»Wo wurde die zweite Tochter gefunden?« erkundigte sich Julie.

»Bitte, folgen mir.« Tuong führte sie den Weg zurück, den sie gekommen waren, durch das Wohn- und Eßzimmer in die Küche.

Die vier Phan-Kinder saßen um den Frühstückstisch

herum. Drei von ihnen lasen aufmerksam Schulbücher und machten sich Notizen. Weder Fernsehen noch Radio lenkten sie ab, und sie schienen am Lernen auch noch Spaß zu haben. Sogar Meryl, eine Erstkläßlerin, die vermutlich keine ernstzunehmenden Hausaufgaben erledigen mußte, las ein Kinderbuch.

Bobby fielen zwei farbenprächtige Tabellen und Tafeln an der Wand neben dem Kühlschrank auf. Auf der ersten waren alle Noten und Testergebnisse der Kinder aufgelistet, die sie seit Beginn des Schuljahres erzielt hatten. Auf der Tafel war festgehalten, für welche Haushaltspflichten welches Kind verantwortlich war.

Überall im Land waren die Universitäten in Schwierigkeiten, weil ein übermäßig großer Prozentsatz der aussichtsreichsten Studienbewerber asiatischer Abstammung war. Schwarze und Südamerikaner klagten bitterlich, weil eine andere Minorität sie aus dem Rennen warf, und die Weißen brüllten »Umkehr-Rassismus«, wenn man ihnen wegen eines Asiaten die Zulassung verweigerte.

Einige vermuteten hinter dem Erfolg der Asien- Amerikaner eine Verschwörung. Bobby aber konnte die simple Erklärung für ihre Leistungen im Haus der Phans überall sehen: Sie gaben sich mehr Mühe. Sie hingen den Idealen nach, auf denen dieses Land aufgebaut war – als da sind: harte Arbeit, Ehrlichkeit, zielgerichtete Selbstverleugnung und die Freiheit, alles das erreichen zu können, was man erreichen will. Ironischerweise verdankten sie ihren großen Erfolg zum Teil der Tatsache, daß viele der gebürtigen Amerikaner diese selben Ideale heute nur noch mit Zynismus betrachteten.

Die Küche öffnete sich zu einem kleinen Wohnzimmer, das ebenso bescheiden eingerichtet war wie der Rest des Hauses.

»Älteste Farris-Tochter wurde hier gefunden, neben Sofa«, sagte Tuong. »Siebzehn.«

»Sehr hübsches Mädchen«, sagte Chinh mit echter Trauer.

»Sie, wie Mutter, wurde gebissen. So sagt unsere Nachbarin.«

»Was ist mit den anderen Opfern, der jüngeren Tochter und Missis Farris' Bruder – wurden sie ebenfalls gebissen?« fragte Julie.

»Keine Ahnung«, entgegnete Tuong.

»Die Nachbarin hat ihre Leichen nicht gesehen«, erklärte Chinh.

Sie schwiegen einen Moment, blickten zu Boden, dahin, wo das tote Mädchen gefunden worden war, so als ob die Enormität dieses Verbrechens eigentlich dazu führen sollte, daß es selbst diesem brandneuen Teppich seinen Stempel hätte aufdrücken können. Regen dröhnte auf das Dach.

»Haben Sie nicht manchmal Angst, hier zu leben?« fragte Bobby. »Nicht, weil in diesen Räumen Morde stattgefunden haben, sondern weil der Killer nicht gefunden wurde. Haben Sie keine Angst, daß er eines Tages wieder erscheinen könnte?«

Chinh nickte.

»Gefahr ist überall«, entgegnete Tuong, »das Leben selbst ist Gefahr. Weniger Risiko, niemals geboren werden.« Ein schwaches Lächeln huschte über sein Gesicht. »In winzigem Boot aus Vietnam wegzugehen, war mehr gefährlich als das.«

Bobby schaute zu dem Tisch in der Küche hinüber und zu den vier Kindern, die immer noch in ihre Aufgaben vertieft waren. Die Aussicht, daß der Mörder an den Ort des Verbrechens zurückkehren könnte, ließ ihn nicht kalt.

»Neben der Arbeit in Reinigungen«, erzählte Chinh, »wir renovieren Häuser, verkaufen sie. Dies ist Nummer vier. Wir leben vielleicht noch ein Jahr hier, renovieren Zimmer um Zimmer, dann verkaufen wir, erzielen Profit.«

»Wegen der Morde«, sagte Tuong, »wollten manche Leute nach den Farris' hier nicht einziehen. Doch Gefahr kann gute Gelegenheit sein.«

»Wenn wir fertig sind mit dem Haus«, ergänzte Chinh, »wird es nicht nur renoviert sein. Es wird sauber sein, rein, geistig-seelisch rein. Verstehen Sie? Die Unschuld des Hauses wird wiederhergestellt sein. Wir werden Böses ausgetrieben haben, welches Killer hereingebracht hat, und wir werden diesen Räumen unseren eigenen geistig-seelischen Stempel aufgedrückt haben.«

Nickend sagte Tuong: »Das ist eine Befriedigung.«

Bobby zog den gefälschten Führerschein aus seiner Tasche und hielt ihn so, daß Name und Adresse verdeckt waren, nur das Bild sichtbar war. »Erkennen Sie diesen Mann wieder?«

»Nein«, sagte Tuong, und Chinh stimmte ihm zu.

Nachdem Bobby den Führerschein wieder verstaut hatte, fragte Julie. »Wissen Sie, wie George Farris aussah?«

»Nein«, erwiderte Tuong. »Wie ich Ihnen sagte, er an Krebs gestorben, viele Jahre, bevor Familie ermordet wurde.«

»Ich hatte gedacht, Sie hätten im Haus vielleicht ein Foto von ihm gesehen, bevor das Eigentum der Farris' weggebracht wurde.«

»Nein. Tut mir leid.«

»Sie haben erwähnt, daß Sie das Haus nicht über einen Makler gekauft haben«, bohrte Bobby nach, »sondern mit dem Vermögensverwalter verhandelt haben?«

»Ja, Missis Farris' anderer Bruder hat alles geerbt.«

»Haben Sie vielleicht seinen Namen und seine Adresse?« erkundigte sich Bobby. »Ich denke, wir werden mit ihm sprechen müssen.«

33

Es war Abendessenszeit. Derek wachte auf. Er war groggy, aber hungrig. Er stützte sich auf Thomas, als sie in den Speiseraum gingen. Sie aßen. Spaghetti. Fleischbällchen. Salat. Gutes Brot. Kalte Milch.

Wieder in ihrem Zimmer, sahen sie TeVau. Derek schlief wieder ein. Es war ein mieser TeVau-Abend. Thomas seufzte angewidert. Nach einer Stunde hielt er es nicht mehr aus und schaltete den Apparat ab. Keine der Shows war witzig genug, daß sie ihn hätte fesseln können. Sie waren zu blöd-dämlich. Sogar für einen Debilen leichteren Grades, der er – so hatte Mary gesagt – war. Möglicherweise würden ja Imbezile sie mögen. Nein. Vermutlich nicht.

Er ging auf die Toilette. Putzte seine Zähne. Wusch sein Gesicht. Er schaute nicht in den Spiegel. Er mochte Spiegel nicht, weil sie ihm zeigten, was er war.

Nachdem er seinen Pyjama angezogen hatte, ging er ins Bett und knipste die Lampe aus, obwohl es erst halb neun war. Er drehte sich auf die Seite, schob zwei Kissen unter seinen Kopf und schaute sich das Stückchen Nachthimmel an, das das nächstgelegene Fenster einrahmte. Keine Sterne. Wolken. Regen. Er mochte Regen. Wenn ein Schauer niederging, war es, als wäre ein Dekkel auf der Nacht, und man mußte nicht das Gefühl haben, in die Dunkelheit zu entschweben und einfach zu verschwinden.

Er lauschte dem Regen. Er flüsterte. Er weinte seine Tränen auf das Fenster.

Weit weg war das Böse Ding los. Es verströmte gemein-häßliche Wellen, so wie sich Ringe auf einem See ausdehnten, wenn man einen Stein hineingeworfen hatte. Das Böse Ding war wie ein großer Stein, den man in die Nacht hatte fallen lassen, ein Ding, das nicht in diese Welt gehörte, und wenn Thomas sich ein wenig Mühe gab, konnte er spüren, wie die Wellen, die es aussandte, sich über ihm brachen.

Er faßte hinaus. Fühlte es. Ein pulsierendes Ding. Kalt und voller Wut. Er wollte näher heran. Herausfinden, was es war.

Er versuchte, ihm Fragen zu tevauen. Was bist du? Wo bist du? Was willst du? Warum wirst du Julie weh tun?

Plötzlich begann das Böse Ding, ihn anzuziehen wie ein großer Magnet. Niemals vorher hatte er etwas Ähnliches gefühlt. Als er versucht hatte, seine Gedanken an Bobby und Julie zu tevauen, hatten sie ihn nicht derartig gepackt und ihn so gerüttelt wie die, die er dem Bösen Ding geschickt hatte.

Ein Teil seiner Gedanken schien sich abzuwickeln wie Bindfaden von einem Knäuel, und das lose Ende flog durch das Fenster und hoch hinauf in die Nacht, weit, weit durch die Dunkelheit, bis es das Böse Ding fand. Plötzlich war Thomas dem Bösen Ding sehr nahe, zu nahe. Es war überall um ihn herum, ungeheuer häßlich und so absonderlich, daß Thomas das Gefühl hatte, in einem Swimmingpool voller Eis und Rasierklingen zu sein. Er wußte nicht, ob es ein Mann war. Er konnte seine äußeren Umrisse nicht sehen, sondern nur fühlen. Möglicherweise war sein Äußeres ja angenehm, sogar hübsch, doch innen pulsierte es und war dunkel und zutiefst gemein.

Er spürte, daß das Böse Ding aß. Seine Nahrung lebte noch und zappelte. Thomas hatte große Angst und versuchte augenblicklich, sich zurückzuziehen, doch für einen Moment hielt das häßliche Bewußtsein ihn fest in seinem Griff, und er konnte sich nur befreien, indem er sich bildlich vorstellte, wie die Bewußtseinsverbindung sich wieder zu einem Knäuel aufrollte.

Nachdem die Gedankenverbindung wieder aufgewikkelt war, drehte sich Thomas vom Fenster weg und legte sich auf den Bauch. Er atmete wirklich schnell. Er konnte hören, wie sein Herz bummerte.

Er hatte einen Geschmack im Mund, von dem ihm übel wurde. Es war der gleiche Geschmack, den er manchmal hatte, wenn er sich versehentlich in die Zunge gebissen hatte.

Und es war der gleiche Geschmack, den er hatte, wenn der Zahnarzt, keineswegs versehentlich, mit einem Ruck einen seiner Zähne herauszog. Blut.

Ihm war übel, und er war verängstigt. Er setzte sich im Bett auf und schaltete sofort das Licht an. Er zog ein Papiertuch aus der Schachtel auf dem Nachttisch. Er spuckte hinein und guckte nach, ob da Blut war. Es war keins da. Nur Spucke.

Er versuchte es noch einmal. Kein Blut.

Er wußte, was das bedeutete. Er war dem Bösen Ding zu nahe gewesen. Möglicherweise einen Wimpernschlag lang sogar in dem Bösen Ding gewesen. Der häßliche Geschmack in seinem Mund war der gleiche, den das Böse Ding schmeckte, das seine Zähne in etwas schlug, das lebte, das zappelte. Thomas hatte kein Blut in seinem Mund, er hatte nur die Erinnerung an Blut in seinem Mund. Doch das war schlimm genug. Diesmal war es so ganz und gar nicht, als hätte er in seine Zunge gebissen oder als würde ihm ein Zahn gezogen, weil das, was er diesmal schmeckte, nicht sein eigenes Blut war.

Obwohl es in dem Zimmer warm genug war, begann er zu zittern. Und er konnte einfach nicht aufhören damit.

Candy durchstreifte die Täler. Er war auf der Jagd, ganz im Griff des drängenden Verlangens. Er scheuchte wilde Tiere aus ihren Erdlöchern und Nestern auf. Er kniete im Morast neben einer großen Eiche. Der Regen trommelte auf ihn nieder. Er saugte gerade Blut aus der geschändeten Kehle eines Hasen, als er spürte, wie ihm jemand eine Hand auf den Kopf legte.

Er warf den Hasen hin, sprang auf und drehte sich dabei um seine eigene Achse. Niemand war da. Zwei der schwärzesten Katzen seiner Schwestern waren ungefähr sechs Meter entfernt, sichtbar nur, weil ihre Augen in der Finsternis glühten. Sie waren ihm gefolgt, als er das Haus verlassen hatte. Aber sonst war er allein.

Ein, zwei Sekunden lang fühlte er die Hand noch auf seinem Kopf, obwohl da keine Hand war. Dann war das eigenartige Gefühl geschwunden.

Er spähte in die Schatten, die ihn umgaben und lauschte dem Regen, der durch die Blätter der Eiche nach unten prasselte.

Schließlich tat er den Zwischenfall achselzuckend ab und hastete, getrieben von seinem starken Verlangen, weiter nach Osten, den Abhang hinauf. Ein zirka einen halben Meter breites Flüßchen hatte sich in der Talsohle gebildet. Es war ungefähr fünfzehn Zentimeter tief, behinderte sein Weiterkommen aber nicht.

Die durchnäßten Katzen folgten ihm.

Er wollte sie nicht bei sich haben, wußte jedoch aus

Erfahrung, daß es ihm nicht gelingen würde, sie zu verscheuchen. Sie begleiteten ihn nicht immer, doch wenn sie sich entschlossen, seiner Fährte zu folgen, konnte er sie nicht abschütteln.

Nachdem er etwa hundert Meter weit gegangen war, ließ er sich wieder auf die Knie fallen, streckte die Arme aus, die Handflächen von sich weggewandt und ließ die Energie noch einmal ausströmen. Schimmerndes saphirblaues Licht schoß durch die Nacht. Die Büsche wurden erschüttert, die Bäume gerüttelt, und Steine wurden gegeneinandergeworfen. Im Gefolge des Lichts flogen Staubwolken hoch, geisterhafte Silbersäulen, die flatterten wie windgeschüttelte Leichentücher, bevor sie in der Dunkelheit verschwanden.

Ein Schwarm von Tieren brach aus seinen Verstecken hervor und lief auf Candy zu. Er griff nach einem Hasen, verfehlte ihn, packte aber die Pfote eines Eichhörnchens. Es versuchte ihn zu beißen, doch er schwenkte es herum, schmetterte seinen Kopf in den morastigen Boden und betäubte es.

Violet war mit Verbina in der Küche. Sie saßen mit dreiundzwanzig ihrer fünfundzwanzig Katzen auf den ausgebreiteten Decken.

Teile ihres Bewußtseins – und Teile des Bewußtseins ihrer Schwester – waren in Cinders und Lamia, den schwarzen Katzen, durch die sie ihren Bruder begleiteten. Sie beobachteten, wie Candy seine Opfer fing und erledigte. Cinders und Lamia waren erregt, und auch Violet war erregt. Elektrisiert.

Die nasse Januarnacht war dunkel und unergründlich, nur die Siedlungen im Westen lieferten ein wenig Licht, das von den Bäuchen der tiefhängenden Wolken reflektiert wurde. In dieser Wildnis war Candy die wildeste

Kreatur von allen, ein entschlossener und mächtiger Räuber, der rasch und geräuschlos durch die zerklüfteten Täler schlich, sich nahm, was er brauchte und wollte. Er war so stark und so geschmeidig, daß er den Abhang geradezu hinaufzufliegen schien – über Steine und abgebrochene Äste, um Dornenbüsche herum. Es sah aus, als sei er kein Mensch aus Fleisch und Blut, sondern der wogende Mondschatten irgendeiner gefiederten Kreatur, die hoch über der Erde schwebte.

Nachdem Candy das Eichhörnchen gepackt und seinen Kopf auf den Boden geschmettert hatte, nahm Violet einen Teil ihres Bewußtseins aus Lamia und Cinders heraus und drang damit in das Eichhörnchen ein. Es war benommen von dem Schlag. Es strampelte schwach und starrte Candy in nackter Angst an.

Candys große, starke Hände umklammerten das Eichhörnchen, doch Violet erschien es, als bewegten sie sich auch über ihre nackten Beine, Hüften, ihren nackten Bauch und über ihre Brüste.

Candy zerbrach die Wirbelsäule des Tieres – über seinem gebeugten Knie.

Violet erzitterte. Verbina wimmerte und klammerte sich an ihre Schwester.

Das Eichhörnchen hatte keinerlei Gefühl mehr in seinen Extremitäten.

Leise knurrend biß Candy in die Kehle des Tierchens. Mit den Zähnen zerfetzte er die Haut und riß die blutreichen Adern auf

Violet spürte, wie das heiße Blut aus dem Eichhörnchen pulsierte, fühlte Candys Mund, der sich hungrig auf die Wunde preßte. Es schien fast so, als sei da kein Stellvertreter zwischen ihnen, sondern als preßten sich seine Lippen fest auf Violets Kehle und als ströme ihr eigenes Blut in seinen Mund. Sie wünschte, sie könnte auch in Candys Bewußtsein eindringen und so sowohl da sein, wo das Blut abfloß, als auch da, wo das Blut ankam. Doch sie konnte sich nur mit Tieren verschmelzen.

Sie hatte nicht mehr die Kraft sitzenzubleiben. Sie ließ sich auf die Decken zurückfallen und war sich nur halb der Tatsache bewußt, daß sie leise vor sich hinsang: *»Ja, ja, ja, ja . . .«*

Verbina rollte sich auf ihre Schwester.

Die Katzen purzelten um sie herum wie eine aufgewühlte Masse von Fell, Schwänzen und Gesichtern mit Schnurrhaaren.

Thomas versuchte es noch einmal. Julie zuliebe. Er reichte hinüber in das kalte, glühende Bewußtsein des Bösen Dings. Das Böse Ding zog ihn augenblicklich zu sich hin. Er ließ zu, daß sein Bewußtsein sich abwickelte wie eine große Zwirnrolle. Es durchbohrte das Fenster, schnellte hoch in die Nacht, berührte etwas.

Er tevaute Fragen: Was bist du? Wo bist du? Was willst du? Warum wirst du Julie weh tun?

Gerade als Candy das tote Eichhörnchen wegwarf und aufstand, spürte er wieder diese Hand auf seinem Kopf. Er zuckte zusammen, drehte sich um und schlug wild mit beiden Fäusten in die Dunkelheit hinein.

Niemand war hinter ihm. Die beiden Katzen beobachteten ihn aus etwa sechs Metern Entfernung aus ihren strahlenden bernsteinfarbenen Augen. Das ganze Wild aus seiner unmittelbaren Nähe war geflohen. Wenn jemand ihn ausspionierte, dann mußte sich der Eindringling in dem Gebüsch weiter unten im Tal verbergen oder in einer der Nischen oben in den Felswänden. Er konnte aber niemals nahe genug sein, um ihn berührt zu haben.

Außerdem fühlte er die Hand immer noch. Er faßte

auf seinen Kopf, erwartete, Blätter zu finden, die sich in seinen nassen Haaren verfangen hatten. Nichts.

Doch der Druck der Hand blieb, verstärkte sich sogar noch, und er war so deutlich, daß er die Umrisse von vier Fingern, einem Daumen und die Krümmung einer Handfläche auf seiner Hirnschale spüren konnte.

Was ... wo ... was ... warum ...?

Verärgert und verwirrt drehte sich Candy einmal um die eigene Achse.

Ein Kribbeln überlief ihn, ganz anders als alles, was er jemals erlebt hatte. Es war, als grübe sich etwas in sein Gehirn. »Wer bist du?« fragte er laut.

Was ... wo ... was ... warum ...?

»Wer bist du?«

Das böse Ding war ein Mann. Das wußte Thomas jetzt. Ein drinnen-scheußlicher-Mann und noch etwas anderes, aber doch zumindest teilweise ein Mann.

Das Bewußtsein des Bösen Dings war wie ein Wasserstrudel, schwärzer als schwarz. Es wirbelte wirklich sehr schnell, zog Thomas runter, wollte ihn lebend verschlingen. Er versuchte, sich zu lösen, auszubrechen. Wegzuschwimmen. Das Böse Ding wollte ihn zu dem Ort des Grauens hinunterziehen, und er würde niemals in der Lage sein, wieder zurückzukehren. Er dachte, er sei erledigt. Doch seine Furcht vor dem Ort des Grauens, seine Furcht davor, irgendwo hinzugehen, wo Julie und Bobby ihn niemals finden würden und wo er allein sein würde, war so groß, daß er sich schließlich losreißen und wieder in sein Zimmer in Cielo Vista zurückrollen konnte.

Er ließ sich auf die Matratze fallen und zog sich die Decke über den Kopf, um die Nacht vor dem Fenster nicht mehr sehen zu müssen *und* damit nichts ihn sehen konnte, nichts, was da draußen in der Nacht war.

34

Walter Havalow, Mrs. George Farris' noch lebender Bruder, der Erbe ihrer bescheidenen Hinterlassenschaft, lebte in einer besseren Gegend als die Phans. Er war reicher, wenn auch ärmer, was Höflichkeit und gute Manieren betraf. Sein Haus im englischen Tudor-Stil in Villa Park hatte Scheiben aus facettiertem Glas, gefüllt mit einem Licht, das Julie warm und verlockend fand. Havalow aber blieb in der Tür stehen und bat sie nicht mal herein, nachdem er die Privatdetektiv-Lizenz studiert und sie ihr zurückgegeben hatte.

»Was wollen Sie?«

Havalow war groß, hatte einen Schmerbauch, schütteres blondes Haar und einen dichten Schnurrbart, der teilweise blond und teilweise rot war. Seine durchdringenden haselnußbraunen Augen kennzeichneten ihn als intelligenten Mann, doch sie waren kalt, lauernd und berechnend – die Augen eines Mafia-Buchhalters.

»Wie ich bereits erklärte«, sagte Julie, »haben die Phans gemeint, Sie könnten uns helfen. Wir brauchen ein Foto Ihres verstorbenen Schwagers George Farris.«

»Warum?«

»Nun, wie ich sagte, gibt es da einen Mann, der herumläuft und behauptet, Mister Farris zu sein. Und der spielt in dem Fall eine Rolle, an dem wir arbeiten.«

»Kann nicht mein Schwager sein. Der ist tot.«

»Ja, das wissen wir. Doch die Papiere dieses Hochstaplers sind sehr gut, und es würde uns helfen, ein Foto des echten George Farris zu haben. Tut mir leid, mehr kann ich Ihnen dazu nicht sagen, ohne die Privatsphäre unseres Klienten zu verletzen.«

Havalow drehte sich um und schlug ihnen die Tür vor der Nase zu.

Bobby schaute Julie an. »Mister Geselligkeit.«

Julie läutete noch einmal.

Nach einem Moment öffnete Havalow die Tür. »Was?«

»Mir ist klar, daß wir unangemeldet hier aufgetaucht sind«, sagte Julie und bemühte sich, verbindlich zu bleiben, »und ich entschuldige mich für die Störung, doch ein Foto Ihres . . .«

»Ich wollte das Bild gerade holen«, sagte er ungeduldig. »Wenn Sie nicht noch mal geläutet hätten, hätte ich es jetzt schon in der Hand.« Er drehte sich um und schloß die Tür ein zweites Mal.

»Ob es wohl an unserem Körpergeruch liegt?« fragte Bobby.

»Was für ein Kotzbrocken.«

»Glaubst du wirklich, daß er zurückkommt?«

»Wenn nicht, trete ich die Tür ein.«

Hinter ihnen troff der Regen von dem Vordach, das die letzten drei Meter des Gartenweges überspannte, und hohl gurgelnd schoß Wasser aus dem Fallrohr der Dachrinne – kalte Geräusche.

Havalow kehrte mit einem Schuhkarton voller Schnappschüsse zurück. »Meine Zeit ist kostbar. Wenn Sie meine Unterstützung wollen, sollten Sie das nicht vergessen.«

Julie unterdrückte ihre niederen Triebe. Bei Unverschämtheit sah sie rot. In ihrer Phantasie schlug sie ihm den Karton aus den Händen, packte eine Hand und bog den Zeigefinger so weit wie möglich zurück, überdehnte so den Digitalnerv, während sie gleichzeitig den Nervus radialis und den Nervus medianis abzwickte, was ihn in die Knie zwang. Dann das Knie unters Kinn geknallt, ein rascher Hieb in den Nacken, ein gutplazierter Tritt in seinen weichen, vorstehenden Bauch . . .

Havalow wühlte in dem Karton herum und zog ein Polarold von einem Mann und einer Frau heraus, die an einem sonnigen Tag an einem Picknicktisch aus Rotholz saßen.

»Das sind George und Irene.«

Selbst im gelblichen Licht der Verandalampe konnte Julie erkennen, daß George Farris ein schlanker, schlaksiger Mann mit einem langen, schmalen Gesicht gewesen war, das genaue Gegenteil von Frank Pollard.

»Warum sollte irgend jemand behaupten, George zu sein?« fragte Havalow.

»Wir haben es möglicherweise mit einem Kriminellen zu tun, der eine ganze Reihe falscher Papiere benutzt«, erklärte Julie. »George Farris ist nur eine der Identitäten, die er benutzt. Der Name Ihres Schwagers wurde vermutlich von dem Fälscher willkürlich eingesetzt, den der Kerl beauftragte. Fälscher nehmen manchmal die Namen und Adressen Verblichener.«

Havalow runzelte die Stirn. »Glauben Sie, daß dieser Kerl, der Georges Namen benutzt, möglicherweise der ist, der Irene, meinen Bruder und meine beiden Nichten getötet hat?«

»Nein«, wehrte Julie ab. »Wir haben es hier nicht mit einem Killer zu tun. Nur mit einem Hochstapler, einem Schwindler.«

»Abgesehen davon«, sagte Bobby, »würde kein Killer

dadurch selbst die Verbindung zu einem Mord herstellen, den er begangen hat, indem er den Namen des Mannes seines Opfers annimmt.«

Havalow suchte Julies Blick, wohl um festzustellen, inwieweit sie ihn mit all ihrem Gerede einwickeln wollte, und fragte: »Dieser Kerl ist Ihr Klient?«

»Nein«, log Julie. »Er hat unseren Klienten ausgenommen, und wir sind engagiert worden, um ihn aufzuspüren, damit man ihn zwingen kann, das Geld zurückzuerstatten.«

Bobby mischte sich ein. »Können wir uns dieses Foto ausleihen, Sir?«

Havalow zögerte. Er hielt noch immer Augenkontakt mit Julie.

Bobby reichte ihm die Geschäftskarte von Dakota & Dakota.

»Wir werden Ihnen das Bild zurückgeben. Da ist unsere Adresse und Telefonnummer. Ich verstehe, daß es Ihnen schwerfällt, sich von einem Familienfoto zu trennen, besonders da Ihre Schwester und Ihr Schwager nicht mehr am Leben sind, aber wenn...«

Offensichtlich hatte sich in Havalow die Meinung gefestigt, daß sie nicht logen, denn er sagte: »Klar, nehmen Sie's. Was George angeht, bin ich nicht sentimental. Konnte ihn nie ausstehen. Habe meine Schwester immer für dämlich gehalten, weil sie ihn geheiratet hat.«

»Vielen Dank«, sagte Bobby. »Wir ...«

Havalow trat zurück und schloß die Tür.

Julie klingelte.

Unwirsch vor Ungeduld öffnete Havalow die Tür.

Bobby stellte sich zwischen Julie und Havalow, hielt ihm den gefälschten Führerschein mit George Farris' Namen und Franks Bild vor die Nase. »Noch eins, Sir, und dann lassen wir Sie in Ruhe.«

»Ich habe sehr wenig Zeit«, sagte Havalow.

»Haben Sie diesen Mann schon einmal gesehen?«

Irritiert nahm Havalow den Führerschein und schaute darauf. »Teigiges Gesicht, nichtssagende Züge. Davon gibt's im Umkreis von hundert Meilen Millionen – meinen Sie nicht auch?«

»Und Sie haben ihn niemals gesehen?«

»Sind Sie schwer von Begriff. Muß ich es Ihnen buchstabieren? Nein, ich habe ihn niemals gesehen.«

Bobby nahm den Führerschein zurück und sagte: »Danke für Ihre Zeit und ...«

Havalow schloß die Tür. Laut knallend.

Julie langte nach dem Klingelknopf.

Bobby hielt ihre Hand fest. »Wir haben alles, warum wir hergekommen sind.«

»Ich will ...«

»Ich weiß, was du willst«, erklärte Bobby, »aber einen Mann zu Tode zu foltern verstößt in Kalifornien gegen das Gesetz.«

Er zerrte sie weg von dem Haus, hinaus in den Regen.

Wieder im Auto, sagte sie: »Dieser unverschämte, selbstgefällige Bastard!«

Bobby warf den Motor an und schaltete die Scheibenwischer ein. »Wir werden an einem Einkaufszentrum anhalten, dir einen von diesen riesigen Teddybären kaufen, Havalows Namen drauf malen – und den kannst du dann auseinandernehmen. Okay?«

»Für wen hält der sich eigentlich?«

Während Julie noch finster zu dem Haus zurückblickte, fuhr Bobby los. »Er ist Walter Havalow, Baby, und er muß er bleiben, bis er stirbt, was eine schlimmere Strafe ist als alles, was du ihm antun könntest.«

Ein paar Minuten später, sie hatten Villa Park hinter sich gelassen, fuhr Bobby auf den Parkplatz eines Supermarktes und parkte den Toyota ein. Er löschte die Scheinwerfer, schaltete die Scheibenwischer aus, ließ aber den Motor laufen, damit es warm blieb.

Vor dem Markt standen nur ein paar Autos. In Pfützen, so groß wie Swimmingpools, spiegelten sich die Lichter des Ladens.

»Was haben wir herausgekriegt?« fragte er.

»Daß wir Walter Havalow *verabscheuen.*«

»Ja, aber was haben wir im Zusammenhang mit unserem Fall herausgefunden? Ist es nur ein Zufall, daß Frank George Farris' Namen benutzt hat und die Farris-Familie abgeschlachtet wurde?«

»Ich glaube nicht an Zufälle.«

»Ich auch nicht. Aber ich glaube trotzdem nicht, daß Frank ein Killer ist.«

»Das glaube ich auch nicht, obwohl alles möglich ist. Aber was du Havalow gesagt hast, ist richtig – Frank hätte Irene Farris und die anderen im Haus gewiß nicht umgebracht und wäre dann mit einem gefälschten Führerschein herumgelaufen, der ihn mit dem Fall in Verbindung bringt.«

Es regnete jetzt heftiger als zuvor. Die Tropfen hämmerten geräuschvoll auf den Toyota. Der schwere Vorhang aus Wasser ließ den Supermarkt verschwimmen.

»Willst du wissen, was ich glaube?« fragte Bobby. »Ich glaube, Frank benutzte Farris' Namen, und wer auch immer hinter ihm her ist, hat es herausgefunden.«

»Mister Blaulicht, meinst du? Der Kerl, der's angeblich fertigbringt, daß ein Auto um einen herum in seine Einzelteile zerfällt und Straßenlampen ausgehen wie von Geisterhand?«

»Klar, den«, sagte Bobby.

»Falls er existiert.«

»Mister Blaulicht entdeckte, daß Frank Farris' Namen

benutzte. Also ging er in der Hoffnung zu dieser Adresse, ihn zu finden. Aber Frank war niemals dagewesen. Es waren nur ein Name und eine Adresse, die der Fälscher willkürlich herausgepickt hatte. Als Mister Blau Frank also nicht vorfand, tötete er alle im Haus, weil er vielleicht glaubte, sie hätten ihn angelogen und versteckten Frank, oder vielleicht auch nur, weil er wütend war.«

»*Er* hätte gewußt, wie man mit Havalow umgehen muß.«

»Du glaubst also, daß ich recht habe. Ich bin da einer Sache auf der Spur?«

Sie dachte darüber nach. »Könnte sein.«

Er grinste sie an. »Macht es nicht Spaß, Detektiv zu sein?«

»Spaß?« fragte sie ungläubig.

»Nun, vielleicht meinte ich ›interessant‹.«

»Wir vertreten entweder einen Mann, der vier Menschen ermordet hat, oder wir vertreten einen Mann, den sich ein brutaler Mörder als Zielscheibe ausgesucht hat, und das findest du spaßig?«

»Nicht so spaßig wie Sex, aber doch spaßiger als Bowling.«

»Bobby, manchmal machst du mich verrückt. Aber ich liebe dich.«

Er nahm ihre Hand. »Wenn wir die Untersuchung fortsetzen, möchte ich, verdammt noch mal, soviel Spaß wie möglich dabei haben. Doch ich lasse den Fall auch sofort fallen, wenn du möchtest.«

»Warum? Wegen deines Traums? Wegen des Bösen Dings?« Sie schüttelte den Kopf. »Nein. Wenn wir uns von einem verrückten Traum in Angst und Schrecken versetzen lassen, wird uns bald *alles* in Angst und Schrecken versetzen. Unsere Arbeit kann man nicht ohne Selbstvertrauen tun.«

Selbst im schwachen Licht der Armaturenbrettbeleuchtung konnte sie die Angst in seinen Augen erkennen.

»Na klar«, meinte er schließlich, »ich wußte, daß du das sagen würdest. Dann sollten wir den Dingen aber so schnell wie möglich auf den Grund gehen. Seinem zweiten Führerschein zufolge ist er James Roman und lebt in El Toro.«

»Es ist schon fast halb neun.«

»Wir könnten in ungefähr einer dreiviertel Stunde dort sein und das Haus suchen. Das ist nicht zu spät.«

»In Ordnung.«

Statt das Auto zu starten, schob er seinen Sitz zurück und zog seinen gefütterten Nylonanorak aus. »Schließ das Handschuhfach auf und gib mir meine Waffe. Von jetzt an werde ich sie immer tragen.«

Sie hatten beide eine Lizenz, eine Waffe tragen zu dürfen. Julie kämpfte sich ebenfalls aus der Jacke und zog dann zwei Schulterhalfter unter ihrem Sitz hervor. Sie nahm beide Revolver aus dem Handschuhfach: zwei kurzläufige Smith & Wesson ,38 Chief's Specials, verläßliche und kompakte Waffen, die man unauffällig unter der Kleidung tragen konnte, ohne daß der Schneider Wunder hätte vollbringen müssen.

Das Haus war verschwunden. Falls jemand mit dem Namen James Roman hier gewohnt hatte, hatte er nun eine neue Unterkunft. Ein nackter Betonklotz lag in der Mitte der Parzelle, umgeben von Gras, Buschwerk und etlichen Bäumen, als hätte ein galaktisches Umzugsunternehmen das Haus Stein für Stein verschwinden lassen.

Bobby parkte in der Auffahrt, und sie stiegen aus dem Toyota, um sich das Anwesen etwas näher anzusehen. Trotz des schneidenden Regens warf eine Straßenlampe in der Nähe genug Licht herüber, daß man sehen konnte, daß der Rasen zertrampelt, von unzähligen Reifenspuren gezeichnet und an einigen Stellen gar nicht mehr vorhanden war. Außerdem war er mit Holzstücken, hellen Splittern von Steinplatten, abgebröckeltem Stuck und ein paar Glasteilchen übersät, die schwach funkelten.

Den klarsten Hinweis auf das Schicksal des Hauses gab der Zustand der Büsche und Bäume. Die Büsche, die dem Betonklotz am nächsten standen, waren entweder abgestorben oder stark beschädigt, und wenn man näher hinsah, merkte man, daß sie verkohlt waren. Der Baum, der neben dem Betonklotz aufragte, war blattlos, seine starren pechschwarzen Äste erinnerten an die Halloween-Nacht und ließen die regennasse Januarnacht fast vergessen.

»Feuer«, sagte Julie. »Dann haben sie alles abgerissen, was übrig war.«

»Laß uns mit einem der Nachbarn reden.«

Die leere Parzelle wurde von anderen Häusern flankiert. Doch Lichter sahen sie nur in dem Haus auf der Nordseite.

Der Mann, der die Tür öffnete, war ungefähr fünfundfünfzig, 1,85 Meter groß, von kräftiger Statur. Er hatte graues Haar und einen sauber gestutzten grauen Schnurrbart. Sein Name war Paul Hampstead, und er hatte das Auftreten eines pensionierten Offiziers. Er bat sie herein, wünschte allerdings, daß sie ihre durchnäßten Schuhe auf der vorderen Veranda ließen. Auf Strümpfen folgten sie ihm zu einer Frühstücksecke neben der Küche, deren gelbe Kunststoffpolster wohl kaum unter ihren nassen Klamotten leiden würden. Hampstead hieß sie dennoch stehenzubleiben, bis er zwei dicke pfirsichfarbene Strandlaken über zwei der Stühle gebreitet hatte.

»Tut mir leid«, sagte er, »aber ich bin ein ziemlicher Pedant.«

Das Haus hatte helle Eichenböden und war modern eingerichtet. Bobby fiel auf, daß es bis in die letzte Ecke makellos sauber war.

»Dreißig Jahre im Marine Corps haben in mir eine bleibende Beziehung zu Routine, Ordnung und Sauberkeit zurückgelassen«, erklärte Hampstead. »Als Sharon vor drei Jahren starb – sie war meine Frau –, habe ich mich wohl, denke ich, tatsächlich zu einem richtigen Putzteufel entwickelt. Während der ersten sechs, acht Monate nach ihrem Begräbnis habe ich das Haus wenigstens zweimal wöchentlich von oben bis unten und von unten bis oben gründlich geputzt. Denn solange ich putzte und schrubbte, tat mein Herz nicht so fürchterlich weh. Hab' ein Vermögen für Windex, Küchenpapier, Fantastik und Müllbeutel ausgegeben. Und Sie können's mir glauben, keine Offizierspension reicht aus für den Putzfimmel, den ich entwickelte! Ich habe dieses Stadium hinter mir. Ein Pedant bin ich trotzdem, wenn auch nicht *besessen.*«

Er hatte gerade frischen Kaffee gebrüht und goß ihnen ebenfalls eine Tasse ein. Die Tassen, Untertassen und Löffel blitzten vor Sauberkeit. Hampstead gab jedem von ihnen zwei exakt gefaltete Papierservietten und setzte sich ihnen dann gegenüber.

»Sicher«, sagte er, nachdem sie das Thema angeschnitten hatten, »kannte ich Jim Roman. Guter Nachbar. Er war Hubschrauberpilot auf der El Toro Air Base. Das war auch meine letzte Station vor der Pensionierung. Jim war ein verdammt netter Kerl. Einer, der einem sein letztes Hemd gegeben und dann noch gefragt hätte, ob man nicht Geld brauchte, um sich die passende Krawatte zu kaufen.«

»War?« fragte Julie.

»Ist er in dem Feuer umgekommen?« erkundigte sich Bobby, der sich an die verkohlten Büsche und den rußgeschwärzten Betonklotz auf dem Nachbargrundstück erinnerte.

Hampstead runzelte die Brauen. »Nein. Er starb etwa sechs Monate nach Sharon. Sagen wir – vor zweieinhalb Jahren. Sein Hubschrauber stürzte bei einer Übung ab. Er war erst einundvierzig, elf Jahre jünger als ich. Ließ eine Frau zurück, Maralee. Eine vierzehnjährige Tochter namens Valerie. Einen zwölfjährigen Sohn: Mike. Wirklich nette Kinder. Schreckliche Sache. Sie waren eine engverbundene Familie, und Jims Unfall hat sie am Boden zerstört. Sie hatten ein paar Verwandte oben in Nebraska, aber niemanden, an den sie sich wirklich hätten wenden können.« Hampstead starrte an Bobby vorbei auf den leise summenden Kühlschrank, und seine Augen schwammen in Tränen. »Also versuchte ich einzuspringen, zu helfen, beriet Maralee bei finanziellen Angelegenheiten, bot ihnen eine Schulter zum Anlehnen und hatte immer ein offenes Ohr, wenn die Kinder das brauchten. Ging hin und wieder mit ihnen nach Disneyland und zu Knott's Berrys Farm, Sie wissen schon. Maralee hat mir immer wieder gesagt, was für ein Gottesgeschenk ich sei, aber in Wirklichkeit brauchte ich sie mehr als sie mich, denn etwas für sie alle tun zu können, lenkte mich endlich von meinem Kummer wegen Sharon ab.«

»Also liegt das Feuer noch gar nicht so lange zurück?« erkundigte sich Julie.

Hampstead antwortete nicht. Er stand auf, ging zum Spülstein, öffnete den Schrank darunter, kehrte mit einer Sprühdose Windex und einem Geschirrtuch zurück und begann, die Kühlschranktür zu polieren, die bereits so sauber zu sein schien wie die antiseptischen Flächen in einem Operationssaal. »Valerie und Mike waren fabelhafte Kinder. Nach etwa einem Jahr hatte ich fast das Gefühl, es seien *meine* Kinder, die Kinder, die Sharon und ich niemals hatten. Maralee trauerte lange Zeit um Jim, fast zwei Jahre. Erst dann begann sie sich daran zu erinnern, daß sie eine Frau in den besten Jahren war. Möglicherweise hätte das, was sich zwischen ihr und mir entwickelte, Jim gestört, aber eigentlich glaube ich das nicht. Ich denke, er wäre glücklich gewesen für uns, auch wenn ich elf Jahre älter war als sie.«

Nachdem er damit fertig war, den Kühlschrank abzuwischen, inspizierte er die Tür von der Seite, drehte sie ins Licht. Offenbar suchte er nach einem Fingerabdruck oder einem Schmutzfleck. So als hätte er die Frage, die Julie ihm vor einer Minute gestellt hatte, eben erst gehört, sagte er unvermittelt: »Das Feuer war vor zwei Monaten. Ich bin mitten in der Nacht aufgewacht, hörte Sirenen, sah ein orangefarbenes Glühen vor dem Fenster, stand auf, schaute hinaus . . .«

Er wandte sich vom Kühlschrank ab, blickte sich einen Moment prüfend in der Küche um, ging dann zu der gefliesten Theke, die ihm am nächsten war und begann deren glänzende Oberfläche zu bespritzen und abzuwischen.

Julie sah Bobby an. Der schüttelte den Kopf. Keiner von ihnen sagte etwas.

Nach einer Welle fuhr Hampstead fort: »Bin rübergegangen in ihr Haus, kam kurz vor den Feuerwehrleuten an. Ging durch die Eingangstür. Schaffte es bis in die Halle, dann zum Fuß der Treppe, konnte aber nicht rauf in die Schlafzimmer . . . Die Hitze war zu stark – und dann der Rauch. Ich rief ihre Namen, niemand antwortete. Hätte ich eine Antwort erhalten, hätte ich möglicherweise die Kraft gefunden, trotz der Flammen hinaufzugehen. Ich schätze, ich muß ein paar Sekunden ohnmächtig gewesen und von den Feuerwehrleuten hinausgetragen worden sein, weil ich auf dem Rasen wieder zu mir kam, hustend, keuchend. Ein Sanitäter beugte sich über mich, gab mir Sauerstoff.«

»Alle drei starben?« fragte Bobby.

»Ja«, erwiderte Hampstead.

»Was hat das Feuer verursacht?«

»Ich bin nicht sicher, ob sie das jemals rausgefunden haben. Kann sein, daß von einem Kurzschluß die Rede war, weiß es aber nicht genau. Ich glaube, eine Weile vermuteten sie Brandstiftung, aber das konnte nicht bewiesen werden. Spielt auch keine große Rolle, oder?«

»Warum nicht?«

»Was auch immer schuld war, sie sind alle drei tot.«

»Tut mir leid«, sagte Bobby leise.

»Ihr Grundstück ist verkauft worden. Irgendwann im Frühjahr wollen sie mit dem Bau des neuen Hauses beginnen. Mehr Kaffee?«

»Nein, vielen Dank«, sagte Julie.

Hampstead überprüfte wieder die Küche, ging zu der Edelstahl-Dunstabzugshaube und begann trotz der Tatsache, daß sie vor Sauberkeit blitzte, sie zu putzen. »Ich muß mich für diesen Schmutz entschuldigen. Keine Ahnung, wie es kommt, daß es immer wieder so aussieht, obwohl ich doch ganz allein hier wohne. Manchmal glaube ich fast, daß sich Kobolde hier reinschleichen und alles durcheinanderbringen, nur um mich zu quälen.«

»Dazu braucht es keine Kobolde«, meinte Julie, »das Leben selbst bereitet uns genug Qualen.«

Hampstead wandte sich von der Dunstabzugshaube ab. Zum erstenmal, seit er vom Tisch aufgestanden war und mit dem Reinigungsritual begonnen hatte, schaute er ihr in die Augen.

»Keine Kobolde«, stimmte er zu. »Nichts, womit man so leicht fertigwerden könnte wie mit Kobolden.« Er war ein großer Mann, und die Jahre beim Militär hatten ihn ganz offensichtlich zu Disziplin erzogen, doch in diesem Augenblick schien er ihr verloren und hilflos wie ein Kind – die Tränen der Trauer in seinen Augen waren der wäßrige Beweis.

Im Auto starrte Bobby durch die regennasse Frontscheibe die leere Parzelle an, auf der das Haus der Romans einst gestanden hatte.

»Frank findet heraus, daß Mister Blaulicht über den Namen Farris Bescheid weiß, also besorgt er sich neue Papiere auf den Namen James Roman«, sagte er schließlich. »Aber auch davon erfährt Mister Blaulicht schließlich, und er sucht Frank unter der Adresse der Romans, wo er aber nur die Witwe und die Kinder findet. Er tötet sie – genauso wie er die Farris' getötet hat –, legt diesmal aber Feuer, um die Spuren des Verbrechens zu verwischen. Sieht das für dich auch so aus?«

»Könnte sein«, meinte Julie.

»Er verbrennt die Leichen, weil er sie gebissen hat, wie die Phans uns erzählt haben, und weil die Bißspuren der Polizei helfen könnten, eine Verbindung zwischen den Verbrechen zu finden. Er hat das Feuer gelegt, um die Polizei von seiner Fährte abzulenken.«

»Und warum verbrennt er sie dann nicht jedesmal?« fragte Julie.

»Weil das ein ebenso klarer Hinweis wäre wie die Bißwunden. Manchmal verbrennt er die Leichen, manchmal tut er's nicht, und manchmal läßt er sie vielleicht sogar verschwinden, so daß sie nicht mehr gefunden werden.«

Einen Moment schwiegen sie beide. Dann sagte sie:

»Dann haben wir es also mit einem Massenmörder zu tun, einem Serienkiller, der offensichtlich ein Psychopath ist.«

»Oder ein Vampir«, sagte Bobby.

»Warum ist er hinter Frank her?«

»Ich weiß es nicht. Vielleicht hat Frank mal versucht, einen Holzpflock durch sein Herz zu treiben.«

»Nicht komisch.«

»Da gebe ich dir recht«, entgegnete Bobby, »im Augenblick scheint es nichts zu geben, was komisch ist.«

35

Von Dyson Manfreds Haus in Irvine, das voller präparierter Insekten gewesen war, fuhr Clint Karaghiosis durch den eisigen Regen in sein eigenes Haus in Placentia. Es war ein heimeliger Bungalow mit zwei Schlafzimmern, mit Walzschindeln, einer breiten Veranda im Stil der kalifornischen Kunsthandwerker und hohen Terrassenfenstern, aus denen warmes, bernsteinfarbenes Licht strömte. Als er dort ankam, hatte die Autoheizung seine durchnäßte Kleidung so gut wie getrocknet.

Felina war in der Küche, als Clint durch die Verbindungstür zur Garage eintrat. Sie umarmte ihn, küßte ihn und hielt ihn einen Augenblick lang ganz fest, als sei sie überrascht, ihn lebend wiederzusehen.

Sie glaubte, sein Job sei voller Gefahren, glaubte, er setze jeden Tag sein Leben aufs Spiel, obwohl er ihr wieder und wieder erklärt hatte, daß er in erster Linie langweilige Kleinarbeit und die Laufereien erledige. Er jagte Fakten nach statt Bösewichtern, verfolgte eher Spuren aus Papier denn aus Blut.

Er verstand jedoch die Sorge seiner Frau, weil auch er sich ständig um sie sorgte. Zum einen war sie eine attraktive Schwarzhaarige mit olivfarbenem Teint und aufsehenerregenden grauen Augen. Im Zeitalter der nachsichtigen Richter, zu einer Zeit, da sich auf den Straßen ein Übermaß erbarmungsloser Psychopathen tummelte, wurde eine gutaussehende Frau als leichte Beute angesehen. Und zum anderen sorgte sich Clint wegen der Gefahren, die ihr an den verkehrsreichen Kreuzungen drohten, obwohl die Firma, in der sie als Datatypistin arbeitete, nur drei Blocks entfernt war – ein Weg, der selbst bei schlechtem Wetter gut zu bewältigen war. Denn im Notfall würde weder ein Warnschrei noch lautes Hupen sie auf den heranrasenden Tod hinweisen können.

Er durfte sie nicht wissen lassen, wie sehr er sich sorgte, war sie doch zurecht stolz darauf, trotz ihrer Taubheit so unabhängig zu sein. Er wollte ihre Selbstachtung nicht dadurch schmälern, daß er sie darauf hinwies, Zweifel zu haben, ob sie mit jeder faulen Tomate selber fertig werden könne, die das Schicksal ihr in den Weg warf. Also rief er sich jeden Tag, den Gott werden ließ, aufs neue ins Gedächtnis, daß sie 29 Jahre gelebt hatte, ohne daß ihr ernsthaft etwas zugestoßen war.

Während sich Clint in der Spüle die Hände wusch, deckte Felina den Küchentisch für ein spätes Abendessen. Ein riesiger Topf mit Gemüsesuppe stand auf dem Herd, und sie füllten gemeinsam zwei große Teller. Er holte einen Parmesankäsestreuer aus dem Kühlschrank, und sie packte einen Laib italienischen Brotes mit krosser Kruste aus.

Er war hungrig, und die Suppe war ausgezeichnet – viel frisches Gemüse und große Stücke mageres Rindfleisch –, doch zu dem Zeitpunkt, da Felina den ersten Teller geleert hatte, war Clint noch nicht mal mit der Hälfte fertig, weil er wiederholt Pausen eingelegt hatte, um ihr von den Ereignissen des Tages zu erzählen. Sie konnte nicht so gut von seinen Lippen lesen, wenn er versuchte, gleichzeitig zu reden und zu essen, und im Augenblick war sein Hunger geringer als sein Bedürfnis, mit ihr zu sprechen. Sie füllte ihren Teller neu und füllte seinen auf.

Außerhalb der Mauern seines eigenen kleinen Hauses war er kaum gesprächiger als ein Stein, doch in Felinas Gesellschaft war er so redselig wie ein Talkshow-Master. Er plapperte zwar nicht einfach daher, sondern ging mit erstaunlicher Leichtigkeit in seiner Rolle als geschliffener Erzähler auf. Er hatte es gelernt, eine Anekdote so wiederzugeben, daß Felina Spaß daran hatte, denn er liebte es, ihr ein Lachen zu entlocken oder zu beobachten, wie sie verblüfft die Augen aufriß. Sie war der erste Mensch in seinem Leben, dessen Meinung ihm wirklich wichtig war, und er wollte, daß sie ihn für klug, clever und witzig hielt.

Am Anfang ihrer Beziehung hatte er sich gefragt, ob ihre Taubheit irgend etwas mit seiner Fähigkeit zu tun habe, sich ihr öffnen zu können. Sie war von Geburt an taub, hatte niemals in ihrem Leben ein gesprochenes Wort gehört und deshalb auch nicht Sprechen gelernt.

Sie reagierte auf Clints Erzählung und berichtete auch später von ihrem eigenen Tag – mit Zeichensprache. Er hatte sie ebenfalls gelernt, um die »Sprache« ihrer flinken Finger verstehen zu können. Anfänglich hatte er sogar geglaubt, die Intimität, die sie beide verband, sei ihm nur wegen ihres Gebrechens möglich.

Im Lauf der Zeit war ihm jedoch klar geworden, daß er sich ihr *trotz* ihrer Taubheit geöffnet hatte, und nicht wegen ihr, und daß er jeden seiner Gedanken, jede seiner Erfahrungen – das galt natürlich auch für ihre – nur deshalb mit ihr teilen wollte, weil er sie liebte.

Als er Felina erzählte, wie Bobby und Julie sich während des Termins mit Frank Pollard zu drei Privatgesprächen in den Waschraum zurückgezogen hatten, lachte sie schallend.

Er liebte dieses Geräusch. Es war so warm und so einmalig melodisch, als drücke sich die große Lebensfreude, die sie empfand, allein durch ihr Lachen aus.

»Sie sind schon ein Pärchen, diese Dakotas«, sagte er. »Wenn man sie kennenlernt, erscheinen sie in mancher Beziehung so unterschiedlich, man kann sich gar nicht vorstellen, daß sie gut zusammenarbeiten können. Doch dann, wenn man sie besser kennt, passen sie zusammen wie zwei Teile eines Puzzles, und einem wird bewußt, daß ihre Partnerschaft fast perfekt ist.«

Felina legte den Suppenlöffel hin und signalisierte ihm mit den Fingern: *Genau wie bei uns.*

»Das stimmt.«

Wir passen besser zueinander als Puzzle-Teile. Wir passen zusammen wie ein Stecker und eine Steckdose.

»Das stimmt genau«, sagte er lächelnd. Dann erst wurde ihm die Doppeldeutigkeit dessen bewußt, was sie gesagt hatte, und er lachte: »Du hast eine schmutzige Phantasie, stimmt's?«

Sie nickte lachend.

»Stecker und Steckdose, wie?«

Großer Stecker, enge Steckdose, paßt prima.

»Ich werde dein Leitungsnetz später überprüfen.«

Ich brauche dringend einen erstklassigen Elektriker. Aber erzähl mir erst mehr über diesen neuen Klienten.

Draußen krachte und polterte der Donner, und eine Windbö knallte den Regen jäh gegen die Fensterscheiben. Die Geräusche des Unwetters ließen die warme, gut duftende Küche sogar noch einladender werden. Clint seufzte zufrieden, doch dann war er ein wenig traurig, weil ihm klar wurde, daß Felina dieses zutiefst zufriedenstellende Gefühl des Geborgenseins, wenn draußen der Donner grollte und der Regen gegen die Fenster klatschte, niemals würde mit ihm teilen können.

Er zog einen der roten Edelsteine aus der Hosentasche, die Frank Pollard mit ins Büro gebracht hatte. »Ich habe mir diesen ausgeborgt, weil ich wollte, daß du ihn dir einmal ansehen kannst. Der Kerl hat ein Einmachglas, das voll davon ist.«

Sie nahm den etwa weintraubengroßen Stein zwischen Daumen und Zeigefinger und hielt ihn gegen das Licht. *Wunderschön*, gab sie ihm per Zeichensprache zu verstehen. Dann legte sie den Stein neben ihren Suppenteller auf den Küchentisch. *Ist er sehr wertvoll?*

»Das wissen wir noch nicht«, erwiderte er. »Wir holen das Gutachten des Gemmologen erst morgen ein.«

Ich glaube, er ist wertvoll. Wenn du ihn morgen ins Büro zurückbringst, solltest du aufpassen, daß du kein Loch in der Tasche hat. Ich habe so eine Ahnung, daß du lange, lange würdest arbeiten müssen, um ihn zu ersetzen, falls du ihn verlierst.

Der Stein schluckte das Licht der Küchenlampe, leitete es von Prisma zu Prisma und warf es mit einer grellen Farbtönung zurück, es malte dabei leuchtend blutrote Punkte und Flecken auf Felinas Gesicht. Sie schien geradezu mit Blut besudelt zu sein.

Eine eigenartige Vorahnung überfiel Clint.

Sie fragte mit ihren Fingern: *Warum runzelst du derartig die Stirn ?*

Er wußte nicht, was er sagen sollte. Die Tiefe dieses unangenehmen Gefühls stand in keinerlei Verhältnis zu dem, was es ausgelöst hatte. Er spürte, wie es sich seine ganze Wirbelsäule hinaufbewegte, fühlte, wie es ihn eiskalt überlief. Es war, als fiele eine ganze Reihe von Dominosteinen aus Eis. Er griff nach dem Stein, schob ihn ein paar Zentimeter von dem Teller fort, so daß seine blutrote Reflexion nicht mehr Felinas Gesicht traf, sondern die Wand neben ihr.

36

Um halb zwei Uhr morgens war Hal Yamataka ganz versunken in John D. MacDonalds Roman *The Last One Left* (Der letzte Ausweg). Der einzige Stuhl im Raum war nicht gerade die bequemste Sitzgelegenheit, auf der er seinen Hintern jemals geparkt hatte, und von dem strengen Krankenhausgeruch wurde ihm immer ein wenig merkwürdig im Magen, und die Chili-Rellenos, die er abends gegessen hatte, stießen ihm immer noch auf. Doch das Buch war so fesselnd, daß er schließlich all diese kleinen Störfaktoren vergessen hatte.

Sogar Frank Pollard hatte er für eine Weile vergessen, bis er ein kurzes Zischen hörte, so als entweiche Luft unter Druck, und einen plötzlichen Luftzug spürte. Er schaute von dem Buch hoch und erwartete zu sehen, wie Pollard sich im Bett aufsetzte oder vielleicht versuchte aufzustehen, doch Pollard war nicht da.

Bestürzt sprang Hal auf und ließ dabei das Buch fallen.

Das Bett war leer. Pollard war die ganze Nacht dagewesen, hatte während der letzten Stunde geschlafen, aber jetzt war er weg. Das Zimmer war nicht gerade hell erleuchtet, denn die Leuchtstoffröhren hinter dem Bett waren ausgeschaltet. Die Schatten jenseits der Leselampe waren allerdings zu flach, als daß ein Mann sich in ihnen hätte verbergen können. Die Laken waren nicht beiseite geschlagen, sondern säuberlich über der Matratze drapiert, und beide Seitengitter waren eingehakt – es sah so aus, als habe Frank Pollard sich aufgelöst wie eine Figur aus Trockeneis.

Hal war ganz sicher, daß er es gehört hätte, wenn Pollard eines der Gitter hinuntergeschoben hätte, um aus dem Bett zu steigen, und es dann wieder hochgeschoben und befestigt hätte. Sicher hätte er es auch gehört, wenn Pollard *darüber* geklettert wäre.

Die Fenster waren geschlossen. Regen lief an den Scheiben hinunter. Die Tropfen reflektierten schimmernd das Licht des Raumes. Sie waren im sechsten Stock. Pollard hatte also nicht durch das Fenster entkommen können. Hal überprüfte es aber trotzdem und stellte fest, daß es nicht nur geschlossen, sondern verriegelt war.

Er ging zur Tür des zum Zimmer gehörenden Badezimmers und sagte: »Frank?« Als er keine Antwort erhielt, ging er hinein. Das Bad war leer.

Blieb nur noch der schmale Wandschrank als mögliches Versteck. Hal öffnete ihn und fand zwei Kleiderbügel, auf denen die Sachen hingen, die Pollard getragen hatte, als er ins Krankenhaus gekommen war. Die Schuhe des Mannes waren ebenso da wie die ordentlich aufgerollten Strümpfe.

»Er kann nicht an mir vorbei und in den Flur gegangen sein«, sagte Hal, als würde sich diese Behauptung auf magische Weise bewahrheiten, wenn man sie nur laut aussprach.

Er zog die schwere Tür auf und hastete in den Korridor hinaus. Weder links noch rechts war jemand zu sehen.

Er wandte sich nach links, eilte zum Notausgang am

Ende des Flurs und öffnete die Tür. Er ging auf den Treppenabsatz hinaus und lauschte. Keine Schritte, die hinauf- oder hinuntergingen. Er spähte über das Eisengeländer hinunter in den Schacht, blickte dann hinauf. Er war allein.

Er kehrte um, ging wieder zu Pollards Zimmer zurück, schaute hinein, sah das leere Bett. Immer noch ungläubig strebte er auf die Stelle zu, wo der Korridor sich gabelte. Dort wandte er sich nach rechts und ging zur Schwesternstation mit ihren Glaswänden.

Keine der fünf Schwestern der Nachtschicht hatte Pollard weggehen sehen. Da die Fahrstühle direkt gegenüber der Schwesternstation lagen, hätte er dort – im Blickfeld des Aufsichtspersonals – warten müssen, so daß es sehr unwahrscheinlich schien, daß er das Krankenhaus auf diesem Weg verlassen hatte.

»Ich dachte, Sie seien hier, um auf ihn aufzupassen«, sagte Grace Fulgham, die grauhaarige Oberschwester der Nachtschicht im sechsten Stock. Ihrem breiten Gesicht mit der unbeugsamen Miene sah man an, daß sie kein leichtes Leben gehabt hatte. Es war aber dennoch freundlich und würde sie zu einer perfekten Hauptdarstellerin machen, sollten die alten Schleppkahn-Annie- oder Ma-and-Pa-Kettle-Filme jemals wieder neu gedreht werden. »War das nicht Ihr Job?«

»Ich habe das Zimmer keine Sekunde verlassen, aber ...«

»Wie sollte er da an Ihnen vorbeigelangt sein?«

»Ich weiß nicht«, entgegnete Hal verdrossen. »Das wichtigste ist aber ... Er leidet an partieller Amnesie, ist irgendwie verwirrt. Er könnte sonstwohin gegangen sein, raus aus dem Krankenhaus, Gott-weiß-wohin. Ich kann mir nicht vorstellen, wie er an mir vorbeigekommen ist, aber wir müssen ihn finden.«

Mrs. Fulgham und eine jüngere Schwester namens Janet Soto begannen, die Zimmer an Pollards Korridor rasch und leise zu inspizieren.

Hal begleitete Schwester Fulgham. Als sie Zimmer 604 untersuchten, in dem zwei ältere Männer schnarchten, hörte er eine schauerliche Musik, die allerdings kaum vernehmbar war.

Falls Schwester Fulgham die Musik gehört hatte, sagte sie das jedenfalls nicht. Einen Moment später, in Zimmer 606, als die gleichen Töne wieder erklangen, unmerklich lauter als beim erstenmal, flüsterte sie jedoch: »Was *ist* das?«

Für Hal hörte es sich an wie eine Flöte. Der unsichtbare Flötist spielte zwar keine erkennbare Melodie, aber die Noten prägten sich dennoch ein.

Als sie den Korridor wieder betraten, hörte die Musik auf, und sie spürten einen Luftzug.

»Irgend jemand hat ein Fenster aufgelassen – oder vielleicht die Tür zum Treppenhaus«, sagte die Schwester anzüglich.

»Ich nicht«, versicherte Hal.

Janet Soto trat aus dem Zimmer auf der anderen Seite des Korridors, gerade als der Luftstrom endete. Sie schaute sich stirnrunzelnd um, zuckte mit den Schultern und ging in das nächste Zimmer auf ihrer Seite.

Die Flötenmusik hob wieder an. Ganz leise. Die Zugluft war erneut zu spüren, stärker diesmal. Und Hal meinte, neben dem strengen Krankenhaus- noch einen leichten Rauchgeruch wahrzunehmen.

Er ließ Grace Fulgham die Suche allein fortsetzen und eilte zum anderen Ende des Korridors. Er wollte die Tür des Notausgangs noch einmal überprüfen, um sicherzustellen, daß er sie nicht versehentlich doch offen gelassen hatte.

Aus dem Augenwinkel sah er, daß die Tür zu Pollards Zimmer dabei war, langsam zuzugehen, und ihm wurde klar, daß der Luftzug wohl von da drinnen kommen mußte. Er rannte hinein, bevor sie sich ganz schließen konnte, und sah Frank aufrecht im Bett sitzen. Er sah verwirrt und verängstigt aus.

Die Flötenmusik und der Luftzug waren der Stille und der Ruhe gewichen.

»Wo waren Sie?« fragte Hal und ging auf das Bett zu.

»Glühwürmchen«, sagte Pollard. Er war offenbar völlig benommen. Die Haare standen ihm zu Berge und waren zerzaust, und sein rundes Gesicht war ganz bleich.

»Glühwürmchen?«

»Glühwürmchen in einem Wirbelsturm«, sagte Pollard.

Dann verschwand er. In der einen Sekunde hatte er noch im Bett gesessen, so real und gegenwärtig wie jeder, den Hal jemals gekannt hatte, und in der nächsten Sekunde war er auf so unerklärliche Weise weg wie ein Geist. Ein kurzes Zischen, dem ähnlich, das auftritt, wenn Luft aus einem durchlöcherten Reifen entweicht, begleitete seinen Abgang.

Hal schwankte, als habe er einen Hieb empfangen. Einen Moment schien es, als habe sein Herz sich festgefressen, und er war wie gelähmt vor Entsetzen.

Schwester Fulgham trat in die Tür. »Kein Zeichen von ihm in irgendeinem der Zimmer an diesem Korridor. Er muß in ein anderes Stockwerk hinauf- oder hinuntergegangen sein – meinen Sie nicht auch?«

»Ach ...«

»Bevor wir den Rest dieses Stockwerks absuchen, sollten wir vielleicht lieber den Sicherheitsdienst verständigen, damit sie eine Suchaktion im ganzen Krankenhaus veranlassen können, Mister Yamataka?«

Er schaute sie an, sah dann wieder hinüber zu dem leeren Bett. »Ach ... Ja, klar. Ja, das ist eine gute Idee. Er könnte sonstwohin gehen ... Gott weiß wohin.«

Schwester Fulgham eilte davon.

Mit weichen Knien ging Hal zur Tür, schloß sie, lehnte sich mit dem Rücken dagegen und starrte auf das Bett. Nach einer Weile fragte er: »Sind Sie da, Frank?«

Er erhielt keine Antwort. Er hatte keine erwartet. Frank Pollard war nicht unsichtbar geworden, er war irgendwohin *gegangen* - irgendwie.

Hal war nicht sicher, warum er sich nach allem, was er gesehen hatte, mehr ängstigte als wunderte. Widerstrebend und zögernd ging er zu dem Bett hinüber. Ganz vorsichtig berührte er das Edelstahlgitter, so als fürchte er, Pollard habe, als er sich in Luft auflöste, irgendeine Urgewalt erschlossen, die im Bett einen tödlichen Reststrom hinterlassen haben könnte. Doch unter seinen Fingerspitzen sprühten keine Funken, das Metall war kühl und glatt.

Er wartete, fragte sich, wie lange es dauern würde, bis Pollard wieder auftauchte, fragte sich, ob er Bobby wohl jetzt anrufen oder ob er warten sollte, bis Pollard wieder feste Gestalt annahm, fragte sich, ob der Mann sich wieder materialisieren *würde* oder für immer verschwunden war. Zum erstenmal, so weit er sich erinnern konnte, war er unschlüssig. Gewöhnlich war er ein schneller Denker, und er handelte auch schnell – allerdings war er auch noch nie dem Übernatürlichen begegnet.

Das einzige, was er sicher wußte, war, daß weder Schwester Fulgham noch Schwester Soto oder sonst irgendwer im Krankenhaus erfahren durfte, was wirklich passiert war. Pollard war in etwas verwickelt, das so sonderbar war, daß es sich schnell im Krankenhaus herumsprechen würde. Etwas, was die Presse nicht erfahren durfte.

Die Privatsphäre des Klienten zu schützen, hatte zwar schon immer zu den Hauptaufgaben von Dakota & Dakota gehört, doch in diesem Fall war das sogar noch wichtiger als sonst. Bobby und Julie hatten gesagt, jemand, der offenbar böse Absichten habe, mache Jagd auf Pollard. Deshalb sei es für den Klienten lebenswichtig, die Presse aus dem Fall herauszuhalten.

Die Tür öffnete sich, und Hal vollführte einen Satz, als habe ihn jemand mit einer Hutnadel gepiekt.

Grace Fulgham stand in der Tür. Sie sah aus, als hätte sie gerade entweder einen Schleppkahn durch stürmische See gesteuert oder Klafter um Klafter von Feuerholz erst gespalten und dann hereingeschleppt, weil Pa Kettle dazu zu faul gewesen war. »Der Sicherheitsdienst hat an jeden Ausgang je einen Mann gestellt, der ihn aufhalten wird, falls er versucht wegzugehen, und wir sind gerade dabei, die Schwestern in den anderen Stockwerken zu mobilisieren. Sie werden dort nach ihm suchen. Wollen Sie sich an der Suche beteiligen?«

»Oh, nun, ich muß erst im Büro anrufen, mein Boß . . .«

»Wo finden wir Sie, falls wir ihn erwischen?«

»Hier. Ja, hier. Ich werde hierbleiben, ein paar Anrufe erledigen.«

Sie nickte, ging und schloß die Tür hinter sich.

An einer Deckenschiene, die um drei Seiten des Bettes einen Bogen beschrieb, hing ein Vorhang. Er war an der Wand festgebunden. Hal Yamataka löste die Bänder und zog ihn bis zum Fußende, um damit von der Tür aus die Sicht auf das Bett zu versperren. Denn es war ja möglich, daß sich Pollard just in dem Moment materialisierte, in dem jemand vom Korridor hereintrat.

Seine Hände zitterten. Er steckte sie in die Hosentaschen, zog dann aber die linke wieder heraus, um auf die Uhr zu sehen: 1.48 Uhr.

Pollard wurde seit etwa achtzehn Minuten vermißt – abgesehen natürlich von den paar Sekunden, in denen er in die Existenz zurückgeflackert war und über »Glühwürmchen in einem Wirbelsturm« gesprochen hatte. Hal beschloß, bis zwei Uhr zu warten. Erst dann wollte er Bobby und Julie anrufen.

Er stand am Fußende des Bettes, umklammerte mit einer Hand das Gitter und lauschte dem Nachtwind, der vor dem Fenster heulte, und dem Regen, der gegen die Scheiben knallte. Die Minuten krochen dahin wie Schnecken an einer Steigung, doch die Warterei gab ihm zumindest ein wenig Zeit, darüber nachzudenken, wie er Bobby erklären könnte, was vorgefallen war.

Als sich der Minutenzeiger seiner Uhr der Zwölf näherte, ging er um das Bett herum. Er griff gerade nach dem Telefon auf dem Nachtschrank, als er das gespenstische Wehklagen einer entfernten Flöte hörte. Der halbzugezogene Bettvorhang wogte und flatterte leicht in einem plötzlichen Windstoß.

Er kehrte zum Fußende des Bettes zurück und schaute am Vorhang vorbei zur Korridortür. Sie war geschlossen. Von dort konnte die Zugluft nicht herangeweht sein.

Die Flöte verklang. Die Luft beruhigte sich und war jetzt ganz bleiern.

Da die Tür geschlossen und das Fenster fest verriegelt war, konnte die Zugluft nur aus dem Entlüftungsgrill in der Wand über dem Nachtschrank kommen. Doch als Hal sich auf die Zehenspitzen stellte und seine rechte Hand vor die Öffnung hielt, war da nicht das geringste Lüftchen. Der kühle Luftstrom schien seinen Ursprung im Zimmer selbst zu haben.

Er drehte sich im Kreis, bewegte sich hierhin und dorthin und versuchte festzustellen, wo die Flöte war. Als er genau lauschte, hörte es sich eigentlich gar nicht mehr wie eine Flöte an. Es war mehr wie ein sich ständig drehender Wind, der gleichzeitig durch große und kleine Röhren pfiff und auf diese Weise viele vage, aber einzeln erkennbare, lose miteinander verwobene Klagelaute verknüpfte, die gleichzeitig gespenstisch und melancholisch, trauernd und auch irgendwie – bedrohlich klangen. Die Musik verebbte und kehrte dann zum drittenmal zurück. Zu seiner Überraschung und seinem maßlosen Erstaunen schienen die Laute irgendwo aus der Luft über dem Bett zu kommen.

Er fragte sich, ob diesmal wohl irgend jemand sonst im Krankenhaus die Flöte hörte. Vermutlich nicht. Obwohl die Musik jetzt lauter war als am Anfang, blieb sie undeutlich.

Vor Hals Augen begann die Luft über dem Bett zu schimmern. Einige Sekunden lang konnte er nicht atmen. Es war, als sei der Raum zeitweise zur Unterdruckkammer geworden. Er hörte einen Knall in seinen Ohren, ein Ploppen, wie man es im Flugzeug während eines zu abrupten Höhenwechsels spürt.

Das eigenartige Tirilieren und der Luftstrom stoppten gleichzeitig, und Frank Pollard erschien so unvermittelt, wie er verschwunden war. Er lag auf der Seite und hatte die Knie angezogen wie ein Embryo. Für ein paar Augenblicke war er völlig desorientiert. Als ihm klar wurde, wo er war, umklammerte er das Gitter und zog sich daran hoch. Er saß. Die Haut um seine Augen war aufgedunsen und dunkel, sonst aber war er entsetzlich blaß. Sein Gesicht schimmerte fettig, als sei der Schweiß, der ihm da in Strömen herunterlief, das reine Öl. Sein blauer Baumwollpyiama war verknittert, voller dunkler

Schweißflecken und an einigen Stellen schmutzverkrustet.

»Halten Sie mich fest«, sagte er.

»Was, verdammt noch mal, ist hier los?« fragte Hal, wobei seine Stimme sich überschlug.

»Außer Kontrolle.«

»Wo waren Sie?«

»Um Himmels willen, helfen Sie mir.« Pollard umklammerte noch immer mit der rechten Hand das Bettgitter. Die Linke streckte er Hal flehend entgegen. »Bitte, bitte ...«

Hal ging auf das Bett zu, die Hand ausgestreckt ...

... und Pollard verschwand. Diesmal nicht nur mit einem Zischen wie zuvor, sondern unter dem Quietschen und Krachen gepeinigten Metalls. Das Edelstahlgitter, an dem er sich festgeklammert hatte, war vom Bett abgerissen und mit ihm verschwunden.

Hal Yamataka starrte verdutzt auf die Scharniere, an denen das verstellbare Gitter befestigt gewesen war. Sie waren verbogen und zerspellt, als wären sie aus Pappe. Eine Macht mit unermeßlichen Kräften hatte Pollard aus diesem Zimmer gezerrt und Stahl abgerissen, der mehr als einen halben Zentimeter dick war.

Hal starrte auf seine immer noch ausgestreckte Hand und fragte sich, was wohl mit ihm geschehen wäre, hätte er sie Pollard gereicht. Wäre er mit dem Mann verschwunden? Wohin? Bestimmt nicht irgendwohin, wo er gern gewesen wäre, da war er ganz sicher.

Möglicherweise wäre aber auch nur ein Teil von ihm mit Pollard mitgegangen. Vielleicht wäre sein Körper ja an einem Gelenk auseinandergerissen worden, genauso wie das Bettgitter auseinandergefetzt worden war. Möglicherweise wäre sein Arm aus dem Schultergelenk gezerrt worden – mit einem Mißton, der dem glich, mit dem die Stahlscharniere zerrissen waren. Und möglicherweise wäre er vor Schmerzen schreiend zurückgeblieben, und Blut wäre aus den zerfetzten Gefäßen geschossen und gesprudelt.

Er riß den Arm zurück, als habe er Angst, Pollard könne urplötzlich zurückkehren und nach seiner Hand fassen.

Während er um das Bett herum zum Telefon ging, meinte er, seine Beine würden gleich versagen. Seine Hände zitterten derart, daß er den Hörer kaum halten konnte und Schwierigkeiten hatte, die Privatnummer der Dakotas zu wählen.

37

Bobby und Julie verließen das Haus um Viertel vor drei, um zum Krankenhaus zu fahren. Die Nacht schien dunkler als üblich, den Straßenlampen und Scheinwerfern gelang es kaum, die Finsternis zu durchdringen. Der Regen fiel mit solcher Wucht, daß er wie die harten Bruchstücke eines auseinanderfallenden Gewölbes von dem Asphalt zurückzuprallen schien.

Julie fuhr, weil Bobby nur dreiviertel wach war. Seine Augen fielen immer wieder zu, und er konnte überhaupt nicht aufhören zu gähnen, und natürlich konnte er auch keinen klaren Gedanken fassen. Sie waren erst drei Stunden vor Hal Yamatakas alarmierendem Anruf zu Bett gegangen. Julie kam, wenn es denn sein mußte, mit wenig Schlaf zurecht, doch Bobby brauchte wenigstens sechs – meist aber acht – Stunden, um richtig funktionieren zu können.

Das war einer der kleinen Unterschiede zwischen ihnen. Keine große Sache. Weil es da jedoch ein paar andere kleine Unterschiede gab, vermutete Bobby, daß Julie insgesamt zäher und kräftiger war als er, obwohl er sie beim Armdrücken zehn von zehn Malen schlagen konnte.

Er lachte leise vor sich hin.

»Was ist?« fragte sie.

Sie hielt an einer roten Ampel. Deren blutige Reflexion wurde von der schwarzen, spiegelähnlichen Oberfläche der regennassen Straße verzerrt zurückgeworfen.

»Es ist zwar verrückt, es zuzugeben, aber ich habe gedacht, daß du in mancher Beziehung zäher bist als ich.«

»Das ist nichts Neues, keine große Enthüllung. Ich habe immer gewußt, daß ich zäher bin.«

»Oh, tatsächlich? Beim Armdrücken schlage ich dich aber jedesmal.«

»Wie traurig.« Sie schüttelte den Kopf »Glaubst du wirklich, du bist ein Macho-Mann, nur weil du jemanden darin schlagen kannst, der kleiner ist als du und noch dazu eine Frau?«

»Ich könnte eine Menge Frauen besiegen, die *größer* sind als ich«, versicherte Bobby. »Und wenn sie alt genug sind, könnte ich es mit drei oder vier Frauen gleichzeitig aufnehmen. Tatsache ist, wenn du mir ein halbes Dutzend großer Großmütter bringst, nehme ich es mit allen auf einmal auf – und du kannst mir noch eine Hand auf dem Rücken festbinden!«

Die Ampel schaltete auf Grün, und sie fuhr an.

»Ich spreche von *großen* Großmüttern«, bekräftigte er, »nicht von zerbrechlichen alten Damen. Von großen, robusten Großmüttern, sechs auf einmal.«

»Das ist beeindruckend.«

»Verdammt richtig. Obwohl es natürlich gut wäre, wenn ich eine Eisenmanschette hätte.«

Sie lachten. Doch sie konnten nicht vergessen, wohin sie fuhren oder warum, und ihr Lächeln schwand. Das heftige Hin und Her der Scheibenwischer, das Bobby normalerweise eingelullt hätte, hielt ihn diesmal wach.

Schließlich brach Julie das Schweigen. »Glaubst du, daß sich Frank tatsächlich direkt vor Hals Augen in Luft aufgelöst hat, wie er behauptet?«

»Ich habe Hal noch nie beim Lügen erwischt und habe ihn auch noch nie hysterisch erlebt.«

»Ich auch nicht.«

An der nächsten Ecke bog sie nach links ab. Ein paar Blocks weiter, hinter dem sich blähenden Regenvorhang, schienen die Lichter des Krankenhauses zu pulsieren und zu flackern und alle Farben des Regenbogens zu verströmen wie eine Fata-Morgana-Oase hinter den Hitzeschleiern, die aus der Wüste aufsteigen.

Als sie den Raum betraten, stand Hal am Fuß des Bettes, das zum größten Teil hinter dem Vorhang verborgen war. Er sah aus wie jemand, der nicht nur einen Geist gesehen, sondern ihn auch umarmt und ihn auf seine kalten, feuchten, fauligen Lippen geküßt hatte.

»Gott sei Dank, Sie sind da.« Er schaute an ihnen vorbei, in den Korridor hinaus. »Die Oberschwester will die Polizei rufen, einen Vermißten melden ...«

»Das haben wir schon erledigt«, erklärte Bobby. »Doktor Freeborn hat sie angerufen, und wir haben eine Erklärung unterschrieben, daß das Krankenhaus für Frank nicht verantwortlich ist.«

»Gut.« Hal wies auf die offene Tür. »Wir sollten dies so geheim wie möglich halten.«

Nachdem Julie die Tür geschlossen hatte, ging sie zu den beiden anderen, die am Fußende des Bettes standen.

Bobby bemerkte das fehlende Gitter und die geborstenen Scharniere. »Was ist das?«

Hal schluckte schwer. »Er hat sich an dem Gitter festgehalten, als er verschwand ... und es ist mit ihm verschwunden. Ich hab's am Telefon nicht erwähnt, weil ich mir sagte, daß Sie mich ohnehin schon für bekloppt halten, und dies hätte das nur noch bestätigt.«

»Erzählen Sie's uns jetzt«, forderte Julie ihn leise auf.

Sie sprachen alle leise, denn sonst wäre Schwester Fulgham gewiß erschienen, um sie daran zu erinnern, daß die meisten Patienten ihrer Station schliefen.

Nachdem Hal seine Geschichte beendet hatte, sagte Bobby: »Die Flöte, die sonderbare Brise ... Das ist das, wovon Frank uns erzählte, daß *er* selbst es gehört und gespürt hätte, kurz nachdem er in jener Nacht in der Gasse das Bewußtsein wiedererlangt hatte, und irgendwie wußte er, daß da jemand kam.«

Etwas von dem Schmutz, den Hal an Franks Pyjama bemerkt hatte, nachdem der das zweite Mal zurückgekehrt war, lag auf den Bettlaken. Julie nahm etwas davon in die Hand. »Das ist gar kein Schmutz.«

Bobby untersuchte die Körner, die an ihren Fingerspitzen klebten. »Schwarzer Sand.«

»Frank ist nicht wieder aufgetaucht, seit er mit dem Gitter verschwunden ist?« fragte Julie an Hal gewandt.

»Nein.«

»Und wann war das?«

»Paar Minuten nach zwei. Möglicherweise zwei Uhr zwei, zwei Uhr drei, irgendwas in der Richtung.«

»Vor ungefähr einer Stunde und zwanzig Minuten«, sagte Bobby.

Sie standen schweigend da und starrten auf die Halterungen, aus denen das Gitter gerissen worden war. Draußen knallte ein heftiger Windstoß den Regen mit solcher Gewalt gegen die Fenster, daß es sich anhörte, als schmissen Halloween-Witzbolde zur Unzeit mit trockenen Maiskörnern.

Bobby suchte Julies Blick. »Was tun wir jetzt?«

Sie sah ihn verwundert an. »Frag mich nicht. Dies ist der erste Fall, an dem ich arbeite, bei dem wir es mit Hexerei zu tun haben.«

»Hexerei?« wiederholte Hal sichtlich nervös.

»Nur eine Redewendung«, versicherte Julie.

Möglicherweise, dachte Bobby. »Wir können davon ausgehen, daß er vor dem Morgengrauen zurückkehrt«, sagte er dann laut, »möglicherweise noch ein paarmal verschwindet, aber früher oder später wird er bleiben. Das muß das sein, was jede Nacht passiert, wenn er schläft. Das ist das Herumwandern, an das er sich nicht mehr erinnern kann, wenn er aufwacht.«

»Herumwandern«, wiederholte Julie. Unter diesen Umständen erschien ihr dieses gewöhnliche Wort so exotisch und geheimnisvoll wie jedes andere, das es dafür geben mochte.

Ganz, ganz leise, um die Patienten nicht zu wecken, holten sie sich noch zwei Stühle aus den anderen Zimmern am Korridor. Hal stellte seinen gleich hinter die geschlossene Tür von Zimmer 603, um zu verhindern, daß jemand vom Krankenhauspersonal das Zimmer betrat. Er saß verkrampft und angespannt da. Julie setzte sich ans Fußende des Bettes, und Bobby bezog am Fenster Posten, auf der Seite des Bettes, an dem das Gitter unversehrt war.

Sie warteten.

Julie saß so, daß sie den Kopf nur leicht zu drehen brauchte, um Hal zu sehen. Schaute sie in die andere Richtung, sah sie Bobby. Die beiden allerdings konnten sich wegen des Vorhangs nicht sehen, der vorgezogen worden war, um das abgerissene Gitter zu verbergen.

Sie fragte sich, ob Hal wohl verwundert gewesen wäre, hätte er sehen können, wie schnell Bobby einschlief. Hal war immer noch ganz aufgewühlt von den Ereignissen, und Julie, die von Franks unheimlichem Verschwinden nur aus zweiter Hand erfahren hatte, erwartete die Chance, diesen magischen Vorgang selbst zu erleben, gleichermaßen ungeduldig und nervös.

Bobby war ein Mann mit einer verhältnismäßig regen Phantasie und einer geradezu kindlichen Wundergläubigkeit, deshalb sollten ihn die Ereignisse eigentlich noch mehr erregen als Hal oder sie. Außerdem war da seine böse Vorahnung, daß es Ärger geben würde, daß dieser Fall voller böser Überraschungen stecken könne, so daß ihn diese Vorgänge eigentlich nicht hätten kalt lassen dürfen – und trotzdem konnte er, gegen die schlecht gepolsterte Armlehne des Stuhls gelehnt, schlafen. Sein Kinn stauchte sich unbequem auf seiner Brust, dennoch schlief er fest und ruhig. Er gehörte nicht zu denen, denen Streß etwas anhaben konnte.

Manchmal erschien ihr sein Sinn für Proportionen, seine Fähigkeit, sich *alles* so zurechtzubiegen, daß er damit fertig werden konnte, geradezu übermenschlich. Als Bobby McFerrins Song »Don't Worry, Be Happy« vor ein paar Jahren ein Hit gewesen war, hatte es sie nicht überrascht, daß ihr eigener Bobby von ihm angetan war. Das Lied war ja im Grunde seine persönliche Hymne. Offenbar gelang es ihm mit purer Willenskraft, sich Seelenfrieden zu verschaffen, und sie bewunderte das.

Gegen 4.40 Uhr – Bobby hatte gut eine Stunde lang zufrieden geschlummert – schlug ihre Bewunderung für seine Gelassenheit in einen ungesunden Neid um. Sie spürte das Verlangen, seinem Stuhl einen Tritt zu versetzen, ihn aus ihm herauszukippen. Sie hielt sich nur deshalb zurück, weil sie vermutete, daß er kurz gähnen, sich auf die Seite rollen und auf dem Boden sogar noch bequemer weiterschlafen würde.

Dann aber würde ihr Neid so verzehrend sein, daß sie ihn einfach würde umbringen müssen, genau da, wo er lag. Sie stellte sich selbst vor Gericht vor: *Ich weiß, Euer Ehren, daß ein Mord niemals gerechtfertigt ist. Aber er war einfach zu entspannt, um weiterleben zu dürfen.*

Ein ganzer Schwall leiser, fast melancholischer Töne fiel geradezu aus der Luft auf sie nieder.

»Die Flöte!« sagte Hal. So unvermittelt wie Popcorn, das aus der heißen Pfanne hochhüpft, sprang er vom Stuhl.

Gleichzeitig erschütterte ein kühler Windstoß das Zimmer.

Julie stand auf und flüsterte: »Bobby!«

Sie packte ihn an den Schultern und schüttelte ihn. Und er erwachte gerade in dem Augenblick, als die atonale Musik aufhörte und die Luft wieder so still war wie in einer Gruft.

Bobby rieb sich mit den Handflächen die Augen und gähnte. »Was ist los?«

Er hatte noch nicht ausgesprochen, da schwoll die unvergeßliche Musik wieder an, leise, wenn auch lauter als zuvor. Eigentlich war es gar keine Musik, eigentlich war es nur Lärm. Und Hal hatte recht: Wenn man genau hinhörte, konnte man feststellen, daß es keine Flöte war.

Sie trat auf das Bett zu.

Hal hatte seinen Platz an der Tür verlassen. Er legte eine Hand auf ihre Schulter und hielt sie zurück. »Seien Sie vorsichtig.«

Frank hatte von einem dreimaligen – möglicherweise viermaligen – Tirilieren der falschen Flöte berichtet und von ebenso vielen Luftbewegungen, bevor Mr. Blaulicht in jener Nacht in Anaheim seine Fährte aufgenommen hatte. Und Hal hatte beobachtet, daß jedem von Franks Wiederauftauchen drei dieser Episoden vorausgegangen waren. Trotzdem konnte man nicht sicher sein, daß diese Begleitphänomene in einem unveränderlichen Muster auftraten. Denn gerade als das zweite Flüßchen unharmonischer Töne versiegt war, das sich aus dem Äther ergossen hatte, schimmerte die Luft unmittelbar über dem

Bett auf, als hätte jemand zwei Handvoll heller, mattierter Ziermünzen hochgeworfen und die aufsteigenden Hitzeströme damit zum Flattern gebracht. Und urplötzlich nahm Frank Pollard auf dem zerwühlten Bett wieder Gestalt an.

In Julies Ohren erklang ein »Plopp«.

»Heiliger Strohsack«, sagte Bobby, was genau das war, was Julie von ihm erwartet hatte.

Sie dagegen war unfähig, überhaupt zu sprechen.

Keuchend setzte sich Frank Pollard im Bett auf. Sein Gesicht war blutleer. Die Haut um seine feuchten Augen herum wirkte zerkratzt. Sauer riechender Schweiß glitzerte auf seinem Gesicht, und in seinen Bartstoppeln hingen Schweißtropfen.

Er hielt einen halbgefüllten Kissenbezug in den Händen. Eine Ecke war zusammengedreht und mit einem Stück Strick zugebunden.

Jetzt ließ er ihn los, und er fiel mit einem leisen Plumps auf der Seite vom Bett auf den Boden, an der das Gitter fehlte.

Als er sprach, war seine Stimme heiser und hörte sich eigenartig an: »Wo bin ich?«

»Sie sind im Krankenhaus, Frank«, erwiderte Bobby. »Es ist in Ordnung. Sie sind da, wo Sie jetzt hingehören.«

»Krankenhaus . . .«, wiederholte Frank, ließ das Wort auf der Zunge zergehen, als hätte er es eben zum erstenmal gehört – und spräche es ebenfalls zum erstenmal aus. Er schaute sich um, augenscheinlich verwirrt. Er wußte immer noch nicht, wo er war. »Lassen Sie mich nicht noch einmal weg . . .«

Er verschwand mitten im Satz. Ein kurzes Zischen begleitete seinen abrupten Abgang, so als entwiche die Luft im Zimmer durch ein Loch in der Hülle der Realität.

»Verdammt!« sagte Julie.

»Wo war sein Pyjama?« fragte Hal.

»Was?«

»Er hat Schuhe getragen, Khaki-Hosen, ein Hemd und einen Pullover«, erklärte Hal, »doch als ich ihn vor ein paar Stunden zum letztenmal sah, hatte er noch seinen Pyjama an.«

Am anderen Ende des Zimmers begann die Tür sich zu öffnen, blieb aber an Hals leerem Stuhl hängen. Schwester Fulgham steckte den Kopf durch den Türspalt. Sie sah auf den Stuhl hinunter, erblickte dann Hal und Julie und dann auch Bobby, der ans Fußende des Bettes getreten war, um an seinen beiden Kollegen und dem halbvorgezogenen Vorhang vorbeizuspähen.

Es gelang ihnen wohl nicht, ihr Erstaunen über Franks Verschwinden zu verbergen, denn die Frau runzelte bei ihrem Anblick die Stirn und fragte: »Was ist denn hier los?« Julie ging ihr schnell entgegen, denn Grace Fulgham hatte eben den Stuhl beiseite geschoben und war dabei, die Tür ganz zu öffnen. »Alles in Ordnung«, sagte sie rasch. »Wir haben eben mit unserem Mann telefoniert, der die Suchaktion leitet, und der sagte uns, er habe jemanden gefunden, der Mister Pollard heute nacht gesehen hat. Wir wissen, wohin er will, und so ist es nur noch eine Frage der Zeit, bis wir ihn gefunden haben.«

»Wir haben nicht erwartet, daß Sie so lange hierbleiben würden«, sagte Schwester Fulgham und spähte an Julie vorbei zu dem zugezogenen Vorhang hinüber.

Selbst durch die geschlossene Tür mochte sie das leise Tirilieren der Flöte gehört haben, die keine Flöte war.

»Nun«, sagte Julie, »von hier aus läßt sich die Suche am besten koordinieren.«

Julie war direkt vor Hals leerem Stuhl stehengeblieben, um so unauffällig zu verhindern, daß die Schwester das Zimmer betrat. Denn wenn es Grace Fulgham gelingen sollte, bis an den Vorhang zu gelangen, würde sie das fehlende Gitter, den schwarzen Sand im Bett und den Kissenbezug bemerken, der weiß Gott was enthalten mochte. Und es könnte sich als sehr schwierig erweisen, Fragen zu irgendeiner dieser Tatsachen überzeugend zu beantworten, und wenn die Schwester zu lange im Zimmer blieb, wäre es auch möglich, daß sie noch da war, wenn Frank zurückkehrte.

»Ich bin sicher, daß wir die Patienten nicht gestört haben«, sagte Julie. »Wir sind sehr leise gewesen.«

»Nein, nein«, meinte Schwester Fulgham, »Sie haben niemanden gestört. Wir haben uns nur gefragt, ob Sie nicht vielleicht einen Kaffee möchten, um munter zu bleiben.«

»Oh!« Julie drehte sich zu Hal und Bobby um. »Kaffee?«

»Nein«, sagten die beiden Männer gleichzeitig. Dann folgte noch ein »Nein, danke« von Hal und ein »Sehr nett von Ihnen« von Bobby.

»Ich bin hellwach«, sagte Julie hektisch, um die Frau loszuwerden, und setzte, um nicht zu brüsk zu klingen, hinzu: »Bobby, mein Mann, verträgt kein Koffein, er hat ein Prostataleiden.« Ich plappere, dachte sie. »Außerdem werden wir jetzt ohnehin bald gehen, da bin ich ganz sicher.«

»Nun«, sagte die Schwester, »sollten Sie Ihre Meinung ändern ...«

Nachdem die Fulgham gegangen war und die Tür sich hinter ihr geschlossen hatte, flüsterte Bobby: »Ein Prostataleiden?«

»Zuviel Koffein führt zu Prostata-Problemen. Schien mir eine überzeugende Erklärung dafür zu sein, warum du trotz deiner Gähnerei keinen Kaffee haben willst.«

»Aber ich habe kein Prostata-Problem. Du stellst mich ja hin wie ein altes Arschloch.«

»Ich habe eins«, warf Hal ein, »und ich bin kein altes Arschloch.«

»Was ist denn nun los?« fragte Julie. »Wir plappern ja *alle,* nur um irgendwas zu sagen.«

Sie schob den Stuhl wieder vor die Tür und kehrte zu dem Bett zurück, wo sie die Kissenhülle-Tasche aufhob, die Frank von wo auch immer mitgebracht hatte.

»Vorsichtig«, mahnte Bobby, »das letzte Mal, als Frank einen Kissenbezug erwähnte, hielt er ein Insekt darin gefangen.«

Julie legte die Hülle ganz behutsam auf einen Stuhl und schaute sie sich genau an. »Sieht nicht aus, als krabble da irgendwas drin rum.« Sie fing an, den verknoteten Strick zu lösen, mit dem das Kissen zugebunden war.

Bobby zog eine Grimasse. »Wenn du da was rausläßt, was groß ist wie eine Hauskatze, eine Menge Beine und Fühler hat, werde ich auf direktem Wege zu einem Scheidungsanwalt gehen.«

Die Kordel fiel hinunter. Sie zog die Kissenhülle auseinander und schaute hinein. »Oh, Gott.«

Bobby trat ein paar Schritte zurück.

»Nein, nicht das«, versicherte sie ihm. »Keine Insekten. Nur mehr Mäuse – Bargeld.«

Sie langte in den Sack und zog ein paar Bündel mit Hundert-Dollar-Noten heraus. »Wenn das alles Hunderter sind, könnte hier gut und gern eine Viertelmillion drin sein.«

»Was treibt Frank bloß?« wunderte sich Bobby. »Wäscht er in der Dämmerzone Geld für die Mafia?«

Das hohle, weltentrückte, unmelodische Pfeifen durchdrang wieder das Zimmer, und wie eine Nadel, die Garn hinter sich herzieht, brachte das Geräusch wieder einen Luftstrom mit sich, der den Vorhang flattern ließ.

Zitternd drehte sich Julie zum Bett um.

Die flötenähnliche Musik schwand mit dem Luftzug, erhob sich dann wieder, schwand, erhob sich und schwand ein viertes Mal, während Frank wieder auftauchte. Er lag auf der Seite, die Arme vor der Brust, die Hände zu Fäusten geballt, Grimassen schneidend, die Augen fest zusammengekniffen, als habe er sich innerlich darauf vorbereitet, jeden Augenblick einen tödlichen Axthieb zu erhalten.

Julie trat auf das Bett zu, und wieder hielt Hal sie zurück.

Frank atmete einmal tief durch, erschauerte, gab ein verängstigtes Wimmern von sich, öffnete die Augen – und verschwand. Innerhalb von zwei, drei Sekunden war er allerdings wieder da, immer noch zitternd. Doch im selben Augenblick verschwand er wieder, kehrte zurück, verschwand, kehrte zurück, verschwand, kehrte zurück, verschwand wie das Fernsehbild auf einem Gerät, das eine schlechte Bildwiedergabe hat. Schließlich aber blieb er doch in der realen Struktur hängen und lag stöhnend auf dem Bett.

Nachdem er sich von der Seite auf den Rücken gerollt hatte, starrte er an die Decke. Er hob die Fäuste von seiner Brust, streckte die Finger und schaute so verblüfft auf seine Hände, als hätte er noch nie in seinem Leben Finger gesehen.

»Frank?« sagte Julie.

Er reagierte nicht. Er war dabei, mit den Fingerspitzen die Konturen seines Gesichts zu erkunden, als könne es ihm helfen, sich die vergessenen Aspekte seines Äußeren ins Gedächtnis zu rufen, wenn er seine Züge in der Blindenschrift las.

Julies Herz raste, und jeder Muskel ihres Körpers war angespannt wie das total überdrehte Werk einer Uhr. Sie hatte keine Angst, nicht wirklich. Es war keine Spannung, die von Furcht ausgelöst war, sondern von der puren *Fremdheit* dessen, was geschehen war.

»Frank, sind Sie okay?«

Er blinzelte sie durch seine gespreizten Finger an. »Oh, Sie sind's, Missis Dakota. Ja – Dakota. Was ist passiert? Wo bin ich?«

»Sie sind jetzt im Krankenhaus«, erklärte Bobby. »Hören Sie, die wichtige Frage lautet hier nicht, wo Sie sind, sondern, wo, zum Teufel, sind Sie *gewesen?*«

»Gewesen? Nun ... Wie meinen Sie das?«

Frank versuchte, sich im Bett aufzusetzen, schien aber im Augenblick nicht die Kraft zu haben, sich zu bewegen.

Bobby griff nach dem Schalter und hob das Kopfende der Matratze mit einem Fingerdruck an. »Während des größten Teils der letzten Stunden sind Sie nicht in diesem Zimmer gewesen. Es ist fast fünf Uhr morgens, und Sie sind hier rein und rausgehüpft wie ... wie ... wie ein Mitglied der Mannschaft vom Raumschiff *Enterprise*, das sich jederzeit per Richtstrahl hinauf zum Mutterschiff befördern kann.«

»*Enterprise*? Richtstrahl? Über was reden Sie überhaupt?«

Bobby schaute Julie an. »Wer auch immer dieser Kerl ist, wo auch immer er herkommt, nun wissen wir mit absoluter Sicherheit, daß er jenseits der modernen Kultur, in den Randzonen der Zivilisation gelebt hat. Hast du jemals einen modernen Amerikaner kennengelernt, der nicht zumindest vom Raumschiff Enterprise gehört hat?«

»Danke für Ihre Analyse, Mister Spock«, entgegnete Julie.

»Mister Spock?« wiederholte Frank fragend.

»Siehst du!« meinte Bobby.

»Wir können Frank später befragen«, sagte Julie. »Im Augenblick ist er ohnehin zu durcheinander. Wir müssen ihn hier rausschaffen. Wenn diese Schwester wieder aufkreuzt und ihn sieht – wie sollen wir ihr dann seine Rückkehr erklären? Wird sie uns wirklich glauben, daß er ins Krankenhaus zurückmarschiert ist, an den Sicherheitsleuten und dem ganzen Pflegepersonal vorbei? Hinauf in den sechsten Stock, ohne daß ihn irgend jemand gesehen hat?«

»Klar«, sagte Hal »und obwohl er vorzuhaben scheint, jetzt auch zu bleiben – was passiert, wenn er sich direkt vor ihren Augen wieder in Luft auflöst?«

»Okay, also müssen wir ihn aus dem Bett kriegen und sehen, wie wir ihn aus dem Zimmer und zu der Treppe am Ende des Korridors bringen können, ohne daß jemand was merkt«, erklärte Julie. »Und dann bringen wir ihn ins Auto.«

Während sie über ihn sprachen, drehte Frank den Kopf nach links und rechts, nach links und rechts und blickte immer den jeweils Sprechenden an, um dem Gespräch folgen zu können. Er sah aus, als sähe er zum erstenmal ein Tennismatch, sei aber nicht in der Lage, die Spielregeln zu verstehen.

»Sobald wir ihn hier rausgeholt haben«, sagte Bobby, »können wir Schwester Fulgham sagen, er sei nur ein paar Blocks von hier entfernt gefunden worden und daß wir ihn treffen wollten, um zu besprechen, ob er ins Krankenhaus zurück will – oder es auch nur nötig wäre. Immerhin ist er unser Klient, nicht unser Mündel, und wir müssen seine Wünsche respektieren.«

Ohne auf die Ergebnisse von Tests zu warten, die erst durchgeführt werden müßten, wußten sie jetzt, daß

Frank keinesfalls ausschließlich ein physisches Leiden wie einen zerebralen Abszeß, Blutgerinnsel, Aneurysmen, Zysten oder Neoplasmen hatte. Seine Amnesie hatte ihre Ursache nicht in Gehirntumoren, sondern in etwas weitaus Seltsamerem und weit Exotischerem. Keine bösartige Geschwulst, egal wie einzigartig auch immer, würde ihr Opfer mit der Macht ausstatten, in die vierte Dimension überzugehen – oder wo sonst Frank auch hingehen mochte, wenn er verschwand.

»Hal«, sagte Julie, »holen Sie Frank etwas zum Umziehen aus dem Schrank, bündeln Sie's, und stopfen Sie's in die Kissenhülle mit dem Geld.«

»Mach' ich.«

»Bobby, du hilfst mir, Frank aus dem Bett zu kriegen. Laß uns sehen, ob er auf seinen eigenen Beinen stehen kann. Er sieht schrecklich schwach aus.«

Das noch verbliebene Bettgitter klemmte, als Bobby versuchte, es herunterzulassen. Er bemühte sich trotzdem weiter, weil sie den Vorhang hätten zurückziehen müssen, hätten sie Frank auf der anderen Seite aus dem Bett holen wollen. Und damit wäre er dem Blick jedes Menschen preisgegeben gewesen, der zufällig das Zimmer betrat.

»Sie hätten mir einen Gefallen tun und dieses Gitter auch mit nach Oz nehmen können«, sagte er zu Frank, und der fragte: »Oz?«

Nachdem das Gitter schließlich unten und damit aus dem Weg war, stellte Julie fest, daß sie zögerte, Frank anzufassen. Sie hatte offenbar Angst vor dem, was mit ihr – oder mit Teilen von ihr – geschehen könnte, wenn er wieder mal verschwand. Sie hatte die kaputten Scharniere auf der anderen Seite des Bettes gesehen, und sie war sich der Tatsache bewußt, daß Frank das herausgerissene Gitter nicht zurückgebracht, sondern es im Anderswo –

oder vielleicht auch in einer anderen Zeit – zurückgelassen hatte.

Bobby zögerte ebenfalls, überwand dann aber seine Furcht, faßte nach den Beinen des Mannes und schwang sie über den Rand des Bettes. Dann griff er nach einem der Arme und half Frank, sich aufzusetzen. Sie mochte ja in vielerlei Hinsicht zäher sein als er, doch wenn es um Begegnungen mit dem Unbekannten ging, war er deutlich flexibler und paßte sich schneller an als sie.

Schließlich kriegte sie ihre Angst in den Griff und half Bobby, Frank vom Bett herunter und auf die Beine zu stellen. Seine Beine gaben unter ihm nach, und sie mußten ihn stützen. Er klagte über ein Schwächegefühl und Benommenheit.

Hal war noch immer dabei, die anderen Anziehsachen in den Kissenbezug zu stopfen. »Wenn es nötig ist«, meinte er, »können Bobby und ich ihn ja tragen.«

»Tut mir leid, daß ich Ihnen solche Umstände mache«, sagte Frank.

Julie fand, er habe sich nie mitleiderregender angehört und nie erbarmungswürdiger ausgesehen. Und sie spürte ein Schuldgefühl, weil sie so lange gezögert hatte, ihn anzufassen.

Zusammen mit Bobby stützte sie Frank, und dann gingen sie mit ihm hin und her, immer an den regennassen Fenstern vorbei, um ihm eine Chance zu geben, sich zu erholen, wieder zu lernen, wie man seine Beine benutzt. Allmählich kehrten seine Kräfte und sein Gleichgewichtssinn zurück.

»Aber meine Hose rutscht immer wieder runter«, sagte Frank.

Sie lehnten ihn gegen das Bett, und er stützte sich auf Julie, während Bobby den blauen Baumwollpullover anhob, um zu sehen, ob er den Gürtel vielleicht ein Loch enger schnallen müsse. Das Gürtelende war durch Unmengen kleiner Löcher ganz brüchig. Es sah aus, als hätten fleißige Insekten sie hineingebohrt. Aber welche Insekten fraßen schon Leder? Als Bobby die polierte Messing-Gürtelschnalle berührte, zerbröselte sie unter seinem Griff, als sei sie aus flockigem Blätterteig.

Bobby starrte auf die glitzernden Metallbrösel an seinen Fingern und fragte: »Wo kaufen Sie Ihre Kleidung, Frank? Im Discountladen oder auf der Müllkippe?«

Julie wußte, daß er entnervt war, obwohl er einen leichten Ton anschlug. Welche Substanz oder welche Umstände konnten die Konsistenz von Messing derart verändern? Als er seine Finger am Bettuch abwischte, um die eigenartigen Krümel loszuwerden, zuckte sie zusammen, hatte sie doch fast erwartet, sein Fleisch könne durch die Berührung mit dem Messing verseucht sein und wegkrümeln, so wie es die Gürtelschnalle getan hatte.

Nachdem Hal in Franks Hose den Gürtel eingezogen hatte, der zu dem Anzug gehörte, mit dem er ins Krankenhaus gekommen war, half er Bobby, den Klienten aus dem Zimmer zu schaffen. Julie war vorausgeeilt, um sicherzustellen, daß sie niemandem begegneten. Sie folgten ihr schnell und geräuschlos durch den Korridor und den Notausgang, der zum Treppenhaus führte. Franks Haut fühlte sich nach wie vor kalt und klebrig vom Schweiß an, doch die Anstrengung trieb ihm die Röte in die Wangen, so daß er jetzt weniger einem wandelnden Leichnam glich.

Julie hastete hinunter in den Treppenschacht, um zu sehen, was sich hinter den Türen da unten verbarg. Unter dem Knarren, Kratzen und Scharren ihrer Schritte, das hohl von den nackten Betonwänden zurückhallte, stiegen die drei Männer vier Stockwerke ohne Schwierigkeiten hinunter. Auf dem Treppenabsatz im vierten Stock hatten sie allerdings eine Pause einlegen müssen, damit Frank Luft schöpfen konnte.

»Sind Sie immer so schwach, wenn Sie aufwachen und sich nicht erinnern können, wo Sie gewesen sind?« erkundigte sich Bobby.

Frank schüttelte den Kopf. Seine Worte wurden von einem leichten Schnaufen begleitet: »Nein. Immer verängstigt, müde, aber nicht so schlimm – wie diesmal. Ich habe das Gefühl, daß – was auch immer ich tue – wohin ich auch immer gehe –, daß es mir einen immer größeren Tribut abverlangt. Ich werde es nicht – nicht überleben – noch mehr von dem hier.«

Während Frank redete, fiel Bobby am blauen Baumwollpullover des Mannes etwas sehr Eigenartiges auf. Das Zopfmuster war teilweise sehr unregelmäßig, so als habe die Strickmaschine für kurze Zeit verrückt gespielt. Und am Rücken, in der Nähe des rechten Schulterblatts, fehlte ein ganzes Stück. Das Loch war etwa so groß wie ein Block von vier Briefmarken, obwohl die Kanten eher unregelmäßig waren. Doch es war nicht einfach ein Loch. Ein Stückchen Stoff, es sah aus wie Khaki, füllte die Lücke und war nicht etwa nur hineingenäht, sondern schien mit dem es umgebenden Baumwollgarn säuberlich verwoben zu sein, als sei das in der Fabrik selbst ausgeführt worden. Das Khaki war vom selben Ton und wies dieselbe starre Appretur auf wie die Hose, die Frank trug.

Ein Schauer der Furcht überlief Bobby. Er hatte jedoch keine Ahnung, wovor er sich eigentlich fürchtete. Sein Unterbewußtsein schien zu wissen, wie der Flicken dahin gelangt war, und was er bedeutete. Und es schien sich auch der gräßlichen Konsequenz bewußt, die Frank noch bevorstand, wogegen sein Bewußtsein völlig verwirrt war.

Er sah, daß Hal, der auf Franks anderer Seite stand, der Flicken ebenfalls aufgefallen war und daß er die Stirn runzelte.

Julie eilte die Treppe wieder herauf, als Bobby noch erstaunt auf den Khakiflicken starrte. »Wir haben Glück«, sagte sie. »Da unten gibt es zwei Türen. Eine führt in den Korridor zur Empfangshalle, wo wir vermutlich auf einen Sicherheitsbeamten stoßen würden, auch wenn sie inzwischen gar nicht mehr nach Frank suchen. Die andere führt direkt in die Garage, und zwar auf dieselbe Ebene, auf der unser Wagen steht. Wie geht's Ihnen, Frank? Sind Sie okay?«

»Ich kriege meinen – meinen zweiten Wind«, entgegnete er, weniger pfeifend und schnaufend als zuvor.

»Schau dir das an«, sagte Bobby und wies Julie auf den Khakiflicken hin, der in den blauen Baumwollpullover eingewebt war.

Während Julie den sonderbaren Flicken inspizierte, ließ Bobby Frank los und beugte sich, von einer Ahnung getrieben, vor, um sich die Hosenbeine seines Klienten anzusehen. Er fand eine vergleichbare Unregelmäßigkeit: blaues Baumwollgarn aus dem Pullover war in die Hose eingewebt. Es war kein Loch von der gleichen Größe und Form wie im Pullover, sondern es waren drei kleinere Löcher am rechten Hosenbein nahe dem Aufschlag. Er war allerdings sicher, daß, würde man die Stellen genau ausmessen, sich das bestätigen würde, was er nach einem kurzen Blick erkannt hatte – daß nämlich die Gesamtmenge des blauen Garns in diesen drei Löchern ausreichen würde, um das Loch in der Schulter des Pullovers zu füllen.

»Was ist los?« erkundigte sich Frank.

Bobby antwortete nicht, sondern faßte nach dem ziemlich weiten Hosenbein und zog es ganz straff herunter, damit er sich die drei Flickstellen genauer ansehen konnte. Flickstellen war wohl nicht das richtige Wort, weil diese Abnormalitäten im Stoff nicht aussahen wie normale Reparaturen. Sie waren viel zu exakt ausgeführt, als daß es sich um Handarbeit hätte handeln können.

Julie hockte sich neben ihn und sagte: »Wir müssen Frank erst hier rausholen und ins Büro bringen.«

»Klar, aber das hier ist schon ziemlich eigenartig«, sagte Bobby und deutete auf die Unregelmäßigkeiten an der Hose. »Eigenartig und – wichtig irgendwie.«

»Was ist los?« widerholte Frank.

»Wo haben Sie diese Kleider her?« fragte Bobby ihn.

»Nun . . . Ich weiß nicht.«

Julie deutete auf den weißen Strumpf an Franks rechtem Fuß, und Bobby sah augenblicklich, was ihre Aufmerksamkeit erregt hatte: etliche blaue Fäden, die genau die Farbe des Pullovers hatten. Sie hingen nicht lose an dem Strumpf, sondern waren mit dem Material fest verwoben.

Dann bemerkte er Franks linken Schuh. Es war ein dunkelbrauner Wanderschuh, doch das Leder wurde vorn an der Spitze von ein paar dünnen, schnörkeligen Linien verunziert. Als er sie genau betrachtete, sah er, daß es sich bei den Linien um grobe Fäden handeln mußte wie die, aus denen die Socken gestrickt waren. Er kratzte mit dem Fingernagel darüber und stellte fest, daß sie nicht am Schuh hängengeblieben waren, sondern ein fester Bestandteil des Leders waren.

Das im Pullover fehlende Garn war irgendwie ein Teil der Hose und eines Strumpfes geworden, die in dem Strumpf fehlenden Fäden wiederum gehörten nun zum Schuh des anderen Fußes.

»Was ist los?« wiederholte Frank noch einmal. Es klang noch ängstlicher als zuvor.

Bobby zögerte aufzuschauen, befürchtete er doch, die im Schuh fehlenden Lederteilchen in Franks Gesicht eingegraben wiederzufinden und daß die im Gesicht fehlende Haut sich auf geheimnisvolle, auf magische Weise mit dem Garn des Pullovers verbunden haben könnte. Er stand auf und zwang sich, seinen Klienten anzusehen.

Abgesehen von den dunklen, aufgedunsenen Ringen um die Augen, der kränklichen Blässe, die nur durch die Röte der Anstrengung aufgelockert war, und der Furcht und der Verwirrung, die ihm einen gequälten Ausdruck verliehen, stimmte alles in seinem Gesicht. Keine Lederornamente. Kein Khakistoff, der in seine Lippen eingenäht war. Keine Fäden von blauem Garn, keine Plastikenden von Schnürsenkeln, keine Knopfteilchen, die aus seinen Augäpfeln ragten.

Insgeheim tadelte er sich heftig wegen seiner überaktiven Phantasie und klopfte Frank dann freundlich auf die Schulter. »Es ist okay. Alles in Ordnung. Wir werden uns später damit auseinandersetzen. Kommen Sie, lassen Sie uns hier verschwinden.«

38

In der Umarmung der Dunkelheit, eingehüllt in den Duft von Chanel No. 5, unter eben den Decken und Laken, die einst seine Mutter gewärmt hatten und die er so sorgsam gehegt und aufbewahrt hatte, döste Candy und schreckte wiederholt aus dem Schlaf auf, obwohl er sich an keinerlei Alpträume erinnern konnte.

Zwischen den Perioden unruhigen Schlafs brütete er über den Zwischenfall nach, der sich nachts im Tal beim Jagen ereignet hatte: als die Anwesenheit eines unsichtbaren Geistes spürbar gewesen war, der ihm die Hand auf den Kopf gelegt hatte. Niemals vorher hatte er auch nur etwas Ähnliches erlebt. Er war verwirrt von dieser Begegnung und sich nicht sicher, ob sie bedrohlich war oder gutartig, und er war begierig, das zu erfahren.

Zunächst fragte er sich, ob es wohl die Engelsgestalt seiner Mutter gewesen sein könnte, die da über ihm geschwebt hatte. Doch diese Erklärung verwarf er dann rasch. Wäre seine Mutter durch den Vorhang zwischen dieser Welt und der nächsten getreten, hätte er sie, ihren Geist, erkannt. Er hätte diese einzigartige Aura von Liebe, Wärme und Zuneigung gespürt. Unter dem Gewicht ihrer Geisterhand wäre er auf die Knie gefallen und hätte vor Freude über ihren himmlischen Beistand geweint.

Dann erwog er kurz, ob eine seiner undurchschaubaren und unergründlichen Schwestern – oder auch beide – ein bislang verborgenes Talent für psychische Kontakte hatte und es aus unbekannten Gründen an ihm ausprobiert hatte. Immerhin waren sie irgendwie in der Lage, ihre Katzen zu beherrschen und schienen diesen Einfluß auf andere Tiere ebenfalls ausüben zu können. Möglicherweise konnten sie in das menschliche Bewußtsein eindringen. Er wollte jedoch nicht, daß die beiden in seiner Privatsphäre herumschnüffelten.

Manchmal schaute er die beiden an und mußte an Schlangen denken – geschmeidige Albino- Schlangen, geräuschlos und lauernd –, deren Verlangen und Bedürfnisse ihm so fremd erschienen wie die aller Reptilien. Die Möglichkeit, daß sie in sein Bewußtsein eingedrungen sein sollten, war erschreckend, auch wenn sie ihn nicht würden beherrschen können.

Auch diese Idee verwarf er, nachdem er wieder kurz geschlafen hatte. Wenn Violet und Verbina solche Fähigkeiten besaßen, hätten sie ihn längst in ein gefügiges Werkzeug verwandelt, so gründlich, wie sie das mit ihren Katzen getan hatten. Sie hätten ihn gezwungen, entwürdigende, obszöne Dinge zu tun. Sie verfügten nicht über seine Selbstkontrolle, was die Begierden des Fleisches betraf, und würden, wenn sie könnten, Gottes fundamentalste Gebote ständig übertreten.

Er konnte ebensowenig verstehen, warum seine Mutter ihn hatte schwören lassen, für sie zu sorgen und sie zu beschützen, wie er verstehen konnte, daß sie sie hatte lieben können. Natürlich war diese Zuneigung für ihre irrgläubigen und ruchlosen Nachkommen nur noch ein weiteres Beispiel für ihre Engelsnatur. Vergeben- und Vergessenkönnen flossen aus ihr wie klares, kühles Wasser aus einem tiefen Brunnen.

Ein Weilchen döste er vor sich hin. Als er wieder aus dem Schlaf aufschreckte, drehte er sich auf die Seite und beobachtete, wie das schwache Licht der Morgendämmerung an den Rändern der zugezogenen Vorhänge vorbeidrang.

Er dachte über die Möglichkeit nach, ob das Wesen, dessen Nähe er im Tal gespürt hatte, vielleicht sein Bruder Frank hätte gewesen sein können. Doch das war genauso unwahrscheinlich. Wenn Frank über telepathische Fähigkeiten verfügte, hätte er gewiß schon vor langer, langer Zeit einen Weg gefunden, sie einzusetzen, um Candy zu zerstören. Frank war weniger talentiert als seine Schwestern und weit weniger talentiert als sein Bruder Candy.

Wer aber war ihm dann im Tal zweimal so nahe gekommen, wer hatte sich so intensiv in sein Bewußtsein gedrängt? Wer hatte diese zusammenhanglosen Wörter ausgestoßen, die noch jetzt in seinem Kopf widerhallten: *Was ... wo ... was ... warum ... was ... wo ... was ... warum ...?*

Letzte Nacht hatte er versucht, dieses Wesen geistig zu packen. Als es sich hastig von ihm zurückgezogen hatte, hatte er versucht, einen Teil seines Bewußtseins mit ihm in die Nacht aufsteigen zu lassen, war jedoch nicht in der Lage gewesen, die Verfolgung auf dieser übersinnlichen Ebene fortzusetzen. Er hatte allerdings das Gefühl, daß er möglicherweise imstande wäre, diese Fähigkeit zu entwickeln.

Sollte dieses unwillkommene Wesen jemals zurückkehren, würde er versuchen, eine seiner Bewußtseinsfasern an ihm festzuknoten und es dann zu seinem Ursprung zurückzuverfolgen. In seinen gesamten 29 Lebensjahren waren seine Geschwister die einzigen Menschen, denen er begegnet war, die über etwas verfügten, was man übersinnliche Fähigkeiten hätte nennen können. Sollte es da draußen in der Welt jemanden geben, der ebenfalls diese Begabung hatte, mußte er herausfinden, wer das war. Ein solcher Mensch, dem nicht seine selige Mutter das Leben geschenkt hatte, war ein Rivale, eine Bedrohung, ein Feind.

Obwohl die Sonne hinter den zugezogenen Vorhängen noch nicht ganz aufgegangen war, wußte er, daß er nicht noch einmal würde einschlafen können. Er warf die Decke zurück, durchquerte das dunkle, mit Möbeln vollgestellte Zimmer mit der Sicherheit eines Blinden, der sich in vertrauter Umgebung bewegt, und ging ins Bad. Nachdem er die Tür verriegelt hatte, zog er sich aus, ohne in den Spiegel zu schauen und ließ Wasser, ohne zu dem hassenswerten Organ niederzusehen. Als er duschte, seifte er das Sex-Ding mit dem Waschhandschuh ein, den er selbst genäht hatte und der seine unschuldige Hand davor bewahrte, von dem widernatürlichen, tückischen Fleisch da unten verdorben zu werden.

39

Vom Krankenhaus in Orange fuhren sie sofort in ihr Büro nach Newport Beach. Sie hatten eine Menge Arbeit vor sich, was Franks Fall anging, und sein miserabler Zustand, der sich weiter verschlechtert hatte, ließ sie erkennen, daß die Sache eiliger war, als sie angenommen hatten.

Frank fuhr mit Hal, und Julie folgte, um helfen zu können, sollte während der Fahrt eine unvoraussehbare Entwickung eintreten. Der gesamte Fall schien eine einzige *Serie* unvoraussehbarer Entwicklungen zu sein.

Zu dem Zeitpunkt, da sie die menschenleeren Büros betraten – das Personal von Dakota & Dakota würde erst in einigen Stunden eintreffen –, war die Sonne hinter den Wolken im Osten aufgegangen. Ein dünner Streifen blauen Himmels war über dem Ozean im Westen sichtbar geworden. Als die vier durch die Empfangshalle ins Allerheiligste gingen, hörte der Regen so unvermittelt auf, als habe eine göttliche Hand einen Himmelshebel umgelegt. Das Wasser floß nicht länger wie ein schimmernder Vorhang an den großen Fenstern hinunter, sondern löste sich in Hunderte kleiner Perlen auf, die von dem wolkenverhangenen Morgenhimmel mit einem bleigrauen Glanz erfüllt wurden.

Bobby deutete auf den ausgebeulten Kissenbezug, den

Hal trug. »Gehen Sie mit Frank in den Waschraum und helfen Sie ihm, die Sachen anzuziehen, die er trug, als wir ihn ins Krankenhaus brachten. Denn wir sollten uns die Kleider, die er jetzt anhat, einmal wirklich genau anschauen.«

Frank hatte seinen Gleichgewichtssinn und einen Großteil seiner Kräfte wiedergefunden. Er brauchte Hals Hilfe eigentlich nicht. Doch Julie wußte, daß Bobby Frank ab sofort nirgendwo mehr unbeaufsichtigt würde hingehen lassen.

Sie mußten ihn ständig im Auge behalten, um nicht vielleicht irgendeinen Hinweis zu versäumen, der zu einer Erklärung für sein fortgesetztes plötzliches Verschwinden und Wiederauftauchen beitragen konnte.

Bevor sich Hal um Frank kümmerte, holte er die zerknitterten Kleidungsstücke aus der Kissenhülle. Den Rest ihres Inhalts ließ er auf Julies Schreibtisch zurück.

»Kaffee?« fragte Bobby.

»Dringendst«, entgegnete Julie.

Er ging in die kleine Pantry in der Halle hinaus und warf eine der beiden großen Kaffeemaschinen an.

Julie setzte sich an ihren Schreibtisch und leerte die Kissenhülle. Sie enthielt dreißig Bündel Hundert-Dollarnoten, die von Gummiringen zusammengehalten wurden. Bei zehn Bündeln ließ sie die Ecken der Geldscheine durch ihre Finger gleiten, um zu sehen, ob vielleicht auch kleinere Scheine darunter waren. Es waren alles Hunderter. Willkürlich griff sie sich zwei Bündel heraus und zählte die Scheine. Jedes enthielt einhundert Banknoten. Das bedeutete, daß jeder Packen zehntausend Dollar enthielt. Als Bobby mit Bechern, Löffeln, Sahne, Zucker und einer Kanne heißen Kaffees zurückkehrte, hatte Julie festgestellt, daß dies der größte von Franks bisherigen drei Fischzügen war.

»Dreihunderttausend«, sagte sie, als Bobby das Tablett auf ihrem Schreibtisch absetzte.

Er pfiff leise. »Auf welche Gesamtsumme kommen wir da?«

»Mit diesen hier bewahren wir sechshunderttausend Dollar für ihn auf.«

»Wir werden wohl bald einen größeren Büro-Safe anschaffen müssen.«

Hal Yamataka legte die Kleider, die Frank ausgezogen hatte, auf den Couchtisch. »Da stimmt was nicht mit dem Reißverschluß der Hose. Ich meine nicht nur, daß er nicht funktioniert – er funktioniert tatsächlich nicht. Ich meine, mit dem stimmt *wirklich* ernsthaft was nicht.«

Hal, Frank und Julie zogen sich Stühle heran und setzten sich alle um den niedrigen Glastisch herum. Sie tranken starken schwarzen Kaffee, während Bobby auf der Couch saß und die Kleidungsstücke sorgfältig inspizierte. Zu den Eigenartigkeiten, die er bereits im Krankenhaus bemerkt hatte, kam nun dieser Reißverschluß. Bobby entdeckte, daß die meisten Zähne zwar aus Metall waren, wie es sein sollte, daß sie aber in willkürlicher Reihenfolge von etwa vierzig Zähnen durchsetzt waren, die aussahen, als wären sie aus hartem schwarzen Gummi – und an denen saß der Gleiter ganz offensichtlich fest.

Bobby starrte erstaunt und verblüfft auf den merkwürdigen Reißverschluß und bewegte langsam den Finger über die Einkerbungen, bis ihm plötzlich eine Eingebung kam. Er nahm einen der Schuhe in die Hand, die Frank getragen hatte, und untersuchte den Absatz. Er sah völlig normal aus. Im Absatz des zweiten Schuhs fand er freilich dreißig, vielleicht auch vierzig, winzige glänzende Metallstückchen, die in den Gummi eingebettet und regelrecht mit ihm verschmolzen waren.

»Hat jemand ein Taschenmesser?« fragte Bobby.

Hal zog eines aus der Hosentasche. Bobby benutzte es, um ein paar der glitzernden Rechteckchen herauszupulen. Es sah aus, als seien sie in den Gummi eingelassen worden, als er noch flüssig war. Reißverschlußzähne. Sie fielen auf den Glastisch: *Peng . . . Peng*. Nach einem kurzen Blick schätzte er, daß die Menge des Gummis, die von diesen Zähnen verdrängt worden war, wohl der entsprach, die er in dem Reißverschluß gefunden hatte.

Frank Pollard wurde, während er da in dem mit Disney-Cartoons geschmückten Büro der Dakotas saß, von einer Müdigkeit überwältigt, die in ihrer Extremität selbst etwas Cartoonmäßiges hatte. Das Ausmaß seiner Erschöpfung war so, daß er, wäre er Donald Duck, so schlaff wäre, daß er vom Stuhl rutschen und sich in eine Pfütze von Wildentenfleisch und Federn auflösen würde. Diese Müdigkeit hatte sich bei ihm angesammelt, Tag um Tag, Stunde um Stunde, seit er letzte Woche in der dunklen Gasse erwacht war.

Doch nun durchströmte sie ihn so plötzlich, als sei ein Damm gebrochen. Die wogende Flut der Müdigkeit hatte eine Dichte, die nicht der von Wasser, sondern der von flüssigem Blei entsprach. Und so fühlte er sich auch: bleischwer. Es kostete ihn große Mühe, einen Finger zu rühren, daran, einen Fuß zu heben, mochte er gar nicht denken. Selbst den Kopf oben zu behalten, war eine fürchterliche Anstrengung für seinen Hals. Buchstäblich jedes Gelenk seines Körpers schmerzte dumpf, sogar seine Ellenbogen, seine Handgelenke und Fingerknöchel, aber ganz besonders seine Knie, die Hüften und Schultern.

Er fühlte sich fiebrig, nicht richtig krank, sondern so, als seien seine Kräfte von einer leichten Virusinfektion unterminiert worden, unter der er sein ganzes Leben langgelitten hatte. Die Müdigkeit hatte allerdings seine Sinne nicht betäubt. Im Gegenteil: Sie hatte seine Nervenenden bloßgelegt, als seien sie mit feinem Sandpapier abgeschliffen worden. Jedes laute Geräusch ließ ihn zusammenzucken. Schien ihm helles Licht in die Augen, plinkerte er vor Schmerz, und er war auch ausgesprochen empfindlich, was Hitze, Kälte und die Strukturen der Dinge anging, die er anfaßte.

Seine Erschöpfung schien nur zum Teil auf seine Unfähigkeit zurückzuführen zu sein, länger als ein paar Stunden pro Nacht schlafen zu können. Wenn man Hal Yamataka und den Dakotas Glauben schenken konnte – und Frank sah keinen Grund, warum sie ihn anlügen sollten –, verschwand er mehrmals pro Nacht auf geradezu unglaubliche Weise, obwohl er sich, wieder zurück im Bett, an nichts von dem erinnern konnte, was er getan hatte.

Was auch immer der Grund für dieses Verschwinden sein mochte, egal, wohin er gegangen war oder wie oder warum: Der bloße Akt des Verschwindens schien mit ziemlicher Wahrscheinlichkeit einen Energieaufwand zu verlangen, der sicherlich mit dem zu vergleichen war, den man beim Rennen, Gewichtheben oder jeder anderen körperlichen Anstrengung aufbringen mußte. Deshalb waren seine Schwäche und seine profunde Müdigkeit gewiß zum großen Teil ein Resultat seiner mysteriösen nächtlichen Wanderungen.

Bobby Dakota hatte nur ein paar der Metallzähne aus dem Absatz des Schuhs herausgepult. Nachdem er sie einen Moment lang genau betrachtet hatte, legte er das Taschenmesser weg, lehnte sich auf dem Sofa zurück und blickte nachdenklich durch die großen Bürofenster in den Himmel hinaus, der nach wie vor trübe war, obwohl es nicht mehr regnete. Sie schwiegen alle und warteten darauf zu hören, welche Schlüsse er aus dem Zustand der Kleidungsstücke und der Schuhe zog.

Trotz seiner Erschöpfung, und obwohl er mit seinen eigenen Sorgen beschäftigt war und die Dakotas erst seit einem Tag kannte, war sogar Frank bewußt, daß Bobby der phantasievollere und geistig beweglichere in dieser Partnerschaft war. Julie war vermutlich klüger als ihr Mann. Aber sie war auch die methodischere Denkerin, was es weit weniger wahrscheinlich sein ließ, daß sie mit unvermuteten logischen Schlußfolgerungen und phantasievollen Lösungen aufwarten würde. Julie mochte weit häufiger richtig liegen als Bobby, doch bei Gelegenheiten, bei denen die Firma die Probleme eines Klienten *schnell* lösen mußte, war dieser Erfolg meist Bobby zuzuschreiben. Sie waren ein gutes Team, und Frank vertraute darauf, daß ihre sich ergänzenden Talente ihn retten könnten.

An Frank gewandt, fragte Bobby: »Können Sie sich vorstellen, daß Sie sich durch Psychokinese, das heißt ohne physischen Kontakt, in Sekundenschnelle von hier nach dort bewegen können – eine Art Teleporting?«

»Aber das ist ja – Hexerei«, entgegnete Frank. »Ich glaube nicht an Zauberei oder Magie.«

»Oh, ich schon«, sagte Bobby. »Nicht an Zauberinnen und Zaubersprüche und Flaschengeister zwar, aber an die Möglichkeit, daß es phantastische Dinge gibt. Allein die Tatsache, daß diese Welt existiert, daß wir leben, daß wir lachen und singen und die Sonne auf unserer Haut spüren können – allein das erscheint mir wie eine Art Zauberei, eine Art Magie.«

»Teleporting, ich? Wenn ich das kann, dann *weiß* ich nicht, daß ich es kann. Offenbar muß ich erst mal einschlafen, was bedeutet, daß dieses Teleporting eine

Funktion meines Unterbewußtseins sein muß, daß es absolut unfreiwillig passiert.«

»Sie haben nicht geschlafen, als Sie wieder in dem Krankenhauszimmer aufgetaucht sind, und auch bei den anderen Gelegenheiten nicht, bei denen Sie verschwunden sind«, widersprach Hal. »Möglicherweise beim erstenmal, aber später auf keinen Fall. Ihre Augen waren offen. Sie haben mit mir gesprochen.«

»Aber ich kann mich nicht daran erinnern«, sagte Frank hilflos. »Ich kann mich nur erinnern, eingeschlafen zu sein, dann lag ich plötzlich wach im Bett, unter großen Qualen, verwirrt, und Sie alle waren da.«

Julie seufzte. »Teleporting. Wie soll das funktionieren?«

Bobby zuckte mit den Schultern. »Du hast es gesehen.« Er nahm seine Kaffeetasse und trank einen Schluck. Er war entspannter als die anderen im Zimmer, als sei die Tatsache, einen Klienten mit so erstaunlichen psychischen Kräften zu haben, wenn schon keine ganz normale Sache, so doch zumindest eine, die sie alle als einfach unvermeidlich akzeptieren mußten.

»Ich habe gesehen, wie er verschwand«, stimmte Julie zu, »aber ich bin nicht sicher, ob das beweist, daß es – Teleporting war.«

»Als er verschwand«, fuhr Bobby fort, »ist er *irgendwohin* gegangen. Stimmt's?«

»Nun . . . Ja.«

»Und von einem Platz zum anderen zu gehen – in Sekundenbruchteilen – aufgrund eines Akts bloßer Willenskraft, das ist für mich – Teleporting.«

»Aber wie?« fragte Julie.

Bobby zuckte wieder mit den Schultern. »Im Augenblick spielt es keine Rolle, wie. Akzeptiert doch einfach zunächst einmal, daß es Teleporting gibt.«

»Als eine Theorie«, sagte Hal.

»Okay«, stimmte Julie zu. »Laß uns theoretisch annehmen, daß es Teleporting gibt.«

Für Frank, der wegen seiner Amnesie von seinem eigenen Erleben ausgeschlossen war, war das, als solle er davon ausgehen, Eisen müsse leichter sein als Luft, damit ein aus Stahlplatten bestehendes Kleinluftschiff fliegen konnte.

»Gut«, sagte Bobby, »in Ordnung, denn diese Annahme erklärt den Zustand dieser Kleidungsstücke.«

»Wie?« fragte Frank.

»Es wird ein Weilchen dauern, bis wir über die Kleider sprechen. Warten Sie einen Moment. Zunächst müssen Sie in Erwägung ziehen, daß sich die Atome Ihres Körpers beim Teleporting zeitweilig voneinander trennen und dann innerhalb kürzester Zeit an einem anderen Ort wieder zusammenfinden müssen. Das gleiche gilt für die Sachen, die Sie tragen sowie für alles andere, das Sie berühren – wie beispielsweise für das Bettgitter, das Sie abgerissen haben.«

»Ist das so wie diese Teleporting-Schutzhülle in diesem Film?« fragte Hal. »*Die Fliege,* hieß er.«

»Ja, in etwa«, bestätigte Bobby, der zunehmend Gefallen an dem Thema fand. Er stellte die Kaffeetasse hin und beugte sich vor. »Irgendwie schon«, fuhr er wild gestikulierend fort. »Außer daß die Kraft, die gebraucht wird, um so etwas zu tun, möglicherweise total aus Franks Kopf kommt und nicht aus einer futuristischen Maschine. Er denkt sich nur irgendwie irgendwo anders hin, zerlegt sich in Sekundenbruchteilen selbst und – *Puff!* – setzt sich an seinem Ziel wieder zusammen. Natürlich gehe ich davon aus, daß sein Kopf, sein Hirn, sein Bewußtsein – oder sein Was auch immer – sogar während der Zeit intakt bleibt, in der sein Körper in auseinandergenommene Atome dispergiert ist, weil es die purste Willenskraft sein muß, die diese Milliarden von Teilchen transportiert und sie zusammenhält – so wie ein Schäferhund die Herde – und sie dann auf der anderen Seite wieder in der richtigen Atomanordnung miteinander verschmilzt.«

Obwohl seine Müdigkeit so durchdringend war, daß sie durchaus das Resultat einer unmöglichen, komplexen und anstrengenden Tat hätte sein können, wie Bobby sie eben beschrieben hatte, war Frank nicht überzeugt. »Nun, zum Donnerwetter, ich weiß nicht ... Das ist nichts, was man in der Schule lernt. UCLA hat keine Kurse für Teleporting. Also ist es – Instinkt? Selbst wenn wir mal annehmen, daß ich instinktiv weiß, wie ich meinen Körper in einen Strom atomarer Teilchen zerlegen, sie irgendwo anders hinschicken und sie dann wieder zusammensetzen kann ... Wie kann irgendein Mensch, selbst das größte Genie, das jemals geboren wurde, soviel Geisteskraft haben, um angesichts dieser Milliarden von Atomteilchen auf dem laufenden zu bleiben und sie alle wieder so zusammenzusetzen, wie sie zusammengehören? Ich bin kein Dummkopf, aber ich bin auch nicht klüger als der Durchschnittsbürger.«

»Sie haben Ihre Frage selbst beantwortet«, erklärte Bobby. »Sie brauchen keine übermenschliche Intelligenz dafür, weil Teleporting eben keine Funktion der Intelligenz ist. Es hat auch nichts mit Instinkt zu tun. Es ist einfach ... nun, eine Fähigkeit, die in Ihre Gene einprogrammiert ist wie die Fähigkeit zu sehen, zu hören oder zu riechen. Sehen Sie es doch mal so: Jedes Bild, das Sie betrachten, ist aus Milliarden von einzelnen Punkten von Farbe und Licht und Schattierungen und Strukturen zusammengesetzt, Ihre Augen ordnen diese Billionen von Bits, die Sie aufnehmen, jedoch augenblicklich in ein zusammenhängendes Bild. Sie brauchen nicht übers Sehen nachzudenken. Sie sehen einfach. Es passiert automatisch. Verstehen Sie jetzt, was ich mit Magie meinte? Sehen ist fast Zauberei, Magie. Beim Teleporting gibt es vermutlich einen Auslösemechanismus, den Sie betätigen müssen – wie sich zum Beispiel zu *wünschen,* Sie seien anderswo –, aber danach läuft der Prozeß mehr oder weniger automatisch ab. Geistige Kräfte führen ihn durch, so wie sie automatisch und augenblicklich all die Daten verarbeiten, die über Ihre Augen hereinkommen.«

Frank preßte die Augen fest zusammen und konzentrierte sich darauf, sich in die Empfangshalle zu wünschen. Als er die Augen wieder öffnete und immer noch im Büro saß, sagte er: »Es funktioniert nicht. Ganz so leicht ist es nicht. Mit bloßer Willenskraft schaffe ich es nicht.«

»Bobby, wollten Sie sagen, daß wir alle diese Fähigkeit haben und nur Frank herausgefunden hat, wie es geht?« erkundigte sich Hal.

»Nein, nein. Hier handelt es sich vermutlich um ein Fetzchen genetischen Materials, über das einzig und allein Frank verfügt, möglicherweise handelt es sich aber auch um ein Talent, das die Folge eines genetischen *Fehlers* ist.«

Alle schwiegen und versuchten, das zu verstehen, was Bobby da angedeutet hatte.

Draußen riß der Wolkenvorhang auf und schob sich auseinander. Von der alten, blauen Farbe des Himmelszeltes erschien von Minute zu Minute mehr. Doch der anbrechende Tag vermochte nicht, Franks Stimmung zu erhellen.

Hal Yamataka deutete schließlich auf das Bündel mit Kleidungsstücken, das auf dem Couchtisch lag. »Wie paßt das zum Zustand der Anziehsachen?«

Bobby nahm sich den blauen Baumwollpullover und hielt ihn so, daß sie den Khakiflicken am Rücken sehen konnten. »Okay, laßt uns davon ausgehen, daß der Geist – oder was auch immer – all die Körpermoleküle durch den Teleporting- Prozeß begleiten kann, ohne daß sich ein einziger Fehler einschleicht. Er kann auch mit anderen Dingen fertigwerden, die Frank mitnehmen will, wie beispielsweise mit Klamotten ...«

»Und ganzen Säcken voller Geld«, warf Julie ein.

»Aber warum das Bettgitter?« fragte Hal. »Warum hätte er das mitnehmen sollen? Dazu hatte er doch keinen Grund.«

An Frank gewandt, sagte Bobby: »Sie können sich jetzt nicht daran erinnern, aber während Sie in dieser Serie von Teleporting-Prozessen steckten, wußten Sie immer genau, was gerade passierte. Sie wollten damit aufhören. Sie baten Hal, Ihnen dabei zu helfen, und Sie umklammerten das Gitter, um damit aufhören zu können. Sie wollten sich in dem Krankenzimmer verankern und haben sich so sehr auf dieses Festhaltenwollen konzentriert, daß Sie es abgerissen und mitgenommen haben. Und was die Kleider betrifft, die so durcheinandergemischt sind ... Möglicherweise konzentriert sich Ihr Bewußtsein zunächst darauf, den Körper wieder in der richtigen Form zusammenzubekommen, weil eine fehlerfreie physische Aneinanderfügung notwendig ist für Ihr Überleben. Und vielleicht gibt es da Gelegenheiten, bei denen Sie einfach nicht mehr genügend Energie übrig haben, auch bei Nebensächlichkeiten wie Kleidungsstücken alles wieder ordentlich zusammenzufügen.«

»Nun«, sagte Frank, »ich kann mich an nichts von dem erinnern, was vor der letzten Woche passiert ist, aber dies ist das erste Mal, daß so etwas passiert ist, auch wenn ich offensichtlich in mehr Nächten unterwegs war, als nur im Bett gelegen habe. Aber selbst wenn meine Sachen den Vorgang in dieser Zeit überstanden haben, scheine *ich* doch von Tag zu Tag immer müder, immer schwächer und verwirrter zu werden . . .«

Er brauchte den Gedanken nicht zu Ende zu führen, weil die Besorgtheit, die sich in ihren Augen und Gesichtern abzeichnete, bewies, daß sie ihn verstanden hatten. Wenn er sich diesem Teleporting-Prozeß tatsächlich unterzog, und wenn er so anstrengend war, wie es aussah, dann verzehrte er all seine Kräfte, Kräfte, die durch Ruhe und Erholung nicht wieder aufgefüllt werden konnten. Dann würde er allmählich weniger akribisch darauf achten können, seine Kleidung und andere Dinge, die er mitnehmen wollte, wieder ordentlich zusammenzusetzen. Aber was noch wichtiger war – er konnte dann auch Schwierigkeiten haben, seinen Körper wieder zu rekonstruieren. Es war möglich, daß er von einem seiner spätnächtlichen Streifzüge zurückkehrte und feststellen mußte, daß Fragmente seines Pullovers in seinen Handrücken eingewoben waren und daß die Haut, die von der Baumwolle ersetzt wurde, im dunklen Leder seiner Schuhe als heller Flicken wieder auftauchte und daß das im Schuh fehlende Leder zum integralen Teil seiner Zunge geworden war . . . oder daß es sich wie ein Büschel fremdartiger Zellen durch sein Hirngewebe zog.

Die Angst, bei Frank immer vorhanden, die wie ein Hai durch die Tiefen seiner Seele kreiste, schoß jäh an die Oberfläche, hervorgerufen durch die Sorge und das Mitleid, das er in den Gesichtern derer sah, von denen seine Rettung abhing. Er schloß die Augen, aber das war keine gute Idee. Denn kaum hatte er ihre Gesichter nicht mehr vor Augen, sah er eine Vision seines eigenen Gesichts vor sich, sah es so vor sich, wie es aussehen könnte, wenn am Ende einer seiner zukünftigen telekinetischen Reisen eine Rekonstruktion schiefgegangen war: acht, neun Zähne hatten sich in seine rechte Augenhöhle verirrt; das gewaltsam vertriebene Auge starrte lidlos aus der Mitte der darunterliegenden Wangenpartie; seine Nase war in gräßlichen Fleisch- und Knorpelstückchen über die ganze Gesichtshälfte verteilt. Vor seinem geistigen Auge öffnete sich sein mißgebildeter Mund, vielleicht um zu schreien, und drinnen – da, wo die Zunge hätte sein sollen – waren zwei Finger und ein Teil seiner Hand.

Er öffnete die Augen wieder, und ein leiser Schrei der Angst und der Qual entfuhr ihm.

Er zitterte. Er konnte nicht aufhören.

Nachdem Hal auf Bobbys Anregung hin die Kaffeetassen aufgefüllt und in Franks trotz der frühen Stunde einen Schuß Bourbon gegossen hatte, ging er in die kleine Kaffeeküche der Empfangshalle, um eine neue Kanne zu brühen.

Als Frank sich mit ein paar Schlucken des aromatisierten Getränks gestärkt hatte, zeigte Julie ihm die Fotografie und beobachtete genau, wie er reagierte. »Kennen Sie eine dieser Personen?«

»Nein, sie sind mir völlig fremd.«

»Der Mann«, erklärte Bobby, »ist George Farris. Der *echte* George Farris. Das Bild haben wir von seinem Schwager erhalten.«

Mit größerem Interesse schaute Frank sich das Foto noch einmal an.

»Vielleicht kannte ich ihn ja und habe mir deshalb seinen Namen ausgeborgt . . . Aber ich kann mich nicht erinnern, ihn jemals vorher gesehen zu haben.«

»Er ist tot«, sagte Julie. Franks Überraschung schien ehrlich zu sein. Sie erklärte ihm, wie Harris gestorben war, schon vor Jahren – und dann, wie seine Familie abgeschlachtet worden war, was allerdings noch nicht so lange her sei. Sie erzählte ihm auch von James Roman und daß Romans Familie im November in einem Feuer umgekommen sei.

Frank reagierte darauf mit echter Bestürzung und Verwirrung. »Warum all diese Toten?« rief er. »Ist das ein Zufall?«

Julie beugte sich vor. »Wir glauben, Mister Blau hat sie umgebracht.«

»Wer?«

»Mister Blaulicht. Der Mann, von dem Sie sagten, er habe Sie in jener Nacht in Anaheim verfolgt, der Mann, von dem Sie annehmen, daß er Sie aus irgendeinem Grunde jagt. Wir glauben, er hat entdeckt, daß Sie unter den Namen Farris und Roman reisten, ist deshalb zu den Adressen gegangen, die er von ihnen hatte, und hat alle dort umgebracht, weil er Sie nicht vorfand. Vielleicht hat er's gar nicht beabsichtigt, sondern sie nur foltern wollen, um Informationen aus ihnen herauszuholen ... Oder er hat's einfach nur so zum Vergnügen getan.«

Frank sah niedergeschlagen aus. Sein ohnehin blasses Gesicht war noch blasser geworden, wie ein Bild in einem Kinofilm, das sich langsam auflöst. Der düstere Blick seiner Augen hatte sich noch intensiviert. »Hätte ich diese falschen Papiere nicht benutzt, wäre er niemals auf diese Leute losgegangen. Ich bin schuld, daß sie sterben mußten.«

Der Mann tat Julie leid. Und sie fühlte sich schuldig, weil sie sich von ihrem Mißtrauen hatte verleiten lassen, das Thema auf diese Art anzusprechen. »Nehmen Sie's nicht so schwer, Frank«, sagte sie. »Mit größter Wahrscheinlichkeit hat der ›Künstler‹, der Ihre Papiere gefälscht hat, die Namen willkürlich aus einer Liste von

Todesanzeigen ausgewählt. Hätte er es sich nicht so leicht gemacht, wäre Mister Blau vielleicht niemals auf die Farris' und Romans aufmerksam geworden. Doch das ist nicht Ihr Fehler. Der Fehler ist dem Fälscher unterlaufen.«

Frank schüttelte nur den Kopf, versuchte zu sprechen, konnte aber nicht.

»Sie *dürfen* sich deshalb nicht schuldig fühlen«, sagte Hal. Er stand in der Tür und hatte offensichtlich schon so lange da gestanden, daß er die Bedeutung des Fotos mitgekriegt hatte. Er schien ehrlich bestürzt, Frank so zerknirscht zu sehen. Wie Clint war auch Hal von Franks sanfter Stimme, seiner zurückhaltenden Art und seinem engelhaften Auftreten gleich angetan gewesen.

Frank räusperte sich, und schließlich brach es aus ihm heraus: »Nein, nein, es liegt an mir, mein Gott, all diese Menschen sind wegen mir tot.«

Im Dakota & Dakota Computer-Center saßen Bobby und Frank auf zwei Bürodrehstühlen mit Gummirollen, und Bobby schaltete einen der drei modernen IBM-PCs an, die allesamt durch ein eigenes Modem und eine eigene Telefonleitung mit der Außenwelt verbunden waren. Obwohl es inzwischen zum Arbeiten hell genug war, waren die diffusen Leuchtstoffröhren an der Decke eingeschaltet, um eine Blendung auf den Bildschirmen zu vermeiden, und der Lamellenvorhang vor dem einzigen Fenster im Zimmer war aus dem gleichen Grund geschlossen.

Wie die Polizei konnten auch moderne Privatdetektive und Sicherheitsberater im Silikon- Zeitalter nicht auf Computer verzichten. Sie erleichterten ihnen die Arbeit und ermöglichten es ihnen, Informationen in einer Breite und Tiefe zu kompilieren, die mit den altmodischen Methoden von Sam Spade und Philip Marlowe niemals zusammenzutragen wären. Asphalttreten und das Befragen von Zeugen und möglichen Verdächtigen sowie die Durchführung von Überwachungen waren zwar immer noch Aspekte ihres Jobs, doch ohne Computer wären sie so ineffektiv gewesen wie ein Schmied, der versucht, einen platten Reifen mit Hammer und Amboß und anderen Werkzeugen seiner Zunft zu reparieren. In der letzten Dekade des zwanzigsten Jahrhunderts gab es Privatdetektive, die sich der Mikrochip-Revolution nicht bewußt waren, wohl nur noch in Fernsehserien und der kurios veralteten Welt der meisten Detektivromane.

Lee Chen, der das elektronische Datensammelsystem zusammengestellt hatte und es nun betrieb, würde erst in einer Stunde, gegen neun Uhr, kommen. Solange mochte Bobby nicht warten. Er wollte gleich mit der Arbeit an Franks Fall beginnen. Er war kein so erstklassiger Hakker wie Lee, doch er kannte die Hardware und hatte die Fähigkeit, rasch mit neuer Software vertraut zu sein, wenn das nötig war. Es fiel ihm fast so leicht, Informationen im kybernetischen Raum aufzuspüren, wie sie aus vergilbten Zeitungen auszugraben.

Er holte Lees Codebuch aus einer verschlossenen Schublade und enterte zunächst das Datennetz der Sozialversicherung, das die Daten enthielt, die die breite Öffentlichkeit ganz legal einsehen konnte. Andere Daten im selben System waren gesperrt und wegen der Datenschutzgesetze hinter ganzen Wällen von Sicherheitscodes vermeintlich unzugänglich.

Aus der offenen Datei holte er sich die Zahl der Männer namens Frank Pollard, die in den Akten der Behörde aufgeführt waren, und die Antwort erschien innerhalb von Sekunden auf dem Bildschirm: Zog man die Variationen von Frank – wie beispielsweise Franklin und

Frankie und Franco – in Betracht, plus Namen wie Francis, für den Frank eine Abkürzung sein konnte, gab es sechshundertundneun Frank Pollards, die im Besitz einer Sozialversicherungsnummer waren.

»Bobby«, sagte Frank ängstlich, »verstehen Sie das Zeug da auf dem Bildschirm? Sind das Wörter, richtige Wörter, oder nur zusammengewürfelte Buchstaben?«

»Was? Natürlich sind das Wörter.«

»Nicht für mich. Für mich sehen sie nicht so aus. Für mich sehen sie aus wie wild zusammengewürfelt.«

Bobby griff nach einem *Byte*-Magazin, das zwischen zwei Computern gelegen hatte, schlug einen Artikel auf und sagte: »Lesen Sie das.«

Frank nahm die Zeitschrift, starrte auf den Artikel, blätterte ein paar Seiten weiter, dann noch einmal ein paar. Seine Hände begannen zu zittern. Das Magazin raschelte in seinen Händen. »Ich kann nicht. Verdammt, diese Fähigkeit habe ich auch noch verloren. Gestern habe ich die Fähigkeit verloren zu rechnen, und jetzt kann ich nicht mehr lesen, und in meinem Kopf werde ich immer wirrer, benebelter, und jedes Gelenk, jeder Muskel tut mir weh. Dieses Teleporting macht mich fertig, es macht mich kaputt. Ich falle auseinander, Bobby, geistig und körperlich, und das immer immer schneller.«

»Das kommt schon wieder in Ordnung«, tröstete Bobby, obwohl seine Ruhe größtenteils vorgetäuscht war. Er war ziemlich sicher, daß sie der Sache auf den Grund gehen und herausfinden würden, wer Frank war, wohin er nachts ging und wie und warum. Er konnte allerdings auch sehen, daß Frank ganz rapide abbaute, und deshalb hätte er nicht darauf gewettet, daß sie all die Antworten finden würden, solange Frank noch lebte, geistig und körperlich gesund und in der Lage war, von ihren Entdeckungen zu profitieren. Trotzdem legte er

Frank die Hand auf die Schulter und versetzte ihm einen kurzen, beruhigenden Knuff. »Lassen Sie den Kopf nicht hängen, Kumpel. Alles kommt wieder in Ordnung. Das glaube ich wirklich. Ich bin fest davon überzeugt.«

Frank atmete einmal tief durch und nickte.

Bobby wandte sich wieder dem Computerterminal zu. Er hatte ein schlechtes Gewissen wegen der Lüge, nahm sich aber zusammen. »Erinnern Sie sich, wie alt Sie sind, Frank?« fragte er.

»Nein.«

»Sie sehen aus wie zweiunddreißig, dreiunddreißig.«

»Ich fühle mich älter.«

Leise pfiff Bobby Duke Ellingtons »Satin Doll« vor sich hin, dachte einen Moment nach und eliminierte dann alle Frank Pollards aus der Sozialversicherungs-Datei, die jünger als achtundzwanzig und älter als achtunddreißig waren. Danach blieben nur noch zweiundsiebzig.

»Frank, denken Sie, daß Sie jemals irgendwo anders gelebt haben? Oder sind Sie ein waschechter Kalifornier?«

»Ich weiß es nicht.«

»Dann lassen Sie uns annehmen, Sie seien ein Sohn des Sonnenstaates.«

Er gab dem Computer den Befehl, die verbliebenen Frank Pollards auf jene zusammenzustutzen, die ihre Sozialversicherungsnummer beantragt hatten, während sie in Kalifornien lebten (fünfzehn), dann auf die, deren Akten gegenwärtig eine kalifornische Adresse aufwiesen (sechs).

Der für die Öffentlichkeit zugängliche Teil des Datennetzes der Sozialversicherung durfte dem, der ohne gesetzliche Handhabe in das System einbrach, die Sozialversicherungsnummern nicht verraten.

Bobby hielt sich an die Instruktionen in Lee Chens Codebuch und enterte mit Hilfe einer komplizierten Serie von Manövern, die die Sperre aufhoben, den eigentlich nicht zugänglichen Teil.

Er war nicht gerade glücklich, das Gesetz brechen zu müssen, doch es war nun mal eine Tatsache des High-Tech-Zeitalters, daß man aus seiner Datenverarbeitungsanlage nur dann das Maximum herausholen konnte, wenn man sich nicht immer streng an die Regeln hielt. Computer waren Instrumente der Freiheit, und Regierungen waren zu einem gewissen Grad Instrumente der Unterdrückung. Die beiden konnten nicht immer harmonisch nebeneinander existieren.

Er erhielt die sechs Nummern und Adressen der Frank Pollards, die in Kalifornien lebten.

»Was nun?« fragte Frank.

»Jetzt«, erwiderte Bobby, »benutze ich diese Nummern und Adressen bei der Autozulassungsstelle, der Staatspolizei, den wichtigsten Polizeistationen der großen Städte und an deren Regierungsstellen als Querverweis, um Beschreibungen dieser sechs Frank Pollards zu erhalten. Wenn wir ihre Größe, ihr Gewicht, ihre Haar- und Augenfarbe, ihre Rasse und so weiter erfahren, können wir sie allmählich – einen nach dem anderen – ausschließen. Besser noch, wenn Sie einer von ihnen sind, und wenn Sie jemals in der Armee waren oder wegen eines Verbrechens verhaftet wurden, könnte es uns sogar gelingen, in einer dieser Akten ein Bild von Ihnen aufzutreiben, das Ihre Identität bestätigen kann.«

Julie und Hal, die sich am Tisch schräg gegenübersaßen, entfernten die Gummibänder von mehr als der Hälfte der Banknotenbündel. Sie sortierten die Scheine, um festzustellen, ob einige von ihnen vielleicht fortlaufende

Seriennummern hatten, was ein Hinweis darauf sein könnte, daß sie aus einer Bank, einer Spar- und Darlehenskasse oder aus einer sonstigen Einrichtung gestohlen worden waren.

Hal schaute unvermittelt auf. »Warum gehen Franks Teleporting-Prozessen diese flötenähnlichen Töne und Windstöße voraus?« fragte er.

»Wer weiß«, erwiderte Julie. »Vielleicht ist es verdrängte Luft, die ihm durch einen Tunnel in eine andere Dimension folgt, von der Stelle, die er verlassen hat, zu der, zu der er geht.«

»Ich habe mir nur gedacht, wenn es diesen Mister Blau gibt, und wenn er nach Frank sucht, und wenn Frank dieses Flöten gehört und diese Windstöße in der Gasse gespürt hat, dann ist auch dieser Mister Blau zum Teleporting fähig.«

»Ja. Und?«

»Dann ist Frank nicht einzigartig, nicht einmalig. Was auch immer er ist, es gibt dann jemanden, der ist wie er. Möglicherweise sogar mehr als einen.«

»Was uns noch mehr zum Grübeln gibt«, meinte Julie. »Wenn Mister Blau zum Teleporting fähig ist, und wenn er rausfindet, wo Frank ist, werden wir sein Versteck nicht verteidigen können. Er kann jederzeit mitten zwischen uns auftauchen. Und was ist, wenn er sich mit einem Maschinengewehr in der Hand materialisiert und sofort wild um sich schießt?«

Nach einem Moment der Stille sagte Hal: »Wissen Sie, die Gärtnerei erschien mir immer als ein sehr angenehmer Beruf. Man braucht nur einen Rasenmäher, eine Jäthacke, ein paar einfache Werkzeuge. Kaum Geschäftsunkosten, und man wird kaum einmal erschossen.«

Bobby folgte Frank ins Büro, in dem Julie und Hal das

Geld überprüften. Er legte ein Blatt Papier auf den Tisch und sagte: »Rück mal beiseite, Sherlock Holmes. Die Welt hat jetzt einen größeren Detektiv.«

Julie schob das Blatt so zurecht, daß Hal und sie es gemeinsam lesen konnten. Es war die Laser-Print- Kopie des Antrags, den Frank ausgefüllt hatte, als er zum letzten Male eine Verlängerung seines Führerscheins beantragt hatte.

»Die Körpermaße und sonstigen Daten stimmen überein«, sagte sie. »Ist Ihr Vorname wirklich Francis und Ihr zweiter Vorname Ezekiel?«

Frank nickte. »Ich konnte mich nicht erinnern, bis ich es gesehen habe. Aber das bin ich. Okay, Ezekiel.«

Sie tippte auf den Ausdruck und sagte: »Diese Adresse ist in El Encanto Heights – klingelt's da bei Ihnen?«

»Nein, ich kann Ihnen nicht mal sagen, wo El Encanto liegt.«

»Es schließt sich an Santa Barbara an«, erklärte Julie.

»Das hat Bobby mir auch gesagt. Aber ich kann mich nicht erinnern, dort gewesen zu sein. Außer . . .«

»Was?«

Frank ging ans Fenster und blickte auf die ferne See hinaus, über der der Himmel nun völlig blau war. Ein paar frühe Möwen beschrieben große, präzise Kreise über dem Wasser, und es war faszinierend, ihre Ausgelassenheit zu beobachten. Frank war jedoch augenscheinlich weder von den Möwen fasziniert noch von der Aussicht.

Schließlich, den Blick immer noch aufs Wasser gerichtet, sagte er: »Ich kann mich nicht entsinnen, in El Encanto Heights gewesen zu sein. Doch jedesmal, wenn ich den Namen höre, dreht sich mir quasi der Magen um, Sie wissen schon, so als wäre ich auf einer Achterbahn, die eben auf Talfahrt ist. Und wenn ich versuche, über El

Encanto nachzudenken, mich anstrenge, mich zu erinnern, hämmert mein Herz, und ich habe Schwierigkeiten, Luft zu kriegen. Deshalb denke ich mir, daß ich irgendwelche Erinnerungen verdränge, die ich daran habe, möglicherweise, weil mir dort irgendwas passiert ist, irgendwas Schlimmes – etwas, bei dem ich zuviel Angst habe, mich zu erinnern.« Bobby fuhr fort: »Sein Führerschein ist vor sieben Jahren abgelaufen, und nach den Akten hat er auch nie versucht, sich einen neuen ausstellen zu lassen. Er war also eine Karteileiche. Irgendwann in diesem Jahr wäre er ganz aus den Akten gelöscht worden. Da haben wir Glück gehabt, ihn noch zu finden.« Er legte noch zwei weitere Ausdrucke auf den Tisch. »Rückt beiseite, Holmes *und* Sam Spade.«

»Was ist denn das?«

»Verhaftungsprotokolle. Frank wurde wegen Verkehrsübertretungen gestoppt, einmal in San Francisco vor etwas mehr als sechs Jahren. Das zweite Mal auf dem Highway 101, nördlich von Ventura, vor fünf Jahren. Beide Male hatte er keinen gültigen Führerschein, und weil er sich zudem noch eigenartig benahm, wurde er in Haft genommen.«

Die Fotografien, die zu den beiden Verhaftungsprotokollen gehörten, zeigten einen etwas jüngeren, sogar noch etwas dicklicheren Mann, der ohne jeden Zweifel ihr gegenwärtiger Klient war.

Bobby schob das Geld ein wenig beiseite und setzte sich auf die Ecke von Julies Schreibtisch. »Beide Male ist er aus dem Gefängnis geflohen, also suchen sie sogar nach all den Jahren noch nach ihm, obwohl vermutlich nicht mit allzuviel Nachdruck, da er ja nicht wegen eines Kapitalverbrechens gesessen hat.«

»Auch da habe ich eine Niete gezogen, keine Ahnung«, sagte Frank.

»In keinem der Berichte steht, *wie* er entkommen ist«, fuhr Bobby fort, »doch ich vermute, daß er weder die Gitter durchgesägt, noch einen Tunnel gegraben, noch sich aus einem Seifenstück eine Knarre geschnitzt, noch eine andere der altbekannten, traditionellen Methoden benutzt hat, um aus dem Gefängnis auszubrechen. O nein, nicht unser Frank.«

»Er hat's mit Teleporting hingekriegt«, sagte Hal. »Ist verschwunden, als gerade keiner geguckt hat.«

»Ich wette drauf«, stimmte Bobby zu. »Und danach hat er angefangen, falsche Papiere zu benutzen, die gut genug waren, jeden Polizisten zu täuschen, der ihn angehalten hat.«

Julie schaute sich die Papiere genau an. »Nun, Frank«, sagte sie, »wenigstens wissen wir jetzt, daß das Ihr richtiger Name ist, und wir haben eine richtige Adresse von Ihnen, oben in Santa-Barbara-County – nicht noch ein weiteres Motelzimmer. Wir fangen an, Fortschritte zu erzielen.«

Frank war nicht fähig, ihren Optimismus zu teilen. Er kehrte zu dem Stuhl zurück, auf dem er vorher gesessen hatte. »Fortschritte. Aber nicht genug.« Er beugte sich vor, die Arme auf die Oberschenkel gestützt, die Hände zwischen den gespreizten Beinen gefaltet, und starrte grämlich zu Boden. »Mir ist eben etwas sehr Unangenehmes eingefallen. Was ist, wenn ich nicht nur bei der Rekonstruktion meiner Kleidung Fehler begehe? Was ist, wenn ich *bereits* angefangen habe, bei der Rekonstruktion meiner eigenen Biologie, meines Körpers, Fehler einzubauen. Nichts Wesentliches. Nichts Sichtbares. Hunderte oder Tausende kleiner Fehler auf der Zellularebene. Das würde erklären, warum ich mich so lausig fühle, so müde und mies. Und auch mein Gehirn scheine ich nicht mehr richtig zusammenzukriegen. Das würde erklären, warum ich so verwirrt bin, so benommen im Kopf, warum ich nicht mehr lesen und rechnen kann.«

Julie schaute Hal an, Bobby an, und sie wußte, daß die beiden Männer Frank die Furcht gern nehmen wollten, es aber nicht konnten, weil das Szenario, das er da ausgemalt hatte, nicht nur möglich, sondern sogar wahrscheinlich war.

Frank fuhr fort: »Die Messinggürtelschnalle sah völlig normal aus, bis Bobby sie berührte – dann wurde sie zu Staub.«

40

Die ganze Nacht lang, während der Schlaf Thomas' Kopf leer machte, füllten scheußliche Träume ihn auf. Träume, in denen er kleine lebende Dinge aß. Träume, in denen er Blut trank. Träume, in denen er das Böse Ding war.

Er hörte ganz plötzlich zu schlafen auf, setzte sich im Bett auf und versuchte zu schreien, war aber nicht fähig, in sich selbst irgendwelche Töne zu finden. Ein Weilchen saß er da, zitternd, Angst habend, so schwer und schnell atmend, daß ihm die Brust weh tat.

Die Sonne war zurück, und die Nacht war gegangen, und das ließ ihn sich besser fühlen. Er verließ das Bett, schlüpfte in seine Hausschuhe. Sein Pyjama war ganz kalt vom Schweiß. Er fröstelte. Er zog einen Bademantel an, ging ans Fenster, schaute hinaus und schaute hinauf. Der blaue Himmel gefiel ihm sehr. Der übriggebliebene Regen ließ den Rasen durchweicht aussehen, die Spazierwege dunkler als üblich und die Erde in den Blumenbeeten fast schwarz, und in den Pfützen konnte man den blauen Himmel wiedersehen wie in einem Spiegel. Auch alles das mochte er, weil die ganze Welt sauber und neu aussah, nachdem sich dieser ganze Regen aus dem Himmel über die Erde ergossen hatte.

Er fragte sich, ob das Böse Ding noch immer weit weg

war oder näher, doch er griff nicht nach ihm. Weil es letzte Nacht versucht hatte, ihn festzuhalten. Weil es so stark war, daß er sich fast nicht wieder von ihm gelöst hätte. Und weil es, *als* er losgekommen war, versucht hatte, ihm zu folgen. Er hatte gefühlt, wie es sich an ihm festklammerte, und er hatte es abgeschüttelt, wirklich ziemlich schnell, aber vielleicht würde er beim nächsten Mal nicht so viel Glück haben.

Und möglicherweise würde es den ganzen Weg mitkommen, direkt zurück in dieses Zimmer, nicht nur sein Bewußtsein, sondern das Böse Ding selbst. Er verstand nicht, wie das geschehen könnte, aber irgendwie wußte er, daß das möglich sein würde. Und wenn das Böse Ding ins Heim eindrang, dann wäre Wachsein wie mit einem Alptraum schlafen, der einem den Kopf ausfüllt. Schreckliche Dinge würden geschehen, und es würde keine Hoffnung geben.

Er wandte sich vom Fenster ab, ging auf die geschlossene Badezimmertür zu, warf einen kurzen Blick auf Dereks Bett – und sah Derek tot. Er lag auf dem Rücken. Sein Gesicht war zu Brei zerschlagen, von blauen Flekken übersät, geschwollen. Seine Augen waren weit offen, man konnte sie im Licht vom Fenster und dem schwachen Licht der Bettlampe glänzen sehen.

Auch sein Mund war offen, als schreie er, doch alle Geräusche waren raus aus ihm, wie die Luft aus einem geplatzten Luftballon raus war, und er würde niemals wieder irgendwelche Töne in sich haben, das konnte man sehen.

Auch das Blut war aus ihm herausgelassen worden, viel Blut, und eine Schere steckte in seinem Bauch, tief drin, man konnte nicht viel mehr als die Griffe sehen. Es war dieselbe Schere, die Thomas benutzte, um die Bilder für seine Gedichte aus den Magazinen zu schneiden.

Er spürte einen bohrenden Schmerz in seinem Herzen, möglicherweise so, als stoße jemand auch ihm eine Schere in den Bauch. Aber es war nicht so sehr ein Wehtun-Schmerz, es war eher das, was er einen Fühl-Schmerz nannte, weil er fühlte, daß er Derek verloren hatte, nicht daß ihm richtig wehgetan worden war.

Dennoch war es so schlimm wie wirklicher Schmerz, weil Derek sein Freund war, weil er Derek mochte. Er war auch verängstigt, weil er irgendwie wußte, daß es das Böse Ding gewesen war, daß das Leben aus Derek herausgelassen hatte, daß das Böse Ding hier war, hier im Heim.

Dann wurde ihm bewußt, daß Dinge passieren konnten, wie sie manchmal in TeVau-Geschichten passierten, daß die Polizei erscheinen und denken könnte, daß Thomas Derek getötet hatte und ihm die Schuld daran gab, aber er hatte es nicht getan.

Und das Böse Ding wäre die ganze Zeit los, um noch mehr Morde zu begehen, vielleicht sogar Julie das anzutun, was es Derek angetan hatte.

Der Schmerz, die Angst um sich selbst, die Angst um Julie – all das war zuviel. Thomas griff nach dem Fußbrett seines eigenen Bettes, schloß die Augen und versuchte, Luft in sich hineinzusaugen. Es ging nicht. Seine Brust war wie zugeschnürt. Dann schoß die Luft herein. Und mit ihr ein häßlich-scheußlicher Geruch, der, wie ihm nach einer Weile klar wurde, der Gestank von Dereks Blut war. Er würgte und hätte sich fast erbrochen.

Er wußte, daß er sich unter Kontrolle kriegen mußte. Die Pfleger mochten es nicht, wenn man die Kontrolle über sich selbst verlor, also gaben sie einem etwas – »zu seinem eigenen Besten«. Er hatte niemals zuvor die Kontrolle über sich verloren, und er wollte sie nicht gerade jetzt verlieren.

Er versuchte, das Blut nicht zu riechen. Er nahm lange, tiefe Atemzüge, zwang sich, die Augen zu öffnen und den toten Körper anzusehen. Er meinte, ihn sich das zweite Mal anzusehen, würde nicht so schlimm sein wie beim erstenmal. Diesmal wußte er, daß er da war, also würde es keine so große Überraschung sein.

Die Überraschung war – die Leiche war weg.

Thomas schloß die Augen, legte eine Hand vors Gesicht und schaute zwischen den gespreizten Fingern hindurch. Die Leiche war immer noch weg.

Er fing an zu zittern, weil er zuerst dachte, dies sei wieder wie eine dieser Tevau-Geschichten, die er gesehen hatte, in denen scheußliche Leichen herumgelaufen waren wie Lebende, verwesend und voller Würmer, mit Knochen, die an einigen Stellen durchschienen, die grundlos Leute töteten und sie manchmal sogar aufaßen. Diese Filme konnte er sich niemals zu Ende ansehen. Und ganz sicher wollte er nicht *in* einer solchen Geschichte sein.

Er war so verängstigt, daß er Bobby fast tevaut hätte – *Tote, Leichen, paß auf, paß auf, Leichen, hungrig und gemein, laufen herum* –, aber er ließ es bleiben, da auf Dereks Decken und Laken kein Blut war. Das Bett war auch nicht zerwühlt. War ordentlich gemacht. Keine herumlaufende Leiche war schnell genug aufzustehen, das Bett abzuziehen und neu zu beziehen und alles während der paar Sekunden, in denen Thomas die Augen geschlossen hatte, so ordentlich zurechtzuzupfen.

Dann hörte er das Wasser, das auf den Boden der Duschkabine im Bad prasselte, und er hörte Derek leise vor sich hinsingen, wie er es immer tat, wenn er sich wusch. Nur für einen kleinen Moment sah Thomas in seinem Kopf das Bild einer Leiche, die eine Dusche nahm. Die versuchte, sauber zu sein, von der aber neben dem Schmutz verweste Fleischbrocken abfielen, die den Abfluß verstopften. Es war eine Säuberung, bei der nur noch mehr Knochen sichtbar wurden.

Dann wurde ihm bewußt, daß Derek niemals wirklich tot sein konnte. Thomas hatte gar nicht wirklich eine Leiche auf dem Bett gesehen. Was er gesehen hatte, war etwas anderes, etwas, was er in Tevau-Geschichten gesehen hatte – er hatte eine Vision gesehen.

Derek war nicht ermordet worden. Was Thomas gesehen hatte, nur für einen Moment, war Derek, der morgen – oder an irgendeinem anderen Tag nach morgen – tot war. Es war etwas, das geschehen würde, egal, was Thomas auch tat, um es aufzuhalten, oder es könnte etwas sein, das nur dann geschehen würde, wenn er es zuließ, doch zumindest war es nichts, was *bereits* geschehen war.

Er ließ das Fußbrett los und ging zu seinem Arbeitstisch. Seine Beine zitterten, und er war froh, sich setzen zu können. Er öffnete die oberste Schublade des Schränkchens, das neben dem Tisch stand. Er sah seine Schere darin liegen, wo sie sein sollte, sah seine Buntstifte und Stifte und Büroklammern und Tesafilm und Hefter – und einen angebissenen Schokoladenriegel in seiner aufgerissenen Verpackung, der nicht darin sein sollte, weil er nur Ungeziefer anziehen würde. Er holte ihn aus der Schublade, stopfte ihn in eine Tasche seines Bademantels und nahm sich fest vor, ihn später in den Kühlschrank zu legen.

Eine ganze Weile starrte er die Schere an, lauschte Derek, der unter der Dusche sang, und dachte daran, wie die Schere in Dereks Bauch gerammt gewesen war, all die Musik und die anderen Geräusche für immer aus ihm herausgelassen und ihn zu dem Ort des Grauens geschickt hatte.

Schließlich berührte er die schwarzen Plastikhandgriffe. Sie fühlten sich okay an, also berührte er die Metallschneiden. Aber das war schlimm, wirklich schlimm, als ob noch der Restblitz eines Unwetters in den Schneiden wäre, der in ihn fuhr, während er sie berührte.

Ein knisterndes, prasselndes weißes Licht blitzte auf und sauste durch ihn hindurch. Er riß seine Hand zurück, schloß die Schublade und hastete zurück ins Bett. Dort saß er dann, die Decken um seine Schultern gezogen, so wie Tevau-Indianer sich in Decken hüllten, wenn sie an Tevau- Lagerfeuern saßen.

Die Dusche wurde abgedreht. Das Singen hörte auf. Nach ein paar Minuten trat Derek aus dem Bad, gefolgt von einer Dampfwolke und einer Wolke von Seifengeruch. Er war schon angezogen. Sein nasses Haar war ordentlich aus der Stirn gekämmt.

Er war keine verwesende Leiche. Er war ganz lebendig, jeder Teil von ihm, zumindest aber jeder Teil, den man sehen konnte, und nirgends bohrten sich irgendwelche Knochen durch seine Haut oder seine Kleider.

»Guten Morgen«, sagte Derek. Die Worte drangen vernuschelt und gedämpft aus seinem krummen Mund mit der zu großen Zunge.

»Guten Morgen.«

»Hast du gut geschlafen?«

»Ja klar«, antwortete Thomas.

»Bald gibt's Frühstück.«

»Ja.«

»Vielleicht klebrige süße Brötchen.«

»Vielleicht.«

»Ich mag klebrige süße Brötchen.«

»Derek?«

»Was?«

»Falls ich dir jemals sage ...«

Derek wartete.

Er lächelte.

Thomas dachte über das nach, was er sagen wollte, und fuhr dann fort: »Falls ich dir jemals sage, das Böse Ding kommt, und dir dann sage, du sollst weglaufen, dann steh nicht herum wie ein dummer Mensch. Dann *läufst* du nur noch.«

Derek starrte ihn an, dachte darüber nach, lächelte immer noch und sagte dann nach einem Weilchen: »Sicher, okay.«

»Versprochen?«

»Versprochen. Aber was ist das, das Böse Ding?«

»Ich weiß es nicht wirklich, nicht ganz sicher, aber ich werde es spüren, wenn es erscheint, und es dir sagen, und du wirst rennen.«

»Wohin?«

»Irgendwohin. In den Flur hinaus. Suche irgendwelche Pfleger, bleib bei ihnen.«

»Sicher. Du solltest dich jetzt lieber waschen. Bald gibt's Frühstück. Vielleicht klebrige süße Brötchen.«

Thomas pellte sich aus seinen Decken und stand auf. Er schlüpfte in seine Hausschuhe und ging ins Badezimmer.

Gerade als Thomas die Tür zum Bad öffnen wollte, fragte Derek: »Du meinst, beim Frühstück?«

Thomas drehte sich um. »Was?«

»Du meinst, ein Böses Ding könnte zum Frühstück erscheinen?«

»Möglich«, erwiderte Thomas.

»Könnte es ein – verlorenes Ei sein?«

»Was?«

»Das Böse Ding – könnte es ein verlorenes Ei sein? Ich mag keine verlorenen Eier, zu glitschig, igitt, das wäre ein wirklich Böses Ding, überhaupt nicht gut, nicht wie

Frühstücksflocken und Bananen und klebrige süße Brötchen.«

»Nein, nein«, sagte Thomas, »das Böse Ding ist kein verlorenes Ei. Es ist eine Person, eine komisch-unheimliche Person. Ich werde fühlen, wenn sie kommt, und es dir sagen, und du, du wirst wegrennen.«

»Oh! Ja, sicher. Eine Person.«

Thomas ging ins Bad und schloß die Tür. Er hatte nicht viel Bart. Er hatte einen Elektrorasierer, aber den benutzte er nur ein paarmal im Monat, und heute brauchte er ihn nicht. Er putzte sich jedoch die Zähne. Und er entleerte seine Blase. Er drehte das Wasser in der Dusche auf. Erst dann wagte er zu lachen, weil genug Zeit vergangen war, so daß Derek sich nicht mal fragen würde, ob Thomas wohl über ihn lachte.

Verlorene Eier!

Obwohl sich Thomas gewöhnlich nicht gern ansah, nicht gern sah, wie massig und nicht stimmig und dumm sein Gesicht war, schaute er in den vom Wasserdampf beschlagenen Spiegel. Einmal, vor langer, langer Zeit, er konnte sich kaum noch daran erinnern, hatte er sich selbst im Spiegel gesehen, und dieses eine Mal – Überraschung! – war er gar nicht so entsetzt gewesen. Wenn er lachte, sah er fast aus wie ein normaler Mensch. Wenn er jedoch nur ein Lachen vortäuschte, ließ ihn das nicht normaler aussehen. Es mußte schon ein richtiges Lachen sein. Und auch Lächeln brachte es nicht, weil ein Lächeln einfach nicht genug Lachen in sich hatte, um sein Gesicht zu verändern. Tatsächlich konnte ein Lächeln manchmal so traurig wirken, daß er es überhaupt nicht mehr ertragen konnte, sich anzusehen.

Verlorene Eier.

Thomas schüttelte den Kopf, und als sein Lachen endete, wandte er sich vom Spiegel ab.

Für Derek war das böseste Ding, das er sich vorstellen konnte, ein verlorenes Ei, keine klebrigen süßen Brötchen, was sehr ha-ha-komisch war. Da versuchte man nun, Derek von Leichen zu erzählen, die herumlaufen, und von Scheren, die aus Bäuchen herausragen, und von etwas, das kleine lebende Tiere ißt, und der alte Derek sah einen an, lächelte, nickte und kapierte überhaupt nichts.

Solange er sich erinnern konnte, hatte Thomas sich gewünscht, ein normaler Mensch zu sein, nicht dumm, und viele Male hatte er Gott dafür gedankt, daß er ihn wenigstens nicht so dumm gemacht hatte wie den armen Derek. Doch jetzt wünschte er sich fast, dümmer zu sein, damit er diese häßlich- scheußlichen Visionen-Bilder aus dem Kopf verlor, damit er vergaß, daß Derek sterben und das Böse Ding erscheinen würde und daß Julie in Gefahr sein würde, damit er sich um nichts anderes mehr Sorgen machen müßte als über verlorene Eier, die für ihn eigentlich gar keine richtige Sorge sein würden, weil er verlorene Eier irgendwie *mochte*.

41

Als Clint Karaghiosis kurz vor neun bei Dakota & Dakota eintraf, packte Bobby ihn an der Schulter, drehte ihn um seine eigene Achse und schob ihn in den Aufzug zurück.

»Sie fahren, und ich erzähle Ihnen derweil alles, was während der Nacht passiert ist. Ich weiß, es gibt andere Fälle, um die Sie sich kümmern müßten, aber diese Pollard-Geschichte wird von Minute zu Minute heißer.«

»Wo fahren wir hin?«

»Zuerst zu den Palomar-Laboratorien. Sie haben angerufen. Die Resultate sind da.«

Es waren nur noch ein paar Wolken am Himmel, und die waren alle weit weg über den Bergen, flogen dahin wie die geblähten Segel großer Galeonen, die Kurs gen Osten genommen hatten.

Es war ein Tag, der typisch war für Südkalifornien: blauer Himmel, angenehm warm, alles grün und frisch und der Stoßverkehr so chaotisch, daß sich ein ganz gewöhnlicher Bürger in einen Psychopathen mit Schaum vor dem Mund zu verwandeln schien, der von dem Verlangen gepackt war, um sich zu schießen.

Clint mied die Freeways, doch selbst die Seitenstraßen waren verstopft. Zu dem Zeitpunkt, da Bobby alles das erzählt hatte, was geschehen war, nachdem sie sich gestern nachmittag getrennt hatten, waren sie trotz der erstaunten Fragen, die Clint gelegentlich wegen der Entdeckung gestellt hatte, daß Frank offensichtlich zum Teleporting fähig war, noch zehn Minuten von den Palomar- Labors entfernt. Clints Erstaunen war so verhalten wie alle seine Reaktionen, doch er zeigte tatsächlich Erstaunen.

Bobby wechselte schließlich das Thema, weil er sich angesichts eines so phlegmatischen Kerls wie Clint wie ein Spinner vorkam, nachdem er so lange über übersinnliche Phänomene geschwatzt hatte. Er hatte das Gefühl, er habe jeglichen Sinn für die Realität verloren.

Während sie sich Zentimeter für Zentimeter über die Bristol Avenue schoben, sagte er: »Ich kann mich an eine Zeit erinnern, da konnte man in Orange County überall hinfahren und geriet niemals in einen Verkehrsstau.«

»Gar nicht so lange her.«

»Ich kann mich noch an eine Zeit erinnern, da mußte man sich noch nicht in eine Warteliste eintragen, wenn man ein Haus kaufen wollte. Da war die Nachfrage nicht fünfmal so groß wie das Angebot.«

»Ja.«

»Und ich kann mich an eine Zeit erinnern, als es überall in Orange County Orangenhaine gab.«

»Ich auch.«

Bobby seufzte. »Verflixt, hör sich das einer an. Da quassele ich wie ein alter Quatschkopf über die gute alte Zeit. Bald werde ich Ihnen noch erzählen, wie schön es doch war, als es noch Dinosaurier gab.«

»Träume«, sagte Clint. Jeder hat einen Traum, und der eine, den die meisten Leute haben, ist der kalifornische Traum, also strömen sie alle herein, und weil schon so viele da sind, ist dieser Traum jetzt gar nicht mehr richtig zu verwirklichen, jedenfalls nicht der ursprüngliche Traum, mit dem alles anfing. Natürlich sollte ein Traum vielleicht unerfüllbar sein – oder zumindest nicht so leicht zu verwirklichen. Wenn er zu leicht zu verwirklichen ist, verliert er an Bedeutung.«

Bobby war erstaunt, von Clint einen derartigen Wortschwall zu hören, doch noch überraschter war er, daß der Mann über etwas sprach, das so wenig greifbar war wie ein Traum.

»Sie sind doch bereits Kalifornier, wovon also träumen Sie noch?«

Nach kurzem Zögern sagte Clint: »Davon, daß Felina eines Tages hören kann. Die Medizin hat solche Fortschritte erzielt. Jeden Tag gibt es neue Entwicklungen, neue Behandlungsmethoden und Techniken.«

Als Clint von der Bristol Avenue in die Nebenstraße einbog, an der die Palomar- Laboratorien lagen, sagte sich Bobby, daß das ein guter Traum war, ein verdammt guter Traum, möglicherweise sogar besser als seiner und Julies, sich Zeit zu kaufen, um die Chance zu haben, Thomas aus Cielo Vista herauszuholen und ihm eine Familie zu bieten.

Sie parkten auf dem Parkplatz neben dem riesigen Betonklotz, in dem die Palomar-Labors untergebracht waren. Während sie auf die Eingangstür zugingen, sagte Clint: »Oh, übrigens, das Mädchen am Empfang hält mich für schwul. Mich stört's nicht.«

»Was?«

Clint ging hinein, ohne zu antworten, und Bobby folgte ihm zum Empfang. Eine attraktive Blondine saß am Schalter.

»Hi, Lisa«, grüßte Clint.

»Hi!« Sie betonte den Gruß, indem sie eine Kaugummiblase zerplatzen ließ.

»Dakota und Dakota.«

»Ich erinnere mich«, sagte sie. »Ihr Kram ist fertig. Ich hole ihn.«

Sie schaute Bobby an und gönnte ihm ein Lächeln, und er lächelte zurück, obwohl er ihren Gesichtsausdruck ein wenig eigenartig fand.

Als sie mit zwei großen Umschlägen aus braunem Papier zurückkehrte – auf einem stand PROBEN, auf dem anderen ANALYSEN –, gab Clint den zweiten gleich an Bobby weiter. Sie traten ein wenig vom Schalter zurück.

Bobby riß den Umschlag auf und überflog die Dokumente schnell. »Katzenblut.«

»Ist das Ihr Ernst?«

»Ja. Als Frank in dem Motel aufwachte, war er über und über mit Katzenblut besudelt.«

»Ich wußte, er ist kein Killer.«

»Die Katze könnte das anders sehen«, meinte Bobby.

»Und was ist das andere Zeug?«

»Nun, hier stehen 'ne Menge Fachausdrücke. Aber das, worauf sie hinauslaufen, ist das, wonach es aussah. Schwarzer Sand.«

Clint trat wieder an den Empfangsschalter. »Lisa, Sie erinnern sich doch, daß wir über einen Strand mit schwarzem Sand auf Hawaii gesprochen haben?«

»Kaimu«, erwiderte sie. »Der Strand ist eine Wucht.«

»Ja, Kaimu. Ist das der einzige?«

»Strand mit schwarzem Sand, meinen Sie? Nein. Da gibt es noch Punaluu, da ist es auch ganz nett. Diese beiden sind auf der großen Insel. Ich schätze, auf den kleineren muß es auch noch ein paar geben, weil da doch schließlich überall Vulkane sind, nicht wahr?«

Bobby trat nun ebenfalls an den Schalter. »Was haben denn Vulkane damit zu tun?«

Lisa nahm den Kaugummi aus dem Mund und legte ihn auf ein Stückchen Papier.

»Also, nach allem, was ich gehört habe, fließt heiße, wirklich heiße Lava in die See, und wenn sie mit dem Wasser in Kontakt kommt, gibt es diese riesigen Explosionen, bei denen Billionen über Billionen dieser klitzekleinen winzigen schwarzen Glaskügelchen in die Luft geschleudert werden, und dann – das dauert wirklich lange – schwemmen die Wellen all diese Kügelchen zusammen, bis sie sich in den Sand eingegraben haben.«

»Gibt es diese Strände überall auf Hawaii?« fragte Bobby.

Sie zuckte mit den Schultern. »Vermutlich. Clint, ist dieser Mensch Ihr – Freund?«

»Ja«, sagte Clint.

»Ich meine, Sie wissen schon, Ihr *guter* Freund?«

»Ja«, antwortete Clint, ohne Bobby anzusehen.

Lisa zwinkerte Bobby zu. »Hören Sie, lassen Sie sich von Clint nach Kaimu mitnehmen, denn ich will Ihnen was erzählen – es ist wirklich phantastisch, nachts an einen schwarzen Strand zu gehen, sich unter den Sternen zu lieben, zum einen, weil er so weich ist, doch in erster Linie, weil schwarzer Sand das Mondlicht nicht reflektiert, was gewöhnlicher Sand tut. Es ist so, als schwebe man im Weltraum, von Dunkelheit umgeben. Es schärft wirklich die Sinne, wenn Sie wissen, was ich meine.«

»Hört sich toll an«, meinte Clint. »Passen Sie auf sich auf, Lisa.« Damit ging er zur Tür.

Als Bobby sich umdrehte, um ihm zu folgen, sagte Lisa: »Lassen Sie sich von ihm nach Kaimu mitnehmen, hören Sie? Sie werden sich köstlich amüsieren.«

Draußen sagte Bobby: »Clint, Sie müssen mir da was erklären.«

»Haben Sie ihr nicht zugehört? Diese kleinen Glaskügelchen . . .«

»Das ist nicht das, worüber ich rede. He, was ist denn

das? Sie grinsen ja. Ich glaube nicht, daß ich Sie schon jemals grinsen sah. Und ich denke nicht, daß ich es *mag*, wenn Sie grinsen.«

42

Um neun Uhr war Lee Chen im Büro eingetroffen, hatte eine Flasche Selters mit Orangengeschmack geöffnet und sich im Computerraum mitten zwischen seine geliebte Hardware gesetzt, wo Julie schon auf ihn wartete. Er war nur 1,65 Meter groß, aber drahtig. Sein Teint hatte einen warmen Messington, und sein pechschwarzes Haar richtete sich zu einer modifizierten Punkfrisur auf. Er trug rote Tennisschuhe und -strümpfe, sackartige schwarze Baumwollhosen mit einem weißen Gürtel, ein schwarzgraues Hemd mit einem raffinierten Blattmuster und ein schwarzes Jackett mit schmalen Revers und breiten Schulterpolstern. Er war der am hyperelegantesten gekleidete Angestellte von Dakota & Dakota. Und das selbst noch, wenn man ihn mit Cassie Hanley, der Empfangsdame, verglich, die eine schamlose Modepuppe war.

Während Lee vor seinen Computern saß und Selters nippte, brachte ihn Julie auf das laufende, was die Ereignisse im Krankenhaus betraf, und zeigte ihm dann die Ausdrucke der Informationen, die Bobby am Morgen zusammengetragen hatte.

Frank Pollard saß auf dem dritten Stuhl, so daß Julie ihn im Auge behalten konnte.

Während er Julies Erzählung lauschte, zeigte Lee keinerlei Überraschung. Es war, als hätten seine Computer ihn mit einer solchen Weisheit und Voraussicht ausgestattet, daß nichts – nicht einmal ein Mann, der zum Teleporting fähig war – ihn noch überraschen konnte.

Julie wußte, daß Lee, genauso wie jeder andere in der Dakota-&-Dakota-Familie, niemals bei einem Außenstehenden auch nur ein Wort über einen Klienten verlieren würde. Sie wußte aber nicht, ob sein supercooles Auftreten echt war oder ob es sich um ein aufgesetztes Image handelte, das er sich jeden Morgen mit seinen supermodischen Klamotten anzog.

Auch wenn seine unerschütterliche Nonchalance teilweise vorgetäuscht sein mochte, stand sein Talent, mit Computern umzugehen, doch völlig außer Frage.

Nachdem Julie ihre verkürzte Version der jüngsten Ereignisse beendet hatte, fragte Lee: »Okay, was soll ich jetzt für Sie tun?« Weder von ihrer noch von seiner Seite gab es den geringsten Zweifel, daß er würde beschaffen können, was auch immer sie von ihm verlangte.

Sie gab ihm einen Stenoblock. Doppelreihen mit Seriennummern von Geldscheinen füllten die ersten zehn Seiten. »Dies sind willkürlich herausgepickte Nummern von Banknoten, die in den beiden Taschen waren, die wir für Frank aufbewahren. Können Sie herausfinden, ob das Geld heiß ist – möglicherweise aus einem Erpressungsfall oder einer Lösegeldforderung stammt?«

Lee blätterte die Listen schnell durch. »Keine fortlaufenden Nummern? Dadurch wird's schwerer. Gewöhnlich halten die Bullen die Seriennummern von gestohlenem Geld nicht fest, es sei denn, es handele sich um brandneue Scheine, die immer noch in ihren Banderolen waren, fortlaufende Nummern, frisch aus der Presse.«

»Die meisten dieser Scheine waren im Umlauf, sind reichlich abgenutzt.«

»Es gibt eine Außenseiterchance, daß es aus einem Erpressungsfall stammte oder von einer Lösegeldforderung, wie Sie sagten. In diesem Fall hätten die Bullen jede der Nummern festgehalten, bevor das Opfer das Geld übergeben durfte, nur für den Fall, daß der Verbrecher mit heiler Haut davonkommen sollte. Es sieht trübe aus, aber ich werd's versuchen. Was sonst noch?«

»In Garden Grove ist im vergangenen Jahr eine ganze Familie – mit Namen Farris – ermordet worden«, erklärte Julie.

»Wegen mir«, sagte jetzt Frank.

Lee stützte die Ellbogen auf die Armlehnen seines Stuhls, lehnte sich zurück und legte die Fingerspitzen aneinander. Er sah aus wie ein weiser Zen-Meister, der gezwungen war, die Klamotten eines Avant-Garde-Künstlers anzuziehen, nachdem am Flughafen die Koffer vertauscht worden waren. »Niemand stirbt wirklich, Mister Pollard. Trauer ist gut, aber Schuldgefühle sind sinnlos.«

Obwohl Julie gewiß nicht genügend Computerfreaks kannte, um sicher sein zu können, nahm sie doch an, daß es nicht allzu viele gab, die es fertigbrachten, die harten Fakten der Wissenschaft und Technologie mit religiösen Tröstungen zu verbinden.

Doch Lee hatte durch seine Arbeit mit Computern und sein Interesse an moderner Naturwissenschaft zum Glauben an Gott gefunden. Er hatte ihr einmal erklärt, warum eine profunde Kenntnis des dimensionslosen Raums im Netzwerk eines Computers, kombiniert mit dem Wissen eines modernen Physikers übers Universum, unwiderruflich zum Glauben an den Schöpfer führte, doch sie hatte kein Wort davon verstanden.

Sie gab Lee Chen die Daten und Einzelheiten der Morde an den Farris' und den Romans. »Wir glauben, sie wurden alle von demselben Mann ermordet. Ich habe keinen Hinweis auf seinen wirklichen Namen, also nenne ich ihn Mister Blau. Angesichts der Brutalität der Morde gehen wir davon aus, daß es sich bei ihm um einen Serienmörder mit einer langen Liste von Opfern handelt. Wenn wir recht haben, liegt zwischen den Morden jeweils eine größere Zeitspanne, oder sie wurden räumlich so weit voneinander entfernt durchgeführt, oder der Mörder hat seine Spuren so gut verwischt, daß die Presse niemals eine Verbindung zwischen den einzelnen Morden hergestellt hat.«

»Sonst«, wandte Frank ein, »hätten sie sie als Sensation auf den Titelseiten gebracht. Besonders weil dieser Kerl seine Opfer noch regelmäßig beißt.«

»Aber die meisten Polizeistationen sind heutzutage durch Computer verbunden«, sagte Julie, »Sie haben vielleicht über die Grenzen der Verwaltungsbezirke hinweg Verbindungen hergestellt, die die Presse nicht sehen konnte. Es gibt möglicherweise sogar ein paar laufende Untersuchungen bei örtlichen, Staats- und Bundesbehörden. Wir müssen wissen, ob irgendeine Polizeidienststelle in Kalifornien – oder das FBI bundesweit – hinter Mister Blau her ist, und wir müssen alles wissen, was sie über ihn zusammengetragen haben, egal, wie banal es auch sein mag.«

Lee lächelte. Die Zähne in seinem messingfarbenen Gesicht sahen aus wie Stifte aus auf Hochglanz poliertem Elfenbein. »Das bedeutet, daß ich mich nicht auf die öffentlich zugänglichen Akten in ihren Computern beschränken kann. Ich muß also die Sicherheitssperren umgehen, bei einer Dienststelle nach der anderen, bis hinauf zum FBI.«

»Schwierig?«

»Sehr. Aber ich habe ja ein paar Erfahrungen.« Er

schob die Ärmel seines Jacketts weiter zurück, bog die Finger durch und wandte sich dem Keyboard des Terminals zu wie ein Konzertpianist, der sich darauf vorbereitet, Mozart zu spielen. Er zögerte und warf Julie einen Seitenblick zu. »Ich werde mich indirekt in ihre Systeme einschleichen, um eine Rückverfolgung zu erschweren. Ich werde weder Daten zerstören, noch die nationale Sicherheit beeinträchtigen, also wird vermutlich niemand etwas merken. Falls mich aber jemand beim Schnüffeln erwischt und mir nachspürt, ohne daß ich was davon merke, könnte man Ihnen dafür die Lizenz entziehen.«

»Ich werde mich opfern, die Schuld auf mich nehmen. Bobbys Lizenz wird aber nicht eingezogen werden, so daß der Agentur nichts passieren kann. Wie lange werden Sie brauchen?«

»Vier, fünf Stunden, vielleicht länger, vielleicht viel länger. Kann mir jemand was zum Mittagessen besorgen? Ich esse lieber hier und lege keine Pause ein.«

»Sicher. Was möchten Sie denn?«

»Big Mac, doppelte Portion Pommes frites, Vanille-Milchshake.«

Julie verzog das Gesicht. »Wie kommt's, daß ein Hightech-Typ wie Sie noch nie was von Cholesterol gehört hat?«

»Hab' davon gehört. Stört mich nicht. Wenn wir niemals wirklich sterben, kann das Cholesterol mich nicht umbringen. Es kann schlimmstenfalls dafür sorgen, daß ich dieses Leben ein wenig früher hinter mir lasse.«

43

Archer van Corvaire zog das Rollo auseinander und spähte durch die dicken, kugelsicheren Scheiben der Eingangstür zu seinem Laden in Newport Beach. Argwöhnisch blickte er Bobby und Clint an, obwohl er sie kannte und erwartete. Schließlich entriegelte er die Tür und ließ die beiden ein.

Van Corvaire war ungefähr fünfundfünzig, investierte aber eine Menge Zeit und Geld in die Aufrechterhaltung einer jugendlichen Erscheinung. Um der Zeit ein Schnippchen zu schlagen, hatte er sich Hautabschleifungen und Gesichtsstraffungen unterzogen und sich Liposome einspritzen lassen. Um der Natur auf die Sprünge zu helfen, hatte er seine Nase richten, die Wangen implantieren und das Kinn neu formen lassen. Er trug ein so perfektes Toupet, daß man das Haar für sein echtes, schwarzgefärbtes hätte halten können, hätte er diese Illusion nicht selbst dadurch zerstört, daß er nicht nur auf einem Ersatz, sondern auf einer zu üppigen, unnatürlichen Frisur à la Madame Pompadour bestanden hatte. Sollte er jemals mit diesem Toupet in einen Swimmingpool springen, würde es herausragen wie der Turm eines U-Bootes.

Nachdem er die beiden Sicherheitsriegel wieder vorgelegt hatte, wandte er sich an Bobby. »Ich schließe niemals Geschäfte am Morgen ab. Ich nehme nur Nachmittagstermine an.«

»Wir wissen zu schätzen, daß Sie für uns eine Ausnahme gemacht haben«, sagte Bobby.

Van Corvaire seufzte ausgiebig.

»Nun, um was geht's?«

»Ich habe da einen Stein, den ich gern von Ihnen taxiert haben möchte.«

Er blinzelte, was ihn nicht eben ansprechend aussehen ließ, da seine Augen ohnehin schon so nahe beieinander standen wie bei einem Frettchen. Bevor er vor dreißig Jahren seinen Namen geändert hatte, war er John Spleener – einer, der einen Spleen hat – gewesen, und damals hätte ihm ein Freund sagen sollen, daß er wirklich wie einer aussah, der einen Spleen hat, wenn er die Augen so argwöhnisch zusammenkniff, und überhaupt nicht wie ein van Corvaire. »Eine Schätzung? Mehr wollen Sie nicht?«

Er führte sie durch den kleinen, aber luxuriösen Verkaufsraum: handverputzte Stuckdecke, Velourtapeten, Eichenböden, im Verkaufsbereich ein Teppich von Patterson, Flynn & Martin in pfirsichfarbenen, blaßblauen und Sandsteintönen; ein modernes weißes Sofa, flankiert von Wurzelholztischen von Bau; vier elegante Rattansessel um einen runden Tisch mit Glasplatte, die so dick war, daß sie auch einen Schlag mit dem Holzhammer schadlos überstehen würde.

Links stand eine kleine Ausstellungsvitrine. Van Corvaires Verkaufsgespräche fanden ausschließlich nach vorheriger Vereinbarung statt. Seine Schmuckstücke waren nach den persönlichen Wünschen der sehr Reichen und Geschmacklosen gestaltet – Leute, die es für nötig hielten, ein Halsband für hunderttausend Dollar zu kaufen, um zu einem Wohltätigkeitsdinner zu gehen, bei dem das Gedeck tausend Dollar kostete, und die niemals die Ironie der Angelegenheit begriffen.

Die Rückwand war komplett verspiegelt, und van Corvaire betrachtete sich auf dem ganzen Weg durch den Raum mit offensichtlichem Vergnügen. Er nahm kaum einmal den Blick von seinem Spiegelbild, bis er durch die Tür zum Arbeitszimmer trat.

Bobby fragte sich, ob der Kerl wohl irgendwann mal so hingerissen sein würde von seinem eigenen Abbild, daß er versehentlich hineinrannte. Er mochte Jim Bob van Corvaire nicht, doch das Wissen um Edelsteine und Juwelen, das sich der narzißtische Schnüffler angeeignet hatte, war manchmal sehr nützlich.

Vor Jahren, als Dakota & Dakota Investigations nur Dakota Investigations gewesen war, ohne das Et-Zeichen, hatte Bobby van Corvaire geholfen, ein Vermögen an ungefaßten Edelsteinen zurückzuerhalten, die ihm eine Geliebte gestohlen hatte. Der alte Jim Bob wollte seine Steine unbedingt zurück, wollte aber nicht, daß die Frau in den Knast wanderte. Deshalb hatte er sich an Bobby gewandt, statt zur Polizei zu gehen. Das war die einzige Schwachstelle, die Bobby jemals bei van Corvaire entdeckt hatte. Und in den Jahren, die zwischen diesem Vorfall und heute lagen, hatte der Juwelier gewiß auch darüber eine Hornhaut wachsen lassen.

Bobby fischte einen der roten Steine aus seiner Tasche. Er war etwa so groß wie eine Murmel. Die Augen des Juweliers weiteten sich augenblicklich.

Van Corvaire setzte sich auf einen hohen Stuhl an der Werkbank, Clint stellte sich neben ihn, und Bobby schaute ihm von hinten über die Schulter, während der Juwelier den Stein durch eine Lupe betrachtete. Dann legte er ihn auf die beleuchtete Glasplatte unter ein Mikroskop und studierte ihn noch einmal genau.

»Nun?« fragte Bobby.

Der Juwelier gab keine Antwort. Er stand auf, drängte sich an den beiden Männern vorbei und ging zu einem anderen Stuhl an der Werkbank. Dort legte er den Stein auf eine Waagschale, um ihn zu wiegen, und dann auf eine andere, um zu sehen, ob sein spezifisches Gewicht dem irgendwelcher anderer Edelsteine entsprach.

Schließlich eilte er zu einem dritten Stuhl, der vor einem Schraubstock stand, zog aus einer Schublade ein Schmuckkästchen, in dem drei große geschliffene Edelsteine auf einem Quadrat blauen Samts lagen.

»Ausschußdiamanten«, erklärte er.

»Ich finde, sie sehen nicht nach Ausschuß aus«, sagte Bobby.

»Zu viele Einschüsse.«

Er wählte einen dieser Steine aus und spannte ihn mit ein paar Drehungen der Kurbel in den Schraubstock ein. Vorsichtig griff er die rote Schönheit mit einer Zange und versuchte, mit einer der schärferen Kanten die polierte Oberfläche des Diamanten im Schraubstock zu zerkratzen. Man konnte sehen, daß er sich erhebliche Mühe gab und kräftig aufdrückte. Dann legte er die Zange mit dem roten Stein beiseite, nahm eine andere Lupe zur Hand, beugte sich vor und betrachtete den Ausschußdiamanten genau.

»Ein schwacher Kratzer«, sagte er. »Diamant schneidet Diamant.« Er hielt den roten Stein zwischen Daumen und Zeigefinger, starrte ihn mit sichtlicher Faszination an – und mit Gier. »Wo haben Sie den her?«

»Kann ich Ihnen nicht sagen«, erwiderte Bobby und fragte enttäuscht: »Also ist es nur ein roter Diamant?«

»*Nur*? Der rote Diamant ist höchstwahrscheinlich der seltenste Edelstein der Welt! Sie müssen mir erlauben, ihn für Sie auf den Markt zu bringen. Ich habe Klienten, die jede Summe zahlen würden, um diesen Stein als Mittelstein eines Halsbandes oder eines Anhängers zu erhalten. Für einen Ring ist er wahrscheinlich zu groß, selbst wenn er geschliffen ist. Er ist riesig!«

»Was ist er wert?« fragte Clint.

»Vor dem Feinschliff kann man das unmöglich sagen. Aber sicherlich Millionen.«

»Millionen?« fragte Bobby zweifelnd. »Er ist groß, aber nicht *so* groß.«

Van Corvaire riß sich schließlich los von dem Stein und schaute zu Bobby auf »Sie haben's nicht begriffen. Bis zum heutigen Tag gibt es auf der ganzen Welt nur sieben rote Diamanten. Dies hier ist der achte. Und wenn er geschliffen und poliert ist, wird er wohl der zweitgrößte sein. Das bedeutet, daß er so gut wie unbezahlbar sein wird.«

Draussen vor Archer van Corvaires kleinem Laden, wo auf dem Pacific Coast Highway dichter Verkehr tobte, wo das Sonnenlicht über Chrom und Glas flimmerte wie hektisches Disco-Licht, fiel es einem schwer zu glauben, daß die Ruhe und der Friede des Hafens von Newport mit seinen wunderschönen Yachten nur hinter den Häusern auf der anderen Straßenseite verborgen waren.

In diesem Moment wurde Bobby jäh bewußt, daß sein ganzes Leben (und vielleicht das fast aller anderen Menschen) genauso war wie diese Straße zu just diesem Zeitpunkt: nur geschäftiges Treiben und Lärm, gleißendes Licht und ständige Bewegung, ein verzweifeltes Verlangen, aus der Herde auszubrechen, etwas zu erreichen, diesen hektischen Wirbel der Betriebsamkeit hinter sich zu lassen und dadurch einen Aufschub zu erreichen, um nachdenken zu können und ein wenig Seelenfrieden zu finden – obwohl der Seelenfriede doch die ganze Zeit nur ein paar Schritte entfernt lag, auf der anderen Seite der Straße, nur eben der Sicht entschwunden.

Diese Einsicht trug zu dem bislang nur sehr schwachen Gefühl bei, der Pollard-Fall sei irgendwie eine Falle – oder, genauer ausgedrückt, ein Laufradkäfig, der sich schneller und schneller drehte, während sie sich hektisch abstrampelten, um auf seinem sich ständig bewegenden Boden vorwärtszugelangen. Ein paar Sekunden blieb er neben der geöffneten Autotür stehen und fühlte sich gefangen, eingesperrt.

In diesem Moment war er sich nicht sicher, warum er sich Franks Problemen – trotz der Gefahren, die offensichtlich mit ihnen verbunden waren – so bereitwillig angenommen und alles, was ihm wichtig war, aufs Spiel gesetzt hatte. Er wußte jetzt, daß die Gründe, die er bei Julie und vor sich selbst angeführt hatte – Sympathie für Frank, Neugier, die Erregung, es einmal mit einem Fall zu tun zu haben, der so ganz anders war als alle anderen –, lediglich Rechtfertigungen gewesen waren, keine echten Gründe, und daß seine wahre Motivation etwas war, was er bislang noch nicht mal selbst verstehen konnte.

Entnervt stieg er in den Wagen und knallte die Tür zu, während Clint den Motor startete.

»Bobby, wie viele rote Diamanten sind Ihrer Meinung nach in dem Einmachglas? Einhundert?«

»Mehr. Ein paar Hundert.«

»Was sind sie wert – Hunderte von Millionen?«

»Möglicherweise eine Milliarde oder noch mehr.«

Sie starrten einander an, und ein paar Augenblicke lang sprach keiner von beiden. Es war nicht so, daß sie keine Worte gefunden hätten für diese Situation, im Gegenteil: Es gab *zu viel* zu sagen, und es war gar nicht leicht zu entscheiden, wo man anfangen sollte.

Schließlich sagte Bobby: »Aber man kann die Steine nicht in Geld umsetzen, auf jeden Fall nicht schnell. Man müßte sie tröpfchenweise auf den Markt bringen, den Vorgang über mehrere Jahre ausdehnen, um einen plötzlichen Preissturz zu vermeiden, aber auch um zu verhindern, daß jemand den Vorgang zu einer Sensation hochstilisiert, was unerwünschte Aufmerksamkeit auf uns ziehen und uns möglicherweise zwingen würde, einige Fragen beantworten zu müssen, die wir gar nicht beantworten können.«

»Nachdem überall auf der Welt jahrhundertelang nach Diamanten geschürft wurde und nur sieben rote gefunden wurden – wo, verdammt noch mal, hat Frank dann ein ganzes Einmachglas voller roter Diamanten her?«

Bobby schüttelte den Kopf und sagte nichts.

Clint griff in seine Hosentasche und zog einen der Diamanten heraus. Er war kleiner als das Exemplar, das Bobby bei Archer van Corvaire hatte schätzen lassen. »Den hatte ich mit nach Hause genommen, um ihn Felina zu zeigen. Ich wollte ihn wieder in das Glas zurücklegen, sobald ich im Büro bin, aber Sie haben mich ja wieder rausgeschubst, bevor ich die Chance dazu hatte. Jetzt, da ich weiß, um was es sich handelt, will ich ihn keine Minute länger mit mir rumschleppen.«

Bobby nahm den Stein und steckte ihn in seine Tasche zu dem größeren Stein. »Danke, Clint.«

Dr. Dyson Manfreds Arbeitszimmer in seinem Haus in Turtle Rock war der ungemütlichste Ort, an dem Bobby jemals gewesen war. Letzte Woche, als er platt wie eine Flunder auf dem Boden seines Kleinbusses gelegen und Angst gehabt hatte, von den Kugeln der Maschinenpistolen durchsiebt zu werden, hatte er sich wohler gefühlt als zwischen Manfreds Sammlung vielbeiniger, gepanzerter, mit Fühlern und scharfen Unterkiefern bewehrter, durch und durch ekelerregender exotischer Insekten.

Wiederholt meinte Bobby, in einem der vielen verglasten Rahmen an der Wand eine Bewegung wahrgenommen zu haben, doch jedesmal, wenn er sich umdrehte, um sich zu vergewissern, welche der scheußlichen Kreaturen da drauf und dran war, unter dem Glas hervorzuschlüpfen, erwies sich seine Furcht als unbegründet. All diese alptraumhaften Exemplare waren auf Nadeln gespießt und völlig bewegungslos, waren ordentlich nebeneinander aufgereiht – keines fehlte.

Er hätte auch darauf schwören können, in den flachen Schubladen der vielen Schränke, von denen er wußte, daß sie noch mehr Insekten enthielten, ein Hüpfen und Rennen, ein Gleiten und Rutschen gehört zu haben, doch er sagte sich, daß er sich diese Geräusche wohl ebenso einbildete wie die Phantombewegungen, die er aus den Augenwinkeln bemerkt zu haben glaubte.

Obwohl er wußte, daß Clint der geborene Stoiker war, war er doch von der augenscheinlichen Gleichgültigkeit beeindruckt, mit der der Kerl den krabbelnd-gruseligen Raumschmuck ertrug. Das war ein Angestellter, den er niemals verlieren durfte. Er beschloß sofort, Clint eine ganz erhebliche Gehaltserhöhung zu geben, bevor der Tag noch zu Ende war.

Dr. Manfred fand Bobby fast so beunruhigend wie seine Sammlung. Der große, dürre Entomologe mit den langen Körpergliedern schien der Nachkomme eines Profi-Basketballspielers und einer dieser afrikanischen Gespensterheuschrecken zu sein, die man immer in Naturfilmen sah und von denen man hoffte, ihnen im wirklichen Leben nie zu begegnen.

Manfred stand hinter seinem Schreibtisch. Den Stuhl

hatte er beiseite geschoben. Und sie standen vor ihm. Ihre Aufmerksamkeit war auf eine sechzig Zentimeter lange, dreißig Zentimeter breite, zweieinhalb Zentimeter hohe Laborschale aus weißem Email gerichtet, die mitten auf dem Schreibtisch stand und über die ein schmales weißes Handtuch gebreitet war.

»Ich habe nicht geschlafen, seit Mister Karaghiosis mir gestern abend das da gebracht hat«, sagte Manfred, »und ich werde auch heute nacht nicht schlafen können. Die noch offenen Fragen beschäftigen mich einfach zu sehr. Diese Sezierung war die faszinierendste meiner ganzen Karriere, und ich zweifele, daß ich jemals in meinem Leben wieder so etwas erleben werde.«

Die Intensität, mit der Manfred sprach – und seine Andeutung, daß weder guter noch schlechter Sex, weder ein wunderschöner Sonnenaufgang noch ein guter Wein auch nur annähernd so befriedigend sein könnte wie das Zergliedern eines Insekts, drehte Bobby fast den Magen um.

Er blickte zu dem vierten Mann im Raum hinüber, wenn auch nur, um sich kurz von seinem insektenähnlichen Gastgeber abzulenken. Der Kerl war etwa Ende vierzig, so rund, wie Manfred eckig war, so rosig, wie Manfred blaß war. Er hatte rotgoldenes Haar, blaue Augen und Sommersprossen. Er saß auf einem Stuhl in der Ecke. Die Bündchen seines grauen Jogginganzuges spannten gefährlich über seinem Bauch. Die Hände, zu Fäusten geballt, lagen auf seinen massigen Schenkeln. Er sah aus wie ein guter Ire aus Boston, der versucht hatte, genug zu essen, um als Sumo- Ringer Karriere zu machen.

Der Entomologe hatte ihn nicht vorgestellt oder den gutgepolsterten Beobachter auch nur eines Blickes gewürdigt. Bobby nahm an, daß Dr. Manfred sie schon vorstellen würde, wenn er es für angebracht hielt. Er beschloß, es nicht zu forcieren – wenn auch nur, weil der runde Mann sie schweigend mit einer Mischung aus Verwunderung, Argwohn, Furcht und intensiver Neugier betrachtete, die Bobby vermuten ließ, daß sie gewiß nicht angetan sein würden von dem, was er ihnen zu sagen hatte, wenn er denn endlich den Mund auftat.

Mit seinen langgliedrigen Spinnenfingern – die Bobby mit Insektenvertilgungsmittel besprüht hätte, hätte er welches gehabt – entfernte Dyson Manfred das Handtuch von der Emailschale und enthüllte die Überreste von Franks Insekt. Der Kopf, ein paar Beine, eine der stark gegliederten Zangen und ein paar andere, unidentifizierbare Teile waren abgeschnitten und beiseite gelegt worden. Jedes schauerliche Einzelteil lag auf einem weichen Polster aus Baumwolltuch und wurde fast so präsentiert wie bei einem Juwelier, der dem voraussichtlichen Käufer seine besten Stücke auf Samt vorstellt.

Bobby starrte auf den pflaumengroßen Kopf mit seinem kleinen rötlich-blauen Auge, dann auf die beiden großen trüb-gelblichen Augen, die denen von Dr. Dyson Manfred in der Farbe geradezu gespenstisch ähnlich waren. Er erschauerte.

Der eigentliche Körper des Insekts lag in der Mitte der Schale. Auf dem Rücken. Die entblößte Unterseite hatte Dyson Manfred aufgeschlitzt. Die äußeren Gewebeschichten waren entfernt oder zurückgeschlagen und die inneren Organe waren offengelegt worden.

Mit der glänzenden Spitze eines schlanken Skalpells, das er graziös und präzise handhabte, begann der Entomologe sie auf das Atmungssystem, die Instrumente zur Nahrungsaufnahme, den Verdauungsapparat und die Ausscheidungsorgane des Insekts hinzuweisen. Immer wieder bewunderte Manfred die »große Kunstfertigkeit« des biologischen Designs, doch Bobby sah nichts, was den Bildern von Matisse auch nur ähnlich gewesen wäre. Um die Wahrheit zu sagen – er fand die Innereien des Dings sogar noch abstoßender als sein Äußeres.

Ein Begriff – »Polier-Kammer« – erschien ihm reichlich komisch, als er aber um eine nähere Erklärung bat, sagte Manfred nur: »Dazu kommen wir später« und fuhr mit seiner Lektion fort.

Nachdem der Entomologe geendet hatte, sagte Bobby: »Okay, jetzt wissen wir, wie das Ding funktioniert. Aber was sagt uns das alles über das, was wir erfahren wollen? Wo kommt es beispielsweise her?«

Manfred starrte ihn an. Keine Reaktion.

»Aus einem südamerikanischen Dschungel?« fragte Bobby. Aus Manfreds eigenartigen bernsteinfarbenen Augen ließ sich nichts herauslesen. Und sein Schweigen war rätselhaft.

»Afrika?« fragte Bobby. Der starre Blick des Entomologen ließ ihn noch nervöser werden, als er ohnehin schon war.

»Mister Dakota«, sagte Manfred schließlich, »Sie stellen die falschen Fragen. Lassen Sie mich die interessantesten für Sie stellen. Was frißt diese Kreatur? Nun, um es in den simpelsten Begriffen auszudrücken, in Begriffen, die selbst ein Laie verstehen kann – sie frißt ein breites Spektrum von Mineralien, Steinen und Erde. Und was scheidet ...«

»Sie frißt Dreck?« fragte Clint.

»Das ist sogar eine noch simplere Art, es auszudrükken«, erklärte Manfred. »Nicht präzise, natürlich, aber einfacher. Wir wissen noch nicht genau, wie sie diese Substanzen umsetzt oder wie sie aus ihnen Energie gewinnt. Es gibt da Aspekte ihrer Biologie, die nach wie vor mysteriös sind.«

»Ich dachte, Insekten fräßen Pflanzen oder einander oder – Aas«, sagte Bobby.

»Das tun sie auch«, bestätigte der Entomologe. »Dieses Ding aber ist kein Insekt – oder irgend etwas anderes aus der Gattung *Arthropoda.*«

»Für mich sieht's wie ein Insekt aus«, entgegnete Bobby und schaute auf das zum Teil dementierte Tier, wobei er unfreiwillig eine Grimasse zog.

»Nein«, erklärte Manfred, »*dies* ist eine Kreatur, die sich offensichtlich durch Erde und Steine bohrt, die in der Lage ist, dieses Material in Brocken aufzunehmen, die so groß sind wie dicke Weintrauben. Und die nächste Frage ist: Wenn es das ist, was sie frißt, was scheidet sie dann aus? Und die Antwort, Mister Dakota, lautet, daß sie Diamanten ausscheidet.«

Bobby fuhr zusammen, als hätte ihm der Entomologe einen Schlag versetzt.

Er schaute Clint an, der ebenso verblüfft und überrascht aussah. Der Fall Pollard hatte bei dem Griechen bereits zu einigen Veränderungen geführt, und jetzt hatte er sogar sein Poker-Gesicht verloren.

»Sie wollen uns einreden, daß sie Dreck in Diamanten verwandelt?« fragte Clint in einem Ton, der andeuten sollte, er wisse schon, daß Manfred sie nur zum Narren hielt.

»Nein, nein«, sagte Manfred. »Sie frißt sich methodisch durch Adern diamantenhaltigen Kohlenstoffs und anderer Materialien, bis sie die Edelsteine findet. Dann schluckt sie sie samt der Mineralienkruste, *verdaut* diese Mineralien und leitet den Rohdiamanten in die Polier-Kammer weiter, wo alle Überreste anderer Materialien durch den nachdrücklichen Kontakt mit den Hunderten von feinen, drahtähnlichen Borsten, die die Wände der Kammer säumen, abgeschliffen werden.« Mit dem Skalpell deutete er auf das Merkmal des Tieres, dessen Funktion er eben beschrieben hatte. »Und dann spritzt es den Diamanten an seinem anderen Ende wieder heraus.«

Der Entomologe öffnete die mittlere Schublade seines Schreibtischs, nahm ein weißes Taschentuch heraus, entfaltete es und enthüllte drei rote Diamanten, die alle erheblich kleiner waren als der, den Bobby van Corvaire gezeigt hatte, die aber vermutlich trotzdem pro Stück Hunderttausende wert waren, wenn nicht gar Millionen.

»Die da habe ich an verschiedenen Punkten des Systems dieser Kreatur gefunden.«

Der größte der drei Steine war teilweise immer noch von einer braun-schwarz-grau gesprenkelten Mineralkruste umhüllt.

»Das sollen Diamanten sein?« fragte Bobby und spielte den Dummen. »Ich habe noch nie rote Diamanten gesehen.«

»Das hatte ich auch nicht. Also ging ich zu einem anderen Professor, einem Geologen, der zufällig auch noch ein hervorragender Gemmologe ist, holte ihn um Mitternacht aus dem Bett und zeigte ihm die hier.«

Bobby blickte zu dem irischen Möchtegern-Sumo-Ringer hinüber, doch der Mann stand weder von seinem Stuhl auf, noch sagte er etwas. Also war er offenbar nicht der Geologe.

Manfred erklärte, was Bobby und Clint bereits wußten – daß diese scharlachroten Diamanten zu den seltensten Steinen gehörten –, und die beiden taten so, als hörten sie das zum erstenmal. »Diese Entdeckung erregte meinen Argwohn, was die Kreatur anging, und deshalb fuhr ich direkt zu Doktor Gavenalls Haus und holte ihn um kurz vor zwei Uhr morgens aus dem Schlaf. Er zog einen Jogginganzug und Turnschuhe an und kam direkt mit hierher. Seitdem sind wir hier, versuchen, dies gemeinsam aufzuarbeiten und wagen nicht, unseren eigenen Augen zu trauen.«

Jetzt endlich stand der rundliche Mann auf und trat an den Schreibtisch.

»Roger Gavenall«, stellte ihn Manfred vor. »Roger ist ein Genetiker, ein Spezialist für Rekombinanten-DNS und weithin bekannt wegen seiner kreativen Projektionen der makroskopischen Skala der Gentechnologie, die durch das gegenwärtige Wissen möglicherweise denkbare Fortschritte erzielen könnte.«

»Entschuldigung«, sagte Bobby, »seit ›Roger ist . . .‹ habe ich nichts mehr mitgekriegt. Wir brauchen wohl noch ein paar mehr Informationen in der Laien-Sprache, so leid es mir tut.«

»Ich bin ein Genetiker und Futurist«, erklärte Gavenall. Seine Stimme war unerwartet melodisch wie die des Gastgebers einer Fernseh-Spielshow. »Der größte Teil der Gentechnologie wird für die voraussehbare Zukunft auf der *mikros*kopischen Skala stattfinden – es werden neue und nützliche Bakterien kreiert und fehlerhafte Gene in den Zellen menschlicher Wesen repariert werden, um angeborene Schwächen zu korrigieren und Erbkrankheiten zu verhindern.

Doch irgendwann werden wir in der Lage sein, ganz neue Spezies von Tieren und Insekten zu kreieren, Makro-Skala-Technologie – nützliche Dinge wie gefräßige Stechmückenfresser, die es in tropischen Regionen wie Florida ermöglichen, kein *Malathion* mehr zu versprühen. Kühe, die möglicherweise halb so groß sind wie die heutigen, deren Stoffwechselfunktionen aber weit effizienter sein werden, so daß sie weniger Futter brauchen, dafür aber die doppelte Menge Milch liefern.«

Bobby hätte gern vorgeschlagen, daß Gavenall doch diese beiden biologischen Entwicklungen verbinden und eine kleine Kuh erschaffen solle, die ausschließlich enorme Mengen von Stechmücken fressen, dafür aber *drei*mal soviel Milch geben solle. Doch er hielt lieber den Mund, sicher, daß keiner der Wissenschaftler seinem Humor etwas würde abgewinnen können.

Aber egal, er mußte zugeben, daß sein Bedürfnis, einen Witz zu reißen, nichts weiter war als ein Versuch, mit seiner eigenen tiefsitzenden Furcht vor den sich immer mehr verstärkenden unheimlichen Aspekten des Pollard-Falles fertigzuwerden.

»Dieses Ding«, sagte Gavenall und deutete auf das auseinandergenommene Insekt in der Laborschale, »ist nichts, was die Natur geschaffen hat. Es handelt sich hier ganz klar um eine künstlich erschaffene Lebensform, die in jedem Aspekt ihrer Biologie in so erstaunlicher Weise auf seine spezifische Aufgabe abgestellt ist, daß es sich im Grunde um eine biologische Maschine handelt, um einen Diamantenfresser.«

Mit einer Pinzette und dem Skalpell drehte Dyson Manfred das Insekt, das kein Insekt war, vorsichtig herum, so daß sie den nachtschwarzen Panzer mit den roten Markierungen sehen konnten.

Bobby meinte, in vielen Teilen des Arbeitszimmers leise Bewegungen zu hören, kaum mehr als ein Wispern. Und er wünschte sich, Manfred würde etwas Sonnenlicht in das Zimmer lassen. Die Fenster waren von geschlossenen Innenjalousien verdeckt, die auch nicht ein Fünkchen Licht durchließen. Insekten liebten Dunkelheit und Schatten, und die Lampen hier schienen nicht hell genug zu sein, um sie davon abhalten zu können, aus ihren flachen Schubladen herauszukrabbeln, über Bobbys Schuhe, an seinen Socken hinauf und unter seine Hosenbeine.

Gavenall legte seinen Hängebauch auf den Tisch und

deutete auf die blutrote Randzeichnung auf dem Panzer. »Aufgrund einer Ahnung, die wir beide hatten«, sagte er, »haben Dyson und ich einem Kollegen in der Mathematik-Abteilung eine Fotografie dieses Musters gezeigt, und er hat uns bestätigt, daß es sich dabei ganz offensichtlich um einen Binärcode handelt.«

»Wie die Produktcodes, die auf allem drauf sind, was man im Supermarkt kauft«, erklärte der Entomologe.

»Sie meinen, die roten Markierungen sind die *Kennzahl* des Dings?« fragte Clint.

»Ja.«

»Wie – nun, wie eine Autonummer?«

»Mehr oder weniger«, erwiderte Manfred. »Wir haben das rote Material zwar bislang noch nicht analysiert, doch wir vermuten, es wird sich herausstellen, daß es sich um ein keramisches Material handelt, das auf die Schale gemalt oder auf irgendeine Art und Weise darauf gesprüht wurde.«

Und Gavenall fuhr fort: »Irgendwo muß es eine ganze Menge von diesen Dingern geben, die fleißig nach Diamanten graben, nach roten Diamanten, und jedes von ihnen trägt eine kodierte Seriennummer, damit wer-auch-immer sie da arbeiten läßt, jedes einzelne identifizieren kann.«

Bobby schlug sich einen Augenblick lang mit dieser Vorstellung herum, versuchte, einen Weg zu finden, sie als einen Teil der Welt zu sehen, in der er lebte, doch er kriegte es einfach nicht auf die Reihe. »Okay, Doktor Gavenall, Sie sind in der Lage, sich künstlich erschaffene Wesen wie dieses vorzustellen ...«

»Dies hätte ich mir nicht vorstellen können«, widersprach Dr. Gavenall entschieden. »Es wäre mir niemals in den Sinn gekommen. Ich konnte es nur als das erkennen, was es sein muß.«

»In Ordnung, aber immerhin haben Sie es als das erkannt, was es sein muß, etwas, das weder Clint noch ich jemals hätten tun können. Also sagen Sie mir jetzt – wer könnte so etwas anfertigen wie dieses verdammte Ding?«

Manfred und Gavenall tauschten einen bedeutungsvollen Blick und schwiegen eine ganze Weile – so, als wüßten sie die Antwort auf seine Frage, zögerten aber, sie auszusprechen.

Gavenall war es schließlich, der seine Game- Show-Gastgeber-Stimme senkte und in einem sogar noch einschmeichelnderem Ton sagte: »Das genetische Wissen und die technologischen Talente, die man brauchte, um dieses Ding zu entwickeln, gibt es noch nicht. Wir sind noch nicht einmal annähernd so weit, um – um ... Nicht einmal *annähernd.*«

»Wie lange wird es dauern, bis die Wissenschaft so weit ist, ein Ding wie dieses zu erschaffen?« hakte Bobby nach.

»Darauf kann es keine präzise Antwort geben«, erwiderte Manfred.

»Schätzen Sie.«

»Jahrzehnte?« meinte Gavenall. »Ein Jahrhundert? Wer weiß ...«

»Nun aber mal halblang«, unterbrach ihn Clint. »Was wollen Sie damit sagen? Daß das Ding aus der Zukunft kommt, daß es durch irgendeinen – Zeitspalt aus dem nächsten Jahrhundert gekommen ist?«

»Entweder das«, erwiderte Gavenall, »oder – es ist gar nicht von dieser Welt.«

Wie vor den Kopf geschlagen, blickte Bobby auf das vermeintliche Insekt hinunter. Er ekelte sich noch immer genauso davor, schaute es jetzt jedoch mit erheblich größerem Staunen und Respekt an als noch vor einem Augenblick. »Sie meinen wirklich, daß dies hier eine biologische Maschine ist, die Menschen aus einer anderen Welt sich ausgedacht haben? Ein außerirdisches Artefakt?«

Manfreds Lippen bewegten sich, doch es drang kein Ton aus seinem Mund, als habe ihn das, was er zu sagen vorhatte, sprachlos zurückgelassen.

»Ja«, bestätigte Gavenall, »ein außerirdisches Artefakt. Das erscheint mir wahrscheinlicher als die Möglichkeit, daß es aus einem Loch in der Zeit heruntergepurzelt ist.«

Auch während Dr. Gavenall sprach, fuhr Manfred fort, die Lippen zu bewegen, in dem frustrierten Versuch, das Schweigen zu brechen, das ihn ergriffen hatte. Und mit seinen hohlen Wangen sah er aus wie eine Gottesanbeterin, die ihr schauerliches Mittagsmahl kaut. Als er schließlich sprechen konnte, war es, als sei ein Damm gebrochen: »Wir möchten, daß Sie verstehen, daß wir nicht, ich betone *nicht* daran denken, dieses Exemplar jemals zurückzugeben. Für uns als Wissenschaftler wäre es eine Pflichtvergessenheit zuzulassen, daß dieses unglaubliche Ding in den Händen von Laien verbleibt. Wir müssen es präparieren und es schützen, und das werden wir tun, selbst wenn wir deshalb Gewalt anwenden müssen.«

Ein Aufflammen von Trotz verlieh dem blassen, eckigen Gesicht des Entomologen zum erstenmal, seit Bobby ihn kannte, so etwas wie eine gesunde Gesichtsfarbe.

»Sogar mit Gewalt«, wiederholte er.

Bobby hegte nicht den geringsten Zweifel, daß er und Clint die menschliche Gespensterheuschrecke und seinen dicklichen Kollegen windelweich würden prügeln können, doch es gab gar keinen Grund, das zu tun. Ihm war es völlig egal, ob sie das Ding in der Laborschale behielten – jedenfalls solange man sich mit ihnen auf einige Grundregeln verständigen konnte, was das Wie und Wann einer eventuellen Information der Öffentlichkeit anging.

Alles, was er im Augenblick wollte, war, aus diesem Irrenhaus herauszukommen, hinaus in den Sonnenschein, an die frische Luft. Das Knistern und Krabbeln, das von den Schränken mit den Präparaten her ertönte, obwohl er es sich sicherlich nur einbildete, wurde von Minute zu Minute lauter und hektischer. Seine Entomophobie würde ihn noch den Verstand verlieren lassen, und er würde schreiend aus dem Raum rennen. Er fragte sich, ob die anderen merkten, wie panisch er war, oder ob seine Selbstkontrolle ausreichte, das zu verbergen. Er spürte ein paar Schweißtropfen an seiner linken Schläfe, fühlte, wie sie langsam hinunterrannen, und er hatte die Antwort.

»Lassen Sie uns absolut offen sein«, sagte Gavenall. »Es geht nicht nur um unsere Pflichten gegenüber der Wissenschaft, die es uns abverlangen, dieses besondere Exemplar zu behalten. Die Veröffentlichung unseres Fundes wird uns zu etwas *machen* – akademisch und finanziell. Wir werden groß herauskommen. Keiner von uns ist eine Niete auf seinem Feld, doch diese Entdekkung wird uns nach oben katapultieren, ganz nach oben, und wir werden alles unternehmen, was nötig ist, um unsere Interessen zu vertreten.« Seine blauen Augen waren ganz schmal geworden, und sein offenes irisches Gesicht hatte sich in eine Maske der Entschlossenheit verwandelt. »Ich sage nicht, ich würde töten, um das Ding behalten zu können, aber ich habe auch nicht gesagt, daß ich es nicht tun würde.«

Bobby seufzte. »Ich habe für die UCI eine ganze Reihe von Nachforschungen über den Hintergrund zukünftiger Fakultätsmitglieder angestellt, daher weiß ich, daß die akademische Welt ebenso wettbewerbsorientiert, unmoralisch und schmutzig sein kann – schmutziger noch als die Politik oder das Showgeschäft. Ich will da nicht mit Ihnen streiten. Doch wir müssen eine Übereinkunft darüber erzielen, wann Sie damit an die Öffentlichkeit gehen können. Ich möchte nicht, daß Sie irgend etwas tun, was die Presse auf meinen Klienten hinweisen könnte, bevor wir den Fall gelöst haben und sicher sind, daß er – außer Gefahr ist.«

»Und wann wird das sein?« erkundigte sich Manfred.

Bobby zuckte mit den Schultern. »Ein, zwei Tage. Möglicherweise eine Woche. Ich bezweifele, daß es sich noch länger hinziehen wird.«

Der Entomologe und der Genetiker strahlten einander an, offensichtlich begeistert. »Das ist überhaupt kein Problem«, erklärte Manfred. »Wir werden viel, viel länger brauchen, bis wir die Studien abgeschlossen, unseren ersten Bericht für eine Veröffentlichung vorbereitet und die Strategie geplant haben, wie wir mit der wissenschaftlichen Welt und den Medien umgehen werden.«

Bobby meinte zu hören, wie sich eine der flachen Schubladen in dem Schrank hinter ihm öffnete, aufgeschoben von der gemeinen Horde riesiger, schwärmender Madagaskar-Zischschaben.

»Aber die drei Diamanten werde ich mitnehmen«, sagte er. »Sie sind ziemlich wertvoll, und sie gehören meinem Klienten.«

Manfred und Gavenall zögerten, protestierten halbherzig und stimmten dann schnell zu. Clint nahm die Steine und schlug sie wieder in das Taschentuch ein. Die schnelle Kapitulation der Wissenschaftler bewies Bobby, daß da gewiß mehr als drei Diamanten in dem Insekt gewesen waren, vermutlich wenigstens fünf. Was bedeutete, daß sie noch zwei Steine besaßen, mit denen sie ihre These stützen konnten, was den Ursprung und den Zweck des Tieres betraf.

»Wir möchten Ihren Klienten treffen, ihn befragen«, sagte Gavenall.

»Das muß er entscheiden«, entgegnete Bobby.

»Es ist unbedingt erforderlich. Wir *müssen* ihn befragen.«

»Das ist allein seine Entscheidung«, betonte Bobby. »Sie haben den größten Teil dessen erhalten, was Sie wollten. Irgendwann stimmt er ja vielleicht zu, und dann haben Sie alles, was Sie brauchen. Aber drängen Sie ihn nicht.«

Der rundliche Mann nickte. »Das ist fair. Aber sagen Sie mir, wo hat er das Ding *gefunden?*«

»Er erinnert sich nicht. Er leidet unter Amnesie.« Die Schublade hinter ihm war jetzt offen. Er konnte hören, wie die Panzer der großen Kerbtiere gegeneinander prallten und sich aneinander schabten, während sie aus ihrem Gefängnis drängten, am Schrank hinunterkrabbelten und auf ihn zuschwärmten. »Wir müssen wirklich gehen«, sagte er. »Wir dürfen keine Minute mehr verlieren.« Eilig verließ er das Arbeitszimmer und versuchte dabei, nicht den Eindruck zu erwecken, als liefe er um sein Leben.

Clint folgte ihm. Und die beiden Wissenschaftler ebenfalls. An der Eingangstür sagte Manfred: »Wahrscheinlich hört sich das, was ich fragen will, an, als schriebe ich für irgendein Revolverblatt, aber wenn dies ein außerirdisches Artefakt *ist*, das in die Hände Ihres Klienten geriet, glauben Sie dann, daß er es vielleicht in einem – in einem Raumschiff empfangen haben kann? Diese Leute, die behaupten, sie seien gewaltsam entführt und gezwungen worden, sich an Bord eines Raumschiffes irgendwelchen Untersuchungen zu unterziehen – nun, sie scheinen zunächst immer Phasen der Amnesie zu durchlaufen, bevor sie die Wahrheit erfahren . . .«

»Diese Leute sind harmlose Spinner oder Schwindler«, unterbrach Gavenall in scharfem Ton. »Wir können nicht zulassen, daß man uns mit solchen Geschichten in Verbindung bringt.« Er runzelte die Stirn und blickte finster drein. Dann sagte er: »Es sei denn, daß das in diesem Fall die Wahrheit ist.«

Bobby stand schon auf der kleinen Veranda, war dankbar, das Haus verlassen zu haben, und drehte sich nun zu den beiden um. »Möglich, daß das so ist. Ich bin an einem Punkt, an dem ich willens bin, alles zu glauben, solange das Gegenteil nicht bewiesen ist. Aber ich sage Ihnen folgendes: mein Gefühl sagt mir, daß das, was da mit meinem Klienten passiert, noch entschieden ungewöhnlicher ist als eine Entführung durch Außerirdische.«

»Ganz entschieden«, bekräftigte Clint.

Ohne das noch weiter auszuführen, gingen sie den Gartenweg entlang zum Auto. Bobby öffnete die Beifahrertür und blieb einen Moment stehen, unschlüssig, in Clints Chevy einzusteigen. Nach der abgestandenen Luft in Manfreds Arbeitszimmer kam ihm die sanfte Brise, die von den Irvine Hills herunterwehte, so *rein* vor, so *klar.*

Er steckte die Hand in die Hosentasche, umfaßte die drei roten Diamanten und sagte leise: »Insektenscheiße!«

Als er endlich eingestiegen war und die Tür zugeknallt hatte, hatte er große Mühe, dem Verlangen zu widerstehen, unter sein Hemd zu fassen, um festzustellen, ob es die Dinger wirklich gab, die er immer noch zu fühlen meinte.

Manfred und Gavenall standen auf der kleinen Vorderveranda und beobachteten Bobby und Clint, als erwarteten sie, das Auto würde sich auf die hintere Stoßstange stellen und direkt in den Himmel hinaufschießen, wo eine große, leuchtende fliegende Untertasse auf es wartete, die aus einem Steven- Spielberg-Film stammte.

Clint fuhr zwei Blocks weiter, bog um die Kurve und parkte am Kantstein, als sie kaum außer Sichtweite waren. »Bobby, wo, zum Teufel, hat Frank dieses Ding her?«

Bobby konnte ihm nur mit weiteren Fragen antworten: »An wie viele Orte verschwindet er, wenn er diese Teleporting-Nummer bringt? Das Geld, die roten Diamanten und das Insekt, der schwarze Sand – und wie weit weg sind diese Orte? Wirklich *weit, weit* weg?«

»Und wer ist er?« fragte Clint.

»Frank Pollard aus El Encanto Heights.«

»Aber ich meinte, wer ist das?« Clint ließ eine Faust auf das Steuerrad sausen.

»Wer, verdammt noch mal, *ist* Frank Pollard aus El Encanto?«

»Ich glaube, was Sie wirklich wissen wollen, ist nicht, wer er ist, sondern – *was* er ist?«

44

Ganz überraschend kam Bobby zu Besuch.

Mittagessen hatte es gegeben, bevor Bobby erschien. Der Nachtisch war immer noch in Thomas' Kopf. Nicht sein Geschmack. Vanille-Eiscreme, frische Erdbeeren. Es war das Gefühl, mit dem einen der Nachtisch zurückließ.

Er war allein in seinem Zimmer, saß in seinem Lehnstuhl und dachte darüber nach, ein Bildergedicht anzufertigen, das das Gefühl ausdrückte, das man hatte, wenn man Eiscreme und Erdbeeren aß, nicht den Geschmack, sondern das gute Gefühl, so daß man sich eines Tages, wenn man kein Eis und keine Erdbeeren hatte, nur das Gedicht anzusehen brauchte, um dasselbe gute Gefühl zu haben, ohne etwas essen zu müssen. Natürlich konnte man für das Gedicht keine Bilder von Eiscreme oder Erdbeeren nehmen, damit würde man ja nur *sagen,* ein wie gutes Gefühl einem Eiscreme und Erdbeeren gaben. Ein Gedicht sagte so etwas nicht nur, es zeigte es einem und vermittelte einem das Gefühl.

Dann trat Bobby durch die Tür, und Thomas war so glücklich, daß er das Gedicht vergaß, und sie umarmten sich. Jemand war bei Bobby, aber es war nicht Julie, so daß Thomas enttäuscht war. Er war auch schrecklich verlegen, weil sich herausstellte, daß er den Mann, der bei Bobby war, im Lauf der Jahre ein paarmal getroffen hatte, sich aber nicht gleich an ihn hatte erinnern können, so daß er sich entsetzlich dumm vorkam. Es war Clint. Thomas sagte den Namen vor sich hin, wieder und wieder, so daß er sich beim nächsten Mal vielleicht würde erinnern können: *Clint, Clint, Clint, Clint, Clint.*

»Julie konnte nicht mit«, erklärte Bobby, »sie spielt den Babysitter bei einem Klienten.«

Thomas fragte sich, wozu ein Baby einen Privatdetektiv brauchte, aber er fragte nicht Bobby. Im TeVau brauchten nur Erwachsene Privatdetektive. Er fragte sich auch, wie ein Baby einen Privatdetektiv bezahlen wollte, weil er wußte, daß Privatdetektive wie Bobby und Julie für Geld arbeiteten wie jedermann, aber Babies arbeiteten nicht, sie waren zu klein, um irgend etwas zu tun. Wo also hatte dieses Baby das Geld her, um Bobby und Julie zu bezahlen? Er hoffte, sie würden nicht um ihr Geld betrogen werden, denn sie arbeiteten hart genug dafür.

»Sie hat mir aufgetragen, dir zu sagen, daß sie dich heute noch mehr liebt als gestern und daß sie dich morgen sogar noch mehr lieben wird«, sagte Bobby.

Sie umarmten sich noch einmal, weil es diesmal Thomas war, der Bobby eine Umarmung für Julie mitgab.

Clint fragte, ob er das neueste Sammelalbum mit Gedichten sehen könne. Er nahm es mit und setzte sich in Dereks Lehnstuhl, was okay war, weil Derek nicht da war. Er war im Spielzimmer.

Bobby nahm sich den Stuhl vom Arbeitstisch und schob ihn zu dem Lehnstuhl, der Thomas gehörte. Er setzte sich, und sie sprachen darüber, welch ein schöner blauer Tag es war und wie schön die Blumen aussahen, die draußen vor Thomas' Fenster leuchteten.

Eine Welle redeten sie über eine Menge Dinge, und

Bobby war komisch wie immer – abgesehen davon, daß er sich veränderte, als sie über Julie sprachen. Er machte sich Sorgen um Julie, das konnte man sehen. Als er über sie redete, war er wie ein gutes Bildergedicht – er sprach seine Sorgen nicht aus, sondern zeigte sie und ließ sie einen fühlen.

Thomas sorgte sich schon längst um Julie, so daß Bobbys Sorgen dazu führten, daß er sich noch mieser fühlte und daß er noch mehr Angst um sie hatte.

»Mit unserem gegenwärtigen Fall haben wir alle Hände voll zu tun«, sagte Bobby, »so daß möglicherweise keiner von uns in der Lage ist, dich vor dem Wochenende – oder sogar vor Anfang der nächsten Woche – wieder zu besuchen.«

»Okay, sicher«, sagte Thomas, und eine große Kälte stieg von irgendwoher in ihm auf und füllte ihn ganz aus. Jedesmal wenn Bobby den neuen Fall erwähnte, den mit dem Baby, war sein Bildergedicht über seine Sorgen sogar noch leichter zu lesen.

Thomas fragte sich, ob das wohl der Fall war, in dem sie dem Bösen Ding begegnen würden. Er war ziemlich sicher, daß er das war. Er sagte sich, daß er Bobby von dem Bösen Ding erzählen sollte, aber er fand keinen Weg. Egal, wie er es auch immer sagte, er würde sich anhören wie der dümmste dumme Mensch, der jemals im Heim gelebt hatte. Es war besser zu warten, bis sich die Gefahr noch ein ganzes Stück genähert hatte, und Bobby dann eine wirklich dringende Warnung zu tevauen, die ihm so viel Angst einjagen würde, daß er nach dem Bösen Ding Ausschau halten und es erschießen würde, sobald er es sah. Einer tevauten Warnung würde Bobby Beachtung schenken, weil er nicht wissen würde, wer sie ihm sandte. Und er würde auch nicht wissen, daß sie nur von einem dummen Menschen kam.

Und Bobby konnte auch schießen. Alle Privatdetektive konnten schießen, weil es an den meisten Tagen draußen in der Welt schlimm zuging, und man wußte, daß man jemandem begegnen würde, der bereit war, zuerst auf einen zu schießen, oder der bereit war, einen mit seinem Auto zu überfahren, oder der bereit war, einen zu erstechen oder zu erwürgen, oder manchmal auch einem, der bereit war, einen von einem Gebäude zu stoßen, oder sogar einem, der versuchte, es wie Selbstmord aussehen zu lassen, und da die meisten guten Kerle keine Waffen mit sich herumtrugen, mußten die Privatdetektive, die über sie wachten, gute Schützen sein.

Nach einer Weile mußte Bobby gehen. Nicht auf die Toilette, sondern zurück an die Arbeit. Also umarmten sie sich wieder. Und dann waren Bobby und Clint gegangen, und Thomas war allein.

Er ging ans Fenster. Sah hinaus. Der Tag war gut, besser als die Nacht. Doch obwohl die Sonne einen Großteil der Dunkelheit über den Rand der Erde geschoben hatte und sich der Rest der Dunkelheit hinter Bäumen und Gebäuden vor der Sonne verbarg, war da noch Schlechtes, Schlimmes, Böses. Das Böse Ding war nicht mit der Nacht hinter dem Rand der Welt verschwunden. Es war noch immer da, irgendwo im Tag, man konnte es spüren.

Letzte Nacht, als er dem Bösen Ding nahegekommen war und es versucht hatte, nach ihm zu greifen, hatte er solche Angst gehabt, daß er sich ganz, ganz schnell zurückgezogen hatte. Er hatte das Gefühl, daß das Böse Ding versuchte herauszufinden, wer er war und wo er war, und dann würde es ins Heim kommen und ihn auffessen, so wie es kleine Tiere aß. Deshalb hatte er sich entschlossen, ihm nicht wieder zu nahe zu kommen, ihm vom Leib zu bleiben, aber jetzt konnte er das nicht länger tun – wegen Julie und wegen des Babys.

Wenn Bobby, der sich niemals Sorgen machte, sich so sehr um Julie sorgte, dann mußte Thomas sich sogar noch größere Sorgen um sie machen als er. Und wenn Bobby und Julie meinten, man müsse das Baby beschützen, dann mußte sich Thomas auch um das Baby sorgen, weil das, was für Julie wichtig war, auch für ihn wichtig war.

Er faßte hinaus in den Tag.

Es war da. Jedoch noch weit entfernt.

Er ging nicht zu nahe heran.

Er hatte Angst.

Doch für Julie, für Bobby, für das Baby mußte er aufhören, Angst zu haben. Er mußte näher heran, und er mußte jederzeit sicher sein, wo das Böse Ding war und ob es sich näherte.

45

Jackie Jaxx kam an diesem Dienstagnachmittag erst um zehn nach vier in den Büros von Dakota & Dakota an, eine volle Stunde nach der Rückkehr von Bobby und Clint, und zu Julies Verärgerung verbrachte er noch eine geschlagene halbe Stunde damit, eine Atmosphäre herzustellen, die seiner Kunst förderlich war.

Er hatte das Gefühl, es sei zu hell im Zimmer. Daher zog er die Vorhänge vor den großen Fenstern zu, obwohl die anbrechende winterliche Abenddämmerung und eine über dem Pazifik aufziehende Wolkenbank dem Tag bereits einen Großteil seiner Helligkeit geraubt hatten. Er probierte verschiedene Aufstellungen der drei Messinglampen aus, die allesamt mit Dreiwegeglühlampen ausgestattet waren, was ihm unendliche Kombinationsmöglichkeiten eröffnete. Schließlich ließ er eine bei sechzig Watt, eine bei vierzig und schaltete eine ganz aus.

Er bat Frank, vom Sofa aufzustehen und sich auf einen der Stühle zu setzen, stellte fest, daß es so nicht funktionieren würde, schob Julies großen Stuhl hinter dem Schreibtisch hervor und setzte ihn da hinein, dann stellte er vier andere Stühle im Halbkreis davor auf.

Julie vermutete, daß Jackie sehr wohl bei geöffneten Vorhängen hätte effizient arbeiten und auch alle Lampen dabei hätten an sein können. Er zog jedoch eine Vorstellung ab, selbst wenn es da keine Bühne gab, und er konnte wohl nicht widerstehen, immer und jederzeit theatralisch zu sein.

In den letzten Jahren hatten Magier darauf verzichtet, sich hochtrabende Namen wie »The Great Blackwell« oder »Harry Houdini« zu geben. Sie hatten lieber auf Namen zurückgegriffen, die eher an echte erinnerten, doch Jackie war ein Rückschlag. So wie Houdinis Name Erich Weiss gewesen war, war Jackie auf den Namen David Carver getauft worden. Weil er sich auf eine komische Magievariante spezialisiert hatte, hatte er alle Namen gemieden, die zu mysteriös klangen. Und weil er sich seit der Pubertät danach gesehnt hatte, der Vegas-Szene anzugehören, hatte er eine neue Identität gewählt, die sich für ihn und die Leute in seinen Kreisen anhörte, als handele es sich um Nevada-Adel. Während andere Kinder davon geträumt hatten, Lehrer, Ärzte, Immobilienmakler oder Automechaniker zu werden, hatte der kleine Davey davon geträumt, jemand wie Jackie Jaxx zu sein. Jetzt, Gott sei ihm gnädig, lebte er seinen Traum.

Obwohl er gegenwärtig zwischen zwei Engagements war – einem Ein-Wochen-Engagement in Reno und einem Auftritt im Vorprogramm von Sammy Davis in Vegas –, trug Jackie, als er im Büro auftauchte, keine Jeans oder einen gewöhnlichen Anzug, sondern ein Kostüm, das er bei einem Auftritt hätte tragen können: einen schwarzen Freizeitanzug mit smaragdgrünen Paspelierungen an den Revers und Jackenaufschlägen, ein dazu passendes grünes Hemd und schwarze Wildlederschuhe. Er war sechsunddreißig Jahre alt, 1,70 Meter groß, dünn, bis zur Krebsgefährdung gebräunt. Sein Haar hatte er pechschwarz gefärbt, und seine Zähne waren unnatürlich *super*-weiß, was er dem modernen Wunder der Zahnimplantationen zu verdanken hatte.

Vor drei Jahren waren Dakota & Dakota von dem Hotel in Las Vegas angeheuert worden, das Jackie unter Vertrag hatte, und mit der unerfreulichen Aufgabe betraut worden, die Identität eines Erpressers festzustellen, der versuchte, den Magier um den größten Teil seines Einkommens zu bringen. Der Fall hatte viele unerwartete Drehungen und Wendungen genommen, doch zu der Zeit, da sie's hinter sich hatten, war das, was Julie am meisten verblüfft hatte, die Tatsache gewesen, daß sie ihre ursprüngliche Abneigung gegen den Magier überwunden und ihn sogar irgendwie gemocht hatte. Irgendwie.

Endlich setzte sich Jackie dann in den Stuhl, der Franks direkt gegenüberstand. »Julie, Sie und Clint sitzen zu meiner Rechten. Bobby, Sie kommen bitte nach links.«

Julie sah zwar eigentlich nicht ein, warum sie nicht auf dem Stuhl sitzen durfte, den sie sich selber ausgesucht hatte, spielte aber mit.

Jackies Vegas-Auftritt bestand zur Hälfte aus der Hypnotisierung und Veralberung des Publikums. Sein Wissen um Hypnosetechniken war so umfassend, und sein Verständnis für das Funktionieren des Geistes in Trance war so profund, daß er häufig eingeladen wurde, an medizinischen Konferenzen von Ärzten, Psychologen und Psychiatern teilzunehmen, die die praktische Anwendung von Hypnose erforschten. Sie hätten vielleicht auch einen Psychiater überreden können, ihnen zu helfen, Franks Amnesie durch hypnotische Regressionstherapie zu durchbrechen, doch sie hatten Zweifel gehegt, daß ein Doktor für diese Aufgabe ebenso qualifiziert gewesen wäre wie Jackie Jaxx.

Abgesehen davon konnten sie sich darauf verlassen, daß Jackie den Mund halten würde, egal, welche phantastischen Dinge er auch über Frank erfahren würde. Er verdankte Bobby und Julie eine ganze Menge und war trotz seiner Fehler ein Mann, der seine Schulden zahlte und zumindest einen rudimentären Sinn für Loyalität hatte, der in der Ich-Ich-Kultur des Showbusiness sehr selten war.

Das Licht der beiden Messinglampen war düsterbernsteinfarben, und die Welt hinter den zugezogenen Vorhängen verfinsterte sich zusehends. Jackies weiche und sehr einfühlsame Stimme – voller leiser, gerundeter Töne, gelegentlich von einem dramatischen Vibrato begleitet – erregte nicht nur Franks Aufmerksamkeit, sondern auch die aller anderen im Raum.

Er lenkte Franks Blick auf einen facettierten, tropfenförmigen Bergkristall, der an einer Goldkette hing, nachdem er den anderen geraten hatte, sich auf Franks Gesicht zu konzentrieren statt auf das Spielzeug, um eine unerwünschte Hypnotisierung zu vermeiden.

»Frank, bitte konzentrieren Sie sich auf das Flimmern des Lichts in dem Kristall, ein sehr weiches und liebliches Licht, das von Facette zu Facette flackert, von einer Facette zur anderen, ein sehr warmes und anziehendes Licht, warm, flackernd ...«

Nach einer Weile bemerkte Julie, selbst ein wenig eingelullt von Jackies kalkuliertem Geplapper, wie Franks Augen glasig wurden.

Clint schaltete den kleinen Kassettenrecorder ein, den sie bereits gestern benutzt hatten, als Frank ihnen am Nachmittag seine Geschichte erzählt hatte.

Jackie, der nach wie vor die Kette zwischen Daumen und Zeigefinger hin und her schwang, damit der Kristall sich drehte, sagte: »Okay, Frank, Sie gehen nun in ein sehr entspanntes Stadium über, in ein zutiefst entspanntes Stadium, in dem Sie nur noch meine Stimme hören werden, keine andere, und in dem Sie nur auf meine Stimme reagieren werden, auf keine andere ...«

Nachdem er Frank in eine tiefe Trance versetzt und die Instruktionen beendet hatte, die sich auf die vor ihnen liegende Befragung bezogen, befahl Jackie ihm, die Augen zu schließen.

Frank gehorchte.

Jackie legte den Kristall hin. »Wie ist Ihr Name?« fragte er.

»Frank Pollard.«

»Wo wohnen Sie?«

»Ich weiß nicht.«

Da Julie ihm am Vormittag am Telefon kurz die Lage geschildert und ihm erklärt hatte, welche Informationen sie von ihrem Klienten brauchten, fragte Jackie nun weiter: »Haben Sie jemals in El Encanto gewohnt?«

Ein Zögern. Dann: »Ja.«

Franks Stimme war eigenartig ausdruckslos. Sein Gesicht wirkte so abgehärmt und war so totenblaß, daß man ihn fast für eine exhumierte Leiche hätte halten können, die einzig und allein zu dem Zweck mit Zauberkräften wiederbelebt worden war, um zwischen den Beteiligten einer Séance und denen, mit denen sie im Totenreich sprechen wollten, eine Brücke zu bilden.

»Erinnern sie sich an Ihre Adresse in El Encanto?«

»Nein.«

»War Ihre Adresse 1458 Pacific Hill Road?«

Ein Stirnrunzeln huschte über Franks Gesicht und war so schnell wieder verschwunden, wie es aufgetaucht war. »Ja. Das ist das, was – Bobby herausgefunden hat – mit dem Computer.«

»Aber erinnern Sie sich tatsächlich daran?«

»Nein.

Jackie rückte seine Rolex zurecht, strich dann mit beiden Händen sein dichtes schwarzes Haar zurück. »Wann haben Sie in El Encanto gelebt, Frank?«

»Ich weiß nicht.«

»Sie müssen mir die Wahrheit sagen.«

»Ja, klar.«

»Sie dürfen mich nicht anlügen, Frank, oder irgend etwas vor mir verbergen. Das ist in Ihrem gegenwärtigen Stadium unmöglich. Wann haben Sie dort gelebt?«

»Ich weiß nicht.«

»Erinnern Sie sich daran, letzte Nacht im Krankenhaus gewesen zu sein, Frank?«

»Ja klar.«

»Und Sie sind – verschwunden?«

»Sie sagen, daß ich das tat.«

»Wohin sind Sie verschwunden, Frank?«

Schweigen.

»Frank, wohin sind Sie verschwunden?«

»Ich – ich habe Angst.«

»Warum?«

»Ich – ich weiß nicht. Ich kann nicht denken.«

»Frank, erinnern Sie sich daran, am letzten Donnerstagmorgen in Ihrem Auto aufgewacht zu sein, das an einer Straße in Laguna Beach geparkt war?«

»Ja klar.«

»In den Händen hatten Sie schwarzen Sand.«

»Ja klar.« Frank rieb mit den Händen über seine Schenkel, als könne er schwarze Körnchen fühlen, die an seinen verschwitzten Handflächen klebten.

»Woher hatten Sie diesen Sand, Frank?«

»Ich weiß nicht.«

»Nehmen Sie sich Zeit. Denken Sie darüber nach.«

»Ich weiß nicht.«

»Erinnern Sie sich, später in einem Motel eingenickt und dann mit Blut besudelt aufgewacht zu sein?«

»Ich erinnere mich«, sagte Frank und erschauerte.

»Woher stammte das Blut, Frank?«

»Ich weiß nicht«, klang es kläglich zurück.

»Es war Katzenblut, Frank. Wußten Sie, daß es Katzenblut war?«

»Nein.« Seine Augenlider flatterten, aber er öffnete die Augen nicht. »Nur Katzenblut? Wirklich?«

»Erinnern Sie sich, an diesem Tag einer Katze begegnet zu sein?«

»Nein.«

Es war ganz klar, daß man eine aggressivere Technik würde anwenden müssen, um die Antworten zu erhalten, die sie brauchten. Jackie fing an, Frank weiter in der Zeit zurückzureden, ihn allmählich zu seiner Einlieferung ins Krankenhaus gestern abend zurückzuversetzen, dann weiter zurück, zu dem Moment, da er in den frühen Morgenstunden des Donnerstag in dieser Gasse in Anaheim aufgewacht war, als er nichts weiter gewußt hatte als seinen Namen. Hinter diesem Punkt lag möglicherweise sein Erinnerungsvermögen, sofern man ihn veranlassen konnte, durch den Schleier der Amnesie zu treten und seine Vergangenheit wieder zu entdecken.

Julie beugte sich leicht in ihrem Stuhl vor und blickte an Jackie Jaxx vorbei. Sie fragte sich, wie wohl Bobby die Show gefiel. Sie nahm an, der sich drehende Kristall und der andere Hokuspokus gefielen seiner jungenhaften Abenteuerlust, und er würde deshalb lächelnd und mit leuchtenden Augen zuhören.

Nein, er war melancholisch. Er mußte sogar die Zähne zusammengebissen haben, denn seine Kieferknochen traten vor. Er hatte ihr erzählt, was sie in Dyson Manfreds Haus erfahren hatten, und sie hatte das so erstaunt und erschüttert aufgenommen wie er und Clint. Doch das erklärte seine gegenwärtige Stimmung nicht hinreichend. Möglicherweise setzte ihm ja die Erinnerung an die unzähligen Insekten im Arbeitszimmer des Entomologen nach wie vor zu. Oder vielleicht war er ja auch noch wegen des Traums nervös, den er letzte Woche gehabt hatte: *das Böse Ding kommt, das Böse Ding* . . .

Sie hatte seinen Traum als unwichtig abgetan. Jetzt fragte sie sich, ob er nicht vielleicht ehrlich prophetisch gewesen war. Nach all dem Unheimlichen, das Frank in ihr Leben gebracht hatte, war sie jetzt eher geneigt, solche Dinge wie Omen, Visionen und Prophezeiungen ernst zu nehmen.

Das Böse Ding kommt, das Böse Ding . . .

Möglicherweise war ja Mr. Blau das Schlimme, das Böse Ding.

Jackie versetzte Frank in die Gasse zurück, zurück zu genau jenem Moment, in dem er das erste Mal an einem Ort aufgewacht war, der ihm völlig fremd war, da er desorientiert und verwirrt gewesen war. »Gehen Sie jetzt noch weiter zurück, Frank, nur ein kleines bißchen weiter, nur noch ein paar Sekunden weiter zurück, und noch ein paar mehr, zurück, zurück, hinter die totale Dunkelheit in Ihrem Bewußtsein, hinter diese schwarze Wand in Ihrem Bewußtsein . . .«

Seit die Befragung begonnen hatte, schien Frank in Julies Stuhl immer weiter zusammengeschrumpft zu sein, als sei er aus Wachs und einer Flamme ausgesetzt. Er war auch noch blasser geworden, wenn das überhaupt möglich war, so weiß wie eine Paraffinkerze. Doch nun, da er gezwungen wurde, rückwärts durch die Dunkelheit in seinem Bewußtsein zu gehen, auf das Licht der Erinnerung auf der anderen Seite zu, setzte er sich gerader auf, legte die Hände auf die Armlehnen des Sessels und umklammerte den Kunststoffbezug so fest, daß man Angst haben mußte, er könne ihn aufreißen. Er schien zu wachsen, schien sich seiner früheren Größe wieder zu nähern, als habe er eines jener magischen Elixiere zu sich genommen, die Alice bei ihren Abenteuern am anderen Ende des Kaninchenbaus erhalten hatte.

»Wo sind Sie jetzt?« fragte Jackie.

Franks Augen zuckten unter den geschlossenen Lidern. Ein unartikulierter, erstickter Ton entwich ihm: »Eh – eh ...«

»Wo sind Sie jetzt?« hakte Jackie sanft, aber entschieden nach.

»Glühwürmchen«, sagte Frank mit zittriger Stimme. »Glühwürmchen in einem Wirbelsturm!« Er begann, heftig zu atmen, abgehackt, so als habe er Schwierigkeiten, Luft zu kriegen.

»Was meinen Sie damit, Frank?«

»Glühwürmchen ...«

»Wo sind Sie, Frank?«

»Überall. Nirgendwo.«

»In Südkalifornien gibt es keine Glühwürmchen, Frank, also müssen Sie irgendwo anders gewesen sein. Denken Sie nach, Frank. Schauen Sie sich jetzt um, und sagen Sie mir, wo Sie sind.«

»Nirgendwo.«

Jackie unternahm noch ein paar Versuche, Frank dazu zu bewegen, seine Umgebung zu beschreiben und die Glühwürmchen präziser zu schildern. Ohne Erfolg.

»Bringen Sie ihn weiter zurück«, sagte Bobby. »Noch weiter zurück.«

Julie blickte auf den Recorder in Clints Hand und sah, wie sich die Spulen hinter dem Plastikfenster des Kassettenfachs drehten.

Mit seiner melodischen und laut schallenden Stimme, in rhythmischer Modulation, befahl Jackie Frank, noch weiter in der von Glühwürmchen wimmelnden Dunkelheit zurückzugehen.

Plötzlich fragte Frank: »Was tue ich hier?« Es bezog sich nicht auf die Büros von Dakota & Dakota, sondern auf den Ort, an den Jackie Jaxx ihn in seiner Erinnerung geführt hatte. »Warum bin ich hier?«

»Wo sind Sie, Frank?«

»Das Haus. Was, zum Teufel, tue ich hier, warum bin ich hergekommen? Das ist ja verrückt, ich sollte nicht hier sein.«

»Wessen Haus ist es, Frank?« fragte Bobby.

Da er angewiesen worden war, nur der Stimme des Hypnotiseurs zu antworten, reagierte Frank erst, nachdem Jackie die Frage wiederholt hatte. Dann: »Ihr Haus. Es ist *ihr* Haus. Sie ist natürlich tot, tot, seit sieben Jahren, doch es ist immer noch ihr Haus, wird es immer bleiben, das Miststück wird in dem Haus umgehen, diese Art des Bösen kann man nicht zerstören, nicht völlig jedenfalls, ein Teil davon bleibt in den Räumen hängen, die sie bewohnte, an allem, was sie berührt hat.«

»Wer war sie, Frank?«

»Mutter.«

»Ihre Mutter? Wie war ihr Name?«

»Roselle. Roselle Pollard.«

»Das ist das Haus an der Pacific Hill Road?«

»Ja klar. Schauen Sie es sich an, mein Gott, was für ein Ort, was für ein dunkler Ort, was für ein Ort des Grauens. Können die Leute denn nicht sehen, daß das ein Ort des Grauens ist? Können sie nicht sehen, daß etwas Schreckliches da drinnen lebt?« Er weinte. Tränen glitzerten in seinen Augen, strömten dann über seine Wangen. Eine unmenschliche Qual verzerrte seine Stimme. »Können sie denn nicht sehen, was dort lebt, was sich dort verbirgt und was da *brütet* an diesem Ort des Grauens? Sind die Leute blind? Oder *wollen* sie es einfach nicht sehen?«

Julie war gefesselt von Franks gequälter Stimme und von der Agonie, die sein Gesicht entstellte, es dem verzweifelten Gesichtsausdruck eines verängstigten Kindes ähnlich werden ließ, das sich verlaufen hat. Doch sie wandte sich von ihm ab und spähte an dem Hypnotiseur vorbei, um zu sehen, wie Bobby auf die Worte »Ort des Grauens« reagiert hatte.

Er sah sie an. Der schmerzliche Ausdruck, der seine blauen Augen verdunkelte, war Beweis genug, daß ihm die Worte nicht entgangen waren.

Lee Chen trat aus der Empfangshalle ins Zimmer. Er trug einen Stapel von Ausdrucken herein. Leise schloß er die Tür. Julie legte einen Finger an die Lippen und bedeutete ihm, er solle sich auf das Sofa setzen.

Jackie redete beruhigend auf Frank ein und versuchte die Furcht zu dämpfen, die ihn elektrisiert hatte.

Plötzlich stieß Frank einen lauten Angstschrei aus. Er klang mehr wie der eines verängstigten Tieres denn der eines Mannes. Er setzte sich auf. Er öffnete die Augen, sah aber ganz offensichtlich nichts, was sich in dem Zimmer befand. Er war noch immer in Trance. »O mein Gott, er kommt, nun kommt er, die Zwillinge müssen ihm erzählt haben, daß ich hier bin, er kommt!«

Franks nackte Angst war so intensiv, daß sich etwas davon auf Julie übertrug. Ihr Herzschlag beschleunigte sich, und sie begann, heftiger zu atmen, flacher.

In einem Versuch, sein Medium so weit zu entspannen, daß es zur Kooperation in der Lage war, sagte Jakkie: »Beruhigen Sie sich, Frank. Entspannen Sie sich, seien Sie ganz ruhig. Niemand kann Ihnen etwas tun. Nichts Unangenehmes wird geschehen. Seien Sie ruhig, entspannt, ruhig . . .«

Frank schüttelte den Kopf »Nein, nein, er kommt, er kommt, dieses Mal wird er mich kriegen. Verdammt, warum bin ich nur hierher zurückgekehrt? Warum bin ich zurückgekehrt, warum habe ich ihm die Chance gegeben, mich zu kriegen?«

»Entspannen Sie sich jetzt ...«

»Er ist hier!« Frank versuchte aufzustehen, schien die Kraft nicht aufzubringen und bohrte seine Fingerspitzen sogar noch tiefer in den Kunststoffbezug der Armlehne. »Er ist genau *hier*, und er sieht mich, er sieht mich.«

»Wer ist er, Frank?« fragte Bobby, und Jackie wiederholte die Frage.

»Candy. Es ist Candy!« Als er noch einmal nach dem Namen des Mannes gefragt wurde, den er so fürchtete, wiederholte er: »Candy.«

»Sein Name ist Candy?«

»Er *sieht* mich.«

Mit noch energischerer und befehlenderer Stimme als vorher sagte Jackie: »Sie werden sich entspannen, Frank. Sie *werden* ruhig und entspannt sein.«

Aber Frank wurde nur noch erregter. Er war in Schweiß ausgebrochen. Seine Augen, auf etwas fixiert, das an einem fernen Ort in einer fernen Zeit war, waren wild. Seine Angst schien ihn in eine herzzerreißende Panik hineinzutreiben.

»Ich habe ihn kaum noch unter Kontrolle«, sagte Jakkie besorgt. »Ich werde ihn da rausholen müssen.«

Bobby rutschte auf die Stuhlkante vor. »Nein, noch nicht. In einer Minute, aber jetzt noch nicht. Fragen Sie ihn nach Candy. Wer ist der Kerl?

Jackie wiederholte die Frage.

Frank antwortete: »Er ist der Tod.«

Stirnrunzelnd sagte Jackie: »Das ist keine klare Antwort, Frank.«

»Er ist der wandelnde Tod, er ist der lebende Tod, er ist mein Bruder, *ihr* Kind, ihr Lieblingskind, ihre *Brut,* und ich hasse ihn, er will mich töten, da kommt er!«

Mit einem markerschütternden Angstschrei begann Frank, sich aus dem Stuhl herauszustemmen. Jackie befahl ihm zu bleiben, wo er war.

Frank setzte sich widerstrebend hin, doch seine Panik wuchs nur, weil er immer noch Candy sehen konnte, der auf ihn zukam.

Jackie versuchte, ihn fortzukriegen von diesem Ort in der Vergangenheit, vorwärts in die Gegenwart und heraus aus der Trance. Er hatte keinen Erfolg.

»Ich muß weg hier, jetzt, jetzt, *jetzt*!« rief Frank verzweifelt.

Julie hatte Angst um ihn. Sie hatte noch nie einen Menschen gesehen, der mitleiderregender und verletzlicher ausgesehen hatte. Er war in Schweiß gebadet, zitterte furchterregend. Das Haar war ihm in die Stirn gefallen, in die Augen, störte aber nicht die Sicht auf die Vision der Todesangst, die er aus der Vergangenheit heraufbeschworen hatte. Er umklammerte die Armlehnen des Bürostuhls so fest, daß einer der Fingernägel seiner rechten Hand den Kunststoffbezug schließlich durchbohrte.

»Ich muß hier raus«, wiederholte Frank gequält.

Jackie sagte ihm, er solle bleiben, wo er war.

»Nein, ich muß weg von ihm!«

Jackie Jaxx sagte zu Bobby gewandt: »So etwas ist mir noch nie passiert. Ich habe keine Kontrolle mehr über ihn. Mein Gott, schauen Sie sich ihn nur an, ich fürchte, der Mann hat gleich eine Herzattacke.«

»Nun machen Sie schon, Jackie, Sie müssen ihm helfen«, sagte Bobby in scharfem Ton. Er stand auf, hockte sich neben Frank, legte tröstend die Hand auf Franks, suchte ihn offenbar zu beruhigen.

»Bobby, lassen Sie das!« rief Clint und stand so schnell auf, daß der Kassettenrecorder hinunterfiel, den er auf seinen Schenkeln abgelegt hatte.

Bobby reagierte nicht auf Clint. Er war zu sehr mit Frank beschäftigt, der sich vor ihrer aller Augen zu Tode zu zittern schien. Der Kerl war wie ein Boiler, bei dem das Ablaßventil klemmt, bis zur Halskrause mit manischer Angst angefüllt, statt mit Dampf. Bobby versuchte ihn zu beruhigen, nachdem Jackie versagt hatte.

Ein paar Sekunden lang verstand Julie nicht, warum Clint so panisch aufgesprungen war. Ihr wurde aber bewußt, daß Bobby etwas gesehen hatte, was ihnen allen entgangen war: frisches Blut an Franks rechter Hand. Bobby hatte seine Hand also nicht nur deshalb auf Franks gelegt, um ihm Trost zu spenden. Er versuchte, Franks Hand so sanft wie möglich von der Armlehne des Stuhls zu lösen, weil Frank den Kunststoffbezug aufgerissen und sich die Haut an einer vorstehenden Heftklammer oder einem Polsternagel aufgerissen hatte, vielleicht sogar wiederholt.

»Er kommt, ich muß weg hier!«

Frank ließ die Armlehne los, packte Bobbys Hand und stand auf. Bobby zog er mit.

Urplötzlich verstand Julie, was Clint befürchtet hatte. Sie stand so schnell auf, daß sie dabei ihren Stuhl umstieß. »Bobby, nein!«

Panisch angesichts der Vision seines mörderischen Bruders, schrie Frank auf. Es zischte kurz, so als entwiche Dampf aus einer Lokomotive, dann verschwand er. Und er nahm Bobby mit.

46

Glühwürmchen in einem Wirbelsturm.

Bobby schien im Weltraum zu schweben, denn er hatte überhaupt kein Gefühl dafür, was mit seinem Körper war. Er hätte nicht sagen können, ob er lag oder stand, ob richtig rum oder mit dem Kopf nach unten. Es war, als schwebe er schwerelos in einer ungeheuren Leere. Er konnte auch nichts riechen oder schmecken. Er konnte nichts hören. Er konnte weder Hitze noch Kälte spüren, weder Strukturen fühlen noch Gewicht. Das einzige, was er sehen konnte, war eine grenzenlose Schwärze, die sich bis zum Ende des Universums auszudehnen schien – und Millionen und Abermillionen von winzigen Glühwürmchen, kurzlebig wie Funken, die ihn umschwärmten.

Im Grunde war er aber nicht sicher, ob er sie überhaupt sah, weil er sich nicht klar war, Augen zu haben, mit denen er sie ansehen konnte. Es war eher so, als ob er sich ihrer *be*wußt sei, sie nicht durch einen seiner Sinne wahrnähme, sondern aus einer seelischen Sicht, mit seinem geistigen Auge.

Zuerst geriet er in Panik.

Der extreme Verlust aller seiner Sinne ließ ihn sich wie gelähmt fühlen, er hatte keinerlei Gefühl mehr in seinen Extremitäten oder irgendwo auf seiner Haut. Er meinte, eine massive Gehirnblutung müsse ihn taub und blind zurückgelassen haben, und er würde nun für immer mit einem geschädigten Hirn leben, das alle Verbindungen zur Außenwelt abgebrochen hatte.

Dann wurde ihm bewußt, daß er in Bewegung war, nicht in der Schwärze dahintrieb, wie er zunächst angenommen hatte, sondern mit ungeheurer, mit furchteinflößender Geschwindigkeit vorwärtsgetrieben wurde. Er wurde sich bewußt, daß er von etwas angezogen wurde – wie eine Fussel auf einen Staubsauger mit kosmischen Kräften zu, und überall um ihn herum schwirrten und taumelten Glühwürmchen. Es war, als sei er auf der Achterbahn eines Vergnügungsparks, die so hoch, steil und schnell war, daß nur Gott sie für Sein eigenes Vergnügen hatte ersinnen können, obwohl Bobby überhaupt keinen Spaß hatte, während er durch die tiefe Dunkelheit rutschte und zu schreien versuchte.

Er setzte mit den Füßen auf dem Waldboden auf, schwankte und wäre fast gegen Frank getaumelt, vor dem er stand. Frank umklammerte seine Hand nach wie vor mit eisernem Griff.

Bobby litt unter Luftmangel. Seine Brust schmerzte, seine Lungen schienen geschrumpft zu sein. Er saugte tief Luft ein, noch einmal. Dann atmete er explosionsartig aus.

Er sah das Blut, das jetzt an ihrer beider Hände klebte. Ein Bild der aufgerissenen Armlehne flackerte kurz vor seinem geistigen Auge. Jackie Jaxx. Bobby erinnerte sich.

Als er versuchte, sich von seinem Klienten zu lösen, hielt Frank ihn fest und sagte: »Nicht hier. Nein, das ist zu riskant für Sie. Zu gefährlich. Warum bin ich hier?«

Die Luft war erfüllt von Kieferninduft. Bobby schaute sich in dem Urwald um, der ihn umgab. Er war voller

Schatten, jetzt, kurz vor Anbruch der Nacht. Es war eiskalt, und die starken Äste der gewaltigen immergrünen Bäume bogen sich unter der Last des Schnees. Trotzdem hatte die Szene für ihn nichts Beängstigendes.

Dann wurde ihm klar, daß Frank an ihm vorbeistarrte. Er drehte sich um und stellte fest, daß sie am Waldrand standen. Hinter ihnen erhob sich eine schneebedeckte Wiese. Am Ende der sanften Steigung stand ein Blockhaus, keine schnell zusammengezimmerte Hütte, sondern ein geschmackvoller Bau, dem man ansah, daß ein guter Architekt daran gearbeitet hatte, ein Feriendomizil für jemanden zu schaffen, der Geld in Hülle und Fülle hatte.

Ein Schneemantel lag über dem Dach des Haupthauses, ein weiterer auf dem der Veranda, und um die Dachkanten zog sich ein Saum von Eiszapfen, die in den letzten Strahlen des kalten Sonnenlichtes glitzerten. In den Fenstern schien kein Licht. Aus keinem der drei Schornsteine kringelte sich Rauch. Das Haus schien verlassen zu sein.

»Er weiß davon«, erklärte Frank, immer noch in Panik. »Ich habe es unter falschem Namen gekauft, aber er hat es herausgefunden. Er ist hier erschienen, hätte mich fast umgebracht, und nun kontrolliert er es vermutlich regelmäßig, überprüft, ob ich da bin, hofft, mich hier zu erwischen.«

Bobby war wie erstarrt. Doch das lag nicht an den Temperaturen unter dem Gefrierpunkt, sondern eher daran, daß er realisierte, durch Teleporting aus seinem Büro hierher auf die Hänge der Sierra Nevada oder irgendeines anderen Hochgebirges gelangt zu sein. Endlich fand er seine Stimme wieder und fragte: »Frank, was ...«

Dunkelheit.

Glühwürmchen.

Rasende Geschwindigkeit.

Hart prallte er auf den Boden, rollte gegen einen Couchtisch und spürte, daß Frank seine Hand losließ. Der Tisch fiel polternd um, eine Vase und andere Kleinigkeiten zerbrachen auf dem Hartholzfußboden.

Er erhielt einen kräftigen Schlag auf den Kopf. Als er sich auf die Knie rappelte und sich aufzurichten versuchte, war er zu benommen, um stehen zu können.

Frank war bereits auf den Beinen, sah sich um, atmete schwer: »San Diego. Das war einmal mein Appartement. Er hat es herausgefunden. Mußte schnell weg.«

Als Frank ihm die Hand entgegenstreckte, um ihm aufzuhelfen, nahm Bobby sie, ohne nachzudenken. Es war die verletzte.

»Jetzt lebt hier jemand anderer«, sagte Frank. »Muß jetzt bei der Arbeit sein, wir haben Glück gehabt.«

Dunkelheit.

Glühwürmchen.

Rasende Geschwindigkeit.

Bobby fand sich vor einem verrosteten Eisentor wieder, zwischen zwei Steinpfeilern stehend. Vor sich sah er ein Haus im viktorlanischen Stil. Das Dach der Veranda hing durch, die Balustrade war kaputt, die Treppenstufen waren durchgetreten. Die Platten des Gartenweges waren rissig, der Weg war abschüssig und der ungemähte Rasen von Unkraut überwuchert. Im Dämmerlicht wirkte es wie die Verkörperung dessen, was sich Kinder unter einem Spukhaus vorstellen. Und er vermutete, daß es im hellen Sonnenlicht sogar noch schlimmer aussehen würde.

Frank keuchte.

»Mein Gott, nein, nicht hier!«

Dunkelheit.

Glühwürmchen.

Rasende Geschwindigkeit.

Von einem massiven Mahagonitisch flatterten Papiere, als habe der Wind sie heruntergeweht. Doch jetzt regte sich kein Lüftchen. Sie standen in einem Arbeitszimmer, schauten auf Regale voller Bücher und große Terrassentüren.

»Doc«, sagte Frank und streckte die freie Hand nach einem verblüfften älteren Herrn aus.

Dunkelheit.

Bobby hatte festgestellt, daß alles um ihn herum lichtlos und formlos war. Für den Moment existierte er nicht als zusammengehörige physische Einheit. Er hatte keine Augen, keine Ohren, keine Nervenenden, mit denen er hätte fühlen können. Doch daß er das wußte, vermochte nicht, seine Furcht zu mindern.

Glühwürmchen.

Die Millionen winziger, wirbelnder Lichtpunkte waren vermutlich die Atomteilchen, aus denen sein Fleisch zusammengesetzt war. Angetrieben und zusammengehalten wurden sie ausschließlich durch die Kraft von Franks Bewußtsein – oder war es sein Geist, seine Seele?

Rasende Geschwindigkeit.

Das war Teleporting, und der Prozeß von der körperlichen Auflösung zur Rekonstruktion vollzog sich vermutlich in Mikrosekunden, obwohl es subjektiv weit länger zu dauern schien.

Wieder das baufällige Haus. Es mußte das sein, das in den Hügeln nördlich von Santa Barbara lag. Sie standen jetzt hinter dem Gartentor, an der Kirschmyrtenhecke, die das Grundstück begrenzte.

Frank stieß einen leisen Schreckensschrei aus, kaum hatte er gesehen, wo er war.

Bobby hatte ebensoviel Angst wie Frank, auf Candy

zu treffen, aber er hatte auch Angst vor Frank und dem Teleporting ...

Dunkelheit.

Glühwürmchen.

Rasende Geschwindigkeit.

Diesmal materialisierten sie sich nicht so sanft und glatt wie bei ihrem Eintreffen im Arbeitszimmer des alten Herrn oder vor dem verfallenden Haus mit dem rostigen Tor, sondern mit der Unbeholfenheit ihres Eindringens in das Appartement in San Diego. Bobby taumelte ein paar Schritte einen Abhang hinauf, immer noch so fest in Franks Griff, als seien sie durch Handschellen aneinander gefesselt, und sie fielen beide auf dem üppigen gepflegten Rasen auf die Knie.

Hektisch versuchte Bobby, sich aus Franks Griff zu befreien. Doch Frank hielt seinen Arm mit geradezu übermenschlichen Kräften umklammert und deutete auf einen Grabstein, der nur ein paar Meter vor ihnen stand. Bobby schaute sich um und sah, daß sie auf einem Friedhof waren.

Allein.

Massive Korallenbäume und Palmen ragten im purpurrotgrauen Zwielicht gespenstisch vor ihnen auf.

»Er war unser Nachbar«, sagte Frank.

Um Atem ringend und unfähig zu sprechen, versuchte Bobby immer noch, seinen Arm aus Franks Griff zu befreien. Er las den Namen: NORBERT JAMES KORLEEN war in den Granit eingemeißelt.

»Sie hat ihn töten lassen«, erklärte Frank, »ließ ihn von ihrem geliebten Candy umbringen, weil sie das Gefühl hatte, er sei ungezogen gewesen zu ihr. *Ungezogen* zu ihr! Der verrückten Hexe.«

Dunkelheit.

Glühwürmchen.

Rasende Geschwindigkeit.

Das Arbeitszimmer voller Bücher. Der alte Mann, jetzt in der Tür. Er schaute sie an.

Bobby hatte das Gefühl, stundenlang auf einer spiralförmigen Achterbahn gewesen zu sein, rauf, runter, mit hoher Geschwindigkeit, wieder und wieder, bis er gar nicht mehr sicher war, ob er tatsächlich noch von der Stelle gelangte – oder stillstand, während sich der Rest der Welt drehte und um ihn herumschlingerte.

»Ich hätte nicht hierherkommen dürfen, Doktor Fogarty«, sagte Frank sorgenvoll. Von seiner verletzten Hand tropfte Blut und besprenkelte die blaßgrüne Sektion des China-Teppichs. »Candy könnte mich beim Haus gesehen haben und versuchen, mir zu folgen. Ich möchte ihn nicht zu Ihnen führen.«

»Frank, warten Sie . . .«, sagte Fogarty.

Dunkelheit.

Glühwürmchen.

Rasende Geschwindigkeit.

Sie standen im Hof des verfallenen Hauses, neun bis zwölf Meter von der Treppe zu der Veranda entfernt, die ebenso kaputt und verwahrlost war wie die an der Vorderseite des Hauses. Hinter den Fenstern im ersten Stock brannte Licht.

»Ich will gehen. Ich will weg von hier«, sagte Frank.

Bobby erwartete, daß die Teleporting-Phase sofort beginnen würde und stählte sich dafür, doch sie rührten sich nicht von der Stelle.

»Ich will *weg* hier«, sagte Frank noch einmal. Als daraufhin nichts geschah, fluchte Frank vor Enttäuschung.

Plötzlich öffnete sich die Küchentür, und eine Frau trat heraus. Sie blieb auf der Schwelle stehen und starrte sie an. Im immer schwächer werdenden, trübpurpurfarbenen Zwielicht war sie kaum zu erkennen. Das Lampenlicht aus der Küche ließ nur ihre Silhouette erahnen, ihre Gesichtszüge blieben jedoch im Dunkeln.

Bobby wußte nicht, ob es an der sonderbaren Beleuchtung lag oder ob sie tatsächlich so war, denn auf ihn wirkte sie übermäßig erotisch: grazil wie ein Luftgeist, anmutig schlank und doch ausgesprochen üppig feminin, ein Phantom aus Rauch, das entweder spärlich bekleidet oder ganz nackt war und in ihm Begehren aufsteigen ließ. Diese mysteriöse Frau löste eine derartige Geilheit aus, daß man sie nur mit den Sirenen vergleichen konnte, die die Seefahrer dazu brachten, mit ihren Schiffen auf Riffe aufzulaufen, die den Rumpf zertrümmerten.

»Meine Schwester Violet«, sagte Frank mit offensichtlichem Grauen und Abscheu.

Bobby bemerkte, daß sich zu ihren Füßen etwas bewegte, sah Schatten, die sie umschwärmten. Sie ergossen sich die Stufen hinunter, auf den Rasen, und da sah er, daß es Katzen waren. Ihre Augen schillerten in der Abenddämmerung in allen Regenbogenfarben.

Er packte Frank genauso fest, wie Frank ihn gepackt hielt, denn jetzt fürchtete er sich genauso davor, losgelassen zu werden, wie er sich vorher gefürchtet hatte, ständig an ihn gefesselt zu sein.

»Frank, bringen Sie uns hier raus.«

»Ich kann nicht. Ich habe keine Kontrolle darüber, keine Kontrolle über mich.«

Da war ein Dutzend Katzen. Zwei Dutzend. Immer mehr. Während sie von der Veranda und über die ersten paar Meter des ungemähten Rasens huschten, waren sie ruhig. Dann schrien sie alle gleichzeitig auf – wie ein einziges Tier. Ihr Aufheulen, das sowohl Wut wie Hunger verriet, kurierte Bobby von seiner Übelkeit. Jetzt drehte sich ihm der Magen um in Todesangst.

»Frank!«

Er wünschte sich, er hätte sein Schulterhalfter im Büro nicht abgenommen. Seine Waffe lag dort, auf Julies Schreibtisch, und nützte ihm nichts. Doch als er die entblößtem Zähne des auf ihn zuschießenden Rudels sah, sagte er sich, daß die Schußwaffe sie ohnehin nicht würde aufhalten können, zumindest nicht alle, zumindest nicht genug von ihnen.

Die Katze, die ihm am nächsten war, sprang . . .

Julie stand neben ihrem Drehstuhl. Da, wo er für die Hypnose-Therapie-Sitzung hingeschoben worden war. Sie war unfähig, sich von ihm wegzubewegen, weil sie Bobby zuletzt gesehen hatte, als er neben diesem Stuhl gestanden hatte. Und das war die Stelle, wo sie sich ihm am nächsten fühlte.

»Wie lange ist es jetzt her?«

Clint stand neben ihr. Er blickte auf seine Uhr. »Weniger als sechs Minuten.«

Jackie Jaxx war im Waschraum und spritzte sich kaltes Wasser ins Gesicht. Lee Chen, immer noch auf dem Sofa, immer noch den Stapel mit Ausdrucken in den Händen, war nicht mehr so entspannt, wie er es vor sechseinhalb Minuten gewesen war. Er umklammerte die Papiere, als habe er Angst, sie könnten ebenfalls verschwinden. Und seine Augen waren immer noch so weit aufgerissen, wie sie es in dem Moment gewesen waren, in dem Bobby und Frank verschwunden waren.

Julie fühlte sich leicht benommen vor Sorge und Furcht, war aber wild entschlossen, auf keinen Fall die Kontrolle über sich zu verlieren. Obwohl es nichts zu geben schien, was sie hätte tun können, um Bobby zu helfen, konnte sich doch eine Gelegenheit ergeben, etwas zu unternehmen, wenn sie es am wenigsten erwartete. Und dann wollte sie ruhig und dazu bereit sein.

»Hal sagte, letzte Nacht sei Frank achtzehn Minuten, nachdem er verschwunden ist, das erste Mal zurückgekehrt.«

Clint nickte. »Dann haben wir noch zwölf Minuten vor uns.«

»Nach seinem zweiten Verschwinden kehrte er stundenlang nicht zurück.«

»Hören Sie«, sagte Clint, »selbst wenn sie in zwölf Minuten, in einer Stunde oder drei Stunden noch nicht zurück sein sollten, bedeutet das lange nicht, daß Bobby irgend etwas Schreckliches passiert ist. Es ist doch jedes Mal das gleiche.«

»Ich weiß. Was mir wirklich Sorgen macht, ist – dieses verflixte Bettgitter.«

Clint sagte nichts.

»Frank hat es nicht zurückgebracht«, sagte sie mit zitternder Stimme. »Was ist damit passiert?«

»Er wird Bobby zurückbringen«, sagte Clint. »Er wird Bobby nicht da draußen lassen, wo immer er auch hingeht.«

Sie wünschte sich, sie könne sich da ebenso sicher sein.

Dunkelheit.

Glühwürmchen.

Rasende Geschwindigkeit.

Regen knallte in warmen Strömen auf sie nieder, als hätten sich Bobby und Frank unter einem Wasserfall materialisiert. Innerhalb von Sekunden schienen ihre Kleider an ihren Körpern zu kleben. Da war jedoch kein Wind. Es war, als habe die ungeheure Wucht und Heftigkeit des Regenfalls den Wind ausgelöscht wie ein Feuer. Die Luft war erstickend schwül-warm – wie Dampf. Sie hatten sich weit genug um den Globus bewegt, um die Abenddämmerung hinter sich zu lassen. Irgendwo hoch am Himmel, hinter der stahlgrauen Wolkenverkleidung, stand die Sonne.

Diesmal waren sie, auf der Seite liegend, gelandet, mit den Gesichtern zueinander wie zwei Betrunkene, die sich im Armdrücken versucht hatten und benebelt auf den Boden einer Bar gefallen waren, wo sie nun lagen – die Hände immer noch wie im Wettbewerb ineinander verkrampft. Sie waren jedoch in keiner Bar, sondern von üppigem, tropischem Grünzeug umgeben: Farne, dunkelgrüne Pflanzen mit gummiartigen, tief eingeschnittenen Blättern; am Boden kriechende Sukkulenten mit Blättern so dick wie Gummibonbons und Beeren im Ton von Mandarinen.

Bobby befreite sich aus Franks Griff, und diesmal ließ sein Klient es kampflos geschehen. Er rappelte sich hoch, gelangte auf die Füße und drängte sich durch das glitschige, schwammige Blattwerk und die Ranken, die sich an ihn zu klammern schienen.

Er wußte nicht, wo er hinging, und es war ihm auch egal. Er wollte nur ein wenig Abstand zu Frank gewinnen, sich von der Gefahr distanzieren, die Frank nun für ihn repräsentierte. Er war fix und fertig. Was da alles passiert war. Er war völlig überladen von den neuen Erfahrungen, Erlebnissen. Er mußte nachdenken, und er mußte sich an alles das erst gewöhnen, bevor es weitergehen konnte.

Nach sechs Schritten hatte er das tropische Buschwerk hinter sich und stand auf einer dunklen Fläche, von der ihm nicht gleich aufging, was es war. Der Regen fiel nicht tropfenweise, auch nicht in Strömen, sondern in dröhnenden, silbergrauen Kaskaden, die die Sicht drastisch einschränkten.

Er nahm an, daß jemand, der in einem trockenen Zimmer am Fenster saß, dieses Unwetter möglicherweise schön finden könnte, doch hier war einfach zu viel von diesem verdammten Regen, eine wahre Flut. Er traf mit einem so ohrenbetäubenden, mißtönenden Dröhnen auf die Erde und das Laub auf, daß Bobby fürchtete, taub zu werden. Der Regen erschöpfte ihn nicht nur, sondern ließ ihn auch auf eine wilde, irrationale Art wütend werden. Ihm war, als würde er nicht nur mit Regenwasser, sondern auch mit großen Klumpen schleimiger Spucke bombardiert. Und er meinte, bei diesem Dröhnen handele es sich in Wirklichkeit um die Stimmen unzähliger Zuschauer, die ihn mit Beleidigungen und Kränkungen überhäuften.

Er taumelte über den eigentümlich breiigen Untergrund – nicht schlammig, sondern breiig – auf der Suche nach jemandem, den er verantwortlich machen könnte für den Regen, nach jemandem, den er anschreien und schütteln und eventuell so arg verprügeln könnte. Nach sechs, acht Schritten sah er jedoch die Brecher, die an den Strand rollten, sah den aufgewühlten weißen Schaum, und da wußte er, daß er an einem Strand mit schwarzem Sand stand. Als ihm das klar wurde, blieb er abrupt stehen.

»Frank!« schrie er, und als er sich umdrehte, sah er, daß Frank ihm folgte und bereits ein paar Schritte hinter ihm war. Er ging gebückt wie ein alter Mann, nicht fähig, sich unter der Wucht des niederprasselnden Regens aufzurichten, oder als habe die viele Feuchtigkeit sein Rückgrat verkrümmt. »Frank, verdammt noch mal, wo sind wir?«

Frank blieb stehen, richtete sich ein wenig auf, hob den Kopf und blinzelte dümmlich. »Was?«

Bobby hob die Stimme und überbrüllte den Krach: »Wo sind wir?«

Frank zeigte nach links und deutete auf eine rätselhafte, vom Regen geschüttelte Konstruktion, die aussah wie der Schrein einer seit langem vergessenen Religion. Sie war ungefähr dreißig Meter entfernt. »Rettungsschwimmer-Station!« Dann deutete er in die andere Richtung und wies auf ein großes Holzgebäude, das erheblich weiter von ihnen entfernt, dafür aber weniger geheimnisvoll war, weil es angesichts seiner Größe leichter zu erkennen war. »Restaurant. Eins der berühmtesten der ganzen Insel.«

»Welcher Insel?«

»Der großen Insel.«

»Welcher großen Insel?«

»Hawaii. Wir stehen am Punaluu- Strand.«

»Hierher sollte *Clint* mich mitnehmen«, sagte Bobby. Er lachte, aber es war ein sonderbares, wildes Lachen, das ihm Angst einflößte. Also hörte er auf.

Frank erklärte: »Das Haus, das ich gekauft hatte und verlassen mußte, liegt da hinten.« Er deutete in die Richtung, aus der sie gekommen waren. »Mit Blick auf einen Golfplatz. Ich mochte das Haus. Ich war dort acht Monate lang glücklich. Dann hat *er* mich gefunden. Bobby, wir müssen weg hier.«

Frank ging ein paar Schritte auf Bobby zu, heraus aus dem breiigen Sektor des Strandes auf einen, an dem der Sand kompakte war.

»Das ist weit genug«, beschied Bobby, als Frank noch gut zwei Meter von ihm entfernt war. »Treten Sie keinen Schritt näher.«

»Bobby, wir müssen jetzt weg, sofort. Das Teleporting funktioniert nicht so, wie ich es will. Wir müssen zumindest aus dieser Ecke der Insel weg. Er weiß, daß ich hier gelebt habe. Er ist mit diesem Teil der Insel vertraut. Und möglicherweise folgt er uns.«

Die heiße Wut, die Bobby erfaßt hatte, war von dem Regen keineswegs gelöscht worden. Sie wurde eher noch heißer, hitziger. »Sie Lügner, Sie Bastard!«

»Das stimmt, wirklich«, sagte Frank, der von Bobbys Vehemenz offenbar völlig überrascht war. Sie standen sich jetzt nahe genug gegenüber, um sich unterhalten zu können, ohne brüllen zu müssen, doch Frank sprach nach wie vor lauter als üblich, um sich über das Krachen, Zischen, Trommeln und Poltern der Flut hinweg Gehör zu verschaffen. »Candy ist hier erschienen, ist mir hierher gefolgt, und er war schlimmer, als ich ihn jemals gesehen hatte, noch schrecklicher, noch böser. Er kam mit einem Baby in mein Haus. Mit einem kleinen Kind, das er irgendwo aufgelesen hatte. Es war höchstens ein paar Monate alt, vermutlich hatte er seine Eltern umgebracht. Er biß in die Kehle dieses armen Babys, Bobby, dann lachte er und bot mir das Blut an, besudelte mich damit. Er trinkt Blut, wissen Sie, *sie* lehrte ihn, Blut zu trinken, und heute genießt er es, labt sich daran. Als ich mich weigerte, aus der Kehle des Babys Blut zu saugen, schleuderte er es beiseite, so wie man eine leere Bierdose wegwirft, und stürzte sich auf mich, aber ich – ich war schon weg.«

»Ich meinte nicht, daß Sie gelogen haben, was ihn angeht.« Eine Welle brach sich am Strand, sie schob sich weiter als die anderen und umspülte Bobbys Füße. Für kurze Zeit konnte er das spitzenartige Flechtwerk des weißen Schaums auf dem schwarzen Sand erkennen.

»Ich meinte, daß Sie uns wegen der Amnesie angelogen haben. Sie erinnern sich an alles. Sie wissen ganz genau, wo Sie sind.«

»Nein, nein.« Frank schüttelte den Kopf und fuchtelte abwehrend mit den Händen.

»Ich wußte es nicht, wußte nichts. Da war eine absolute Leere. Und möglicherweise wird da auch wieder diese Leere sein, wenn ich nicht mehr unterwegs bin und an einem Platz bleibe.«

»Lügenscheiße!« schrie Bobby.

Er bückte sich, nahm eine Handvoll des nassen schwarzen Sandes und warf ihn in blinder Wut nach Frank. Dann noch einmal zwei triefende Handvoll. Dann zwei weitere. Ganz allmählich wurde ihm bewußt, daß er sich wie ein Kind benahm, das einen Wutanfall hat.

Frank zuckte jedesmal zusammen, wenn der nasse Sand ihn traf, wartete aber geduldig, bis Bobby aufhörte. »Das paßt nicht zu Ihnen«, sagte er, nachdem Bobby endlich aufgehört hatte.

»Zur Hölle mit Ihnen.«

»Ihre Wut steht in keinem Verhältnis zu dem, was ich Ihnen Ihrer Meinung nach angetan habe.«

Bobby wußte, daß das stimmte. Während er seine sandbedeckten Hände an seinem Hemd abwischte und versuchte, zu Atem zu kommen, fing er an zu verstehen, daß er nicht sauer auf Frank war, sondern auf das, was Frank für ihn repräsentierte. Chaos. Dieses ganze Teleporting war wie eine Geisterbahn auf dem Rummelplatz, in der die Monster und Gefahren eben nicht illusorisch waren, in der man die ständigen Todesdrohungen ernst nehmen mußte, in der es keine Regeln und keine Grundwahrheiten gab, auf die man sich verlassen konnte, in der oben unten war und innen außen. Chaos. Sie waren auf dem Rücken eines Bullen namens Chaos geritten, und Bobby war zu Tode erschrocken.

»Sind Sie okay?« fragte Frank.

Bobby nickte.

Hier ging es um mehr als um Furcht. Bobby fühlte sich von diesem Chaos *abgestoßen*, und zwar auf einer

Ebene, tiefer als der Intellekt oder sogar der Instinkt, vielleicht so tief wie die Seele selbst. Bis zum heutigen Tag war ihm nicht klar gewesen, wie stark und tiefsitzend sein Bedürfnis nach Stabilität und Ordnung war. Er hatte sich immer für einen Freigeist gehalten, der angesichts von Veränderungen und dem völlig Unerwarteten aufblühte. Aber jetzt sah er, daß er da seine Grenzen hatte und sich unter dem leichtsinnigen Verhalten, das er manchmal an den Tag legte, in Wirklichkeit ein Herz verbarg, das einem Traditionalisten gehörte, der die Beständigkeit liebte.

Plötzlich verstand er, daß seine Leidenschaft für Swingmusik Wurzeln hatte, derer er sich nie bewußt gewesen war: die eleganten und komplexen Rhythmen und Melodien des Big-Band-Jazz paßten sowohl zu dem Bebop-Anstrich, den er sich so gern gab, wie zu dem Bobby, der in seinem Herzen schlummerte und heimlich Ordnung suchte. Kein Wunder, daß er eine Vorliebe für Disney-Cartoons hatte. Da mochte Donald Duck zwar durchdrehen, und da mochten sich Mickey und Pluto ineinander verheddern, doch am Ende triumphierte bei ihnen immer die Ordnung. Die von Warner Brothers dagegen waren so überhaupt nicht sein Fall, denn in ihnen gewannen Vernunft und Logik nur selten einmal die Überhand – und wenn, dann nur für kurze Zeit.

»Tut mir leid, Frank«, sagte er. »Geben Sie mir eine Sekunde. Dies ist gewiß nicht der passende Ort, aber ich habe eine Epiphanie – mir ist eine Erleuchtung gekommen.«

»Hören Sie, Bobby, bitte. Ich sage die Wahrheit. Offenbar kann ich mich an alles erinnern, sobald ich unterwegs bin. Die bloße Tatsache des Unterwegsseins scheint die Wände niederzureißen, die mein Erinnerungsvermögen blockieren. Aber sobald ich wieder an einem festen

Platz bin, richtet sich die Wand erneut auf. Das muß ein Teil des Degenerationsprozesses sein, dem ich mich zu unterziehen scheine, schätze ich. Möglicherweise ist es aber auch nur das verzweifelte Verlangen zu vergessen, was in der Vergangenheit mit mir passiert ist, was jetzt geschieht und was mir mit absoluter Sicherheit in nächster Zukunft passieren wird.«

Obwohl der Wind nicht aufgefrischt hatte, waren die Brecher jetzt höher und gruben sich tief in den Strand. Sie schlugen hart gegen die Rückseite von Bobbys Schenkeln und begruben seine Füße beim Zurückströmen in dem kohlenstaubartigen Sand.

Frank gab sich große Mühe, Bobby zu erklären, was er meinte. »Sehen Sie, dieses Unterwegssein ist für mich nicht so leicht wie für Candy. Er ist in der Lage zu bestimmen, wohin er will – und wann. Er gelangt von einem Ort zum anderen, indem er schlicht entscheidet, es zu tun, buchstäblich, indem er es sich wünscht – wie Sie es bei mir vermutet haben. Aber das kann ich nicht. Mein Talent für Teleporting ist eigentlich kein Talent, sondern eher ein Fluch.« Seine Stimme bebte. »Bis vor sieben Jahren wußte ich nicht mal, daß ich es überhaupt kann. Ich habe es erst an dem Tag gemerkt, an dem das alte Miststück krepierte. Alle, die wir aus ihrem Leib stammen, sind verflucht, dem können wir nicht entfliehen. Ich meinte, ich könnte irgendwie entwischen, indem ich sie umbrachte, aber das hat mich nicht von ihr befreit.«

Nach den Ereignissen der letzten Stunde hatte Bobby gemeint, nichts könne ihn mehr überraschen, doch er war völlig verwirrt von dem Bekenntnis, das Frank da abgegeben hatte. Dieser mitleiderregende rundliche Mann mit den traurigen Augen, den Sommersprossen und dem Gesicht eines Clowns war seiner Meinung nach unfähig zum Muttermord. »Sie haben Ihre eigene Mutter ermordet?«

»Vergessen Sie sie für den Augenblick. Wir haben keine Zeit, uns mit ihr auseinanderzusetzen.« Frank schaute zu den Büschen hinüber, aus denen sie herausgetreten waren, und dann den ganzen Strand entlang. Aber sie waren immer noch allein in diesem Wolkenbruch. »Wenn Sie sie gekannt, wenn Sie unter ihr gelitten hätten«, sagte er mit vor Wut bebender Stimme, »wenn Sie wüßten, zu welchen Greueltaten sie fähig war, hätten auch Sie eine Axt genommen und sie zerstückelt.«

»Sie haben eine Axt genommen und Ihrer Mutter tödliche Hiebe versetzt?« Wieder entrangen sich Bobby diese irren Töne – ein Lachen, so naß wie der Regen, aber nicht so warm, und wieder fürchtete er sich vor sich selbst.

»Daß ich zum Teleporting fähig bin, entdeckte ich erst, als Candy mich in eine Ecke gedrängt hatte und mich umbringen wollte, weil ich sie getötet hatte. Und das sind die einzigen Gelegenheiten, bei denen ich zum Teleporting imstande bin – wenn es ums pure Überleben geht.«

»Letzte Nacht im Krankenhaus hat Sie aber niemand bedroht.«

»Nun, sehen Sie, wenn ich im Schlaf mit dem Teleporting anfange, dann tue ich das, so glaube ich, weil ich versuche, Candy in einem Traum zu entfliehen, und der löst den Teleporting-Prozeß dann aus. Dieses verdammte Teleporting weckt mich zwar immer auf, doch dann kann ich nicht damit aufhören, ich hüpfe von einem Ort zum nächsten, bleibe manchmal nur ein paar Sekunden, manchmal eine Stunde oder länger – das unterliegt nicht meiner Kontrolle. Ich werde herumgestoßen wie in einem gottverdammten kosmischen Flipper. Es erschöpft mich. Es macht mich fertig, bringt mich um. Man kann *sehen,* wie es mich umbringt.«

Franks ernsthafte Beharrlichkeit, sich zu erklären, und das betäubende, erbarmungslose Dröhnen des Regens hatten Bobbys Wut weggeschwemmt. Er hatte immer noch Angst vor Frank, vor dem potentiellen Chaos, das Frank für ihn repräsentierte, doch er war nicht mehr wütend.

»Vor Jahren«, sagte Frank, »löste vielleicht ein Traum pro Monat eine Teleporting-Episode aus, doch allmählich nahm die Häufigkeit zu. Und in den letzten Wochen ist es fast jedesmal passiert, wenn ich geschlafen habe. Und wenn wir dann endlich wieder in Ihrem Büro sind, oder wo auch immer diese Sache ihr Ende findet, werden Sie sich an alles erinnern können, was mit uns geschehen ist, aber ich nicht. Und zwar nicht nur, weil ich vergessen *will,* sondern weil stimmt, was Sie vermutet haben – ich bin nicht immer fähig, mich fehlerlos zu rekonstruieren.«

»Ihre geistige Verwirrung, der Verlust intellektueller Fähigkeiten, die Amnesie – das sind Symptome dieser Fehler?«

»Ja. Ich bin sicher, daß es jedesmal, wenn ich unterwegs bin, zu schlampigen Rekonstruktionen und damit zu Zellschäden kommt. Nichts Drastisches bei irgendeinem dieser Trips, aber die Auswirkungen häufen sich, und zwar zunehmend. Früher oder später wird es kritisch werden, und dann sterbe ich entweder, oder es findet ein gruseliger biologischer Verschmelzungsprozeß statt. Bei Ihnen Hilfe zu suchen, war sinnlos, egal, wie gut Sie auch bei dem sind, was Sie tun. Denn mir kann niemand helfen. Niemand.«

Zu diesem Schluß war auch Bobby schon gelangt, aber er war immer noch neugierig. »Was ist mit Ihrer Familie, Frank? Ihr Bruder verfügt über unheimliche Kräfte. Er war dafür verantwortlich, daß dieses Auto sich auflöste, die Straßenlampen ausgingen, und er kann sich teleportieren. Und was war das für eine Geschichte mit den Katzen?«

»Meine Schwestern, die Zwillinge, haben irgendeine Gewalt über Tiere.«

»Wie kommt's, daß Sie alle über diese – Fähigkeiten verfügen? Wer *war* Ihre Mutter, Ihr Vater?«

»Dafür haben wir jetzt keine Zeit, Bobby. Später.« Er streckte ihm seine verletzte Hand entgegen. Die Wunde hatte entweder aufgehört zu bluten, oder der Regen hatte das ganze Blut abgewaschen. »Es ist möglich, daß ich jeden Moment hier verschwinde, dann würden Sie allein zurückbleiben.«

»Nein, danke«, sagte Bobby und stieß die Hand seines Klienten beiseite. »Halten Sie mich ruhig für einen verkalkten alten Kauz, aber ich würde ein Flugzeug vorziehen.« Er klopfte auf seine Hüfttasche. »Ich hab mein Portemonnaie, meine Kreditkarten. Ich kann morgen wieder in Orange County sein, ohne das Risiko einzugehen, dort einzutreffen und das linke Ohr da zu haben, wo meine Nase sein sollte.«

»Aber Candy folgt uns vermutlich, Bobby. Wenn Sie hier sind, wenn er auftaucht, wird er Sie umbringen.«

Bobby wandte sich nach rechts und begann, auf das ferne Restaurant zuzugehen. »Ich habe keine Angst vor jemandem, der Candy heißt.«

»Die sollten Sie aber lieber haben«, sagte Frank, packte Bobbys Arm und hielt ihn fest.

Bobby riß sich los, als könne er sich durch den Kontakt mit seinem Klienten die Beulenpest zuziehen und fragte: »Wie sollte er uns überhaupt hierher folgen können?«

Als Frank sich zum wiederholten Male mißtrauisch am Strand umschaute, wurde Bobby bewußt, daß sie wegen des dröhnenden Regens und ohrenbetäubenden Rauschens der Brandung die verräterischen flötenähnlichen Töne womöglich nicht mal würden hören können, die Candys Ankunft unmittelbar vorausgingen.

»Manchmal kann er, wenn er etwas anfaßt, das man vor kurzem berührte, vor seinem geistigen Auge ein Bild von einem sehen, und manchmal kann er sogar sehen, wohin man gegangen ist, nachdem man den Gegenstand weggelegt hat«, erklärte Frank, »und dann kann er einem folgen.«

»Aber ich habe da vor dem Haus nichts angerührt.«

»Sie haben aber auf dem Rasen gestanden.«

»Na und?«

»Wenn er die Stelle findet, an der das Gras niedergetrampelt ist, weiß er, wo wir gestanden haben. Dann braucht er nur die Hand aufs Gras zu legen, um uns zu sehen, um diesen Ort zu sehen und uns zu verfolgen.«

»Um Gottes willen!« rief Bobby. »Das hört sich ja an, als sei dieser Kerl ein Übermensch.«

»Er kommt dem auf jeden Fall sehr nahe.«

Bobby hätte fast gesagt, er werde es schon mit seinem Bruder Candy aufnehmen. Doch dann erinnerte er sich an das, was ihm die Phans über die grausamen Morde an der Familie Farris erzählt hatten. Ihm fiel auch die Familie Roman ein, deren brutal zugerichtete Leichen Candy verbrannt hatte, um die klaffenden Wunden zu verbergen, die seine Zähne in ihre Kehlen gerissen hatten. Er rief sich ins Gedächtnis, was Frank ihm erzählt hatte, daß er ihm das frische Blut eines lebenden Babys angeboten hatte. Und er rief sich den Ausdruck nackter Angst ins Gedächtnis, den Franks Gesicht in diesem Augenblick widergespiegelt hatte.

Und dann dachte er an den unerklärlichen prophetischen Traum, den er selbst gehabt hatte, den Traum vom Bösen Ding. Schließlich sagte er: »In Ordnung, okay, falls er auftauchen und Sie fähig sein sollten, uns hier rauszukriegen, bevor er uns beide umbringt, wär' ich mit Ihnen besser dran. Ich nehme Ihre Hand, aber nur, bis wir dieses Restaurant da erreicht haben. Sind wir dort, rufen wir uns ein Taxi und lassen uns zum Flughafen bringen.« Zögernd griff er nach Franks Hand. »Sobald wir hier raus sind, lasse ich wieder los.«

»Okay. Das reicht«, entgegnete Frank.

Sie kniffen die Augen zusammen, weil der Regen ihnen ins Gesicht klatschte, und gingen auf das Restaurant zu. Das Gebäude, das noch ungefähr einhundertfünfzig Meter entfernt war, schien aus grauem, wettergegerbtem Holz und viel Glas zu bestehen. Bobby meinte, schwache Lichter zu sehen, war aber nicht ganz sicher. Die Scheiben der großen Fenster waren zweifellos getönt, wodurch das bißchen Lampenlicht, das sich noch dazu hinter Regenschleiern verbarg, zusätzlich gefiltert wurde.

Jede dritte oder vierte heranrollende Welle war jetzt viel höher als die anderen, reichte weiter auf den Strand hinauf, umspülte spritzend ihre Beine und brachte sie beinahe aus dem Gleichgewicht.

Sie bewegten sich weiter auf den Strand hinauf, weg von den Brechern, dort aber war der Sand viel weicher, ihre Schuhe sanken ein, und jeder Schritt kostete sie große Mühe.

Bobby mußte an Lisa denken, die blonde Empfangsdame der Palomar-Laboratorien. Er stellte sich vor, daß sie ihm jetzt entgegenkäme, mit irgendeinem Kerl, der sie auf die Insel mitgenommen hatte, daß sie im warmen Regen einen ihrer *wahnsinnig* romantischen Spaziergänge am Strand unternähme, stellte sich ihr Gesicht vor, wenn sie ihn jetzt an dem Strand mit dem schwarzen Sand sähe – Hand in Hand mit einem anderen Mann, mit dem er Clint offenbar betrog.

Diesmal hatte sein Lachen keinen Beigeschmack von Angst.

»Was?« fragte Frank.

Bevor Bobby auch nur anfangen konnte, irgend etwas zu erklären, sah er, daß durch den undurchsichtigen Regenvorhang tatsächlich jemand auf sie zuging. Er konnte nur einen dunklen Umriß erkennen. Es war nicht Lisa, es war ein Mann, und er war nur etwa dreißig Meter entfernt.

Vor einem Moment war er noch nicht dagewesen.

»Er ist es«, sagte Frank.

Selbst auf diese Entfernung wirkte der Kerl groß. Er entdeckte sie und ging jetzt direkt auf sie zu.

»Bringen Sie uns raus hier, Frank«, sagte Bobby.

»Ich kann das nicht auf Befehl. Das wissen Sie.«

»Dann lassen Sie uns rennen«, drängte er und versuchte, Frank auf die verlassene Rettungsschwimmer-Station zuzuziehen und das, was dahinterliegen mochte.

Doch nachdem sie sich ein paar Schritte durch den Sand geschleppt hatten, blieb Frank stehen. »Nein, ich kann nicht. Ich bin ausgelaugt, todmüde. Ich werde wohl beten müssen, daß ich uns noch rechtzeitig hier rauskriege.«

Er sah schlimmer aus als ausgelaugt und todmüde. Er sah aus, als sei er bereits halbtot.

Bobby drehte sich wieder zu Candy um und sah, daß der dunkle Bruder viel schneller durch den weichen, nassen Sand stapfte als sie, obwohl auch er Schwierigkeiten zu haben schien. »Warum macht er's nicht mit Teleporting? Da wäre er doch in Sekundenschnelle da und könnte uns fertig machen.«

Der Horror, den der Anblick der auf ihn zurückenden Nemesis bei ihm ausgelöst hatte, schien Frank auch noch der Sprache beraubt zu haben. Doch dann stieß er die Worte krächzend hervor: »Kurze Sprünge unter ein paar hundert Metern sind unmöglich. Weiß nicht, warum.« Er atmete schwer.

Möglicherweise hatte das Bewußtsein ja einen Sekundenbruchteil weniger Zeit als die Minimalspanne, die gebraucht wurde, um den Körper voll zu dematerialisieren und ihn wieder zu rekonstruieren. Es war egal, woran es lag. Selbst wenn er über das kurze Strandstück nicht teleportieren konnte – Candy würde innerhalb von Sekunden bei ihnen sein.

Er war nur noch zehn Meter entfernt und rückte näher, ein massiger Koloß von einem Mann. Sein Hals war kräftig genug, daß er ein Auto auf seinem Kopf hätte balancieren können. Und er hatte Arme, mit denen er beim Ringen einen Viertonnen- Roboter würde schlagen können. Seine blonden Haare waren fast weiß. Sein Gesicht war breit, zeigte scharfe Konturen und war hart – und so grausam wie das Gesicht eines dieser präpsychotischen Knaben, die gern Ameisenhaufen in Brand setzen und die Wirkung von Laugen an Nachbarshunden ausprobieren.

Er stürmte durch das Unwetter, wirbelte bei jedem Schritt Wolken nassen schwarzen Sandes auf und ähnelte weniger einem Mann denn einem Dämon mit einem unersättlichen Hunger nach menschlichen Seelen.

Bobby klammerte sich fest an die Hand seines Klienten und flehte: »Frank, um Gottes willen, lassen Sie uns hier verschwinden.«

Als Candy so nahe war, daß Bobby seine blauen Augen erkennen konnte, wild und bösartig wie die einer Klapperschlange in Benzedrin, stieß er einen wortlosen Triumphschrei aus und warf sich auf sie.

Dunkelheit.

Glühwürmchen.

Rasende Geschwindigkeit.

Bleiches Morgenlicht fiel in die schmale Passage zwischen zwei verrotteten, baufälligen Gebäuden. Sie waren mit einer Dreckkruste überzogen, die sich in Jahren angesammelt haben mußte. Es war unmöglich zu schätzen, aus welchem Material die Wände waren.

Bobby und Frank standen knietief in Müll und Unrat, der vermutlich aus den Fenstern der zweigeschossigen Gebäude geworfen worden war. Man hatte ihn liegengelassen, so daß er sich in einen stinkenden Matsch verwandelt hatte, der dampfte wie ein Komposthaufen.

Ihre magische Ankunft hatte eine Kolonie von Schaben aufgeschreckt, die weghuschten, und Schwärme fetter schwarzer Fliegen dazu gebracht, ihr Frühstück zu unterbrechen. Etliche glänzende Ratten setzten sich auf ihre Hinterteile, um zu sehen, wer da in ihrer Mitte aufgetaucht war, doch sie waren zu dreist, um sich davon verjagen zu lassen.

In den Mietskasernen gab es viele leere Fensterhöhlen, einige waren mit öligem Papier verklebt, aber es gab keine einzige Fensterscheibe. Obwohl kein Mensch zu sehen war, drangen Stimmen aus den Räumen innerhalb der verrotteten Mauern: Lachen hier, ein Streit dort. Aus dem zweiten Stock des rechten Hauses ertönte das monotone Rezitieren des Mantra. Es war eine fremde Sprache, mit der Bobby nicht vertraut war, obwohl er den Verdacht hatte, sie könnten in Indien sein, vielleicht in Bombay oder Kalkutta.

Bobby kriegte keine Luft. Er wußte nicht, ob es an dem unerträglichen Gestank lag, der den Geruch eines Schlachthauses wie ein neues Parfüm von Calvin Klein würde erscheinen lassen, oder an dem unaufhörlichen

Gesumm der Fliegen, die ein großes Interesse an offenen Mündern und Nasenlöchern zeigten. Er würgte, legte die freie Hand vor den Mund, konnte immer noch nicht atmen und wußte, daß er jede Sekunde mit dem Gesicht zuerst in den abscheulichen, dampfenden Mist fallen würde, weil er gleich das Bewußtsein verlieren würde.

Dunkelheit.

Glühwürmchen.

Rasende Geschwindigkeit.

Ein Ort der Stille und des Schweigens. Die Strahlen der Nachmittagssonne drangen durch Mimosenzweige und sprenkelten den Boden mit goldenen Punkten. Sie standen auf einer roten orientalischen Fußgängerbrücke über einem Koi- Teich in einem japanischen Garten, wo zwischen ordentlich geharkten Kieselsteinen künstlerisch geformte Bonsais und andere akribisch gepflegte Pflanzen standen.

»O ja«, sagte Frank. Es war ein Seufzer, der eine Mischung aus Verwunderung, Freude und Erleichterung zu sein schien. »Auch hier habe ich eine Weile gelebt.«

Sie waren allein in dem Garten. Bobby fiel auf, daß Frank sich immer an Orten materialisierte, die vor Blikken geschützt waren, an Orten, an denen die Wahrscheinlichkeit gering war, während dieses Prozesses gesehen zu werden oder unter Umständen – wie mitten in einem Wolkenbruch –, bei denen sonst belebte Plätze, wie beispielsweise ein öffentlicher Strand, mit ziemlicher Sicherheit menschenleer waren. Offenbar war sein Bewußtsein, das schon den schier unglaublich anstrengenden Akt vollbrachte, den Körper in seine Atome zu zerlegen, sie in ihrer Gesamtheit vorwärtszubewegen und den Körper wieder zu rekonstruieren, auch fähig, den Weg auszukundschaften, der vor ihm lag, und einen diskreten Ankunftspunkt auszuwählen.

»Ich gehörte zu den Langzeitgästen«, erklärte er. »Das ist ein traditionelles japanisches Gasthaus in einem der Außenbezirke von Kyoto.«

Bobby merkte erst jetzt, daß sie beide völlig trocken waren. Ihre Kleidung war zerknittert und mußte dringend gebügelt werden. Doch Frank hatte, als er sie in Hawaii dematerialisiert hatte, offenbar die Wassermoleküle zurückgelassen, die in ihren Klamotten und Haaren gewesen waren.

»Sie waren so freundlich hier«, sagte Frank, »haben meine Privatsphäre respektiert, waren aber aufmerksam und nett.« Das klang wehmütig und sehr matt und müde. Es klang, als wäre er des ewigen Unterwegsseins so überdrüssig, daß er am liebsten direkt hier alles beendet hätte, selbst wenn das bedeuten sollte, unter den Händen seines Bruders sterben zu müssen.

Bobby war erleichtert, als er feststellte, daß Frank auch nichts von dem Modder und Mist aus der engen Gasse in Kalkutta, oder wo immer sie gewesen waren, mitgebracht hatte. Ihre Schuhe und Hosen waren sauber.

Dann bemerkte er allerdings etwas auf der Spitze seines rechten Schuhs. Er beugte sich vor, um die Stelle genauer in Augenschein zu nehmen.

»Ich wünschte, wir könnten hierbleiben.« Frank seufzte. »Für immer.«

Eine der Schaben aus dieser im Dreck erstickenden Gasse war jetzt ein Bestandteil von Bobbys Schuhwerk. Einer der größten Vorteile der beruflichen Selbständigkeit war es, weder Krawatten noch unbequeme Schuhe tragen zu müssen. Daher trug er wie gewöhnlich ein paar Rockport-Slipper aus weichem Leder, und die Schabe hatte sich nicht nur in dem wachsfarbenen Leder verfangen, sondern war regelrecht mit ihm verschmolzen. Sie rührte sich nicht, war offensichtlich tot, doch sie war da

– zumindest war ein Teil von ihr da, andere Teile waren augenscheinlich zurückgeblieben.

»Aber wir müssen weiter«, fuhr Frank fort, der die Schabe nicht gesehen hatte. »Er versucht, uns zu folgen. Wir müssen ihn abschütteln, falls . . .«

Dunkelheit.

Glühwürmchen.

Rasende Geschwindigkeit.

Sie waren irgendwo hoch oben, auf einem steinigen Trampelpfad, von dem sie einen atemberaubenden Ausblick hatten.

»Der Fudschijama«, erklärte Frank. Es klang nicht so, als hätte er gewußt, wo sie landen würden, sei aber angenehm überrascht, hier zu sein. »Ungefähr auf halber Höhe.«

Bobby interessierte sich weder für das exotische Panorama, noch störte ihn die Kälte. Er war total von der Entdeckung in Anspruch genommen, daß die Schabe jetzt kein Bestandteil seines Schuhs mehr war.

»Die Japaner hielten den Fudschi einst für heilig. Ich glaube, das tun sie heute noch, oder zumindest einige tun's noch. Und man kann das auch verstehen. Er ist majestätisch.«

»Frank, was ist aus der Schabe geworden?«

»Aus welcher Schabe?«

»In das Leder meines Schuhs war eine Schabe eingeschmolzen. Ich sah sie, als wir in dem Garten standen. Offenbar brachte ich sie aus dieser abscheulichen Gasse mit. Wo ist sie jetzt?«

»Ich weiß nicht.«

»Haben Sie ihre Atome irgendwo unterwegs einfach fallen lassen?«

»Bobby, ich weiß es nicht.«

Vor seinem geistigen Auge sah Bobby ein Bild seines

eigenen Herzens, verborgen in der dunklen Höhle seiner Brust, auf geheimnisvolle Weise schlagend wie alle Herzen, doch mit einem neuen Geheimnis, das einzigartig war – die borstigen Beine und der schimmernde Panzer der Schabe, eingebettet ins Muskelgewebe, das die Wände des Vorhofs oder der Herzkammern bildete.

Sein *Inneres* beherbergte vielleicht ein Insekt, und selbst wenn das Ding tot war, war seine Gegenwart doch unerträglich. Ein Anfall seiner Entomophobie ergriff ihn mit einer Wucht, die nur mit der eines Hammerschlags in die Eingeweide vergleichbar war. Und in sich spürte er Wellen der Übelkeit aufsteigen. Er rang nach Luft und bemühte sich gleichzeitig, sich nicht auf dem geheiligten Grund des Fudschi zu erbrechen.

Dunkelheit.

Glühwürmchen.

Rasende Geschwindigkeit.

Diesmal war die Landung weit härter. Es war, als hätten sie sich noch im Schwebezustand materialisiert und seien dann auf den Boden gefallen. Es gelang ihnen nicht, sich aneinander festzuhalten, und sie landeten auch nicht auf ihren Füßen. Getrennt von Frank rollte Bobby einen leichten Abhang hinunter, über Gegenstände hinweg, die unter ihm krachten und knisterten und die sich schmerzhaft in sein Fleisch bohrten. Als er schlitternd zum Stillstand kam, keuchend und verängstigt, lag er mit dem Gesicht nach unten auf grauer Erde, die fast so puderfein war wie Asche. Um ihn verstreut lagen Hunderte, wenn nicht gar Tausende von roten Rohdiamanten, die auf dem ascheartigen Untergrund helle Funken sprühten.

Als er den Kopf hob, sah er, daß auch die Diamanten-Minenarbeiter in einer Zahl vertreten waren, die ihn nervös werden ließ: Da tummelten sich mindestens zwanzig der riesigen Nicht- Insekten, die genauso aussahen wie das Biest, das sie zu Dyson Manfred gebracht hatten. Bobby, gefangen in einem Panikwirbel, glaubte, daß jedes einzelne dieser Tiere – oder was sie auch immer sein mochten – ganz auf ihn fixiert war, daß all diese Augen mit den vielen Facetten allein auf ihn gerichtet waren, daß alle diese Spinnenbeine durch die graue puderige Erde auf ihn zumarschierten.

Er fühlte, wie etwas über seinen Rücken kroch, wußte, was es sein mußte, rollte sich herum und zerquetschte das Ding zwischen sich und dem Boden. Er fühlte, wie es sich unter ihm hektisch wehrte und zu entwischen suchte. Getrieben von Abscheu und Ekel, stand er plötzlich auf den Füßen, ohne genau zu wissen, wie er hochgeschnellt war. Das Nicht-Insekt hing noch immer an seinem Hemdrücken. Er konnte sein Gewicht fühlen und hören, wie es auf flinken Beinen hinauf zu seinem Nakken krabbelte. Er faßte hin, zerrte es herunter, schrie angeekelt auf, als es gegen seine Hand trat, und schleuderte es so weit weg, wie es ihm nur möglich war.

Er hörte sein eigenes schweres Atmen und die eigenartigen Laute der Furcht und Verzweiflung. Ihm gefiel nicht, was er da hörte, doch er war nicht imstande, sich zur Ruhe zu zwingen.

Er spürte einen fauligen Geschmack im Mund, sagte sich, daß er wohl etwas von dem puderigen Staub geschluckt haben mußte. Er spuckte aus, doch seine Spucke wirkte ganz klar, und erst jetzt wurde ihm bewußt, daß es die Luft selbst war, die er schmeckte. Die warme Luft war dick, nicht direkt feucht, aber irgendwie *dickflüssig* – es war eine Luft, die er nie zuvor geatmet hatte. Aber zu dem bitteren Geschmack gesellte sich noch ein ganz eigentümlicher, entschieden unangenehmer Geruch – so wie saure Milch, der man einen Hauch Schwefel beigemengt hatte.

Er drehte sich um, betrachtete das Terrain und stellte fest, daß er in einer flachen Mulde stand, die an ihrem tiefsten Punkt etwa einen Meter tief war und etwa dreißig Meter Durchmesser hatte. An den ansteigenden Wänden bemerkte er gleichartig geformte Löcher in einer Doppelreihe und noch mehr der durch Gentechnologie erzeugten Insekten schwärmten in einige dieser Bohrlöcher hinein, aus anderen heraus. Zweifellos suchten sie nach Diamanten und kehrten mit ihnen an die Oberfläche zurück.

Weil die Mulde nur etwa einen Meter tief war, konnte er im Stehen über ihren Rand hinwegsehen auf eine riesige, unfruchtbare, leicht ansteigende Ebene. Und in ihr waren ähnliche runde Mulden, die aussahen wie Meteor-Krater, die im Lauf vieler Jahre abgetragen worden waren. Sie waren allerdings so gleichmäßig geformt, daß er sich kaum vorstellen konnte, sie wären auf natürliche Art entstanden. Er stand offenbar mitten in einem gigantischen Bergwerk.

Er trat nach einem Insekt, das ihm zu nahe geraten war, und drehte sich dann weiter, um sich das letzte Viertel seiner Umgebung anzuschauen. Da, auf der anderen Seite des Kraters, war Frank, auf Hände und Knie gestützt. Sein Anblick erleichterte Bobby, doch das, was er hinter Frank am Himmel sah, beunruhigte ihn zutiefst.

Trotz des hellen Tageslichts war der Mond sichtbar. Aber es war nicht jener dürftige Geistermond, den man manchmal sehen konnte, wenn der Himmel klar war. Es war ein gesprenkelter graugelber Himmelskörper, sechsmal so groß wie normal. Er hing drohend über dem Land, als sei er kurz davor, mit der größeren Welt zu kollidieren, um die er sich in einem respektvollen Abstand drehen sollte.

Doch das war noch nicht das Schlimmste. Ein großer und eigenartig geformter Flugkörper schwebte in etwa 120 bis 150 Meter Höhe. Er sah so fremdartig aus, daß er Bobby mit einem Schlag bewußt werden ließ, was ihm bislang entgangen war. Er war nicht mehr auf der guten alten Mutter Erde.

»Julie«, sagte er, weil ihm urplötzlich klar wurde, wie entsetzlich weit er sich von ihr entfernt hatte.

Am anderen Ende des Kraters verschwand Frank Pollard, eben im Aufstehen begriffen.

47

Während der Tag sich verdüsterte und die Nacht einsetzte, stand Thomas entweder am Fenster, saß in seinem Lehnsessel oder lag ausgestreckt auf seinem Bett. Manchmal streckte er die Hände seines Bewußtseins nach dem Bösen Ding aus, um sicherzugehen, daß es sich nicht näherte. Bobby war besorgt gewesen, als er ihn besucht hatte, deshalb war auch Thomas besorgt. In seiner Kehle spürte er einen Knoten der Angst, der höher und höher steigen wollte, doch er schluckte ihn immer wieder hinunter, weil er tapfer sein und Julie beschützen mußte.

Er rückte dem Bösen Ding nicht so nahe wie letzte Nacht. Nicht so nahe, daß es ihn mit seinem Bewußtsein hätte grapschen können. Nicht so nahe, daß es ihm hätte folgen können, wenn er seinen eigenen Bewußtseinsstrang wieder aufwickelte, wieder schnell ins Heim zurückkehrte. Aber er rückte ihm nahe. Weit näher, als es Thomas lieb war.

Jedesmal, wenn er auf das Böse Ding zudrängte, um sicher sein zu können, daß es noch da war, irgendwo da oben im Norden, wo es hingehörte, wußte er, daß das Böse Ding spürte, daß er herumschnüffelte. Das jagte Thomas Angst ein. Das Böse Ding wußte, daß er herumschnüffelte, tat aber nichts dagegen. Und manchmal hatte Thomas das Gefühl, daß das Böse Ding abwartete wie eine Kröte.

Thomas hatte einmal im Garten hinter dem Heim eine Kröte beobachtet. Sie hatte eine lange Weile ganz still dagesessen, während ein leuchtend gelbes Flattertier, hübsch und schnell, von Blatt zu Blatt flatterte, von Blume zu Blume, vorwärts und rückwärts, Runde um Runde, nahe an der Kröte vorbei, dann nicht so nahe, dann näher als vorher, dann außer Reichweite, dann wieder näher, so als wolle es die Kröte necken, doch die Kröte rührte sich nicht, nicht einen Zentimeter.

Es hätte genausogut eine nachgebildete Kröte gewesen sein können oder auch nur ein Stein, der aussah wie eine Kröte. Deshalb fühlte sich das Flattertier sicher, oder es mochte das Spiel vielleicht auch ein wenig zu sehr, und es flog sogar noch näher.

Bums! Zack!

Die Zunge der Kröte schoß hervor wie eine dieser sich beim Pusten aufrollenden Tröten, die sie dummen Leuten am Silvesterabend gaben, und sie fing das Flattertier. Und die grüne Kröte fraß das gelbe Flattertier, bis zur letzten Flügelspitze, und das war das Ende des Spiels.

Falls das Böse Ding eine Kröte spielte, dann wollte Thomas sich wirklich vorsehen, kein Flattertier zu sein.

Dann, als Thomas gerade beschlossen hatte, daß er anfangen sollte, sich zu waschen und sich zum Abendessen umzuziehen, als er sich gerade von dem Bösen Ding hatte zurückziehen wollen, war es irgendwohin gegangen. Er fühlte, wie es ging. Peng! In der einen Sekunde noch da, in der nächsten weit weg. Es war an ihm vorbeigeschlüpft, dahin, wo Thomas es nicht mehr im Auge behalten konnte. Es war hinaus in die Welt geschlüpft, genau zu dem Ort, wo die Sonne den letzten Rest des Tageslichts hingebracht hatte.

Er konnte sich nicht vorstellen, wie das Böse Ding es fertigbrachte, so schnell zu sein – es sei denn, daß es jetzt vielleicht in einem Düsenflugzeug war, gutes Essen und einen tollen Wein erhielt, hübsche Mädchen in Uniformen anlächelte, die dem Bösen Ding kleine Kissen in den Rücken schoben und ihm Zeitschriften gaben und die so nett zurücklächelten. Und von denen man so sehr erwartete, daß sie geküßt würden, so wie sich im TeVau immer alle Leute küßten. Okay, klar, vermutlich ein Düsenflugzeug.

Thomas versuchte noch einiges, um das Böse Ding zu finden. Dann, zu dem Zeitpunkt, da der Tag endgültig gegangen und die Nacht gekommen war, gab er auf. Er stand von seinem Bett auf und machte sich fürs Abendessen fertig. Er hoffte, das Böse Ding sei gegangen und kehre nie wieder zurück, hoffte, Julie sei nun für immer in Sicherheit, und er hoffte, daß es vielleicht Schokoladenkuchen zum Nachtisch gab.

Bobby stürmte über den mit Diamanten übersäten Boden und trat dabei die Käfer weg, die ihm im Weg waren. Während er rannte, sagte er sich, seine Augen hätten ihn getrogen, und sein Verstand hätte ihm nur etwas vorgegaukelt – Frank konnte sich doch nicht tatsächlich ohne ihn aus dem Staub gemacht haben. Doch als er die Stelle erreichte, an der Frank eben noch gewesen war, fand er nur ein paar Fußspuren in der puderigen Erde.

Ein Schatten fiel über ihn. Und als er aufschaute, sah er, wie sich das außerirdische Raumschiff, wie in einer Schallschutzhülle schwebend, über den Krater bewegte. Direkt über ihm kam es zum Stillstand. Immer noch gut 150 Meter über ihm. Es hatte nichts mit den Raumschiffen in Filmen gemein, wirkte weder wie ein organisches Ganzes noch wie ein fliegender Kronleuchter. Es war rautenförmig, wenigstens einhundertfünfzig Meter lang und maß im Durchmesser vielleicht sechzig Meter. Immens groß. Vorn, hinten, an den Seiten und oben stachen Hunderte, wenn nicht gar Tausende spitzer, schwarzer Metallstachel heraus. Jeder so groß wie eine Kirchturmspitze, dadurch sah es ein wenig aus wie ein mechanisches Stachelschwein in ständiger Verteidigungshaltung. Die Unterseite, die Bobby am besten sehen konnte, war glatt, schwarz und nichtssagend. Sie wies weder die massiven Stachel auf noch irgendwelche Markierungen, noch Fernbedienungssensoren, Bullaugen, Luftschleusen und auch keine der anderen Apparaturen, die man hätte erwarten können.

Bobby wußte nicht, ob die neue Position des Raumschiffs purer Zufall war oder ob er unter Beobachtung stand. Wenn er beobachtet wurde, wollte er zumindest nicht wissen, welche Art von Kreaturen da zu ihm hinunterspähten, und ganz gewiß wollte er nicht darüber nachdenken, welche Intentionen sie wohl hatten, was ihn betraf. Auf jeden Film, der einen allerliebsten, entzückenden Außerirdischen zeigte, der seine Kräfte einsetzte, um Kinderfahrräder in Luftlandevehikel zu verwandeln, kamen zehn andere, in denen die Außerirdischen heißhungrige Fleischfresser mit Neigungen waren, die so greulich waren, daß jeder Oberkellner aus New York es sich zweimal überlegen würde, unhöflich zu sein. Und Bobby war ganz sicher, daß das etwas war, womit Hollywood ausnahmsweise recht hatte. Das da draußen war ein feindliches Universum, und sich mit seinen Mitmenschen herumzuschlagen, erschien ihm wahrlich schon furchteinflößend genug. Er hatte nicht das geringste Verlangen danach, eine völlig neue Rasse kennenzulernen, die sich unzählige neue Grausamkeiten ausgedacht hatte.

Ganz abgesehen davon war seine Aufnahmefähigkeit für Todesängste erschöpft. Es war zuviel gewesen, er konnte nicht noch mehr ertragen. Er war ganz allein in einer fernen Welt zurückgelassen worden, in der die Luft – wie er zu befürchten begann – möglicherweise nicht genügend Sauerstoff und andere notwendige Gase enthielt, um ihn am Leben zu erhalten, dafür aber Insekten, so groß wie Kätzchen, die überall um ihn herumkrabbelten. In einer Welt, in der es die Möglichkeit gab, daß ein anderes, viel kleineres Insekt sich bereits mit dem Gewebe eines seiner inneren Organe verschmolzen hatte und in der ein psychotischer blonder Riese mit übermenschlichen Kräften und Fähigkeiten und einem Heißhunger auf Blut auf seinen Fersen war – und in der die Chancen eine Milliarde zu eins standen, daß er Julie jemals wiedersehen, sie küssen oder berühren oder sie lächeln sehen würde.

Von dem Raumschiff ging eine Serie kolossaler, pulsierender Vibrationen aus, die den Boden um Bobby herum erschütterten. Seine Zähne klapperten, und er wäre fast gefallen.

Er sah sich nach einem Versteck um. Doch in dem Krater gab es nichts, wo er sich hätte verbergen können, und auch die Ebene bot keine Zuflucht.

Die Vibrationen hörten auf.

Selbst in den tiefen Schatten, die das Raumschiff warf, konnte Bobby sehen, wie eine ganze Horde der identischen Nicht-Insekten anfing, aus den Bohrlöchern in den Kraterwänden herauszukriechen, eins nach dem anderen. Sie waren offenbar herausgerufen worden.

Obwohl er im Bauch des Schiffes keinerlei Öffnungen hatte erkennen können, begannen jetzt etwa zwanzig, vielleicht auch mehr, Laserstrahlen mit geringer Strahlkraft – einige gelbe, einige weiße, einige blaue, einige rote – über den Kraterboden zu huschen. Die einzelnen Strahlen entsprachen im Durchmesser etwa einem Silberdollar, und jeder einzelne bewegte sich unabhängig von den anderen. Wie Scheinwerferlicht glitten sie wiederholt über den Krater, und alles, was sich in ihm befand, bewegte sich manchmal parallel zueinander oder kreuzte einander. Diese Show lief mit einem Aufwand ab, der noch zu Bobbys Desorientierung beitrug und ihm das Gefühl gab, mitten in einem geräuschlosen Feuerwerk gefangen zu sein.

Er erinnerte sich an das, was ihm Manfred und Gavenall über die blutroten Dekorationen an den Rändern des Panzers der Tiere erzählt hatte, und er sah nun, daß die weißen Laserstrahlen ausschließlich auf die Insekten konzentriert waren und geschäftig die Markierungen auf jedem Panzer abtasteten. Die Eigentümer hatten zum Anwesenheitsappell geblasen.

Er sah, wie einer der weißen Strahlen über die gebrochene Schale des Tieres huschte, nach dem er getreten hatte, und nach einem Moment gesellte sich ein roter Strahl hinzu, der den Kadaver gründlich untersuchte. Dann sprang der rote Strahl zu Bobby, und ein paar weitere Strahlen in anderen Tönungen tasteten ihn ebenfalls ab, als wäre er eine Dose mit Erbsen, die identifizert und an der Kasse eines Supermarkts auf irgend jemandes Rechnung gesetzt wurde.

Der Kraterboden wimmelte jetzt vor Insekten. Es waren so viele, daß Bobby weder das graue Erdreich noch die überall herumliegenden ausgeschiedenen Diamanten sehen konnte, über die sie krabbelten. Er sagte sich, daß es sich nicht um echte Insekten – oder was auch immer sie waren – handelte, sondern nur um biologische Maschinen, hergestellt von derselben Rasse, die das Raumschiff gebaut hatte, das über ihm hing. Aber das half ihm nicht sehr, weil sie immer noch mehr wie Insekten aussahen als wie Maschinen. Sie waren erschaffen worden, um nach Diamanten zu graben, waren also an ihm nicht interessiert. Doch ihr Desinteresse bewirkte keineswegs, daß er sich besser fühlte. Seine durch den Schatten abgekühlte Haut prickelte, er kriegte eine Gänsehaut. Ausgeschaltete Nervenenden gaben falsche Informationen über Dinge wieder, die über ihn krabbelten – vom Kopf bis zu den Füßen. In Wirklichkeit krochen sie nur über seine Schuhe, doch keines der Tierchen versuchte, an seinen Beinen hinaufzukrabbeln. Er war dankbar, weil er sicher war, daß er verrückt werden würde, wenn sie begännen, an ihm hochzuklettern.

Er legte seine Hand wie ein Visier über die Augen, um nicht von den Lasern geblendet zu werden, die über ihn hinwegspielten. Nur ein paar Meter entfernt sah er im Licht der Abtaststrahlen etwas aufleuchten. Es war der abgerundete Teil von etwas, das ein Stahlrohr sein konnte. Es ragte aus dem puderigen Erdreich, zum Teil eingegraben und noch weiter verdeckt von den Tierchen, die darüber hinweghuschten oder nervös darum herumkrabbelten. Bobby wußte trotzdem auf den ersten Blick, was es war, und er hatte ein entsetzlich flaues Gefühl im Magen.

Schwerfällig ging er darauf zu und versuchte dabei, nicht auf eine dieser Kreaturen zu treten, weil – nach allem, was er wußte – die Strafe der Außerirdischen für eine weitere Zerstörung ihres Eigentums sofortige Verbrennung sein würde. Als er die leuchtende Metallrundung erreicht hatte, griff er danach und zog sie aus der weichen Erde. Es war das fehlende Gitter des Krankenhausbettes.

»Wie lange jetzt?« verlangte Julie zu wissen.

»Einundzwanzig Minuten«, erwiderte Clint.

Sie standen beide immer noch in der Nähe des Stuhles, auf dem Frank gesessen und neben dem Bobby gekniet hatte.

Lee Chen war vom Sofa aufgestanden, damit Jackie Jaxx sich hinlegen konnte. Der Magier-Hypnotiseur hatte einen feuchten Waschlappen über seine Stirn gelegt. Alle paar Minuten wies er laut protestierend darauf hin, daß er gar nicht in der Lage sei, Leute tatsächlich verschwinden zu lassen, obwohl ihn niemand für das verantwortlich erklärt hatte, was mit Frank und Bobby geschehen war.

Lee Chen hatte eine Flasche Scotch, Gläser und Eis aus der Büro-Minibar geholt und sechs steife Drinks eingeschenkt – einen für jeden, der im Zimmer war, und auch je einen für Frank und Bobby.

»Wenn Sie jetzt keinen Drink brauchen, um Ihre Nerven zu beruhigen«, hatte Lee gesagt, »werden Sie einen brauchen, um die sichere Rückkehr der beiden zu feiern.« Er selbst hatte bereits einen Scotch gekippt. Der Drink, den er jetzt eingoß, war sein zweiter. Das war das erste Mal in seinem Leben, daß er hochprozentigen Alkohol trank – oder brauchte.

»Wie lange jetzt?« verlangte Julie zu wissen.

»Zweiundzwanzig Minuten«, erwiderte Clint.

Und ich habe noch immer nicht den Verstand verloren, dachte sie verwundert. Bobby, verdammt noch mal, komm zurück zu mir. Wage ja nicht, mich für immer alleinzulassen. Wie soll ich allein tanzen? Wie soll ich allein leben? Wie soll ich überhaupt leben?

Bobby liess das Bettgitter fallen, und die Laser ließen ihn los. Er stand jetzt wieder im Schatten des stacheligen Raumschiffs, das ihm nun dunkler erschien, als es gewesen war, bevor die Laser auftauchten. Als er hinaufsah, um festzustellen, was als nächstes passieren würde, strömte aus der Unterseite des Gefährts ein anderes Licht, zu schwach, als daß er hätte blinzeln oder den Blick abwenden müssen. Dieser Strahl entsprach exakt dem Durchmesser des Kraters.

In seinem eigentümlichen perlfarbenen Glühen begannen sich die Insekten vom Boden zu erheben, als seien sie schwerelos. Zuerst waren es nur zehn, zwanzig, die nach oben schwebten, aber ihnen folgten zwanzig weitere und danach einhundert. Sie erhoben sich so träge und mühelos wie die Samen von Pusteblumen und drehten sich dabei langsam um die eigene Achse, die Spinnenbeine bewegungslos. Auch das gespenstische Leuchten war aus ihren Augen geschwunden, als seien sie abgeschaltet worden.

Nach ein paar Minuten war der Kraterboden frei von Insekten, und die ganze Horde wurde in der Grabesstille, die für alle Manöver des Raumschiffs typisch war, nach oben gezogen. Von den Bodenvibrationen abgesehen, die die Insekten-Minenarbeiter aus ihren Bohrlöchern geholt hatten, war die Operation ganz ruhig verlaufen.

Dann wurde die Stille von einem flötenähnlichen Tirilieren gebrochen.

»Frank!« schrie Bobby erleichtert und drehte sich um. Er wurde von einem übelriechenden Windstoß erfaßt.

Als das kalte, hohle Pfeifen im Krater widerhallte, veränderte sich der Ton des Lichts, das aus dem Raumschiff drang, ganz leicht. Jetzt erhoben sich Tausende von roten Diamanten von dem aschgrauen Erdreich, auf dem sie gelegen hatten, und folgten den Insekten nach oben. Hier schimmerten sie trübe, dort hell. Es waren so viele, daß Bobby das Gefühl hatte, in einem Regen aus Blut zu stehen.

Eine weitere Bö übelriechenden Windes wirbelte eine Wolke der aschigen Erde auf und trübte die Sicht. Bobby drehte sich in freudiger Erwartung nochmals um. Er erwartete Frank zu sehen. Erst da fiel ihm ein, daß es möglicherweise nicht Frank sein könnte, sondern dessen Bruder.

Das Pfeifen ertönte ein drittes Mal, und der sich anschließende Windstoß fegte den Staub weg, so daß er sehen konnte, wie Frank – weniger als drei Meter von ihm entfernt – auftauchte.

»Gott sei Dank!«

Während Bobby vortrat, veränderte sich das perlfarbene Licht ein zweites Mal, aber nur leicht. Als er nach Franks Hand faßte, spürte er, wie er schwerelos wurde. Er blickte zu Boden und sah, wie sich seine Füße vom Erdreich des Kraters hoben. Er schwebte.

Frank griff nach seiner ausgestreckten Hand und packte sie fest.

Bei keiner Berührung hatte sich Bobby jemals besser gefühlt als bei Franks festem Griff, und für einen Moment wähnte er sich sicher. Dann erst wurde ihm bewußt, daß Frank sich ebenfalls vom Boden erhoben hatte. Im Sog der Insekten und Diamanten wurden sie beide hochgezogen, auf den Bauch des außerirdischen Vehikels zu, in ein Inneres, von dem er nicht wußte, welcher Alptraum ihn dort erwartete.

Dunkelheit.

Glühwürmchen.

Rasende Geschwindigkeit.

Sie waren wieder am Strand von Punaluu, auf den der Regen jetzt mit noch größerer Wucht niederpeitschte.

»Wo, zum Teufel, lag dieser letzte Platz?« verlangte Bobby zu wissen, wobei er seinen Klienten immer noch fest umklammerte.

»Ich weiß nicht«, sagte Frank. »Er versetzt mich in Todesangst, er ist so unheimlich, aber manchmal scheine ich von dort – geradezu angezogen zu werden.«

Er haßte Frank dafür, daß er ihn dorthin gebracht hatte. Er liebte Frank dafür, daß er zurückgekehrt war, um ihn zu holen. Als er über das Prasseln des Regens hinwegbrüllte, schwang jedoch weder Haß noch Liebe in seiner Stimme. Man hörte deutlich, daß er am Rande der Hysterie war: »Ich dachte, Sie könnten nur an Plätze gehen, an denen Sie vorher schon gewesen sind.«

»Nicht notwendigerweise. Aber egal, ich war vorher schon da.«

»Aber wie sind Sie das erste Mal dahingelangt, das ist doch eine andere Welt, sie kann Ihnen doch nicht vertraut gewesen sein – richtig, Frank?«

»Ich weiß nicht. Ich verstehe das selbst überhaupt nicht, Bobby.«

Obwohl sie sich Angesicht zu Angesicht gegenüberstanden, dauerte es eine Weile, bis Bobby erkannte, wie sehr sich das Aussehen des Mannes verschlechtert hatte, seit sie die Büros von Dakota & Dakota in Newport Beach per Teleporting hinter sich gelassen hatten. Obwohl ihn das Unwetter innerhalb von Sekunden bis auf die Haut durchnäßt hatte, was seine Kleider nun formlos an ihm hinunterhängen ließ, war es nicht nur der Regen, der ihn so zerzaust, fertig und krank aussehen ließ.

Seine Augen waren noch tiefer eingesunken als jemals zuvor. Ihr Weißes war gelb, als hätte er sich eine Gelbsucht zugezogen, und die Haut um die Augen herum war tief aufgeschürft. Es sah fast aus, als habe er sich mit schwarzer Schuhcreme künstliche Veilchen aufgemalt. Sein Teint war bleicher als bleich und von einem tödlichen Grau, und seine Lippen waren bläulich, als funktioniere seine Blutzirkulation nicht mehr.

Bobby hatte ein schlechtes Gewissen, weil er ihn so angeschrien hatte. Er legte seine freie Hand auf Franks Schulter und sagte ihm, es täte ihm leid, alles sei okay, sie kämpften in diesem Krieg immer noch auf derselben Seite, und alles werde sich zum besten wenden – solange Frank sie nur nicht wieder zu dem Krater zurückbringe.

»Manchmal ist es fast so, als wäre ich mit dem Bewußtsein dieser Menschen, dieser Kreaturen – oder was auch immer da in dem Schiff ist – in Kontakt.« Sie lehnten sich jetzt gegeneinander, standen Stirn an Stirn, suchten gegenseitig eine Stütze in ihrer Erschöpfung. »Möglicherweise habe ich ja noch eine andere Gabe, derer ich mir nicht bewußt bin, genauso wie ich mir den größten Teil meines Lebens nicht bewußt war, daß ich mich teleportieren kann. Das entdeckte ich erst, als Candy mich in die Enge getrieben hatte und versuchte, mich zu töten. Möglicherweise bin ich telepathisch leicht beeinflußbar. Vielleicht liegt die Wellenlänge meiner telepathischen Funktionen ja auf jener der Hirnaktivität dieser Rasse. Vielleicht kann ich sie da draußen fühlen, selbst über Milliarden von Lichtjahren hinweg. Möglicherweise liegt es ja daran, daß ich das Gefühl habe, zu ihnen hingezogen, zu ihnen hingerufen zu werden.«

Bobby entfernte sich ein paar Zentimeter von Frank und schaute ihm lange in die gequälten Augen. Dann lächelte er und kniff ihn in die Wange. »Sie Teufel, Sie«, sagte er, »Sie haben wirklich viel darüber nachgedacht, nicht wahr, haben die alte Birne wirklich arbeiten lassen, wie?«

Frank lächelte.

Bobby lachte.

Dann lachten sie beide, hielten einander fest und stützten einander, so wie aneinandergelehnte Stangen einen Wigwam aufrechthalten. Und ihr Lachen war teilweise normal und ließ die Anspannung schwinden, doch darunter mischte sich jenes irre Lachen, das Bobby schon zuvor beunruhigt hatte. Er klammerte sich an seinen Klienten und sagte: »Frank, Ihr Leben ist Chaos, Sie *leben* im Chaos, und Sie können so nicht weitermachen. Es wird Sie zerstören.«

»Ich weiß.«

»Sie müssen einen Weg finden, damit aufzuhören.«

»Es gibt keinen Weg.«

»Du mußt es versuchen, Kumpel, du mußt es versuchen. Niemand kann das ertragen. Ich würde das keinen Tag lang durchhalten, und du betreibst das schon seit sieben Jahren!«

»Nein. Die meiste Zeit war's gar nicht so schlimm. Das hat erst vor kurzem angefangen, erst in den letzten paar Monaten, und dann ist es ganz schnell schlimmer geworden.«

»Ein paar Monate nur«, sagte Bobby verwundert. »Zur Hölle, wenn wir deinem Bruder nicht bald entwischen und ins Büro zurückkehren und in den nächsten paar Minuten von diesem Karussell verschwinden, dann, das schwöre ich dir, gehe ich zu Bruch. Frank, ich brauche Ordnung, Ordnung und Stabilität, Vertrautes. Ich muß wissen, daß das, was ich heute tue, darüber entscheidet, wo ich bin, wer ich bin und was morgen sein wird. Ich brauche nette, geordnete Verhältnisse, Frank, Ursache und Wirkung, Logik und Vernunft.«

Dunkelheit.

Glühwürmchen.

Rasende Geschwindigkeit.

»Wie lange jetzt?«

»Siebenundzwanzig – fast achtundzwanzig Minuten.«

»Wo, zum Teufel, *sind* sie?«

»Julie«, sagte Clint, »ich glaube, Sie sollten sich hinsetzen. Sie zittern ja wie Espenlaub und haben überhaupt keine Farbe mehr im Gesicht.«

Lee Chen gab ihr ein Glas Scotch. »Trinken Sie das.«

»Nein.«

»Es hilft vielleicht«, meinte Clint.

Sie riß Lee das Glas aus der Hand und trank es in großen Schlucken leer. Dann drückte sie es ihm wieder in die Hand.

»Ich hole Ihnen noch einen«, sagte Lee.

»Danke.«

Vom Sofa her fragte Jackie Jaxx: »Hört mal, wird mich irgend jemand verklagen wegen dieser Sache?«

Julie mochte den Hypnotiseur nicht mal mehr »irgendwie«. Sie mochte ihn so wenig, wie sie ihn gemocht hatte, als sie ihn in Vegas zum erstenmal getroffen und seinen Fall übernommen hatte. Sie wollte ihm den Kopf einschlagen. Obwohl sie wußte, daß ihr Verlangen, ihn zu schlagen, völlig irrational und er nicht der Grund für Bobbys Verschwinden gewesen war, hätte sie ihm gern einen Tritt verpaßt. Das war eben ihre impulsive Seite, die Seite von ihr, die leicht in Wut zu versetzen war, die Seite, auf die sie alles andere als stolz war.

Doch sie konnte sie nicht immer kontrollieren, weil sie eben ein Teil ihrer genetischen Veranlagung war oder – wie Bobby vermutet hatte – eine heimliche Vorliebe für gewaltsame Lösungen, die an einem bestimmten Tag ihrer Kindheit begonnen hatte, an dem Tag nämlich, an dem ein Psychopath im Drogenrausch auf brutalste Art und Weise ihre Mutter umgebracht hatte. Aber egal, sie wußte, daß Bobby sich manchmal von ihrer dunklen Seite abgestoßen fühlte, sosehr er auch alles andere an ihr liebte, also schloß sie auf der Stelle einen Handel mit Bobby und mit Gott:

Hör zu, Bobby, wo immer du jetzt auch sein magst – und du hörst auch zu, lieber Gott –, wenn das alles gut ausgeht, wenn ich nur meinen Bobby wieder zurückhaben kann, werde ich nie wieder so sein. Ich werde nicht mehr das Verlangen spüren, Jackies Kopf einzuschlagen noch den von irgend jemand anderem. Ich werde einfach eine neue Seite im Buch aufblättern. Ich schwöre, daß ich das tun werde, nur laß meinen Bobby gesund und heil zu mir zurückkehren.

Sie waren wieder an einem Strand, aber dies war einer mit weißem Sand, der in der Abenddämmerung leicht phosphoreszierte. Links und rechts verschwand der Strand hinter mitteldicken Nebelschwaden.

Es fiel kein Regen, und es war nicht so warm wie in Punaluu.

Bobby fröstelte in der kühlen, feuchten Luft. »Wo sind wir?«

»Ich bin nicht sicher«, erklärte Frank, »aber ich glaube, wir sind irgendwo auf der Halbinsel von Monterey.« Auf dem Highway, der ungefähr hundert Meter landeinwärts liegen mußte, fuhr ein Auto vorbei. »Das ist vermutlich der Seventeen Mile Drive. Kennen Sie ihn? Die Straße von Carmel durch Pebble Beach ...«

»Ich kenne ihn.«

»Ich liebe die Halbinsel, besonders Big Sur im Süden«, erklärte Frank. »Auch da bin ich einmal glücklich gewesen – für ein Weilchen jedenfalls.«

Im Dunst klangen ihre Stimmen eigenartig gedämpft. Bobby gefiel es, endlich wieder auf festem Boden zu stehen, und ihm gefiel der Gedanke, daß er nicht nur wieder auf seinem eigenen Planeten, sondern in seinem eigenen Vaterland und sogar in dem Bundesstaat war, in dem er zu Hause war.

Allerdings hätte er einen Ort vorgezogen, an dem er mehr Einzelheiten hätte erkennen können, an dem der Nebel die Landschaft nicht so undeutlich verschwimmen ließ. Daß der weiße Nebel ihn blendete, daß er so undurchdringlich war, war eine andere Form von Chaos, und er hatte jetzt schon so viel Chaos und Durcheinander erlebt, daß es ihm für den Rest seines Lebens reichte.

»Oh, übrigens, eben in Hawaii hast du dir Sorgen gemacht, daß wir Candy nicht entwischen könnten«, sagte Frank, »aber da brauchst du dich nicht mehr zu beunruhigen. Wir sind ihn schon vor einigen Stopps losgeworden – in Kyoto oder vielleicht auch am Hang des Fudschi.«

»Um Himmels willen, wenn wir nicht mehr fürchten müssen, ihn mit ins Büro zu bringen, dann laß uns jetzt nach Hause gehen.«

»Bobby, ich habe keine ...«

»Keine Kontrolle. Ja klar, ich weiß. Ich hab' schließlich zugehört, es ist kein Geheimnis. Aber ich sag' dir was – auf irgendeiner Ebene hast du Kontrolle, tief unten im Unterbewußtsein, mehr Kontrolle, als du zu haben glaubst.«

»Nein. Ich ...«

»Doch. Weil du nämlich wegen mir zum Krater zurückgekehrt bist«, widersprach Bobby. »Und dabei hast du mir gesagt, daß du diesen Ort haßt, daß du ihn weit furchteinflößender findest als irgendeinen anderen, an dem du jemals gewesen bist. Du hast mich nicht dort gelassen wie das Bettgitter.«

»Purer Zufall, daß ich zurückgekehrt bin.«

»Das glaube ich nicht.«

Dunkelheit.

Glühwürmchen.

Rasende Geschwindigkeit.

Sie liessen das weiche, angenehme Bing-Bong aus der Wand ertönen, denn das war ihre Art, alle Leute im Heim wissen zu lassen, daß es nur noch zehn Minuten dauern würde, bis das Abendessen auf dem Tisch stand.

Als Thomas endlich aus seinem Stuhl aufstand, war Derek schon aus der Tür. Derek liebte Essen. Natürlich liebte jedermann Essen. Aber Derek liebte Essen so, daß es für drei Menschen gereicht hätte.

Thomas ging zur Tür, und Derek war bereits am Ende des Flurs. Er lief schnell, in dem komischen Gang, den er nun einmal hatte und war fast schon am Eßsaal angelangt. Thomas drehte sich zum Fenster um.

Die Nacht war am Fenster.

Er mochte es nicht, die Nacht am Fenster zu sehen. Das war auch der Grund, warum er gewöhnlich die Vorhänge zuzog, sobald das Sonnenlicht die Welt verlassen hatte. Doch nachdem er sich fürs Abendessen fertiggemacht hatte, hatte er noch einmal versucht, das Böse Ding da draußen zu finden. Und die Nacht zu sehen, half ein wenig, wenn er versuchte, einen Bewußtseinsstrang in seine Richtung zu schicken.

Das Böse Ding war immer noch so weit weg, daß er es nicht fühlen konnte. Aber er hatte es noch einmal probieren wollen, bevor er losging, um zu essen und gesellig zu sein.

Er langte durch das Fenster hindurch, hinauf in die große Dunkelheit, schleuderte einen Bewußtseinsstrang in die Richtung, in der das Böse Ding gewöhnlich war – und da war es wieder. Er konnte es sofort spüren, wußte, es fühlte ihn auch, und er erinnerte sich an die grüne Kröte, die das herumhüpfende gelbe Flattertier gefressen hatte, und zog sich schneller in sein Zimmer zurück, als eine Krötenzunge ihn hätte schnappen und packen können.

Er wußte nicht, ob er froh sein sollte, daß es zurück war oder ob er deshalb Angst haben sollte. Als es weggegangen war, war Thomas froh gewesen, weil es möglicherweise für eine lange Zeit weggegangen war, aber er hatte auch ein bißchen Angst gehabt, weil er, wenn es weg war, nicht genau wissen konnte, *wo* es gerade war.

Es war zurück.

Er blieb ein Weilchen in der Türöffnung stehen.

Dann ging er zum Essen. Es gab Brathuhn. Es gab Pommes frites. Es gab Karotten und Erbsen. Es gab Krautsalat. Es gab selbstgebackenes Brot, und die Leute sagten, zum Nachtisch gebe es Schokoladenkuchen und Eiscreme, obwohl die Leute, die das sagten, dumme Leute waren, so daß man nicht sicher sein konnte. Es sah alles gut aus, und es roch gut, und es schmeckte sogar gut. Doch Thomas mußte immer daran denken, wie das Flattertier wohl der Kröte geschmeckt haben mochte, und deshalb kriegte er nicht allzu viel hinunter.

Hüpfend wie zwei Bälle setzten sie auf einem leeren Grundstück in Las Vegas auf. Der kühle Wüstenwind trieb abgebrochene Unkrautsträucher an ihnen vorbei, und Frank sagte, auch hier habe er einmal gelebt, in einem Haus, das jetzt abgerissen worden sei. Die nächste Station war das Blockhaus, das irgendwo oben auf einem schneebedeckten Berg stand und ihr erstes Teleporting-Ziel gewesen war, nachdem sie das Büro verlassen hatten. Dann folgte wieder der Friedhof in Santa Barbara, von dort ging's in einen üppigen mexikanischen Dschungel zu einem Tempelturm der Azteken. Dort war die schwüle Nacht angefüllt vom Surren der Mosquitos und den Schreien unsichtbarer Bestien, und Bobby wäre fast von einer der Terrassen des pyramidenförmigen Tempels gestürzt, weil ihm nicht klar gewesen war, wie hoch oben sie sich befanden und auf welch gefährlich schmalem Grad sie da wandelten. Aber da ging's schon weiter: in die Büros von Dakota & Dakota ...

Sie waren so schnell hintereinander aufgeprallt, so kurze Zeit an jedem Platz geblieben – tatsächlich war die Zeit, die sie verweilten, von Sprung zu Sprung kürzer geworden –, daß Bobby einen Moment lang in der Ecke seines eigenen Büros stand und benommen blinzelte, ehe ihm aufging, wo er war und was er nun tun mußte. Er riß sich aus Franks Griff los und sagte: »Hör nun auf damit, hör hier auf.« Doch noch während er sprach, verschwand Frank erneut.

Eine Sekunde später war Julie bei ihm, hatte sich geradezu auf ihn gestürzt, herzte und küßte ihn und umklammerte ihn so fest, daß ihm die Rippen wehtaten. Er herzte und küßte sie ebenfalls, küßte sie ganz lange, bevor er zum erstenmal wieder Luft holen mußte. Ihr Haar duftete so sauber, und ihre Haut roch sogar noch süßer, als er es in Erinnerung hatte. Ihre Augen waren strahlender, als er sich erinnerte, und noch viel schöner.

Obwohl es gewiß nicht in Clints Natur lag, andere anzufassen, legte er nun seine Hand auf Bobbys Schulter und tätschelte sie. »Gott, es ist schön, Sie zu sehen, schön, Sie wieder hier zu haben.« Sogar seine Stimme stockte kurz. »Wir haben uns ziemlich um Sie gesorgt.«

Lee Chen gab ihm ein Glas Scotch on the rocks. »Machen Sie das nicht noch mal, okay?«

»Das habe ich nicht vor«, erwiderte Bobby.

Jackie Jaxx, der schon lange nicht mehr der gewandte und selbstsichere Selbstdarsteller war, hatte eindeutig genug erlebt für einen Abend. »Hören Sie zu, Bobby, ich bin sicher, daß das, was auch immer Sie uns zu erzählen haben, faszinierend ist, und Sie müssen ja eine Menge hitverdächtiger Anekdoten zu berichten haben, wo auch immer Sie gewesen sein mögen, aber ich für mein Teil will sie nicht hören.«

»Hitverdächtige Anekdoten?« fragte Bobby fassungslos.

Jackie schüttelte den Kopf. »Ich will sie nicht hören. Tut mir leid. Das ist mein Fehler, nicht Ihrer. Ich mag das Showbusiness, weil es da ganz enge Grenzen gibt, verstehen Sie? Ein dünnes Scheibchen der realen Welt, aber aufregend, weil alles in strahlenden Farben gehalten und die Musik laut ist. Im Showbiz muß man nicht *denken,* man muß nur einfach da sein. Und ich will einfach nur sein, verstehen Sie? Ich will auftreten, ausgehen, Spaß haben. Sicher habe ich auch eine Meinung, farbenprächtige und laute Anschauungen zu jedem Thema, Showbiz-Meinungen eben, aber ich hab' von nichts 'ne Ahnung, und ich will, verdammt noch mal, auch gar keine Ahnung haben, und das, was heute abend hier passiert ist, will ich mit absoluter Sicherheit nicht wissen, weil das ganz bestimmt zu den Dingen gehört, die die Welt auf den Kopf stellen, die einen neugierig werden lassen, die einen zum Denken bringen. Und dann ist man verdammt schnell nicht mehr glücklich mit den Dingen, mit denen man früher mal glücklich war.« Er hob beide Hände, als wolle er jeden Widerspruch von vornherein im Keim ersticken und verkündete dann: »Ich bin weg hier.« Und einen Augenblick später war er es.

Während er den anderen erzählte, was ihm passiert war, wanderte Bobby anfangs langsam im Zimmer herum, bestaunte ganz einfache Dinge, bewunderte das ganz Alltägliche und begeisterte sich für die Solidität mancher Sachen. Er legte seine Hand auf Julies Schreibtisch und hatte das Gefühl, nichts auf der Welt sei so wundervoll wie eine schnöde Kunststoffschicht – all diese Moleküle der von Menschenhand hergestellten

Chemikalien, die perfekt und ordentlich hinter- und nebeneinander aufgereiht waren. Die gerahmten Drucke der Walt- Disney-Charaktere, das preisgünstige Mobiliar, die halbleere Flasche Scotch, der gedeihende Aronstab in dem Topf auf dem Ständer zwischen den Fenstern – alle diese Dinge erschienen ihm plötzlich kostbar.

Er war nur neununddreißig Minuten unterwegs gewesen. Und es kostete ihn fast ebensoviel Zeit, ihnen eine verkürzte Version der Geschehnisse zu geben. Um 4.47 Uhr war er aus dem Büro verschwunden, zurückgekehrt war er um 5.26 Uhr, aber damit war er für den Rest seines Lebens genug gereist – ob nun per Teleporting oder sonstwie.

Er setzte sich aufs Sofa. Julie und Clint und Lee versammelten sich um ihn. »Ich möchte hier in Kalifornien bleiben«, sagte er. »Ich will weder London sehen noch Paris. Jetzt nicht mehr. Ich möchte bleiben, wo mein Lieblingsstuhl steht, und jede Nacht in einem Bett schlafen, das mir vertraut ist . . .«

»Verdammt noch mal, das wirst du auch«, unterbrach ihn Julie.

». . . meinen kleinen gelben Samurai fahren, einen Medizinschrank öffnen, in dem Kopfwehtabletten und Zahncreme und Mundwasser und der Alaunstift und die Heftpflaster genau da sind, wo sie sein sollen.«

Um 6.15 Uhr war Frank noch nicht wieder aufgetaucht. Während Bobby über seine Abenteuer berichtete, erwähnte niemand Franks zweites Verschwinden oder fragte sich auch nur laut, wann er wohl zurückkehren würde. Doch sie alle schauten immer wieder zu dem Stuhl hinüber, von dem er beim erstenmal verschwunden war. Und sie schauten auch in die Ecke des Zimmers, in der er sich beim zweitenmal dematerialisiert hatte.

»Wie lange wollen wir hier auf ihn warten?« fragte Julie schließlich.

»Ich weiß nicht«, erwiderte Bobby. »Aber ich habe da so ein Gefühl, ein wirklich böses Gefühl, daß Frank diesmal die Kontrolle möglicherweise nicht wiedererlangt, daß er einfach nur von Ort zu Ort hüpft, immer schneller und schneller, bis er früher oder später nicht mehr fähig ist, sich selbst wieder zusammenzusetzen.«

48

Als er direkt aus Japan in die Küche des Hauses seiner Mutter zurückkehrte, kochte Candy vor Wut, und als er dann sah, daß die Katzen auf dem Tisch saßen, an dem er seine Mahlzeiten einnahm, überfiel ihn ein regelrechter Wutanfall.

Violet saß auf einem Stuhl am Tisch, ihre ewig schweigende Zwillingsschwester saß auf dem Stuhl daneben, hing aber an ihr wie eine Klette. Unter ihren Stühlen und um ihre Füße herum saßen Katzen, und fünf der größten waren auf dem Tisch und fraßen Schinkenstückchen, mit denen Violet sie fütterte.

»Was tust du da?« verlangte er zu wissen.

Violet nahm ihn nicht zur Kenntnis – gönnte ihm weder ein Wort noch einen Blick. Sie starrte in die Augen einer dunkelgrauen Hauskatze, die so aufrecht wie die Statue einer ägyptischen Tempelkatze vor ihr saß und brav ein paar kleine Fleischbrocken fraß, die ihr auf einer fast weißen Handfläche dargeboten wurden.

»Ich spreche mit dir«, sagte er in scharfem Ton, doch sie reagierte nicht.

Ihr Schweigen machte ihn krank, und er war ihrer Eigenarten überdrüssig. Wenn da nicht das Versprechen gewesen wäre, das er seiner Mutter gegeben hatte, hätte er Violets Kehle gleich hier und jetzt aufgerissen und sich an ihrem Blut gelabt. Es waren zu viele Jahre vergangen, seit er die Ambrosia aus den Venen seiner Mutter gekostet hatte, und er hatte sich schon häufig gesagt, daß das Blut, das in Violet und Verbina floß, in gewisser Art das gleiche sein mußte, das in Roselle geflossen war. Er fragte sich – und er träumte auch manchmal davon –, wie sich das Blut seiner Schwestern auf der Zunge anfühlen, wie es schmecken würde.

Groß und drohend stand er vor ihr, starrte auf sie hinunter, während sie fortfuhr, mit der grauen Katze zu kommunizieren.

»Das ist der Platz, an dem ich *esse!*« schrie er sie an. »Der Teufel soll dich holen!«

Violet sagte noch immer nichts, und Candy schlug ihr auf die Hand. Die noch verbliebenen Schinkenstückchen flogen in einem wilden Durcheinander über den Tisch. Er fegte auch die Platte mit dem Schinken hinunter, und die Tatsache, daß sie mit einem gewaltigen Krach auf dem Boden landete, erfüllte ihn mit enormer Befriedigung.

Die fünf Katzen auf dem Tisch ließen sich von dem Krach nicht im mindesten stören, und die anderen am Boden ließ das Klirren und Scheppern des zerberstenden Porzellans völlig kalt.

Jetzt endlich drehte Violet den Kopf, legte ihn in den Nacken und schaute zu Candy auf.

Gleichzeitig mit ihrer Herrin drehten auch die Katzen auf dem Tisch die Köpfe und blickten ihn hochmütig an, als wollten sie ihn darauf hinweisen, welche einzigartige Ehre sie ihm allein dadurch erwiesen, daß sie ihm überhaupt Aufmerksamkeit schenkten.

Die gleiche Einstellung konnte er auch in Violets Augen lesen, die Geringschätzung ausdrückten, und in dem leichten überheblichen Grinsen, das um ihre vollen Lippen spielte. Es war nicht das erste Mal, daß er ihren Blick vernichtend fand. Bisher hatte er sich allerdings immer nervös und verwirrt abgewandt. Dabei war er sich stets sicher gewesen, ihr in jeder Beziehung überlegen zu sein, so daß er ganz perplex gewesen war, daß sie in der Lage war, ihn mit einem einzigen Blick zu schlagen oder ihn wenigstens zu einem hastigen Rückzug zu zwingen.

Dieses Mal aber sollte es anders sein. Er war noch nie wütender gewesen als jetzt, in diesem Moment. Nicht mal damals vor sieben Jahren, als er den blutigen, durch Axthiebe gespaltenen Körper seiner Mutter gefunden und erfahren hatte, daß es Frank gewesen war, der die Axt geschwungen hatte.

Er war jetzt wütender, weil sich diese alte Wut nie ganz gelegt hatte. Sie war in all diesen Jahren genährt worden, und dazu kam noch die Demütigung, weil ihm wiederholt mißlungen war, Hand an Frank zu legen, selbst wenn er Gelegenheit dazu gehabt hätte.

Jetzt kreiste nachtschwarze Gallenflüssigkeit in seinen Venen, jetzt regierte Gereiztheit, und sie umspülte die Muskeln seines Herzens und nährte die Zellen seines Hirns, wo sich Visionen der Rache wie Kaninchen vermehrten.

Er ließ sich nicht von ihrem Blick einschüchtern, packte ihren dünnen Arm und riß sie gewaltsam hoch.

Verbina entwich im Augenblick der Trennung von ihrer Schwester ein leiser Klagelaut, so als seien die beiden siamesische Zwillinge, als seien Körpergewebe zerrissen und Knochen gebrochen worden.

Er näherte sein Gesicht Violets und besprühte sie mit Spucke, als er fauchte: »Unsere Mutter hatte *eine* Katze, nur eine einzige, sie hielt alles sauber und ordentlich, sie wäre nicht einverstanden mit dieser Unordnung und diesem Dreck mit eurer stinkenden Brut.«

»Wen stört's schon«, sagte Violet in einem Ton, der sowohl desinteressiert als auch spöttisch klang. »Sie ist tot.«

Jetzt packte er sie an beiden Armen, hob sie hoch. Der Stuhl hinter ihr kippte um, als er sie herumschwang. Er knallte sie mit dem Rücken so hart gegen die Tür zur Speisekammer, daß es klang, als sei etwas explodiert. Die schiefhängenden Küchenfenster klapperten ebenso wie das verdreckte Silber, das auf der Spüle lag.

Er hatte die Befriedigung zu sehen, wie sich ihr Gesicht vor Qual und Pein verzog und ihre Augen in ihrem Kopf zurückrollten, da sie von dem Schlag fast ohnmächtig geworden war. Hätte er sie auch nur ein wenig härter gegen die Tür geworfen, wäre ihr möglicherweise das Rückgrat gebrochen.

Er krallte die Finger in das weiße Fleisch ihrer Oberarme, zog sie von der Tür weg und rammte sie nochmals dagegen, wenn auch nicht mit solcher Wucht wie beim erstenmal. Er wollte sie nur darauf hinweisen, daß er beim nächsten Mal ebenso hart zuschlagen würde, wenn sie ihn wütend machte.

Ihr Kopf war schlaff nach vorn gefallen, denn sie war am Rande der Bewußtlosigkeit. Mühelos hielt er sie fest. Ihre Füße schwebten zehn Zentimeter über dem Boden. Es war, als wöge sie überhaupt nichts. Er wollte sie zwingen, seine unglaubliche Stärke zur Kenntnis zu nehmen. Er wartete darauf, daß sie zu Bewußtsein kam.

Sie hatte Schwierigkeiten, Luft zu kriegen, und als sie schließlich aufhörte zu keuchen und den Kopf hob, um ihn anzuschauen, erwartete er, eine andere Violet zu sehen. Er hatte sie niemals vorher geschlagen. Eine schicksalhafte Grenze war überschritten worden, eine, von der er nie angenommen hatte, daß er sie verletzen könnte.

Da er sich immer an das Versprechen erinnerte, das er

seiner Mutter gegeben hatte, waren seine Schwestern stets von ihm vor den Gefahren der Welt da draußen beschützt worden. Er hatte sie mit Essen versorgt, mit Wärme, wenn es draußen kalt war, und mit Kühle, wenn es heiß war. Doch mit jedem Jahr, das vergangen war, hatte er seine brüderlichen Pflichten ärgerlicher und verbissener verrichtet, entsetzt über ihr zunehmend schamloseres und geheimnisvolleres Verhalten.

Jetzt wurde ihm bewußt, daß es ein natürlicher Bestandteil des Beschützens war, sie zu züchtigen. Seine Mutter oben im Himmel hatte wahrscheinlich längst alle Hoffnung aufgegeben, daß ihm die Notwendigkeit einer Disziplinierung jemals aufgehen würde. Dank seiner Wut war ihm endlich die Erleuchtung gekommen. Es tat gut, Violet ein wenig wehzutun, eben genug, um sie zur Besinnung zu bringen und sie davon abzuhalten, sich noch weiter in diese Dekadenz und tierische Sinnlichkeit hineinzusteigern, der sie sich unterworfen hatte.

Er wußte, daß es richtig war, sie zu strafen. Jetzt wartete er begierig darauf, daß sie ihn anschauen würde, denn er wußte, daß sie ab sofort eine neue Beziehung haben würden und daß er das Bewußtsein dieser profunden Änderungen in ihren Augen würde lesen können.

Endlich begegnete sie Candys Blick. Zu seiner Überraschung hatte sich nichts von seiner eigenen Erleuchtung auf seine Schwester übertragen. Ihr weißblondes Haar war ihr ins Gesicht gefallen, und sie starrte ihn durch die Strähnen an wie ein Dschungeltier, das durch seine windzerzauste Mähne späht.

In ihren eisigen blauen Augen nahm er etwas wahr, das noch fremdartiger und primitiver war als alles, was er jemals in ihnen gesehen hatte. Eine ausgelassene, fast schadenfrohe Wildheit. Einen undefinierbaren Hunger. Verlangen. Obwohl sie Schmerzen erlitten hatte, als er sie gegen die Speisekammertür geschmettert hatte, spielte wieder dieses Lächeln um ihre vollen Lippen.

Sie öffnete den Mund, und er spürte ihren heißen Atem in seinem Gesicht, als sie sagte: »Du bist stark. Sogar die Katzen mögen es, deine starken Hände an mir zu fühlen – und Verbina geht es ebenso.«

Er wurde sich ihrer langen nackten Beine bewußt, bemerkte, wie dünn ihr Höschen war. Sah, daß sich ihr T-Shirt heraufgeschoben und ihren flachen Bauch freigegeben hatte, sah das Wogen ihrer vollen Brüste, die angesichts ihrer sonstigen Schlankheit sogar noch voller wirkten. Sah, wie sich die scharfen Umrisse ihrer Brustwarzen gegen das Material ihres Shirts abhoben. Dann war da die Glätte ihrer Haut, ihr Geruch.

Abscheu kochte in ihm hoch wie der Eiter eines verborgenen inneren Abszesses, und er ließ sie los. Er drehte sich um und sah, daß die Katzen ihn anstarrten. Schlimmer noch: Sie lagen nach wie vor da, wie sie gelegen hatten, als er Violet vom Stuhl gezogen hatte, so als hätte sein Ausbruch sie nicht eine Sekunde lang aus der Ruhe gebracht. Er wußte, ihr Gleichmut konnte nur bedeuten, daß auch Violet keine Angst gehabt hatte und daß ihre Reaktion auf seine Wut – ihr spöttisches Lächeln – nicht im mindesten vorgetäuscht gewesen war.

Verbina saß zusammengesunken auf ihrem Stuhl, den Kopf gesenkt, denn sie war jetzt so wenig in der Lage, ihn anzusehen, wie sie es jemals gewesen war. Doch sie grinste, und ihre linke Hand war zwischen ihren Schenkeln, die langen Finger zogen träge Kreise auf dem dünnen Material ihres Höschens, unter dem die dunkle Spalte ihrer Weiblichkeit lag. Er brauchte keinen weiteren Beweis dafür, daß sich etwas von Violets krankem Verlangen auf Verbina übertragen hatte, und er wandte sich auch von ihr ab.

Er versuchte, schnell die Küche zu verlassen, aber ohne daß es aussah, als fliehe er vor ihnen.

In dem wohlriechenden Schlafzimmer, umgeben von den Dingen, die seiner Mutter gehört hatten, verschloß Candy die Tür. Er wußte nicht genau, warum er sich sicherer fühlte, wenn der Riegel vorgelegt war, obwohl er sich gewiß war, daß es nicht daran lag, daß er seine Schwestern fürchtete. Sie hatten nichts an sich, was man hätte fürchten müssen. Sie konnten einem leid tun.

Eine ganze Weile saß er in Roselles Schaukelstuhl und erinnerte sich an die Zeiten, da er ein Kind gewesen war, es sich auf ihrem Schoß gemütlich gemacht und zufrieden Blut aus einer selbst beigebrachten Wunde in ihrem Daumen oder dem fleischigen Teil ihrer Handfläche genuckelt hatte. Einmal, aber unglücklicherweise wirklich nur einmal, hatte sie in eine ihrer Brüste einen ein Zentimeter tiefen Einschnitt vorgenommen und ihn an die Brust gelegt, so daß er Blut aus dem gleichen Fleisch trinken konnte, mit dem andere Mütter ihren Kindern die Milch der Mütterlichkeit gaben.

In jener Nacht, in der er in eben diesem Zimmer und in eben diesem Stuhl das Blut aus ihrer Brust gekostet hatte, war er fünf Jahre alt gewesen. Frank, damals sieben Jahre alt, hatte in dem Zimmer am Ende des Ganges geschlafen, und die Zwillinge, die gerade ein Jahr alt waren, hatten in einer Wiege in dem Raum geschlafen, der dem seiner Mutter gegenüberlag.

Mit ihr allein zu sein, wenn all die anderen schliefen – oh, wie einzigartig und behütet und geschätzt er sich da gefühlt hatte, besonders weil er es war, mit dem sie die kostbare Flüssigkeit ihrer Arterien und Venen teilte, die sie seinen Geschwistern niemals anbot. Es war eine Heilige Kommunion, gegeben und empfangen, die ihr Geheimnis geblieben war.

Er erinnerte sich, in jener Nacht in einer Art Verzükkung gewesen zu sein, nicht nur wegen des süßen Geschmacks ihres köstlichen Blutes und der grenzenlosen Liebe, die die Tatsache bewies, daß sie es ihm als Geschenk darbot, sondern auch wegen des monotonen Schaukelns des Stuhles und des einlullenden Rhythmus' ihrer Stimme.

Während er nuckelte, hatte sie ihm das Haar aus der Stirn gestrichen und zu ihm gesprochen über Gottes verschlungenen Plan für die Welt. Sie hatte ihm, wie sie es schon viele, viele Male getan hatte, erklärt, Gott würde die Anwendung von Gewalt vergeben, wenn sie zur Verteidigung jener angewendet würde, die gut und rechtschaffen wären.

Sie hatte ihm erzählt, Gott habe Menschen erschaffen, die sich an Blut labten, um sie als irdische Instrumente für Gottes Rache zugunsten der Rechtschaffenen einsetzen zu können. Ihre Familie sei eine rechtschaffene Familie, hatte sie gesagt, und Gott habe Candy geschickt, um sie zu beschützen. Nichts von all dem war ihm neu gewesen. Obwohl seine Mutter während ihrer heimlichen Kommunionen wieder und wieder von diesen Dingen gesprochen hatte, wurde Candy ihrer doch niemals müde.

Kinder mögen es meist, wenn man ihnen ihre Lieblingsgeschichte wieder und wieder erzählt. Und wie es bei gewissen besonders magischen Märchen der Fall ist, war ihm diese Geschichte durch die Wiederholungen keineswegs vertrauter geworden, sondern war ihm merkwürdigerweise immer geheimnisvoller und faszinierender erschienen.

In dieser Nacht, in seinem sechsten Lebensjahr, hatte die Geschichte jedoch eine neue Wendung genommen. Für ihn sei die Zeit gekommen, hatte seine Mutter gesagt, die wahrhaft verblüffenden Talente anzuwenden, die man ihm mitgegeben hatte, und mit der Mission zu beginnen, für die Gott ihn erschaffen hatte. Er hatte angefangen, seine phänomenalen Talente anzuwenden, als er drei war – das gleiche Alter, in dem sich auch Franks wesentlich kärglichere Gaben gezeigt hatten.

Seine telekinetischen Fähigkeiten – in erster Linie sein Talent für den telekinetischen Transport seines eigenen Körpers – hatten Roselle ganz besonders entzückt, und sie hatte die Möglichkeiten, die darin lagen, schnell erkannt.

Solange er zum Teleporting fähig und in der Lage war, nachts an Orte zu gelangen, wo Geld und Wertgegenstände eingeschlossen waren – in Banktresoren oder begehbaren Safes voller Juwelen in den noblen Villen in Beverly Hills –, würde bei ihnen niemals Geldmangel herrschen. Und wenn er sich in den Häusern der Feinde der Familie Pollard materialisieren konnte, während sie schliefen, konnte er Rache nehmen, ohne daß man Angst vor Entdeckung und Vergeltung haben mußte.

»Da gibt es einen Mann namens Salfont«, hatte seine Mutter gesäuselt, während er sich an ihrer verwundeten Brust nährte. »Er ist Anwalt und einer dieser Schakale, die ihre Beute unter den Ehrlichen und Tüchtigen suchen. An ihm gibt es nichts Gutes, überhaupt nichts. Er hat das Erbe meines Vaters verwaltet – das war dein lieber Opa, kleiner Candy –, das Testament eröffnet und zuviel berechnet, viel zuviel. Er war gierig. Sie sind alle gierig, diese Anwälte.«

Ihr leiser, sanfter Ton hatte so gar nicht zu der Wut gepaßt, die sie ausdrückte, doch dieser Widerspruch hatte noch dazu beigetragen, ihn ihre Botschaft als besonders süß und hypnotisch empfinden zu lassen.

»Ich habe jahrelang versucht, einen Teil der Rechnung, die er stellte, zurückzuerhalten, wie es mir zusteht.

Ich bin zu anderen Anwälten gegangen, doch alle sagen, die Höhe seiner Rechnung sei angemessen. Sie halten alle zusammen, sie sind alle gleich, Erbsen in einer Schote, verrottete kleine Erbsen in verrotteten kleinen Schoten. Ich hab' ihn vor Gericht gezerrt, aber Richter sind nichts anderes als Anwälte in schwarzen Roben, sie machen mich krank, diese gierigen Hunde. Seit Jahren hat mir das Sorgen gemacht, kleiner Candy, ich kriege es einfach nicht aus dem Kopf. Dieser Donald Salfont – er lebt in einem großen Haus in Montecito – berechnet den Leuten zuviel, berechnet *mir* zuviel, dafür muß er bezahlen. Meinst du nicht auch, kleiner Candy?«

Er war damals fünf Jahre alt gewesen und nicht gerade groß für sein Alter, richtig gewachsen war er erst, als er neun oder zehn war. Selbst wenn es ihm möglich war, durch Teleporting ins Schlafzimmer von Salfont zu gelangen, war nicht sicher, ob der Überraschungseffekt den Erfolg der Mission garantieren würde.

Wenn beispielsweise Salfont oder seine Frau in dem Moment wach waren, in dem Candy auftauchte, oder wenn der erste Stich mit dem Messer den Anwalt nicht tötete, ihn statt dessen aufweckte und in Panik versetzte, wäre Candy wohl kaum in der Lage, ihn zu überwältigen. Er würde natürlich nicht in Gefahr schweben, geschnappt oder verletzt zu werden, denn er konnte sich dank Teleporting in Sekundenbruchteilen nach Hause absetzen.

Aber es bestand immer die Gefahr, daß man ihn erkannte. Die Polizisten würden einem Mann wie Salfont glauben, auch wenn er eine so phantastische Anschuldigung vorbrachte wie die, ein fünfjähriger Junge habe ihn ermorden wollen. Sie würden ins Haus der Pollards kommen, Fragen stellen, herumschnüffeln und Gott weiß was finden oder vermuten.

»Deshalb kannst du ihn nicht töten, obwohl er es verdient hätte«, hatte Roselle geflüstert, während sie ihr Lieblingskind auf ihrem Schoß wiegte. Als er von ihrer entblößtem Brust aus zu ihr aufblickte, hatte sie ihm intensiv in die Augen geschaut. »Was du statt dessen tun mußt, ist, ihm etwas wegzunehmen als Vergeltung für das Geld, das er mir geraubt hat, etwas, das ihm etwas bedeutet. Im Salfont-Haus gibt es seit kurzem ein Baby. Ich habe es vor ein paar Monaten in der Zeitung gelesen, ein kleines Mädchen, das sie Rebekah Elizabeth genannt haben. Und ich frage dich, was für ein Name ist das für ein Mädchen? Hört sich reichlich hochtrabend an für mich, nach der Art von Namen, die ein eingebildeter Anwalt und seine Frau einem Baby geben, weil sie glauben, sie seien was Besseres als andere Leute. Elizabeth ist der Name einer Königin, weißt du, und um zu wissen, was Rebekah war, braucht man nur in der Bibel nachzuschlagen. Dann wirst du sehen, daß sie sich selbst und ihre kleine Göre einfach zu hoch einschätzen. Rebekah – sie ist jetzt fast ein halbes Jahr alt, und sie haben sie lange genug gehabt, um sie zu vermissen, wenn sie nicht mehr ist, werden sie sehr vermissen. Ich werde dich morgen an ihrem Haus vorbeifahren, mein liebster kleiner Candy-Boy, dich sehen lassen, wo es ist, und morgen nacht wirst du dort erscheinen und Gottes Heimsuchung über sie bringen, meine Rache. Sie werden denken, eine Ratte sei ins Zimmer gelangt oder irgendwas in der Art, und sie werden sich Vorwürfe machen, bis zu dem Tag, an dem sie selber tot sind.«

Die Kehle von Rebekah Salfont war ganz zart gewesen, ihr Blut salzig. Candy hatte dieses Abenteuer genossen. Es war faszinierend, das Haus von Fremden ohne deren Einwilligung und Wissen zu betreten. Das kleine Mädchen zu töten, während im danebenliegenden

Schlafzimmer Erwachsene schliefen, erfüllte ihn mit einem Gefühl der Macht. Er selbst war nur ein kleiner Junge, hatte aber all ihre Sicherheitsvorkehrungen umgangen und seine Mutter damit gerächt, was ihn in gewisser Weise zum einzigen Mann im Hause Pollard erhob. Dieses berauschende Gefühl kam noch zu der Erregung hinzu, die der Mord in ihm ausgelöst hatte.

Danach konnte er den Bitten seiner Mutter, für sie Vergeltung zu üben, niemals widerstehen.

Während der ersten Jahre seiner Mission waren Säuglinge und sehr kleine Kinder seine einzigen Opfer. Um der Polizei keine Hinweise zu liefern, biß er sie manchmal nicht nur, sondern brachte sie auch auf andere Art um, und gelegentlich teleportierte er sie mit sich aus dem Haus, so daß ihre Leichen niemals gefunden wurden.

Trotzdem hätte man die Sache wohl kaum vertuschen können, wären Roselles Feinde alle nur aus Santa Barbara oder seiner unmittelbaren Umgebung gewesen. Doch sie verlangte häufig, daß auch an Leuten Vergeltung geübt wurde, die weit weg wohnten, an Leuten, von denen sie in der Zeitung oder einer Zeitschrift gelesen hatte.

Er erinnerte sich da besonders an eine Familie im Staat New York, die Millionen von Dollar in der Lotterie gewonnen hatte. Seine Mutter hatte gemeint, ihr Glück sei zu Lasten der Familie Pollard gegangen, und sie seien zu gierig gewesen, als daß man ihnen erlauben könnte weiterzuleben.

Candy war damals vierzehn gewesen und hatte die Begründung seiner Mutter nicht verstehen können, sie jedoch auch niemals in Frage gestellt. Für ihn war sie der einzige Quell der Wahrheit, und es fiel ihm niemals ein, ungehorsam zu sein. Er hatte alle fünf Mitglieder dieser Familie in New York ermordet und dann Feuer gelegt.

Das Haus war abgebrannt bis auf die Grundmauern – und die Leichen mit ihm.

Dem Rachedurst seiner Mutter schloß sich ein voraussehbarer Zyklus an. Unmittelbar nachdem Candy jemanden für sie ermordet hatte, war sie voller Pläne für die Zukunft. Gewöhnlich bereitete sie ihm alle seine Lieblingskuchen zu und sang, während sie in der Küche hantierte, oder begann mit der Arbeit an einer neuen Steppdecke oder einer schwierigen Stickerei. Doch im Lauf der nächsten vier Wochen nahm ihre Freude ab wie das Licht einer Glühlampe mit regelbarem Widerstand.

Und fast auf den Tag genau einen Monat nach dem Tag des oder der Morde hatte sie das Interesse am Backen oder an Handarbeiten verloren und begann über andere Leute zu reden, die ihr unrecht getan hatten – und damit der ganzen Familie Pollard. Innerhalb von zwei bis vier Wochen danach hatte sie sich meist für ein neues Ziel entschieden, und Candy wurde losgeschickt, die Mission durchzuführen. So geschah es, daß er etwa sechs- bis siebenmal pro Jahr tötete.

Diese Häufigkeit stellte Roselle zufrieden, doch je älter Candy wurde, desto weniger reichte *ihm* das aus. Er hatte nicht nur einen Durst nach Blut entwickelt, sondern sogar einen regelrechten Heißhunger, der ihn gelegentlich übermannte. Die Faszination des Jagens machte ihn ebenfalls trunken, und er gierte danach, wie ein Alkoholiker nach der Flasche verlangte.

Es war nicht zuletzt die blinde Feindseligkeit der Welt gegen seine selige Mutter, die ihn motivierte, öfter zu töten. Manchmal sah es fast so aus, als sei buchstäblich jedermann gegen sie und schmiedete Ränke, um ihr körperlichen Schaden zuzufügen oder ihr das Geld wegzunehmen, das rechtmäßig ihr gehörte. Es mangelte ihr wahrlich nicht an Feinden.

Er erinnerte sich an Tage, an denen die Angst schwer auf ihr lastete. Dann waren immer alle Vorhänge zugezogen, alle Rolläden geschlossen und die Türen verriegelt, manchmal sogar mit Stühlen und anderen Möbelstücken verrammelt, um den heftigen Ansturm von Feinden abzuwehren, die niemals erschienen, aber immerhin *hätten* kommen können.

An diesen schlimmen Tagen war sie völlig verzagt und erzählte ihm, da draußen seien so viele Leute, daß nicht einmal er sie für immer vor ihnen schützen könne. Wenn er sie dann bat, ihn loszuschicken, verwehrte sie ihm das und sagte nur: »Es ist hoffnungslos.«

Wenn ihm die erlaubten Morde nicht ausreichten, unternahm er – wie jetzt auch – Streifzüge durch die Täler und suchte sich kleine Tiere. Doch diese Blutfeste, so reichhaltig sie manchmal auch waren, konnten seinen Durst niemals so erschöpfend stillen wie die, bei denen es die Adern von Menschen waren, an denen er sich gütlich tat.

Diese vielen Erinnerungen stimmten Candy nur traurig. Deshalb erhob er sich aus dem Schaukelstuhl und ging nervös im Zimmer auf und ab. Die Rolläden waren hochgezogen, und er blickte mit zunehmendem Interesse in die Nacht hinaus, die hinter dem Fenster lag.

Nachdem es ihm nicht gelungen war, Frank und den Fremden zu erwischen, der mit ihm im Hof aufgetaucht war, nachdem die Auseinandersetzung mit Violet diese unerwartete Wendung genommen und ihn mit aufgestauter Wut zurückgelassen hatte, schwelte der Haß in ihm. Er war heiß darauf zu töten, doch es fehlte ihm ein Ziel. Da kein Feind der Familie in Sicht war, würde er entweder unschuldige Menschen oder die kleinen Kreaturen abschlachten müssen, die in den Tälern lebten. Das Problem war nur – einerseits fürchtete er, seine selige

Mutter oben im Himmel zu enttäuschen, andererseits hatte er keinen Appetit auf das dünne Blut der scheuen, kleinen Tiere.

Seine Enttäuschung und seine Begierde wuchsen von Minute zu Minute. Er wußte, daß er etwas tun würde, was er später bereute, etwas, das dazu führen mußte, daß sich Roselle für längere Zeit von ihm abwenden würde. Dann, gerade als er kurz davor war zu explodieren, wurde er durch das Eindringen eines echten Feindes gerettet.

Eine Hand berührte seinen Hinterkopf.

Er wirbelte herum und spürte, wie die Hand weggezogen wurde, während er sich noch drehte.

Es war eine Phantomhand gewesen. Es war niemand da.

Doch er wußte, daß es dasselbe Wesen war, das er in der letzten Nacht im Tal gespürt hatte. Jemand da draußen – denn es konnte niemand aus der Familie Pollard sein – mußte eine ureigene psychische Fähigkeit besitzen, und allein die Tatsache, daß nicht Roselle seine Mutter war, stempelte ihn zu einem Feind, den man finden und auslöschen mußte.

Diese Person hatte Candy auch am Nachmittag mehrmals heimgesucht, hatte zögernd nach ihm gegriffen, ihn zu erforschen gesucht, aber keinen direkten Kontakt hergestellt.

Candy kehrte zu dem Schaukelstuhl zurück. Wenn tatsächlich ein wirklicher Feind auftauchen sollte, dann lohnte es sich, auf ihn zu warten.

Ein paar Minuten später spürte er die Berührung wieder. Leicht und zögernd. Dann zog sich die Hand zurück.

Er lächelte. Er begann zu schaukeln. Er summte sogar leise vor sich hin – eines der Lieblingslieder seiner Mutter.

Wenn man das Feuer der Rache kurzfristig eindämmte, brannte es schließlich um so heller. Zu dem Zeitpunkt, da der scheue Besucher mutiger zufassen würde, würde das Feuer hellauf glühen, und seine Flammen würden ihn verzehren.

49

Um zehn Minuten vor sieben läutete die Türglocke. Felina Karaghiosis hörte sie natürlich nicht. Doch in jedem Zimmer des Hauses gab es in der einen oder anderen Ecke eine kleine rote Signallampe, und das Blinklicht, das die Klingel auslöste, konnte sie nicht übersehen.

Sie ging in die Halle und blickte durch das Seitenfenster neben der Eingangstür.

Als sie Alice Kasper erkannte, eine Nachbarin, die drei Häuser weiter wohnte, löste sie den Sicherheitsbügel, entfernte die Kette und ließ sie herein.

»Hi, Kindchen, wie geht's dir?«

Mir gefällt deine Frisur, gab ihr Felina mit Zeichensprache zu verstehen.

»Oh, tatsächlich? Hab' es mir eben abschneiden lassen, und das Mädchen wollte wissen, ob ich wieder den gleichen Kopf wie immer wolle oder mal was Neues, was Modernes. Und ich sagte mir, was soll's! Ich bin noch nicht zu alt, um sexy zu sein, was meinst du?«

Alice war erst dreiunddreißig, fünf Jahre älter als Felina. Sie hatte die blonde Lockenpracht, die ihr Markenzeichen gewesen war, gegen einen modernen Schnitt eingetauscht, für den sie freilich eine zusätzliche Einnahmequelle brauchen würde, um den ganzen Festiger zu bezahlen, der nötig war. Aber sie sah großartig aus.

Komm rein. Möchtest du einen Drink?

»Ich hätte schon gern einen Drink, Kindchen, und gerade jetzt könnte ich sechs gebrauchen, doch ich muß nein sagen. Meine Schwiegereltern sind da, und wir sind dabei, entweder mit ihnen Karten zu spielen oder sie zu erschießen – das hängt ganz von ihnen ab.«

Von all den Menschen, die Felina in ihrem Privatleben kannte, war Alice neben Clint der einzige Mensch, der mit der Zeichensprache umgehen konnte. Aufgrund der Tatsache, daß die meisten Menschen ein Vorurteil gegen Taube hegten, was sie freilich nicht zugeben konnten, das aber aus ihrem Handeln ersichtlich wurde, war Alice ihre einzige Freundin. Auf diese Freundschaft hätte Felina freilich nur zu gern verzichtet, wäre Mark Kasper – Alices Sohn, für den sie Zeichensprache gelernt hatte – nicht taub geboren worden.

»Ich bin rübergekommen, weil Clint bei uns angerufen und mich gebeten hat, dir zu sagen, daß er noch nicht auf dem Heimweg ist, aber davon ausgeht, daß er wohl so gegen acht hier sein wird. Seit wann arbeitet er überhaupt so lange?«

Sie haben einen großen Fall. Das bedeutet immer Überstunden.

»Er wird dich zum Abendessen ausführen, und dann soll ich dir noch sagen, es sei ein unglaublicher Tag gewesen. Ich nehme an, damit meint er den Fall, wie? Muß faszinierend sein, mit einem Detektiv verheiratet zu sein. Und außerdem ist er noch so süß. Du hast Glück gehabt, Kindchen.«

Ja. Aber er auch!

Alice lachte. »In Ordnung! Und wenn er das nächste Mal so spät erscheint, solltest du dich nicht mit einem Abendessen zufrieden geben. Bring ihn lieber dazu, dir einen Diamanten zu kaufen.«

Felina fiel der rote Stein ein, den er gestern mit nach Hause gebracht hatte, und sie wünschte sich, Alice davon erzählen zu können. Doch die Geschäftsgeheimnisse von Dakota & Dakota, besonders wenn sie einen aktuellen Fall betrafen, bei dem der Klient in Gefahr schwebte, wurden in ihrem Haus ebenso gehütet wie die Geheimnisse des ehelichen Schlafzimmers.

»Samstag, bei uns, um halb sieben? Jack wird einen riesigen Pott seines Chill kochen, wir werden Pinochle spielen und Chili essen und Bier trinken und herumalbern, bis wir umkippen. Okay?«

Ja.

»Und sag Clint, es ist okay – wir erwarten nicht, daß er viel redet.«

Felina lachte und sagte dann mit den Fingern: *Er bessert sich doch schon.*

»Das ist dein Einfluß, Kindchen, du machst einen zivilisierten Menschen aus ihm.«

Sie umarmten sich noch einmal, dann ging Alice.

Felina schloß die Tür, schaute auf ihre Armbanduhr und sah, daß es sieben war. Sie hatte nur eine Stunde, um sich fürs Abendessen fertigzumachen, und sie wollte ganz besonders schön sein für Clint – nicht weil dies ein besonderer Anlaß gewesen wäre, sondern weil sie *immer* gut aussehen wollte für ihn. Sie war schon unterwegs ins Schlafzimmer, als ihr einfiel, daß sie die Haustür nur hatte ins Schloß fallen lassen. Sie ging in die Halle zurück, drehte die Flügelschraube, die den Sicherheitsriegel einrasten ließ und legte die Kette wieder vor.

Clint machte sich zu viele Sorgen um sie. Wenn er nach Hause kam und merkte, daß sie vergessen hatte, die Kette vorzulegen, würde er direkt vor ihren Augen in einer Minute um Jahre altern.

50

Nachdem er den ganzen Tag frei gehabt hatte, erschien Hal Yamataka am Dienstagabend um 18.35 Uhr wieder im Büro. Clint hatte ihn angerufen und ihn gebeten, dort Posten zu beziehen, für den Fall, daß Frank zurückkehrte, nachdem die Tagesschicht gegangen war. Clint wartete in der Empfangshalle auf ihn, stellte ihm einen Kaffee hin und erklärte ihm, warum das nötig war.

Er mußte alles das erfahren, was in seiner Abwesenheit geschehen war, und nachdem er gehört hatte, was sich ereignet hatte, erwog er wieder einmal wehmütig, den Job zu wechseln und Gärtner zu werden.

Fast alle in seiner Familie hatten entweder Gärtnereien oder besaßen kleine Baumschulen, und allen, allen ging es gut. Die meisten verdienten mehr als Hal bei Dakota & Dakota und einige sogar sehr viel mehr. Seine Eltern, seine drei Brüder und etliche wohlmeinende Onkel hatten verschiedentlich versucht, ihn zu überreden, für sie zu arbeiten oder bei ihnen einzusteigen, doch er hatte immer abgelehnt.

Es lag nicht daran, daß er irgend etwas dagegen gehabt hätte, eine Baumschule zu betreiben, Gartenzubehör zu verkaufen, sich an Landschaftsarchitektur zu versuchen, Bäume zu beschneiden oder den Garten zu pflegen. Es lag daran, daß der Begriff »japanischer Gärtner« in Südkalifornien eher ein Klischee denn ein Beruf war, und er konnte den Gedanken nicht ertragen, in irgendeine Schablone gepreßt zu werden.

Sein ganzes Leben lang hatte er Abenteuer- und Kriminalromane verschlungen und sich danach gesehnt, so zu sein wie die Helden, von denen er las. Ganz besonders gern aber wäre er jemand, der es wert war, eine Hauptfigur in einem Roman von John D. MacDonald zu sein. Denn John D.'s Hauptfiguren verfügten über ebensoviel Scharfblick wie Mut, waren ebenso sensibel wie zäh und hart.

In seinem tiefsten Inneren wußte Hal, daß seine Arbeit bei Dakota & Dakota an den meisten Tagen ebenso prosaisch war wie die tägliche Schinderei eines Gärtners und daß die Gelegenheiten, Heldentum unter Beweis zu stellen, weit geringer waren, als Außenseiter meinten. Wenn man jedoch einen Sack Torf oder einen Kanister Insektenvertilgungsmittel oder einen Container Ringelblumen verkaufte, konnte man sich nicht mehr vorgaukeln, eine romantische Figur zu sein oder die Chance zu haben, je eine zu werden. Und immerhin war das richtige Selbstbild häufig der bessere Teil der Realität.

»Falls Frank hier auftaucht«, sagte Hal, »was fang' ich dann mit ihm an?«

»Pack ihn in ein Auto und bring ihn zu Bobby und Julie.«

»Du meinst in ihr Haus?«

»Nein. Santa Barbara. Sie fahren heute abend hin, wohnen im Red Lion Inn, damit sie morgen gleich anfangen können, die Pollard-Familie zu durchleuchten.«

Stirnrunzelnd beugte sich Hal auf dem Sofa in der Empfangshalle vor. »Ich meinte, du hättest gesagt, sie glaubten nicht, Frank jemals wiederzusehen.«

»Bobby sagt, er glaubt, Frank fiele allmählich auseinander und würde die nächste Serie seiner Trips nicht überstehen. Das ist nur so ein Gefühl.«

»Also, wer ist denn dann der Klient?«

»Bis auf weiteres ist es Frank.«

»Hört sich kompliziert an. Sei ehrlich mit mir, Clint. Warum machen sie sich mit dem Kerl soviel Mühe, besonders wenn man in Betracht zieht, wie irre gefährlich die Sache zu sein scheint? Und sie scheint von Stunde zu Stunde gefährlicher zu werden.«

»Sie mögen Frank. *Ich* mag Frank.«

»Ich sagte, sei ehrlich.«

Clint seufzte. »Ich habe ehrlich keine Ahnung. Bobby kehrte zurück und war vor Angst halb verrückt. Aber er will nicht lockerlassen. Man sollte meinen, sie halten sich zurück, zumindest so lange, bis Frank wieder auftaucht, *wenn* er auftaucht. Dieser Bruder von ihm, dieser Candy, der hört sich an, als sei er der Teufel selbst – nicht wie jemand, mit dem irgend jemand fertigwerden kann. Bobby und Julie sind manchmal Dickschädel, aber sie sind nicht blöd, und ich dachte, sie würden den Fall aufgeben, jetzt, nachdem sie gesehen haben, daß das ein Job für Gott ist, nicht für Privatdetektive. Aber sie bleiben dran.«

Bobby und Julie beugten sich mit Lee Chen über den Schreibtisch, während er ihnen erklärte, welche Informationen er bislang zusammengetragen hatte.

»Das Geld könnte gestohlen sein, trotzdem kann man es ausgeben«, sagte Lee. »Diese Seriennummern konnte ich auf keiner Liste mit heißen Banknoten finden – weder auf denen des Bundes, des Staates noch auf irgendeiner lokalen.«

Bobby hatte bereits über etliche Quellen nachgedacht, aus denen Frank die sechshunderttausend Dollar eventuell hätte haben können, die jetzt im Büro-Safe lagen. »Man muß Firmen oder Geschäfte mit hohem Umsatz suchen, die ihre Einnahmen abends nicht immer zur Bank bringen, und man hat ein potentielles Ziel. Sagen wir, es ist ein Supermarkt, der bis Mitternacht geöffnet ist, da würde es der Manager wohl kaum für eine gute Idee halten, soviel Bargeld zum Nachttresor der Bank zu schleppen. Also gibt es sicher einen Safe im Laden. Nachdem der Supermarkt geschlossen hat, kann man sich hineinteleportieren, wenn man Frank ist, die Kräfte einsetzen, über die man verfügt, um den Safe zu öffnen, die Tageseinnahmen in eine Einkaufstüte packen und wieder verschwinden, wie man erschienen ist. Natürlich findet man da keine riesigen Summen, aber wenn man innerhalb einer Stunde drei, vier Supermärkte ausräumt, läppert sich das zusammen.«

Julie hatte sich offensichtlich mit derselben Frage beschäftigt, denn sie sagte: »Casinos. Sie haben alle Abrechnungsräume, die man auf den Plänen finden kann, die die Finanzämter kennen. Aber sie haben auch gut versteckte Räume, in denen die Gewinne aufbewahrt werden. Die sind wie begehbare Safes. Fort Knox würde neidisch werden. Man benutzt seine psychischen Fähigkeiten, um festzustellen, wo einer dieser geheimen Räume ist, teleportiert sich rein, wenn niemand da ist, und nimmt sich alles, was man will.«

»Frank hat eine Weile in Vegas gewohnt«, sagte Bobby. »Erinnert euch, daß ich euch von der leeren Parzelle erzählt habe, zu der er mich brachte. Da hatte er mal ein Haus.«

»Er brauchte sich nicht auf Vegas zu beschränken«, meinte Julie. »Reno, Lake Tahoe, Atlantic City, die Karibik, Macao, Frankreich, England, Monte Carlo – überall, wo ums große Geld gespielt wird.«

Das Gespräch über den ungehinderten Zugang zu unbegrenzt hohen Geldmengen erregte Bobby, obwohl ihm nicht klar war, warum. Immerhin war es Frank, der teleportieren konnte, nicht er. Und er war zu fünfundneunzig Prozent sicher, daß sie Frank nie wiedersehen würden.

Lee Chen breitete einen Stapel von Ausdrucken auf dem Tisch aus. »Das Geld ist bei dieser Sache das uninteressanteste«, erklärte er. »Wie Sie sich erinnern werden, wollten Sie wissen, ob die Bullen hinter Mister Blau her sind.«

»Candy«, warf Bobby ein. »Jetzt haben wir einen Namen für ihn.«

Lee runzelte die Stirn. »Mister Blau gefiel mir besser. Das hatte mehr Stil.«

Hal Yamataka, der eben den Raum betrat, sagte: »Ich glaube nicht, daß ich mich, was Stil betrifft, auf das Urteil eines Burschen verlassen würde, der rote Socken und rote Turnschuhe trägt.«

Lee schüttelte den Kopf. »Wir Chinesen haben Tausende von Jahren alles dafür getan, ein einschüchterndes Bild aller Asiaten zu zeichnen, um diese unseligen Bewohner der westlichen Hemisphäre auf Dauer aus der Fassung zu bringen, und ihr Japaner haut alles kaputt, indem ihr diese Godzilla-Filme dreht. Man kann nicht undurchschaubar bleiben, wenn man Godzilla-Filme dreht.«

»Tatsächlich? Zeig mir mal *einen*, der einen Godzilla-Film nach dem ersten Ansehen verstanden hat.«

Sie waren ein interessantes Paar, diese beiden. Der eine schlank, nach der Mode gekleidet, zart, ein enthusiastisches Kind des Silikonzeitalters, der andere vierschrötig, mit einem Gesicht so stumpf wie ein Vorschlaghammer, ein Kerl, an dem etwa soviel High-Tech war wie an einem Stein.

Am interessantesten fand Bobby aber, daß ihm bis zu diesem Moment niemals aufgefallen war, welch unverhältnismäßig großer Prozentsatz des Personals von Dakota & Dakota asiatischer Abstammung war. Da gab es noch zwei – Nguyen Tuan Phu und Jamie Quang, beides Vietnamesen. Vier von elf also. Obwohl er und Hal hin und wieder Ost-West-Witze rissen, hatte Bobby Hal, Lee, Nguyen und Jamie innerhalb des Angestelltenstamms doch nie als eine Art Unterabteilung angesehen. Sie waren einfach sie selbst, so verschieden voneinander wie Äpfel und Birnen. Jetzt aber wurde Bobby bewußt, daß diese Vorliebe für Asien-Amerikaner etwas über ihn selbst enthüllte, etwas, das mehr war als eine offensichtliche und bewunderungswürdige Rassenblindheit. Er konnte sich jedoch nicht erklären, was es war.

»Und nichts ist weniger undurchschaubar als das ganze Konzept von Mothra«, entgegnete Hal. »Übrigens, Bobby, Clint ist nach Hause gegangen zu Felina. Wenn wir doch alle dieses Glück hätten.«

»Lee wollte uns gerade von Mister Blau erzählen«, sagte Julie.

»Candy«, verbesserte Bobby.

Lee deutete auf die Daten, die er aus den verschiedensten Polizeiakten zusammengesammelt hatte. »Die meisten Polizeibehörden erhielten erst vor neun Jahren Computer, die miteinander verbunden werden konnten – jedenfalls auf eine technisch ausgereifte Art«, sagte Lee. »Deshalb gehen die meisten elektronisch zugänglichen Akten auch nicht weiter zurück. Doch während dieser Zeit gab es siebenundachtzig brutale Morde in neun Staaten, die genügend Übereinstimmungen aufweisen, um die Möglichkeit zu erwägen, daß es sich um einen Einzeltäter handelt. Nur die Möglichkeit, wohlgemerkt. Doch im letzten Jahr wurde das FBI aufmerksam und setzte ein Drei- Mann-Team darauf an – einer im Büro und zwei im Außendienst –, um lokale und Staatsermittlungen zu koordinieren.«

»Drei Männer?« fragte Hal. »Hört sich nicht an, als hielten sie's für vordringlich.«

»Das FBI war immer unterbesetzt«, widersprach Julie. »Und im Lauf der letzten dreißig Jahre, in denen es Richter für altmodisch hielten, lange Haftstrafen zu verhängen, hat die Zahl der bösen Buben drastisch zugenommen. Sie sind einfach in der Überzahl. Drei Männer, ganztags – das ist in diesem Stadium ein ernsthaftes Engagement.«

Lee zog einen der Ausdrucke aus dem Stapel auf dem Schreibtisch und faßte die darauf gesammelten Daten zusammen. »All diese Morde stimmen in folgenden Punkten überein:

Erstens – die Opfer wurden alle gebissen, die meisten an der Kehle, doch diesem Kerl scheint kein Körperteil heilig zu sein. Zweitens – viele von ihnen sind geschlagen worden, erlitten Kopfverletzungen. Aber der Blutverlust durch die Bisse – gewöhnlich in die Jugularader und die Arteria Carotis in der Kehle – war in buchstäblich jedem der Fälle der wesentliche Todesfaktor, unabhängig von anderen Verletzungen.«

»Neben allem anderen ist der Kerl also auch noch ein Vampir?« erkundigte sich Hal.

Julie nahm seine Frage ernst. In diesem bizarren Fall mußten sie schließlich jede Möglichkeit in Betracht ziehen, egal, wie eigenartig sie sich auch immer anhörte. »Kein Vampir im übernatürlichen Sinn«, sagte sie. »Nach allem, was wir wissen, ist die Familie Pollard – aus welchem Grund auch immer – mit allen möglichen Talenten ausgestattet. Sie kennen doch diesen Magier im Fernsehen, den ›Verblüffenden Randi‹, der jedem hunderttausend Dollar zahlen will, der beweist, daß er über besondere psychische Kräfte verfügt? Dieser Pollard-Clan würde ihn in den Bankrott zwingen. Aber das heißt nicht, daß sie irgend etwas Übernatürliches an sich haben. Sie sind keine Dämonen, sind nicht besessen, sind keine Kinder des Teufels – nichts in der Richtung.«

»Es ist nur ein kleines genetisches Extra«, erklärte Bobby.

»Genau. Wenn Candy sich benimmt wie ein Vampir, wenn er Leute in die Kehle beißt, ist das nur ein Beweis für seine Geisteskrankheit«, fuhr Julie fort. »Es bedeutet nicht, daß er einer der lebenden Toten ist.«

Bobby erinnerte sich lebhaft, wie der blonde Riese am Strand von Punaluu durch den strömenden Regen auf ihn zugestürmt war. Der Kerl war so furchteinflößend wie eine Lokomotive. Wenn Bobby die Wahl hätte, sich entweder Candy Pollard oder Dracula zum Kampf zu stellen, würde er sich wohl eher für den untoten Grafen entscheiden. Nichts, was so simpel war wie eine Knoblauchzehe, ein Kruzifix oder ein gut plazierter Holzpflock, würde Franks Bruder abschrecken können.

»Da gibt es noch eine weitere Übereinstimmung«, meldete sich Lee wieder zu Wort. »In den Fällen, bei denen die Opfer weder Türen noch Fenster offen gelassen hatten, gab es keine Hinweise darauf, wie der Killer sich Eintritt verschafft hatte. Und in vielen Fällen fand die Polizei Sicherheitsriegel, die von innen geschlossen waren, Fenster, die von innen verriegelt waren – es war, als sei der Mörder durch den Kamin verschwunden, nachdem er die Tat begangen hatte.«

»Siebenundachtzig«, wiederholte Julie. Sie fröstelte.

Lee ließ das Papier auf den Tisch fallen. »Sie gehen davon aus, daß es mehr sind, weil dieser Kerl manchmal versucht hat, seine Spuren zu verwischen – die Bißspuren, meine ich –, indem er die Leichen noch mehr verstümmelte oder sie sogar verbrannte. Obwohl sich die Bullen in diesen Fällen nicht an der Nase rumführen ließen, haben sie sich bei anderen bestimmt irreführen lassen. Also ist die Zahl mit Sicherheit höher als siebenundachtzig, und das betrifft nur die letzten neun Jahre.«

»Gut gemacht, Lee«, lobte ihn Julie. Bobby stimmte ihr zu.

»Ich bin noch nicht fertig«, sagte Lee.

»Ich werde mir eine Pizza bestellen und noch ein wenig weiter graben.«

»Sie sind heute schon länger als zehn Stunden da«, sagte Bobby. »Das ist viel mehr, als Sie müßten. Sie sollten sich jetzt Ruhe gönnen und morgen später kommen, Lee.«

»Wenn Sie – wie ich – daran glaubten, daß Zeit subjektiv ist, hätten Sie eine unbegrenzte Menge zur Verfügung. Sobald ich zu Hause bin, werde ich ein paar Stunden so strecken, daß sie wie ein paar Wochen sind, und morgen richtig erholt hier auftauchen.«

Hal Yamataka schüttelte den Kopf und seufzte. »Ich hasse es ja, das zuzugeben, Lee, aber du bist schon verdammt gut, wenn's um diese mysteriöse orientalische Scheiße geht.«

Lee lächelte geheimnisvoll. »Vielen Dank.«

Nachdem Bobby und Julie nach Hause gefahren waren, um ein paar Sachen für den Trip nach Santa Barbara zusammenzupacken und nachdem Lee in den Computerraum zurückgekehrt war, machte Hal es sich auf dem Sofa im Büro seiner Chefs bequem, zog die Schuhe aus und legte die Füße auf den Couchtisch. Er hatte sich wieder das Taschenbuch von *The Last One Left* mitgebracht, das er bereits zweimal gelesen und letzte Nacht im Krankenhaus zum drittenmal begonnen hatte. Falls Bobby recht hatte mit seiner Vermutung, daß sie Frank möglicherweise nicht wiedersehen würden, hatte Hal einen ruhigen Abend vor sich und würde vielleicht die Hälfte des Buches schaffen.

Womöglich war er bei Dakota & Dakota ja nicht deshalb so glücklich, weil die Aussicht bestand, aufregende Abenteuer zu erleben, sondern weil er deshalb keinen langweiligen Job ausüben mußte wie beispielsweise den eines Gärtners und weil die Chance, ein Held zu sein, zugegebenermaßen gering war. Womöglich hatte ja die Tatsache seine Berufswahl beeinflußt, daß er keinen Rasen mähen, keine Hecke schneiden und keine fünfzig Container Ringelblumen pflanzen und gleichzeitig ein Buch lesen konnte.

Derek saß auf seinem Stuhl. Er hielt die Fernbedienung auf das TeVau-Gerät gerichtet und schaltete es an. »Du willst doch keine Nachrichten sehen?« fragte er.

»Nein«, sagte Thomas. Er lag auf seinem Bett, hatte sich Kissen in den Rücken gestopft und blickte in die Nacht hinaus, die hinter dem Fenster lag.

»Gut. Ich auch nicht.« Derek drückte Knöpfe auf der Fernbedienung. Ein neues Bild erschien auf dem Schirm. »Du möchtest keine Spielshow sehen?«

»Nein.« Alles, was Thomas tun wollte, war, hinter dem Bösen Ding herzuspionieren.

»Gut.« Derek drückte Knöpfe, und die unsichtbaren Strahlen sorgten dafür, daß der Schirm ein neues Bild zeigte. »Du willst nicht die *Three Stooges* sehen, die so tun, als seien sie komisch?«

»Nein.«

»Was willst du sehen?«

»Egal. Was immer du sehen willst.«

»Mann, das ist nett.« Er holte eine Menge Bilder auf den Schirm, bis er eine Weltraumstory fand, in der Astronauten in Raumanzügen an irgendeinem schaurigen Platz herumtappten. Derek gab einen Glücksseufzer von sich und sagte: »Der ist gut. Ich mag ihre Hüte.«

»Helme«, sagte Thomas. »Weltraumhelme.«

»Ich wünschte, ich hätte auch so einen Hut.«

Als er wieder in die große Schwärze hinausreichte, beschloß Thomas, sich nicht einen Bewußtseinsstrang vorzustellen, der sich in Richtung des Bösen Dings ausrollte. Statt dessen malte er sich eine Fernbedienung, eine Strahlenpistole, aus, aus der unsichtbare Strahlen herausschossen. Junge, das funktionierte ja viel besser! *Peng,* in Sekundenbruchteilen war er bei dem Bösen Ding, und er spürte es auch stärker, so stark, daß er Angst bekam, die Fernbedienung ausschaltete und sich in Windeseile ganz und gar in sein Zimmer zurückzog.

»Sie haben Telefone in ihren Hüten«, sagte Derek. »Sieh doch, sie sprechen durch ihre Hüte.«

Auf dem Bildschirm waren die Astronauten jetzt an einem noch schaurigeren Ort, tappten weiter herum, was das war, was Astronauten am häufigsten taten, obwohl an diesen schaurigen Orten gewöhnlich etwas Häßlich-Gefährliches auf sie wartete. Astronauten lernten niemals dazu.

Thomas wandte den Blick vom TeVau.

Zum Fenster hinüber.

In die Dunkelheit.

Bobby sorgte sich um Julie. Bobby wußte Dinge, die Thomas nicht wußte. Wenn Bobby sich um Julie sorgte, dann mußte Thomas tapfer sein und tun, was richtig war.

Die Sache mit der Fernbedienung klappte so viel besser, daß es ihm schon wieder Angst einjagte, aber er sagte sich, das müsse gut sein, weil er so besser bei dem Bösen Ding herumschnüffeln konnte. Er konnte es schneller erreichen und schneller wieder verschwinden und so häufiger bei ihm herumschnüffeln, ohne Angst haben zu müssen, es könne den Bewußtseinsstrang packen und mit ihm zusammen ins Heim kommen. Den unsichtbaren Strahl einer unsichtbaren Fernbedienung zu packen war schwieriger, sogar für ein Ding, das so schnell und so clever und so gemein war wie das Böse Ding.

Also stellte er sich wieder vor, wie er die Knöpfe einer Fernbedienung drückte, und ein Teil von ihm raste durch die Dunkelheit – *Peng!* – und direkt hin zu dem Bösen Ding. Er spürte, wie sauer das Böse Ding war, saurer als jemals zuvor und daß es eine Menge Gedanken über Blut dachte, bei denen Thomas ganz übel wurde. Thomas wollte gleich wieder zurück ins Heim.

Das Böse Ding spürte ihn, das konnte man merken. Er mochte es nicht, daß das Böse Ding ihn spüren konnte, und wußte, daß er da bei ihm war, doch er blieb noch ein Weilchen, ließ den Wecker noch ein paarmal ticken, versuchte, ob er irgendwelche Gedanken über Julie in diesen vielen Gedanken über Blut finden konnte.

Falls das Böse Ding mit irgendwelchen Gedanken über Julie spielte, würde Thomas auf der Stelle eine Warnung an Bobby tevauen. Er war glücklich, als er Julie nicht in den Gedanken des Bösen Dings finden konnte und strahlte sich per Fernbedienung schnell wieder ins Heim.

»Wo, was glaubst du, könnte ich wohl einen solchen Hut herkriegen?« fragte Derek.

»Helm.«

»Sogar ein Licht hat er drauf, siehst du?«

Thomas rutschte ein wenig hoch von seinen Kissen. »Du weißt schon, was das für eine Art Geschichte ist?« fragte er Derek.

Derek schüttelte den Kopf. »Was für eine Art Geschichte?«

»Es ist die Art, bei der jetzt jede Sekunde etwas Häßlich-Gefährliches hochspringt und dem Astronauten das Gesicht wegbläst oder vielleicht auch in seinen Mund krabbelt und dann hinunter in seinen Bauch und dort ein Nest baut.«

Dereks Gesicht verzog sich vor Ekel. »Igitt. Ich mag diese Art von Geschichten nicht.«

»Ich weiß«, sagte Thomas. »Deshalb habe ich dich ja gewarnt.«

Während Derek eine Menge unterschiedlicher Bilder auf dem Schirm erscheinen ließ, ganz schnell nacheinander, um ganz weit von dem Astronauten wegzukommen, dessen Gesicht weggeblasen werden würde, versuchte Thoma darüber nachzudenken, wie lange er wohl warten solle, bis er wieder bei dem Bösen Ding herumschnüffelte.

Bobby machte sich wirklich große Sorgen, das konnte man merken, obwohl er versuchte, das zu verbergen, und Bobby war keine dumme Person. Deshalb war es eine gute Idee, das Böse Ding ziemlich regelmäßig zu überprüfen, für den Fall, daß es ganz plötzlich an Julie dachte und aufstand und sich anschickte, sie zu kriegen.

»Willst du das sehen?« fragte Derek.

Auf dem Bildschirm war ein Bild von diesem Kerl mit einem Eishockey-Kopfschutz und einem Messer in der Hand zu sehen, der mucksmäuschenstill durch ein Zimmer ging, in dem ein Mädchen schlafend im Bett lag.

»Du solltest lieber ein anderes Bild holen«, sagte Thomas.

Weil die Rush-Hour vorbei war, weil Julie die besten Abkürzungen kannte, aber in erster Linie, weil sie nicht in der Stimmung war, vorsichtig zu sein oder sich an die Verkehrsregeln zu halten, schafften sie den Weg vom Büro zu ihrem Haus am Ostrand von Orange in Rekordzeit.

Unterwegs erzählte Bobby ihr von der Kalkutta-Schabe, die ein Teil seines Schuhs gewesen war, als er mit Frank auf dieser roten Brücke in dem Garten in Kyoto angelangt war.

»Doch als wir von dort auf den Fudschi gehüpft waren, war mein Schuh okay, die Schabe war weg.«

Vor einer Kreuzung verlangsamte sie die Geschwindigkeit, hielt aber nicht, weil sie weit und breit kein anderes Auto sah. »Warum hast du mir das nicht schon im Büro erzählt?«

»Da war für Einzelheiten keine Zeit.«

»Und was, meinst du, ist aus der Schabe geworden?«

»Ich weiß es nicht. Das ist es ja, was mich stört.«

Sie waren auf der Newport Avenue, gerade am Crawford Canyon vorbei. Natriumdampflampen warfen ein eigenartiges Licht auf die Straße.

Auf den steilen Hügeln zu ihrer Linken leuchteten einige riesige englische Tudor-Häuser und ein paar im französischen Stil wie gigantische Luxusdampfer. Sie paßten so gar nicht in die Landschaft. Zum Teil lag es wohl daran, daß der unvernünftig hohe Wert solcher sauteuren Grundstücke dazu geführt hatte, daß die immens großen Häuser auf unverhältnismäßig winzigen Parzellen gebaut worden waren, und zum anderen daran, daß der Tudor-Stil ebenso wie der französische nicht mit der halbtropischen Landschaft harmonierte. Diese Häuser hatten ihn niemals vorher gestört, und angesichts der ernsten Probleme, denen er und Julie sich gegenübersahen, konnte er sich auch nicht erklären, warum sie ihn jetzt störten. Möglicherweise war er ja so übernervös, daß ihn sogar diese kleinen Disharmonien an das Chaos erinnerten, das ihn fast verschlungen hätte, als er mit Frank unterwegs gewesen war.

»Mußt du so schnell fahren?« fragte er Julie.

»Ja«, entgegnete sie kurz angebunden. »Ich will nach Hause, packen, nach Santa Barbara fahren und erfahren, was wir auch immer über die Familie Pollard erfahren können und dann diesen verdammten, gruseligen Fall abschließen.«

»Warum hören wir nicht gleich auf, wenn du so denkst? Frank kommt zurück, wir geben ihm sein Geld, sein Glas mit den roten Diamanten, sagen ihm, es tut uns leid, wir hielten ihn für einen tollen Kerl, aber wir könnten nicht weiter für ihn arbeiten.«

»Das können wir nicht«, sagte sie.

Er kaute auf seiner Unterlippe herum und sagte dann: »Ich weiß. Aber ich weiß im Grunde nicht, was uns zwingt, ausgerechnet diesen Fall nicht hinzuschmeißen.«

Sie hatten die Hügelkuppe erreicht und rasten gen Norden, am Eingang zum Rocking Horse Ridge vorbei. Ihre eigene Siedlung lag nur noch ein paar Straßen entfernt zu ihrer Linken. Als sie schließlich doch abbremste, bevor sie um die Ecke bog, schaute sie ihn an und sagte: »Und du weißt wirklich nicht, warum wir da nicht raus können?«

»Nein. Willst du sagen, du weißt es?«

»Ich weiß es.«

»Sag es mir.«

»Du wirst es schon noch rauskriegen.«

»Tu nicht so geheimnisvoll. Das paßt nicht zu dir.«

Sie fuhr den Firmen-Toyota in die Siedlung, dann in ihre Straße. »Wenn ich dir sage, was ich denke, regst du dich nur auf. Du wirst es bestreiten, wir werden streiten, und ich will nicht mit dir streiten.«

»Warum sollten wir streiten?«

Sie lenkte den Wagen in die Auffahrt, legte den Parkgang ein, stellte die Scheinwerfer und den Motor ab und drehte sich zu ihm um. Ihre Augen leuchteten matt in der Dunkelheit. »Sobald du verstehst, warum wir nicht aufhören können, wirst du nicht mögen, was das über uns sagt, und du wirst es bestreiten, wirst sagen, daß ich unrecht habe, daß wir in Wirklichkeit nur ein paar süße Kinder sind. Du stellst dir uns gern als süße Kinder vor, clever, aber im Grunde unschuldig wie der junge Jimmy Stewart und Donna Reed. Dafür liebe ich dich auch wirklich, ich liebe dich, weil du ein solcher Träumer bist, was die Welt und uns angeht. Und es würde mich verletzen, wenn du darüber streiten wolltest.«

Fast hätte er wirklich angefangen, mit ihr darüber zu streiten, ob er mit ihr streiten würde oder nicht. Dann starrte er sie jedoch einen Moment an und meinte schließlich: »Ich hatte es schon, dieses Gefühl, daß ich irgend etwas nicht richtig sehen will. Und daß ich feststellen werde, daß meine Motive gar nicht so edel sind, wie ich jetzt glaube – daß mir das aber erst bewußt werden wird, wenn dies alles vorbei ist, daß ich erst dann wissen werde, warum ich so entschlossen war, diese Geschichte bis zum Ende durchzuziehen. Das ist schon ein verdammt gruseliges Gefühl. So, als ob ich mich selbst gar nicht richtig kennen würde.«

»Möglicherweise verbringen wir ja unser ganzes Leben damit, uns selbst kennenzulernen. Und möglicherweise gelingt uns das niemals wirklich – völlig.«

Sie gab ihm einen schnellen, kurzen Kuß und stieg aus dem Auto.

Als er ihr über den Gartenweg zur Haustür folgte, schaute er zum Himmel auf. Die Klarheit des Tages war von kurzer Dauer gewesen. Eine Wolkendecke verbarg den Mond und die Sterne. Der Himmel war sehr dunkel, und er wurde von der seltsamen Gewißheit ergriffen, daß eine große und schreckliche Last von da oben auf sie zufiel, schwarz vor dem schwarzen Himmel und deshalb unsichtbar, aber sie fiel schnell und schneller . . .

51

Candy hatte seine Wut gedrosselt, hielt sie im Zaum, doch das Zaumzeug war angespannt wie die Leine eines Kampfhundes, der sich anstrengt, sich zu befreien.

Er schaukelte und schaukelte, und sein scheuer Besucher wurde frecher. Wiederholt spürte er die unsichtbare Hand an seinem Kopf. Anfangs berührte sie ihn nur so leicht wie ein leerer Seidenhandschuh, und sie berührte ihn nur kurz, bevor sie wieder weghuschte. Doch während er vorgab, weder an der Hand noch an der Person interessiert zu sein, die zu ihr gehörte, wurde sein Besucher wagemutiger, die Hand schwerer und weniger nervös.

Obwohl Candy aus Furcht, den Eindringling abzuschrecken, keinen Versuch unternahm, seine Gedanken zu erforschen, trafen einige der Gedanken des Fremden trotzdem bei ihm ein. Er glaubte nicht, daß der Besucher sich bewußt war, daß Bilder und Worte aus seinen eigenen Gedanken in Candys Bewußtsein drangen. Sie sickerten einfach aus ihm heraus, als wären sie Wassertröpfchen, die aus winzigen Löchern in einem rostigen Eimer rannen.

Der Name Julie« tauchte verschiedene Male auf.

Und einmal schwebte zusammen mit dem Namen auch ein Bild an ihm vorbei – eine attraktive Frau mit braunem Haar und dunklen Augen. Candy war nicht sicher, ob es das Gesicht seines Besuchers oder seiner Besucherin war oder das Gesicht von jemandem, den sein Besucher kannte – er war nicht einmal sicher, ob es das Gesicht von jemandem war, der wirklich existierte. Es gab Aspekte, die das unwahrscheinlich erscheinen ließen: Ein fahles Licht strahlte von ihm aus, und die Züge waren so freundlich und so heiter, daß es wirkte wie das gottgefällige Antlitz einer Heiligen in einer Bibelillustration.

Mehr als einmal sickerte das Wort »Flatterding« aus den Gedanken seines Besuchers, manchmal neben anderen Wörtern wie »denk an das Flatterding« oder »sei kein Flatterding«. Und jedesmal, wenn dieses Wort durch seine Gedanken huschte, zog sich der Besucher schleunigst zurück.

Aber er kehrte immer wieder zurück. Weil Candy nichts tat, um ihm das Gefühl zu geben, er sei nicht willkommen.

Candy schaukelte und schaukelte. Der Stuhl brachte einen sanften Ton hervor: *quietsch ... quietsch ... quietsch ...*

Er wartete.

Er blieb aufmerksam und offen.

... *quietsch* ... *quietsch* ... *quietsch* ...

Zweimal sickerte der Name »Bobby« aus den Gedanken des Besuchers, und beim zweitenmal war ein verschwommenes Bild mit ihm verbunden, noch ein sehr freundliches und nettes Gesicht. Es war idealisiert – wie Julies Gesicht. Candy meinte, es irgendwoher zu kennen, wollte sich aber nicht darauf konzentrieren, weil dem Besucher sein Interesse auffallen und ihn das abschrekken könnte.

Während seines langen und geduldigen Werbens um

den scheuen Eindringling nahm Candy auch andere Wörter und Bilder auf, doch er wußte nicht, was er mit ihnen anfangen sollte:

- Männer in Raumanzügen -

- »Das Böse Ding -«

- ein Kerl mit einem Eishockey- Kopfschutz -

- »Das Heim -«

- »Dumme Leute -«

- ein Bademantel, ein halbaufgegessener Schokoladenriegel und ein jäher, hektischer Gedanke: zieht Ungeziefer an, nicht gut, zieht Ungeziefer an, muß ordentlich sein, muß sauber sein -

Mehr als zehn Minuten vergingen ohne Kontakt, und Candy begann schon zu befürchten, der Eindringling könne für immer gegangen sein. Aber plötzlich war er wieder da. Dieses Mal war der Kontakt intensiv, fast intim.

Als Candy spürte, daß der Besucher selbstbewußter geworden war, wußte er, daß es nun an der Zeit war zu handeln. Er stellte sich seine Gedanken als Stahlfalle vor, den Besucher als wißbegierige Maus, und er malte sich aus, wie die Falle zuschnappte und der Besucher unentrinnbar gefangen war.

Unter Schock versuchte der Besucher, sich zu befreien. Candy hielt ihn fest und schob sich über die telepathische Brücke, die sie verband, versuchte, die Gedanken seines Gegners zu erstürmen, um herauszufinden, wer er war, wo er war und was er wollte.

Candy verfügte nicht über eigene telepathische Kräfte, über nichts, was den schwachen telepathischen Talenten des Eindringlings auch nur ähnlich war. Er hatte niemals vorher die Gedanken eines anderen gelesen, und er wußte nicht, wie er das anstellen sollte. Wie sich herausstellte, mußte er auch gar nichts weiter tun. Er brauchte sich nur zu öffnen und alles zu empfangen, was der Besucher ihm gab.

Thomas hieß er, und er hatte schreckliche Angst vor Candy, und er hatte schreckliche Angst, etwas wirklich Dummes getan zu haben, und er hatte schreckliche Angst, Julie in Gefahr gebracht zu haben. Diese Dreieinigkeit von Ängsten hatte seine mentalen Schranken niedergerissen und ihn veranlaßt, eine Flut von Informationen auszuspeien.

Es waren so viele Informationen, daß es Candy unmöglich war, etwas Sinnvolles herauszufiltern, es war nur ein Geplätscher von Wörtern und Bildern. Verzweifelt versuchte er, es zu sortieren, um Hinweise auf Thomas' Identität und seinen Aufenthaltsort zu finden.

Dumme Leute, Cielo Vista, das Heim, jedermann hier hat schlechte Ei-Kuhs, Pflegeheim, gutes Essen, TeVau, der beste Ort für uns, Cielo Vista, die Pfleger sind nett, wir schauen den Kolibris zu, die Welt da draußen ist schlecht, ist zu schlecht für uns da draußen, Cielo Vista Pflegeheim ...

Mit einigem Erstaunen begriff Candy, daß sein Besucher jemand mit einem unterdurchschnittlichen Intellekt war – er kriegte selbst den Begriff »Down Syndrom« mit –, und er fürchtete, daß er nicht in der Lage sein könne, aus dem Geplätscher genügend vernünftige Gedanken aussortieren zu können, um Thomas' Aufenthaltsort zu erfahren. Es war ja durchaus möglich, daß Thomas' IQ so niedrig war, daß er selbst nicht wußte, wo das Cielo-Vista-Pflegeheim war, obwohl er ganz offensichtlich dort lebte.

Danach quoll eine ganze Serie von Bildern aus Thomas' Bewußtsein, eine eng miteinander verknüpfte Kette aufeinanderfolgender Erinnerungen, die ihm immer noch emotionale Schmerzen verursachten: die Autofahrt nach Cielo Vista mit Julie und Bobby, an dem Tag, an dem sie ihn dort hinbrachten. Dieser Gedanke unterschied sich insofern von Thomas' anderen Gedanken und Erinnerungen, als er äußerst detailliert und so klar war, daß er sich vor Candy entrollte wie eine Filmspule auf einer Leinwand und ihm alles vermittelte, was er wissen wollte.

Er sah den Highway, über den sie an diesem Tag gefahren waren, sah die Wegweiser und Straßenschilder durch das Autofenster vorbeiflitzen, sah jeden Orientierungspunkt an jeder Biegung, sah alles das, was Thomas sich mit solcher Mühe ins Gedächtnis eingeprägt hatte, weil er während der ganzen Fahrt immer wieder gedacht hatte: *Wenn es mir dort nicht gefällt, wenn die Leute dort gemein sind, wenn ich dort zuviel Angst habe, wenn's mir zuviel wird, dort allein zu sein, dann muß ich wissen, wie ich den Weg zu Julie und Bobby zurückfinden kann, wann immer ich will, erinnere dich daran, erinnere dich an das alles, abbiegen dort an der 7-11, genau dort an der 7-11, vergiß diese 7-11 nicht, und dann geh an diesen drei Palmen vorbei. Was, wenn sie mich nicht besuchen? Nein, so etwas Schlimmes darf ich nicht denken, sie lieben mich, sie werden mich besuchen. Aber was ist, wenn sie's nicht tun? Schau hin, erinnere dich an dieses Haus, an dem du da vorbeifährst, erinnere dich an dieses Haus mit dem blauen Dach ...*

Candy kriegte alles mit. Die Ortung war so präzise, als hätte er sie von einem Geographen empfangen, der ihm Breiten- und Längengrade und Minuten genannt hätte. Es war mehr, als er wissen mußte, um seine Talente einsetzen zu können. Er öffnete die Falle und ließ Thomas gehen.

Er stand aus dem Schaukelstuhl auf.

Er malte sich das Cielo-Vista-Pflegeheim aus, so wie er

es in allen Einzelheiten in Thomas' Gedächtnis gesehen hatte.

Dunkelheit, Milliarden von heißen Funken, die sich in der Leere drehten, rasende Geschwindigkeit.

Weil Julie in einer Raus-hier-und-laß-es- uns-hinter-uns-bringen-Stimmung war, hielten sie nur fünfzehn Minuten beim Haus, gerade lange genug, um Toilettenartikel und etwas zum Umziehen in eine Reisetasche zu werfen. Auf der Chapman Avenue in Orange fuhr sie zum Autoschalter von Mc-Donalds und holte das Abendessen für unterwegs: Big Macs, Pommes frites, Diät-Colas. Während Bobby noch dabei war, die Extrapackungen mit Senf aufzuteilen und die Container mit den Big Macs zu öffnen, hatte Julie den Radardetektor am Rückspiegel befestigt, ihn an den Zigarettenanzünder des Toyota angeschlossen und ihn angeschaltet.

Und da hatten sie den Costa Mesa Freeway noch nicht mal erreicht.

Bobby hatte noch niemals vorher einen Hamburger bei hoher Geschwindigkeit gegessen, doch er schätzte, daß sie mit etwa einhundertundvierzig Stundenkilometern nach Norden zum Riverside Freeway, von dort wieder nach Norden auf den Orange Freeway fuhren, und er hatte seine Pommes frites noch nicht aufgegessen, als sie nur noch ein paar Ausfahrten vom Foothill Freeway östlich von Los Angeles entfernt waren. Obwohl die Stoßzeit längst vorbei war und ungewöhnlich wenig Verkehr herrschte, mußte Julie sehr häufig die Fahrspuren wechseln, um die hohe Geschwindigkeit beibehalten zu können. Und Nerven brauchte sie auch.

»Wenn wir so weiterfahren«, sagte er, »habe ich niemals die Chance, am Cholesterin in diesem Big Mac zu sterben.«

»Lee sagt, Cholesterin bringe uns nicht um.«

»Sagt er das?«

»Er sagt, wir leben ewig, und alles, was uns das Cholesterin antun kann, ist, uns ein wenig schneller aus diesem Leben zu befördern. Das gleiche muß eigentlich zutreffen, wenn mir ein Fehler unterläuft und sich dieses Scheißding hier ein paarmal überschlägt.«

»Ich glaube nicht, daß das passieren wird«, meinte er. »Du bist die beste Fahrerin, die ich jemals gesehen habe.«

»Danke dir, Bobby. Du bist der beste Beifahrer.«

»Das einzige, was ich mich frage ...«

»Ja?«

»Wenn wir nicht wirklich sterben, fahr ruhig weiter, denn dann muß ich mich um gar nichts sorgen – aber, warum, zum Teufel, habe ich mir die Mühe gemacht, *Diät*-Cola zu kaufen?«

Thomas rollte sich vom Bett, stand auf. »Derek, geh, raus hier, er kommt!«

Derek sah gerade im Fernsehen einem sprechenden Pferd zu und hörte Thomas nicht.

Das TeVau stand in der Mitte des Zimmers, zwischen den Betten, und zu dem Zeitpunkt, da Thomas hinkam und Derek packen und schütteln konnte, damit Derek zuhören mußte, war um sie herum ein komisches Geräusch, nicht komisch-ha- ha, sondern komisch-gruselig. Es war, als pfiffe jemand, pfiffe aber auch nicht. Da war auch Wind, ein paar Böen, weder warm noch kalt, doch sie ließen Thomas frösteln, als sie ihn erfaßten.

Er zerrte Derek von seinem Stuhl. »Das Böse Ding kommt!« rief Thomas. »Und du gehst raus, du gehst, so wie ich es dir schon gesagt habe! *Jetzt*!«

Derek zog einfach nur ein dummes Gesicht, dann lächelte er, als habe er nun kapiert, daß Thomas nur vorgab, komisch zu sein, wie die *Three Stooges* nur vorgaben, komisch zu sein. Das Versprechen, das er Thomas gegeben hatte, hatte er völlig vergessen. Er hatte geglaubt, das Schlimme, das Böse sei ein verlorenes Ei zum Frühstück, und als dann kein verlorenes Ei auf seinem Teller lag, hatte er sich gesagt, er sei sicher, aber jetzt war er nicht sicher, und er wußte es nicht.

Mehr komisch-gruseliges Pfeifen. Mehr Wind.

Thomas versetzte Derek einen Schubs, stieß ihn auf die Tür zu und schrie: »Lauf!«

Das Pfeifen hörte auf, der Wind hörte auf, und ganz plötzlich war das Böse Ding da – aus dem Nirgendwo. Stand zwischen ihnen und der offenen Tür.

Es war ein Mann, wie Thomas bereits wußte, aber es war mehr als nur ein Mann. Es war Dunkelheit in die Form eines Mannes gegossen, war, als wäre ein Teil der Nacht selbst durch das Fenster eingedrungen, und zwar nicht nur, weil es ein schwarzes T-Shirt und schwarze Hosen trug, sondern weil es auch tief drinnen ganz dunkel war, das konnte man sehen.

Derek kriegte auf der Stelle Angst.

Niemand mußte ihm sagen, daß dies das Böse Ding war, nicht mehr jetzt, da er es mit seinen eigenen Augen sehen konnte. Aber er sah nicht, daß es zu spät war zu rennen, und er rannte schnurstracks auf das Böse Ding zu, so als glaube er, es umkurven zu können. Das mußte es sein, was er sich gedacht hatte, denn nicht mal Derek war dumm genug, sich zu denken, er könne es niederwerfen – es war so groß.

Das Böse Ding packte ihn und hob ihn hoch, bevor er auch nur die Chance hatte, um es herumzulaufen, hob ihn hoch, als wöge er nicht mehr als ein Kopfkissen. Derek schrie, und das Böse Ding knallte ihn so hart gegen die Wand, daß sein Schrei abrupt aufhörte und die Bilder von Dereks Mama, seinem Dad und seinem Bruder von der Wand fielen, nicht von der, gegen die das Böse Ding Derek geschleudert hatte, sondern von der über seinem Bett.

Das Böse Ding war so schnell. Das war das Schlimmste an ihm, daß es so schrecklich schnell war. Es schleuderte Derek gegen die Wand, Dereks Mund öffnete sich, doch es drang kein Ton mehr aus ihm raus, das Böse Ding knallte ihn sofort noch einmal gegen die Wand, härter diesmal, obwohl das erste Mal schon hart genug gewesen war für jedermann. Und Dereks Augen wurden ganz merkwürdig.

Das Böse Ding zerrte ihn weg von der Wand und schleuderte ihn auf den Arbeitstisch. Der Tisch zitterte irgendwie, als würde er auseinanderfallen, aber er tat es nicht. Dereks Kopf hing über der Tischkante, so daß Thomas sein Gesicht verkehrt herum sah. Seine Augen blinzelten heftig, der Verkehrt-herum-Mund stand wirklich weit offen, doch kein Geräusch kam raus.

Er blickte auf von Dereks Gesicht, blickte über Dereks Körper hinweg direkt zu dem Bösen Ding hinüber, das ihn anschaute, das ihn angrinste, so als sei all dies ein Witz, komisch-ha-ha, was es nicht war, auf gar keinen Fall. Dann nahm es die Schere von der Ecke des Arbeitstischs. Die Schere, die Thomas benutzte, um seine Bildergedichte zu gestalten, die Schere, die fast zu Boden gefallen wäre, als das Böse Ding Derek auf den Tisch geschleudert hatte.

Es nahm die Schere, stieß sie in Derek und machte, daß das Blut aus ihm herauslief. Es stieß sie in den armen Derek, der selbst niemandem wehtun würde, der immer nur sich selbst wehgetan hatte, der nicht einmal gewußt hätte, *wie* er jemandem wehtun könnte. Und das Böse

Ding stieß die Schere noch einmal hinein und machte, daß noch mehr Blut aus Derek herauslief. An einer anderen Stelle. Und wieder hinein und noch einmal.

Dann lief das Blut nicht nur aus vier verschiedenen Stellen auf Dereks Brust und seinem Bauch, in die es die Schere gestoßen hatte, sondern auch aus seinem Mund und seiner Nase. Das Böse Ding hob Derek vom Tisch – die Schere steckte immer noch in ihm – und warf ihn weg, als sei er nur ein Kissen. Nein, als sei er ein Müllsack. Er warf ihn so wie die *Santa-Nation*-Müllmänner die Müllsäcke auf ihren *Santa-Nation*-Müllwagen warfen.

Derek landete auf seinem Bett. Auf dem Rücken auf seinem Bett, mit der Schere, die noch immer in ihm steckte. Und er rührte sich nicht, und er war zu dem Ort des Grauens gegangen, das konnte man sehen. Und das Schlimmste war, daß alles so schnell passiert war, schneller, als Thomas denken konnte, schneller, als Thomas sich einen Weg ausdenken konnte, es aufzuhalten.

Schritte in der Halle. Leute rannten.

Thomas schrie um Hilfe.

Pete, einer der Pfleger, tauchte in der Türöffnung auf. Pete sah Derek auf dem Bett, die Schere in ihm, Blut, das überall herausströmte, und er kriegte Angst, man konnte genau sehen, wie ihn die Angst überfiel. Er wandte sich an das Böse Ding und fragte: »Wer . . .«

Das Böse Ding packte ihn am Schlafittchen, und Pete gab ein Geräusch von sich, als stecke etwas in seiner Kehle. Er legte beide Hände um den Arm des Bösen Dings, der dicker zu sein schien als Petes beide Arme zusammen, aber er konnte das Böse Ding nicht dazu bringen loszulassen. Das Böse Ding zog ihn am Schlafittchen hoch, so daß sein Kinn nach oben ruckte und der Kopf in den Nacken fiel, und dann packte es ihn auch am Gürtel, schleuderte ihn durch die Tür und warf ihn in den Flur hinaus. Pete flog gegen eine Schwester, die in eben diesem Moment herbeieilte, und beide stürzten zu Boden, ineinander verkeilt. Und sie schrie.

Der Wecker tickte nur ein paarmal. Und all das war geschehen. So *schnell.*

Das Böse Ding schlug die Tür mit einem *Peng* zu, sah, daß man sie nicht verschließen konnte, und tat dann das Komischste überhaupt – komisch-gruselig, komisch-furchteinflößend. Er streckte beide Hände in Richtung Tür aus, und dieses blaue Licht blitzte aus seinen Händen – in der Art, in der nicht-blaues aus einer Taschenlampe blitzt. Funken sprühten von den Scharnieren und um den Türknauf herum und überall an den Türkanten. Alles Metallische rauchte und wurde ganz weich, so weich wie Butter, wenn man sie auf Kartoffelbrei legt.

Es war eine Feuertür. Sie sagten, man solle seine Tür geschlossen halten, wenn man jemals Feuer in der Halle sähe. Man solle dann nicht versuchen, in die Halle zu rennen, sondern seine Tür geschlossen halten und bleiben, wo man war. Sie nannten sie eine Feuertür, weil Feuer da nicht durch könne, sagten sie, und Thomas hatte sich immer gefragt, warum sie sie nicht eine Feuer-kann-da-nicht-durch-Tür nannten, aber er hatte nie gefragt.

Die Sache war die, eine Feuertür war ganz aus Metall, damit sie nicht brennen konnte, doch jetzt schmolz sie an den Kanten, und das tat auch der Metallrahmen. Sie schmolzen zusammen. Es sah nicht so aus, als könne man jemals wieder durch diese Tür gehen.

Leute fingen an, von da draußen gegen die Tür zu hämmern, versuchten, sie zu öffnen, konnten es nicht und riefen nach Thomas und Derek. Thomas kannte einige der Stimmen und wußte, zu wem sie gehörten, und er wollte ihnen zubrüllen, daß sie schnell helfen sollten, weil er in Schwierigkeiten war, aber er brachte keinen Ton mehr heraus als der arme Derek.

Das Böse Ding sorgte dafür, daß das blaue Licht aufhörte. Dann drehte es sich um und blickte Thomas an. Es lächelte ihn an. Es hatte kein nettes Lächeln. Es sagte: »Thomas?«

Thomas war überrascht, daß er aufstehen konnte, er war so verängstigt. Er war gegen die Wand am Fenster gelehnt, und er dachte, daß er vielleicht den Riegel am Fenster aufhebeln, es aufstoßen und hinausklettern könne. Wie man das anstellte, wußte er von den Notfallübungen. Doch er wußte, er war nicht schnell genug, auf gar keinen Fall, weil das Böse Ding das Schnellste war, was er je gesehen hatte.

Es trat einen Schritt auf ihn zu und dann noch einen. »Bist du Thomas?«

Eine ganze Weile konnte er nach wie vor keinen Weg finden, Laute herauszubringen. Er konnte nur die Lippen bewegen und so tun, als versuche er zu sprechen. Dann, während er das noch tat, sagte er sich, daß das Böse Ding ihm vielleicht glauben und einfach weggehen würde, wenn er log und sagte, er sei nicht Thomas.

Als er sich schließlich ganz plötzlich wieder äußern konnte, sagte er deshalb: »Nein. Ich ... Nein ... Nicht Thomas. Er ist raus in die Welt gegangen jetzt, er hat einen großen Ei-Kuh, er ist ein Debiler leichteren Grades, also haben sie ihn in die Welt rausgeschickt.«

Das Böse Ding lachte. Es war ein Lachen, das nichts Komisches hatte, das schlimmste Lachen, das Thomas jemals gehört hatte. »Wer, zum Teufel, bist du, Thomas?« fragte das Böse Ding. »Woher kommst du? Wie kann es sein, daß ein Idiot wie du etwas tun kann, was *ich* nicht kann?«

Thomas antwortete nicht. Er wußte nicht, was er sagen sollte. Er wünschte sich, die Leute in der Halle würden aufhören, an die Tür zu hämmern und einen anderen Weg suchen, ihm zu helfen, weil Hämmern nichts nutzte. Möglicherweise konnten sie die Polizei rufen und ihr sagen, sie sollten Rettungsspreizer mitbringen. Ja, Rettungsspreizer, wie man sie in den TeVau-Nachrichten sehen konnte, wenn jemand in einem völlig zerbeulten Auto war und es nicht verlassen konnte.

Sie konnten die Rettungsspreizer benutzen, um die Tür aufzukriegen, so wie sie zerbeulte Autos öffneten, um die Leute herauszuholen. Er hoffte, die Polizisten würden nicht sagen, tut uns leid, wir können mit den Rettungsspreizern nur Autotüren öffnen, keine Türen. Denn dann wäre er mit Sicherheit erledigt.

»Antwortest du mir, Thomas?« fragte das Böse Ding.

Dereks TeVau-Stuhl war bei dem Kampf herumgewirbelt worden und war nun zwischen Thomas und dem Bösen Ding. Das Schlimme, das Böse streckte eine Hand in seine Richtung aus, und das blaue Licht machte *ziiisch,* und der Stuhl flog in die Luft – in lauter winzigen Splittern wie alle Zahnstocher der ganzen Welt.

Thomas warf die Hände gerade rasch genug vors Gesicht, um keinen der Splitter in die Augen zu kriegen. Einige drangen in seine Handrücken und sogar in seine Wangen und ins Kinn, doch er fühlte keinen Schmerz, weil er so sehr damit beschäftigt war, Angst zu fühlen.

Er nahm die Hände sofort wieder von den Augen, weil er sehen mußte, wo das Böse Ding war. Es war direkt über ihm, und weiche, leichte Teile aus dem Inneren des Stuhls schwebten vor seinem Gesicht herum.

»Thomas?« fragte es und legte seine großen Hände an Thomas Kehle, wie es das vor kurzem bei Pete getan hatte.

Thomas hörte, wie Wörter aus ihm heraussprudelten, und er konnte nicht glauben, daß er sie sagte, aber er tat's. Dann, als er hörte, was er zu dem Bösen Ding sagte, konnte er nicht glauben, was er sagte, aber er tat's: »Du bist nicht gesellig.«

Das Böse Ding griff nach seinem Gürtel und packte ihn am Hals und hob ihn hoch und zog ihn von der Wand weg, dann knallte es ihn an die Wand, genauso, wie es Derek an die Wand geknallt hatte, und, oh, es tat mehr weh, als Thomas jemals zuvor in seinem Leben wehgetan worden war.

Die Innentür der Garage hatte einen Sicherheitsriegel, doch keine Kette. Clint steckte die Autoschlüssel in die Tasche, betrat um zehn nach acht die Küche und sah Felina am Tisch sitzen. Sie hatte eine Zeitschrift gelesen, während sie auf ihn wartete.

Sie blickte auf und lächelte, und sein Herz schlug schneller, genauso wie es in diesen schmalzigen Liebesromanen stand. Er fragte sich, wie ihm das jemals hatte geschehen können. Er war so unabhängig gewesen – vor Felina. Er war so stolz darauf gewesen, daß er weder jemanden gebraucht hatte, der seinen Intellekt stimulierte, noch jemanden, der ihn moralisch stützte, und daß er aus diesem Grund auch gegen die Qualen und Enttäuschungen zwischenmenschlicher Beziehungen gefeit war. Dann war er ihr begegnet. Und als er wieder Luft bekommen hatte, war er genausowenig gegen Qualen gefeit wie jedermann sonst – und er war froh darüber.

Sie sah phantastisch aus, trug ein schlichtes blaues Kleid mit einem roten Gürtel und dazu passende rote Schuhe. Sie war so stark und doch so zart, so zäh und doch so zerbrechlich.

Er ging zu ihr hin, und eine ganze Weile standen sie neben dem Kühlschrank, gleich neben der Spüle, umarmten und küßten einander. Und keiner von ihnen sprach. In keiner der Arten, die sie kannten. Clint sagte sich, daß sie eben jetzt auch dann glücklich wären, wenn sie beide taub und stumm wären, weder imstande, Lippen zu lesen, noch sich mit Zeichensprache zu verständigen.

Denn in diesem Moment stimmte sie allein die Tatsache glücklich, zusammen zu sein. Eine Tatsache, die man mit Worten gar nicht richtig beschreiben konnte.

Schließlich sagte er: »Was für ein Tag! Ich kann es gar nicht erwarten, dir alles darüber zu erzählen. Ich erfrische mich nur rasch und ziehe mich um. Um halb neun sind wir raus hier, gehen rüber zu Caprabello, nehmen uns einen Tisch in einer Nische, trinken Wein, essen Pasta, ein wenig Knoblauchbrot . . .«

Ein wenig Sodbrennen.

Er lachte, weil das stimmte. Sie beide liebten Caprabello, doch das Essen war stark gewürzt. Sie mußten anschließend immer büßen für den Genuß.

Er küßte sie noch einmal, und sie setzte sich wieder hin, las ihre Zeitschrift weiter. Und er ging durch das Eßzimmer und den Flur ins Bad. Während er das Wasser laufen ließ, damit es sich aufwärmte, begann er, sich mit dem Elektrorasierer zu rasieren und grinste sich selbst im Spiegel an, weil er so ein verdammter Glückspilz war.

Das Böse Ding war genau vor seinem Gesicht. Es fauchte ihn an, fletschte die Zähne und stellte Fragen, zu viele Fragen für Thomas. Zu viele, als daß er hätte darüber nachdenken und sie beantworten können, sogar dann, wenn er zufrieden und glücklich in einem Sessel gesessen hätte, statt mit den Füßen in der Luft hängend mit dem Rücken gegen eine Wand gequetscht zu sein. Mit einem Rücken, der so sehr schmerzte, daß er weinen mußte.

Er sagte immer wieder: »Ich bin bis obenhin voll, ich bin bis obenhin voll.«

Immer wenn er das sagte, hörten die Leute auf, ihn Dinge zu fragen oder ihm Dinge zu erzählen, und sie ließen ihm Zeit, seinen Kopf wieder zu klären. Aber das Böse Ding war nicht wie die anderen Leute. Ihm war es gleichgültig, ob Thomas' Kopf klar war oder nicht, es wollte nur Antworten. Wer war Thomas? Wer war seine Mutter? Wer war sein Vater? Woher kam er? Wer war Julie? Wer war Bobby? Wo war Julie? Wo war Bobby?

Dann sagte das Böse Ding: »Du bist nur ein Dummkopf. Du weißt die Antworten nicht, nicht wahr? Du bist genauso blöd, wie du aussiehst.«

Es zog Thomas von der Wand weg, packte ihn mit einer Hand am Schlafittchen und ließ ihn in der Luft hängen, so daß Thomas kaum noch atmen konnte. Es schlug Thomas ins Gesicht, ganz hart, und Thomas wollte nicht mehr weinen, doch er konnte nicht aufhören. Er hatte Schmerzen und schreckliche Angst.

»Warum lassen sie Idioten wie dich leben?« fragte das Böse Ding.

Es ließ Thomas los, und Thomas plumpste zu Boden. Das Böse Ding schaute auf eine so gemeine Art und Weise auf ihn hinunter, daß Thomas sich fast so sehr ärgerte, wie er sich fürchtete. Was komisch-gruselig war, weil er so gut wie nie ärgerlich war. Und dies war das erste Mal, daß er jemals gleichzeitig ärgerlich war und sich fürchtete. Doch das Böse Ding sah ihn an, als sei er nur ein Käfer oder ein Schmutzfleck am Boden, den man wegwischen mußte.

»Warum bringen sie Idioten wie euch nicht gleich bei der Geburt um? Wofür seid ihr gut? Warum bringen sie euch nicht bei der Geburt um, zerhacken euch und verarbeiten euch zu Hundefutter?«

Thomas hatte Erinnerungen daran, daß Leute draußen in der Welt ihn so angesehen und gemeine Dinge gesagt hatten und daß Julie ihnen dann immer Bescheid gestoßen hatte. Sie hatte gesagt, er müsse nicht nett sein zu solchen Leuten, hatte gesagt, er könne ihnen sagen, sie seien frech. Jetzt war Thomas so ärgerlich und böse, wie er jedes Recht hatte zu sein, und selbst wenn Julie ihm nie gesagt hätte, er könne wegen dieser Dinge ärgerlich sein, wäre er vermutlich trotzdem ärgerlich gewesen, weil man bei gewissen Dingen einfach wußte, ob sie richtig oder falsch waren.

Das Böse Ding trat gegen seine Beine und würde es noch einmal tun, das konnte man sehen, aber am Fenster gab es ein Geräusch. Einige der Pfleger waren am Fenster. Sie brachen ein kleines Viereck Glas heraus, faßten hindurch und versuchten, den Riegel zu erreichen.

Als das Glas klirrte, wandte sich das Böse Ding von Thomas ab und hielt die Hände in Richtung Fenster, als wolle es die Pfleger auffordern, damit aufzuhören hereinzuwollen. Aber Thomas wußte, was es wirklich tun wollte: Es wollte dieses blaue Licht ausschicken.

Thomas wollte die Pfleger warnen, doch er sagte sich, daß niemand ihn hören, niemand ihm zuhören würde, bis es zu spät war. Deshalb begann er über den Boden zu kriechen, solange das Böse Ding ihm den Rücken zuwandte, obwohl das Kriechen wehtat, obwohl er durch Flecken von Dereks Blut kriechen mußte, die ganz naß waren. Und obwohl ihm jetzt auch noch übel wurde, nachdem er doch schon ärgerlich und verängstigt war.

Blaues Licht. Sehr grell.

Etwas explodierte.

Er hörte Glas klirren. Und dann ein noch schlimmeres Geräusch, als ob vielleicht nicht nur das ganze Fenster herausgeblasen und den Pflegern ins Gesicht geblasen wurde, sondern auch noch ein Teil der Wand.

Leute schrien. Manche der Schreie erstickten schnell, doch einer ging weiter, er war wirklich schlimm, so als sei jemandem da draußen in der Dunkelheit hinter dem herausgeblasenen Fenster sogar noch schlimmer wehgetan worden als Thomas.

Thomas schaute sich nicht um, weil er nun schon ganz um die Seite von Dereks Bett herum war, von wo er das Fenster vom Boden aus ohnehin nicht sehen konnte. Und davon abgesehen wußte er nun, wohin er gehen wollte, und er mußte hingelangen, bevor sich das Böse Ding wieder für ihn interessierte.

Ziemlich schnell kroch er zum oberen Ende des Bettes, blickte auf und sah Dereks Arm über die Kante hängen. Blut lief unter seiner Manschette hervor und über seine Hand und tropf-tropf- tropfend von seinen Fingern. Er mochte keinen toten Menschen anfassen, nicht einmal einen toten Menschen, den er gern hatte. Aber genau das war das, was er tun mußte, und er war daran gewöhnt, alle möglichen Dinge tun zu müssen, von denen er wünschte, er müsse sie nicht tun – so war das Leben nun einmal.

Also griff er nach der Bettkante und zog sich so schnell hoch, wie er nur konnte. Dabei versuchte er, die schrecklichen Schmerzen in seinem Rücken und in seinem getretenen Bein nicht zu fühlen, denn sie zu fühlen, würde ihn ganz steif und langsam werden lassen.

Derek war da. Die Augen offen, den Mund offen, blutnaß, so traurig, so schaurig. Unter ihm lagen die Bilder seiner Angehörigen, die von der Wand gefallen waren. Immer noch tot, für immer und ewig zum Ort des Grauens gegangen. Thomas packte die Schere, die aus Derek ragte, zog sie heraus und sagte sich, daß das okay war, weil Derek jetzt nichts mehr fühlte und nie mehr etwas fühlen würde.

»Du!« sagte das Böse Ding.

Thomas drehte sich um, um zu sehen, wo das Böse Ding war. Und wo es war, war direkt hinter ihm. Ganz um das Bett herum, und es glitt auf ihn zu. Also stieß er die Schere in seine Richtung, so fest er nur konnte, und das Gesicht des Bösen Dings kriegte einen überraschten Ausdruck. Die Schere fuhr vorn in die Schulter des Bösen Dings. Das Böse Ding guckte sogar noch überraschter. Das Blut lief.

Thomas ließ die Schere los und sagte: »Für Derek«, dann sagte er noch: »Für mich.«

Er war nicht sicher, was passieren würde, aber er stellte sich vor, daß es dem Bösen Ding Schmerz bereiten mußte, wenn Blut aus ihm herauslief, und daß es das möglicherweise genauso töten würde, wie es Derek getötet hatte.

Als er quer durchs Zimmer blickte, sah er dahin, wo das Fenster nicht mehr war und ein Teil der Wand verschwunden war. Etwas Qualm und Rauch stiegen dort auf, wo Dinge abgebrochen waren. Er sagte sich, er sollte da rüberrennen und durch das Loch, obwohl da draußen auf der anderen Seite die Nacht war.

Aber was dann *wirklich* passierte, das hätte er sich nie gesagt, weil das Böse Ding so tat, als wäre die Schere nicht wirklich in ihm, als liefe das Blut nicht wirklich aus ihm raus. Denn es packte ihn und hob ihn wieder hoch. Es schleuderte ihn in Dereks Kommode, was eine Menge mehr Schmerz bedeutete als die Wand. Denn an der Kommode gab es Metallknöpfe und Ecken, die es an der Wand nicht gab.

Er hörte, wie etwas in ihm zerkrachte, hörte, wie etwas zerriß. Aber das Merkwürdige war, daß er nicht mehr weinte und auch nicht mehr weinen wollte, so als hätte er alle Tränen aufgebraucht, die in ihm drin gewesen waren.

Und das andere Merkwürdige war, daß er nicht mehr so verängstigt war wie noch vor einer Weile, so als hätte er auch alle Angst verbraucht, genauso, wie er die Tränen verbraucht hatte. Er schaute in die Augen des Bösen Dings, und er sah diese große Schwärze, größer als die Schwärze, die jeden Tag über die Welt kam, wenn die Sonne wegging, und er wußte, daß es ihn töten wollte, ihn töten *würde,* und das war okay.

Er hatte gar nicht soviel Angst davor, getötet zu werden, wie er immer geglaubt hatte. Der Tod, das war zwar immer noch ein Ort des Grauens, und er wünschte sich, er müßte nicht dorthin gehen, aber ganz plötzlich hatte er ein seltsam-nettes Gefühl, wenn er an den Ort des Grauens dachte, ein Gefühl, als ob es dort gar nicht so einsam sein würde, wie er sich immer gedacht hatte, nicht einmal so einsam, wie es auf dieser Seite war.

Er hatte das Gefühl, als wäre jemand dort drüben, der ihn liebte, jemand, der ihn sogar mehr liebte als Julie, sogar noch, als ihr Dad ihn geliebt hatte, jemand, der ganz hell war, überhaupt nicht dunkel, so hell, daß man *Ihn* nur von der Seite ansehen konnte.

Das Böse Ding hielt Thomas mit einer Hand gegen die Kommode gepreßt, mit der anderen zog es die Schere aus sich heraus.

Dann stieß es die Schere in Thomas.

Dieses Licht begann Thomas von innen her ganz auszufüllen, dieses Licht, das ihn liebte, und er wußte, daß er nun wegging. Er hoffte, daß Julie – wenn er ganz gegangen war – wissen würde, wie tapfer er gewesen war ganz am Ende, daß er aufgehört hatte zu weinen und aufgehört hatte, Angst zu haben, und daß er sich gewehrt hatte.

Und dann ganz plötzlich erinnerte er sich, daß er keine Warnung an Bobby tevaut hatte, daß das Böse Ding auch zu ihnen kommen könnte, und er begann, es zu tun.

– die Schere stieß wieder in ihn hinein –

Dann wußte er ganz plötzlich, daß er etwas sogar noch Wichtigeres zu tun hatte. Er mußte Julie wissen lassen, daß der Ort des Grauens wohl doch gar nicht so schrecklich sei, daß da drüben ein Licht war, das einen liebte, das konnte man sagen. Sie mußte davon wissen, weil sie es tief in ihrem Inneren wirklich nicht glaubte. Sie stellte sich vor, es sei alles ganz dunkel und einsam, so wie Thomas es sich selbst vorgestellt hatte, deshalb zählte sie jedes Ticken der Uhr und machte sich Sorgen um all das, was sie zu tun hatte, bevor ihre Zeit abgelaufen war, alles, was sie noch lernen und sehen und fühlen und bekommen mußte, alles, was sie noch für Thomas und für Bobby tun mußte, damit sie okay waren, falls ihr etwas passieren sollte.

– und die Schere stieß wieder in ihn hinein –

Und sie war glücklich mit Bobby, aber sie würde niemals *wirklich* glücklich sein, solange sie nicht wußte, daß sie nicht so ärgerlich sein mußte, daß alles in einer großen Schwärze endete. Sie war so nett, daß es schwer war zu sehen, wie schrecklich ärgerlich Julie innen drin war. Sie war ärgerlich, weil all die harte Arbeit und all die Hoffnung und all die Träume und all das Versuchen und Tun und Lieben am Ende gar nichts bedeuten würden, weil man früher oder später für immer getötet wurde.

– die Schere –

Wenn sie von dem Licht wußte, konnte sie aufhören, ärgerlich zu sein. Also tevaute Thomas auch das.

Ebenso die Warnung. Und vier Worte für sie und Bobby, Worte von ihm selbst. Er tevaute alle drei Dinge zusammen, hoffte, sie würden nicht durcheinandergeraten:

Das Böse Ding kommt, seht euch vor, das Böse Ding, da ist ein Licht, das euch liebt, das Böse Ding, ich liebe euch auch, und da ist ein Licht, da ist ein Licht. DAS BÖSE DING KOMMT ...

Um Viertel nach Acht waren sie auf dem Foothill Freeway und schossen auf das Kreuz zu, in das der Ventura Freeway einmündete, dem sie durch das San Fernando Valley, fast bis zum Ozean, folgen würden, bevor sie nach Norden in Richtung Oxnard, Ventura und schließlich Santa Barbara fahren würden. Julie wußte, daß sie langsamer fahren sollte, doch sie konnte es nicht. Die Geschwindigkeit nahm ihr ein wenig von ihrer Anspannung. Wenn sie sich auch nur annähernd an die Geschwindigkeitsbeschränkung von neunzig Stundenkilometern hielt, da war sie sich ziemlich sicher, würde sie anfangen, laut zu schreien, noch bevor sie Burbank erreicht hatten.

Im Kassettenrecorder lief ein Benny-Goodman- Band. Die temperamentvolle Melodie und der synkopische Rhythmus schienen im Einklang zu stehen mit der ungestümen Hast, mit der der Wagen vorwärtsschoß. Und wenn sie in einem Film wären, wären Goodmans Melodien die passende Hintergrundmusik gewesen für das düstere Panorama der lichtgesprenkelten nächtlichen Hügel, durch die sie fuhren – von Stadt zu Stadt, von Vorort zu Vorort.

Sie wußte, warum sie so angespannt war. Angespannt, in einer Art, die sie niemals vorausgesehen hatte. »Der Traum« war zum Greifen nahe – aber sie konnten alles verlieren, während sie nach ihm griffen. Alles. Hoffnung. Einander. Ihr Leben.

Bobby, im Sitz neben ihr, vertraute ihr so sehr, daß er bei fast einhundertundvierzig Stundenkilometern dösen konnte, obwohl er doch wußte, daß auch sie in der letzten Nacht nur drei Stunden geschlafen hatte. Von Zeit zu Zeit sah sie zu ihm hinüber, einfach deshalb, weil es ein so schönes Gefühl war, ihn bei sich zu haben.

Er verstand immer noch nicht richtig, warum sie nach Norden fuhren, um die Familie Pollard zu überprüfen, warum sie ihre Pflichten gegenüber ihrem Klienten so über Gebühr ernst nahmen. Doch seine Verwirrung entsprang der Tatsache, daß er ein fast so guter Mensch war, wie er es zu sein schien. Gewiß, er hielt sich manchmal nicht an die Regeln, brach die Gesetze um ihrer Klienten willen, aber im Privatleben hatte er mehr Skrupel als irgend jemand sonst, den Julie jemals gekannt hatte.

Sie war einmal bei ihm gewesen, als ein Zeitschriftenautomat für ihn die Sonntagsausgabe der *Los Angeles Times* ausspuckte, dann einen technischen Defekt hatte und ihm drei seiner vier 25-Cent-Münzen zurückgab. Daraufhin hatte er alle drei wieder in den Münzschlitz gesteckt, und das, obwohl derselbe Automat im Lauf der Jahre mehrmals zu seinen Ungunsten versagt hatte und ihm gewiß ein paar Dollar schuldete.

»Ja, nun«, hatte er gesagt und war rot geworden, als sie über sein betont tugendhaftes Verhalten lachte, »möglicherweise kann der Automat ja kaputt sein und sich immer noch in die Augen schauen können, ich kann das jedenfalls nicht.«

Julie hätte ihm erzählen können, daß sie an dem Pollard-Fall dranblieben, weil sie in ihm die Chance sahen, das wirklich große Geld zu verdienen, die Chance, die man nur einmal im Leben hat. Es war die Chance, nach der alle Gauner dieser Welt Ausschau hielten und die die meisten von ihnen niemals erhalten würden.

Von dem Moment an, da Frank ihnen all dieses Geld in der Reisetasche gezeigt und ihnen erzählt hatte, daß im Hotel noch mehr versteckt sei, waren sie gefangen wie Ratten in einem Irrgarten, wurden vorwärtsgetrieben von dem Geruch des Käses, obwohl sie beide nacheinander erklärt hatten, sie hätten keinerlei Interesse an dem Spiel.

Als Frank – woher-auch-immer – in das Krankenhauszimmer zurückgekehrt war und weitere dreihunderttausend Dollar mitgebracht hatte, hatten weder sie noch Bobby auch nur im entferntesten das Thema angeschnitten, daß es sich um etwas Illegales handeln könnte, obwohl es zu diesem Zeitpunkt nicht länger möglich war vorzugeben, Frank sei absolut unschuldig. Zu diesem Zeitpunkt war der Duft des Käses zu stark gewesen, als daß man ihm noch hätte widerstehen können.

Sie setzten alles auf eine Karte, weil sie die Chance sahen, Frank zu benutzen, um aus dem Rattenrennen auszusteigen und sich früher als erwartet in »den Traum« einzukaufen. Sie waren bereit, schmutziges Geld zu benutzen und fragwürdige Mittel einzusetzen, um ihr Wunschziel zu erreichen.

Sie waren weit bereitwilliger, als sie das selbst voreinander zugeben konnten, obwohl Julie annahm, man könnte zu ihren Gunsten sagen, daß sie nicht so gierig waren, Frank das Geld und die Diamanten einfach zu stehlen und ihn seinem psychotischen Bruder auf Gedeih und Verderb auszuliefern. Aber möglicherweise war sogar ihr Pflichtgefühl ihrem Klienten gegenüber eine Lüge, ein Wohlverhalten, auf das sie später würden hinweisen können, um ihre ganz und gar nicht edlen Handlungen und Impulse vor sich selbst und anderen zu rechtfertigen.

Sie *hätte* ihm das alles erzählen können, aber sie tat es nicht, weil sie nicht mit ihm streiten wollte. Sie mußte abwarten, bis ihm das selber aufging, bis er es auf seine eigene Art akzeptierte. Wenn sie versuchte, es ihm zu erklären, bevor er fähig war, es zu verstehen, würde er bestreiten, was sie sagte.

Selbst wenn er sich in Bruchteilen zur Wahrheit bekannte, würde er mit Argumenten über die Rechtmäßigkeit »des Traumes« aufwarten, über die ihm zugrunde liegende Moral, und diese benutzen, um die Mittel zu rechtfertigen. Und obwohl sie diese Chance nicht sausen lassen wollte, machte sie sich doch Sorgen, daß »der Traum«, wenn sie ihn denn verwirklichten, besudelt sein, eben nicht so sein könnte, wie er hätte sein können.

Dennoch fuhr sie weiter. Schnell. Weil die Geschwindigkeit ihr etwas von ihrer Furcht und Anspannung nahm. Sie dämpfte auch ihre Vorsicht. Und wenn sie nicht vorsichtig war, würde sie sich auch mit weit geringerer Wahrscheinlichkeit vor der gefährlichen Konfrontation mit der Familie Pollard drücken, die unvermeidlich schien, wenn sie die Gelegenheit ergreifen wollten, zu einem Reichtum zu gelangen, der immens war und sie ein freies Leben würde leben lassen.

Es war gerade nicht viel Verkehr, niemand war hinter ihnen, und von ihrem nächsten Vordermann waren sie noch gut vierhundert Meter entfernt, als Bobby aufschrie und in seinem Sitz hochfuhr, als wolle er sie vor einem direkt bevorstehenden Zusammenstoß warnen. Er ruckte so heftig nach vorn, daß der Schultergurt zum Zerreißen gespannt war, und dann legte er die Hände an den Kopf, als habe ihn ein plötzlicher Migräneanfall gepackt.

Erschreckt nahm sie den Fuß vom Gaspedal und trat leicht auf die Bremse. »Bobby, was ist los?« fragte sie.

Mit einer Stimme, die ganz heiser war vor Furcht, überbrüllte er die Musik von Benny Goodman: »Das Böse Ding, paßt auf, da ist ein Licht, da ist ein Licht, das euch liebt . . .«

Candy schaute auf den blutigen Körper zu seinen Füßen hinunter und wußte, daß er Thomas nicht hätte töten dürfen. Er hätte ihn lieber zu einem abgeschiedenen Ort mitnehmen und die Antworten aus ihm herausprügeln sollen, selbst wenn es Stunden gedauert hätte, bis der Idiot sich an alles das erinnerte, was Candy wissen mußte. Das hätte sogar Spaß machen können.

Doch er hatte eine Wut, die schlimmer war als jemals zuvor, und er hatte sich auch weniger unter Kontrolle als jemals zuvor – gerechnet von dem Tag, an dem er die Leiche seiner Mutter gefunden hatte. Er wollte Rache, nicht nur für seine Mutter, sondern auch für sich selbst und für jeden auf der Welt, der es verdient hatte, gerächt zu werden, aber niemals gerächt wurde. Gott hatte ihn als ein Instrument der Rache geschaffen, und jetzt verlangte Candy verzweifelt danach, seine Mission zu erfüllen, wie er sie noch nie erfüllt hatte.

Er sehnte sich nicht nur danach, einem Sünder die Kehle aufzureißen und sein Blut zu trinken, sondern eine Vielzahl von Sündern zu bestrafen. Um seinen Rachedurst jemals zu stillen, würde er nicht nur Blut trinken, sondern sich an ihm berauschen, in ihm baden, durch ganze Flüsse von Blut waten und auf Land stehen müssen, das blutgetränkt war. Er wünschte sich, seine Mutter würde ihn von allen Regeln freisprechen, die seine Wut bislang eingedämmt hatten, wünschte sich, Gott würde ihn *los*lassen.

In einiger Entfernung hörte er Sirenengeheul und wußte, daß er bald würde gehen müssen.

In seiner Schulter spürte er einen heißen Schmerz – da, wo die Schere Muskeln getrennt und Knochen angekratzt hatte. Aber das würde in Ordnung kommen, sobald er wieder unterwegs war. Bei der Rekonstruktion nach dem Teleporting würde er sein Fleisch heil und gesund wieder zusammensetzen können.

Er stapfte durch den Unrat und die Trümmer, die den Boden bedeckten, und suchte nach etwas, das ihm vielleicht einen Hinweis auf den Aufenthaltsort von Julie oder Bobby geben könnte, von denen Thomas gesprochen hatte. Sie wußten möglicherweise, wer Thomas gewesen war und warum er ein Talent besessen hatte, das nicht einmal Candys selige Mutter ihren Kindern hatte mitgeben können.

Er berührte verschiedene Objekte und Möbelstücke, doch alles, was er aus ihnen herausholen konnte, waren Bilder von Thomas und Derek und von einigen der Pfleger und Schwestern, die für sie sorgten. Dann sah er ein Album, das aufgeschlagen neben dem Tisch lag, auf dem er Derek abgeschlachtet hatte. Die Seiten waren voll von allen Arten von Fotos, die nebeneinander und in sonderbaren Mustern eingeklebt waren.

Er hob das Buch auf, blätterte es durch, fragte sich, was es wohl war, und als er versuchte, das Bild der letzten Person zu sehen, die es in den Händen gehalten hatte, wurde er mit jemandem belohnt, der weder eine Krankenschwester noch ein Dummkopf war.

Ein kantig wirkender Mann mit einem harten Gesichtsausdruck. Nicht so groß wie Candy, aber fast ebenso kompakt.

Die Sirenen waren jetzt nur noch gut einen Kilometer entfernt und wurden mit jeder Sekunde lauter.

Candy ließ die rechte Hand über den Umschlag des Albums gleiten. Er suchte – suchte ...

Manchmal konnte er nur sehr wenig spüren, manchmal eine ganze Menge. Diesmal *mußte* er erfolgreich sein, wenn dieses Zimmer nicht eine Sackgasse werden sollte bei seiner Suche nach der Bedeutung der Kräfte des kleinen Dummkopfs.

Er suchte ...

Clint hatte irgendwann im Lauf des Nachmittags in Dereks Sessel gesessen und in dieser sonderbaren Kollektion von Bildern geblättert.

Als er versuchte zu sehen, wohin Clint gegangen war, nachdem er dieses Zimmer verlassen hatte, sah er einen Chevy, den Clint auf einem Freeway gefahren hatte, dann einen Ort, der Dakota & Dakota hieß. Danach wieder den Chevy auf einem Freeway und danach ein kleines Haus in einem Ort namens Placentia.

Die Sirenen waren nun sehr nahe, vermutlich schon auf der Zufahrt zum Parkplatz des Cielo- Vista-Pflegeheims.

Candy warf das Buch hin. Er war fertig. Er konnte gehen.

Bevor er sich hinausteleportierte, mußte er freilich noch etwas tun. Als ihm aufgegangen war, daß Thomas ein Dummkopf und Cielo Vista ein Heim voller Dummköpfe war, hatte ihn die bloße Existenz einer solchen Einrichtung wütend gestimmt und angeekelt.

Er hielt die Hände etwa einen halben Meter voneinander entfernt, Handfläche gegen Handfläche. Himmelsblaues Licht glühte zwischen ihnen auf.

Er konnte sich noch gut erinnern, wie Nachbarn und andere Leute früher über seine Schwestern gelästert hatten und auch über ihn, als er noch ein Junge gewesen war, denn er war wegen seiner Probleme nicht zur Schule geschickt worden. Violet und Verbina hatten ausgesehen, als seien sie geistesschwach und hatten sich auch so benommen. Ihnen war es vermutlich gleichgültig gewesen, wenn die Leute von ihnen behaupteten, sie seien geistig zurückgeblieben. Beschränkte und ungebildete Leute hatten auch ihm das Etikett aufgedrückt, ein geistig Behinderter zu sein, weil sie glaubten, er sei vom Schulunterricht befreit, weil er so lernunfähig und sonderbar sei wie seine Schwestern. Nur Frank hatte am Unterricht teilgenommen wie ein normales Kind.

Das Licht begann zu einem Ball zu verschmelzen. Je mehr Kraft aus seinen Händen heraus- und in den Ball hineinströmte, desto intensiver wurde der Blauton. Außerdem schien der Lichtball eine feste Form anzunehmen.

Candy war ein kluger Junge gewesen und hatte keinerlei Lernschwächen gehabt. Seine Mutter hatte ihn lesen, schreiben und rechnen gelehrt. Deshalb wurde er jedesmal wütend, wenn er die Leute sagen hörte, er sei ein Blindgänger. Er war natürlich aus anderen Gründen vom Schulunterricht befreit worden, hauptsächlich wegen dieser Sache mit dem Sex. Als er älter und größer wurde, nannte ihn niemand mehr geistig zurückgeblieben oder riß Witze über ihn – zumindest nicht, solange er in Hörweite war.

Die saphirblaue Kugel sah jetzt fast so massiv aus wie ein echter Saphir, allerdings hatte sie die Größe eines Basketballs. Sie war fast fertig.

Nachdem man ihm ungerechtfertigterweise das Etikett angehängt hatte, zurückgeblieben zu sein, war Candy keineswegs mit Sympathien für die ernsthaft Behinderten aufgewachsen, sondern hatte eine so intensive Verachtung gezeigt, daß er glaubte, sogar ungebildeten Menschen sei nun klar, daß er ganz gewiß *keiner* von ihnen war – und auch niemals einer von ihnen gewesen war. So etwas von ihm anzunehmen – oder auch von seinen Schwestern –, war eine Beleidigung für seine selige Mutter, die bestimmt niemals einen Schwachsinnigen in die Welt gesetzt hätte.

Er unterbrach den Energiefluß und nahm die Hände weg von der Kugel. Einen Moment lang starrte er sie lächelnd an und dachte an das, was sie aus diesem ärgerniserregenden Ort machen würde.

Durch das fehlende Fenster und die teilweise herausgebrochene Wand klang das Heulen der Sirenen in der einen Sekunde ohrenbetäubend, in der nächsten war nur noch ein schrilles Kreischen zu hören, das zu einem tiefen Brummen wurde. Dann Stille.

»Hier kommt Hilfe, Thomas«, sagte er und lachte.

Er legte eine Hand an die saphirblaue Kugel und gab ihr einen Schubs. Sie schoß durch den Raum wie eine ballistische Rakete aus ihrer unterirdischen Raketenabschußrampe. Sie durchschlug die Wand hinter Dereks Bett, hinterließ ein ausgezacktes Loch, das jeder Kanonenkugel zur Ehre gereicht hätte, dann die nächste und jede weitere Wand und spuckte dabei Flammen aus, die alles vernichteten.

Candy hörte Leute schreien und eine laute Explosion, als er verschwand und bereits zu dem Haus in Placentia unterwegs war.

52

Bobby stand am Rand des Freeways, hielt sich an der offenen Wagentür fest und rang um Atem. Er war sicher gewesen, daß er sich würde übergeben müssen, doch der Drang hatte sich gelegt.

»Bist du in Ordnung?« fragte Julie ängstlich.

»Ich – glaube schon.«

Autos rasten vorbei. Im Sog jedes Fahrzeugs folgten ein Windstoß und ein Röhren, das Bobby das eigenartige Gefühl vermittelte, er, Julie und der Toyota bewegten sich immer noch mit fast einhundertundvierzig Stundenkilometern vorwärts, wobei er sich an der offenen Tür festklammerte und sie ihn an der Schulter festhielt.

Dieser Traum hatte ihn ganz ernsthaft aus dem Gleis geworfen und völlig desorientiert.

»Nicht wirklich ein Traum«, erklärte er ihr. Er hielt den Kopf dabei weiter gesenkt, blickte auf kleine Kiesel auf dem befestigten Bankett des Highway hinunter und erwartete, daß die Krämpfe auslösende Übelkeit jederzeit zurückkehren könne.

»Nicht wie der Traum, den ich neulich hatte, der Traum über uns, die Musicbox und den Ozean aus Säure.«

»Aber es ging wieder um das Böse Ding.«

»Ja klar. Doch man kann es eigentlich nicht einen

Traum nennen, weil es nur diese – diese Flut von Wörtern war in meinem Kopf«

»Von wo?«

»Ich weiß es nicht.«

Er wagte nicht, den Kopf zu heben, doch obwohl ein Wirbel der Benommenheit ihn durchfuhr, kehrte die Übelkeit nicht zurück.

»Das Böse Ding ... paßt auf ... da ist ein Licht, das euch liebt ...«, sagte er. »Ich kann mich nicht an alles erinnern. Es war so klar, so laut, als brülle es jemand durch ein Megaphon, das er direkt an mein Ohr hielt. Ja, aber das stimmt auch nicht ganz, weil ich die Worte nicht richtig gehört habe, sie waren einfach da, waren in meinem Kopf. Aber sie haben sich laut *angefühlt,* wenn du verstehst, was ich meine. Und da waren keine Bilder, wie sie in einem Traum dagewesen wären. Statt dessen waren da diese Gefühle – sie waren so stark, wie sie wirr waren. Furcht und Freude, Wut und Vergebung. Und dann, ganz am Ende, dieses eigenartige Gefühl des Friedens, das ich – das ich nicht beschreiben kann.«

Ein gigantischer Lastwagen donnerte an ihnen vorbei und zog den größten Anhänger hinter sich her, den das Gesetz erlaubte. So wie er da hinter seinen gleißenden Scheinwerfern her durch die Nacht brauste, erinnerte er an einen gigantischen Meereskoloß, der aus einer tiefen Rinne hervorschoß – nur rohe Kraft und kalte Wut, mit einem Hunger, der nie gestillt werden würde. Aus irgendeinem Grund fiel Bobby, während der Schwerlaster an ihnen vorbeidonnerte, der Mann ein, den er am Strand von Punaluu gesehen hatte, und er fröstelte.

»Bist du okay?« fragte Julie.

»Ja.«

»Bist du sicher?«

Er nickte. »Ein wenig benommen. Das ist alles.«

»Was nun?«

Er sah sie an. »Was sonst? Wir fahren nach Santa Barbara, El Encanto Heights, und bringen diese Sache hinter uns – irgendwie.«

Candy erreichte den Bogengang zwischen einem Wohn- und Eßzimmer. In keinem der Räume war jemand.

Weiter hinten im Haus hörte er ein murrendes Geräusch, und nach einem Moment hatte er es als das Summen eines Elektrorasierers identifiziert. Es hörte auf. Dann hörte er Wasser in ein Waschbecken rauschen und das Dröhnen eines Abluftventilators.

Eigentlich hatte er vor, sofort durch den Flur und ins Bad zu gehen und den Mann mit einem Überraschungsangriff zu überwältigen. Doch dann hörte er aus der anderen Richtung das Rascheln von Papier.

Er durchquerte das Eßzimmer und trat in die Tür zur Küche. Sie war kleiner als die im Haus seiner Mutter, aber so makellos sauber und ordentlich, wie es die seiner Mutter seit ihrem Tod niemals mehr gewesen war.

Eine Frau in einem blauen Kleid saß an dem Tisch. Mit dem Rücken zu ihm. Sie beugte sich über eine Zeitschrift und blätterte Seite um Seite um, als suche sie nach etwas, was sie gern lesen würde.

Candy hatte eine weit bessere Kontrolle über seine telekinetischen Talente als Frank, was vor allem bedeutete, daß er beim Teleportieren schneller und effizienter vorgehen konnte, weniger Luft verdrängte und auf weniger Molekularwiderstand stieß. Trotzdem überraschte es ihn, daß sie nicht aufgestanden war, um nachzusehen, denn immerhin waren die Geräusche, die er bei seiner Ankunft verursacht hatte, ja ganz in ihrer Nähe gewesen. Und ganz gewiß waren diese Geräusche so sonderbar, daß sie einfach Neugier erregen mußten.

Sie blätterte noch ein paar Seiten um, beugte sich dann vor und las.

Von hinten konnte er nicht viel von ihr sehen. Sie hatte dichtes, glänzendes Haar, so schwarz, daß es auf demselben Webstuhl wie die Nacht gewebt worden sein mußte. Ihre Schultern und ihr Rücken waren schmal. Ihre Beine, die mit gekreuzten Fesseln nebeneinander auf einer Seite des Stuhles sichtbar waren, sahen wohlgeformt aus. Wäre er ein Mann, der auch nur das geringste Interesse an Sex hatte, so nahm er an, hätte ihn die Rundung ihrer Waden erregt.

Er fragte sich, wie sie aussah – und jäh überwältigte ihn ein Drang zu wissen, wie ihr Blut schmeckte. Deshalb trat er durch die Tür und ging drei Schritte auf sie zu. Er gab sich keine Mühe, leise zu sein, doch sie schaute nicht auf. Sie wurde sich seiner erst bewußt, als er sie bei den Haaren packte und vom Stuhl zog. Da trat sie nach ihm und schlug mit den Armen um sich.

Er drehte sie zu sich herum und fühlte sich augenblicklich von ihr erregt. Ihre wohlgeformten Beine, der Schwung ihrer Hüften, die schmale Taille, ihre schwellenden Brüste ließen ihn jedoch unberührt. Obwohl es wunderschön war, erregte ihn nicht mal ihr Gesicht. Es war etwas anderes. Es war etwas, das er in ihren grauen Augen bemerkte. Man konnte es Vitalität nennen. Sie war lebendiger als die meisten Menschen, lebenssprühend geradezu.

Sie schrie nicht, stieß nur ein leises Ächzen der Angst und Wut aus, dann schlug sie heftig mit beiden Fäusten auf ihn ein. Sie hämmerte auf seine Brust ein, auf sein Gesicht.

Vitalität! Ja, die war voller Leben, sprühte vor Lebenskraft, und ihre Vitalität erregte ihn weit mehr, als es sexuelle Reize jemals hätten tun können.

In einiger Entfernung konnte er immer noch das Planschen des Wassers hören, das Rasseln und Surren des Abluftventilators, und deshalb meinte er, sie nehmen zu können, ohne die Aufmerksamkeit des Mannes auf sich zu lenken – solange er sie nur davon abhalten konnte zu schreien. Er schlug ihr mit der Faust ins Gesicht, hämmerte auf sie ein, bevor sie schreien konnte. Sie fiel gegen ihn, nicht ohnmächtig, aber benommen.

Candy bebte aus Vorfreude auf das bevorstehende Vergnügen, legte sie mit dem Rücken auf den Tisch, ließ ihre Beine über die Kante baumeln. Er spreizte ihre Beine und lehnte sich dazwischen, aber nicht, um sie zu vergewaltigen, nichts so Abscheuliches wie das. Als er ihr sein Gesicht näherte, blickte sie zunächst verständnislos drein, immer noch ganz wirr im Kopf von den Schlägen. Dann wurden ihre Augen klarer. Er sah, wie das Grauen in sie Einzug hielt, und stürzte sich schnell auf ihre Kehle, biß tief hinein und fand das Blut, das sauber und süß und berauschend war.

Sie schlug unter ihm um sich. Sie war so lebendig. So wundervoll lebendig. Für eine Weile.

Als der Bote die Pizza brachte, trug Lee Chen sie in Bobbys und Julies Büro und bot Hal etwas davon an.

Hal legte sein Buch beiseite, nahm aber die bestrumpften Füße nicht vom Couchtisch. »Du weißt, was dieses Zeug deinen Arterien antut?« fragte er.

»Warum sorgt sich heute eigentlich jeder um meine Arterien?«

»Du bist so ein netter junger Mann. Wir könnten es nicht ertragen, wenn du ins Gras beißt, noch bevor du dreißig bist. Abgesehen davon fragen wir uns immer, was du wohl als nächstes angezogen hättest, wenn du noch gelebt hättest.«

»Garantiert nichts, was du anziehen würdest, das kann ich dir versichern.«

Hal beugte sich vor und spähte in die Schachtel, die Lee ihm entgegenhielt. »Sieht ziemlich gut aus. Im allgemeinen ist's doch so, daß sie dir bei jeder Pizza, die sie liefern, eher den Service verkaufen als gutes Essen. Aber diese hier sieht überhaupt nicht schlecht aus, man kann sogar sehen, wo die Pizza aufhört und der Karton anfängt.«

Lee riß den Deckel der Schachtel ab, legte ihn auf den Couchtisch und plazierte zwei Stücke Pizza auf dem Behelfsteller. »Da.«

»Du willst mir nicht die Hälfte abgeben?«

»Was ist mit dem Cholesterin?«

»Zur Hölle, Cholesterin ist doch nur ein bißchen tierisches Fett, es ist nicht arsenhaltig.«

Als das starke Herz der Frau aufhörte zu schlagen, zog sich Candy von ihr zurück. Obwohl noch immer Blut aus ihrer zerrissenen Kehle sickerte, rührte er keinen Tropfen mehr an. Der Gedanke, aus einer Leiche zu trinken, erfüllte ihn mit Übelkeit. Er erinnerte sich an die Katzen seiner Schwestern, die ihresgleichen fraßen, wenn eine aus dem Rudel gestorben war, und zog eine Grimasse.

Gerade als er seine feuchten Lippen von ihrer Kehle hob, hörte er, wie sich hinten im Haus eine Tür öffnete. Schritte näherten sich.

Candy ging rasch um den Tisch herum, um ihn und die tote Frau zwischen sich und der Tür zum Eßzimmer zu haben. Dank der Vision, die er dem Album des Dummkopfs entnommen hatte, wußte Candy, daß er mit Clint gewiß nicht so leicht fertigwerden würde wie mit anderen Leuten. Deshalb zog er es vor, ein wenig Distanz zwischen ihn und sich zu legen, sich selbst ein wenig Zeit zu lassen, seinen Gegner zu taxieren, statt den Kerl mit seinem Angriff zu überraschen.

Clint tauchte in der Türöffnung auf. Abgesehen von dem, was er anhatte – graue Freizeithose, marineblauer Blazer, kastanienbrauner Pullover mit V-Ausschnitt, weißes Hemd entsprach er ganz der psychischen Impression, die er auf dem Album hinterlassen hatte. Er mußte seine Zeit mit Gewichtheben verbracht haben. Sein Haar war dicht, schwarz und streng aus der Stirn gekämmt. Er hatte ein Gesicht, das aus Granit gemeißelt schien, und einen harten Blick.

Erregt von dem Mord, der hinter ihm lag, den Geschmack des Blutes immer noch im Mund, beobachtete Candy den Mann mit Interesse. Es gab eine Menge Möglichkeiten, wie es jetzt weitergehen konnte, und keine davon war langweilig.

Clint reagierte nicht, wie Candy das erwartet hatte. Er zeigte keine Überraschung, als er die tote Frau auf dem Tisch liegen sah, er schien nicht von Grauen erfüllt, nicht erschüttert über ihren Verlust. Nicht einmal wütend schien er zu sein. Etwas Grundlegendes veränderte sich in seinem steinernen Gesicht, wenn auch unter der Oberfläche, so wie sich tektonische Platten unter dem Mantel der Erdkruste verschoben.

Schließlich schaute er Candy in die Augen und sagte: »Sie.«

Die Andeutung des Wiedererkennens in diesem einen Wort war beunruhigend. Einen Moment lang konnte sich Candy nicht vorstellen, woher dieser Mann ihn hätte kennen sollen – dann fiel ihm Thomas ein.

Die Möglichkeit, daß Thomas diesem Mann – und vielleicht auch anderen – von Candy erzählt hatte, war die furchterregendste Wendung, die sein Leben seit dem

Tod seiner Mutter genommen hatte. Sein Dienst in Gottes Armee von Rächern war eine strikte Privatangelegenheit, ein Geheimnis, das niemals aus der Pollard-Famille hatte hinausdringen sollen.

Seine Mutter hatte ihm erklärt, es sei ganz in Ordnung, stolz darauf zu sein, Gottes Arbeit zu tun, er werde aber mit Sicherheit straucheln, wenn er vor anderen mit der göttlichen Gnade prahle.

»Satan«, hatte sie gesagt, »ist ständig auf der Suche nach den Namen der Leutnants in Gottes Armee – das ist das, was du bist –, und wenn er sie findet, zerstört er sie mit Hilfe von Würmern, die sie von innen her auffressen, Würmer, die so fett wie Schlangen sind, und dann läßt er noch Feuer auf sie regnen. Wenn du das Geheimnis nicht für dich behalten kannst, wirst du sterben.«

»Candy«, sagte Clint.

Daß er ihn beim Namen nannte, beseitigte jeden Zweifel. Das Geheimnis war nicht in der Familie geblieben, und Candy steckte in den größten Schwierigkeiten, obwohl er das Schweigegelübde nicht selbst gebrochen hatte.

Er stellte sich vor, daß Satan just in diesem Moment an irgendeinem dunklen, dampfenden Ort den Kopf geneigt und gefragt hatte: »Wer? Was haben Sie gesagt? Wie war sein Name? Candy? Candy wer?«

Wütend und gleichzeitig zu Tode erschreckt, begann Candy um den Tisch herumzugehen. Er fragte sich, ob Clint durch Thomas von ihm erfahren hatte. Und er war entschlossen, den Mann fertigzumachen, ihn zum Reden zu bringen, bevor er ihn tötete.

Mit einer Bewegung, die so unerwartet erfolgte wie die steinerne, ruhige Akzeptanz des Todes der Frau, griff Clint unter seine Jacke, zog einen Revolver hervor und feuerte zwei Schüsse ab.

Möglicherweise hatte er auch mehr als diese beiden abgegeben, doch diese beiden waren die einzigen, die Candy gehört hatte. Die erste Kugel traf ihn in den Bauch, die zweite in die Brust, und er taumelte zurück. Glücklicherweise erlitt er keinen Schaden am Kopf oder am Herzen. Wäre sein Hirngewebe verletzt und diese geheimnisvolle Verbindung zwischen Gehirn und Bewußtsein zerstört worden, hätte sein Bewußtsein in der Falle seines ruinierten Hirns gesessen, bevor er eine Chance gehabt hätte, die beiden zu trennen. Dann hätte er die mentale Fähigkeit zum Teleporting verloren und wäre bereit gewesen für den Gnadenstoß.

Und wäre sein Herz von einer gut plazierten Kugel getroffen worden, bevor er sich dematerialisieren konnte, wäre er augenblicklich tot umgefallen. Dies waren die einzigen Wunden, die ihm schaden konnten. Er war vieles, aber er war nicht unsterblich. Deshalb war er dankbar, daß Gott ihn lebend aus dieser Küche ins Haus seiner Mutter zurückkehren ließ.

Der Ventura Freeway. Julie fuhr schnell, wenn auch nicht mehr ganz so schnell wie vorher. Aus dem Kassettenrecorder erklang Artie Shaws »Nightmare«.

Bobby brütete und starrte dabei durch das Seitenfenster auf die Nachtlandschaft. Er konnte nicht aufhören, über den Wortschwall nachzudenken, der so laut in ihm dröhnte wie eine Bombendetonation und in ihm brannte wie das Feuer in einem Hochofen. Mit dem Traum, von dem er vergangene Woche geängstigt worden war, hatte er sich abfinden können, jeder hatte mal einen bösen Traum. Obwohl er ausgesprochen lebensnah gewesen war, fast realer als das wirkliche Leben, hatte er doch nichts Unheimliches an sich gehabt – das hatte er sich zumindest eingeredet.

Aber dies war anders. Er konnte nicht glauben, daß diese zwingenden Worte, diese Worte so heiß wie Lava, aus seinem eigenen Unterbewußtsein hätten aufsteigen können. Ein Traum voller komplexer Freudscher Botschaften, ausgedrückt durch in allen Einzelheiten ausgeführte Szenen und Symbole – ja, das konnte er verstehen. Immerhin bediente sich das Unbewußte gern irgendwelchen Euphorismen und Metaphern. Dieser Wortschwall aber war so schlicht und direkt gewesen wie ein Telegramm, das über einen Draht geschickt wurde, der direkt an seine Hirnrinde angeschlossen war.

Wenn er nicht brütete, war Bobby nervös und zappelig. Wegen Thomas.

Aus irgendeinem Grund schlich sich Thomas immer öfter in seine Gedanken, je länger er sich mit diesen so unvermittelt hervorgestoßenen Wörtern beschäftigte. Er konnte jedoch keine Verbindung sehen, also versuchte er, Thomas aus seinen Gedanken zu verdrängen und sich darauf zu konzentrieren, eine Erklärung für dieses Erlebnis zu finden.

Aber Thomas kehrte sanft und beharrlich immer wieder zurück, wieder und wieder. Nach einer Weile hatte Bobby das unangenehme Gefühl, daß es da eine Verbindung zwischen dem Wortschwall und Thomas *gab,* obwohl er nicht die geringste Spur einer Ahnung hatte, was das sein könnte.

Schlimmer noch: Als der Tachometer Meile um Meile anzeigte und sie das westliche Ende des Valleys erreichten, begann Bobby regelrecht zu fühlen, daß Thomas in Gefahr schwebte. Und das wegen mir und Julie, dachte sich Bobby.

Gefahr von wem, von was?

Die größte Gefahr, der sich Bobby und Julie jetzt gegenübersahen, war Candy Pollard. Doch selbst diese Gefährdung lag in der Zukunft, denn Candy wußte noch nichts von ihnen. Er wußte nicht, daß sie für Frank arbeiteten und wurde sich dieser Tatsache womöglich niemals bewußt. Das hing ganz davon ab, wie sich ihre Nachforschungen in Santa Barbara und El Encanto Heights entwickelten.

Gewiß, er hatte Bobby am Strand von Punaluu mit Frank gesehen, aber deshalb wußte er noch lange nicht, wer Bobby war. Und schließlich, selbst wenn Candy die Verbindung von Dakota & Dakota zu Frank irgendwie erkennen würde, gab es doch keine Möglichkeit, Thomas in diese Affäre zu verwickeln. Thomas war ein anderer, ein besonderer Teil ihres Lebens. Richtig?

»Stimmt was nicht?« fragte Julie, während sie den Wagen auf die linke Spur lenkte, um einen riesigen Sattelschlepper zu überholen, der Bier transportierte.

Er konnte sich nicht vorstellen, daß es etwas bringen würde, ihr zu erzählen, Thomas sei in Gefahr. Sie würde sich nur aufregen, sich sorgen. Und weshalb? Weil seine lebhafte Phantasie wieder einmal mit ihm durchging. Thomas war völlig sicher, da unten in Cielo Vista.

»Bobby, was ist los?«

»Nichts.«

»Warum bist du dann so zappelig?«

»Prostata- Probleme.«

Chanel No. 5, eine sanft leuchtende Lampe, behagliche Stoffe und Tapeten im Rosenmuster . . .

Er lachte vor Erleichterung, während er sich im Schlafzimmer materialisierte. Die Kugeln hatte er in der Küche in Placentia zurückgelassen, mehr als 150 Kilometer entfernt. Seine Wunden hatten sich geschlossen, als hätte es sie nie gegeben. Er hatte vielleicht ein wenig Blut und ein paar Gewebefetzen verloren, weil eine der

Kugeln durch seinen Körper hindurchgegangen und hinten wieder ausgetreten war. Die Gewebeteilchen, die sie mitgenommen hatte, waren weg gewesen, bevor er sich der Reichweite des Revolvers durch Teleporting hatte entziehen können. Alles andere war jedoch so, wie es sein sollte, und sein Fleisch hatte nicht mal mehr die leiseste Erinnerung an den Schmerz.

Eine halbe Minute lang stand er vor der Kommode und atmete tief den Parfümduft ein, der von dem damit getränkten Taschentuch aufstieg. Dieser Geruch gab ihm Mut und rief ihm das ständige Verlangen ins Gedächtnis, sie für den Mord an seiner Mutter zahlen zu lassen, sie alle, nicht nur Frank, sondern die ganze Welt, die sich gegen sie verschworen hatte.

Er schaute sich sein Gesicht im Spiegel an. Das Blut der Frau mit den grauen Augen war nicht mehr an seinem Kinn und den Lippen. Er hatte es beim Teleporting ebenso hinter sich gelassen, wie er Wasser hinter sich ließ, wenn er sich aus einem Wolkenbruch herausteleportierte. Der Geschmack des Blutes war aber immer noch in seinem Mund. Und sein Spiegelbild war zweifellos das der personifizierten Rache.

Er verließ sich auf das Überraschungsmoment und auf seine Fähigkeit, den Punkt seines Auftauchens präzise vorherbestimmen zu können, jetzt, da er mit der Küche vertraut war, und kehrte in Clints Haus zurück. Er hatte vor, in der Tür des Eßzimmers zu erscheinen, unmittelbar hinter dem Mann, direkt gegenüber dem Punkt, an dem er sich dematerialisiert hatte.

Doch entweder hatte die Tatsache, daß auf ihn geschossen worden war, ihn mehr erschüttert, als er angenommen hatte, oder die Wut, die in ihm gärte, hatte bereits den kritischen Punkt überschritten, an dem sie seine Konzentration beeinträchtigte. Was auch immer der

Grund war – er landete jedenfalls nicht dort, wo er es geplant hatte, sondern neben der Tür zur Garage, rechts von der Stelle, an der Clint gestanden hatte, aber nicht nahe genug bei ihm, um ihn angreifen und die Waffe packen zu können, bevor er feuerte.

Allerdings war Clint gar nicht da. Und die Leiche der Frau war von dem Tisch verschwunden. Nur das Blut, das sich noch dort befand, war ein Beweis dafür, daß sie an dieser Stelle gestorben war.

Candy konnte nicht länger als eine Minute weg gewesen sein – die Zeit, die er im Zimmer seiner Mutter verbracht hatte, plus jeweils ein paar Sekunden für den Transit. Er hatte erwartet, Clint bei seiner Rückkehr über die Leiche gebeugt vorzufinden, entweder trauernd oder verzweifelt nach dem Puls suchend. Doch der Mann mußte, kaum war ihm klar geworden, daß Candy weg war, die Leiche in seine Arme genommen und ... Und was?

Natürlich mußte er aus dem Haus geflohen sein, wider besseres Wissen hoffend, daß da noch ein Lebenshauch in der Frau war. Deshalb hatte er sie aus dem Weg schaffen wollen, für den Fall, daß Candy zurückkehrte.

Candy fluchte leise – bat dann augenblicklich seine Mutter und Gott wegen des unflätigen Ausdrucks um Vergebung und drückte die Türklinke zur Garage hinunter. Die Tür war verschlossen. Hätte Clint diesen Ausgang benutzt, wäre es bestimmt für ihn unwichtig gewesen, hinter sich abzuschließen.

Er hastete durch die Küche und das Eßzimmer in die Diele, die zum Wohnzimmer führte, denn von dort konnte er die Rasenfläche vor dem Haus und die Straße einsehen. Doch dann hörte er Geräusche hinten im Haus, blieb stehen und ging ganz vorsichtig in Richtung der Schlafzimmer.

In einem dieser Räume brannte Licht. Er schlich zu der Tür und riskierte einen Blick hinein.

Clint hatte die Frau gerade auf das Doppelbett gelegt. Candy beobachtete, wie der Mann den Rock über ihre Knie zog. Den Revolver hatte er dabei immer noch in der Hand.

Zum zweitenmal innerhalb einer knappen Stunde hörte Candy, wie in der Ferne Sirenen aufheulten. Vermutlich hatten die Nachbarn die Schüsse gehört und die Polizei alarmiert.

Clint sah ihn in der Tür stehen, hob die Waffe jedoch nicht. Er sagte auch nichts, und der Ausdruck auf seinem stoischen Gesicht veränderte sich nicht. Er erweckte den Eindruck, als sei er taubstumm. Das eigenartige Verhalten des Mannes machte Candy nervös und verunsicherte ihn.

Er sagte sich, daß Clint in der Küche gewiß die ganze Trommel geleert hatte, als er auf ihn geschossen hatte. Ja, das war möglich, auch wenn er sich direkt nach dem Aufprall der zweiten Kugel dematerialisiert hatte. Höchstwahrscheinlich hatte er in einer Reflexbewegung jeden Schuß abgefeuert, hatte aus Wut oder Angst oder aus welcher Regung auch immer den Finger erst vom Abzug genommen, als die Trommel leer war.

In der Minute, in der Candy weg gewesen war, konnte er unmöglich die Frau ins Schlafzimmer getragen und die Waffe erneut geladen haben, was bedeutete, daß Candy nicht in Gefahr war, wenn er einfach zu dem Kerl hinging und ihm die Waffe abnahm.

Aber er blieb trotzdem in der Tür stehen. Jeder dieser beiden Schüsse *hätte* ihn mitten ins Herz treffen können. Seine inneren Kräfte waren groß, doch er konnte sie nicht einsetzen, um eine auf ihn zufliegende Kugel in Luft aufzulösen.

Statt sich in irgendeiner Form mit Candy zu beschäftigen, wandte sich der Mann jedoch von ihm ab, ging um die Fußseite des Bettes herum zur anderen Seite und streckte sich neben der Frau aus.

»Was, zum Teufel . . . ?« fragte Candy laut.

Clint nahm ihre leblose Hand. Seine andere Hand umschloß den 381iger Revolver. Er legte den Kopf so auf das Kissen, daß er sie ansehen konnte, und in seinen Augen glitzerte etwas, was unvergossene Tränen hätten sein können. Er legte die Mündung der Waffe unter sein Kinn und tötete sich selbst.

Candy war so verblüfft, daß er sich einen Moment lang weder rühren noch überlegen konnte, was er tun sollte. Erst das Aufheulen von Sirenen riß ihn aus seiner Lähmung, und erst da wurde ihm bewußt, daß Thomas' Spur zu Bobby und Julie, wer immer sie auch sein mochten, möglicherweise hier enden könnte, wenn er nicht herausfand, in welcher Verbindung der tote Mann auf dem Bett zu ihnen gestanden hatte. Wenn er jemals erfahren wollte, wer Thomas gewesen war, woher Clint seinen Namen gewußt hatte oder wie viele andere von ihm wußten, wenn er erfahren wollte, wie groß die Gefahr war, in der er schwebte und wie er ihr entkommen könnte, durfte er diese Gelegenheit nicht verstreichen lassen.

Er hastete zu dem Bett, rollte den toten Mann auf die Seite und zog das Portemonnaie aus der Gesäßtasche. Er öffnete es und sah die Privatdetektiv-Lizenz. Ihr gegenüber in einer anderen Plastiklasche war eine Geschäftskarte von Dakota & Dakota.

Candy erinnerte sich an das schwache Bild der Büros von Dakota & Dakota, das er in Thomas' Zimmer empfangen hatte, als er mit Hilfe des Albums eine Vision von Clint heraufbeschworen hatte. Da war eine Adresse auf der Karte. Und unter dem Namen Clint Karaghiosis standen in einer kleinerer Schrift die Namen Robert und Julia Dakota.

Draußen waren die Sirenen verstummt. Jemand hämmerte gegen die Eingangstür. Zwei Stimmen riefen: »Polizei!«

Candy warf das Portemonnaie weg und nahm den Revolver aus der Hand des toten Mannes. Er ließ die Trommel aufspringen. Es war eine Waffe mit fünf Schuß, und in allen Kammern waren leere Patronenhülsen. Clint hatte in der Küche vier Schüsse abgegeben, hatte aber selbst in einem Moment unbändiger Wut genug Kontrolle gehabt, die letzte Kugel für sich selbst aufzuheben.

»Und nur wegen einer Frau?« fragte Candy verständnislos, als erwarte er eine Antwort von dem toten Mann. »Weil du jetzt keinen Sex mehr mit ihr treiben konntest? Warum bedeutet Sex allen Leuten soviel? Konntest du von keiner anderen Frau Sex kriegen? Warum war Sex mit dieser so wichtig für dich, daß du ohne sie nicht weiterleben wolltest?«

Sie hämmerten immer noch an die Tür. Jemand sprach durch ein Megaphon, doch Candy achtete nicht auf das, was gesagt wurde.

Er ließ die Waffe fallen und wischte seine Hände an den Hosenbeinen ab, weil er sich plötzlich unsauber fühlte. Der tote Mann hatte die Waffe benutzt, und der tote Mann schien geradezu besessen gewesen zu sein von Sex. Die Welt war ganz ohne Frage ein Pfuhl der sinnlichen Begierden und der sündigen Ausschweifungen, und Candy war froh, daß Gott und seine Mutter ihn davor bewahrt hatten, diesem krankhaften Verlangen nachzugeben, das jedermann sonst zu befallen schien.

Er verließ das Haus der Sünder.

53

Hal Yamataka lag auf dem Sofa, hatte ein Stück Pizza in der einen und den MacDonald- Roman in der anderen Hand, als er das hohle flötenähnliche Tirilieren hörte. Er ließ sowohl das Buch wie auch das Essen fallen und sprang auf.

»Frank?«

Die halb geöffnete Tür schwang leicht ins Zimmer, was aber nicht daran lag, daß jemand sie aufgestoßen hätte. Ein jäher heftiger Luftstoß aus der Empfangshalle war die Ursache.

»Frank?« wiederholte Hal.

Während er durch den Raum ging, verklang das Geräusch, und der Luftstrom erstarb. Doch gerade als er die Tür erreichte, kehrte die unmelodische Melodie zurück, und eine Windbö zerzauste ihm das Haar.

Zu seiner Linken stand das Empfangspult, das zu dieser Tageszeit natürlich nicht besetzt war. Dem Pult direkt gegenüber war die Tür zu dem Korridor, von dem auch die anderen Firmenbüros auf diesem Stockwerk abgingen. Sie war geschlossen. Die einzige andere Tür auf der anderen Seite des rechteckigen Raumes war ebenfalls geschlossen. Sie führte zu einem Flur innerhalb der Dakota-&- Dakota-Zimmerflucht, an dem sechs weitere Büros – einschließlich des Computerraums, in dem Lee immer noch bei der Arbeit war – und ein Waschraum lagen. Das Pfeifen und der Wind hätten ihn durch diese geschlossenen Türen niemals erreichen können. Deshalb mußte beides aus der Empfangshalle gekommen sein.

Er ging in die Mitte des Raumes und blickte sich erwartungsvoll um.

Zum drittenmal Flötentöne und Luftturbulenzen.

Hal sagte: »Frank« und sah dann aus dem Augenwinkel, daß in der Nähe der Tür zum allgemeinen Korridor – zu seiner Rechten, also fast hinter ihm – ein Mann aufgetaucht war.

Als Hal sich umdrehte, merkte er allerdings, daß es nicht Frank war, erkannte ihn aber trotzdem augenblicklich. Candy. Es konnte niemand anderer sein, denn dies war der Mann, den Bobby am Strand von Punaluu gesehen haben mußte und dessen Beschreibung er von Clint erhalten hatte.

Hal war untersetzt und vierschrötig, er war in guter Form, und er konnte sich nicht an einen einzigen Vorfall in seinem Leben erinnern, bei dem ihn die physische Erscheinung eines anderen Mannes hatte einschüchtern können. Candy war zwanzig Zentimeter größer als er, aber Hal war mit Männern fertiggeworden, die noch größer waren.

Candy war ganz sicher ein mesomorpher Typ, einer von den Burschen, denen bei der Geburt eine knochige, mit Muskeln bepackte Figur mitgegeben worden war, die ihnen blieb, auch wenn sie wenig oder vielleicht gar nicht trainierten. Dieser Mann aber war mit Sicherheit mit schweißtreibenden Aktivitäten, mit Hanteln, Gewichten und Fitneßgeräten vertraut.

Aber auch Hal war ein mesomorpher Typ und so hart wie tiefgefrorenes Rindfleisch. Candys Größe und Candys Muskeln konnten ihn nicht einschüchtern. Was ihm

Angst einjagte, war diese Aura des Wahnsinns, der Raserei und der Gewalt, die dieser Mann in einer Stärke ausstrahlte, wie eine acht Tage alte Leiche den Gestank des Todes verströmen würde.

In dem Augenblick, in dem Franks Bruder in dem Raum erschienen war, hatte Hal seine irre Grausamkeit gerochen, so wie ein gesunder Hund die tollwütige Ausdünstung eines kranken Artgenossen wahrnehmen würde, und er handelte dementsprechend. Er trug keine Schuhe, keine Waffe und konnte in seiner unmittelbaren Umgebung auch nichts entdecken, was er als Waffe hätte benutzen können.

Also drehte er sich auf dem Absatz um und lief zurück ins Chefbüro, wo – wie er wußte – ein geladener Browning an einem Klemmclip unter Julies Schreibtischplatte befestigt war. Er war als Rückversicherung gegen das Unerwartete gedacht. Bis jetzt allerdings war die Waffe nie benutzt worden.

Hal war keineswegs in den asiatischen Kampfsportarten die Kanone, die angesichts seines furchteinflößenden Äußeren und seiner Herkunft jedermann in ihm vermutete, aber er konnte etwas Taekwondo. Das Problem war jedoch, daß sich nur ein Dummkopf gegen einen heranrasenden Bullen, der Hummeln im Hintern hat, mit *irgendeiner* asiatischen Kampfsportart verteidigen würde.

Er hatte eben die Tür erreicht, als Candy ihn am Hemd erwischte und versuchte, ihn umzureißen. Die Nähte des Hemdes krachten auseinander, und der Irre stand mit einem Fetzen Stoff da.

Doch Hal hatte die Balance verloren. Er stolperte ins Büro und kollidierte mit Julies Schreibtischstuhl, der wie die vier anderen Stühle immer noch mitten im Raum stand, in genau dem Halbkreis, den Jackie Jaxx für die Hypnosesitzung mit Frank verlangt hatte. Er griff nach dem Stuhl, um sich daran festzuhalten. Der stand auf Rollen, die sich, wenn sie sollten, nur widerwillig über den Teppichboden bewegten. Jetzt allerdings rutschten sie weg.

Der Psychopath krachte gegen Hal, stieß ihn gegen den Stuhl und den Stuhl gegen den Schreibtisch. Ein ganzer Hagel von Boxhieben ging auf Hals Mitte nieder. Immer wieder ließ Candy seine Fäuste, die sich anfühlten wie Holzhämmer mit Eisenköpfen, auf ihn niedersausen.

Hals Arme hingen herunter. Für den Moment war er nicht in der Lage, sich zu verteidigen. Doch dann ballten sich seine Hände zu Fäusten, die Daumen justiert, rammte er sie nach oben zwischen Candys Armen hindurch, die wie Rammböcke niedersausten, und erwischte ihn an seinem Adamsapfel. Der Schlag war so hart, daß Candy fast an seinem eigenen Schmerzensschrei erstickt wäre, und dann rissen Hals Daumennägel das Fleisch des Irren fast bis unters Kinn auf. Candy würgte und war kaum in der Lage, Luft einzuatmen. Seine Speiseröhre war aufgeschürft und zuckte wild. Er stolperte rückwärts, beide Hände an der Kehle.

Hal stieß sich von dem Stuhl ab, gegen den er gedrückt worden war, aber er ging nicht auf Candy los. Nachdem der Schlag auf die Schnauze dieses Bullen mit den Hummeln im Hintern bei dem nicht mehr Eindruck hinterlassen hatte als ein Klaps mit einer Fliegenklatsche, würde ein zu selbstbewußter Angriff zweifellos damit enden, daß er ins Aus geschmettert würde.

Deshalb lief er um den Schreibtisch herum, auch wenn die Hiebe in seine Magengrube entsetzlich schmerzten und er den sauren Geschmack der Pizzasauce im Mund hatte. Er war zu wild darauf, diesen Browning endlich zu packen.

Der Schreibtisch war riesig, und die Knieöffnung war

entsprechend groß. Er wußte nicht, wo die Pistole befestigt war, und er wollte sich nicht bücken, um unter die Platte zu schauen, weil er dann den Blick von Candy hätte wenden müssen. Er ließ die Hand von links nach rechts unter der Platte entlanggleiten, reichte dann tiefer darunter und versuchte es noch einmal.

Gerade in dem Augenblick, als er den Griff der Pistole ertastet hatte, sah er, wie Candy beide Hände ausstreckte, mit den Handflächen in seine Richtung, als wisse der Kerl, daß Hal eben die Waffe gefunden hatte und wollte nun sagen: *Schieß nicht, ich ergebe mich!*

Doch als Hal den Browning aus der Metallklemme gelöst hatte, merkte er, daß Candy keineswegs vorhatte, sich zu ergeben: blaues Licht entströmte den Handflächen des Wahnsinnigen.

Der schwere Schreibtisch reagierte darauf wie eine an Fäden hängende Requisite aus Balsaholz in einem Poltergeist-Film.

Gerade als Hal die Waffe hob, wurde er von dem Schreibtisch geradezu gerammt. Er schob ihn rückwärts auf das riesige Fenster zu, das sich hinter ihm befand. Der Schreibtisch war breiter als die Fensteröffnung, seine Kanten blieben an der Wand hängen, was ihn hinderte, direkt durch das Glas zu brechen.

Hal jedoch war genau im Zentrum des Fensters. Mit den Knien knallte er gegen den niedrigen Sims, sonst gab es nichts, was seinen Sturz hätte verhindern können. Für einen kurzen Moment sah es zwar so aus, als könnten ihn die Leichtmetallrolläden aufhalten, doch das war Wunschdenken. Er nahm die Rollos mit durch das Glas und in die Nacht hinaus und ließ den Browning fallen, ohne ihn auch nur einmal abgefeuert zu haben.

Er war überrascht, wie lange es dauerte, sechs Stockwerke hinunterzufallen, was gar keine so schrecklich große Entfernung war, wenn auch eine tödliche. Er hatte Zeit, sich zu wundern, wie langsam die beleuchteten Bürofenster aus seiner Sicht verschwanden, hatte Zeit, an Menschen zu denken, die er liebte und an Träume, die sich niemals erfüllt hatten, sogar Zeit zu bemerken, daß aus den Wolken, die mit der Abenddämmerung zurückgekehrt waren, ein leichter Sprühregen fiel.

Sein letzter Gedanke galt dem Garten hinter seinem kleinen Haus in Costa Mesa, wo er das ganze Jahr hindurch eine Reihe von Blumen zog und heimlich jeden Moment genoß. Er sah die äußerst zarten Blütenblätter der korallenroten Springkrautgewächse vor sich und einzelne winzige Tropfen von Morgentau an ihren Rändern, die glitzerten ...

Candy schob den schweren Schreibtisch zur Seite und beugte sich aus dem Fenster im sechsten Stock. Ein kühler Aufwind schlug ihm ins Gesicht.

Der schuhlose Mann lag auf dem Rücken auf einem breiten Betongehweg, beleuchtet von einem bernsteinfarbenen Landschaftsscheinwerfer. Er war umgeben von zerbrochenem Glas, verbeulten Metallrolläden und einer Pfütze seines eigenen Blutes, die sich rasch vergrößerte.

Candy hustete, hatte immer noch Schwierigkeiten, tief durchzuatmen, und preßte eine Hand gegen das brennende Fleisch seiner strapazierten Kehle. Der Tod des Mannes paßte Candy nicht ins Konzept. Nicht die Tatsache an sich, sondern der Zeitpunkt. Er hatte ihn erst ausquetschen und von ihm erfahren wollen, wer Bobby und Julie waren und in welcher Beziehung sie zu dem medial begabten Thomas standen.

Und als Candy sich in der Empfangshalle materialisiert hatte, hatte der Kerl gedacht, er sei Frank. Er hatte ganz deutlich Franks Namen ausgesprochen. Die Leute bei

Dakota & Dakota standen auf irgendeine Art mit Frank in Verbindung – wußten alles über sein Talent fürs Teleportieren! – und würden aus diesem Grund auch wissen, wo dieser Muttermörder, dieser Schuft, zu finden war.

Candy nahm an, daß er in diesem Büro Antworten auf wenigstens einige dieser Fragen entdecken würde, befürchtete aber, daß die Ankuft der Polizei, die der Todessturz des Mannes gewiß herbeirufen würde, ihn zwingen könnte, seine Nachforschungen abzubrechen, bevor er im Besitz aller Informationen war. Das Geheul von Sirenen war die Hintergrundmusik aller seiner Abenteuer dieser Nacht.

Bislang waren allerdings noch keine Sirenen ertönt. Möglicherweise hatte er ja diesmal Glück. Vielleicht hatte niemand den Mann fallen sehen. Es war unwahrscheinlich, daß zu dieser Zeit – es war zehn vor neun – noch irgend jemand bei den anderen Firmen in dem Bürogebäude arbeitete. Die Putzfrauen oder Hausmeister waren sicherlich dabei, irgendwo Böden zu polieren und Papierkörbe zu leeren.

Der Todessturz des Mannes war mit relativ geringer Gegenwehr abgelaufen. Er hatte nicht mal geschrien. Erst Sekunden vor dem Aufprall war ihm der Anflug eines Schreis entfahren, doch der war zu kurz gewesen, um Aufmerksamkeit zu erregen. Das Zerspringen des Glases und das blecherne Klappern der Rolläden war dagegen recht laut gewesen, aber das Getöse war verstummt, bevor irgend jemand die Quelle des Geräuschs hätte lokalisieren können.

Das Fashion-Island-Einkaufscenter war von einer vierspurigen Straße eingerahmt, die auch zu den Bürotürmen – wie diesem, der am äußeren Rand stand – führte. Offenbar hatten sich aber keine Autos auf ihr befunden, als der Mann hinuntergestürzt war.

Jetzt tauchten links zwei auf. Beide fuhren vorbei, ohne langsamer zu werden. Eine Reihe von Büschen, zwischen dem Gehweg und der Straße, hinderte die Fahrer daran, die Leiche zu sehen. Dieser Ring von Bürohochhäusern war gewiß auch keine Gegend, in die sich Fußgänger nachts verirrten. Deshalb war es möglich, daß der Tote erst am Morgen entdeckt wurde.

Er betrachtete die andere Straßenseite, die Restaurants und Läden, die am Rande des Einkaufscenters lagen, etwa fünf-, sechshundert Meter entfernt. Zwischen den geparkten Wagen und den Eingängen sah er ein paar Leute, winzig klein in der Entfernung. Niemand von ihnen schien etwas gesehen zu haben – und es würde auch gar nicht so einfach sein, von dort aus einen dunkelgekleideten Mann zu entdecken, der an einem größtenteils dunklen Gebäude nach unten stürzte. Er konnte bestenfalls für ein paar Sekunden sichtbar gewesen sein, bevor die Schwerkraft ihm ein Ende machte.

Candy räusperte sich, zuckte vor Schmerz zusammen und spuckte in Richtung des toten Mannes da unten.

Er schmeckte Blut.

Dieses Mal war es sein eigenes.

Er wandte sich von dem Fenster ab, blickte sich in dem Büro um und fragte sich, von wo oder wem er wohl die Antworten erhielt, die er brauchte. Wenn er Bobby und Julie Dakota finden könnte, konnten sie ihm vielleicht Thomas' telepathische Fähigkeiten erklären – und was noch wichtiger war: ihm Frank ausliefern.

Zweimal löste der Radardetektor Alarm aus, zweimal gelang es Julie, den Radarfallen im westlichen Valley ein Schnippchen zu schlagen. Sofort danach beschleunigte sie wieder auf gut einhundertvierzig Stundenkilometer und ließ den Staub von L.A. hinter sich.

Ein paar Regentropfen sprenkelten die Windschutzscheibe, aber es wurden nicht mehr. Sie schaltete die Scheibenwischer schon Sekunden, nachdem sie sie eingeschaltet hatte, wieder aus.

»Vielleicht noch eine Stunde bis Santa Barbara«, sagte sie, »solange uns kein Bulle mit Pflichtgefühl in die Quere gerät.«

Ihr Nacken schmerzte, und sie war ungeheuer erschöpft, trotzdem wollte sie Bobby das Steuer nicht überlassen. Sie hatte heute nicht die Geduld, Beifahrer zu sein. Ihre Augen brannten, waren aber nicht schwer. Sie hätte gar nicht schlafen können. Die Ereignisse des Tages hatten sie um den Schlaf gebracht. Und die Angst vor dem, was vor ihr liegen mochte – nicht nur auf dem Highway, sondern in El Encanto Heights –, hielt sie wach.

Bobby war niedergeschlagen, seit ihn geweckt hatte, was er den »Wortschwall« nannte. Sie war sicher, daß er sich wegen irgend etwas Sorgen machte, doch er schien noch nicht darüber sprechen zu wollen.

Nach einer Weile unternahm er jedoch den Versuch, ein Gespräch über etwas völlig anderes zu beginnen. Offenbar wollte er sich von dem Wortschwall und anderen trüben Grübeleien ablenken. Er stellte die Stereoanlage leiser und zerstörte damit den beabsichtigten Effekt von Glenn Millers »American Patrol«. »Hast du jemals darüber nachgedacht, daß vier unserer elf Angestellten Asien-Amerikaner sind?« fragte er.

Sie nahm den Blick nicht von der Straße. »Ja, und?«

»Warum ist das so, was meinst du?«

»Weil wir nur erstklassige Leute anheuern und nun mal vier der erstklassigen Leute, die für uns arbeiten wollten, Chinesen, Japaner und Vietnamesen waren.

»Das ist nur die halbe Wahrheit.«

»Nur die halbe?« fragte sie zurück. »Was ist die andere Hälfte? Glaubst du vielleicht, der böse Fu-Man-Chu hätte irgendeinen Strahl aus seinem geheimen Fort in den Bergen Tibets auf uns gerichtet, uns einer Gehirnwäsche unterzogen und uns so *gezwungen*, sie einzustellen?«

»Auch das gehört dazu«, meinte er. »Und ein weiterer Teil ist, daß ich mich von der asiatischen Art angezogen fühle. Vielleicht aber auch nur davon, wie man die Asiaten einschätzt: Intelligenz, ein hoher Grad von Disziplin, Sauberkeit, starkes Traditionsgefühl und ein ungeheurer Ordnungssinn.«

»Das sind die Charakterzüge von so gut wie jedem, der für uns arbeitet, nicht nur die von Jamie, Nguyen, Hal und Lee.«

»Ich weiß. Aber warum fühle ich mich unter Asien-Amerikanern so wohl, daß ich der Vorstellung verfallen bin, alles liefe ganz ruhig und ordentlich ab, solange ich mit ihnen zusammenarbeite? Ich *brauche* diese Vorstellung geradezu, weil ... Nun, weil ich eben nicht der Kerl bin, der ich immer zu sein meinte. Bist du bereit, etwas Schockierendes zu hören?«

»Immer«, erwiderte Julie.

Wenn Lee Chen im Computerraum arbeitete, legte er häufig eine CD in seinen Sony-Discman und hörte durch Kopfhörer Musik. Die Tür hielt er immer geschlossen, um nicht abgelenkt zu werden, so daß ihn etliche seiner Kollegen mit ziemlicher Sicherheit für recht ungesellig hielten. Wenn er jedoch damit beschäftigt war, aus einem komplexen und vor Zugriff geschützten Datennetz – wie beispielsweise aus dem der zahlreichen Polizeisysteme, die er gerade anzapfte – Informationen herauszuholen, brauchte er absolute Konzentration.

Gelegentlich lenkte ihn Musik dabei ebenso ab wie alles andere, doch meist war sie seiner Arbeit sogar förderlich. Die minimalistischen New-Age-Piano- Soli von George Winston waren dafür manchmal das Richtige, aber noch häufiger brauchte er Rock'n'Roll. Heute waren es Huey Lewis and The News: »Hip to Be Square« und »The Power of Love«, »The Heart of Rock & Roll« und »You Crack Me Up«.

Ganz auf den Bildschirm des Terminals vor sich konzentriert (sein Fenster in die faszinierende Welt des kybernetischen Raums), wobei »Bad Is Bad« durch die Kopfhörer in seine Ohren dröhnte, hätte er selbst dann nichts von dem gehört, was in der Außenwelt passierte, wenn Gott den Himmel beiseite geschoben und die unmittelbar bevorstehende Ausrottung der menschlichen Rasse verkündet hätte.

Durch das zerbrochene Fenster wehte kühle Luft ins Zimmer. Candy aber war es aufgrund seiner wachsenden Enttäuschung ausgesprochen heiß. Er bewegte sich langsam durch den Raum, nahm etliche Objekte in die Hand, berührte die Möbel und versuchte, aus jedem Gegenstand eine Vision herauszuholen, die ihm Aufschluß über den Aufenthaltsort der Dakotas geben konnte – und über Franks. Bis jetzt hatte er kein Glück gehabt.

Natürlich hätte er den Inhalt der Schreibtischschubladen und Aktenschränke durchwühlen können, doch das hätte Stunden gedauert, da er nicht wußte, wo die Informationen abgelegt waren, nach denen er suchte. Außerdem war ihm klar, daß er das Zeug möglicherweise nicht mal als das erkannte, was es war, denn es konnte ohne weiteres in einem Aktenordner oder Umschlag abgelegt sein, der mit einem Namen oder Code gekennzeichnet war, mit dem er nichts würde anfangen können.

Seine Mutter hatte ihn lesen und schreiben gelehrt. Ebenso wie sie hatte er Bücher geradezu verschlungen – nach ihrem Tod war bei ihm jedes Interesse am Lesen erloschen. Aber durch das Lesen hatte er sich selbst auf vielen Gebieten weitergebildet, und zwar gründlicher als während eines Universitätsstudiums. Dennoch vertraute er dem, was ihm seine besonderen Talente vermittelten, mehr als allem, was er schwarz auf weiß hätte finden können.

Davon abgesehen war er bereits in der Empfangshalle gewesen, hatte sich die Privatadresse und Telefonnummer der Dakotas besorgt und dort angerufen, um zu erfahren, ob sie zu Hause waren. Nach dem dritten Klingeln hatte sich ein Anrufbeantworter eingeschaltet. Er hatte aber keine Nachricht hinterlassen. Er wollte nämlich nicht nur wissen, wo die Dakotas wohnten und nach einer gewissen Zeit auftauchen würden, sondern er *mußte* wissen, wo sie jetzt waren, jetzt, in dieser Minute, weil es ihn fieberhaft danach verlangte, sie zu schnappen und die Antworten aus ihnen herauszuprügeln.

Er nahm eben das dritte Glas in die Hand, in dem Scotch mit Soda gewesen war. Sie waren überall im Zimmer verteilt. Der psychische Rest, der an diesem geblieben war, vermittelte ihm ein lebhaftes Bild von einem Mann namens Jackie Jaxx, und er warf es verärgert weg. Es fiel vom Sofa auf den Teppich, ohne zu zerbrechen.

Dieser Jaxx ließ überall in seinem Sog eine farbenprächtige und aufdringliche Aura zurück, in der Art, in der ein Hund mit Blasenbeschwerden jeden Schritt seines Wegs mit einem Tröpfchen stinkenden Urins markieren würde. Candy spürte, daß Jaxx gerade mit einer großen Zahl von Menschen zusammen war, bei einer Party in Newport Beach. Und er spürte auch, daß es vergebene Liebesmühe sein würde, wollte er versuchen, Frank oder die Dakotas durch Jaxx zu finden. Obwohl Jaxx, wäre er jetzt allein, leicht zu knacken wäre. Schon wegen der überall wahrnehmbaren Aura des Kerls, die so unverschämt und unangenehm war, wäre Candy zu gern augenblicklich zu ihm gegangen und hätte ihn abgeschlachtet.

Entweder hatte er bislang noch keinen Gegenstand gefunden, den einer der Dakotas lange genug in den Händen gehalten hatte, um eine Impression hervorzurufen, oder die beiden gehörten nicht zu den Typen, die eine wesentliche psychische Spur hinterließen. Aus Gründen, die sich Candy selbst nicht erklären konnte, war es bei einigen Menschen schwieriger, sie aufzuspüren als bei anderen.

Frank aufzuspüren, das hatte er festgestellt, war von mittlerer Schwierigkeit. Heute nacht war es allerdings schwerer als üblich, diese spezielle Ausdünstung zu erfassen. Verschiedene Male hatte er gespürt, daß Frank in diesem Zimmer gewesen war, konnte aber zunächst nichts finden, dem die Aura seines Bruders anhaftete.

Als nächstes wandte er sich den vier Stühlen zu und begann mit dem größten. Als er seine sensiblen Fingerspitzen leicht über die Polsterung gleiten ließ, fing er an, vor Erregung zu zittern, denn er wußte sofort, daß Frank erst vor kurzem auf ihm gesessen hatte. Ein kleiner Riß verunstaltete den Kunststoffbezug an einer der Armlehnen, und als Candy den Daumen auf den Spalt legte, stürmten besonders lebendige Visionen von Frank auf ihn ein.

Zu viele Visionen. Er wurde mit den Bildern einer ganzen Reihe von Orten belohnt, an denen Frank gewesen war, nachdem er sich aus diesem Stuhl erhoben hatte: die Hochgebirge Kaliforniens; das Apartment in San Diego, in dem er vor vier Jahren für kurze Zeit gelebt hatte; das verrostete Eingangstor vor dem Haus seiner Mutter an der Pacific Hill Road; ein Friedhof; ein Arbeitszimmer mit Bücherregalen an den Wänden, in dem er nur so kurze Zeit geblieben war, daß Candy nicht das geringste Gefühl dafür erhielt, wo es sein könnte; der Strand von Punaluu, an dem Candy ihn fast erwischt hätte ... Da waren so viele Bilder von so vielen verschiedenen Stationen, von denen eine die andere überlagerte, daß er die späteren Aufenthaltsorte nicht mehr klar erkennen konnte.

Angeekelt schob er den Stuhl weg und wandte sich dem Couchtisch zu, auf dem zwei weitere Gläser standen. Beide enthielten geschmolzenes Eis und Scotch. Er hob eines hoch und empfing ein Bild von Julie Dakota.

Während Julie auf Santa Barbara zuraste, als beteilige sie sich an einem Zeitfahren für das Rennen von Indianapolis, erzählte Bobby ihr das »Schockierende«: daß er im Grunde seines Herzens nicht der lockere Kerl sei, der er an der Oberfläche zu sein schiene; daß er während seiner hektischen Zeitsprünge mit Frank – besonders während der Momente, da er auf sein entkörpertes Denken und einen hektischen Wirbel losgelöster Atome reduziert war – in sich eine starke Ader für Stabilität und Ordnung entdeckt hätte, die tiefer ginge, als er sich jemals hätte vorstellen können; daß sein Spaß an Swingmusik eher seiner Wertschätzung für die Akribie ihrer Strukturen als der schwindelerregenden musikalischen Freiheit entstamme, die der Jazz verkörpere; daß er aber auch nicht im geringsten der Freigeist sei, der er gemeint hätte zu sein, sondern weit eher ein konservativer, reaktionärer Traditionalist.

»Kurz gesagt«, meinte er, »die ganze Zeit, in der du glaubtest, mit einem unbeschwerten jungen James-Garner-Typen verheiratet zu sein, warst du tatsächlich mit einem alterslosen Charles-Bronson- Typ verheiratet.«

»Ich kann dennoch mit dir leben, Charlie.«

»Ich meine das ernst. Ja, schon. Ich bin Ende dreißig, kein Kind mehr. Ich hätte diese Dinge über mich schon seit langem wissen müssen.«

»Du hast sie gewußt.«

»Wie?«

»Du liebst Ordnung, Vernunft, Logik – das ist auch der Grund dafür, warum du einen Beruf gewählt hast, in dem du Unrecht wiedergutmachen, Unschuldigen helfen und die Bösen bestrafen kannst. Das ist's, warum du mit mir ›den Traum‹ träumst – daß wir unsere kleine Familie in Ordnung bringen, sie aus dem Chaos der heutigen Welt herausholen, aussteigen und uns etwas Frieden und Ruhe kaufen können. Das ist auch der Grund, warum du mir die Wurlitzer neunhundertfünfzig nicht kaufen willst – diese Glasröhren und hüpfenden Gazellen sind eben ein wenig zu chaotisch für dich.«

Er schwieg einen Moment. Ihre Reaktion hatte ihn überrascht.

Die lichtlose Weite des Ozeans lag im Westen.

»Vielleicht hast du recht«, erwiderte er. »Möglicherweise habe ich tief in meinem Herzen immer gewußt, was ich bin. Aber ist es denn nicht entnervend, daß ich mir so lange selbst etwas vorgegaukelt habe?«

»Das hast du nicht. Du bist unbeschwert *und* ein wenig wie Charles Bronson, was eine gute Sache ist. Wenn's anders wäre, kämen wir vermutlich überhaupt nicht miteinander aus. Weil ich mehr wie Bronson bin als irgend jemand sonst – außer Bronson selbst.«

»Gott, das stimmt!« sagte er, und sie lachten beide.

Die Geschwindigkeit des Toyota war unter einhundertzehn Stundenkilometer gefallen. Sie schraubte sie wieder auf einhundertvierzig rauf und fragte dann: »Bobby – was liegt dir wirklich auf dem Herzen?«

»Thomas.«

Sie warf ihm einen schnellen Blick zu. »Was ist mit Thomas?«

»Seit diesem Wortschwall kann ich das Gefühl nicht loswerden, daß er in Gefahr ist.«

»Was hat denn der mit ihm zu tun?«

»Ich weiß es nicht. Aber ich würde mich wohler fühlen, wenn wir ein Telefon suchen und in Cielo Vista anrufen. Einfach nur, um – sicher zu gehen.«

Sie ließ die Geschwindigkeit drastisch abfallen. Innerhalb von fünf Kilometern waren sie vom Freeway herunter und zu einer Tankstelle gefahren. Es war eine, die vollen Service bot. Während der Tankwart die Frontscheibe säuberte, das Öl kontrollierte und den Tank mit bleifreiem Super füllte, gingen sie hinein und benutzten den Münzfernsprecher.

Es handelte sich um eine moderne, elektronische Version, bei der man sowohl Münzen als auch Kreditkarten benutzen konnte. Der Apparat hing an der Wand, direkt neben einem Ständer mit Crackers, Schokoriegeln und Packungen mit gesalzenen Erdnüssen. Auch ein Automat für Kondome war da, dank des durch Aids ausgelösten sozialen Chaos sichtbar für jedermann.

Bobby nahm die Kreditkarte der Telefongesellschaft und wählte die Nummer des Cielo-Vista-Pflegeheims in Newport.

Es klingelte weder, noch ertönte das Besetztzeichen. Er hörte nur eine eigenartige Abfolge elektronischer Geräusche, dann informierte ihn eine Tonbandstimme, die Nummer, die er gewählt habe, sei gegenwärtig nicht erreichbar. Die dröhnende Stimme empfahl ihm, es später noch einmal zu versuchen.

Er rief die Vermittlung an, die dieselbe Nummer probierte – mit dem gleichen Ergebnis. »Tut mir leid, Sir«, sagte sie. »Bitte rufen Sie den Teilnehmer später noch einmal an.«

»Was für Probleme könnte es denn da geben?«

»Das weiß ich nicht, Sir, aber ich bin sicher, die Leitung wird bald wieder frei sein.«

Er hatte den Hörer etwas von seinem Ohr weggehalten, damit Julie mithören konnte. Nachdem er aufgehängt hatte, schaute er sie an. »Laß uns zurückfahren. Ich habe da so eine Ahnung, daß Thomas uns brauchen könnte.«

»Zurückfahren? Wir sind nur etwas mehr als eine halbe Stunde von Santa Barbara entfernt. Nach Hause ist es viel weiter.«

»Er könnte uns brauchen. Es ist kein sehr starkes Gefühl, das gebe ich zu, aber es ist hartnäckig und – unheimlich.«

»Wenn er schnell Hilfe braucht«, erwiderte sie, « kämen wir ohnehin nicht rechtzeitig hin. Und wenn es nicht so dringend ist, reicht es, wenn wir nach Santa Barbara fahren und vom Motel aus noch einmal anrufen. Wenn er krank ist oder verletzt oder sonstwas, brauchen wir von Santa Barbara zurück nur etwa eine Stunde länger.«

»Nun ...«

»Er ist mein Bruder, Bobby. Ich liebe ihn genausosehr wie du, und ich sage dir, es ist in Ordnung. Ich liebe dich, aber du hast niemals soviel Talent als Wahrsager bewiesen, daß ich wegen deiner Vorahnungen gleich hysterisch werden müßte.«

Er nickte. »Du hast recht. Ich bin einfach – nervös. Meine Nerven haben sich wohl noch nicht beruhigt, seit ich mit Frank unterwegs war.«

Wieder auf dem Highway sahen sie ein paar dünne Nebelranken von der See herüberwabern. Ein leichter Sprühregen fiel, hörte aber nach weniger als einer Minute wieder auf Die Luft unter dem dunklen Nachthimmel war spürbar schwer und schwül. Das waren klare Vorboten eines größeren Unwetters.

Nachdem sie ein paar Meilen gefahren waren, sagte Bobby: »Ich hätte Hal im Büro anrufen sollen. Während er da rumsitzt und auf Frank wartet, könnte er genausogut unsere Kontakte nutzen, um herauszufinden, ob in Cielo Vista alles in Ordnung ist.«

»Falls die Telefone dort immer noch nicht funktionieren, wenn du vom Motel aus anrufst«, erwiderte Julie, »kannst du Hal immer noch damit belästigen.«

Aus der schwachen psychischen Spur an dem Trinkglas empfing Candy ein Bild von Julie Dakota, in dem er dasselbe Gesicht wiedererkannte, das bereits aus Thomas' Gedanken gesickert war – auch wenn er es nicht so idealisiert sah, wie es in Thomas' Gedächtnis gewesen war. Sein sechster Sinn sagte ihm, daß sie vom Büro aus nach Hause gegangen war, zu der Adresse, die er dem Telefonverzeichnis der Empfangsdame entnommen hatte. Sie war für kurze Zeit dort gewesen und dann mit einem Auto sowie einer anderen Person irgendwohin gefahren. Höchstwahrscheinlich war der Mann bei ihr, der Bobby hieß. Mehr konnte er nicht sehen, und er wünschte sich, die Spuren, die sie hinterließ, wären auch nur annähernd so stark wie die von Jaxx.

Er stellte das Glas wieder ab und beschloß, in ihr Haus zu gehen. Auch wenn sie und Bobby jetzt nicht da waren, würde er möglicherweise einen Gegenstand finden, der ihn – so wie das Glas – ein oder zwei Schritte weiter führen würde. Wenn er nichts fand, konnte er immer noch hierher zurückkehren und seine Suche fortsetzen, sofern die Polizei nicht inzwischen aufgetaucht war und niemand den toten Mann da draußen gefunden hatte.

Lee schaltete den Computer aus, dann auch den CD-Player – Huey Lewis and The News waren eben mitten in »Walking On a Thin Line« – und nahm die Kopfhörer ab.

Glücklich nach einer langen, aber produktiven Session im Land der Silikon- und Gallium- Arsenverbindungen, stand er auf, streckte sich, gähnte und schaute auf die Uhr.

Kurz nach neun. Er hatte zwölf Stunden gearbeitet.

Im Grunde hätte er sich nur noch wünschen sollen, ins Bett zu fallen und einen halben Tag durchzuschlafen. Doch er wollte lieber kurz in seiner Eigentumswohnung vorbeizischen, die zehn Minuten vom Büro entfernt war, sich umziehen und ins Nachtleben stürzen. Letzte Woche hatte er einen neuen Club entdeckt, *Nuclear Grin,* wo die Musik laut und schrill war, die Drinks unverwässert waren, die Meute aus Individualisten zu bestehen schien und die Frauen heiß waren. Er wollte ein wenig tanzen, ein wenig trinken und eine Mieze finden, die Lust hatte, bis zum Umfallen zu bumsen.

In diesem Zeitalter neuer Geschlechtskrankheiten war Sex riskant. Manchmal schien es fast so, als sei man schon ein Selbstmordkandidat, wenn man aus einem Glas trank, aus dem schon ein anderer getrunken hatte. Aber nach einem Tag im superlogischen Mikrochip-Universum mußte Lee ein wenig wild sein, ein paar Risiken eingehen, am Rande des Chaos tanzen, um sein Leben wieder ins Gleichgewicht zu bringen.

Dann fiel ihm ein, wie Frank und Bobby vor seinen Augen verschwunden waren. Er fragte sich, ob er nicht vielleicht doch schon genug Aufregung gehabt hatte für einen einzigen Tag.

Er nahm den Packen mit den neuesten Ausdrucken. Es waren weitere Informationen, die er aus den Polizeiakten gezogen hatte, nachdem er mehr über das gruselige Verhalten von Mr. Blau erfahren hatte, der wohl niemals ein bißchen verrückt zu spielen brauchte, um im Gleichgewicht zu bleiben, da er bereits das *Chaos* war. Ein Chaos, das in Schuhen herumlief. Lee öffnete die Tür, knipste das Licht aus und ging durch den Korridor sowie eine weitere Tür in die Empfangshalle. Er hatte vor, die Ausdrucke auf Julies Schreibtisch zu legen und Hal gute Nacht zu sagen, bevor er ging.

Als er Bobbys und Julies Büro betrat, sah es aus, als habe der Nationale Ringerverband dort einen Kampf zwischen Dreihundert-Pfund-Kolossen veranstaltet. Die Möbel waren umgekippt, Whiskygläser – einige zerbrochen – waren über den Boden verteilt. Julies Schreibtisch war krumm und schief und hing nur noch auf einem zerschmetterten Bein – er sah so aus, als habe ihn jemand mit Stemmeisen und Hämmern bearbeitet.

»Hal?«

Keine Antwort.

Vorsichtig stieß er die Tür zum Waschraum auf.

»Hal?«

Der Waschraum war leer.

Er ging zu dem zerbrochenen Fenster. Im Rahmen hingen immer noch einige kleinere Scherben. Fingen das Licht ein. Ausgezackt.

Mit einer Hand hielt sich Lee Chen an der Wand fest und beugte sich dann vorsichtig vor. Er sah hinunter. »Hal?« fragte er nun in einem ganz anderen Ton.

Candy materialisierte sich in der Halle des Hauses der

Dakotas, das dunkel und still war. Einen Moment blieb er mit gesenktem Blick ruhig stehen, bis er ganz sicher war, auch wirklich allein zu sein.

Seine Kehle war wieder heil. Er war wieder er selbst, und die Aussichten, die diese Nacht noch versprachen, erregten ihn.

Er begann seine Suche von der Halle aus und legte die Hand auf den Türknauf, in der Hoffnung, dort eine Spur von dem zu finden, was seine Visionen nährte, auch wenn sie jeder physischen Substanz entbehrte. Er spürte nichts, was zweifellos daran lag, daß die Dakotas ihn nur kurz berührt hatten, als sie das Haus betraten und es wieder verließen.

Natürlich konnte ein Mensch hundert Dinge in die Hand nehmen, aber nur auf einem davon ein psychisches Bild hinterlassen, dann dieselben Dinge eine Stunde später noch einmal berühren und jedes einzelne mit seiner Aura versehen. Der Grund dafür war Candy ebenso verborgen geblieben wie das mysteriöse Interesse an Sex, das so viele Leute hatten. Er war seiner Mutter für dieses Talent so dankbar wie für all die anderen, obwohl es nicht immer ein leichter und unfehlbarer Prozeß war, seine Opfer mit Hilfe der Psychometrie aufzuspüren.

Das Wohn- und das Eßzimmer der Dakotas waren unmöbliert, so daß er dort wenig Arbeit hatte. Trotzdem fühlte er sich in den leeren Räumen aus irgendeinem Grunde wohl, sogar fast heimisch. Diese Reaktion verwirrte ihn. Die Räume im Haus seiner Mutter waren alle möbliert – heutzutage aber ebenso voll mit Schimmelpilzen, Moder und Staub wie mit Stühlen, Sofas, Tischen und Lampen. Doch plötzlich wurde ihm bewußt, daß er – wie die Dakotas – nur einen Bruchteil der gesamten Wohnfläche bewohnte, daß die meisten der anderen

Kammern ebensogut leer, ohne Teppiche und versiegelt sein könnten.

In der Küche und dem kleinen Frühstückszimmer der Dakotas standen Möbel, und offenbar waren diese Räume auch bewohnt. Obwohl es ziemlich unwahrscheinlich war, daß sich die beiden während ihres kurzen Stopps – zwischen Büro und wohin-auch-immer-sie-wollten – länger hier aufgehalten hatten, hoffte er doch, daß sie möglicherweise in der Küche eine Kleinigkeit gegessen oder etwas getrunken hatten. Aber die Griffe der Wandschränke, der Mikrowelle, des Herdes und des Kühlschranks boten ihm keinerlei Anhaltspunkte.

Auf seinem Weg in den zweiten Stock stieg Candy die Treppe ganz langsam hinauf und ließ die linke Hand dabei suchend über das Eichengeländer gleiten. An etlichen Punkten wurde er mit psychischen Bildern belohnt, die zwar kurz und nicht besonders klar waren, ihn aber dennoch ermutigten und ihm signalisierten, er würde im Schlafzimmer oder Bad das finden, was er suchte.

54

Statt sofort 911 zu wählen, um den Mord an Hal Yamataka zu melden, lief Lee erst ans Empfangspult und holte – so wie man es ihm beigebracht hatte – ein kleines braunes Notizbuch, das ganz hinten in der rechten unteren Schublade lag. Wegen derjenigen Angestellten, die – wie Lee – selten im Außendienst arbeiteten und deshalb kaum einmal direkt mit den vielen Polizeistationen des County zu tun hatten, sie aber in einem Notfall brauchen könnten, hatte Bobby eine Liste der Polizei-, Kriminal- und Verwaltungsbeamten in jedem wichtigen Gerichtsbezirk zusammengestellt, die am professionellsten, vernünftigsten und verläßlichsten waren; eine Liste von denen, die nur Nervensägen waren; und eine Liste derer, die immer nach ein wenig grüner (so grün wie Dollarnoten) Schmiere Ausschau hielten, mit denen sich die Räder der Gerechtigkeit schmieren ließen. Ein Beweis für die hohe Qualität der Gesetzeshüter des County war es, daß die erste Liste wesentlich länger war als die beiden anderen.

Bobby und Julie hatten erklärt, daß es in einer Situation, in der die Polizei gebraucht würde, besser sei, zunächst zu versuchen, den Kriminalbeamten selber auszusuchen, der am Schauplatz auftaucht – so es sich um einen Schauplatz handelte, an dem Kriminalbeamte wirklich gebraucht wurden. Sich auf pures Glück oder Lust und Laune eines Abteilungsleiters zu verlassen, sei dagegen unklug.

Lee fragte sich, ob er die Bullen überhaupt rufen sollte. Er hegte keine Zweifel, wer Hal getötet hatte: Mr. Blau. Candy. Und er wußte auch, daß Bobby gewiß nicht mehr über Frank und den Fall würde preisgeben wollen, als unbedingt nötig war.

Die Verbindung zwischen der Agentur und dem Klienten war, was die Schweigepflicht betraf, gesetzlich nicht so hieb- und stichfest geregelt, wie das zwischen einem Anwalt und seinem Klienten oder einem Arzt und seinem Patienten der Fall war, aber sie war genauso wichtig. Da Julie und Bobby unterwegs und zur Zeit nicht erreichbar waren, konnte Lee sich von ihnen keine Anweisungen holen, was und wieviel er der Polizei sagen sollte.

Doch er konnte den Leichnam auch nicht einfach vor dem Gebäude liegen lassen und darauf vertrauen, daß niemand ihn bemerkte. Ganz besonders dann nicht, wenn das Opfer ein Mann war, den er gekannt und gemocht hatte.

Dann ruf die Bullen an! Aber spiel den Dummen!

Er konsultierte das Notizbuch, wählte die Nummer der Polizei von Newport Beach und fragte nach Detective Harry Ladsbroke, aber Ladsbroke hatte dienstfrei. Das galt auch für Detective Janet Heisinger. Detective Kyle Ostov war dagegen zu sprechen, und als er abhob, hörte er sich beruhigend, groß und kompetent an. Er hatte eine angenehme Baritonstimme und sprach in forschem Ton.

Lee stellte sich vor und war sich dabei bewußt, daß seine eigene Stimme höher klang als üblich, fast kreischend und daß er zu schnell sprach.

»Es hat einen ... Nun, es hat einen Mord gegeben.«

Bevor Lee noch weitersprechen konnte, unterbrach ihn Ostov: »Mein Gott, Sie meinen, Bobby und Julie wissen es schon? Ich habe es eben selbst erst erfahren. Und ausgerechnet mich haben sie ausgesucht, es ihnen beizubringen. Und ich habe hier gesessen und versucht, mir auszudenken, wie ich es ihnen möglichst schonend beibringen kann. Ich hatte schon die Hand am Hörer, um sie anzurufen, als Ihr Anruf erfolgte. Wie haben sie's aufgenommen?«

Verwirrt sagte Lee: »Ich glaube nicht, daß sie es wissen. Ich meine, es kann doch erst vor ein paar Minuten passiert sein.«

»Ein bißchen länger ist es schon her«, erklärte Ostov.

»Wann habt Ihr Jungs es rausgefunden? Ich habe eben erst runtergeschaut, und da waren keine Streifenwagen. Nichts.« Schließlich konnte er das Zittern nicht mehr unterdrücken. »Gott, ich habe vor kurzem noch mit ihm gesprochen, hab' ihm ein Stückchen Pizza gebracht, und jetzt liegt er zerschmettert da unten auf einem Gehweg aus Beton. Sechs Stockwerke tiefer.«

Ostov schwieg. Dann: »Von welchem Mord sprechen *Sie,* Lee?«

»Hal Yamataka. Es muß hier einen Kampf gegeben haben, und dann ...« Er stoppte, blinzelte und fragte: »Und von welchem Mord sprechen Sie?«

»Thomas«, entgegnete Ostov.

Lee wurde übel. Er hatte Thomas nur einmal getroffen, doch er wußte, wie sehr Julie und Bobby an ihm hingen.

»Thomas *und* sein Zimmergenosse«, fuhr Ostov fort. »Und möglicherweise noch mehr in dem Feuer, falls sie es nicht geschafft haben sollten, die anderen rechtzeitig aus dem Gebäude zu holen.«

Der Computer, mit dem Lee geboren worden war,

funktionierte nicht so reibungslos wie die in seinem Büro, die IBM hergestellt hatte, und er brauchte einen Moment, um die Folgerungen der Informationen zu verarbeiten, die er mit Ostov ausgetauscht hatte. »Sie müssen miteinander in Verbindung stehen, was meinen Sie?«

»Ich würde nicht darauf wetten. Oder wissen Sie von jemandem, der etwas gegen Julie und Bobby hat?«

Lee blickte sich in der Empfangshalle um, dachte an die anderen leeren Räume bei Dakota & Dakota, an die anderen verlassenen Büros hier im sechsten Stock und an die menschenleeren Stockwerke darunter. Er dachte auch an Candy, an all diese zerbissenen und zerrissenen Menschen. Er dachte an den Riesen, den Bobby am Strand von Punaluu gesehen hatte, und daran, wie der Kerl von Ort zu Ort zischen konnte. Und er begann sich sehr einsam zu fühlen. »Detective Ostov, könnten Sie ganz schnell ein paar Leute herschicken?«

»Ich hab' das bereits in den Computer eingegeben, während wir sprachen«, erwiderte Ostov. »Ein paar Einheiten sind schon unterwegs.«

Mit den Fingerspitzen zog Candy langsam Kreise auf der Oberfläche der Kommode, dann erforschte er die Konturen jedes einzelnen Messinghandgriffs an den Schubladen. Er berührte den Lichtschalter an der Wand und die Schalter beider Nachttischlampen. Er ließ seine Hände sogar über Türrahmen gleiten, immerhin war es ja möglich, daß sich eines seiner künftigen Opfer im Gespräch dort angelehnt hatte. Er untersuchte die Griffe der verspiegelten Schranktüren und liebkoste jede Zahl auf der Fernbedienung des TV- Geräts, hoffte, sie könnten den Fernseher eingeschaltet haben, obwohl sie nur so kurz zu Hause waren.

Nichts.

Da er bei seiner Suche ruhig und methodisch vorgehen mußte, wollte er Erfolg haben, mußte Candy seine Wut und Frustration unterdrücken. Doch sein Zorn wuchs, obwohl er sich bemühte, ihn im Zaum zu halten. Und bei ihm war der Rachedurst auch immer der Durst nach Blut, diesem Wein der Vergeltung. Nur Blut konnte seinen Durst löschen, seine Wut ersticken und ihm eine Zeitspanne relativen Friedens verschaffen.

Zu dem Zeitpunkt, da er das Schlafzimmer der Dakotas verließ und ins danebenliegende Bad ging, war Candy von einem *Verlangen* nach Blut erfüllt, das fast so lebensnotwendig war wie sein Verlangen nach Luft. Als er in den Spiegel schaute, konnte er sich für einen Augenblick nicht sehen. Es war, als habe er kein Spiegelbild. Er sah nur rotes Blut, so als sei der Spiegel ein Bullauge in einem der unteren Decks eines Schiffs der Hölle, das in einem Ozean aus geronnenem Blut kreuzte. Nachdem diese Illusion vergangen war und er sein eigenes Gesicht sehen konnte, blickte er schnell weg.

Er preßte die Kiefer aufeinander, bemühte sich sogar noch mehr, sich unter Kontrolle zu halten, und berührte den Heißwasserhahn, suchend, suchend . . .

Das Motelzimmer in Santa Barbara war geräumig, ruhig, sauber und ohne die sich beißende Farbenpracht und die wilden Muster ausgestattet, die bei der Einrichtung der meisten amerikanischen Motels unerläßlich schienen – aber es war dennoch kein Ort, an dem Julie die schrecklichen Neuigkeiten hätte erfahren mögen. Der Schlag schien härter, schlimmer, der Schmerz in ihrem Herzen stechender, weil er sie an einem fremden und unpersönlichen Platz traf.

Sie hatte wirklich geglaubt, mit Bobby ginge wieder einmal seine Phantasie durch, hatte geglaubt, mit Thomas sei alles absolut in Ordnung. Weil das Telefon auf dem Nachttisch stand, setzte er sich auf die Bettkante, um anzurufen, und Julie setzte sich nur einen halben Meter entfernt auf einen Stuhl, beobachtete ihn und hörte ihm zu. Als wieder die Tonbandstimme ertönte, die ihm erklärte, die Nummer in Cielo Vista sei derzeit wegen irgendwelchen technischer Probleme außer Betrieb, beunruhigte sie das zwar für einen Augenblick, doch sie war immer noch sicher, ihrem Bruder gehe es gut.

Als er jedoch das Büro in Newport anrief, um mit Hal zu reden, statt dessen aber mit Lee sprach und die erste Minute dieses Gesprächs in schockiertem Schweigen verbrachte, nur mal ein, zwei mysteriöse Wörter einwarf, wußte sie, daß dies eine Nacht war, die ihr Leben brutal zerspalten würde und daß die nächsten Jahre dunkler sein würden als die Jahre, in denen sie auf der anderen Seite des Spalts gelebt hatte.

Als er anfing, Lee Fragen zu stellen, mied Bobby Julies Blick, was ihr die Richtigkeit ihrer Intuition bestätigte. Ihr Herz begann schneller zu schlagen. Als er sie wieder ansah, mußte sie den Blick abwenden, zuviel Traurigkeit lag in seinen Augen. Seine Fragen an Lee waren kurz und knapp, und sie konnte ihnen nicht viel entnehmen. Möglicherweise wollte sie das auch gar nicht.

Schließlich schien sich das Gespräch dem Ende zuzuneigen. »Nein, das haben Sie gut erledigt, Lee. Bleiben Sie einfach dabei. Was? Ich danke Ihnen, Lee. Nein, wir werden zurechtkommen. Wir werden schon zurechtkommen, Lee. Irgendwie werden wir damit fertigwerden.«

Nachdem Bobby eingehängt hatte, blieb er noch einen Augenblick sitzen und starrte auf seine Hände, die er zwischen den Knien gefaltet hatte.

Julie fragte ihn nicht, was geschehen sei, so als sei das,

was Lee ihm erzählt hatte, einfach noch keine Tatsache, als sei ihre Frage schwarze Magie und als sei die da enthüllte Tragödie nicht real, solange sie nur nicht danach fragte.

Bobby stand vom Bett auf und kniete sich vor ihren Stuhl auf den Boden. Er nahm ihre beiden Hände in seine und küßte sie zärtlich.

Da wußte sie, daß die Neuigkeiten verheerend sein mußten.

Ganz leise sagte er: »Thomas ist tot.«

Sie hatte sich gegen diese Nachricht gewappnet, trotzdem schnitten ihr die Worte tief ins Herz.

»Es tut mit leid, Julie. Lieber Gott, tut mir das leid. Aber das ist noch nicht alles.«

Er erzählte ihr von Hal. »Und erst ein paar Minuten, bevor er mit mir sprach, erhielt Lee einen Anruf wegen Clint und Felina. Beide tot.«

Das war mehr, als sie ertragen und verarbeiten konnte. Julie hatte Hal, Clint und Felina sehr gemocht und enormen Respekt vor ihnen gehabt, und ihre Bewunderung für den Mut und die Unabhängigkeit der tauben Frau war grenzenlos gewesen. Es war unfair, daß sie nicht jeden einzelnen individuell betrauern konnte, sie hätten das verdient. Außerdem hatte sie das Gefühl, daß sie sie irgendwie betrog, weil ihr Kummer ob ihres Todes nur ein blasser Widerschein der Trauer war, die sie wegen des Verlustes ihres Bruders empfand. Obwohl das natürlich kaum anders sein konnte.

Ihr Atem schien stillzustehen, und als er endlich wieder einsetzte, war es nicht nur ein Ausatmen, sondern ein Schluchzen. Das war nicht gut. Sie durfte nicht zusammenbrechen. Noch nie in ihrem Leben hatte sie so stark sein müssen wie jetzt.

Die Morde, die heute nacht in Orange County begangen worden waren, waren nur der Anfang. Wie Zinnsoldaten würden andere tot umfallen, bis die Reihe an ihr und Bobby war, falls sie sich von ihrem Kummer hinreißen ließen. Sie durften nicht zulassen, daß ihre Wut nachließ.

Während Bobby, immer noch kniend, ihr weitere Einzelheiten erzählte – auch Derek war tot und vielleicht noch andere in Cielo Vista –, umklammerte sie fest seine Hände, unsagbar dankbar dafür, in ihm einen verläßlichen Anker zu haben in diesen Turbulenzen. In ihren Augen standen Tränen, sie sah alles verschwommen, doch sie hielt die Tränen mit bloßer Willenskraft zurück, obwohl sie es nicht wagte, jetzt Bobbys Blick zu begegnen. Das würde ihrer Selbstkontrolle ein jähes Ende bereiten.

Als er geendet hatte, sagte sie: »Natürlich war es Franks Bruder« und war entsetzt darüber, wie sehr ihre Stimme bebte.

»Mit ziemlicher Sicherheit«, entgegnete Bobby.

»Aber wie konnte er herausfinden, daß Frank unser Klient ist?«

»Ich weiß es nicht. Er sah mich am Strand von Punaluu . . .«

»Ja, aber er ist euch nicht gefolgt. Er hatte keine Möglichkeit herauszufinden, wer du bist. Und wie, um Himmels willen, hat er von Thomas erfahren?«

»Da fehlen uns ein paar entscheidende Informationen.«

»Hinter was ist der Bastard her?« fragte sie. Jetzt schwang in ihrer Stimme fast ebensoviel Wut wie Trauer mit, und das war gut so.

»Er jagt Frank«, erklärte Bobby. »Frank war sieben Jahre lang ein Einzelgänger, und das erschwerte es ihm, ihn zu finden. Jetzt hat Frank Freunde, und Candy hat dadurch mehr Möglichkeiten, nach ihm zu suchen.«

»Ich habe Thomas praktisch selbst getötet, als ich den Fall übernahm«, sagte sie.

»Du wolltest ihn nicht übernehmen. Ich mußte dich erst überreden.«

»Ich habe *dich* überredet – du wolltest raus.«

»Wenn jemand Schuld hat, dann sind wir es beide, aber ich bin überzeugt, daß es nicht unsere Schuld ist. Wir haben einen neuen Klienten angenommen, das ist alles, und das alles ist – einfach nur passiert.«

Julie nickte und schaute ihm endlich in die Augen. Obwohl seine Stimme fest geblieben war, liefen ihm Tränen über die Wangen. Sie war viel zu sehr mit ihrem eigenen Kummer und Leid beschäftigt gewesen und hatte dabei ganz vergessen, daß die Freunde, die sie verloren hatte, genauso seine gewesen waren und daß er Thomas fast so sehr lieben gelernt hatte wie sie selbst. Wieder mußte sie wegschauen.

»Bist du in Ordnung?« fragte er.

»Im Augenblick bleibt mir nichts anderes übrig. Später möchte ich dann über Thomas sprechen, wie tapfer er es ertragen hat, anders zu sein, daß er sich niemals beklagte. Du und ich, wir werden über das alles sprechen, und ich möchte nicht, daß wir ihn jemals vergessen. Niemand wird Thomas jemals ein Denkmal setzen, er war nicht berühmt, er war nur ein kleiner Kerl, der niemals etwas Großartiges vollbracht hat, außer daß er der beste Mensch war, der er sein konnte, und das einzige Denkmal, das er je haben wird, ist unsere Erinnerung an ihn. Deshalb werden wir ihn lebendig erhalten, nicht wahr?«

»Ja.«

»Wir werden ihn lebendig erhalten – bis wir nicht mehr sind. Aber das ist Zukunftsmusik, darum werden wir uns kümmern, wenn die Zeit dafür gekommen ist. Jetzt müssen wir erst mal uns selbst am Leben erhalten, weil dieser Hundesohn auch hinter uns her ist, nicht wahr?«

»Das glaube ich auch«, erwiderte Bobby.

Er stand auf und zog sie von dem Stuhl hoch.

Er trug seinen dunkelbraunen Wildlederblazer und hatte ein Schulterhalfter darunter. Sie hatte ihre Cordjacke und das Halfter abgelegt. Jetzt legte sie das Halfter an und zog die Jacke wieder an. Das Gewicht des Revolvers an ihrer linken Seite fühlte sich gut an. Sie hoffte, sie würde eine Chance haben, die Waffe zu benutzen.

Ihre Sicht war wieder klar, ihre Augen waren trocken. »Eins ist sicher«, sagte sie, »ich träume keine Träume mehr. Was soll's, wenn sie sich doch nie verwirklichen?«

»Manchmal werden sie wahr.«

»Nein. Für meine Mami und meinen Dad wurden sie niemals wahr. Für Thomas wurden sie niemals wahr, oder? Frag Clint und Felina, ob ihre Träume wahr geworden sind, mal sehen, was die sagen. Frag die Familie von George Farris, ob sie der Meinung sind, daß die Tatsache, von einem Wahnsinnigen abgeschlachtet worden zu sein, die Erfüllung ihrer Träume war.«

»Frag die Phans«, entgegnete Bobby leise. »Sie gehörten zu den Boatpeople auf der südchinesischen See, hatten kaum etwas zu essen und noch weniger Geld, und jetzt besitzen sie zwei Reinigungen und renovieren Häuser, die zweihunderttausend Dollar kosten, um sie dann wieder zu verkaufen, und sie haben diese phantastischen Kinder.«

»Früher oder später bekommen sie auch eins aufs Dach«, erwiderte sie, ganz aus der Fassung gebracht von der Bitterkeit in ihrer Stimme und der unendlichen Verzweiflung, die wie ein Wasserwirbel in ihr brodelte und drohte, sie zu verschlingen. Aber sie konnte diesen Wirbel nicht stoppen. »Frag Park Hampstead, da unten in El

Toro, ob er und seine Frau begeistert waren, als bei ihr Krebs im Endstadium entdeckt wurde, und frag ihn, was aus seinem Traum von ihm und Maralee Roman wurde, nachdem er den Tod seiner Frau schließlich verwunden hatte. Ein gemeiner Schuft namens Candy hat ihn durchkreuzt. Frag all die armen Schweine, die mit Gehirnblutung oder Krebs in den Krankenhäusern liegen. Frag die, die mit fünfzig an der Alzheimerschen Krankheit erkranken, gerade dann, wenn eigentlich ihre besten Jahre beginnen sollten. Frag die kleinen Kinder in ihren Rollstühlen, die Kinderlähmung haben, und frag die Eltern all dieser Kinder in Cielo Vista, inwieweit das Down Syndrom in *ihre* Träume paßt. Frag . . .«

Sie beendete ihre Tirade abrupt. Sie verlor die Kontrolle, und das konnte sie sich heute nicht leisten.

»Los, laß uns gehen«, sagte sie.

»Wohin?«

»Zuerst suchen wir das Haus, in dem diese Hexe ihn aufgezogen hat. Fahren vorbei, schauen uns die Umgebung an. Vielleicht fällt uns schon dadurch was ein, daß wir es sehen.«

»Ich habe es gesehen.«

»Ich nicht.«

»Okay.« Er nahm das Telefonbuch von Santa Barbara, Montecito, Goleta, Hope Ranch, El Encanto Heights und den umliegenden Gemeinden vom Nachttisch und brachte es mit zur Tür.

»Wofür brauchst du das?« fragte sie.

»Wir werden es später brauchen. Ich werd's dir im Auto erklären.«

Draußen fiel ein leichter Sprühregen. Der Motor des Toyota war noch immer so heiß von der Fahrt nach Norden, daß trotz der kühlen Nachtluft von seiner Haube Dampf aufstieg. Die Regentropfen verdunsteten sofort. Weit entfernt vernahmen sie ein leichtes Donnergrollen.

Thomas war tot.

Er empfing Bilder, die so schwach und so verzerrt waren wie eine Spiegelung auf einem sturmgepeitschten See. Sie tauchten wiederholt auf, als er die Wasserhähne, den Rand des Waschbeckens, den Spiegel, das Medizinschränkchen und seinen Inhalt, den Lichtschalter und die Dusche berührte. Aber keine der Visionen vermittelte ihm Einzelheiten, und keine lieferte ihm einen Hinweis darauf, wo die Dakotas hingegangen waren.

Zweimal aber versetzten ihm lebhafte und ausgesprochen klare Bilder einen Schock. Beide Male handelte es sich um abscheuliche, ekelerregende sexuelle Episoden zwischen den Dakotas. Da war eine Tube mit einem Gleitmittel für die Scheide und eine Schachtel mit Kleenex- Tüchern. Beide waren mit älteren psychischen Spuren verseucht, die unerklärlicherweise zurückgeblieben waren und ihn in sündhafte Praktiken einweihten, die er nicht das geringste Verlangen hatte kennenzulernen.

Augenblicklich riß er die Hände weg und wartete darauf, daß seine Übelkeit wieder verging. Er war erbost, daß er gezwungen war, Frank durch diese entarteten Leute aufzuspüren, was ihn in eine Situation brachte, in der seine Würde brutal verletzt wurde.

In Rage gebracht durch sein Pech und durch den unsauberen Kontakt mit Bildern ihrer Sünden (die er nicht aus seinen Gedanken verbannen konnte), entschied er sich, im Namen Gottes das Böse in diesem Haus auszubrennen. Er mußte es ausbrennen. Es verbrennen. Damit auch seine Gedanken vielleicht wieder sauber wurden.

Er verließ das Bad, hob die Hände und sandte eine ungeheuer zerstörerische Energiewelle durch das Schlafzimmer. Das hölzerne Kopfbrett des großen Bettes flog auseinander, aus dem gesteppten Überwurf und den Decken loderten Flammen, die Nachtschränkchen zersprangen, und aus der Kommode schossen sämtliche Schubladen heraus. Ihr Inhalt entlud sich auf den Fußboden, wo er sofort Feuer fing. Die Vorhänge wurden von den Flammen verzehrt, als seien sie aus Seidenpapier. Die beiden Fenster zerbarsten und ließen einen Luftzug herein, der das Feuer noch weiter anfachte. Candy hatte sich oft gewünscht, das geheimnisvolle Licht, das seinen Händen entsprang, könne auch Menschen und Tiere beeinflussen, statt nur leblose Dinge, Pflanzen und ein paar Insekten. Es gab Gelegenheiten, bei denen er gern in eine Stadt gegangen wäre und in einer einzigen Nacht Tausenden von Sündern das Fleisch von den Knochen gebrannt hätte, Hunderttausenden. Es spielte keine Rolle, welche Stadt es war, denn sie waren alle gärende Kloaken der Lasterhaftigkeit, bewohnt von verderbten Massen, die dem Bösen huldigten und jede abstoßende Entartung praktizierten.

In keiner von ihnen hatte er jemals nur eine einzige Person gesehen, die gottgefällig zu leben schien. Zu gern hätte er sie, vor Angst schreiend, vor sich hergejagt, zu gern hätte er sie in ihren geheimen Verstecken aufgespürt, zu gern hätte er mit seiner Macht ihre Knochen zersplittert, ihr Fleisch zu Brei geschlagen, ihre Köpfe zum Explodieren gebracht und ihnen diese abscheulichen Sexdinger abgerissen, die ihnen so wichtig zu sein schienen.

Hätte er diese Begabung gehabt, hätte er sie nicht mit der Gnade behandelt, die der Schöpfer ihnen immer entgegenbrachte, damit sie begreifen müßten, wie dankbar sie ihrem Gott sein sollten, der ihre schlimmsten Missetaten stets geduldig tolerierte, und welchen Gehorsam sie ihm schuldig waren.

Nur Gott und Candys Mutter verfügten über derartiges Erbarmen. Er konnte es nicht teilen.

Die Rauchalarmanlage in der Halle schlug an. Er ging hinaus, deutete mit einem Finger darauf und ließ sie auseinanderfliegen.

Dieser Teil seiner Begabung schien heute viel besser zu funktionieren als sonst. Er war eine riesige Maschine der Vernichtung.

Der Herr wollte ihn wohl für seine Reinheit belohnen, indem er seine Kräfte verstärkte.

Er dankte Gott dafür, daß seine selige Mutter niemals in diese Abgründe der Verworfenheit abgestiegen war, in der ein Großteil der Menschheit schwamm. Kein Mann hatte sie jemals in *dieser* Art berührt, so daß ihre Kinder auch ohne den Makel der Ursünde zur Welt gekommen waren. Er wußte, daß das wahr war, denn sie hatte es ihm erzählt – und hatte ihm bewiesen, daß es so war.

Er stieg in den ersten Stock hinunter und setzte mit einem Blitz aus seiner linken Hand den Teppich im Wohnzimmer in Brand.

Frank und die Zwillinge hatten die Gnade ihrer unbefleckten Empfängnis niemals zu schätzen gewußt. Sie hatten diese unvergleichliche Gnade sogar mit Füßen getreten, um sich den Sünden hinzugeben und das Werk des Teufels zu unterstützen. Diesen Fehler würde Candy niemals begehen.

Über sich hörte er das Prasseln eines Flammenmeers, das Krachen, als etwas auseinanderbrach. Am Morgen, wenn die Sonne ein schwelendes Häufchen geschwärzten Schutts enthüllte, würden die Überbleibsel dieses Nestes der Sünde ein Beweis dafür sein, daß die endgültige Vernichtung aller Sünder begonnen hatte, die ewige Verdammnis.

Candy fühlte sich gereinigt. Die psychischen Bilder der

fiebrigen Degeneration der Dakotas waren aus seinen Gedanken gelöscht.

Er kehrte in die Büros von Dakota & Dakota zurück, um die Suche nach ihnen fortzusetzen.

Bobby fuhr, denn er glaubte nicht, daß Julie heute nacht noch länger am Steuer sitzen sollte. Sie war seit mehr als neunzehn Stunden auf den Beinen, noch war es zwar kein Marathon durch die ganze Nacht gewesen, aber sie war erschöpft. Und die unterdrückte Trauer über Thomas' Tod war ihrem Urteilsvermögen gewiß nicht förderlich und konnte ihre Reflexe verlangsamen. Er hatte wenigstens ein paar Nickerchen gehalten, seit ihn Hals Anruf aus dem Krankenhaus letzte Nacht aus dem Schlaf gerissen hatte.

Bevor er sich nach einer Tankstelle umsah, wo sie sich nach dem Weg zur Pacific Hill Road erkundigen konnten, war er durch Santa Barbara gefahren und schon über die Grenze nach Goleta.

Auf seine Bitte hin öffnete Julie das Telefonbuch, das auf ihrem Schoß lag, und schaute mit Hilfe der Taschenlampe, die sie aus dem Handschuhfach genommen hatte, unter F wie Fogarty nach. Er wußte den Vornamen nicht, war aber nur an einem männlichen Fogarty interessiert, der einen Doktortitel trug.

»Möglicherweise lebt er gar nicht in dieser Gegend«, meinte Bobby, »aber ich habe so ein Gefühl, daß er's doch tut.«

»Wer ist er?«

»Als Frank und ich unterwegs waren, waren wir zweimal im Arbeitszimmer dieses Mannes.« Er erzählte von den beiden Stippvisiten.

»Warum hast du ihn bislang nicht erwähnt?«

»Als ich euch im Büro erzählte, was mit mir passiert

ist, wo Frank und ich überall waren, mußte ich die Geschichte stark komprimieren, und dieser Fogarty erschien mir vergleichsweise uninteressant, also ließ ich ihn weg. Aber je mehr Zeit ich hatte, darüber nachzudenken, desto mehr habe ich den Eindruck, daß er möglicherweise zu den Schlüsselfiguren dieses ganzen Spiels gehört. Sieh mal, Frank hat uns da ganz schnell wieder rauskatapultiert, weil er besonders große Angst zu haben schien, Fogarty in Gefahr zu bringen. Er wollte Candy nicht auf seine Spur setzen. Wenn Frank sich um diesen Mann so große Sorgen macht, sollten wir uns mal mit ihm unterhalten.«

Sie beugte sich über das Telefonbuch und studierte es sorgfältig. »Fogarty, James. Fogarty, Jennifer. Fogarty, Kevin . . .«

»Wenn er kein Arzt ist und seinen Titel nicht immer benutzt, oder wenn ›Doc‹ sein Spitzname ist, wird's schwierig. Doch selbst wenn er Arzt ist, kannst du dir die Mühe sparen, im Branchenadreßbuch unter den Ärzten nachzusehen. Der Kerl ist nämlich hochbetagt und hat sich bestimmt längst zur Ruhe gesetzt.«

»Hier!« sagte sie. »Fogarty, Dr. Lawrence«

»Gibt's eine Adresse dazu?«

»Ja.« Sie riß die Seite aus dem Buch.

»Großartig. Sobald du das berüchtigte Pollard-Anwesen gesehen hast, werden wir Fogarty einen Besuch abstatten.«

Obwohl Bobby dreimal mit Frank bei dem Haus gewesen war, wußte er genausowenig, wo das Haus 1458 Pacific Hill Road genau lag, wie er wußte, auf welcher Seite des Fudschi dieser Trampelpfad gewesen war. Sie fanden es jedoch leicht, denn sie folgten den Instruktionen des langhaarigen Kerls mit Schnauzbart von der Union-Tankstelle.

Auch wenn die Häuser an der Pacific Hill Road offiziell zu El Encanto Heights gehörten, lagen sie weder in diesem Vorort noch in Goleta – das sich zwischen El Encanto und Santa Barbara befand –, sondern auf einem schmalen Streifen County-Land zwischen den beiden Ortschaften, das im Osten von einem Wildreservat mit Mesquitbäumen, Zwergsteineichen, Wüstenbüschen, Gruppen von kalifornischen Eichen und anderen robusten Pflanzen begrenzt war.

Das Pollard-Haus war ziemlich am Ende der Pacific Hill, das letzte Grundstück, das man erschlossen hatte, und es gab nur wenige Nachbarn. Nach Westsüdwest ausgerichtet, konnte man von ihm aus den malerischen Blick auf die Gemeinden am Pazifik genießen, die so wunderschön auf dem terrassenförmigen Hügel gelegen waren. Nachts war der Blick spektakulär – ein Meer von Lichtern, das zu einem echten Meer führte, das in Dunkelheit gehüllt war. Und es konnte keinen Zweifel geben, daß die Nachbarschaft nur deshalb so ländlich geblieben war, weil es wegen der unmittelbaren Nähe des Landschaftsschutzgebiets so strenge Bauauflagen gab, daß dort noch keine teuren, neuen Häuser aus dem Boden geschossen waren.

Bobby erkannte das Haus der Pollards sofort. Im Licht der Scheinwerfer konnte man nicht viel mehr erkennen als die Kirschmyrtenhecke und die verrostete Eisenpforte zwischen den beiden hohen Steinpfeilern. Er fuhr langsamer, als sie es erreicht hatten. Das Erdgeschoß war dunkel. In einem der Räume des ersten Stocks brannte ein Licht, ein schwaches Glühen war an den Rändern der zugezogenen Vorhänge zu sehen.

Julie beugte sich hinüber, um an Bobby vorbeischauen zu können.

»Ich kann nicht viel sehen«, sagte sie.

»Da gibt's auch nicht viel zu sehen. Es ist ein zerbröckelnder Haufen Dreck.«

Sie fuhren noch etwa vierhundert Meter weiter. Bis zum Ende der Straße. Dort wendete er und fuhr zurück. Als sie den Berg hinunterrollten, lag das Haus auf Julies Seite, und sie bestand darauf, daß er ganz langsam an ihm vorbeifuhr, damit sie mehr Zeit hatte, es sich anzuschauen.

Als sie an dem Tor vorbeischlichen, sah Bobby ein Licht an der Rückseite des Hauses, ebenfalls im ersten Stock. Er konnte allerdings kein beleuchtetes Fenster erkennen, nur ein Glühen in dem Fenster, das ein blasses, frostiges Rechteck auf den Boden malte.

»Es ist alles in Schatten getaucht«, meinte Julie schließlich und drehte sich noch einmal zu dem Grundstück um, das sie hinter sich ließen. »Aber ich kann genug sehen, um zu wissen, daß es ein Ort des Grauens ist.«

»Ganz ganz grauenhaft«, sagte Bobby.

Violet lag in ihrem dunklen Zimmer auf dem Rücken in ihrem Bett. Mit ihrer Schwester. Gewärmt wurden sie von den Katzen, die es sich auf und neben ihnen bequem gemacht hatten. Verbina lag auf der rechten Seite und schmiegte sich an Violet. Eine Hand hatte sie auf Violets Brust, ihre Lippen auf Violets nackter Schulter, ihr warmer Atem strich zart über Violets weiche Haut.

Sie hatten sich nicht zum Schlafen hingelegt. Keine von ihnen mochte nachts schlafen, denn das war die Zeit der Ausschweifungen, die Zeit, in der eine größere Anzahl und Vielfalt von Jägern aus der Natur auf Raub aus war und damit die Zeit, zu der das Leben besonders aufregend war.

Gerade im Augenblick waren sie nicht nur ineinander

und in all den Katzen, die das Bett mit ihnen teilten, sondern auch in einer hungrigen Eule, die durch die Nacht flog und forschend den Boden nach Mäusen absuchte, die nicht so klug waren, die Finsternis zu fürchten und sich aus ihren Erdlöchern herauswagten. Keine andere Kreatur konnte nachts so scharf sehen wie eine Eule, und ihre Klauen und ihr Schnabel waren sogar noch schärfer.

Violet zitterte vor Vorfreude auf den Moment, in dem sich eine Maus oder ein anderes Kleintier unten sehen ließ und durch das hohe Gras huschte, das es für ein gutes Versteck hielt. Von früheren Erfahrungen kannte sie die Angst und den Schmerz des Opfers, die wilde Ausgelassenheit des Jägers, und jetzt sehnte sie sich danach, beides wieder zu erleben – simultan.

Verbina murmelte träumerisch vor sich hin.

Die Eule schoß hoch hinauf, glitt seitwärts, ließ sich in Spiralen etwas sinken, schoß wieder hinauf, hatte ihr Abendessen immer noch nicht entdeckt, als ein Auto den Hügel hinauffuhr und vor dem Haus der Pollards so langsam wurde, daß es fast stehenblieb. Natürlich erregte es Violets Aufmerksamkeit, und durch sie auch die der Eule, doch sie verlor das Interesse, nachdem der Wagen beschleunigt hatte und weiterfuhr. Sekunden später flackerte ihr Interesse allerdings erneut auf, als er zurückkehrte und vor dem Eingangstor noch einmal fast stehenblieb.

Sie dirigierte die Eule so, daß sie etwa zwanzig Meter über dem Auto Kreise zog. Dann schickte sie sie vor das Auto und ließ sie sogar noch tiefer fliegen, etwa sechs Meter über dem Boden, bevor sie sie anleitete, auf den Wagen zuzufliegen, so daß sie den neugierigen Autofahrer von vorn sehen konnte.

Aus einer Höhe von nur sechs Metern war die Sicht der Eule mehr als präzise, auf jeden Fall gut genug, um den Fahrer und den Beifahrer sehen zu können. Da war eine Frau, die Violet noch nie gesehen hatte – doch der Fahrer kam ihr bekannt vor. Einen Moment später wurde ihr bewußt, daß das der Mann war, der mit Frank zusammen im Hof aufgetaucht war – heute erst, in der Abenddämmerung!

Frank hatte ihre kostbare Samantha umgebracht, dafür mußte er sterben, und jetzt war da ein Mann, der Frank kannte, der sie vielleicht zu Frank führen konnte. Die Katzen auf dem Bett begannen sich zu bewegen und gaben leise Knurrlaute von sich, als sich ihr Verlangen nach Rache auf sie übertrug.

Eine schwanzlose Manx und eine schwarze Promenadenmischung sprangen vom Bett, huschten durch die offene Schlafzimmertür, die Treppe hinunter, in die Küche, durch die Katzentür, um das Haus herum und auf die Straße. Das Auto bewegte sich hügelabwärts, wurde schneller, und Violet wollte es nicht nur aus der Luft verfolgen lassen, sondern auch zu Fuß, um sicherzugehen, daß sie seine Spur nicht verlor.

Candy traf in der Empfangshalle von Dakota & Dakota ein. Er stand im Gegenzug. Kühle Luft drang durch das zerbrochene Fenster im nächsten Zimmer und zwei offene Türen auf der anderen Seite. Die schwachen Geräusche, die sein Auftauchen angekündigt hatten, waren offenbar von Salven barscher, statischer Stimmen überlagert worden, die aus den tragbaren Sprechfunkgeräten ertönten, die die Polizisten an ihren Gürteln hängen hatten.

Einer der Beamten stand im Eingang zu Bobbys und Julies Privatbüro, der andere an der offenen Korridortür. Beide sprachen mit Leuten, die Candy nicht sehen konnte, und beide wandten Candy den Rücken zu. Er wußte sofort, daß das ein Zeichen dafür war, daß Gott immer noch gut auf ihn aufpaßte.

Obwohl er sich ärgerte, daß er die Suche nach den Dakotas nun nicht fortsetzen konnte, verschwand er augenblicklich, materialisierte sich in seinem Schlafzimmer, fast zweihundertdreißig Kilometer weiter nördlich. Er brauchte Zeit, um darüber nachzudenken, ob es nicht einen Weg gab, ihre Spur wieder aufzunehmen, einen Ort, an dem sie heute abend gewesen waren – neben ihrem Büro und ihrem Haus –, einen Ort, an dem er nach mehr Visionen von ihnen suchen konnte.

Nachdem sie zu der Tankstelle zurückgefunden hatten, war der langhaarige, schnauzbärtige Mann, der ihnen schon den Weg zur Pacific Hill Road beschrieben hatte, auch imstande, ihnen zu sagen, wie sie die Straße finden konnten, an der Fogarty lebte. Er kannte den Mann sogar. »Netter alter Kerl. Kommt hin und wieder zum Tanken her.«

»Ist er Arzt?« erkundigte sich Bobby.

»War er mal. Hat sich schon vor 'ner Weile zur Ruhe gesetzt.«

Kurz nach zehn parkte Bobby am Kantstein vor Lawrence Fogartys Haus. Es war malerisch, im spanischen Stil gehalten, mit zwei Stockwerken und genau den Terrassentüren, die Bobby von seinen beiden Stippvisiten im Arbeitszimmer in Erinnerung hatte. Und überall im Erdgeschoß brannte Licht. Das Glas in den vielen Fenstern war facettiert, zumindest vorn am Haus, und das Licht der Lampen drinnen wurde von ihnen reflektiert.

Als Bobby mit Julie aus dem Auto stieg, roch er ein Holzfeuer und sah ein heimeliges weißes Rauchfähnchen aus dem Kamin in die stille, schwüle Gewitterluft aufsteigen, die schon die Vorboten des nächsten Unwetters ankündigte. Im eigenartigen, leicht purpurfarbenen Dämmerlicht einer nahen Straßenlampe konnte er ein paar pinkfarbene Blüten an den Azaleenbüschen erkennen, doch die Büsche waren nicht so überladen mit frühen Blüten wie die im südlicheren Orange County. Ein uralter Baum mit mehrfach gespaltenem Stamm und enormen Ästen erhob sich über mehr als die Hälfte der Hölle des Hauses, deshalb erschien es ihm wie ein wunderbar gemütlicher und sicherer Hafen in einer Phantasiewelt.

Als sie über den Gartenweg gingen, huschte etwas zwischen zwei Malibu-Lampen hindurch, lief über den Pfad und erschreckte Julie. Es blieb auf dem Rasen stehen, nachdem es ihren Weg gekreuzt hatte und betrachtete sie aus strahlenden grünen Augen.

»Nur eine Katze«, sagte Bobby.

Im Grunde hatte er nichts gegen Katzen, doch als er diese sah, fröstelte ihn.

Sie lief weiter und verschwand zwischen Schatten und Büschen an der Seite des Hauses.

Was ihn so erschreckte, war nicht diese Katze an sich, sondern die Erinnerung an das Katzenrudel hinter dem Haus der Pollards, das zum Angriff auf ihn und Frank angesetzt hatte – anfangs in gespenstischem Schweigen, aber dann mit dem schrillen, einstimmigen Kreischen eines ganzen Regiments von Todesfeen und einer so gar nicht katzenhaften Einigkeit.

Allein auf Raubzug, geschwind und neugierig, erschien diese Katze ziemlich gewöhnlich und hatte offenbar nur das Mysteriöse und die Arroganz, die jedem Tier dieser Spezies zu eigen ist.

Am Ende des Weges führten drei Stufen hinauf zu einem offenen Bogen, durch den sie auf eine kleine Veranda gelangten.

Julie läutete. Das Klingeln war leise und melodisch, und als nach einer halben Minute niemand reagiert hatte, läutete sie noch einmal.

Nachdem das zweite Klingeln verstummt war, wurde die Stille durch ein Flügelrascheln zerrissen. Irgendein Nachtvogel hatte sich auf dem Dach der Veranda niedergelassen.

Julie wollte eben zum drittenmal läuten, als die Beleuchtung auf der Veranda anging, und Bobby spürte, daß sie durch den Spion in der Eingangstür beobachtet wurden. Nach einem Moment öffnete sich die Tür, und Dr. Fogarty stand vor ihnen.

Er sah genauso aus, wie Bobby ihn in Erinnerung hatte, und auch er erkannte Bobby. »Kommen Sie herein«, sagte er und trat beiseite, um sie eintreten zu lassen. »Ich habe Sie fast erwartet. Kommen Sie herein – was allerdings nicht bedeutet, daß irgend jemand von Ihnen willkommen ist.«

55

»In die Bibliothek«, sagte Fogarty und führte sie durch die Halle in einen Raum auf der linken Seite.

Die Bibliothek, in die Frank ihn mitgenommen hatte, als sie zusammen unterwegs gewesen waren, war der Raum, den Bobby als Arbeitszimmer bezeichnet hatte, als er es Julie beschrieb. So wie das Äußere des Hauses trotz des spanischen Einflusses etwas ungeheuer Gemütliches hatte, schien dieses Zimmer genau der Raum zu sein, von dem man sich vorstellen konnte, daß sich Tolkien in vielen langen Oxford-Nächten hingesetzt haben könnte, um die Abenteuer von Frodo aufzuschreiben. Eine Messing-Stehlampe und eine Tischlampe aus Buntglas, die entweder eine echte Tiffany oder eine hervorragende Imitation war, hüllten diesen warmen Platz in ein sanftes Licht. Die Bücherregale reichten bis an die Kassettendecke, und ein chinesischer Teppich – an den Kanten dunkelgrün und beigefarben, in der Mitte größtenteils hellgrün – zierte einen dunklen Eichenboden. Die klare Politur verlieh dem großen Mahagonischreibtisch einen tiefen Glanz. Auf der grünen Filzauflage lagen die Bestandteile einer vergoldeten Schreibtischgarnitur mit beinernen Handgriffen – zu ihr gehörten ein Brieföffner, eine Lupe und eine Papierschere – ordentlich hinter einem goldenen Füllfederhalter in einem Marmorständer aufgereiht. Das Queen-Anne- Sofa war mit einem Stoff bezogen, der perfekt zu dem Teppich paßte, und als Bobby sich umdrehte, um zu dem Ohrensessel hinüberzusehen, in dem er Fogarty bei seinem ersten »Besuch« gesehen hatte, fuhr er überrascht zusammen, denn dort saß Frank.

»Irgendwas ist mit ihm passiert«, sagte Fogarty und deutete auf Frank. Er merkte gar nicht, wie erstaunt Bobby und Julie waren. Offenbar ging er davon aus, sie hätten nur seinetwegen sein Haus aufgesucht und gewußt, daß sie ihn hier finden würden.

Franks körperliche Verfassung hatte sich noch weiter verschlechtert, seit Bobby ihn um 17.26 Uhr im Büro in Newport Beach zum letztenmal gesehen hatte. Wenn seine Augen zu diesem Zeitpunkt eingesunken waren, lagen sie jetzt ganz tief in den Höhlen. Die dunklen Ringe um sie herum hatten sich ausgeweitet. Es sah aus, als sei die Schwärze aus diesen Quetschungen herausgesaugt worden und habe sich wie die graue Farbe des Todes über sein ganzes Gesicht ausgebreitet. Im Vergleich dazu hatte seine vorherige Blässe fast gesund gewirkt.

Das Schlimmste an ihm war jedoch der leere Gesichtsausdruck, mit dem er sie betrachtete. In seinen Augen lag nicht die Spur eines Erkennens, er schien durch sie hindurchzustarren. Seine Gesichtsmuskeln waren ganz schlaff. Sein Mund stand offen, als ob er vor langer Zeit hätte anfangen wollen zu sprechen, sich aber dann nicht erinnern hatte können, was er eigentlich sagen wollte. Im Cielo-Vista-Pflegeheim hatte Bobby nur einige wenige Patienten mit so leeren Gesichtern gesehen, und die hatten zu den geistig am schwersten Behinderten gehört – auf der Leiter etliche Schritte unter Thomas.

»Wie lange ist er schon da?« fragte Bobby und ging auf Frank zu.

Julie packte ihn am Arm und hielt ihn zurück. »Nein!«

»Er kam kurz vor sieben hier an«, erwiderte Fogarty.

Also war Frank noch fast anderthalb Stunden unterwegs gewesen, nachdem er Bobby ins Büro zurückgebracht hatte.

»Er ist seit mehr als drei Stunden hier«, beklagte sich Fogarty, »und ich habe keine Ahnung, was, zum Teufel, ich mit ihm anfangen soll. Hin und wieder berappelt er sich mal ein wenig, sieht einen an, wenn man mit ihm redet, reagiert sogar mehr oder weniger auf das, was man sagt. Dann ist er plötzlich ziemlich redselig, quatscht und quatscht, beantwortet zwar keine Fragen, will aber ganz gewiß *auf* jemanden einreden. Dann könnte man ihn nicht mal mit einem Holzhammer zum Schweigen bringen. Er hat mir beispielsweise eine Menge über Sie erzählt, mehr als ich jemals hatte wissen wollen.« Er runzelte die Stirn und schüttelte den Kopf. »Sie beide mögen vielleicht so verrückt sein, sich auf diesen Alptraum einzulassen, aber ich bin's nicht, und ich weigere mich auch, mich da *reinziehen* zu lassen.«

Auf den ersten Blick konnte man Dr. Lawrence Fogarty für einen netten Großvater halten, der zu seiner Zeit ein hingebungsvoller und selbstloser Arzt gewesen war, der von der ganzen Gemeinde verehrt wurde, den alle kannten und mochten. Er trug immer noch die Slipper, die graue Hose, das weiße Hemd und die blaue Strickjacke, in denen Bobby ihn vorher schon gesehen hatte. Dieses Bild wurde von einer Lesebrille mit halben Gläsern vervollkommnet, über deren Ränder er sie jetzt anschaute. Mit seinem dichten weißen Haar, den blauen Augen und dem freundlichen runden Gesicht hätte er den perfekten Weihnachtsmann abgegeben, wäre er fünfzig, sechzig Pfund schwerer gewesen.

Doch auf den zweiten Blick, wenn man etwas genauer hinsah, waren die blauen Augen stahlhart, nicht warm. Seine gerundeten Gesichtszüge waren zu weich und enthüllten weniger Vornehmheit denn einen Mangel an Charakter, so als habe er sie sich durch ein Leben voller Zügellosigkeit angeeignet. Sein breiter Mund hätte dem alten Doc Fogarty zu einem gewinnenden Lächeln verhelfen können, doch seine Dimensionen waren ebenso dazu angetan, dem wirklichen Dr. Fogarty das Aussehen eines raubgierigen Menschen zu geben.

»Also hat Frank Ihnen von uns erzählt«, sagte Bobby. »Aber wir wissen überhaupt nichts über Sie, und ich glaube, das sollten wir.«

Fogarty blickte finster drein. »Es ist besser, wenn Sie nichts von mir wissen. Für *mich* wäre das weit besser. Schaffen *Sie* ihn bloß hier raus, bringen Sie ihn weg.«

»Sie wollen, daß wir Ihnen Frank vom Hals schaffen«, entgegnete Julie kühl, »dann müssen Sie uns aber erst erzählen, wer Sie sind, was Sie mit der ganzen Sache zu tun haben und darüber wissen.«

Der alte Mann schaute erst Julie in die Augen, dann Bobby. »Er ist seit fünf Jahren nicht hiergewesen«, erklärte er schließlich, »und als er heute mit Ihnen auftauchte, Dakota, war ich schockiert. Ich hatte gehofft, ich würde nie mehr von ihm hören. Und als er heute nacht zurückkehrte . . .«

Franks Augen waren immer noch blicklos, aber er hatte den Kopf zur Seite gelegt. Sein Mund stand immer noch offen wie die Tür eines Zimmers, das sein Bewohner fluchtartig verlassen hatte.

Fogarty warf Frank einen verdrossenen Blick zu und sagte: »So habe ich ihn allerdings noch nie gesehen. Ich würde ihn noch nicht mal dann hier haben wollen, wenn er so wäre wie früher, geschweige denn jetzt, wo er nur noch dahinzuvegetieren scheint. Nun gut, nun gut, lassen Sie uns reden. Aber sobald wir das getan haben, übernehmen Sie die Verantwortung für ihn.«

Fogarty ging um den Mahagonischreibtisch herum und setzte sich in den Polsterstuhl, der mit demselben kastanienbraunen Leder bezogen war wie der Ohrensessel, in dem Frank hockte.

Obwohl ihr Gastgeber ihnen keinen Platz angeboten hatte, ging Bobby zu dem Sofa.

Julie folgte ihm, schlüpfte im letzten Moment an ihm vorbei und setzte sich auf die Seite, die Franks Sessel am nächsten war.

Sie warf Bobby einen Blick zu, der sagen sollte: *Du bist mir zu impulsiv. Sollte er stöhnen, seufzen oder sabbern, würdest du ihn anfassen, um ihn zu trösten. Und dann wärest du in Sekundenbruchteilen wieder mit ihm unterwegs – ob nun nach Hoboken oder in die Hölle –, also halte lieber Abstand.*

Fogarty nahm seine Schildpattlesebrille ab und legte sie auf die Schreibtischauflage, kniff die Augen zusammen und massierte mit Daumen und Zeigefinger seinen Nasenrücken, als wolle er ein aufkommendes Kopfweh mit reiner Willenskraft bekämpfen oder müsse seine Gedanken ordnen – oder auch beides.

Dann öffnete er die Augen, schaute sie blinzelnd über den Tisch hinweg an und sagte: »Ich bin der Arzt, der Roselle Pollard zur Welt brachte, als sie vor sechsundvierzig Jahren, im Februar 1946, geboren wurde. Ich bin auch der Arzt, der ihre Kinder entbunden hat – Frank, die Zwillinge und James – oder Candy, wie er sich inzwischen nennt. Im Lauf der Jahre habe ich Frank wegen der üblichen Kinderkrankheiten behandelt, und ich nehme an, das ist auch der Grund, warum er meint, er könne mich noch heute aufsuchen, wenn er Ärger hat.

Nun, da irrt er sich. Ich bin kein gottverdammter TV-Doktor, der jedermanns Vertrauter ist und Lust hat, jedermann eine Standpauke zu halten. Ich habe sie behandelt, sie haben mich dafür bezahlt, und das sollte es dann auch gewesen sein. Es ist nämlich so, daß ich nur Frank und seine Mutter jemals wirklich behandelt habe, weil die Mädchen und James niemals krank wurden, es sei denn, wir sprechen über Geisteskrankheiten, und wenn das so ist, dann waren sie von Geburt an krank und sind niemals gesund geworden.«

Frank hatte den Kopf auf die Seite gelegt, und ein silberfarbener Speichelfaden war von seinem rechten Mundwinkel über sein ganzes Kinn gelaufen.

»Sie wissen ganz offensichtlich von den Kräften, die Roselles Kinder haben«, sagte Julie.

»Ich hab's nicht gewußt, nicht wirklich. Ich hab's erst vor sieben Jahren erfahren, an dem Tag, an dem Frank sie tötete. Damals war ich schon im Ruhestand, aber er kam trotzdem zu mir, erzählte mir mehr, als ich jemals hatte wissen wollen, zog mich in diesen Alptraum hinein, wollte, daß ich ihm helfe. Wie hätte ich ihm helfen sollen? Wie kann da überhaupt jemand helfen? Außerdem geht es mich überhaupt nichts an.«

»Aber warum haben sie diese Kräfte?« bohrte Julie weiter. »Haben Sie da irgendwelche Hinweise, irgendwelche Theorien?«

Fogarty lachte. Es war ein hartes, verdrießliches Lachen, das Bobbys sämtliche Illusionen zerstört hätte, wären sie nicht bereits zwei Minuten, nachdem er den Mann kennengelernt hatte, zerstört worden. »O ja, ich habe da Theorien, auch eine Menge Informationen, um diese Theorien zu stützen. Dabei ist eine Menge Zeug, von dem Sie sich wünschen werden, Sie hätten es nie gehört. Ich will mich nicht in diese Geschichte reinziehen lassen, nein, gewiß nicht, denn ich kann nicht helfen, und wenn man's so sieht ... Wer könnte das schon? Es ist eine üble, eine verwickelte und eine *faszinierende* Geschichte. Meine Theorie ist, daß alles mit Roselles Vater anfing. Angeblich war ihr Vater irgendein Wanderarbeiter, der ihre Mutter schwängerte, aber ich wußte immer schon, daß das eine Lüge war. Ihr Vater war Yarnell Pollard, der Bruder ihrer Mutter. Roselle war das Produkt von Vergewaltigung und Blutschande.«

Über Bobbys oder Julies Gesicht mußte ein Ausdruck der Qual gehuscht sein, denn Fogarty stieß wieder dieses kalte Lachen aus. Ihre Reaktion schien ihn zu amüsieren.

»Oh, das ist bei weitem nicht alles«, sagte der alte Arzt. »Das ist nur eine winzige Kleinigkeit.«

Die schwanzlose Manx – mit dem Namen Zitha – bezog im Schutz des Azaleenbuschs in der Nähe der Eingangstür Posten.

Das alte spanische Haus hatte auch außen Fenstersimse, und die zweite Katze – so schwarz wie die Nacht und Darkle genannt – sprang auf der Suche nach dem Raum, in den der alte Mann den jüngeren Mann und die Frau gebracht hatte, von einem zum anderen. Darkle preßte die Nase an das Glas. Innenrolläden verhinderten, daß sie hineinschauen konnte, doch die breiten Belüftungsklappen waren nur halb geschlossen, und Darkle konnte einige Bereiche des Zimmers sehen, wenn sie den Kopf hob oder senkte.

Die Katze wurde ganz starr, als sie hörte, wie Franks Name ausgesprochen wurde, weil auch Violet auf ihrem Bett hoch oben auf dem Pacific Hill erstarrt war.

Der alte Mann war da, zwischen all den Büchern, und das Paar war auch da. Als alle sich gesetzt hatten, mußte Darkle den Kopf senken, um sie sehen zu können.

Dann sah sie, daß Frank nicht nur Thema ihres Gesprächs, sondern tatsächlich anwesend war. In einem Ohrensessel, der in einem so günstigen Winkel zum Fenster stand, daß sie einen Teil seines Gesichts und eine Hand sehen konnte, die schlaff auf der kastanienbraunen Lederarmlehne lag.

Über seinen Schreibtisch gebeugt und mit diesem Lächeln im Gesicht, das jederlei Humor vermissen ließ, ähnelte Doc Fogarty einem Troll, der aus seiner Höhle unter einer Brücke herausgekrochen war, nicht zufrieden damit, auf arglose Kinder zu warten, die vorbeigingen, sondern bereit, sich die Nahrung für sein gruseliges Abendessen mit Gewalt zu besorgen.

Bobby sagte sich, er dürfe nicht zulassen, daß seine Phantasie wieder mit ihm durchging. Er mußte Fogarty unbefangen gegenübertreten, um den Wahrheitsgehalt und den Wert dessen, was der alte Mann ihnen erzählte, beurteilen zu können.

»Das Haus haben Deeter und Elizabeth Pollard in den dreißiger Jahren gebaut. Er hatte ein wenig Geld in Hollywood gemacht, hatte ein paar billige Western und anderen Schund produziert. Kein riesiges Vermögen, aber genug, da war er sich ziemlich sicher, um die Filmerei und Los Angeles, das er haßte, aufgeben zu können, hierher zu ziehen, das Geld arbeiten zu lassen und für den Rest seines Lebens ausgesorgt zu haben. Sie hatten zwei Kinder. Yarnell war fünfzehn, als sie 1938 hierher zogen, und Cynthia war erst sechs. 1945, als Deeter und Elizabeth bei einem Autounfall ums Leben kamen – ein Lastwagen, die ganze Ladefläche voller Kohlköpfe, der aus dem Santa Ynez Valley herunterkam, raste frontal in sie hinein, man kann es kaum glauben –, war Yarnell mit seinen zweiundzwanzig Jahren der Herr im Haus und wurde auch der gesetzliche Vormund seiner dreizehnjährigen Schwester.«

Julie unterbrach ihn: »Und er hat – ihr Gewalt angetan, wollten Sie das damit sagen?«

Fogarty nickte. »Ich bin mir da ganz sicher. Denn im Lauf des nächsten Jahres wurde Cynthia introvertiert und weinte viel. Die Leute schoben es auf den Tod ihrer Eltern, aber ich glaube, es lag daran, daß Yarnell sie mißbrauchte. Nicht nur, weil er den Sex wollte – obwohl sie ein süßes kleines Ding war und an seinem Geschmack kaum etwas auszusetzen war –, sondern weil ihm die Rolle des Hausherrn gefiel. Es gefiel ihm, seine Autorität auszuspielen. Und er war nicht der Typ, der zufrieden war, solange seine Autorität nicht absolut war, seine Dominanz vollkommen.«

Bobby war bei den Worten »an seinem Geschmack kaum etwas auszusetzen war« und angesichts dessen, was sie über die Tiefe des moralischen Abgrundes verrieten, in dem Fogarty lebte, zusammengezuckt.

Fogarty, der sich des Abscheus, mit dem ihn seine Besucher betrachteten, keineswegs bewußt war, fuhr fort: »Yarnell war eigensinnig, rücksichtslos und bereitete seinen Eltern eine Menge Kummer, bevor sie starben. Eine Menge Kummer, aber meist hing er mit Drogen zusammen. Er war ein ›Acid‹- Süchtiger, noch bevor es diesen Namen überhaupt gab, lange bevor es LSD gab. Peyote, Meskalin – all die natürlichen Halluzinogene, die man aus gewissen Kaktusarten, gewissen Pilzsorten destillieren kann. Es war damals nicht die Drogenszene, die wir heute kennen, aber der Scheiß war auf dem Markt. An die Halluzinogene war er durch die Bekanntschaft mit einem Charakterdarsteller geraten, der in einer Reihen von Filmen gespielt hatte, die sein Vater produzierte. Er hatte mit fünfzehn damit angefangen, und ich erzähle Ihnen das nur, weil es nach meiner Theorie der Schlüssel zu allem ist, was Sie wissen wollen.«

»Die Tatsache, daß Yarnell ein Acid-Süchtiger war, soll der Schlüssel sein?« fragte Julie.

»Das und die Tatsache, daß er seine eigene Schwester schwängerte. Die Chemikalien haben vermutlich genetische Schäden angerichtet. Es müssen erhebliche Schäden gewesen sein, als er zweiundzwanzig war – nach sieben Jahren Drogenmißbrauch. Das passiert gewöhnlich. In seinem Fall waren es sehr *sonderbare* genetische Schäden. Wenn man dann noch in Betracht zieht, daß die Erbmasse sehr beschränkt war, da Cynthia seine Schwester war, kann man davon ausgehen, daß die Nachkommenschaft in der einen oder anderen Art eine Monstrosität wird.«

Frank gab ein leises Geräusch von sich und seufzte dann.

Alle schauten ihn an, doch er war immer noch völlig geistesabwesend. Obwohl er einen Moment lang heftig mit den Augen zwinkerte, war sein Blick nach wie vor leer. Aus seinem rechten Mundwinkel troff immer noch Speichel. Inzwischen hing er von seinem Kinn.

Bobby hatte zwar das Gefühl, er solle ein Kleenex-Tuch holen und Franks Gesicht abwischen, ließ es aber dann doch bleiben – in erster Linie deshalb, weil er Julies Reaktion fürchtete.

»Ungefähr ein Jahr nach dem Tod ihrer Eltern suchten mich Yarnell und Cynthia also auf, und sie war schwanger«, fuhr Fogarty fort. »Sie hatten sich diese Geschichte über einen Wanderarbeiter ausgedacht, der sie angeblich vergewaltigt hatte, aber das hörte sich sehr unglaubwürdig an, und allein aufgrund der Art, wie sie miteinander umgingen, konnte man sich die Wahrheit leicht zusammenreimen. Sie hatte versucht, die Schwangerschaft zu verbergen, indem sie weite Kleider trug und während der letzten Monate die meiste Zeit im Haus blieb. Das habe ich nie verstanden. Es war, als hätten sie geglaubt, das Problem würde sich eines Tages in Luft auflösen. Zu der Zeit, da sie mich aufsuchten, war eine Abtreibung nicht mehr möglich. Verdammt, sie hatte schon die ersten Wehen.«

Je länger Bobby Fogarty zuhörte, desto schlechter und stickiger schien die Luft in der Bibliothek zu werden, schwül und sauer wie Schweiß.

»Yarnell, der behauptete, Cynthia so weit wie möglich vor öffentlicher Ächtung schützen zu wollen, bot mir ein ziemliches Sümmchen dafür, daß ich sie nicht ins Krankenhaus schickte und die Entbindung gleich in meiner Praxis vornahm, was relativ riskant war – für den Fall, daß Komplikationen auftreten sollten. Aber ich brauchte das Geld, und sollte wirklich etwas schiefgehen, dann hätte es Mittel und Wege gegeben, die Sache zu vertuschen. Damals hatte ich noch diese Krankenschwester, die mir assistieren konnte – Norma, sie war ziemlich flexibel.«

Einfach großartig, dachte Bobby. Der psychopathische Arzt hatte sich eine psychopathische Schwester gesucht, ein Pärchen, das hervorragend zum medizinischen Personal von Dachau und Auschwitz gepaßt hätte.

Julie legte die Hand auf Bobbys Knie und drückte es, als ob sie sich dadurch vergewissern wolle, daß sie keinem irren Doktor in einem Traum zuhörte.

»Sie hätten sehen sollen, was aus dem Bauch dieses Mädchens rauskam«, fuhr Fogarty fort. »Eine Monstrosität – genauso, wie man es hatte erwarten müssen.«

»Warten Sie mal«, unterbrach Julie. »Ich dachte, Sie hätten gesagt, das Baby sei Roselle gewesen. Franks Mutter.«

»Sie war's auch«, erwiderte Fogarty. »Und sie war eine so spektakuläre kleine Monstrosität, daß sie jeder Jahrmarktsbude auf dem Volksfest ein Vermögen eingebracht hätte, deren Besitzer das Risiko eingegangen wäre, sich Ärger mit den Behörden einzuhandeln.« Er hielt inne und genoß die Spannung, mit der sie ihm lauschten. »Sie war ein Hermaphrodit.«

Bobby mußte einen Moment über die Bedeutung dieses Wortes nachdenken, dann sagte er: »Sie meinen doch nicht – sie hätte beide Geschlechter gehabt, männlich und weiblich?«

»Ja, das ist genau das, was ich meine.« Fogarty sprang aus seinem Stuhl auf und begann hin und her zu gehen, war plötzlich voller Energie. »Hermaphroditismus, Zwittertum, ist bei Menschen ein ausgesprochen seltener Geburtsfehler. Es ist schon aufregend, wenn man die Gelegenheit hat, ein solches Kind zur Welt zu bringen. Es gibt *umgekehrten* Hermaphroditismus, bei dem die externen Organe des einen Geschlechts vorhanden sind und die internen des anderen, dann gibt es laterales Zwittertum – und verschiedene andere Typen. Aber die Sache ist die: Roselle gehörte zu dem seltensten Typus, sie besaß die kompletten inneren und äußeren Geschlechtsorgane beider Geschlechter.« Er zog einen dikken medizinischen Wälzer aus einem der Regale und reichte ihn Julie. »Sehen Sie sich Seite hundertsechsundvierzig an, da finden Sie Fotos von den Dingen, von denen ich hier rede.«

Julie gab das Buch so schnell an Bobby weiter, als hielte sie es für eine Schlange.

Bobby seinerseits legte es ungeöffnet neben sich aufs Sofa. Das letzte, was er bei seiner Phantasie brauchte, war die Assistenz klinischer Fotos.

Seine Hände und Füße waren kalt geworden, als sei

das ganze Blut aus seinen Extremitäten in seinen Kopf geschossen, um sein Hirn zu versorgen, in dem sich alles wie wild zu drehen schien. Er wünschte sich, er könne aufhören, über das nachzudenken, was der Arzt ihnen da erzählte. Es war ungeheuerlich. Doch schlimmer noch: Bobby war angesichts des sonderbaren Lächeln Fogartys davon überzeugt, daß das, was sie bislang gehört hatten, nur der erste Gang dieses Horror-Menüs gewesen war. Der Hauptgang stand ihnen noch bevor.

Forgarty ging auf und ab, während er weitersprach: »Ihre Vagina war in etwa da, wo man es erwarten konnte, die äußeren männlichen Organe waren dagegen etwas deplaziert. Das Urinieren fand durch den männlichen Teil statt, doch was die Fortpflanzung betraf, schien der weibliche komplett.«

»Ich glaube, wir verstehen Sie«, sagte Julie hastig. »Auf die Details können wir wohl verzichten.«

Fogarty trat zu ihnen und schaute auf sie hinunter. Seine Augen waren so strahlend und lebendig, als gäbe er eine entzückende medizinische Anekdote wieder, mit der er im Lauf vieler Jahre Legionen begeisterter Kumpane bei Dinnerparties bezaubert hatte. »Nein, nein, Sie müssen genau wissen, was sie war, wenn Sie alles das verstehen wollen, was danach passierte.«

Obwohl ihr eigenes Bewußtsein in viele Teile aufgespalten war – teilte sie doch die Körper von Verbina, allen ihren Katzen und der Eule, die auf Fogartys Verandadach saß –, war sich Violet dessen, was sie über Darkles Sinne wahrnahm, die auf dem Fenstersims vor der Bibliothek saß, doch außerordentlich klar bewußt. Dank der scharfen Ohren der Katze entging ihr trotz der dazwischenliegenden Fensterscheibe nicht ein einziges Wort des Gesprächs. Sie war gefesselt.

Sie nahm sich selten einmal die Zeit, über ihre Mutter nachzudenken, obwohl Roselle in diesem alten Haus auf die verschiedenste Art immer noch gegenwärtig zu sein schien. Was das betraf, dachte sie selten über irgendein menschliches Wesen nach, außer über sich selbst und ihre Zwillingsschwester – weniger häufig über Candy und Frank –, weil sie mit anderen Leuten so wenig gemein hatte. Ihr Leben fand unter den wilden Wesen statt. Bei ihnen waren Emotionen so viel primitiver und intensiver, war es soviel leichter sich zu freuen und die Freude ohne Schuldgefühle zu genießen. Sie hatte ihre Mutter niemals wirklich gekannt und ihr nie sehr nahe gestanden. Und Violet hätte ihr auch gar nicht näher stehen mögen, selbst wenn ihre Mutter willens gewesen wäre, irgend jemand anderem als Candy Zuneigung zu schenken.

Jetzt aber war Violet wie gebannt von dem, was Fogarty ihnen erzählte, nicht etwa, weil ihr das neu gewesen wäre (was es war), sondern weil alles, was Roselles Leben so stark beeinflußt hatte, auch starke Auswirkungen auf Violets Leben hatte. Und aufgrund der zahllosen Standpunkte und Empfindungen, die Violet aus der Unzahl wilder Tiere herausgefiltert hatte, deren Gedanken und Körper sie geteilt hatte, mußte die Faszination mit dem eigenen Selbst vielleicht vorrangig sein. Sie teilte die narzißtische Besessenheit vieler Tiere, sich ständig zu putzen, eine Besessenheit für die eigenen Wünsche und Bedürfnisse. Aus ihrer Sicht war nichts auf der Welt wichtig, sofern es ihr nicht diente, ihr Befriedigung verschaffte oder ihr künftiges Glück beeinflußte.

Unklar wurde ihr bewußt, daß sie ihren Bruder suchen und ihm sagen sollte, daß Frank weniger als drei Kilometer entfernt war. Es war noch gar nicht so lange her, daß sie die Windmusik gehört hatte, die Candys Rückkehr immer ankündigte.

Fogarty wandte sich von Bobby und Julie ab und wieder dem Schreibtisch zu, hinter dem er an den Bücherregalen entlang ging und mit den Fingern gegen die Rücken der Bände schnappte, wenn er bestimmte Punkte seiner Geschichte besonders hervorheben wollte.

Während der Arzt über diese Familie sprach, die – so hatte es den Anschein – die genetische Katastrophe geradezu herausgefordert hatte, konnte Julie nicht umhin, an Thomas' Gebrechen zu denken, das über ihn hereingebrochen war, obwohl seine Eltern völlig gesund und normal gelebt hatten.

Das Schicksal spielte den Unschuldigen genauso grausam mit wie den Schuldigen.

»Als er die Mißbildungen des Babys sah, hätte Yarnell, so denke ich, es am liebsten umgebracht und es auf den Müll geworfen – oder es zumindest in eine Anstalt abgeschoben. Aber Cynthia wollte sich nicht von dem Baby trennen, sie sagte, es sei ihr Kind, mißgebildet oder nicht, und sie nannte es nach ihrer toten Großmutter Roselle. Ich vermute, sie wollte es in erster Linie deshalb behalten, weil sie merkte, wie sehr es ihn abstieß, und weil sie ihn durch Roselle auf ewig daran erinnern wollte, welche Konsequenzen das hatte, was er sie gezwungen hatte zu tun.«

»Hätte man das Kind nicht operieren können, so daß es nur noch das eine oder das andere Geschlecht hatte?« erkundigte sich Bobby.

»Heute ist das leichter. Damals war es fragwürdig.«

Fogarty war am Schreibtisch stehengeblieben und hatte aus einer Schublade eine Flasche *Wild Turkey* und ein Glas genommen. Er goß sich selbst etwas von dem Bourbon ein und schraubte die Flasche zu, ohne ihnen einen Drink anzubieten. Julie war das nur recht. Denn obwohl Fogartys Haus makellos sauber war, hätte sie sich unrein gefühlt, hätte sie bei ihm etwas getrunken oder gegessen.

Nachdem er einen Schluck von dem warmen Bourbon getrunken hatte, den er pur nahm, fuhr Fogarty fort: »Abgesehen davon sollte man sehr vorsichtig sein, einen Satz Organe wegzuoperieren, weil man später, wenn das Kind älter geworden ist, feststellen könnte, daß es sich eher dem anderen Geschlecht zuneigt, dem, das man ihm genommen hat, und sich auch eher so benimmt. Sekundäre Geschlechtsmerkmale sind bei Säuglingen natürlich sichtbar, können aber nicht so leicht bestimmt werden – ganz gewiß traf das damals zu. Und natürlich hätte Cynthia auch niemals einer Operation zugestimmt. Denken Sie an das, was ich Ihnen sagte – höchstwahrscheinlich war ihr die Deformation des Kindes nur recht, konnte sie sie doch als Waffe gegen ihren Bruder einsetzen.«

»Sie hätten das Kind doch vor ihnen schützen können«, wandte Bobby ein. »Sie hätten die Gesundheitsbehörden auf die Misere des Kindes hinweisen können.«

»Warum, zum Teufel, hätte ich das tun sollen? Wegen des psychischen Wohlbefinden des Kindes, meinen Sie? Seien Sie doch nicht naiv.« Er trank noch einen Schluck Bourbon.

»Ich wurde gut bezahlt für die Entbindung und dafür, das Maul zu halten, und das war mir nur recht. Sie nahmen sie mit nach Hause, blieben bei ihrer Geschichte über den vagabundierenden Vergewaltiger.«

»Das Baby«, sagte Julie. »Roselle – sie hatte keine ernsten gesundheitlichen Probleme?«

»Keine«, erwiderte Fogarty. »Abgesehen von dieser Abnormalität war sie gesund wie ein Pferd. Ihre mentalen Fähigkeiten und ihr Körper entwickelten sich zeitlich so wie bei anderen Kindern auch. Und es dauerte gar nicht lange, da wurde ersichtlich, daß sie äußerlich anfing, wie eine Frau auszusehen. Als sie noch älter wurde, konnte man sehen, daß sie zwar nie eine attraktive Biene werden würde, aber doch recht feminin wirkte, wenn sie auch eher der robuste, kräftige Typ war. Alles andere als ein Mannequin, dicke Beine und so.«

Frank starrte immer noch blicklos vor sich hin und wirkte geistesabwesend, doch ein Muskel an seiner linken Wange zuckte zweimal.

Der Bourbon hatte den Arzt offensichtlich entspannt, denn er saß wieder hinter seinem Schreibtisch, beugte sich vor und faltete die Hände um das Glas. »1959, als Roselle dreizehn war, starb Cynthia. Tatsächlich hat sie Selbstmord begangen. Schoß sich in den Kopf. Im folgenden Jahr, ungefähr sieben Monate nach dem Selbstmord seiner Schwester, kam Yarnell mit seiner Tochter in die Praxis – das heißt, mit Roselle. Er nannte sie nie seine Tochter und hielt die Fiktion aufrecht, sie sei nur seine unehelich geborene Nichte. Aber egal, Roselle war schwanger mit ihren vierzehn Jahren. Im selben Alter also, in dem Cynthia sie damals zur Welt gebracht hatte.«

»Guter Gott!« rief Bobby.

Die Schocks häuften sich mit derartiger Geschwindigkeit, daß Julie am liebsten den Whisky vom Tisch gegriffen und direkt aus der Flasche getrunken hätte und es ihr sogar egal gewesen wäre, daß es Fogartys Schnaps war.

Fogarty genoß ihre Reaktionen, nippte an seinem Bourbon und gab ihnen Zeit, den Schock zu verarbeiten.

»Yarnell hat die Tochter vergewaltigt, die er seiner eigenen Schwester gemacht hatte?« fragte Julie fassungslos.

Fogarty ließ sie noch ein wenig zappeln und genoß die

Spannung. Dann: »Nein, nein. Er fand das Mädchen abstoßend, und ich bin ganz sicher, daß er es niemals angerührt hatte. Ich bin sicher, daß das, was Roselle mir erzählte, die Wahrheit war.« Wieder nippte er an seinem Bourbon. »Cynthia hatte in der Zeit zwischen Roselles Geburt und dem Tag, an dem sie sich das Leben nahm, einen ziemlich religiösen Fimmel entwickelt, und diese Passion für Gott hatte sie an Roselle weitergegeben. Das Mädchen konnte die Bibel vorwärts und rückwärts aufsagen. Also kam Roselle hierher, schwanger, sagte, sie hätte sich entschlossen, ein Kind zu haben. Sagte, Gott hätte sie zu etwas ganz Besonderem erkoren – so nannte sie ihren Hermaphroditismus, *etwas Besonderes* –, weil sie ein auserwähltes Werkzeug sei, durch das begnadete Kinder auf diese Welt gebracht werden könnten. Aus diesem Grunde habe sie den Samen ihrer männlichen Hälfte gesammelt und ihn in ihre weibliche Hälfte injiziert.«

Bobby schoß von dem Sofa hoch, als sei eine der Sprungfedern unter ihm entzweigegangen, und packte die Flasche *Wild Turkey*, die auf dem Schreibtisch stand. »Haben Sie noch ein Glas?«

Fogarty deutete auf ein Barfach in der Ecke, das Julie vorher nicht bemerkt hatte. Bobby öffnete die Doppeltüren, woraufhin nicht nur mehr Gläser sichtbar wurden, sondern auch noch mehr Flaschen mit *Wild Turkey.* Offenbar bewahrte der Arzt immer nur deshalb eine Flasche in der Schublade auf, um nicht jedesmal aufstehen und hinübergehen zu müssen, wenn er etwas trinken wollte. Bobby goß zwei Gläser voll und brachte Julie eins mit.

»Natürlich habe ich nie angenommen, daß Roselle unfruchtbar ist«, sagte sie zu Fogarty. »Sie hat Kinder geboren, das wissen wir. Aber ich war davon ausgegangen,

Sie hätten gemeint, der männliche Teil sei steril gewesen.«

»Fruchtbar als Mann *und* als Frau. Sie konnte natürlich nicht mit sich selbst verkehren, um es mal so zu sagen. Sie griff auf künstliche Befruchtung zurück, wie ich schon sagte.«

Als Bobby am späten Nachmittag dieses Tages im Büro in Newport versucht hatte zu erklären, daß das Unterwegssein mit Frank für ihn wie eine Achterbahnfahrt am Ende der Welt gewesen sei, hatte Julie nicht richtig verstanden, warum ihn diese Erfahrung so entnervt hatte. Jetzt glaubte sie, eine dunkle Ahnung zu haben, was er gemeint hatte. Denn das Chaos in den verwandtschaftlichen Beziehungen der Pollards und in ihren sexuellen Identitäten ließ sie eine Gänsehaut bekommen und erfüllte sie mit dem bösen Verdacht, die Natur sei noch anfälliger für Anarchie, als sie befürchtet hatte.

»Yarnell wollte, daß ich den Fötus abtreibe, und Abtreibungen waren damals ein sehr lukrativer Nebenverdienst, obwohl sie natürlich illegal waren und alles vertuscht werden mußte. Doch das Mädchen hatte seine Schwangerschaft sieben Monate lang vor ihm verborgen, genauso lange, wie er und Cynthia vierzehn Jahre vorher deren Schwangerschaft verborgen hatten. Es war viel zu spät für einen Abbruch. Das Mädchen wäre gestorben, wäre verblutet. Abgesehen davon hätte ich diesen Fötus genausowenig abgetrieben, wie ich mir in den Fuß geschossen hätte. Stellen Sie sich doch nur den Grad von Inzucht vor, der hier involviert war: das hermaphroditische Kind eines Bruder-Schwester-Inzests schwängert sich selbst! Die Mutter des Kindes ist auch sein Vater. Seine Großmutter ist auch seine Großtante, und sein Großvater ist auch sein Großonkel! Eine enge genetische Linie – und die Gene durch Yarnells Mißbrauch von

Halluzinogenen geschädigt, bedenken Sie das. Buchstäblich eine Garantie für eine Monstrosität in der einen oder anderen Richtung, und das hätte ich mir um nichts auf der Welt entgehen lassen.«

Julie nahm einen großen Schluck von dem Bourbon. Er schmeckte sauer und brannte in ihrer Kehle. Es war ihr egal. Sie brauchte ihn.

»Ich war Arzt geworden, weil die Bezahlung gut ist«, sagte Fogarty. »Später, als ich illegale Schwangerschaftsabbrüche vornahm, war die Bezahlung sogar noch besser, und sie wurden meine Haupteinnahmequelle. Das war auch nicht allzu gefährlich, weil ich wußte, was ich tat, und wenn es denn sein mußte, konnte ich auch hin und wieder jemanden bei den Behörden bestechen. Wenn man so fette Honorare kassiert, muß man die Praxis auch nicht besonders lange in Betrieb halten, dann hat man viel Freizeit – Geld und Freizeit, das beste aus beiden Welten. Aber obwohl ich mich für diesen Beruf entschieden hatte, hätte ich *niemals* gedacht, jemals über einen medizinisch so interessanten, so faszinierenden, so *unterhaltsamen* Fall zu stolpern wie dieses Durcheinander bei den Pollards.«

Das einzige, was Julie davon abhielt, quer durchs Zimmer zu stürmen und die Scheiße aus dem alten Mann herauszuprügeln, war keineswegs sein hohes Alter, sondern die Tatsache, daß er die Geschichte dann nicht beenden würde und sie vielleicht einige lebenswichtige Informationen nicht erhalten würden.

»Doch die Geburt von Roselles erstem Kind hielt nicht das, was ich mir davon versprochen hatte«, fuhr Fogarty fort. »Trotz der schlechten Voraussetzungen war das Baby, das sie zur Welt brachte, gesund und nach allem, was ich feststellen konnte, auch völlig normal. Das war 1960, und das Baby war Frank.«

Frank, immer noch in dem Ohrensessel, wimmerte leise vor sich hin, kam aber aus seinem halbkomatösen Zustand noch nicht heraus.

Violet, die Doc Fogarty noch immer durch Darkle zuhörte, setzte sich auf und schwang die nackten Beine über die Bettkante. Sie vertrieb damit einige der Katzen von ihren Ruheplätzen und entlockte Verbina ein Murmeln des Protestes, denn sie gab sich selten damit zufrieden, nur mental mit ihrer Schwester verbunden zu sein und brauchte die Sicherheit des körperlichen Kontakts. Die Katzen strichen um ihre Füße. Sie sah sowohl durch deren Augen wie durch ihre eigenen und konnte sich deshalb in der Dunkelheit hervorragend zurechtfinden, als sie durch die offene Tür in den lichtlosen Korridor nach oben ging.

Dann fiel ihr ein, daß sie ja nackt war, und sie kehrte um, um sich ein Höschen und ein T-Shirt anzuziehen.

Es war nicht Candys Mißbilligung, die sie schreckte – oder Candy selbst. In Wahrheit war es so, daß sie seine gewaltsamen Annäherungsversuche sogar willkommen geheißen hätte, denn das wäre sie gewesen, die Vollendung des Spiels zwischen Jäger und Beute, Falke und Maus, Bruder und Schwester. Candy war die einzige wilde Kreatur, in deren Gedanken, deren Bewußtsein sie nicht eindringen konnte. Obwohl wild, war er doch auch ein Mensch und damit nicht erreichbar für ihre übersinnlichen Kräfte. Wenn er jedoch ihre Kehle aufrisse, würde ihr Blut in ihn eindringen, und sie würde ein Teil von ihm sein können – auf die einzige Art, die zwischen ihnen überhaupt möglich war. Umgekehrt war es die einzige Art, in der er in sie würde eindringen können: indem er sie biß, sich seinen Weg mit den Zähnen bahnte – die einzige Art.

In jeder anderen Nacht wäre sie gleich zu ihm gegangen, hätte sich ihm in der Hoffnung nackt gezeigt, daß ihn ihre Schamlosigkeit zumindest herausfordern würde, Gewalt anzuwenden. Doch im Augenblick konnte sie ihren kühnsten Träumen nicht nachhängen, nicht solange Frank in der Nähe und immer noch nicht für das bestraft war, was er ihrem armen Kätzchen angetan hatte, der armen Samantha.

Nachdem sie sich angezogen hatte, kehrte sie in die Halle zurück, ging in der Dunkelheit vorwärts – immer noch in ständigem Kontakt mit Darkle und Zitha und der ganzen Welt der Wilden – und blieb vor der Tür zum Zimmer ihrer Mutter stehen, in das Candy nach ihrem Tod eingezogen war.

Zwischen Schwelle und Tür war ein schmaler Streifen Licht zu sehen.

»Candy«, rief sie, »Candy, bist du da?«

Wie eine Erinnerung an vergangene Kriege oder wie die böse Vorahnung auf den endgültigen Krieg erschütterten sengende Blitze und dumpfe Donnerschläge die Nacht. Die Fenster der Bibliothek erzitterten. Es war der erste Donner, den Bobby seit dem schwachen und fernen Grollen vor fast anderthalb Stunden gehört hatte, als sie das Motel verlassen hatten. Trotz des Feuerwerks am Himmel fiel noch kein Regen. Doch obwohl das Gewitter nur langsam vorankam, war es jetzt fast über ihnen. Die Brillanz des Unwetters bildete den idealen Hintergrund für Fogartys Erzählung.

»Ich war enttäuscht von Frank«, sagte Fogarty gerade, nahm eine zweite Flasche Bourbon aus dem geräumigen Barfach und füllte sein Glas erneut.« Überhaupt nicht verrückt. So normal. Aber zwei Jahre später war sie wieder schwanger! Diesmal war die Entbindung genauso unterhaltsam, wie ich es mir von Franks erhofft hatte. Wieder ein Junge, und sie nannte ihn James. Ihre zweite jungfräuliche Geburt, sagte sie, und es erschütterte sie in keiner Weise, daß er eine ebenso üble Mißgeburt war wie sie selbst. Sie sagte, das sei nur ein weiterer Beweis dafür, daß er von Gott sei, der ihm dieselbe Gnade erwiesen habe. Denn er sei auf diese Welt gekommen, ohne daß sie sich in der Verdorbenheit des Sex habe suhlen müssen. Da wußte ich, daß sie total übergeschnappt war.«

Bobby wußte, daß er nüchtern bleiben mußte und war sich über die Gefahr durchaus klar, die zuviel Bourbon nach einer Nacht bedeutete, in der man kaum geschlafen hatte. Doch er hatte das Gefühl, der Alkohol in seinem Blut baue sich genauso schnell ab, wie er ihn trank, zumindest im Augenblick. Er nahm noch einen Schluck, bevor er fragte: »Sie wollen uns doch nicht erzählen, daß dieser bullige Koloß auch ein Hermaphrodit ist?«

»O nein«, entgegnete Fogarty. »Noch schlimmer.«

Candy öffnete die Tür. »Was willst du?«

»Er ist hier, hier in der Stadt«, sagte sie.

Seine Augen weiteten sich. »Du meinst Frank?«

»Ja.«

Schlimmer«, wiederholte Bobby benommen.

Er stand vom Sofa auf und stellte sein Glas auf den Schreibtisch. Es war noch immer zu Dreivierteln gefüllt, doch ihm war plötzlich klar geworden, daß in diesem Fall nicht mal Bourbon ein adäquates Beruhigungsmittel war.

Julie schien zu dem gleichen Schluß gelangt zu sein und stellte ihr Glas ebenfalls weg.

»James – oder Candy, wenn Sie wollen – wurde mit

vier Hoden geboren, statt mit zweien, aber ohne sekundäres männliches Geschlechtsorgan. Nun, bei der Geburt tragen männliche Säuglinge ihre Testikel sicher in der Bauchhöhle, und die Hoden treten später aus, während der frühkindlichen Reifephase. Candys aber traten niemals aus, sie konnten nicht, weil es keinen Hodensack gab, in den sie hätten wandern können. Und dann war da noch etwas: eine anormale Knochenwucherung, die ihre Absenkung verhinderte. Also blieben sie in der Bauchhöhle. Trotzdem schätze ich, daß sie gut funktionieren, geschäftig ziemlich große Mengen von Testosteron produzieren, was ja auch durch die Ausbildung der Muskulatur ersichtlich ist und seine furchteinflößende Größe sowie seinen massigen Körperbau erklärt.«

»Also ist er nicht in der Lage, Sex zu haben«, sagte Bobby.

»Angesichts des Hodenhochstands und der Tatsache, daß ihm ein Organ zur Kopulation fehlt, meine ich, daß er eigentlich der keuscheste Mann sein müßte, der jemals gelebt hat.«

Bobby hatte das Lachen des alten Mannes hassen gelernt. »Aber mit vier Keimdrüsen muß er doch Unmengen von Testosteron produzieren, und das tut mehr, als nur Muskeln aufzubauen – nicht wahr?«

Fogarty nickte. »Um es in der Sprache der Mediziner zu sagen: Ein Überschuß an Testosteron über eine längere Periode produziert, verändert die normale Hirnfunktion. Manchmal sogar radikal, und es ist ein kausaler Faktor einer gesellschaftlich inakzeptabel niedrigen Aggressionsschwelle. Um es in der Sprache der Laien zu sagen: Dieser Kerl steht unter einer gefährlichen sexuellen Spannung, der er sich auf natürliche Weise nicht entledigen kann, so daß er diese Energie durch andere Ventile ableiten muß, wobei es sich meistenteils um unglaubliche Gewaltakte handelt, und er ist ebenso gefährlich wie irgendein Monster, das sich irgendein Filmemacher ausgedacht hat.«

Obwohl sie die Eule hatte wegfliegen lassen, als sich das Unwetter genähert hatte, war Violet doch in Darkle und Zitha geblieben und hatte ihnen die Angst genommen, als die Blitze zuckten und der Donner grollte. Sogar als sie vor Candy stand, in der Tür zu seinem Zimmer, hörte sie weiter dem zu, was Fogarty den Dakotas über die Mißbildung ihres Bruders erzählte. Natürlich hatte sie das bereits gewußt, weil ihre Mutter der Familie erklärt hatte, dies sei ein Zeichen dafür, daß Candy selbst unter ihnen noch etwas Besonderes sei. Außerdem war sich Violet in gewisser Weise immer bewußt gewesen, daß Candys ungeheure Wildheit, die ihn für sie so enorm attraktiv werden ließ, mit dieser Mißbildung zusammenhing.

Nun stand sie vor ihm, hätte gern seine gewaltigen Arme berührt, die wie von einem Bildhauer herausgemeißelten Muskeln gefühlt, aber sie nahm davon Abstand. »Er ist in Fogartys Haus.«

Das überraschte ihn. »Mutter sagte, Fogarty sei ein Werkzeug Gottes. Er hat uns entbunden – vier jungfräuliche Geburten. Warum sollte er Frank Unterschlupf gewähren? Frank steht doch jetzt auf der Schattenseite.«

»Doch er ist da«, sagte Violet. »Und ein Ehepaar. Sein Name ist Bobby, ihrer Julie.«

»Dakota«, flüsterte er.

»Bei Fogarty. Laß ihn bezahlen für Samantha, Candy. Bring ihn mit hierher, wenn du ihn getötet hast, und laß ihn uns an die Katzen verfüttern. Er haßte die Katzen, und es wird ihm ein Greuel sein, für immer ein Teil von ihnen zu sein.«

Julies Temperament, das ohnehin nicht leicht zu zügeln war, näherte sich gefährlich dem Siedepunkt. Während Blitze die Nacht da draußen erhellten und Donner immer wieder laut protestierte, hämmerte sie sich ein, wie wichtig es war, im Augenblick diplomatisch zu sein.

Nichtsdestotrotz fragte sie: »Sie haben all diese Jahre gewußt, daß Candy ein heimtückischer Mörder ist, und Sie haben nichts unternommen, um irgend jemanden auf die Gefahr hinzuweisen, die er verkörpert?«

»Warum hätte ich das tun sollen?«

»Haben Sie denn niemals etwas von gesellschaftlicher Verantwortung gehört?«

»Das ist eine nette Phrase, aber bedeutungslos.«

»Viele Menschen sind brutal ermordet worden, nur weil Sie diesen Mann ...«

»Menschen werden immer und ewig brutal ermordet werden. Die Geschichte ist voller brutaler Morde. Hitler ließ Millionen ermorden, Stalin noch viele Millionen mehr. Mao Tsetung noch mehr Millionen als irgendwer sonst. Heute betrachtet man sie alle als Monster, doch zu ihrer Zeit hatten sie ihre Anhänger, ja Bewunderer, oder nicht? Und sogar heute noch gibt es Leute, die einem erzählen wollen, Hitler und Stalin hätten nur das getan, was sie tun mußten, und Mao hätte nur die öffentliche Ordnung aufrechterhalten und brutale Raufbolde ausschalten wollen. So viele Menschen *bewundern* diese dreisten Mörder, die ihren Blutdurst unter dem Mäntelchen edler Beweggründe wie Bruderschaft und politischer Reformen und Gerechtigkeit verbergen – und unter dem Mäntelchen gesellschaftlicher Verantwortung. Wir alle sind Fleisch, Speiseopfer, wie es in der Bibel heißt, und tief in unserem Herzen wissen wir das auch. Deshalb applaudieren wir all jenen Menschen heimlich, die so dreist sind, uns als das zu behandeln, was wir sind. Fleisch.«

Nun wußte sie mit absoluter Gewißheit, daß er ein Psychopath war, ein Mann ohne Gewissen, ein Mann, der nicht fähig war, sich in andere einzufühlen, nicht fähig war zu lieben. Nicht alle Psychopathen waren Gangster – oder auch hochklassige High-Tech-Diebe wie Tom Rasmussen, der in der letzten Woche versucht hatte, Bobby umzubringen. Einige mußten wohl Ärzte sein – oder Rechtsanwälte, TV-Prediger, Politiker. Mit keinem von ihnen ließ sich streiten, denn sie hatten keine normalen menschlichen Gefühle.

Er fuhr fort: »Warum hätte ich irgend jemandem von Candy Pollard erzählen sollen? Ich bin sicher vor ihm, weil seine Mutter mich immer als Gottes Werkzeug bezeichnete und ihrer ekelhaften, niederträchtigen Brut sagte, man müsse mich respektieren. Es geht mich nichts an. Candy hat Franks Mord an seiner Mutter vertuscht, weil er nicht wollte, daß Polizisten durch das Haus trampeln. Er hat den Leuten erzählt, sie sei in eine hübsche Eigentumswohnung in der Nähe von San Diego gezogen. Ich glaube nicht, daß irgend jemand geglaubt hat, diese verrückte alte Hexe habe sich plötzlich geändert und sich in ein Strandhäschen verwandelt, aber niemand wagte es, laut Zweifel zu äußern, weil niemand da hineingezogen werden wollte. Jeder sagte sich, daß es ihn nichts angehe. Und ich auch. Welche Greueltaten Candy der Welt auch immer zusätzlich antun mag, ist dabei unwesentlich. Wenn man seine außergewöhnliche Psyche und Physiologie bedenkt, werden seine Greueltaten auf jeden Fall phantasievoller sein als die der meisten anderen.

Abgesehen davon kam Roselle, als Candy etwa acht war, zu mir, um mir dafür zu danken, daß ich ihre vier Kinder entbunden und den Mund gehalten hätte, so daß Satan sich ihrer gesegneten Anwesenheit auf der Erde nicht hätte bewußt werden können. Genauso hat sie sich ausgedrückt! Und als Zeichen ihrer Dankbarkeit gab sie mir einen Koffer voller Geld. Es war genug, daß ich mich zur Ruhe setzen konnte. Ich konnte mir nicht vorstellen, woher sie es hatte. Das Geld, das Deeter und Elizabeth in den Dreißigern zusammengetragen hatten, war längst ausgegeben. Deshalb erzählte sie mir ein wenig über Candys außergewöhnliche Fähigkeiten, nicht viel, aber genug, um zu erklären, warum sie niemals knapp bei Kasse war. Das war das erste Mal, daß mir bewußt wurde, daß es neben der genetischen Katastrophe auch einen genetischen Segen gab.«

Fogarty hob sein Glas mit Bourbon und sprach einen Trinkspruch. Doch Julie und Bobby erwiderten sein: »Auf Gottes geheimnisvolle Wege« nicht.

Wie der Erzengel, der im Buch der Offenbarung Johannis erschienen war, um das Ende der Welt zu verkünden, tauchte Candy genau in dem Moment auf, da der Himmel sich öffnete und der Regen zu fallen begann, obwohl dies kein schwarzer Regen war wie bei der Sintflut von Armageddon, dem letzten Kampf zwischen Gut und Böse. Es gab auch keinen Feuersturm. Noch nicht. Noch nicht.

Er materialisierte sich im Dunkel zwischen zwei weit auseinander stehenden Straßenlampen, fast einen ganzen Block vom Haus des Doktors entfernt. Er wollte ganz sicher gehen, daß die sanften Trompetenstöße, die seine Ankunft unabdingbar begleiteten, von niemandem in Fogartys Bibliothek gehört würden. Während er durch den peitschenden Regen auf das Haus zuging, glaubte er, seine gottgegebene Kraft sei nun so enorm angewachsen, daß nichts ihn noch davon abhalten könne, sich zu nehmen und zu holen, was auch immer er sich wünschte.

»Sechsundsechzig wurden dann die Zwillinge geboren, und körperlich waren sie so normal wie Frank«, sagte Fogarty, als der Regen plötzlich geräuschvoll gegen die Fenster zu klatschen begann.

»Gar nicht amüsant. Ich konnte es wirklich nicht glauben. Drei ihrer vier Kinder waren völlig gesund. Ich hatte alle möglichen Entstellungen erwartet – Hasenscharten, mißgebildete Schädel, Wolfsrachen, schrumpelige Glieder oder zwei Köpfe!«

Bobby nahm Julies Hand. Er brauchte den Hautkontakt.

Er wollte raus hier. Er fühlte sich ausgebrannt. Hatten sie denn noch immer nicht genug gehört?

Aber das war das Problem: Er wußte nicht, was es noch zu hören gab oder wieviel davon für sie wichtig sein würde, um einen Weg zu finden, mit den Pollards fertigzuwerden.

»Natürlich hatte ich angefangen zu begreifen, daß alle Kinder Monstrositäten waren, als Roselle mir den Koffer mit dem Geld brachte – wenn schon nicht körperlich, dann zumindest geistig. Und vor sieben Jahren kam Frank zu mir, nachdem er seine Mutter umgebracht hatte, so als sei ich ihm etwas schuldig – Verständnis, Unterschlupf. Er erzählte mir noch mehr, mehr als ich jemals hatte wissen wollen, *zu* viel. In den folgenden zwei Jahren tauchte er wiederholt auf, erschien wie ein Geist, der *mich* heimsuchte, statt in einem Haus zu spuken. Doch schließlich verstand er, daß es hier für ihn nichts zu holen gibt, und ließ mich fünf Jahre lang in Ruhe. Bis heute.«

Frank bewegte sich in seinem Ohrensessel. Er rutschte auf der Sitzfläche herum, und sein Kopf fiel von der linken auf die rechte Seite. Im übrigen war er so wenig ansprechbar wie die ganze Zeit, seit sie den Raum betreten hatten. Fogarty hatte gesagt, er sei ein paarmal zu sich gekommen und sogar redselig gewesen, doch angesichts seines Verhaltens während der letzten Stunde konnte man das kaum glauben.

Julie, die Frank am nächsten saß, runzelte die Stirn, beugte sich zu ihm hinüber und starrte auf seine rechte Kopfhälfte.

»Oh, mein Gott.«

Sie sprach diese drei Worte in einem ausdruckslosen Ton, der als Kühlmittel ebenso effektiv gewesen wäre wie alles andere, was man in einen Air-conditioner hineintun kann.

Bobby lief es eiskalt über den Rücken. Er rutschte über das Sofa zu ihm hin, quetschte Julie gegen die Lehne und schaute an ihr vorbei Franks Kopf an. Wünschte sich, er hätte es nicht getan. Versuchte, wegzugehen. Konnte nicht.

Solange Frank den Kopf nach rechts geneigt hatte, er fast auf seiner Schulter lag, hatten sie seine Schläfe nicht sehen können. Frank war offenbar, nachdem er Bobby ins Büro zurückgebracht hatte, als er – immer noch ohne Kontrolle und gegen seinen Willen – unterwegs gewesen war, noch einmal zu einem dieser Krater zurückgekehrt, in denen die mit Gentechnologie erzeugten Insekten Diamanten ausschieden. Seine Gesichtshaut und sein Fleisch waren von der Schläfe bis zum Unterkiefer überall ausgebeult, und an einigen Stellen hatten sich die Rohdiamanten, die der Grund dieser Beulen waren, durch die Haut gebohrt, glitzerten, waren aber völlig mit seinem Gewebe verschmolzen. Aus welchem Grund auch immer hatte er wohl eine Handvoll mitnehmen wollen, dabei aber einen grauenvollen Fehler begangen, als er sich wieder rekonstruierte.

Bobby fragte sich, welche Schätze wohl in dem weichen, grauen Gewebe in seinem Schädel verborgen waren.

»Ich habe das auch gesehen«, sagte Fogarty. »Und schauen Sie sich mal seine rechte Handfläche an.«

Obwohl Julie protestierte, nahm Bobby Franks Jakkenärmel zwischen Daumen und Zeigefinger und zog daran, bis der Arm des Mannes von der Lehne rutschte und er die Handfläche sehen konnte. Er hatte die zerquetschte Schabe gefunden, die einmal mit seinem eigenen Schuh verwoben gewesen war. Zumindest schien es dieselbe zu sein. Sie schaute stachelig aus dem Handballen heraus, der Panzer glänzte, die toten Augen waren starr auf Franks Zeigefinger gerichtet.

Candy ging im Regen um das Haus herum und kam an einer schwarzen Katze vorbei, die auf einem Fenstersims saß. Sie wandte den Kopf, um ihn anzustarren, und legte die Schnauze danach wieder an die Fensterscheibe.

Auf der Rückseite des Hauses betrat er leise die Veranda und probierte die Hintertür. Sie war verschlossen.

Schwaches blaues Licht pulsierte von seiner Hand, als er den Türknauf packte. Das Schloß knackte, die Tür öffnete sich, und er trat ein.

Julie hatte genug gehört und genug gesehen, zu viel.

Begierig darauf, von Frank wegzukommen, stand sie von dem Sofa auf und ging zum Schreibtisch, wo sie unschlüssig ihren unausgetrunkenen Bourbon betrachtete. Aber das war keine Lösung. Sie war todmüde, kämpfte angestrengt gegen ihre Trauer um Thomas an und mußte sich sogar noch mehr Mühe geben, die groteske Familiengeschichte auch nur einigermaßen zu begreifen, die Fogarty ihnen da erzählt hatte. Die Komplikationen, die ein weiterer Bourbon hervorrufen würde, konnte sie nicht mehr brauchen, so verlockend er auch immer in seinem Glas aussehen mochte.

»Welche Chancen haben wir also, mit Candy fertig zu werden?« fragte sie den alten Mann.

»Keine.«

»Es muß einen Weg geben.«

»Nein.«

»Es muß etwas geben.«

»Warum?«

»Weil er nicht gewinnen *darf*.«

Fogarty lächelte. »Warum nicht.«

»Weil er das Böse ist, verdammt! Und weil wir die Guten sind. Nicht perfekt möglicherweise, nicht ohne Fehler, aber wir sind trotzdem immer noch die Guten. Deshalb müssen wir gewinnen, weil das ganze Spiel bedeutungslos wäre, wenn wir's nicht tun.«

Fogarty lehnte sich in seinem Sessel zurück. »Genau das, was ich sagte. Es *ist* alles bedeutungslos. Wir sind nicht gut, wir sind nicht schlecht, wir sind nur Fleisch. Wir haben keine Seelen, für ein Stück Fleisch gibt es keine Seelenwanderung. Oder glauben Sie, ein Hamburger kommt in den Himmel, nachdem ihn jemand gegessen hat?«

Niemals hatte sie jemanden so sehr gehaßt wie Fogarty in diesem Moment. Zum Teil lag es wohl daran, daß er so selbstgefällig und zynisch war. Aber sie hatte auch etwas aus seinen Argumenten herausgehört, was dem gefährlich nahe kam, was sie Bobby im Motel gesagt hatte, nachdem sie von Thomas' Tod erfahren hatte. Sie hatte behauptet, es habe keinen Sinn, Träume zu haben, sie würden niemals wahr, der Tod liege immer auf der Lauer, selbst wenn man das Glück habe, seinen ganz privaten ehernen Ring zu erwischen. Und wenn man das Leben haßte, nur weil es früher oder später zum Tod führte ... Nun, das war das gleiche, als wenn jemand sagte, Menschen seien nichts anderes als Fleisch.

»Wir kennen nur Freude und Schmerz«, fuhr der alte Arzt fort, »also ist es egal, wer recht hat und wer unrecht, wer gewinnt und wer verliert.«

»Was ist seine Schwäche?« verlangte sie ärgerlich zu wissen.

»Keine, soweit ich weiß.« Die Hoffnungslosigkeit ihrer Position schien Fogarty Freude zu machen. Wenn er Anfang der vierziger Jahre schon praktizierender Arzt gewesen war, mußte er sich den Achtzig nähern, obwohl er jünger aussah. Er war sich klar darüber, wie wenig Zeit ihm noch blieb, und beneidete zweifellos jeden, der jünger war. Und bedachte man seine kühle Lebensperspektive, würde er es gewiß noch unterhaltsam finden, wenn sie durch Candy Pollard umkamen. »Überhaupt keine Schwächen.«

Bobby war anderer Meinung, versuchte es zumindest. »Man könnte doch sagen, daß sein Geist seine Schwäche ist, seine verquere Psyche.«

Fogarty schüttelte den Kopf. »Und ich behaupte, daß er seine verquere Psyche in eine Stärke umgewandelt hat. Er hat diese Idee, das Werkzeug von Gottes Rache zu sein, benutzt, um sich sehr wirksam gegen Depressionen und Selbstzweifel zu wappnen – und gegen alles andere, über das er sonst stolpern könnte.«

Ganz abrupt setzte sich Frank in dem Ohrensessel auf und schüttelte sich, als wolle er seine mentale Verwirrung abschütteln, wie ein Hund das Wasser aus seinem durchweichten Fell schüttelte, sobald er vom Regen ins Trockene gelangte.

»Wo ... Warum tue ich ...«, stotterte er. »Ist es – ist es – ist es?«

»Ist es was, Frank?« fragte Bobby.

»Ist es jetzt soweit?« fragte Frank. Sein Blick schien langsam klarer zu werden. »Ist es jetzt endlich soweit?«

»Ist was endlich soweit, Frank?«

Seine Stimme war heiser. »Tod. Ist es jetzt endlich soweit, kommt er nun?«

Candy war leise durch das Haus geschlichen. In den Korridor, der zur Bibliothek führte. Während er sich auf die Tür zur Linken zubewegte, hörte er Stimmen. Als er eine von ihnen als Franks erkannte, konnte er sich kaum noch zurückhalten.

Nach dem, was Violet gesagt hatte, war Frank lahmgelegt. Er hatte seine telekinetischen Fähigkeiten niemals ganz unter Kontrolle gehabt, sie waren immer unberechenbar gewesen, das war auch der Grund dafür, daß er die Hoffnung gehegt hatte, ihn eines Tages erwischen und erledigen zu können, bevor er sich durch Teleportieren irgendwo in Sicherheit bringen konnte. Vielleicht war ja der Augenblick des Triumphs endlich da.

Als er die Tür erreichte, sah er sich dem Rücken der Frau gegenüber. Er konnte ihr Gesicht nicht sehen, war aber sicher, daß es dasselbe sein würde, das in Thomas' Gedanken von einem beseligenden Glühen durchflutet gewesen war.

Hinter ihr erblickte er Frank, und er sah, wie sich Franks Augen bei seinem Anblick weiteten. Wenn der Muttermörder geistig bislang zu verwirrt gewesen war, sich aus seiner Reichweite zu teleportieren, war er jetzt dabei, diese Verwirrung abzuschütteln. Er sah aus, als sei er dabei, sich in Luft aufzulösen, bevor Candy noch Hand an ihn legen konnte.

Candy hatte vorgehabt, die Bibliothek mit einer Welle von Energie in Schutt und Asche zu legen, die Bücher in Brand zu setzen und die Lampen zu zerschmettern. Er hatte damit erreichen wollen, daß die Dakotas und Doc Fogarty in Panik gerieten und abgelenkt wurden, was ihm die Chance geben sollte, sich auf Frank zu stürzen. Doch jetzt, da sein Bruder an der Schwelle zur Dematerialisierung war, sah er sich gezwungen, seine Strategie zu ändern.

Er stürzte in das Zimmer, packte die Frau von hinten, schlang seinen rechten Arm um ihren Hals und riß ihren Kopf zurück, so daß ihr – und den beiden Männern – augenblicklich klar sein mußte, daß er ihr das Kreuz brechen würde, wenn er das wollte.

Trotzdem schlug sie mit dem Fuß nach hinten aus, schrammte mit dem Absatz ihres Schuhs an seinem Schienbein entlang und trat auf seinen Fuß. Das alles tat schrecklich weh. Es handelte sich um irgendeine asiatische Kampfsportart, und an der Art, wie sie versuchte, seinen Griff zu unterlaufen, merkte er, daß sie eine Menge Übung darin hatte.

Deshalb riß er ihren Kopf noch einmal zurück, härter diesmal, und spannte seinen Bizeps an, wodurch er ihre Luftröhre quetschte und ihr einen derartigen Schmerz bereitete, daß ihr klar werden mußte, sie begehe Selbstmord, wenn sie sich weiter wehrte.

Fogarty beobachtete alles von seinem Stuhl aus, beunruhigt gewiß, doch nicht so sehr, daß er sich von seinem Stuhl erhoben hätte, aber der Ehemann schoß von dem Sofa hoch, eine Waffe in der Hand. Mr. Schnellschütze persönlich. Candy bereitete allerdings keiner von beiden Kopfzerbrechen. Seine Aufmerksamkeit galt allein Frank, der aus dem Sessel aufgestanden war und sich davonzupirschen schien, nach Punaluu oder Kyoto oder irgendeinen anderen Platz.

»Tu es nicht Frank«, sagte er in scharfem Ton. »Lauf nicht weg. Es ist Zeit, daß wir das in Ordnung bringen,

Zeit, daß du für das bezahlst, was du unserer Mutter angetan hast. Komm mit ins Haus, nimm Gottes Strafe entgegen, und beende es heute nacht. Ich werde dieses Miststück mitnehmen. Sie hat versucht, dir zu helfen, deshalb schätze ich, daß du nicht zusehen möchtest, wie sie leidet.«

Der Ehemann war dabei, etwas Verrücktes zu tun. Julie in Candys Griff zu sehen, hatte ihn ganz offensichtlich aus dem Gleichgewicht gebracht. Er suchte nach einer Möglichkeit, auf Candy zu schießen, ohne sie in Gefahr zu bringen, und würde es möglicherweise sogar riskieren, auf Candys Kopf zu schießen, obwohl Candy halb hinter der Frau kniete. Es war an der Zeit, hier zu verschwinden.

»Komm zum Haus«, sagte er zu Frank.

»Du kommst in die Küche, läßt mich die Dinge für dich zu Ende bringen, und ich lasse sie gehen. Ich schwöre im Namen unserer Mutter, ich werde sie gehen lassen. Doch wenn du in fünfzehn Minuten nicht da bist, werde ich dieses Miststück auf den Tisch legen, und dann nehme ich sie zum Abendessen, Frank. Möchtest du, daß ich von ihr trinke, nachdem sie versucht hat, dir zu helfen, Frank?«

Candy meinte, einen Schuß zu hören, gerade in dem Moment, in dem er verschwand. Er war in jedem Fall zu spät gefallen. Er rematerialisierte sich in der Küche des Hauses an der Pacific Hill Road. Julie Dakota war immer noch in seiner Armbeuge gefangen.

56

Bobby hatta jetzt keine Angst mehr, Frank anzufassen. Er packte ihn am Jackett und schob ihn auf die breiten, schräggestellten Jalousien der Bibliotheksfenster zu. »Du hast ihn gehört, Frank. Hau nicht ab. Lauf dieses Mal nicht weg, sonst werde ich mich an dich hängen und dich niemals wieder loslassen, egal, wohin du mich bringst. Ich schwöre zu Gott, du wirst dir dann wünschen, dein Kopf läge auf Candys Platte und nicht auf meiner.« Er drückte Frank in die Jalousie, um seinen Worten Gewicht zu verleihen. Und hinter sich hörte er Fogarty leise lachen.

Als er sah, wie verängstigt sein Klient war, wurde ihm bewußt, daß er mit Drohungen nichts erreichte. Mit Drohungen würde er Frank eher in die Flucht treiben, selbst wenn er ehrlich vorhatte, Julie zu helfen. Schlimmer noch: Wenn er seiner Neigung nachgab, Gewalt anzuwenden, behandelte er Frank nicht wie einen Menschen, sondern wie Fleisch, handelte nach dem primitiven Code, nach dem der korrupte Arzt sein gesamtes Leben lang gelebt hatte, und der Gedanke war fast ebenso unerträglich wie der, Julie zu verlieren.

Er ließ Frank los.

»Tut mir leid. Hör zu, es tut mir leid, ich bin nur ein wenig durchgedreht.«

Er schaute dem Mann tief in die Augen, suchte nach einem Zeichen dafür, daß in dem geschädigten Hirn noch genug Intelligenz war, um sich mit ihm verständigen zu können. Er sah Angst, nackt und schrecklich, und er sah eine Einsamkeit, die ihm beinahe Tränen in die Augen trieb. Er sah auch einen verlorenen Blick, nicht unähnlich dem, den er manchmal in Thomas' Augen gesehen hatte, wenn sie ihn in Cielo Vista abgeholt und mit ihm einen Ausflug »in die Welt« unternommen hatten, wie er es ausgedrückt hatte.

Er nahm an, daß inzwischen etwa zwei Minuten von Candys Fünfzehn-Minuten-Frist vergangen waren, versuchte aber trotzdem, ruhig zu bleiben. Bobby ergriff Franks rechte Hand, drehte den Handrücken nach oben und zwang sich, die tote Schabe anzuschauen, die nun ein Bestandteil des weichen, weißen Fleisches des Mannes war. Das Insekt fühlte sich steif und stachelig an, aber er zwang sich, Frank seinen Ekel nicht spüren zu lassen.

»Tut das weh, Frank? Dieses Biest hier hat sich mit deinen eigenen Zellen verbunden, tut das weh?«

Frank starrte ihn an und schüttelte schließlich den Kopf. Nein.

Ermutigt davon, daß wenigstens ein Dialog dieser Art möglich war, legte Bobby vorsichtig die Fingerspitzen an Franks rechte Schläfe und tastete die Klumpen der kostbaren Steine ab, die sich anfühlten wie noch nicht aufgeplatzte Furunkel oder Krebsgeschwülste.

»Tut es dir hier weh, Frank? Hast du Schmerzen?«

»Nein«, sagte Frank, und Bobbys Herz schlug vor Freude über diese Reaktion höher.

Aus der Tasche seiner Jeans holte Bobby ein zusammengefaltetes Papiertuch heraus und tupfte vorsichtig den Speichel weg, der immer noch an Franks Kinn hing.

Der Mann blinzelte, und seine Augen schienen klarer zu werden.

Fogarty, der nach wie vor in dem Ledersessel saß, vielleicht ein Glas Bourbon in der Hand und mit Sicherheit dieses aufreizende selbstgefällige Grinsen im Gesicht hatte, sagte: »Noch zwölf Minuten.«

Bobby ignorierte den Arzt. Er hielt den Augenkontakt mit seinem Klienten und ließ die Fingerspitzen an seiner Schläfe. »Du hast ein hartes Leben gehabt, nicht wahr?« sagte er leise. »Du warst der Normale, der Normalste, und als du ein Kind warst, wolltest du so sein wie die anderen Kinder in der Schule, so wie deine Schwestern und dein Bruder niemals sein konnten. Und du hast lange gebraucht, bis dir klar wurde, daß dein Traum niemals wahr werden würde, daß du niemals so sein würdest wie die anderen, weil du – egal, wie normal du auch warst, verglichen mit dem Rest deiner Familie – immer noch aus diesem gottverdammten Haus kamst, aus diesem *Pfuhl,* der dich für immer zum Außenseiter stempelte. Mochten sie auch den Makel auf deinem Herzen nicht sehen, mochten sie auch die dunklen Erinnerungen in dir nicht kennen, *du* sahst ihn, und *du* erinnertest dich, und du fühltest dich unwürdig wegen dieses Horrors, der deine Familie war. Doch du warst auch zu Hause ein Außenseiter, viel zu gesund, um da hineinzupassen, zu sensibel, um den Alptraum zu ertragen. Deshalb bist du dein ganzes Leben lang allein gewesen.«

»Mein ganzes Leben lang«, sagte Frank, »und ich werde es auch immer sein.«

Er würde sich jetzt nicht dematerialisieren. Darauf hätte Bobby wetten können.

»Frank, ich kann dir nicht helfen. Niemand kann das. Das ist eine harte Wahrheit, aber ich will dich nicht anlügen. Ich will dich nicht reinlegen oder dir drohen.«

Frank sagte nichts, hielt aber den Augenkontakt.

»Zehn Minuten«, sagte Fogarty.

»Das einzige, was ich für dich tun kann, Frank, ist, dir einen Weg zu zeigen, deinem Leben schließlich doch noch einen Sinn zu geben, einen Weg, es mit Würde zu beenden und möglicherweise im Tod Frieden zu finden. Ich habe eine Idee, kenne einen Weg, wie du Candy vielleicht töten und Julie retten kannst, und wenn du das tun kannst, dann wirst du als Held abtreten. Wirst du mit mir kommen, Frank, mir zuhören – und Julie nicht sterben lassen?«

Frank sagte nicht ja, aber er sagte auch nicht nein. Bobby beschloß, das Ausbleiben einer negativen Reaktion als Ermutigung zu nehmen.

»Wir müssen jetzt gehen, Frank. Aber versuche es nicht mit Teleporting, weil du dann die Kontrolle wieder verlieren und hundertmal rein- und raushüpfen könntest. Wir werden mit meinem Wagen zu dem Haus fahren. Wir können in fünf Minuten dort sein.«

Bobby nahm seinen Klienten bei der Hand. Ganz bewußt nahm er die, in die die Schabe eingebettet war, hoffte er doch, Frank würde sich daran erinnern, daß er Angst vor jeder Art von Insekten hatte, und begreifen, daß seine Bereitschaft, seine Phobie zu vergessen, ein Beweis dafür war, wie ehrlich er es meinte.

Sie durchquerten das Zimmer und gingen zur Tür.

Fogarty stand aus seinem Sessel auf und sagte: »Sie gehen in Ihren Tod, das wissen Sie doch.«

Ohne sich nach dem Arzt umzusehen, entgegnete Bobby: »Nun, ich habe den Eindruck, daß Sie Ihren schon vor Jahrzehnten hinter sich gebracht haben.«

Zusammen mit Frank trat er in den Regen hinaus, und als sie das Auto erreichten, waren sie beide durchnäßt bis auf die Haut.

Als er hinter dem Steuer saß, schaute Bobby auf seine Uhr. Nicht mehr ganz acht Minuten.

Er fragte sich, warum er nicht an Candys Wort zweifelte, daß er sich an das Fünfzehn-Minuten- Ultimatum halten würde, warum er so sicher war, daß der Irre ihre Kehle nicht bereits zerrissen hatte. Dann fiel ihm etwas ein, was sie ihm einmal gesagt hatte: *Sweetcakes, solange du atmest, wird Tinkerbell leben.*

Die Rinnsteine liefen über, und ein plötzlich aufgekommener Wind warf Fäden von Regen gegen die Scheinwerfer, die wie Silbergarn schimmerten.

Während er über die regengepeitschten Straßen fuhr und dann in die Pacific Hill Road einbog, erklärte er Frank, wie er die Welt von Candy befreien und das Unrecht, das seine Mutter getan hatte, wiedergutmachen könne, so wie er es vorgehabt – aber nicht geschafft – hatte, als er sie mit der Axt erschlug: Indem er sich selbst opferte. Er brachte es fertig, ihm das etliche Male zu erläutern, obwohl es nur ein paar Minuten dauerte, bis er vor dem Tor mit dem verrosteten Eisentor anhielt.

Frank reagierte nicht auf das, was Bobby sagte. Er konnte nicht sicher sein, daß Frank verstanden hatte, was er tun mußte – oder ob er überhaupt ein einziges Wort davon aufgenommen hatte. Er hatte die ganze Zeit starr nach vorn geschaut, sein Mund hatte offengestanden, und manchmal war sein Kopf im Takt der Scheibenwischer nach vorn und nach hinten gefallen, nach vorn und nach hinten, so als beobachte er Jackie Jaxx' Kristallanhänger, der an einer goldenen Kette hin und her schwang.

Zu dem Zeitpunkt, da sie aus dem Wagen gestiegen, durch das Tor gegangen waren und sich dem baufälligen Haus näherten, waren kaum noch zwei Minuten des Ultimatums übrig, und Bobby mußte ausschließlich auf seine Hoffnung vertrauen.

Nachdem Candy sie in die schmutzige Küche gebracht, sie auf einen der Stühle am Tisch gestoßen und sie losgelassen hatte, hatte Julie sofort nach dem Revolver in dem Schulterhalfter unter ihrem Cordblazer gegriffen. Er war jedoch zu schnell für sie, hatte ihn ihr aus der Hand gerissen und ihr dabei zwei Finger gebrochen.

Ein peinigender Schmerz durchfuhr sie, kam noch zu dem an ihrem Hals und Nacken hinzu, nachdem er sie bei Fogarty so unbarmherzig behandelt hatte. Doch sie weinte nicht, wagte nicht, sich zu beklagen, sondern sprang auf und stürzte zur Tür, kaum hatte er sich von ihr abgewandt, um die Waffe in eine Schublade zu legen. Er fing sie, hob sie hoch, schwenkte sie herum und warf sie so hart auf den Küchentisch, daß sie fast das Bewußtsein verloren hätte.

Ganz dicht vor ihrem Gesicht sagte er: »Du wirst gut schmecken, so gut wie Clints Frau – diese Vitalität in deinen Armen, diese Energie, ich möchte fühlen, wie es in meinem Mund sprudelt.«

Ihre Versuche, Widerstand zu leisten und zu entfliehen, entsprangen weniger ihrem Mut als ihrer Todesangst, und die entstammte teilweise dem Erlebnis der Dekonstruktion und Rekonstruktion, von dem sie hoffte, es niemals wieder erleben zu müssen.

Jetzt, da sich seine Lippen den ihren bis auf wenige Zentimeter näherten, verdoppelte sich ihre Furcht. Sie spürte den Hauch seines Atems auf ihrem Gesicht. Er erinnerte sie an die Ausdünstungen in einem Leichenhaus. Unfähig, den Blick von seinen blauen Augen zu wenden, dachte sie, so müßten die Augen des Teufels aussehen – nicht dunkel wie die Sünde, nicht rot wie die Höllenfeuer, nicht vor Maden wimmelnd, sondern strahlend und wunderschön blau – und völlig ohne Gnade und Barmherzigkeit.

Wenn man die schlimmsten menschlichen Grausamkeiten, die seit Menschengedenken verübt worden waren, in einer einzigen Person hätte vereinigen, wenn man den gesamten Blutdurst der Spezies, die ganze Gewalt und rohe Kraft in einer einzigen monströsen Figur hätte verschmelzen können, dann hätte sie bestimmt so ausgesehen wie Candy Pollard in diesem Moment.

Als er sich schließlich von ihr zurückzog wie eine sich windende Giftschlange, die widerstrebend ihre Absicht ändert zuzubeißen, und als er sie vom Tisch zog und sie wieder auf den Stuhl stieß, war sie – vielleicht zum erstenmal in ihrem Leben – eingeschüchtert. Sie wußte, daß er sie auf der Stelle töten und ihr Blut trinken würde, leistete sie weiteren Widerstand.

Dann sagte er etwas Erstaunliches: »Später, wenn ich mit Frank fertig bin, muß du mir erzählen, woher Thomas seine besondere Kraft hatte.«

Sie war so verängstigt, daß sie Schwierigkeiten hatte, auch nur einen Ton herauszubringen. »Kraft? Was meinen Sie?«

»Er ist der einzige Mensch – außerhalb unserer Familie natürlich –, bei dem ich so etwas erlebte. Das Böse Ding nannte er mich. Und er versuchte ständig, mich telepathisch zu kontrollieren, weil er wußte, daß sich unsere Wege – deine und meine – irgendwann kreuzen würden. Wie konnte er eine solche Begabung haben, da er doch nicht von meiner jungfräulichen Mutter geboren worden war. Später wirst du mir das erklären.«

Wie sie da so saß, zu ängstlich, um zu weinen oder sich zu rühren, die verletzte Hand mit der anderen schützend, wissend, daß dies nur die Ruhe vor dem Sturm war, hatte sie Mühe, noch Raum für Verwunderung zu finden. Thomas? Übersinnlich begabt? War es denn möglich, daß er sich während dieser ganzen Zeit, in der sie sich um ihn gesorgt, sich um ihn gekümmert hatte, in gewisser Weise um sie gekümmert hatte?

Sie hörte ein eigenartiges Geräusch, das vorn aus dem Haus erklang. Einen Moment später stolzierten wenigstens zwanzig Katzen durch die Tür zum Korridor, die Schwänze majestätisch gereckt.

Mit dem Rudel erschienen die Pollard-Zwillinge, langbeinig und barfuß. Eine trug ein Höschen und ein rotes T-Shirt, die andere ein Höschen und ein weißes T-Shirt. Sie waren so geschmeidig wie ihre Katzen. Sie waren so bleich wie Geister, aber es war nichts Weiches, Schwammiges an ihnen. Sie waren schlank und vital und barsten geradezu vor jener angestauten Energie, von der man wußte, daß Katzen über sie verfügten, selbst wenn sie träge in der Sonne zu liegen schienen. Auf gewisse Weise wirkten sie ätherisch, aber gleichzeitig irdisch und stark, ungeheuer sinnlich. Ihre Anwesenheit im Haus mußte die unnatürliche Spannung in ihrem Bruder angeheizt haben, der, wenn es um Hoden ging, ein doppelter Mann war, dem aber das entscheidende Ventil fehlte, diese Spannungen abbauen zu können.

Sie näherten sich dem Tisch. Die eine der beiden starrte auf Julie hinunter, während die andere an ihrer Schwester hing und den Blick abgewandt hatte. »Bist du Candys Freundin?« fragte die Dreiste. In ihrer Frage lag Spott, sie amüsierte sich über ihren Bruder.

»Halt den Mund«, sagte Candy.

»Wenn du nicht seine Freundin bist«, fuhr die Dreiste fort, »könntest du mit uns nach oben kommen, wir haben ein Bett, die Katzen würden nichts dagegen haben, und ich denke, ich würde dich mögen.« Ihre Stimme war weich wie raschelnde Seide.

»Sprich nicht so im Haus deiner Mutter«, sagte Candy grimmig.

Seine Wut war echt, doch Julie war klar, daß seine Schwester ihm gewaltig auf die Nerven ging.

Beide Frauen, sogar die Schüchterne, strahlten etwas Wildes aus, so als seien sie bereit, alles zu tun, was ihnen gerade einfiel, egal wie frevelhaft es auch sein mochte. Und sie kannten offenbar weder Reue noch Hemmungen. Julie hatte vor ihnen fast soviel Angst wie vor Candy.

Von der Vorderseite des vor sich hin modernden Hauses erklang ein Klopfen. Es war trotz des dröhnenden Regens, der auf das Dach donnerte, zu hören.

Wie *ein* Tier huschten die Katzen aus der Küche, durch die Diele zur Eingangstür, und weniger als eine Minute später begleiteten sie Bobby und Frank herein.

Bobby empfand Dankbarkeit, als er die Küche betrat und sah, daß Julie lebte. Er dankte Gott – und sogar Candy. Sie wirkte abgehärmt, ganz ausgezehrt vor Furcht, war ihm aber dennoch nie schöner erschienen.

Sie war auch niemals so zahm gewesen oder so unsicher und trotz des Chors der Todesfeen, der in ihm tobte und kreischte, war er imstande, auch darüber traurig und wütend zu sein.

Obwohl er immer noch hoffte, Frank würde ihn nicht im Stich lassen, hatte Bobby sich darauf vorbereitet, seinen Revolver zu benutzen, falls es zum Schlimmsten kommen oder sich unvermutet eine Gelegenheit dafür ergeben sollte.

Doch kaum hatte er den Raum betreten, sagte der Wahnsinnige: »Hol deine Waffe aus dem Halfter und nimm alle Patronen raus.«

Als Bobby die Küche betreten hatte, war Candy hinter den Stuhl geglitten, auf dem Julie saß, und hatte eine Hand unter ihre Gurgel gelegt, die Finger gekrümmt wie

Krallen. Angesichts seiner übermenschlichen Kräfte würde er ihre Kehle in ein, zwei Sekunden aufreißen können, auch wenn er keine echten Krallen hatte.

Bobby zog den Smith & Wesson aus dem Schulterhalfter und faßte ihn so an, daß klar wurde, daß er nicht die mindeste Absicht hatte, ihn zu benutzen. Er ließ den Zylinder aufspringen, die fünf Patronen auf den Boden fallen und legte den Revolver auf einen Küchenschrank.

Candy Pollards Erregung war von Sekunde zu Sekunde gewachsen, seit Bobby und Frank aufgetaucht waren. Jetzt nahm er die Hand von Julies Kehle, trat etwas zurück und sah Frank triumphierend an.

Nach Bobbys Meinung war diese Mühe vergebens. Frank war zwar in der Küche – doch er war nicht wirklich da. Wenn er sich dessen bewußt war, was um ihn herum vorging oder dessen Bedeutung verstand, spielte er seine Rolle gut, falls er vorhatte, den Anschein zu erwecken, es nicht zu tun.

Candy deutete auf den Fußboden und sagte: »Komm hierher und knie nieder, du Muttermörder.«

Die Katzen flohen aus dem Umkreis des Stückchens geborstenen Linoleums, auf das der Irre gedeutet hatte.

Die Zwillinge standen bewegungslos, aber aufmerksam da. Bobby hatte schon Katzen gesehen, die das gleiche Desinteresse vortäuschten, sich aber durch ihre aufgestellten Ohren verrieten. Bei Violet und Verbina erwies sich das heftige Pochen des Pulses an ihren Schläfen als verräterisch – und die fast obszöne Erektion ihrer Brustwarzen, die sich unter dem dünnen Gewebe ihrer T-Shirts abzeichneten.

»Ich sagte, komm her und knie nieder«, wiederholte Candy.

»Oder willst du wirklich die einzigen Menschen verraten, die in den letzten sieben Jahren jemals einen Finger für dich gerührt haben, die bereit waren, dir zu helfen? Knie dich hin, oder ich töte die Dakotas – alle beide – ich bringe sie jetzt gleich um.«

Candy vermittelte nicht nur den Eindruck eines Psychopathen, sondern den eines wahrhaft übermenschlichen Wesens, als wäre sein Name Legion, und als habe er Kräfte, die sich der menschlichen Kenntnis entzogen.

Frank trat einen Schritt vor, weg von Bobby. Einen weiteren Schritt.

Dann blieb er stehen und schaute sich unter den Katzen um, so als erschiene ihm irgend etwas rätselhaft.

Bobby sollte niemals erfahren, ob Frank vorgehabt hatte, die blutigen Ereignisse auszulösen, die seiner nächsten Handlung folgten, oder ob er aus seiner Verwirrung heraus gesprochen hatte und von dem folgenden Tumult ebenso überrascht war wie jedermann sonst. Doch wie auch immer: Er blickte finster auf die Katzen nieder, sah dann die dreistere Zwillingsschwester an und fragte: »Oh, dann ist Mutter also immer noch hier? Ist sie immer noch in diesem Haus?«

Die schüchterne Zwillingsschwester erstarrte, doch die dreiste schien sich geradezu zu entspannen, als habe ihr Franks Frage die Entscheidung abgenommen, auf den richtigen Zeitpunkt und den rechten Ort zu warten, dies selbst zu enthüllen.

Sie wandte sich Candy zu und warf ihm das hintergründigste Lächeln zu, das Bobby jemals gesehen hatte: Es war spöttisch, aber es enthielt auch die Einladung einer Möchtegern-Liebhaberin. Es war zaghaft und ein wenig ängstlich, aber gleichzeitig herausfordernd; es war voll heißer Lust und voll kalten Grauens; und vor allem war es wild, so grob und unhöflich und grausam wie der Ausdruck irgendeiner Kreatur, die durch Feld und Wald streicht.

Candy nahm ihr Lächeln mit einem Ausdruck blanken Entsetzens auf, was ihn für kurze Zeit und zum erstenmal überhaupt fast menschlich erscheinen ließ.

»Das hast du nicht getan«, flüsterte er.

Die dreiste Zwillingsschwester grinste.

»Nachdem du sie begraben hattest, haben wir sie wieder ausgegraben. Sie ist jetzt ein Teil von uns und wird es immer sein, ein Teil von uns, ein Teil des Rudels.

Die Katzen ließen ihre Schwänze schwirren und starrten Candy an.

Der Schrei, den er ausstieß, war alles andere als menschlich, und die Geschwindigkeit, mit der er bei der dreisten Zwillingsschwester war, war unheimlich. Er schob sie mit seinem Körper gegen den Kühlschrank, drückte sie dagegen, legte seine rechte Hand über ihr Gesicht und knallte ihren Kopf gegen die vergilbte Emailleoberfläche. Und dann noch einmal. Er hob ihren Körper hoch. Die Hände um die schmale Taille gelegt, versuchte er sie wegzuschleudern, wie ein wütendes Kind eine Puppe wegwerfen würde, doch sie schlang die Beine mit katzenhafter Schnelligkeit um seine Mitte und verschränkte die Knöchel hinter seinem Rücken, ritt ihn quasi. Und ihre Brüste baumelten vor seinem Gesicht. Er hämmerte mit den Fäusten auf sie ein, aber sie ließ nicht los. Sie hielt sich fest, bis die Schläge nicht mehr auf sie niederprasselten, dann löste sie die Umschlingung so weit, daß sie tief genug hinuntergleiten konnte, um ihre bleiche Kehle in die Nähe seines Mundes zu bringen.

Er ergriff die Gelegenheit, die sie ihm geradezu aufzwang, biß zu und saugte das Leben aus ihr heraus.

Der Protestschrei der Katzen hörte sich schauerlich an, obwohl es sich diesmal nicht um einen einzigen Schrei handelte. Sie flohen aus der Küche und stoben in alle Himmelsrichtungen davon.

Mit dem gepeinigten Kreischen der Katzen und Violets gespenstisch erotischen Schreien als Hintergrundmusik löschte Candy das Leben seiner Schwester in weniger als einer Minute aus. Weder Bobby noch Julie versuchten dazwischenzugehen, denn ihnen war klar, daß sie in den Sog des Wirbelsturms geraten würden, wenn sie das täten. Daß sie damit zwar ihren Tod besiegeln, aber den Sturm nicht würden beenden können. Frank stand nur da, seltsam geistesabwesend, wie er es während der ganzen letzten Stunden gewesen war.

Candy wandte sich augenblicklich dem schüchternen Zwilling zu und zerstörte ihn noch schneller, wobei das Mädchen nicht den leisesten Widerstand leistete.

Nachdem der psychopathische Riese den brutal zugerichteten Körper hatte fallen lassen, befolgte Frank schließlich den Befehl, der ihm gegeben worden war. Er näherte sich Candy und überraschte seinen Bruder dadurch, daß er seine Hand nahm. Dann verschwand Frank, so wie Bobby es gehofft hatte. Und Candy ging mit ihm – nicht aufgrund seiner eigenen Energie, sondern diesmal als Beiwagenfahrer, so wie Bobby einer gewesen war.

Nach dem vorhergegangenen Trubel war die Stille ein Schock.

Julie schwitzte, ihr war offensichtlich übel von dem, was sie hatte erleben müssen. Sie schob ihren Stuhl zurück. Die Holzbeine scharrten über das Linoleum.

»Nein«, sagte Bobby, ging schnell zu ihr hin, beugte sich zu ihr hinunter und beschwor sie, sich hinzusetzen. Er nahm ihre unverletzte Hand. »Warte, noch nicht, halt dich raus . . .«

Das hohle Pfeifen.

Ein böiger Windstoß.

»Bobby!« rief sie, hörbar panisch. »Sie kehren zurück,

laß uns verschwinden, laß uns hier verschwinden, solange wir noch eine Chance dazu haben.«

Er hielt sie fest, drückte sie auf den Stuhl. »Schau nicht hin. Ich muß hinsehen, um sicher zu sein, um sicher zu sein, daß Frank mich richtig verstanden hat. Aber du mußt das nicht sehen.«

Die atonale Musik tirilierte erneut, und der Wind rührte den Geruch des Blutes auf, das aus den toten Frauen sickerte.

»Wovon sprichst du überhaupt?« fragte sie.

»Schließ die Augen.«

Natürlich schloß sie nicht die Augen, denn sie hatte niemals zu denen gehört, die den Blick abwenden oder vor irgend etwas davonlaufen.

Die Pollard-Brüder tauchten wieder auf, zurück von einem kurzen Besuch, den sie gemeinsam irgendeinem fernen Ort wie Fudschi oder einem nahen Haus wie dem von Doc Fogarty abgestattet hatten. Wahrscheinlicher war, daß sie an vielen Plätzen gewesen waren. Fahrlässig schnelles und wiederholtes Teleportieren war der Schlüssel zum Erfolg bei dem Trick, den Bobby Frank im Auto erläutert hatte.

Die Brüder waren nicht länger Einzellebewesen, denn bei ihren Stippvisiten war Frank der Führende gewesen, und seine Fähigkeit, sich fehlerfrei zu rekonstruieren, nahm mit ungeheurer Geschwindigkeit ab. Bei jeder dieser Spritztouren mußte es schlimmer geworden sein. Sie waren miteinander verschmolzen, biologisch stärker miteinander verbunden als siamesische Zwillinge.

Franks linker Arm verschwand in Candys rechter Körperhälfte, als habe er dort hineingelangt, um in den inneren Organen seines Bruders herumzuwühlen. Candys rechtes Bein verschmolz mit Franks linkem, so daß sie nur noch drei Beine hatten.

Es gab noch mehr Absonderlichkeiten, doch das war alles, was Bobby aufnehmen konnte, bevor sie wieder verschwanden. Frank mußte in Bewegung bleiben, die Kontrolle behalten, durfte Candy keine Chance geben, seine eigenen Kräfte anzuwenden, bis das Durcheinander so komplett war, daß die vollständige Rekonstruktion von einem von den beiden völlig unmöglich war.

Julie, die realisierte, was da los war, saß absolut still, die verletzte Hand im Schoß. Mit der anderen hielt sie sich an Bobby fest. Er wußte, sie verstand, daß Frank sich für sie opferte. Und daß sie es ihm nun schuldig waren, Zeugen seines Heldentums zu sein, daß sie es ihm schuldig waren, ihn in ihrer Erinnerung lebendig zu halten, so wie sie es für Thomas und Hal, Clint und Felina taten.

Das war eine der wesentlichsten und heiligsten Pflichten, die gute Freunde oder die Familie einander erweisen konnten: Sie hüteten die Flamme der Erinnerung, so daß niemandes Tod sein augenblickliches Verschwinden von der Erde bedeutete. In gewisser Weise lebte der Verstorbene so auch nach seinem Hinscheiden weiter. Solche Erinnerungen waren eine entscheidende Waffe gegen das Chaos des Lebens und des Todes, waren ein Weg, von Generation zu Generation eine gewisse Stetigkeit sicherzustellen, waren eine Zusatzklausel für die Ordnung und den Sinn des Lebens.

Pfeifen, Wind: Die Brüder kehrten von einer weiteren Serie von rasend schnellen Dekonstruktionen und Rekonstruktionen zurück, und jetzt waren sie eine einzige Kreatur von kataklystischer Biologie. Der Körper war riesig, über 2,10 Meter groß, breit und massig, denn er umfaßte nun beider Körper. Der eine Kopf, der darauf saß, hatte ein Gesicht zum Alpträumen: Franks braune Augen waren völlig falsch plaziert, ein schiefer Mund bildete einen Spalt zwischen ihnen, wo eigentlich eine Nase sein sollte, und ein zweiter Mund verunzierte die linke Wange. Zwei gequälte, kreischende Stimmen erfüllten die Küche. Ein weiteres Gesicht saß in der Brust, ohne Mund, aber mit zwei Augenhöhlen, in deren einer ein starres Auge lag, so blau wie Candys. Die zweite Augenhöhle war mit stacheligen Zähnen gefüllt.

Das krumm dastehende Biest verschwand, kehrte dann noch einmal zurück, nach weniger als einer Minute. Dieses Mal war es eine undifferenzierte Gewebemasse, an manchen Stellen dunkel, an anderen von einem abscheulichen Rosa, durchsetzt von Knochenbruchstücken, verziert mit spärlichen Haarbüscheln, marmoriert von Adern, die in unterschiedlichen Rhythmen pulsierten.

Irgendwann unterwegs hatte Frank zweifellos diese Gasse in Kalkutta besucht oder irgendeinen Ort, der ähnlich war, denn er hatte Dutzende von Schaben mitgebracht, nicht nur eine – und auch Ratten. Sie waren überall im Gewebe eingebettet, überall, wo Bobby hinsah, was sicherstellte, daß Candys Fleisch zu stark zersetzt und verseucht war, um jemals ordentlich rekonstruiert werden zu können.

Die monströse und ganz augenscheinlich funktionsunfähige Masse fiel zu Boden, zappelte hilflos und bebte. Und lag endlich still. Einige der Nagetiere und Insekten zitterten und wanden sich weiter, versuchten, sich zu befreien. Unentwirrbar verbunden mit der toten Masse, würden sie bald ebenfalls verenden.

57

Das Haus war einfach und lag an einem Abschnitt der Küste, der noch nicht en vogue war. Die rückwärtige Veranda ging zur See hinaus, und Holzstufen führten zu einem mit Büschen bewachsenen Hof, der in den Strand überging. Da standen zwölf Palmen.

Das Wohnzimmer war mit ein paar Stühlen, einem zweisitzigen Sofa, einem Couchtisch und einer Wurlitzer 950 möbliert. Die Jukebox war mit Platten aus der Bigband-Ära bestückt. Der Fußboden bestand aus kompakter gebleichter Eiche, und manchmal schoben sie die Möbel an die Wand, rollten den Teppich auf, drückten ein paar Nummern auf der Jukebox und tanzten zusammen. Ganz allein.

Das geschah meist an den Abenden.

Morgens wühlten sie sich in der Küche durch Rezeptbücher, wenn sie nicht gerade Liebe machten, und rührten Kuchenteige an. Oder sie saßen einfach mit einer Tasse Kaffee am Fenster, beobachteten die See und unterhielten sich.

Sie hatten Bücher, zwei Kartenspiele, Interesse an Seevögeln und anderen Tieren, die an der Küste lebten, sowohl gute wie schlechte Erinnerungen – und einander. Immer einander.

Manchmal sprachen sie über Thomas und rätselten

wegen der Gabe herum, die er besessen und sein ganzes Leben lang geheimgehalten hatte. Sie sagte, es lasse einen demütig werden, wenn man daran denke, daß jeder und alles weit komplexer und mysteriöser sei, als man ahnen könne.

Um die Polizei loszuwerden, hatten sie zugegeben, für einen Frank Pollard aus El Encanto Heights gearbeitet zu haben, der glaubte, sein Bruder James versuche, ihn wegen eines Mißverständnisses zu töten. Sie sagten, sie hätten das Gefühl, James sei möglicherweise ein totaler Psychopath, der ihre Angestellten und Thomas nur deshalb getötet habe, weil sie gewagt hätten, die Angelegenheit zwischen den Brüdern beizulegen. Folglich lockerte die Polizei den Druck auf Dakota & Dakota, nachdem das Pollard-Haus im Norden gefunden worden war. In dem abgebrannten Gebäude lagen auch eine Menge verbrannter Knochen. Man nahm an, Mr. James Pollard habe seine Zwillingsschwestern und seinen Bruder ebenfalls umgebracht und sei jetzt auf der Flucht, bewaffnet und gefährlich.

Die Agentur war verkauft worden. Sie vermißten sie nicht. Julie hatte nicht länger das Gefühl, sie könne die Welt retten, und er mußte ihr nicht länger helfen, sich selbst zu retten.

Geld, ein paar rote Diamanten mehr und eine geschickte Verhandlungsführung hatten Dyson Manfred und Roger Gavenall überzeugt, eine andere Quelle für das gentechnologisch erzeugte Insekt zu erfinden, als sie ihre Arbeit darüber endlich veröffentlichten. Ohne die Kooperation von Dakota & Dakota hätten sie den tatsächlichen Ursprung ohnehin nie erfahren.

Im ausgebauten Dachboden des Strandhauses bewahrten sie die Schachteln und Taschen voller Bargeld auf, die sie aus der Pacific Hill Road mitgebracht hatten.

Candy und seine Mutter hatten versucht, das Chaos ihrer Leben dadurch aufzufangen, daß sie in einem Schlafzimmer im zweiten Stock Millionen angehäuft hatten, genauso wie Bobby und Julie es vermutet hatten, noch bevor sie überhaupt in El Encanto Heights gewesen waren.

Auf dem Boden des Strandhauses befand sich nur ein kleiner Teil des Vermögens der Pollards, doch es war mehr, als zwei Menschen ausgeben konnten. Der Rest war ebenso verbrannt wie alles andere, als sie das Haus an der Pacific Hill Road in Brand gesetzt hatten.

Gerade noch rechtzeitig hatte Bobby die Tatsache akzeptiert, daß er ein guter Mensch sein und trotzdem manchmal dunkle Gedanken und egoistische Motive haben konnte. Sie sagte, das sei Reife, und daß es gar nicht so schlimm sei, außerhalb von Disneyland zu leben, sobald man die Mitte des Lebens erreicht hatte.

Sie sagte, sie hätte gern einen Hund.

Er sagte, das sei okay, wenn sie sich auf eine Rasse einigen könnten.

Sie sagte, du wischst ihm den Hintern ab.

Er sagte, du wischst ihm den Hintern ab, ich kümmere mich ums Streicheln und ums Werfen von Frisbee-Scheiben.

Sie sagte, sie habe unrecht gehabt, in jener Nacht in Santa Barbara, als sie in ihrer Verzweiflung behauptet hatte, Träume würden niemals wahr. Sie würden immer wahr. Das Problem sei nur, daß man manchmal zu sehr auf einen bestimmten Traum fixiert sei und all die anderen übersähe, die am Weg lagen: wie den, ihn zu finden, sagte sie, und geliebt zu werden.

Eines Tages sagte sie ihm, sie würde ein Baby haben. Er hielt sie lange fest, bevor er die richtigen Worte fand, seinem Glück Ausdruck zu verleihen. Sie zogen sich an,